KB036633

셜록홈스
베스트 단편선

셜록 홈스 베스트 단편선

초판 1쇄 인쇄일 | 2020년 6월 20일   초판 1쇄 발행일 | 2020년 6월 25일

지은이 | 아서 코난 도일
옮긴이 | 조미영
그린이 | 신혜원
펴낸이 | 강창용
책임기획 | 이성림
책임편집 | 정민규
디자인 | 김동광
책임영업 | 최대현

펴낸곳 | 느낌이있는책
출판등록 | 1998년 5월 16일 제10-1588
주 소 | 경기도 고양시 일산동구 중앙로 1233(현대타운빌) 407호
전 화 | (代)031-932-7474
팩 스 | 031-932-5962
이메일 | feelbooks@naver.com
포스트 | http://post. naver.com/feelbooksplus
페이스북 | http://www.facebook.com/feelbooksss

ISBN 979-11-6195-106-5 (03840)

* 잘못된 책은 구입처에서 교환해드립니다.

이 도서의 국립중앙도서관 출판예정도서목록(CIP)은 서지정보유통지원시스템 홈페이지
(http://seoji.nl.go.kr)와 국가자료종합목록시스템(http://kolis-net.nl.go.kr)에서 이용하
실 수 있습니다. (CIP제어번호 : CIP2020025060)

셜록 홈스
베스트 단편선

아서 코난 도일 **지음** | 조미영 **편역**

Contents

관찰과 추리로
어떤 비밀이라도 밝혀낼 수 있다

일 년 내내 안개가 끼지 않은 날이 없는 도시, 런던 베이커 가 221B 하숙집. 사냥모자, 돋보기, 파이프 담배. 한 남자가 골똘히 생각에 잠긴 채로 앉아 있다.

자신의 친구이자 조수인 왓슨의 슬리퍼만 보고도 그가 감기에 걸렸음을 증명할 수 있는 천재 탐정 홈스다. 그는 베일에 싸인 어떤 범죄라도 관찰과 추리로 해결할 수 있으며 세계의 어떤 비밀조차도 이성과 논리로 모두 벗겨 낼 수 있다고 말한다.

홈스는 말한다.

"나에게 문제를 던져 주게. 가장 난해한 암호, 가장 복잡한 분석 과제를 던져 주게. 나는 무미건조한 일상을 혐오하네."

한때 추리소설은 작품성이 없다는 이유로, 또는 순수문학만이 진정한 문학이라고 생각하는 사회풍조에 밀려 저급한 읽을거리로 취급당했다. 그러나 이제 추리문학도 대중소설의 한 분야로서 당당히 그 지위를 차지하면서 순수문학에도 추리소설적 기법을 사용하는 작품들을 어렵지 않게 만날 수 있게 되었다.

오늘날 수많은 장르문학 작가들이 작품성을 인정받는 작품들을 내놓고 있지만 1887년 등장한 이후 100년이 지난 지금까지 셜록 홈스는 명탐정으로서 최고의 명성을 떨치고 있다. 추리소설 마니아가 아니더라도 홈스는 어른 아이 구분할 것 없이 함께 즐기는 명작으로 세계인의 변함없는 사랑을 받고 있다.

이러한 흐름에 발맞추어 네 개의 장편을 제외한 56편의 단편 중 명작을 선별하여 새로운 감각과 색다른 접근으로 홈스의 활약을 즐길 수 있도록 했다.

자, 이제 불후의 명탐정 홈스가 보여 주는 긴장 넘치는 활약에서 홈스만의 명쾌한 추리 비법과 고품격의 트릭을 즐겨 보자.

셜록 홈스 SHERLOCK HOLMES

1854년 영국 잉글랜드 요크셔 출신으로 185센티
미터의 키에 약간 마른 체형이어서 실제보다 키
가 더 커 보이며 번뜩이는 눈과 콧날이 선 매부리코 때문에 전체적으
로 날카롭고 강한 인상을 준다. 또한 각진 턱은 의지가 강한 성품임
을 엿보이게 한다.

평소 화학실험을 즐겼기 때문에 두 손은 늘 잉크나 화학 약품으로
얼룩져 있고, 손놀림이 날렵해서 다루기 쉽지 않은 물건도 아주 익
숙하게 다룰 줄 알았다.

친구인 왓슨조차도 알아보지 못할 정도로 뛰어난 변장 솜씨와 연
기력을 가지고 있다. 과학적인 지식도 해박하여 '과학계는 명민한 이
론가를 잃고, 연극계는 훌륭한 배우를 놓치고 말았다'고 하기도 한
다. 파이프 담배(엽궐련)를 즐기고 위스키와 포도주를 좋아하며 가끔
은 코카인을 즐기기도 한다.

런던 베이커 가 221B에서 평생을 독신으로 살았고 23년간 탐정생
활을 하면서 아무리 많은 돈을 조건으로 사건을 의뢰해 오더라도 내
용이 시시하면 냉정하게 거절했다.

존 H. 왓슨 JOHN H. WATSON

의학박사이며 예비역 군의관인 왓슨은 23년
동안 지속된 홈스의 탐정생활 중 17년을 함
께하며 홈스의 활약상을 기록했다. 각진 턱에 콧수염을 기른 건장
한 체격의 사나이로 홈스의 가장 가까운 친구이자 조수 역할을 했으
며 알카디아 담배를 좋아하고 연금의 절반을 쏟아부을 정도로 경마
를 즐겼다. 의학 지식뿐 아니라 문학 지식도 상당한 수준의 지식인
이었다.

1889년 〈네 개의 서명〉 사건에서 만난 메리 모스턴과 결혼해 베이
커 가와 가까운 패딩턴에 병원을 개업하여 신혼살림을 시작했다.

1891년 라이헨바흐 폭포에서 홈스가 죽은 후 켄싱턴으로 옮겨 병
원을 개업했다. 1894년 왓슨은 홈스가 살아 돌아오자 병원을 팔고
베이커 가의 하숙집으로 되돌아온다. 1929년 사망하기까지 홈스의
변치 않는 친구, 신뢰할 수 있는 협력자로서 늘 홈스의 곁에 있었다.

홈스의 말에 의하면 왓슨은 변화의 물결에서도 바위처럼 변하지
않는 사람이다.

보헤미아의
스캔들

A Scandal in Bohemia

빌헬름 코츠라이흐 지기스문트 폰 오름슈타인

보헤미아 국왕. 스칸디나비아 왕녀와의 결혼을 앞두고 황
태자 시절에 알고 지내던 여가수 아이린 애들러가 자신과
함께 찍은 사진을 미끼로 협박을 하자 혼자 고민하다 복면
을 쓰고 신분을 감춘 채 홈스를 찾아온다.

아이린 애들러

미국 뉴저지 주 출신의 세계적인 알토 가수로 아름다운 외
모와 열정적인 품성, 지성을 겸비했다. 바르샤바 왕립 오페
라단의 프리마돈나였으나 현재는 은퇴했다. 보헤미아 국왕
의 황태자 시절의 연인. 명석한 두뇌로 홈스를 따돌리고 남
편과 함께 사라진다.

갓프리 노턴

아이린 애들러의 변호사이자 현재의 연인으로 아이린의 공
적인 일을 담당하고 있다. 홈스는 아이린의 집을 감시하기
위해 마부로 변장하고 있던 중 우연찮게 이 젊은 청년과 아
이린 애들러의 비밀 결혼식의 증인이 된다.

　홈스의 단편 시리즈 중 제일 먼저 발표된 이 작품은 1891년 7월 〈스트랜드 매거진〉에 발표되고, 후에 단편집 《셜록 홈스의 모험》에 수록되었다. 이 〈보헤미아의 스캔들〉이후에 작가는 매월 단편을 게재하여 일반 대중들에게 큰 인기를 끌었다.

　홈스는 여러 작품을 통해 다양한 변장을 선보였는데 〈보헤미아의 스캔들〉에서 보여준 그의 변장술과 연기는 단연코 최고라 불릴 만하다.

　한편 〈보헤미아의 스캔들〉에서 홈스는 한 여성에게 패배의 쓴잔을 마시게 되는데 이는 지금까지의 작품에서 보여준 수동적인 여성상에 반하는 것으로 여성의 지위를 한 계단 상승시킨다. 그 이유가 무엇이든 간에 이 작품에 등장하여 홈스에게 씻을 수 없는 패배를 안겨준 오페라 가수, 아이린 애들러는 훗날 홈스에게 지성을 인정받은 유일한 여성으로 그려지게 된다.

분홍색 편지지

요즘에 와서 홈스와 나는 거의 만나는 일이 없었다. 결혼과 개업
이라는 큰 변화를 맞으면서 우리는 자연스럽게 따로 살고 있었던 것
이다.

나는 〈주홍색 연구〉에 관한 사건을 해결하면서 만나게 된 메리 모
스턴이라는 여성과 결혼을 했고 군복을 벗자마자 곧바로 병원도 개
업했다. 병원은 베이커 가의 하숙집에서 마차로 10분쯤 걸리는 곳에
있었다. 그러나 이런 표면적인 이유보다 결혼이 주는 행복감이 나를
사로잡고 있었기 때문이라는 것이 더 타당할 듯싶다. 사랑스러운 아
내와 한 집안의 가장으로서 느끼는 소소한 일상사가 오랜 친구와 소
원하게 만들었던 것이다. 물론 찾아오는 환자들이 많아서 날마다 눈
코 뜰 새 없이 바빴던 것도 사실이다. 그렇다고 보헤미안 기질을 타
고난 데다가 사교 생활을 혐오하는 홈스가 나를 찾아온다는 것은 생
각할 수도 없는 일이었다.

하지만 한동안 직접 얼굴을 보지는 못했어도 신문을 통해 그가 얼

마나 많은 활약을 하고 있는지는 알 수 있었다. 그는 천재적인 재능과 타의 추종을 불허하는 날카로운 관찰력으로 경찰이 이미 포기한 미해결 사건을 명쾌하게 해결하고 있었던 것이다. 특히 트링코말리에서 일어난 앳킨슨 형제의 비극을 해결한 것이나 네덜란드 왕가를 위한 임무를 성공리에 마친 것, 심지어 저 멀리 러시아의 오데사에서 일어난 트레포프 살인 사건을 해결한 것이 세간에 대대적으로 공개되어 그의 명성은 한층 높아져 있었다. 그러나 이 같은 활약상을 제외하면 옛 동료이자 친구인 홈스의 근황에 대해서는 미안하게도 아는 것이 하나도 없었다.

그렇다고는 해도 그가 어떻게 지내고 있을지를 상상하는 것은 어려운 일이 아니었다. 함께 살았던 경험으로 보아 그는 사건이 없을 때에는 베이커 가의 하숙집에서 하루 종일 곰팡내 나는 고서와 씨름을 하거나 갖가지 실험을 하는 일로 소일하고 있을 것이 뻔했다. 간혹 코카인에 빠져 나른하고 몽롱하게 지내는 일도 있었지만, 일단 사건을 맡기만 하면 언제 그랬나 싶게 정력적으로 움직이곤 했다. 그에게 있어 사건은 곧 생활의 활력이었고 삶의 목표였다. 그만큼 홈스는 범죄 연구에 깊이 매혹되어 있었던 것이다.

'이 친구, 요즘 어떻게 지내고 있을까?'

1888년 4월 20일, 왕진을 다녀오던 길에 베이커 가를 지나게 되자 나는 문득 내 친구의 안부가 궁금해졌다. 그러자 그가 맡았던 사건과 그것을 해결하는 데 발휘되는 홈스의 탁월한 재능을 보는 것만으로 흥미진진했던 과거의 기억이 떠올랐다. 마침 마차는 홈스의 하숙집으로 가는 길목을 막 지나치고 있었다. 나는 급히 마부를 불렀다.

"이보게, 지금 방금 지나친 골목으로 들어가 주게. 베이커 가 221번지로 가야겠네."

"알겠습니다."

마부는 큰 소리로 대답하고 나서 마차의 방향을 돌렸다. 얼마 지나지 않아 마차는 그리운 하숙집 앞에 덜컹대며 멈춰 섰다. 나는 마차에서 내려 홈스의 방을 올려다보았다. 그의 방에는 불이 환하게 켜져 있었다. 창문에 드리워진 커튼에는 사람의 그림자가 어른거렸다. 성급하게 방 안을 걸어 다니고 있는 것처럼 보였다. 키가 크고 마른 것으로 보아 홈스가 틀림없었다.

'사건을 맡았나 보군.'

홈스의 습관을 훤히 꿰뚫고 있는 나로서는 그의 표정이나 태도만 보아도 지금 어떤 상태인지 알 수 있었다. 분주한 모습으로 보아 분명히 그는 마약에 의한 몽환적인 상태에서 벗어나 어떤 일에 열정을 쏟고 있는 것이 분명했다. 그것이 사건인 것은 두말할 나위가 없었다. 게으른 홈스를 저렇게 움직이게 하는 것은 사건밖에 없었던 것이다.

초인종 줄을 잡아당기자 사환 아이가 급하게 뛰어나왔다.

"아니, 왓슨 선생님! 어서 오세요."

"잘 있었니?"

"그럼요. 선생님께서도 안녕하셨지요?"

사환 아이는 무척 반가워하며 묻지도 않았는데 위에 홈스가 있다는 것까지 알려 주었다. 나는 웃음으로 대답하고 익숙한 계단을 재빨리 올라 홈스의 방 앞에 섰다. 그러고는 노크도 하지 않고 문을 열었다.

갑자기 문이 열리자 홈스는 잠깐 놀라는 듯하더니 이내 한 손을 위로 들어 올리며 가볍게 인사했다. 오래간만에 만나는 옛 친구를 대하는 태도치고는 반응이 좀 약했지만 나는 조금도 언짢지 않았다. 평소 보아 오던 홈스 그대로였기 때문이다. 그는 평소에도 호들갑을 떨거나 과장된 몸짓을 하는 사람이 아니었다. 그래도 나는 홈스의 따뜻한 미소와 눈빛으로 그가 몹시 반가워하고 있다는 것을 알 수 있었다. 조용한 성격의 내 친구는 같이 살 때 내가 즐겨 앉곤 했던 안락의자를 손으로 가리켰다.

내가 자리에 앉자 담뱃갑을 던져 주고는 선반에서 위스키병을 꺼내서 유리잔 가득 따른 후 내게 권했다. 그는 난롯가에 우뚝 선 채 나를 뚫어지게 바라보았다.

"왓슨, 자네는 결혼 생활이 체질인가 본데? 혈색도 좋아지고 체중도 3.5킬로그램이나 불어난 것 같군."

"3킬로그램이야."

내가 강하게 부정하자 홈스는 빙긋 웃었다.

"그런가? 조금 더 생각했어야 했는데 미안하게 됐는걸. 그런데 왕진 다녀오는 길인가 보군. 개업의라니……, 성가신 일이 어지간히도 많겠어."

"왜 그렇게 생각하나? 난 자네한테 개업을 했다고도 안 했는데……."

사실 개업은 나로서도 갑작스러운 일이었다. 더구나 처음부터 환자가 많이 찾아온 덕에 정신없이 바빴다. 그래서 정작 홈스에게는 개업했다는 것을 알리지도 못했다. 그런데 지금 홈스는 내가 개업의가 되었다는 것뿐만 아니라 왕진 다녀온 것까지 알고 있었던 것이다. 나는 그의 뛰어난 재능이 발휘되었다는 것을 잘 알면서도 어떤 단서를 가지고 추리한 것인지 궁금했다.

"그만한 것쯤이야 일부러 알리지 않아도 알 수 있네. 자네만큼 확실한 증거가 어디 있겠나? 자네 몸에서 요오드포름 냄새가 진동하고 있고 손가락에는 질산은이 묻어 있거든. 그뿐인 줄 아나? 자네 안주머니에 청진기가 들어 있지 않나? 현직 의사가 아니고서야 있을 수 없는 일 아닌가? 그런데 기왕 말이 나온 김에 한마디 충고해 두겠네만 자네 집에 있는 하녀를 당장 해고하는 게 좋겠어. 그렇게 게을러서야 어떻게 안심하고 집안일을 맡길 수 있겠나?"

"놀랐네. 마치 두 눈으로 본 것처럼 정확하군. 도대체 어떻게 알았나?"

홈스는 집게손가락을 들어 나의 왼쪽 구두를 가리켰다. 아닌 게 아니라 과연 나의 왼쪽 구두는 몹시 흉하게 바래고 찌그러져 있었던 것이다. 나는 씁쓸하게 웃었다.

"비가 왔던 지난 목요일에 자네는 그 구두를 신고 외곽으로 왕진을 갔었고, 집에 돌아와서 그 하녀에게 말끔히 닦아 놓으라고 일렀네. 그러나 그녀는 조심스러운 성격이 아니었지. 밑창에 달라붙어 있는 흙을 털어 낸다고 마구잡이로 긁어 댔던 거야. 그래서 뒤꿈치와 옆쪽에 가늘고 긴 상처가 났어. 그뿐인가, 젖은 구두를 말린다면서 장작불이 훨훨 타오르는 난로 바로 옆에 놓기까지 했지. 그래서 가죽이 이렇게 보기 흉하게 일그러진 거야. 어때, 내 말이 틀렸나?"

"이거야 원, 자네가 중세에 태어났다면 틀림없이 마녀로 몰려 화형당하고 말았을 거네. 자네 말처럼 우리 집 하녀인 메리 제인은 구제불능이야. 접시를 깨는 일은 애교에 가깝지. 아내도 조만간 그 애를 내보내겠다고 하더군. 하여간 자네 솜씨는 여전하군. 자네 설명을 듣고 나면 어이없을 정도로 쉬운데 혼자서 생각하는 것은 여간 어려운 게 아니란 말이야. 시력이라면 나도 자네 못지않은데 말일세."

나는 들고 있던 위스키를 한 모금 마셨다. 홈스는 여전히 부드러운 표정을 지으며 시가에 불을 붙였다. 그리고 천천히 움직여 의자에 앉았다.

"그건 말일세, 그저 눈으로 보는 것은 관찰이라고 할 수 없다네. 전혀 별개의 문제지. 기왕 말 나온 김에 하나 물어봄세. 자네는 지금까지 이 집 계단을 몇 번쯤 오르내렸다고 생각하나?"

"글쎄, 수백 번은 넘지 않을까?"

"계단이 몇 개인지는 알고 있나?"

"한 스무 계단쯤 되나? 정확히는 잘 모르겠군."

"바로 그 점이 자네가 나와 다른 점이네. 자네는 보기만 했지 관찰하지는 않았던 거야. 보는 것과 관찰하는 것은 분명 다르지."

"그럼 자넨 몇 계단인지 기억하고 있나?"

"물론이지. 열일곱 계단일세."

"음, 말이야 쉽지."

내가 볼멘소리를 하자 홈스가 큰 소리를 내며 웃었다.

"자네 말도 일리가 있군그래. 모두가 뛰어난 관찰력을 가지고 있다면야 내가 실직자가 될 테니 말일세."

"그나저나 무슨 일을 하고 있었나? 밖에서 보니 몹시 바쁜 것 같던데……."

"잘 보았네. 왓슨, 자네가 아직도 내 사건에 관심이 많다면 이걸 한번 보게나."

홈스는 책상 위에서 편지 봉투 하나를 들어 나에게 건네주었다. 그것은 꽤 두툼했는데 매우 고급스러운 분홍색 편지지가 들어 있었다.

"낮에 우편으로 온 건데 발신인이 없더군."

홈스의 말처럼 봉투에는 날짜도, 보낸 사람의 이름도, 주소도 적혀 있지 않았다.

셜록 홈스 씨

오늘 밤 7시 45분에 지극히 은밀한 문제를 의논하기 위해 한 사람이 방문할 것이오. 최근 유럽의 어느 왕실에서 발생한 문제를 당신이 성공적으로 해결했다는 보고를 본부로부터 들었소. 그래서 우리의 문제에 있어서도 당신이 적임자라는 결론을 내렸소. 부디 방문 시각에 집에 있기를 바라오. 그리고 사정상 복면을 할 것이니 놀라거나 불쾌하게 생각하지 마시오.

"대단히 거만한 의뢰인인데! 게다가 복면을 하고 온다니……. 이상한 편지로군."

내가 의아해하며 관심을 보이자 홈스는 즐거운 듯했다.

"누군지 짐작이 가나?"

"글쎄, 그 부분은 아직 아무런 정보가 없어. 정보 없이 가설을 세우게 되면 치명적인 실수를 범하게 된다네. 사실에 입각해서 이론을 세워야 하는데 이런 경우 거의 대부분 이론에 맞춰서 사실을 왜곡하게 되거든. 그렇다고는 해도 그 사람의 신분만큼은 짐작이 가네. 이 봉투와 편지지가 있으니 말이야. 아, 그래. 이왕 관찰력에 대한 이야기를 했으니 자네가 한번 추측해 보겠나?"

나는 홈스가 늘 하던 것을 흉내 내며 편지를 세밀히 살폈다.

"일단 이 의뢰인은 대단한 부자일 걸세. 이 정도로 질기고 결이 고운 건 한 묶음에 반 크라운 이하로는 살 수 없거든. 음, 격식을 갖춘 편지가 아닌데도 이런 최고급 종이를 썼다는 것은 적어도 돈에 구애받는 사람은 아니란 말이겠지."

홈스는 흐뭇하게 나를 쳐다보았다.

"나도 제일 먼저 그것부터 조사해 보았다네. 그런데 자네 말대로였네. 더구나 그 편지지는 영국에서 생산된 것이 아니었어. 자, 편지지를 불빛에 비춰 보게."

그가 시키는 대로 하자 조금 전까지만 해도 보이지 않던 글자가 나타났다.

"무슨 글자가 보이는군. 'E', 'g', 'P', 그리고 음, 'G', 't'로군. 종이 회사의 머리글자일까?"

"그보다는 조금 더 많은 정보가 있지. 먼저 'Gt'는 독일어에서 회사를 뜻하는 단어 '게젤샤프트Gesellschaft'의 약자라네. 영어에서 '회사Company'를 'Co'로 사용하는 것처럼 말이지. 그다음 'P'는 두말할 필요 없이 '종이Papier'를 의미해. 그렇다면 'Eg'는 뭘까? 왓슨, 나는 그 해답을 〈유럽 지명 사전〉에서 찾았다네."

홈스는 책장에서 갈색 표지의 두꺼운 책을 뽑아 들었다. 그리고 재빨리 책장을 넘기면서 무언가를 찾았다.

"아아, 바로 여기야! '에그리아Egria'!"

홈스는 외치다시피 큰 소리로 말했다.

"에그리아? 처음 듣는데?"

"독일어를 사용하는 보헤미아의 한 도시라네. 카를스바트에서 가까운데 발렌슈타인이 살해된 현장으로도 유명하지. 사전에는 유리 공업이 왕성하고, 우수한 품질의 종이를 대량으로 생산하는 제지 회사가 많다고 하는군. 이제 알겠나?"

홈스는 담배 연기를 뿜어내며 두 눈을 반짝였다.

"홈스, 그렇다면 이 글자는 보헤미아산이라는 표시였단 말인가?"

"그렇다네. 그리고 이 편지를 쓴 사람은 독일어를 모국어로 사용하는 사람이야. '당신이 적임자라는 결론을 내렸소. 부디 방문 시각에 집에 있기를 바라오.'라는 식으로 요점만 직설적으로 말하는 사람은 독일인뿐이거든. 그것을 자네는 거만하다고 생각했지만 말이야. 만약 러시아나 프랑스인이라면 각종 미사여구를 사용해서 예의를 차렸겠지."

"보헤미아산 편지지를 쓰는 독일어권의 부자라……. 그런데 복면은 왜 하겠다는 걸까?"

"그건 본인한테 직접 물어야겠지. 오, 드디어 편지의 주인공께서 오시는군."

복면의 방문객

그때 요란한 말발굽소리가 집 앞에서 멈췄다. 그리고 곧바로 초인종이 울렸다.

"쌍두마차를 타고 오신 모양인데! 적어도 자네보다는 부자겠어."

사실 나는 말 한 마리가 끄는 작은 마차를 타고 왔다. 홈스는 방 안에서 소리만 듣고도 마차의 실체를 구별했던 것이다.

"소리로 마차가 구별이 되나?"

"말발굽소리를 자세히 들으면 자네도 구별할 수 있을 거야."

그는 빙그레 웃으며 창가로 걸어가더니 아래를 내려다보았다. 그리고 휘파람을 불었다.

"오호, 멋진 브루엄 마차로군. 게다가 저 말들은 한 필에 150기니는 될 만한 준마야. 적어도 사례비를 떼일 염려는 없겠어."

홈스는 몹시 기분이 좋아 보였다. 평소에 하지 않는 농담까지 할 정도였으니 말이다.

"손님도 오셨으니 이 가난뱅이 의사는 이쯤에서 퇴장해 주지."

"그게 무슨 소린가? 이번 사건은 꽤 재미있을 것 같은데, 이런 사건을 놓친대서야 자네가 어떻게 나의 전기 작가라고 할 수 있겠나? 자네는 나의 보즈웰Boswell(영국의 유명한 전기 작가 – 역자 주) 아닌가?"

"그렇게 생각해 준다니 고마운걸. 하지만 복면까지 하고 오는 의뢰인이라면 다른 사람이 있는 것을 바라지 않을 거야."

"아, 자네도 탐정이 다 됐군. 하지만 걱정하지 말게. 잊었나? 자네는 내 동료란 말일세."

나는 그의 완강한 만류에 다시 주저앉고 말았다. 거기에는 이 사건에 대한 나의 호기심이 강하게 작용하기도 했다.

느리고 묵직한 발소리가 열일곱 개의 계단을 올라오고 있었다. 마침내 발소리는 방문 앞에서 멈췄고 이어 둔탁한 노크 소리가 났다.

"들어오십시오."

홈스의 대답이 끝나기가 무섭게 문이 벌컥 열리고 한 사람이 방 안으로 들어섰다. 그는 1미터 80센티미터도 넘어 보이는 큰 키에 떡 벌어진 어깨와 강인해 보이는 팔을 자랑하고 있었다. 나는 그리스 신화에 나오는 헤라클레스가 살아 있다면 그와 같은 모습이었을 것이라고 생각했다. 그는 편지에 이미 밝혔듯이 얼굴에 복면을 하고 있었는데, 이마에서 광대뼈까지 덮을 만큼 큰 복면이었다. 복면 사이로 파랗고 날카로운 눈매가 인상적으로 번득거리고 있었고 그 아래로는 윤곽이 뚜렷한 두꺼운 입술과 고집스러워 보이는 길고 각진 턱이 그가 매우 강한 성격의 소유자임을 말해 주고 있었다. 전체적으로 위엄이 느껴지는 얼굴이었다.

그런데 입고 있는 옷은 일반적인 기준에서 볼 때 도가 지나쳤다. 더블 버튼 상의는 소매와 깃과 앞여밈 부분 가장자리에 값비싼 아스트라칸(러시아 동명의 지역에서 생산된 양모피 – 역자 주)이 매우 넓은 폭으로 달려 있었고, 어깨에 걸쳐진 군청색 망토
는 아름다운 녹색의 에메랄드 브로치로 고정
되어 있었는데 그가 움직일 때마다 노란색의
비단 안감이 눈에 들어왔다. 또 그가 신은 부
츠는 목이 정강이 중간쯤까지 올라오는 것으
로 얼굴이 비칠 만큼 잘 닦여 있었고, 끝부분
에는 조금 검은빛을 띤 갈색에 윤기가 흐르는
고급 모피가 달려 있었다. 어쨌든 복면까지 하
면서 남의 눈을 피하려고 한 것이 이해가 되지
않을 정도로 화려한 옷차림이었다. 그는 방문
을 열기 전 문 앞에서 바로 복면을 썼는지 방
안에 들어서면서도 한쪽 손으로 그것을 만지고 있었다.

"편지는 보셨소?"

그는 인사도 하지 않고 강한 독일어 억양으로 우렁차게 물었다.

"방문할 거라고 미리 알렸는데……."

그는 나와 내 친구를 번갈아 보면서 조금 당황한 듯 말을 얼버무렸
다. 누구에게 말해야 할지 모르겠다는 눈치였다. 홈스가 그걸 놓칠
리 없었다.

"어서 오십시오. 제가 셜록 홈스입니다. 이쪽은 왓슨 박사로 저와
함께 일하고 있습니다."

사나이는 긍정도 부정도 아닌 가벼운 고갯짓을 했다. 홈스는 그에
게 의자를 권하면서 물었다.

"성함을 여쭤 봐도 되겠습니까?"

"폰 크람 백작으로 불러 주시오. 홈스 씨, 지금부터 내가 할 얘기
는 지극히 중요하오. 그래서 말인데, 왓슨 씨는 믿을 만하다고 자부

하시오? 만약 그렇지 않다면 나는 당신에게만 말하고 싶소."

사나이는 다소 거만한 어투로 명령하듯 말했다. 나는 내 예상이 들어맞았음을 느끼면서 바로 의자에서 일어났다. 내 친구를 더 이상 난처하게 하고 싶지 않았던 것이다. 그러나 홈스가 나의 팔을 강하게 잡아당겼기 때문에 나는 다시 의자에 앉을 수밖에 없었다.

"왓슨 박사는 그동안 온갖 일을 함께 해결해 온 동료입니다. 이 친구를 믿지 않으신다면 저도 이번 일을 맡을 수 없습니다."

홈스의 태도는 단호했다. 그러자 백작은 어깨를 으쓱하더니 홈스를 빤히 쳐다보았다. 잠시 입을 다물고 있던 백작은 짧은 한숨을 내쉬었다.

"그렇게까지 말을 하니 어쩔 수 없구려. 그럼 얘기하기 전에 두 분의 약속을 받아야겠소. 아까도 말했지만 지금부터 내가 털어놓을 얘기가 잘못해서 밖으로 새어 나가면 유럽의 역사가 뒤흔들릴지도 모르오. 적어도 2년만, 딱 2년만 비밀을 지켜 주시오. 그 뒤에는 알려진다고 해도 크게 문제가 되지 않을 것이오. 약속하실 수 있겠소?"

유럽의 역사까지 들먹이는 그의 말이 다소 과장되어 보였지만 홈스는 진지하게 대답했다.

"약속드리지요."

백작은 홈스의 대답을 듣자 이번에는 나를 쳐다보았다. 나는 가볍게 고개를 끄덕였다.

"좋습니다. 우선 복면에 대해서 말하자면 나를 이곳으로 보내신 고귀한 분께서 당신들에게 내 얼굴을 드러내는 것을 원치 않으셨소. 그래서 이렇게 무례를 범하게 됐으니 불편하더라도 이해해 주었으면 하오."

"괜찮습니다."

"고맙소. 이렇게 당신을 찾아오는 것 자체도 우리에게는 큰 결단이 필요했소. 그러다 보니 본의 아니게 이름도 본명을 댈 수가 없구려."

"그 점은 심려하지 않으셔도 됩니다. 이미 알고 있으니까요. 그리고 보헤미아에서 오셨다는 것도 말입니다."

"아니, 그걸 어떻게……."

복면 안의 파란 눈동자에 동요가 일었다.

"백작님께서 보내신 편지의 종이가 영국에서는 쉽게 구하지 못하는 보헤미아의 것이었거든요."

홈스는 차분하게 대답했다. 백작의 입에서 감탄을 하는 듯한 신음 소리가 새어 나왔다.

"과연 당신에 대한 세상의 평가가 헛소문이 아닌가 보구려. 사전에 신분이 노출되지 않도록 신경을 썼는데 그런 허점이 있었다니……."

"그런 일로 조심을 하실 때에는 먼저 평소의 습관대로 하시면 안 됩니다."

"그렇군요. 미처 거기까지는 생각하지 못했소."

백작은 큰 결심이나 하는 사람처럼 입가에 힘이 들어갔다. 그리고 사건에 대해 이야기하기 시작했다.

"내가 보헤미아에서 온 것을 이미 알고 계시니 더 이상 망설이지 않겠소. 지금 우리 보헤미아 왕국에 미묘한 문제가 발생했는데 잘못하면 엄청난 스캔들로 발전할 것이오. 알다시피 왕국의 스캔들은 일반인의 그것처럼 단순하지가 않소. 왕가는 물론이고 나라 전체가 흔

들릴 수 있기 때문이오. 내 생각에는 지금이 건국 이래 최대의 위기가 아닌가 싶소."

"오름슈타인 왕가에 문제가 생긴 모양이군요."

홈스는 의자에 몸을 파묻은 채 나른한 목소리로 말했다. 유럽에서 가장 뛰어난 두뇌의 소유자이며 완벽한 탐정이라는 세상의 명성과 어울리지 않게 나태해 보이는 모습이었다. 백작은 내 친구의 입에서 나온 소리에 놀라기도 했지만 도무지 민첩하다고는 생각되지 않는 그 태도에 더 놀란 모양이었다.

"당신은 내가 말하려는 걸 모두 알고 있는 것 같구려."

"다 안다고야 할 수 있겠습니까? 하지만 보다 자세히 설명해 주시면 보다 큰 도움이 되어 드리겠습니다, 전하."

"뭐, 뭐라고?"

백작은 홈스가 마지막으로 던진 '전하'라는 말에 깜짝 놀라며 의자에서 벌떡 일어났다. 내가 그 호칭의 의미를 미처 깨닫기도 전이었다. 그는 무언가를 생각하는지 방 안을 서성거리기 시작했다. 얼굴에는 핏줄이 서 있었고 각이 진 턱에는 잔뜩 힘이 들어가 있었다. 그러더니 갑자기 자포자기한 사람처럼 복면을 벗어 바닥에 팽개쳐 버렸다.

"홈스, 자네가 제대로 보았다. 나는 보헤미아 왕국의 국왕이다."

홈스는 언제나처럼 침착한 눈길로 국왕을 응시했다. 그는 느린 동작으로 바닥에 떨어져 있는 복면을 주워 책상 위에 놓았다. 정작 놀란 것은 나였다.

자신을 국왕이라 일컫은 사나이는 약간 흥분하고 있었다. 그의 입술이 파르르 떨리고 있었고 목소리도 상기되어 있었던 것이다.

"이 방으로 들어오실 때 한눈에 보헤미아 왕실 카셀펠슈타인 대공작 가문의 빌헬름 코츠라이흐 지기스문트 폰 오름슈타인 전하이신 것을 알았습니다."

"나를 어떻게 알아보았는지 물어도 되겠나?"

"복면까지 쓰고 오실 정도의 문제라면 신분이 높은 분의 스캔들이 분명하다고 생각했습니다. 그런데 이런 문제는 보통 다른 사람을 시키기보다 당사자가 직접 오게 마련이지요. 게다가 전하께서 입고 오신 의상은 보통 사람의 것이라 할 수 없는 것이었고 말입니다. 또 보헤미아의 내정을 고려할 때 스캔들 때문에 가장 위험해지는 사람은 전하이시기 때문입니다."

"음, 우리의 내정 상황까지 알고 있다니 놀랍군. 바로 그렇다. 정치적인 문제라면 대신할 만한 사람이 있지만 이번 일은 워낙 민감한 사안이라……. 만약 이 일이 내 반대파들에게 알려지기라도 한다면 왕위조차 안심할 수 없게 된다. 물론 탐정에 대해서도 안심할 수는 없었다. 이것을 약점으로 잡고 협박을 할 수도 있으니 말이다. 그래서 신분을 숨긴 채 조언을 구할 생각으로 프라하에서 런던까지 오게된 것이다."

"그럼 이제 자세히 말씀해 주시겠습니까?"

국왕은 다시 자리에 앉아 머리를 쓸어내렸다.

프리마돈나의 협박

"혹시 아이린 애들러라는 가수를 알고 있나?"

"음, 글쎄요. 왓슨, 미안하지만 내 자료 파일을 가져다주겠나?"

홈스는 고개를 갸웃거리더니 인물과 사건 기사를 모아 둔 파일을 찾았다. 그건 오래된 그의 습관이었는데 그 파일은 적어도 홈스가 탐정을 하고 나서부터의 것에 관한 한 웬만한 사전보다 나았다. 물론 아이린 애들러의 기사도 있었다. 그것은 심해어에 관한 논문을 발표한 어느 부함장의 기사와 한 유태인 랍비에 관한 기사 사이에 있었다. 나는 그 부분을 편 채로 홈스에게 건네주었다.

"1858년, 미국 뉴저지 주 출생, 알토 가수, 라 스칼라 전속 가수, 바르샤바 왕립 오페라단의 프리마돈나……. 지금은 오페라 무대에서 은퇴했고 런던에 거주하는군요."

"그렇다. 5년쯤 전에 바르샤바에 얼마 동안 머문 적이 있었는데 그때 그녀를 처음 만났지."

홈스는 눈을 감은 채 고개를 가볍게 끄덕였다.

"전하께서는 그때부터 이 젊은 여가수와 비밀스러운 관계를 유지하신 거군요. 그러는 동안 세상에 알려지면 곤란할 편지를 여러 통 주셨겠지요. 그리고 지금 그 편지를 돌려받고 싶으신 것이고 말입니다."

"그대가 말한 그대로다."

"그런데 전하께서는 그 여가수와 비밀리에 결혼이라도 하셨습니까? 아니면 왕비로 삼겠다는 약속이라도 하셨나요?"

"난 맹세코 결혼의 맹세 같은 건 하지 않았다."

"그럼 법적인 효력이 있을 만한 문서를 주셨습니까?"

"그런 일 없다."

"그럼 증거로 내밀 수 있는 것은 직접 쓰신 편지뿐이겠군요."

왕은 고개를 끄덕였다.

"전하, 그렇다면 이해가 되지 않습니다. 만일 그 여인이 편지를 들고 나와 협박하더라도 전하께서 부인만 하시면 문제 될 것이 없지 않습니까?"

"필체는 어떻게 하나?"

"필체는 얼마든지 흉내가 가능합니다."

"왕실에서 전용으로 사용하는 편지지를 사용한 것은?"

"그녀가 훔친 겁니다. 편지지 정도는 몇 장 없어진다고 해서 눈치 챌 수 있는 것이 아니니까요."

"내 봉인이 찍혀 있는 건 어떻게 하나?"

"돈만 있으면 봉인을 위조해 줄 수 있는 사람은 얼마든지 구할 수 있습니다."

"그럼 사진은?"

"전하의 사진이라면 얼마든지 구입할 수 있습니다."

"그게……, 나하고 아이린이 함께 찍은 사진이거든."

"음."

홈스의 입에서 작은 신음이 새어 나왔다.

"그건 좀 어렵군요. 경솔한 행동이셨습니다."

국왕은 난처한 표정을 지었다.

"젊은 혈기에 앞뒤를 가리고 한 행동이 아니었다. 사실 스물다섯 살의 황태자에게는 두려운 것이 없었지."

"그래도 조금은 후일을 생각하셔야 했습니다. 어쨌거나 사진을 돌려받지 않으면 안 되겠군요."

"바로 그것이 내가 이곳에 온 이유다. 이미 돈으로 해결하려고도 해 봤지만……."

"그녀가 거절했겠지요."

"세상의 돈을 다 준다고 해도 거절하더군."

"그 외에도 다른 방법을 써 보셨겠지요?"

"물론이다. 사람을 고용해서 두 번이나 집을 뒤지기도 했고, 아이린이 여행할 때에는 소매치기를 시켜 트렁크와 핸드백을 가로채기도 했지만 모두 실패하고 말았다."

갑자기 홈스가 큰 소리로 웃었다. 국왕이 기분이나 상하지 않았을까 싶어서 걱정이 될 정도였다.

"죄송합니다. 하지만 전하께서 하신 일치고는 민망하군요."

"그대에게는 재미있을지 모르지만, 나로서는 그런 일도 해야 할 만큼 심각한 문제다."

내 예상대로 국왕은 화가 나 있었다. 목소리가 무겁게 경직되어 있었던 것이다. 홈스가 웃음을 멈추고 예의 날카로운 눈빛으로 말했다.

"알고 있습니다. 그런데 5년이나 지난 지금에 와서 그 편지가 문제가 된다는 것은 아이린 애들러가 전하께 무언가를 요구하고 있다는 것이겠지요?"

"나를 파멸시키겠다고 했다."

"음, 전하의 결혼 소식을 들은 것이로군요."

홈스가 중얼거렸다.

"자네도 들은 모양이군. 하긴 비밀이 아니니까……."

국왕은 잠시 놀라는가 싶더니 이내 평정을 되찾고 말을 이었다.

"내 결혼 상대로 예정되어 있는 사람은 스칸디나비아 왕실의 두 번째 왕녀인 크로틸드 로트만 폰 삭스메닝겐이다. 알고 있는지 모르겠지만, 스칸디나비아 왕실은 가풍이 엄격하기로 유명한데 왕녀 역시 그 부분에 있어서 매우 예민한 편이다. 만일 과거 황태자 시절의 일이라고 할지라도 한낱 여가수와 사귀었다는 말을 들으면 그날로 이 혼담은 깨지고 만다. 왕녀는 티끌만 한 의혹도 용납하지 않을 것이기 때문이다. 그런데 아이린이 나와 함께 찍은 사진을 왕녀에게 보내겠다고 협박을 하고 있으니 나로서는 난감한 일이 아닐 수 없다. 이 혼담은 두 사람의 결합이 아니라 두 나라의 화합을 의미한다. 따라서 이런 문제로 혼담이 깨지면 두 나라 간의 관계가 악화되는 것에 그치지 않고 유럽 전체가 긴장하게 될 것이다."

"그녀가 진짜로 편지를 보낼 거라고 보십니까?"

"아이린은 그 미모만큼이나 대단한 여성이다. 천사 같은 외모와는 달리 강한 성격을 가지고 있지. 그녀의 결단력은 웬만한 남자도 따라오지 못할 것이다. 하지도 않을 일을 입으로 내뱉을 사람이 아니란 말이다. 또 한

번 하겠다고 한 것을 망설이거나 번복하는 일 따위는 결코 하지 않는 사람이다."

"그럼 그녀가 아직도 편지를 가지고 있다고 생각하십니까? 이미 스칸디나비아로 보낸 것은 아닐까요?"

"아니다. 아이린은 왕녀와의 약혼을 정식으로 발표하는 날 보내겠다고 했다."

"약혼 발표는 언제입니까?"

"다음 주 월요일이다. 시간이 많지 않아."

국왕의 얼굴은 어두웠다. 그러나 홈스는 여유롭게 하품까지 했다.

"사흘이나 남았군요. 제가 몇 가지 중요한 사안을 처리하는 데 충분하겠습니다. 아, 전하께서는 당분간 런던에 계시겠지요?"

"물론. 랜엄 호텔에 묵고 있다. 프런트에서 폰 크람 백작을 찾으면 된다."

"알았습니다. 그럼 조사가 진행되는 대로 전보로 알려 드리겠습니다."

"부디 나의 근심을 덜어 주기 바란다. 그대가 사진만 찾아 주면 곧바로 백지수표를 줄 것이다. 물론 왕국의 일부를 준다고 해도 아깝지 않다."

"황송하군요. 하지만 보헤미아 왕국은 사양하겠습니다."

홈스는 빙그레 웃었다. 그러자 국왕은 망토 아래에서 묵직해 보이는 가죽주머니를 꺼내 탁자 위에 올려놓았다.

"이것은 사건을 진행하면서 드는 비용에 쓰도록 하라. 황금 3백 파운드와 7백 파운드의 지폐가 들어 있다."

"감사합니다. 그럼 아이린 애들러가 현재 거주하고 있는 집주소를 말씀해 주시겠습니까?"

"세인트존스 우드, 서펜타인가의 브리오니 저택이다."

홈스는 자신의 수첩에 받아 적었다.

"아, 한 가지 더, 그녀가 가지고 있다는 사진의 크기는 어느 정도 입니까?"

"세로 17센티미터, 가로 11센티미터의 캐비닛 판이다."

"알겠습니다. 대충 필요한 정보는 다 모은 셈이군요. 돌아가 계시 면 곧 좋은 소식을 알려 드리도록 하겠습니다."

국왕은 올 때와 달리 복면을 쓰지 않고 방을 나갔다. 국왕을 태운 쌍두마차의 말발굽소리가 멀리 사라지자 홈스는 서둘러 외출 준비 를 했다.

"어디를 가려고 그러나?"

"음, 먼저 조사할 게 있거든."

"그런데 자네는 사진을 어떻게 찾아올 셈인가?"

"그건 자네가 내일 오후 3시에 다시 온다면 그때 알려 주겠네. 그나저나 정략결혼을 해야 하는 국왕에 비하면 우리가 더 행복한 게 아닐까 싶군. 나로서는 재미있는 사건이 되겠지만 말이야."

뛰어난 정보원

이튿날 나는 약속한 시간에 맞춰 베이커 가의 하숙집으로 갔다. 그러나 홈스는 없었다. 하숙집 주인인 허드슨 부인은 홈스가 아침 8시경에 집에서 나갔다고 했다. 나는 홈스가 올 때까지 기다리기로 했다. 홈스가 약속 시간에 늦는 것은 나에게는 결코 생소한 일이 아니었던 것이다. 그리고 그냥 돌아가기에는 이 사건에 대한 나의 호기심이 주체할 수 없을 정도로 컸다. 나는 함께 살던 정든 방의 안락의자에 앉아 불을 쬐었다.

이 사건은 그동안의 사건들에 비해 기괴하거나 무섭거나 하지는 않았지만 의뢰인이 워낙 높은 신분의 사람이다 보니 그것만으로도 흥미로웠다. 그러나 그것보다는 사건에 관계없이 상황을 꿰뚫어 보는 친구의 날카로운 시선과 명쾌한 추리를 다시 볼 수 있다는 것이 나를 흥분시켰다. 홈스가 사건을 해결하는 과정은 언제나 섬세하면서도 기민했다. 그래서 나는 이번 사건도 그가 실패할지도 모른다는 생각은 전혀 하지 않았다. 결코 나를 실망시키지 않을 것이라고 믿었다. 나는 내 친구가 어서 돌아와 사건의 진상을 들려주기만을 고대했다.

그러나 내 조급함과는 달리 한 시간이 지나도록 홈스는 돌아오지 않았다. 나는 점점 지루해졌고 급기야 졸음이 쏟아지기 시작했다. 난로의 온기에 노곤해진 탓도 있지만 어젯밤 오래간만에 홈스의 날카로운 추리력을 직접 목격하게 된 것에 흥분해서 잠을 잘 못 잤기 때문이다. 어느새 고개를 끄덕이며 졸고 있는 나를 느낄 수 있었다.

그때였다. 갑자기 방문이 거세게 열리는 바람에 나는 하마터면 의자에서 떨어질 뻔했다. 놀란 내 눈에 들어온 것은 술에 거나하게 취한 마부였다. 그는 흔들거리며 방 안으로 성큼성큼 들어오더니 내 앞에 섰다. 나는 이 낯선 사람의 당당한 등장에 너무 놀라서 소리를 지를 생각도 하지 못했다. 그런데 그의 입에서 나온 말은 나를 더욱 아연하게 만들었다.

"오래 기다렸나, 왓슨?"

그는 다름 아닌 홈스였던 것이다. 홈스의 머리카락은 거센 바람을 맞은 것처럼 몹시 헝클어져 있었고, 얼굴을 온통 덮을 정도로 멋대로 길게 자란 구레나룻 사이로 보이는 얼굴은 햇볕에 익은 얼굴처럼 검붉었다. 또 군데군데 흙먼지가 잔뜩 묻어 있는 허름한 옷차림까지, 내 앞에 선 사람은 영락없는 마부였다. 홈스의 변장 솜씨가 뛰어난 것은 익히 알고 있었지만 입을 다물 수 없을 정도였다.

"홈스, 자넨가?"

내가 못 믿겠다는 듯이 묻자 홈스는 큰 소리로 웃었다.

"그럼 누구로 알았나? 그런데 잠시만 더 기다려야겠는걸. 옷 좀 갈아입고 나오겠네."

홈스는 싱긋 웃더니, 자신의 침실로 들어갔다. 5분 뒤 홈스는 예의 깔끔한 트위드 정장 차림으로 돌아왔다. 그는 한 손을 호주머니에다 찔러 넣은 채 난로 앞으로 다가오다가 두 다리를 벌리고 섰다.

"왓슨, 오늘 아침에……."

홈스는 말을 하다가 말고 무엇이 우스운지 어깨를 들썩거리며 웃기 시작했다. 한참 동안 숨이 턱에 닿도록 웃어 대더니 의자 위에 털썩하고 주저앉아 버렸다.

"홈스, 왜 그러나?"

"오늘 아침에 내가 무슨 짓을 했는지 아나? 자네는 상상도 하지 못할걸?"

"도대체 무슨 일을 했기에 그러는 건가?"

"자네가 오랜 시간 기다린 것에 사과하는 의미로 자세히 얘기해 주지. 난 오늘 아침 8시에 실직한 마부로 변장하고 집을 나섰네. 그리고 곧바로 브리오니 저택으로 갔어. 저택은 큰 도로에 접한 아담한 2층집이더군. 집 뒤에는 정원이 있었고 현관에는 자동 잠금 장치가 달린 자물통이 달려 있었어. 또 아래층의 큰 응접실로 통하는 창문은 바닥까지 내려오는 긴 것이었는데 잠금 장치는 어린아이도 쉽게 열 수 있을 만큼 허술한 것이었지. 또 정원에는 마구간이 있었는데 그 마구간 지붕으로 올라가면 복도로 향한 작은 창문이 있어서 집 안으로 들어갈 수가 있더군. 집 주위를 돌며 자세히 살펴봤지만 그외에는 별로 눈길을 끄는 게 없었네."

"수상한 사람으로 신고를 안 당한 것이 용하군. 그런데 변장은 왜 한 건가?"

"그 사람의 주변을 알고 싶을 때에는 그 집의 마부들과 친분을 갖는 것만큼 유용한 것이 없거든. 마부들은 동료 의식이 매우 강해서 어려울 때 돕기도 하고 일자리를 알선해 주기도 한다네. 또 서로 잘 모르더라도 마부라는 같은 직업을 갖고 있다는 것만으로도 서로 감추는 것이 없지. 어쨌든 나는 서펜타인가에 거주하는 사람들은 대부분 마부들을 고용하고 있다는 것을 노렸네. 나는 그 주위를 어슬렁어슬렁 돌아다니다가 마침내 옆집의 마부를 만날 수 있었어. 그는 말을 솔질하고 있었는데 내가 다가가서 일을 거들자 그 늙은 마부는 젊은 친구가 일을 잘한다면서 칭찬까지 해 줬다네. 내가 마음에 들었는지 늙은 마부는 땀을 식히자며 잠시 일손을 멈추더니 주머니에서 담배를 꺼내 권하더군. 우리는 그늘에 앉아 담배를 피우면서 이런저런 이야기를 했어. 한참 그의 수다를 참고 듣다가 나는 슬며시 브리오니 저택에 대해서 묻기 시작했지. 다행히 그 늙은 마부는 말하는 것을 무척이나 좋아하더군. 그 문제의 여가수는 물론이고 그 동네 사람들의 정보까지 모두 얻을 수 있었거든. 일이 끝나자 그 마부는 팁이라면서 2펜스나 주고 나중에는 술까지 사 줬다네. 오랫동안 탐정 노릇을 했지만 이렇게 적은 팁을 받은 건 이번이 처음이야."

홈스는 연신 킥킥거렸다.

"마부한테 팁을 받은 게 그렇게 우습나?"

"그럴 리가 있겠나? 재미있는 일은 그다음에 있었네. 하여간 나는 아이린 애들러라는 여성을 한시바삐 만나 보고 싶어졌어."

"오, 그건 의외로군? 도무지 여성에게는 관심도 없던 자네가 웬일인가? 그래 마부는 애들러 양에 대해 뭐라고 하던가?"

"한마디로 남자들의 시선을 끄는 여성이라고 하더군. 심지어 세상에서 가장 아름답다고까지 했어. 음악회에 출연하기 위해 극장에 가는 것 빼고는 거의 사람들의 눈에 띄지 않는데, 이상한 건 매일 오후 5시가 되면 아름답게 차려입고 외출했다가 7시 정각에 돌아온다는 거야. 그런데 집에 돌아와서 식사를 하는 걸 보면 만찬에 가는 건 아닌 것 같다고도 하더군. 그녀를 찾는 손님도 많지 않은 편인데 남자 손님은 딱 한 명이라고 하네. 템플 법학원에서 근무하고 있는 갓프리 노턴이라는 청년으로 건강해 보이는 구릿빛 피부에 매우 잘생긴 외모를 가졌다고 하더군. 또 성격도 활발하고 친절해서 마부들에게도 잘한다는 거야. 그는 하루에 한 번씩 꼭 오지만 어느 때는 두 번이나 그 이상 올 때도 있다고 했어. 이 정도면 웬만한 정보원 뺨치는 실력 아닌가?"

"하지만 홈스, 어떻게 마부가 그 청년에 대해 그렇게 자세히 알 수 있었겠나?"

"마부들이야말로 그 부분에 대해 가장 잘 알고 있는 사람들 아니겠나? 그 옆집 마부가 그러는데 청년이 그녀를 방문하는 사이에 청년이 타고 온 마차의 마부에게 들었다는 거야. 하여간 나는 그 마부에게 필요한 것을 다 알아낸 다음 아이린 애들러의 집으로 되돌아갔네."

비밀 결혼식

"왓슨, 나는 갓프리 노턴이라는 청년에게 호기심이 생겼는데 나중에 알아보니 변호사더군. 그렇다면 그녀와 그는 어떤 관계일까? 개인 변호사일까, 아니면 연인일까? 또 매일 찾아오는 이유는 무엇일까? 만일 변호사라면 문제의 사진은 그에게 있을 거야. 그렇다면 보헤미아 국왕이 사진을 찾지 못한 것도 설명이 되지. 하지만 연인이라면? 사진은 저택에 있을 거야. 아무튼 그 둘의 관계에 따라서 내가 조사해야 할 곳이 저택이냐, 법학원이냐가 결정된다고 생각했지. 그래서 나는 일단 이 수수께끼의 인물 쪽에 초점을 맞추기로 했네. 왓슨, 자네 지루한 건 아닌가? 하지만 자네가 상황을 제대로 이해하려면 소소한 것까지 알아야만 해서 말이야."

"지루하다니, 재미있게 듣고 있네."

"다행이군. 그럼 계속함세. 이런저런 생각을 하고 있는데 저쪽에서 마차 한 대가 달려오더니 브리오니 저택 앞에 멈추자마자 늠름한 젊은이 하나가 마차에서 뛰어내렸네. 가무잡잡한 피부에 매부리코

와 구레나룻이 인상적인 미남이었지. 한눈에 갓프리 노턴이라는 걸 알 수 있었어. 늙은 마부가 일러 준 그대로였거든. 그는 무척 급한 듯이 저택으로 뛰어가면서 마부에게 기다리라고 소리치더군. 그리고 늙은 하녀가 문을 열자마자 하녀를 밀치고 집 안으로 성큼성큼 들어가 버렸네. 마치 자기 집에 온 사람 같더군. 나는 담장 가까이에서 아까 자네에게 얘기한 거실의 커다란 창문을 통해서 응접실에서 서성이고 있는 그를 볼 수 있었네. 그녀는 보이지 않았지만 그가 무엇인가를 설명하고 있는지 팔을 마구 휘두르고 있는 것으로 보아 그녀가 그 안에 있는 것은 분명했지. 하여간 그는 몹시 흥분하고 있었어. 그가 집 밖으로 나온 건 30분쯤 지난 뒤였네. 집에서 나온 그는 들어갈 때보다 더 급해 보이더군. 시간에 쫓기는 사람처럼 금시계를 연신 들여다보면서 마차에 올라타더니 마부에게 소리쳤지. '리젠트가 그로스 앤드 행키에 잠깐 들렀다가 에지웨어가의 세인트모니카 성당으로 가게. 만약 20분 이내에 성당에 닿으면 팁으로 반 기니를 줌세. 전속력으로 달려야 하네. 급해!' 하고 말이야. 워낙 큰 소리였던 덕분에 그의 행선지를 쉽게 알 수 있었지.

노턴이 탄 마차가 내 앞을 바람처럼 스쳐 지나가자 나는 마차의 뒤를 쫓아야 할지 말아야 할지 잠깐 망설였네. 브리오니 저택 쪽이 아무래도 마음에 걸려서 말이야. 그런데 또 하나의 마차가 나타난 거야. 아름답게 칠을 한 작은 마차였어. 그런데 그 마부의 모습이 가관이더군. 얼마나 서둘렀는지 상의의 단추는 겨우 하나만 채우고, 타이는 제대로 묶지도 못한 채 겨우 목에 걸고, 옷자락은 허리춤 밖으로 빠져나와 있었네. 마치 자다가 급하게 몸만 빠져 나온 것 같더군. 마차가 요란한 소리를 내며 저택 앞에 멈춰 서자마자 한 여인이 집 안에서 튀어나와 사뿐히 마차에 올랐지. 언뜻 보기에도 대단한 미인이더군. 한 나라의 황태자가 마음을 빼앗긴 것도 전혀 무리가 아니었어. 그녀 역시 몹시 빠른 말투로 마부에게 말을 했다네. '세인트모니카 성당까지 급히 가요. 20분 이내에 닿으면 팁으로 반 파운드 주겠어요.'라고 말이야. 그 말을 듣자 내 가슴은 무섭게 뛰었다네. 그녀를 따라가야만 했어. 그녀가 탄 마차의 뒤에 매달리기라도 해야겠다고 생각한 순간, 마침 합승 마차가 한 대 지나가더군. 망설일 것이 없었지. 바로 손을 들어 마차를 세웠어. 아, 그런데 내 옷차림을 본 마부가 망설이는 기색을 보이는 거야. 요금을 받지 못할 거라고 생각했던 것 같아. 하긴 내 행색이 좀 초라하긴 했지. 하지만 마차를 놓칠 수는 없었어. 나는 재빠르게 마차에 올라타고 돈을 보여 주며 '세인트모니카 성당까지 20분 안에 가면 반 파운드 주겠소.'라고 말했다네. 마부는 비로소 어서 오라며 인사를 하고는 힘껏 마차를 출발시켰지. 마차가 출발하고 시계를 보니 11시 35분이더군.

돈의 힘이랄까, 마차는 거의 필사적으로 달렸다네. 하지만 앞선 마차를 추월하지는 못했어. 성당 앞에는 이미 두 대의 마차가 세워져 있었지. 나는 마부에게 돈을 지불하고 서둘러서 성당 안으로 들어갔네."

홈스의 말이 빨라지기 시작했다.

"성당 안에는 예의 두 사람과 흰 옷을 입은 사제 한 사람뿐이었어. 세 사람은 뭔가 심각하게 얘기 중이더군. 나는 기도를 드리러 온 사람처럼 태연하게 통로를 따라 제단 앞으로 나아갔다네. 그런데 내 발자국 소리가 성당 안에 울리자 그들은 마치 약속이나 한 듯이 일제히 돌아보더군. 그리고 다음 순간 노턴이 나를 향해 성큼성큼 뛰어

오더니 내 팔을 꽉 움켜쥐는 것이 아니겠나?

'오, 하느님 감사합니다. 부탁 좀 합시다. 어서 이리로……'

'무, 무슨 일입니까?'

노턴은 내 질문에 대답도 하지 않고 완강하게 나를 잡아끌었어. 나는 반항할 생각도 하지 못한 채 그가 끄는 대로 제단 앞으로 갈 수밖에 없었다네. 나는 노턴의 갑작스러운 행동에 적지 않게 당황했어. 제단 앞에까지 가자 노턴은 내 옷소매를 붙잡은 채로 신부에게 '신부님, 이젠 되었지요? 3분밖에 남지 않았습니다. 제발 부탁합니다.' 하고 급하게 말하더군. 왓슨, 그다음엔 어떻게 됐을지 상상이 가나?"

"글쎄."

"바로 아이린 애들러와 갓프리 노턴의 비밀 결혼식이 거행되었던 거라네."

"뭐라고?"

"자네도 놀랄 줄 알았어. 난 엉겁결에 잘 알지도 못하는 사람들의 비밀 결혼식의 증인이 되고 만 거지. 결혼식은 눈 깜짝할 사이에 끝났어. 신랑 신부는 나에게 감사하다는 말을 했고 성당의 신부도 나에게 온화한 미소를 보내 주더군. 정말이지, 그렇게 난감한 상황에 처한 일은 일찍이 없었던 것 같아."

홈스는 그때의 상황이 떠오르는지 연신 웃어 대고 있었다. 사건을 조사하러 갔다가 엉뚱하게도 조사 대상자의 결혼식 증인을 서고 오다니, 내가 생각해도 어이없는 일이기는 했다.

"아마도 증인이 없어서 결혼식을 올리지 못하고 있었던 같아. 노턴이 거리에 나가 지나가는 아무나 데려오기라도 해야 하는 순간에 때마침 내가 성당 안으로 들어간 거야. 기막힌 타이밍 아닌가? 내가 신랑의 수고를 덜어 준 셈이 되고 말았어. 아, 그리고 이것은 그 아름다운 신부가 나에게 고맙다면서 준 것이라네."

홈스는 웃음이 가득한 얼굴로 호주머니에서 1파운드짜리 금화 한 닢을 꺼내어 나에게 보여 주었다.

"조사하러 나가서 수입까지 얻어 가지고 왔군그래."

"그러게 말이야. 어쨌든 나는 이 금화를 증인이 된 기념으로 시곗줄에 달아 놓을 작정일세."

"나 원……. 그래서 어떻게 되었나?"

"성당 밖으로 나오자 나는 좀 걱정이 되었네. 그 둘이 떠나기라도 하다면 내 계획에 차질이 빚어지기 때문이었지. 그런데 뜻밖에도 그들은 교회 앞에서 헤어지더군. 노턴은 법학원으로, 애들러는 브리오니 저택으로 각자 타고 온 마차를 타고 돌아간 거야. 그런데 그들은 감시자가 있다는 생각을 못해서인지 주변을 의식하지 않고 대화를 주고받더군. 그리고 마지막에는 아주 결정적인 말을 했지."

"그게 뭔가?"

내가 조급하게 묻자 홈스는 나의 호기심이 반가운지 싱글벙글 웃었다.

"그녀가 노턴에게 '그럼 오늘도 5시에 공원으로 가겠어요.'라고 했다네. 그래서 나도 사전 준비를 위해 돌아온 것일세."

"사전 준비라니?"

"차가운 쇠고기와 시원한 맥주 한 잔이지."

"뭐?"

나는 그의 어이없는 대답에 맥이 풀릴 지경이었다. 그러나 홈스는 이 상황을 즐기는 듯했다.

"무슨 일을 하려면 뱃속부터 채워야 하지 않겠나? 사실, 아침부터 여태까지 아무것도 먹지 못했거든. 게다가 오늘 밤에는 무척 바쁠 테니까 말이야."

"오늘 밤이 바쁠 거라니 점점 알 수 없는 말만 하는군."

나는 나도 모르게 시큰둥하게 중얼거렸다. 항상 사람들의 생각보다 한두 발 앞서 나가는 홈스의 생각과 추진력에 익숙해져 있다고는 하지만 그 내용까지 알아내기란 쉽지 않은 일이었던 것이다.

"왓슨, 이번 일에 자네의 도움이 필요한데 거들어 주겠지?"

홈스의 그 말은 내 귀를 솔깃하게 했다.

"내가 마다할 리가 있나."

"법을 어기게 될 텐데도 말인가? 잘못하면 경찰에 체포될 수도 있어."

"자네가 하는 일에는 그만한 명분이 있을 테니까……. 무엇보다도 나는 자네를 믿네."

"그렇게까지 생각해 준다니 정말 고맙네. 농담이 아니라 진심으로 자네가 내 친구라는 게 얼마나 고마운지 모를 걸세."

"기분이 나쁘지는 않군. 그래, 오늘 내가 해야 할 일이 도대체 뭔가?"

"그 전에 먼저 참을 수 없는 허기부터 해결하면 안 되겠나?"

홈스는 배를 움켜쥐고 장난스럽게 웃었다.

사전 계획

홈스는 허드슨 부인이 날라다 준 음식을 며칠 굶은 사람처럼 급하게 먹었다. 평소 그답지 않은 행동이었다.

"좀 천천히 먹게. 그러다가 체하겠어."

내가 걱정스러워서 맥주를 그의 앞으로 밀어 놓자 홈스는 입안에 가득 물고 있던 음식을 꿀꺽 삼키며 입을 열었다.

"시간이 없어. 자네한테 설명하느라고 시간을 너무 많이 소비했거든. 7시가 되기 전, 그러니까 아이린 애들러가 공원에서 돌아오기 전에 브리오니 저택에 가서 그녀를 기다려야 하기 때문에 조금 서둘러야 하네."

"그녀를 기다린다고? 저택을 수색하는 게 아니고?"

"그건 이미 우리의 국왕께서 실패하지 않으셨나? 일반적인 방법으로는 사진을 찾을 수 없어. 그래서 다소 엉뚱한 계획을 세웠는데 자네의 역할이 매우 중요하다네."

내 역할을 강조하는 홈스의 말에 나는 조금 긴장되는 것을 느꼈다.

"긴장할 건 없어. 자네는 내가 시키는 대로만 하면 돼. 일단 그녀가 저택 앞에 나타나면 약간의 소동이 일어날 거야. 그 와중에 내가 집 안으로 들어가게 될 걸세. 이때 자네는 소동에 끼어들지 말고 남의 눈을 피해 그 집 창가에 바짝 붙어 서 있게. 4, 5분이 지나면 응접실 창문이 열릴 테니 들여다보고 있다가 내가 손을 들어 신호를 하면 이것을 집 안으로 던지고 '불이야!' 하고 소리를 지르면 되네."

홈스는 안주머니에서 시가처럼 길쭉하고 종이로 만 듯한 짧은 막대를 꺼내 내게 건네주었다.

"알았네. 그런데 이건 위험한 건가?"

"아니야. 이건 배관공들이 사용하는 연기 로켓인데, 자동 발화되는 신관이 양쪽에 달려 있어서 충격을 받으면 연기와 불꽃이 나게 되어 있어. 그저 연기만 나는 물건이니까 이것 때문에 누가 다치는 일은 없을 거야. 걱정하지 말게."

"다행이군."

내가 안심한 것을 보더니 홈스는 그다음에 일어날 일들을 알려 주었다.

"그런 다음 자네는 길모퉁이에 가서 몸을 숨기고 있게. 그다음 일은 구경꾼들이 알아서 할 거야. 나도 10분쯤 후에 그리로 가겠네."

"음, 내가 해야 하는 일이란 그녀의 집에 이 연기 로켓을 던지고 불이 났다고 외치기만 하면 된다는 거지?"

"바로 그거야."

"문제없네. 그런데 자네는 어떻게 그녀의 집으로 들어가겠다는 건가? 더구나 그녀가 집에 있을 때……."

"그 점은 시간이 없으니 직접 보도록 하게. 하지만 한 가지 강조하자면 자네가 맡은 일 외에는 아무것에도 신경 쓰지 말고 무시해야 하네. 어떤 소동이 일어나도 말이야. 알았나?"

내 친구는 맹세라도 받겠다는 듯 진지하게 물었다. 나는 말없이 고개를 끄덕였다.

"좋아. 그럼 나도 슬슬 나갈 준비를 해야겠군. 잠깐만 기다리게."

홈스는 침실로 들어간 지 채 5분도 지나지 않아서 딴사람이 되어 나왔다. 챙이 넓은 모자에 새하얀 타이와 통이 넓은 바지, 게다가 부드러운 눈빛과 자비로운 미소는 영락없는 개신교 목사로 보였다.

"홈스, 자네는 연극배우를 해도 손색없겠어. 존 헤어John Hare(19세기 말 영국 최고의 성격배우 – 역자 주)가 울고 갈 정도야."

내 칭찬은 결코 과한 것이 아니었다. 홈스는 의복뿐만 아니라 변장한 인물의 인품이나 직업에 따른 성격까지도 제대로 표현해 내고 있었던 것이다. 분명 우리는 유능한 탐정을 얻은 대신 역사에 길이 빛날 위대한 배우 한 사람을 잃고 있는 것이 분명했다. 홈스는 마치 다른 사람처럼 온화한 미소로 응대했다.

6시 15분에 모든 준비를 마치고 하숙집을 출발한 우리는 6시 50분에 서펜타인가에 도착했다. 해질 녘의 거리는 많은 사람들로 어수선한 분위기였다. 허름한 옷차림의 남자들이 한쪽 구석에 모여 시시덕거리고 있었고, 젊은 하녀에게 수작을 거는 위병도 있었으며, 번듯하게 차려입은 청년 몇 명이 시가를 물고 어슬렁거리고 있는 것도 보였다. 심지어 칼갈이 하나는 손님과 언성을 높이며 다투고 있었다. 결코 조용한 동네는 아니었다. 우리는 다른 사람들처럼 자연스럽게 그 거리를 서성였다. 홈스는 작은 소리로 아까 미처 하지 못한 이야기를 들려주었다.

"두 사람의 결혼 덕분에 이 사건은 쉽게 해결될 수 있게 되었네. 우리의 국왕께서 약혼자인 공주에게 과거를 숨기고 싶어 하는 것처럼 애들러도 신랑에게 사진을 보여 주고 싶지 않을 거란 말이지. 마치 양쪽에 날이 있는 칼 같다고나 할까? 그 사진은 국왕에게도, 애들러에게도 위험한 물건이 되어 버린 거야."

"그렇다면 사진은 아직 그녀가 가지고 있겠군?"

"맞네. 어디에 두었느냐가 문제지만 말이야."

"몸에 지니고 다니는 것은 아닐까?"

"캐비닛 판의 사진은 드레스 안에 숨기거나 핸드백에 넣고 다니기에는 너무 크다고 생각되지 않나? 만약 그랬다면 국왕이 우리를 찾아오는 일은 없었을 걸세."

"그럼 어디다 둔 걸까?"

"은행이나 변호사에게 맡기는 방법도 있겠지만 그녀는 그러지 않았을 거야. 여자들이란 본래 비밀을 좋아하고 감정에 충실하지. 예술을 하는 사람일 경우에는 더 그렇다네. 하지만 남자는 경제나 정치적인 이유에 좌우되곤 하거든. 그녀도 그것을 잘 알고 있을 거야. 또 그녀는 협박한 내용대로라면 며칠 안에 사용해야 하네. 그렇다면 분명히 가까운 어딘가에 그 사진을 숨겨 놓은 것이 분명하지. 그 말은 곧 사진이 집 안에 있다는 뜻이야."

"하지만 두 번이나 침입해서 찾아봤다고 했지 않나?"

"도둑들이야 눈에 보이는 것만 훔쳐가지 않나? 절도와 조사는 차원이 다르다네."

"그럼 자네는 어떻게 찾겠다는 건가?"

"그녀가 직접 가르쳐 줄 텐데 굳이 내가 힘들여 찾을 필요가 있겠나?"

"뭐라고?"

"분명히 그렇게 될 거야. 오, 마차가 오고 있군. 다시 한 번 말하지만 자네, 실수 없이 해야 하네."

깨끗한 사륜마차 한 대가 요란한 말발굽소리와 함께 달려오더니, 브리오니 저택 앞에서 멈춰 섰다. 바로 그때였다. 아까부터 서성거리고 있던 부랑자 하나가 마차로 달려가더니 문을 벌컥 열고는 구걸을 하기 시작했다. 그러자 또 다른 부랑자가 나타나 앞서 나타난 부랑자를 밀치며 소리쳤다.

"여긴 내 구역이야!"

두 부랑자가 치고받으며 뒹굴자 칼갈이와 위병, 그리고 다른 사람들까지 합세하여 싸움을 말리는가 싶었지만 급기야 패싸움으로 번지고 말았다. 주먹과 지팡이가 마구 오가는 가운데 흥분한 칼갈이는 들고 있던 자루까지 휘두르며 날뛰었다. 싸움을 구경하고 있는 것조차 몹시 위험해 보였다. 그런데 바로 이 난투극 사이에 아이린 애들러가 갇혀 있었다.

"이따가 보세."

홈스는 잠시 상황을 지켜보는 듯하더니 갑자기 흥분해 있는 사내들 틈으로 뛰어들었다. 그리고는 자기 몸으로 그녀를 감쌌다. 하지만 곧바로 그는 누군가가 휘두른 지팡이에 머리를 정통으로 맞고 그녀 앞에서 쓰러졌다. 지팡이는 두 동강이 나서 공중으로 튀어 올랐고 홈스의 머리는 온통 붉은 피로 물들어 버렸다.

피를 보아서 그랬는지 홈스가 쓰러져서인지 여태까지 무서운 기세로 치고받던 사내들이 약속이나 한 듯 잽싸게 흩어져 버렸다. 싸움패들이 사라지자 멀리에서 구경을 하던 사람들이 앞으로 모여들었다. 그들은 먼저 갇혀 있던 숙녀를 부축해 저택으로 안내했고, 이어 쓰러져 있는 홈스를 안아 이리저리 살펴보았다. 아이린 애들러는 현관 앞에서 우아하고 침착한 모습으로 쓰러져 있는 사람을 지켜보았다.

"그 가여운 분은 괜찮으실까요?"

맑고 고운 목소리였다.

"죽은 것 같아요."

누군가 외치는 소리가 들렸다. 그 소리를 듣자 내 심장이 얼어붙는 것 같았다. 나는 친구와의 약속도 잊고 앞으로 튀어 나갈 뻔했다.

"아니에요, 아직 살아 있어요."

"하지만 피를 너무 많이 흘린 거 아니에요?"

"병원으로 옮기는 동안 죽을지도 모르겠군요."

"이분이 아니었더라면 숙녀 분께서는 지갑이고 시계고 모두 털렸을 겁니다. 잘못했으면 다치셨을 수도 있었어요."

"용감한 분이었는데, 이대로 거리에서 죽게 만들다니……."

사람들은 한마디씩 떠들어 대고 있었다. 그때 여인의 아름다운 목소리가 들려왔다.

"여러분, 수고스러우시겠지만 그분을 저희 집 안으로 좀 옮겨 주시겠습니까?"

구경꾼들은 저마다 숙녀의 선행에 찬사를 보내며 홈스를 집 안으로 옮겼다.

"자, 이쪽 응접실로 모셔 주세요."

나는 홈스가 피를 흘리고 쓰러질 때만 해도 몹시 당황하고 있었다. 그러나 홈스가 사람들에 의해 저택 안으로 들어가자 비로소 이모두가 그의 계획의 일부였다는 것을 깨닫게 되었다. 소동을 일으킨 장본인들까지도 말이다. 나는 홈스와 약속한 대로 창가에 붙어 서서 안을 들여다보았다. 응접실은 불이 켜 있지 않았지만 다행히 커튼이 쳐 있지 않아서 안의 광경을 훤히 볼 수 있었다. 피투성이의 홈스는 응접실의 긴 소파에 누워 있었다. 아이린 애들러는 자신 때문에 정신을 잃고 있는 낯선 남자를 걱정스러운 표정으로 돌보고 있었다.

홈스는 어떤지 몰라도, 나는 다친 사람을 진심으로 돌보고 있는 착하고 아름다운 이 여성을 속이고 있다는 것에 양심의 가책을 느꼈다. 하지만 여기서 망설이고만 있을 수 없었다. 내가 마음이 약해져서 내 친구가 믿고 맡긴 일을 수행하지 않으면 홈스의 계획은 물거품이 될 뿐만 아니라, 그의 신뢰를 저버리는 게 될 터였다. 망설이는 것은 말도 안 된다며 나 자신을 타일렀다.

'아무도 다치지는 않는다고 했으니까⋯⋯.'

나는 홈스가 준 연기 로켓을 꺼내 들고 신호를 기다렸다. 그때 홈스가 정신을 차리는 것처럼 눈을 뜨더니 답답하다는 듯 가슴을 두드렸다. 그러자 하녀가 창문을 활짝 열어젖혔다. 다음 순간, 홈스는 손을 번쩍 들었다. 드디어 내가 기다리던 신호가 온 것이다. 나는 연기 로켓을 있는 힘껏 내던졌다.

"불이야!"

비밀의 장소

내 **외침과** 동시에 창문으로 시꺼먼 연기가 쏟아지듯 밀려 나왔다. 가뜩이나 아까의 소동으로 저택 앞에 모여 있던 구경꾼들은 난데없는 검은 연기에 놀라서 나보다 더 크고 소란스럽게 비명을 질러댔다.

"불이다, 불!"

"오, 하느님!"

집 안에서는 하녀들이 비명을 지르면서 호들갑을 떨었고, 거리에는 마부에 부랑자들, 심지어 신사들까지, 수많은 구경꾼들이 모여들었다. 소란을 뚫고 홈스의 침착한 목소리가 들려 왔다.

"모두들 안심하시오. 이건 불이 난 게 아니고 그냥 연기만 나고 있을 뿐이오."

나는 모두들 무사한 것을 확인하고 애초에 홈스와 약속한 곳에 몸을 숨겼다. 그리고 정확히 10분 후 홈스는 여유 있는 표정으로 나타났다. 나는 홈스가 그렇게 반가울 수가 없었다. 우리는 말없이 서로를 보며 씩 웃고는 빠른 걸음으로 서펜타인가를 벗어났다.

"왓슨, 로켓 던지는 폼이 대단하던걸. 덕분에 계획한 대로 일이 잘 됐네."

에지웨어가로 가는 갈림길에 이르러서야 홈스는 입을 열었다.

"그럼 사진을 가지고 왔나?"

"아니, 하지만 조만간 내 손에 들어올 거야. 있는 곳을 알아냈으니까."

"정말 그녀가 가르쳐 주기라도 한 건가?"

"물론이지."

홈스는 만족스러운 표정이었다.

"아주 간단한 일이었어. 물론 자네를 비롯해서 싸움을 하던 녀석들이며 구경꾼들이 모두 잘해 준 덕분이지만 말이야. 왓슨, 자네도 금방 알아차렸겠지, 모든 게 연극이라는 걸?"

"그래. 하지만 자네 머리에서 피가 솟을 때에는 얼마나 놀랐는지 몰라. 약속도 잊어버리고 자네에게 달려갈 뻔했으니까!"

나는 불만스럽게 툴툴거렸다. 그러자 홈스는 내 어깨를 툭툭 치며 개구쟁이처럼 웃었다.

"미안하네. 시간에 쫓기다 보니 미리 알려 준다는 걸 잊었어."

"도대체 그 피는 어떻게 된 건가?"

"그건 연극에서 흔히 쓰는 낡은 수법인데 싸움에 뛰어들기 전에 빨간 물감을 손에 묻히고 있다가 한 대 맞는 척하며 얼굴에 물감을 묻혔던 거네. 어쨌든 주변 사람들이 나를 부추기고 동정 어린 말을 던지자 아이린 애들러는 쓰러져 있는 나를 자신의 집으로 들여놓을 수밖에 없었지. 사실 자신을 보호하려다가 다친 사람을 나 몰라라 할 수 있는 사람은 그렇게 많지 않으니 말이야. 나는 잠시 아픈 척하다가 가슴이 답답하다며 문을 열어 달라고 했고 그쪽에서는 열어 주지 않을 수 없었어. 바로 그때 자네가 내 신호에 따라 로켓을 응접실 안으로 던진 거야. 모든 것이 내 생각대로 착착 진행되었지."

"그런데 그 연기 로켓은 왜 던지게 한 건가?"

"만약 자네 집에 불이 났다면 자네는 어떻게 행동하겠나?"

"글쎄, 일단 도망가겠지."

"맞아. 하지만 그 전에 가장 소중한 것을 지키기 위한 행동을 할 거야. 더구나 여자들은 소중한 것에 대한 애착이 무서울 정도로 강하다네. 달링턴 스캔들과 아른스워스 성의 사건을 기억해 보게. 불이 났을 때 어머니인 여성은 자기 아이를 안았고, 미혼의 여성은 보석 상자를 끌어안지 않았던가? 자, 그렇다면 현재 아이린 애들러에게 가장 소중한 것은 무엇이겠나?"

"보헤미아 국왕과 함께 찍은 사진이겠군."

"바로 그거야. 정체 모를 연기와 함께 '불이야!' 하는 외침이 들리자 집 안의 모든 사람들은 저마다 소리를 지르면서 나갈 출구를 찾느라 난리가 났지. 하지만 아이린 애들러는 오히려 사람들과는 반대 방향으로 움직이더군. 내 예상대로였어. 그녀가 거실 안쪽 벽에 달린 초인종 줄 바로 위에 붙은 널빤지를 움직이자 작은 공간이 나타나더군. 벽처럼 보이도록 만든 비밀 벽장이었던 거지. 나는 연기 사이로 그녀가 그 안에서 뭔가를 꺼내는 것을 보았어. 꽤 큰 봉투였지."

"그럼 그것이……."

"그렇지. 정확하게 캐비닛 판 사이즈의 봉투였다네. 사진이라는 건 의심할 여지가 없었지. 나는 그 침착한 목소리로 불이 아니라고 소리쳤네. 그러자 아이린은 이 소란의 정체가 연기 로켓이라는 것을 확인한 후 사진을 도로 집어넣고 널빤지를 원래의 모습대로 고쳐 놓고는 그대로 나가 버렸어. 좋은 기회였는데 마침 그 집 마부가 나를 유심히 지켜보는 바람에 사진을 꺼내 가지고 나올 수는 없었지. 서두르다가는 일을 그르치게 될지도 모르니까 말일세. 별수 없이 잠시 망설이다가 괜찮다는 핑계를 대고 밖으로 나온 거라네.”

“사진을 찾아와야 하지 않겠나?”

“물론이야. 내일 오전에 전하를 모시고 브리오니 저택을 방문할 걸세. 응접실에서 그녀가 우리를 맞기 위해 준비하는 사이 전하께 직접 사진을 찾게 할 작정이네. 그녀가 단장을 하고 응접실에 들어섰을 때에는 우리는 이미 사라진 뒤가 되겠지. 물론 사진과 함께 말이야. 왓슨, 괜찮다면 자네도 함께 갔으면 하는데……?”

“가고말고. 몇 시에 갈 건가?”

“오전 8시. 그녀가 자고 있을 시간이어야 하니까 말이야. 그나저나 전하께 빨리 전보를 쳐야겠어.”

홈스의 이야기를 듣는 동안 어느새 베이커 가의 하숙집 현관 앞에 당도했다. 홈스가 주머니를 뒤적이며 열쇠를 찾고 있는데 갑자기 뒤에서 인기척이 들렸다.

“안녕하십니까, 셜록 홈스 씨?”

우리는 깜짝 놀라 뒤를 돌아다봤지만 인사를 한 사람은 누구인지 확실치가 않았다. 우리 뒤에는 아무도 없었던 것이다. 단지 얼스터 코트로 온몸을 감싼 왜소한 청년 하나가 빠른 걸음으로 우리 곁을 스쳐 지나가고 있을 뿐이었다. 우리가 돌아본 것을 알았을 텐데도 그 청년은 뒤를 보지도 않고 이내 어둠 속으로 사라져 버렸다.

"음, 귀에 익은 음성인데……."

홈스는 젊은이가 사라진 쪽을 바라보며 혼자서 중얼거렸다.

세상에서 사라지다

나는 다음 날 일찍부터 움직여야 했기 때문에 심부름꾼을 시켜 집에 연락을 하고 그날 밤 베이커 가에서 잤다. 우리는 일찍 일어나 커피와 토스트로 가벼운 식사를 했다. 거의 다 먹었을 때 보헤미아 국왕이 급하게 방으로 뛰어 들어왔다.

"정말 사진을 찾았나?"

국왕은 흥분해서 홈스의 어깨를 잡고 흔들어 댔다.

"아직은 아닙니다."

"아직이라면 가능성은 있다는 얘긴가?"

"그렇습니다. 그래서 말씀입니다만 전하께서 저희와 함께 브리오니 저택으로 가 주셨으면 합니다."

"내가 간다고 그녀가 사진을 쉽게 내줄 거라고 생각하는 건 아니겠지?"

"물론입니다."

"무슨 영문인지는 잘 모르겠지만 사진을 찾을 수 있다면야 무엇이 어렵겠나? 식사도 마친 것 같은데 어서 출발하자."

"마차를 부르는 동안 잠시 기다리시지요."

"밖에 있는 내 브루엄을 타고 가면 된다."

"전하의 마차를 이용하게 되다니 영광입니다."

나와 홈스는 모자를 집어 들고 국왕을 앞세워 방을 나섰다. 홈스는 브리오니 저택으로 가는 동안 마차 안에서 아이린 애들러의 결혼 사실을 알려 주었다. 국왕은 몹시 놀라는 눈치였다.

"전하, 어제 아이린 애들러 양이 결혼을 했습니다."

"결혼이라니? 도대체 누구와 했단 말이냐?"

"상대는 노턴이라는 영국인 변호사로 결혼식은 세인트모니카 성당에서 있었습니다."

순간, 보헤미아 국왕은 낙심한 듯 고개를 숙이고 한숨을 쉬었다.

"노턴이라고? 음, 아이린이 그런 이름도 없는 남자와 결혼하다니……. 정말 그를 사랑하는 걸까?"

"저는 사랑이기를 바라고 있습니다."

"그건 왜인가?"

"숙녀 분께서 진심으로 노턴을 사랑한다면 더 이상 전하를 괴롭히지 않을 것이기 때문입니다. 따라서 전하의 결혼을 방해할 이유도 없어지는 것 아니겠습니까?"

"그렇군. 하지만……."

보헤미아 국왕은 생각에 잠겨 있었다. 그리고 이내 입을 다시 열었다.

"신분의 문제만 아니라면, 아니 그녀가 미국 태생만 아니었다면 반대를 무릅쓰고라도 내 아내로 만들었을 것이다. 이 따위 정략결혼은 하지도 않았을 거고……. 만약 그랬더라면 아이린은 아름다움과 지성을 겸비한 최고의 왕비가 되었을 것이다."

국왕은 입을 다물어 버리고 창밖의 풍경을 응시했다. 무거운 침묵은 서펜타인가의 브리오니 저택에 닿을 때까지 이어졌다.

마침내 마차가 멈춰 섰다. 저택의 현관은 이미 열려 있었고 그 앞에는 늙은 노파가 희미하게 웃으며 서 있었다. 우리가 브루엄에서 내리는 것을 지켜보던 여인은 홈스가 다가가자 기다렸다는 듯 입을 열었다.

"셜록 홈스 씨 되시죠?"

순간 나는 잘못 들은 것은 아닌가 내 귀를 의심했다. 놀란 것은 내 친구도 마찬가지였다.

"내가 셜록 홈스요만, 혹시 저를 아시오?"

"주인 아씨께서 선생님이 오시면 실례되는 일이 없도록 조심하라고 이르셨습니다."

"그럼 애들러 양은……?"

"아씨께서는 서방님과 함께 오늘 아침 채링 크로스 역의 5시 15분 열차로 떠나셨습니다."

우리는 소리도 지르지 못하고 서로 얼굴만 쳐다보았다.

"어디로 갔는지는 아시오?"

먼저 평정을 되찾은 사람은 홈스였다.

"외국으로 간다고 하셨습니다."

"언제 돌아온다는 말은……?"

"아씨께서는 다시는 돌아오지 않을 거라고 하셨습니다."

홈스의 실망은 이만저만한 것이 아니었다. 하지만 보헤미아 국왕만큼은 아니었다. 그는 금방이라도 쓰러질 것 같은 표정이었다.

"사진은 어떻게 되는 건가?"

홈스는 국왕의 질문에 대답하지 않고 노파를 밀치면서 집 안으로 들어갔다. 응접실은 어제의 그곳이 맞나 싶을 정도로 온통 엉망이었다. 제 위치에 있는 가구는 하나도 없었을 뿐 아니라 서랍이란 서랍은 모두 열려 있었다.

"어지간히 서두른 모양이군."

홈스는 중얼거리면서 초인종 줄이 있는 곳으로 가서 널빤지를 들어냈다. 국왕과 나는 잔뜩 긴장한 채로 홈스의 다음 행동을 주시하고 있었다. 다음 순간 나는 홈스의 얼굴이 흙빛이 되는 것을 보았다. 돌아서는 홈스의 손에 들려 있는 것은 작은 편지 봉투와 한 장의 사진이었다. 그러나 그 사진은 우리가 원하는 사진에 비해 터무니없이 작은 것이었다. 봉투 표면에는 '셜록 홈스 씨 직접 보세요.'라고 쓰여 있었다. 홈스는 무표정하게 봉투를 뜯었다.

친애하는 셜록 홈스 씨, 아니면 목사님이라고 해야 하나요?
당신의 변장과 연기는 정말 훌륭했습니다. 저를 감쪽같이 속이셨으니까요. 연기가 나고 불이 났다는 비명을 들었을 때까지도 한치의 의심도 없었습니다. 하지만 불이 아니라 누군가의 장난으로 판명되는 순간 제가 사진을 꺼내고 있다는 사실에 경악했습니다. 그리고 제 머리 속에는 한 사람의 이름이 스쳤지요. 셜록 홈스, 바로 당신이었습니다.

사실 몇 달 전쯤에 지인으로부터 당신을 조심하라는 말을 들었습니다. 국왕께서 탐정을 고용하신다면 그건 바로 당신일 거라더군요. 다른 도둑이나 탐정 몇 백이 온다고 해도 당신을 당해 내지 못할 거라는 말도 덧붙여 주셨습니다. 그래서 저는 미리 당신에 대해 조사를 해 봤지요. 당신이 해결한 사건은 물론이고 사는 곳까지 알아 두었습니다.

그런데도 저는 당신에게 사진이 있는 비밀 장소를 직접 가르쳐 드리고 말았더군요. 하기야 저를 구하고자 싸움판에 끼어드신 자상한 목사님을 의심하기란 쉽지 않은 일이었으니까요. 정말 기막힌 작전이었습니다. 저는 제 실수를 깨달은 순간 마부에게 당신을 감시하라고 이르고 제 방으로 갔습니다. 전 재빨리 남장을 하고 당신의 뒤를 밟았습니다. 홈스 씨, 당신은 제가 오랫동안 무대에 섰던 가수였다는 것을 알고 계실 테지요? 저 역시 연극과 변장에는 아주 익숙하답니다. 당신들은 베이커 가로 가시더군요. 제가 이미 조사해 둔 홈스 씨의 주소와 일치했던 겁니다. 제 짐작이 확신이 되자 당신에게 인사를 하지 않고는 못 견디겠더군요. 이제 아시겠습니까? 현관 앞에 서 계실 때 인사를 하며 지나간 청년이 바로 저였답니다.

저는 곧바로 템플 법학원으로 가서 남편을 만났습니다. 우리 부부는 당신이 이 일에 관여하고 있는 한 한시라도 빨리 이곳을 떠나야 한다는 데 의견을 모았습니다. 홈스 씨, 당신은 내일 당당하게 자신의 이름을 내세우고 저를 찾아오시겠지요? 하지만 그때쯤이면 우리는 이미 영국에 없을 것입니다.

아, 한 가지를 잊었군요. 당신이 저를 찾아오신 진짜 이유 말입니다. 제가 말씀드리고 싶은 건 이제 걱정하지 않으셔도 된다는 것입니다. 이제 저에게는 저를 사랑해 주고 제가 사랑해야 하는 남편이 있기 때문입니다. 당신의 의뢰인이신 국왕께도 전해 주십시오. 국왕께서는 젊은 날, 저에게 많은 상처를 남겨 주셨지만 더 이상 그분의 앞길을 막는 일은 하지 않겠다고 말입니다. 전하와 홈스 씨, 그리고 당신의 동료인 왓슨 박사에게 행운이 있기를 기원합니다.

추신

원하는 사진이 아니어서 실망하셨겠지요? 하지만 사진은 드릴 수 없습니다. 그렇다고 오해는 하지 마세요. 해코지를 위해서가 아니라 저 자신을 지키기 위한 목적이니 말입니다. 혹시라도 저에게 가해질지도 모르는 국왕의 위해에 대비하기 위한 것이니 아무쪼록 이해해 주시기 바랍니다. 대신 선물로 제 사진 한 장을 남깁니다.

아이린 애들러 노턴 드림

편지의 마지막에는 어제 날짜와 편지를 쓴 시각이 기록되어 있었다. 시각은 자정으로 되어 있었다. 국왕은 사진을 들고 잠시 바라보더니 탄식하듯 말했다.

"아, 역시 대단한 여성이야! 아이린과 같은 여성은 다시없을 것이다. 이 얼마나 영리하고 과감한가 말이다. 신분만 아니라면 역사에 길이 빛날 왕비가 되었을 텐데, 이처럼 훌륭한 여성이 평민이라니……."

"그러게 말입니다. 전하와는 아주 다른 부류의 여성이로군요."

홈스의 목소리에는 냉기가 흘렀다. 국왕을 혐오하는 것은 아닌가 싶을 정도였다. 그러나 이제는 안심해도 된다고 생각한 국왕은 홈스의 돌변한 태도를 눈치 채지 못했다.

"그나저나 모처럼 맡기신 일인데 결과가 이렇게 되어 유감입니다."

홈스는 국왕을 바로 쳐다보지도 않고 말했다.

"아닐세."

국왕은 고개를 설레설레 흔들었다.

"난 아이린을 알아. 그녀는 제 입으로 한 말을 뒤집거나 하지는 않는다. 이로써 사진은 두 번 다시 이 세상에 나오지 않을 것이다. 모두 그대 덕분이야. 감사의 표시로 이것을 주고 싶구나."

국왕은 끼고 있던 반지를 빼어 홈스에게 내밀었다. 그것은 에메랄드로 만든 뱀이 장식되어 있는 진귀한 반지였다. 그러나 홈스는 고개를 좌우로 흔들었다.

"아닙니다. 받지 않겠습니다."

"우리 왕가의 반지가 싫단 말인가?"

"전하의 그 즉흥적인 태도가 이런 사태를 만들었다는 것을 벌써 잊으셨습니까?"

"하긴 그렇군. 하지만 그대에게 보답을 해 주고 싶다. 지금 가지고 싶은 것이 있다면 주저 말고 말하라. 보석이 박힌 시계는 어떤가?"

"그렇다면 제가 갖고 싶은 것이 있습니다만……."

"오, 그래? 그게 무엇인가? 어서 말하라."

"전하가 지금 가지고 계신 것 중에서 어느 것보다 귀중한 것입니다. 바로 그 사진입니다."

홈스가 가리킨 것은 비밀 벽장 안에 편지와 함께 들어 있던 사진이었다. 국왕은 잠시 멍하게 홈스를 바라보더니 이내 너털웃음을 터트렸다.

"그게 그대 소원이라면!"

국왕은 별것 아니라는 듯 선뜻 사진을 건네주었다.

"고맙습니다. 그럼 사건도 끝났으니 저희는 이만 실례하겠습니다. 전하께서도 안녕히 가십시오."

홈스는 머리를 깊이 숙여 정중하게 인사를 하고는 뒤도 돌아보지 않고 저택을 나섰다. 내가 홈스의 뒤를 따라 나오면서 마지막으로 본 것은 악수를 청하며 홈스에게 내밀었다가 거절당한 손을 그대로 뻗은 채 나가는 홈스의 등을 멍하게 쳐다보는 국왕의 민망한 표정이었다.

여기까지가 보헤미아 왕국을 뒤흔들 뻔했던 사건의 전모이다. 그러나 이 사건의 남다른 의미는 셜록 홈스가 탐정 생활을 하는 동안 유일하게 맛본 패배라는 데 있다. 그 때문인지 평소 여자의 지식을 무시하는 발언을 예사로 하던 그였지만, 이 사건 이후로는 그와 비슷한 어떤 말도 입 밖에 내지 않게 되었다.

사실 홈스의 기계처럼 정확하고 완벽한 추리력과 날카로운 관찰력은 탐정으로서는 뛰어난 능력이었지만 한 사람의 연인이 되기에는 도움이 되지 않는 능력이었다. 더구나 섬세하고 질서정연한 세계 속에서 살아가는 홈스에게 있어 감정이란 이 질서를 뒤흔드는 방해물일 뿐이었다. 그랬기 때문에 그는 어떤 여자에게도 관심을 가진 일이 없었다. 그런 그에게서 '여성'이라는 존칭과 일말이나마 애정을 받은 사람이 있다면 그건 바로 아이린 애들러였다.

이따금 그녀의 이야기가 나오면, 홈스는 존경과 애정 어린 따뜻한 눈빛으로 벽난로 위를 바라보곤 했다. 홈스의 눈길이 머무르는 곳에는 사진 한 장이 액자에 넣어져 있었다. 바로 화사한 야회복을 입고 환하게 웃고 있는 아이린 애들러의 아름다운 모습이었다.

붉은 머리 연맹

자베즈 윌슨

중년에 비교적 뚱뚱한 편이며 마치 불이라도 난 것처럼 붉디붉은 머리카락의 소유자. 꾀죄죄한 검정색 프록코트와 헐렁한 바둑판무늬의 바지, 단이 다 해진 실크 중절모와 벨벳 칼라가 달린 갈색의 낡은 구겨진 외투를 입었지만 가난하다기보다는 구두쇠의 인상이 강하다. 이상한 경험을 하고는 홈스를 찾아와 사건을 의뢰한다.

빈센트 스폴딩

작은 키에 조금 뚱뚱한 편이지만 매우 행동이 민첩한 사내로 나이가 서른쯤 되는데도 수염 자국이 없을 정도로 깨끗한 얼굴이다. 이마에는 산이 튀어서 생긴 것 같은 하얀 자국이 있다. 자베즈 윌슨의 전당포 점원으로 일을 잘해서 주인의 신임을 받고 있다.

던컨 로스

'붉은 머리 연맹'의 현재 회장으로 신문에 광고를 내서 붉은 머리의 남자를 찾는다. 연맹 사무실로 찾아온 윌슨을 그 자리에서 고용하고 이상한 일을 시킨다. 그 역시 붉은 머리카락을 갖고 있다.

〈붉은 머리 연맹〉은 1891년 8월 〈스트랜드 매거진〉에 발표되고 1892년 《셜록 홈스의 모험》에 실렸다.

이 작품 〈붉은 머리 연맹〉은 저자 아서 코난 도일이 홈스를 주인공으로 한 단편들 중 (미처 단편집으로 출간되지 못한, 그래서 훗날 《셜록 홈스의 사건》에 실린 12편을 제외한 44편 중)에서 특별히 선정한 12편의 작품 중 두 번째의 지위를 부여한 작품이다.

또한 12편 중에서도 《셜록 홈스의 모험》에 수록되어 있는 〈보헤미아의 스캔들〉, 〈얼룩무늬 끈〉과 〈붉은 머리 연맹〉은 가장 대표적인 작품이라 하겠다. 훗날 발표된 〈증권거래소 직원〉과 〈세 명의 개리뎁〉의 모태가 된 작품이기도 하다.

작품 속 배경 연대는 1890년이다.

붉은 머리의 의뢰인

때는 1890년 6월이었다. 그날은 서늘한 바람이 불었는데 마침 병원 진료가 없는 날이어서 나는 오래간만에 얘기나 나누고자 홈스를 찾아갔다. 그러나 홈스는 혼자가 아니었다. 하숙집 거실에서 그는 한 손님과 심각한 표정으로 이야기를 나누고 있었다. 손님은 비교적 뚱뚱한 편이었는데 그는 마치 불이라도 난 것처럼 붉디붉은 머리카락을 가지고 있었다. 얼핏 보기에 마흔 살쯤 되어 보였다.

"손님이 계신 줄 몰랐습니다. 정말 실례했습니다."

나는 당황하여 곧바로 사과하고 되돌아 나가려고 했다.

"왓슨, 잠깐만!"

나는 홈스가 부르는 소리에 깜짝 놀라 고개를 돌렸다.

"때마침 잘 와 주었네. 어서 들어오게."

홈스가 나를 방 안으로 끌어들이고는 문을 닫았다.

"일하는 중 아니었나? 옆방에서 기다리겠네."

"아니야. 그럴 것 없어. 자네도 꼭 들어주어야 해."

홈스는 나를 손님에게 인사시켰다.

"윌슨 씨, 이 사람은 저의 절친한 친구이자 동료인 왓슨 박사입니다. 몇몇 중요한 사건에서 저를 도와 큰 활약을 했지요. 이번 일에도 분명 커다란 도움이 될 겁니다. 그러니 같이 있다고 불편해 하실 필요 없습니다."

윌슨이라고 하는 손님은 엉거주춤하게 일어나더니 나를 흘깃 바라보았다. 그러고는 거만하게 고개를 까딱이는 것으로 인사를 대신했다.

"이분은 자베즈 윌슨 씨로 내게 사건을 의뢰하러 오셨네. 그럼, 자네는 이쪽 소파에 앉게."

나는 홈스가 가리키는 곳에 앉았다. 홈스 역시 원래 자신의 자리에 앉았다. 그리고 사건 의뢰를 받을 때면 으레 하던 대로 양손의 손가락 끝을 맞댔다.

"윌슨 씨, 이 친구는 사건 해결에 도움을 줄 뿐 아니라 제 모험담을 정리해 주고 있습니다. 제가 사건에 열광하는 편이라면 이 친구는 수사 기록을 펴내는 일에 열정적이지요."

"모두 다 자네가 맡은 사건들이 흥미롭기 때문이라네."

실제로 그랬다. 그가 맡은 사건은 하나같이 기괴하고 일상에서 벗어난 것들이었다.

"그건 자네 말이 맞네. 그저 평범한 사건에는 별로 관심이 가지 않더군."

홈스는 부드럽게 웃었다.

"그건 그렇고 자네, 지난번 서덜랜드 양의 사건 때 내가 한 말 기억하고 있나? 그 어떤 상상도 인생보다 더 예측불허의 것을 보여 주는 것은 없다고 했던 거 말이야."

"물론 기억하고 있네. 하지만 난 여전히 그 이론에 동의할 수 없군 그래."

"그러리라고 생각했네. 하지만 더 이상 고집을 부릴 수 없을 거야. 결국 내 의견이 옳다는 것을 인정하게 되겠지. 여기 계신 자베즈 윌슨 씨만 해도 좀처럼 듣기 힘든 이야기를 가지고 오셨다네. 전에도 얘기한 적 있네만 범죄인지 아닌지조차 분간하기 힘든 작은 사건일수록 기괴한 것이 많은 법인데 윌슨 씨 얘기가 바로 그렇다네. 어떤 불법 행위가 자행되었는지 아직은 잘 모르겠지만 내가 다뤄 온 그 어떤 사건보다 기괴한 건 분명해."

홈스는 윌슨 씨를 향해 몸을 돌리며 말했다.

"윌슨 씨, 죄송하지만 지금까지 하신 얘기를 처음부터 다시 해 주셨으면 좋겠군요. 이 친구가 이야기의 처음을 듣지 못한 것도 그렇지만 무엇보다도 사소한 것 하나까지 놓치고 싶지 않기 때문입니다. 지금까지는 기억 속에 있는 비슷한 사건들을 바탕으로 해서 한 번의 설명만으로 어떤 결론에 도달하곤 했습니다만 이 사건의 내용은 유례가 없을 정도로 특이해서 도무지 판단을 내릴 수가 없군요."

윌슨은 싫지 않은 표정이었다. 묘한 쾌감이라도 느끼는 듯했다. 마치 자신이 가져온 사건이 유럽 전역에 명성이 자자한 명탐정을 곤혹스럽게 했다는 것을 뿌듯하게 여기는 것처럼 보였다. 그는 부드러운 얼굴로 커다란 외투 안쪽 호주머니에서 몹시 구겨진 신문 한 장을 꺼냈다. 그러고는 무릎 위에 신문을 펼쳐 놓고 고개를 숙인 채 말없이 광고란에서 무언가를 찾았다.

나는 내 나름대로 이 신사에 대해 어떤 단서를 찾아보려고 했다. 내 친구의 관찰법을 흉내 내어 복장이나 외모를 유심히 살폈다. 그는 겨우 아랫단추만 채운 꾀죄죄한 검정색 프록코트와 헐렁한 바둑

판무늬의 바지를 입고 있었다. 프
록코트만큼이나 진한 색깔의
조끼에는 네모난 금속 조각
이 장식으로 달린 묵직한
청동 시곗줄이 늘어져 있
었다. 옆의 빈 의자에는
그가 가져온 것이 분명한
물건들이 놓여 있었다. 단
이 다 해진 실크 중절모와
벨벳 칼라가 달린 구겨진 갈
색 외투가 그것이었다. 외투 역시
중절모만큼이나 낡은 것이었다. 일반 사람보다는 비대한 몸집에 점
잖은 척하는 세련되지 못한 중년의 남자라는 것 말고는 아무것도 알
아낸 것이 없었다. 타는 듯한 붉은 머리와 불만에 가득 찬 우울한 표
정도 눈에 띄었지만 그가 어떤 사람인지 알아내는 데는 아무 도움이
되지 못했다.

　나는 도움을 청하듯 홈스를 바라보았다. 내 친구는 나의 심정을
단번에 알아차리고는 빙그레 웃으며 고개를 설레설레 흔들었다.

　"내가 알 수 있는 것도 겨우 몇 가지뿐이야. 한때 육체노동에 종사
하셨다는 것과 코담배를 즐기신다는 것, 그리고 중국에 간 적이 있
다는 것, 최근에 상당한 양의 글씨를 썼다는 것 정도라네. 아, 프리
메이슨의 단원이라는 것도 있군. 자네, 프리메이슨이 뭔지는 알겠
지?"

　"인도주의를 바탕으로 박애사업을 벌이고 있는 세계적인 비밀 민
간단체로 알고 있네만……."

"그래, 중세 때 길드에서 비롯된 건데 본격적으로 결성된 것은 1717년이지. 어쨌든 그 이상은 나도 아직 모른다네."

나는 홈스의 관찰력에 놀랐다. 그러나 나보다 더 놀란 것은 자베즈 윌슨이었다. 그는 고개를 쳐들고 손가락을 신문에서 떼지 못한 채 내 친구를 뚫어지게 쳐다보고 있었다.

"왜 그러십니까? 제 말이 틀리기라도 했습니까?"

홈스가 물었다. 그러나 그것은 자신의 말에 한 치의 오차도 없다는 것을 확신하고 있는 말투였다.

"아닙니다. 너무 놀라서 그렇습니다. 선생 말처럼 난 과거에 육체노동을 했습니다. 배를 만드는 목수였지요. 그런데 도대체 어떻게 그것을 아셨습니까?"

"그거라면 윌슨 씨의 손을 보고 알았습니다. 오른손이 왼손보다 훨씬 크고 근육도 발달되어 있다는 것은 힘든 일을 해 왔다는 증거지요. 일반적인 사무원의 손은 비교적 차이가 나지 않거든요."

"그렇다면 코담배와 프리메이슨은?"

"코담배에 관한 것을 알아낸 방법은 당신의 지성을 모욕하는 행동이 될 테니 그만두지요. 하지만 프리메이슨이라면 간단합니다. 지금 윌슨 씨께서는 그 단체의 상징인 삼각자와 컴퍼스 모양의 핀을 하고 계시니까요. 그런데 단체가 규율이 엄격한 것으로 알고 있는데 그렇게 하고 다니셔도 괜찮으십니까?"

실제로 윌슨의 외투에는 삼각자와 컴퍼스가 오각형의 별 모양으로 겹쳐진 핀이 꽂혀 있었다.

"이런, 깜빡했군요."

그는 서둘러 그 핀을 빼서는 주머니에 넣었다.

"글씨를 많이 썼다는 것은 어떻게……?"

"윌슨 씨의 오른쪽 소매 끝이 유난히 번들거리고 있거든요. 한 12센티미터 정도 되겠네요. 반면 왼팔은 팔꿈치 부분만 닳아 있습니다. 그런 것은 대체로 팔을 괴고 글을 쓸 때 생기지요. 옷이 그 정도로 반짝거리려면 쓰신 양이 제법 되셨을 거고 말입니다."

"오, 그러면 중국에 갔다 온 건?"

"오른쪽 손목 바로 위에 있는 문신으로 알았습니다."

"문신이라면 여기 영국에서도 흔한 것 아니오?"

"물론 그렇지요. 하지만 윌슨 씨의 손목에 새겨져 있는 그 물고기 문양은 결코 흔한 것이 아닙니다. 동양적인 문양도 그렇지만 물고기 비늘에 미세한 연분홍색의 물을 들이는 기술은 오로지 중국에서만 가능한 것이지요. 사실 탐정 일을 하려면 다양한 분야에 대한 지식이 있어야 합니다. 그래서 전에 문신에 대해 약간 공부를 한 일이 있었지요. 쑥스럽지만 그 분야에 관한 작은 책을 낸 적도 있습니다."

홈스의 이야기는 그것이 다가 아니었다.

"하지만 증거는 문신만이 아니었습니다. 당신의 시곗줄에 꿰어 있는 중국 엽전이 있었거든요. 그것만큼 확실한 증거가 더 있을까요?"

윌슨은 너털웃음을 터뜨렸다.

"난 또……. 당신이 무슨 대단한 초능력이라도 발휘하는 줄 알았습니다. 하지만 듣고 보니 별로 어려운 것도 아니군요."

"윌슨 씨, 사건을 해결하려면 저에 대한 의뢰인의 신뢰가 무엇보다 중요합니다. 하지만 이렇게 설명을 하게 되면 그 신뢰도가 떨어지기 마련이지요. 로마의 역사가 타키투스가 그의 명저 『아그리콜라Agricola』에서 '미지의 것은 대단하게 여겨진다.'라고 한 말도 있지 않습니까? 그래서 저는 보통이라면 의뢰인에게 제 추리를 조목조목 설명하는 일은 하지 않습니다. 또 다른 이유를 들자면 의뢰인은 말을 해야 하지 듣는 입장이 되어서는 안 되기 때문입니다. 그럼에도 불구하고 설명을 드린 이유는 아무리 사소한 것이라도 사건 해결에는 중요한 단서가 된다는 것을 말씀드리기 위해섭니다."

"그렇군요."

윌슨은 웃음을 거두고 진지하게 고개를 끄덕였다.

"그런데, 윌슨 씨. 문제의 광고는 찾으셨습니까?"

"아."

그는 그제야 자신이 이곳에 온 목적이 생각난 듯했다.

"찾았습니다. 바로 여기입니다."

그는 굵고 거친 손가락으로 신문광고란의 중간쯤을 짚고 있었다.

이상한 신문광고

"사건은 바로 이것에서 시작했습니다. 왓슨 씨, 한번 읽어보십시오."

나는 신문을 받아 들고 그가 짚어 준 곳을 단번에 읽어 내려갔다.

발신 : 붉은 머리 연맹

본 연맹에 한 명의 결원이 생겨 이를 공고함. 본 연맹의 단체원은 미합중국 펜실베이니아 주 레바논의 고 이즈키아 홉킨스 씨의 유산에 의해 주급 4파운드의 대가를 지급받게 됨. 회원의 경우 명목상이지만 약간의 봉사활동 의무가 있음. 정신과 신체가 건강한 21세 이상의 붉은 머리의 남자면 누구나 응모 가능. 희망자는 월요일 오전 11시까지 플리트 가 포프코트 7번지, 연맹 사무실로 방문하여 던컨 로스를 찾기 바람.

신문은 1890년 4월 27일자 〈모닝 크로니클〉지였다.

"도대체 뭐가 어떻단 말이지? 그냥 단체원을 모집하는 광고잖아."

나는 혼잣말로 중얼거렸다. 이 기묘한 광고를 두 번이나 읽었지만 구인광고 이상으로는 여겨지지 않았던 것이다. 홈스는 내 모습을 바라보고 있다가 갑자기 몸을 뒤틀며 키드득거렸다. 그것은 들떠 있거나 기분이 좋을 때 하는 그만의 버릇이었다.

"정말 이상한 광고 아닌가? 사람을 구하는 광고치고 좀 성의도 없고 말이야. 이런 특이한 광고를 못 봤다니 나도 좀 어이가 없군. 뭐어쨌든 이 얘기는 잠깐 뒤로 미루고 윌슨 씨 얘기를 좀 들어보세. 자, 윌슨 씨 저한테 하신 것처럼 처음부터 차근차근 말씀해 주십시오."

"알겠습니다."

윌슨은 의자 앞쪽으로 나앉으며 천천히 이야기를 시작했다.

"먼저 제 소개부터 하지요. 이름은 아까 홈스 씨가 말씀하신 대로 자베즈 윌슨입니다. 저는 런던의 번화가인 삭스 코버그 광장에서 조그마한 전당포를 운영하고 있습니다. 번화가에 있다고는 하지만 점포도 크지 않고 요새는 손님도 별로 없어서 하루하루 근근이 입에 풀칠이나 하는 정도지요. 장사가 잘됐을 때는 점원을 두 명 썼습니다만 지금은 한 명뿐입니다. 사실 점원도 필요하지 않을 정도지만 급료를 반만 줘도 된다며 하도 부탁을 해서 고용하게 되었지요. 장사를 배우고 싶다더군요."

"힘든 일을 하기 싫어하는 요즘 젊은이들을 생각하면 보기 드문 사람이로군요."

홈스가 말했다.

"저도 그 점이 마음에 들더군요. 그 친구의 이름은 빈센트 스폴딩이라고 합니다. 나이는……, 글쎄요. 확실하지는 않지만 서른쯤 됐

을 겁니다. 아주 어린 나이도 아니어서
더 믿음이 갔습니다. 하여간 빈센트
이 친구는 더할 나위 없이 훌륭한
일꾼이었습니다. 부지런했고 똑
똑했지요. 독립하게 된다면 지
금의 급료보다 두세 배는 더 벌
수 있을 겁니다."

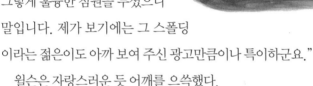

"정말 윌슨 씨로서는 행운이
로군요. 반밖에 안 되는 급료로
그렇게 훌륭한 점원을 두셨으니
말입니다. 제가 보기에는 그 스폴딩
이라는 젊은이도 아까 보여 주신 광고만큼이나 특이하군요."

윌슨은 자랑스러운 듯 어깨를 으쓱했다.

"제 생각도 그렇습니다. 정말 저에게 큰 도움이 되고 있지요. 하
지만 스폴딩도 완벽하다고는 할 수 없습니다. 커다란 흠이라고는 할
수 없지만 일하는 데 지장이 있는 것은 사실이니까요."

"그게 뭡니까?"

내가 물었다.

"사진입니다."

"사진이요?"

"네, 이 친구가 사진이라면 아주 사족을 못 씁니다. 일하다가도 갑
자기 카메라를 들이대서 셔터를 눌러 대는가 하면 필름을 현상하겠
다고 지하실로 달아나 버리기도 하지요. 지하실로 가는 그를 보고
있자면 마치 토끼가 굴속으로 뛰어 들어가듯이 재빠르기 그지없답
니다. 말릴 틈도 없을 정도지요."

"그런데도 계속 점원으로 쓰고 계시다는 건 스폴딩이 일하는 것에 비하면 그 정도는 별것 아니라고 생각하시는 거겠죠?"

홈스가 여전히 손가락을 맞댄 채 물었다.

"물론입니다. 정말 그것만 빼면 나무랄 데 없는 일꾼이지요. 그래서 저도 별로 문제 삼고 있지는 않습니다. 손님이 없을 때 취미생활을 하겠다는데 굳이 말리거나 야단을 칠 수는 없으니까요. 더구나 괜히 기분을 상하게 해서 나가기라도 한다면 저로서는 손해고 말입니다."

홈스는 가만히 고개를 끄덕였다.

"아직도 그 청년을 고용하고 계십니까?"

"네, 지금 저를 대신해서 전당포를 보고 있습니다."

"댁에는 스폴딩 말고 다른 사람은 없습니까?"

"부엌일을 하는 여자애가 있습니다. 열네 살인데 간단한 요리와 청소를 맡고 있지요. 어린 나이지만 살림이 단출해서 그 아이 혼자서도 제법 잘하고 있답니다."

"그럼 그 두 사람과 함께 사시나요?"

"네, 저는 아내가 죽은 후부터는 계속 혼자 살아왔습니다. 친척도 없어서 찾아오는 사람도 없고 적적했지요. 가족이 없기는 두 사람도 마찬가지였습니다. 그래서 얼마 전부터 우리 셋은 제 집에서 함께 살고 있습니다. 물론 제가 제안한 겁니다. 하루하루가 우리에게는 그저 아주 조용하고 평온한 날들이었지요. 이 광고를 보기 전까지는 말입니다."

월슨은 이마에 주름이 잡힐 정도로 인상을 썼다. 그러고는 이마에 흐르는 땀을 닦으며 말을 이었다.

"꼭 두 달 전이었습니다. 밖에 나갔던 스폴딩이 이 신문을 가지고 왔더군요. 그러고는 이렇게 말하는 것이었습니다.

'윌슨 씨, 제가 지금 얼마나 윌슨 씨의 머리를 부러워하고 있는지 모르실 겁니다.'

그 친구는 제 머리카락을 흘끔흘끔 쳐다보더군요.

'무슨 소린가?'

'이 신문광고를 읽어보십시오. 붉은 머리 연맹에서 회원을 모집한다지 뭡니까? 아, 저도 윌슨 씨처럼 붉은 머리였다면 얼마나 좋을까요?'

그는 제게 신문을 건네주며 탄식까지 했습니다.

'붉은 머리 연맹이라니? 그게 뭔데?'

'아니, 모르세요?'

스폴딩은 의외라는 듯 눈을 크게 뜨고 묻더군요.

'처음 듣는군. 자세히 좀 말해 보게.'

사실 가게 장사를 하다 보면 좀처럼 밖으로 나가는 일이 없습니다. 더구나 전당포는 손님을 찾아다니는 것이 아니라 기다리는 장사니까요. 그래서 세상 돌아가는 일에 어두운 편입니다. 그렇다고 관심이 없는 것은 아니었습니다. 오히려 그 반대지요. 세상 소식을 들고 찾아오는 사람이라도 있으면 만사를 제쳐 놓고 얘기를 듣곤 한답니다. 그러니 붉은 머리 연맹이라는 처음 듣는 것에 관심이 가지 않을 리 없었습니다.

'윌슨 씨처럼 완벽하게 자격을 갖추신 분이 그 연맹을 모르고 계시

다니 놀랍군요.'

'연맹은 뭐고, 또 자격은 뭔가? 그리고 거기서 회원을 모집한다는데 왜 자네가 그렇게 흥분하는지 모르겠군. 회원이 되면 무슨 이익이라도 있나?'

'이익이다 뿐입니까! 1년에 2백 파운드 이상이 생기는데요.'

저는 갑자기 귀가 솔깃해지더군요. 아까도 말씀드렸듯이 요즘같이 장사가 안 돼서 어려운 때에 2백 파운드면 적지 않은 돈이니 말입니다.

'2백 파운드? 회원만 되면 그냥 준다는 말인가?'

'그냥은 아닙니다. 하지만 하는 일이라고는 약간의 봉사활동 정도라더군요. 물론 생업에 지장을 주는 일은 없고 말입니다. 그런데 오로지 붉은 머리의 사람만 가입할 수 있다는 것이 이 단체의 특징이지요.'

'어떤 단체인지 좀 더 자세히 얘기해 보게.'

'세간에 떠도는 얘기로는 이 단체를 처음 만든 사람은 미국의 대재벌이었던 이즈키아 홉킨스 씨라고 합니다. 그 사람도 붉은 머리였는데 그 때문에 어릴 때부터 많은 놀림을 받은 모양이에요. 그래서 자신의 전 재산을 붉은 머리를 가진 사람들을 위해 쓰기로 했답니다. 그 방법이 붉은 머리 연맹이었던 거지요. 그는 단체를 만든 후 자신의 사후에 재산을 전문적인 유산 관리인에게 맡겨서 거기에서 생긴 이자로 연맹 회원들의 주급을 주게 했다고 합니다. 회원들은 봉사활동이라는 것을 해야 하지만 그것도 돈을 주기 위한 명분에 지나지 않는다는군요. 어쨌든 그 이즈키아 홉킨스라는 사람은 좀 괴짜였던 게 틀림없어요.'

'그렇다면 그 연맹에 가입하려고 하는 사람이 많겠군.'

'특별한 자격 요건만 없다면 아마 그렇겠지요. 하는 일 없이 돈을 받는다는데 누가 마다하겠어요? 하지만 아무나 회원이 될 수 있는 건 아니라는군요.'

'그럼?'

'꼭 윌슨 씨처럼 붉은 머리여야 한다네요. 그리고 꼭 런던에 사는 사람이어야 하고요. 윌슨 씨, 기왕 말이 나온 김에 직접 찾아가 보시는 게 어떠세요?'

'머리카락이 붉은 사람이 이 넓은 런던에 어디 나 혼자뿐이겠나? 그런 조건이라면 너도나도 몰려들 게 분명해. 가 봐야 헛수고야.'

'아니에요. 물론 경쟁자는 많겠지만 모두 윌슨 씨의 적수가 되지 못할 거예요. 붉은 머리라고 다 뽑힐 수 있는 게 아니거든요. 검은색이 섞여 있어도 안 되고 약간만 흐려도 안 된대요. 아주 선명한 붉은색이어야 한다는 거예요. 윌슨 씨처럼 말이에요. 분명 당신의 머리카락이라면 당장 그 연맹의 회원이 될 수 있을 거예요. 일단 한번 가 보세요. 헛수고면 어때요? 만약 회원만 될 수 있다면 그 정도는 수고랄 것도 없지 않겠어요? 생각해 보세요. 자그마치 1년에 2백 파운드란 말이에요.'

스폴딩은 끈질기게 저를 설득하더군요. 그의 설득이 아니었더라도 구미가 당기는 일이기는 했습니다.

한참을 망설이기는 했지만 결국 한번 해 보자는 쪽으로 의견을 모았지요. 우리는 다음 월요일에 가게를 하루 닫기로 하고 붉은 머리 연맹이라는 데에 가 보기로 했습니다."

"윌슨 씨, 지금 우리라고 하셨습니까?"

홈스의 질문이었다.

"네, 스폴딩이 연맹에 대해 제법 잘 알고 있는

것 같았으니까요. 같이 가면 분명 도움이 되리라 여겼습니다. 그 친구도 무척 좋아하더군요. 물론 그곳에 가는 것보다 하루 일하지 않고 노는 것이 더 좋은 것 같기는 했지만 말입니다."

윌슨은 가볍게 웃고는 이야기를 이어 나갔다.

"월요일이 되자 우리는 계획한 대로 가게 문을 닫고 연맹 사무실이 있다는 플리트 가 포프 코트로 찾아갔습니다. 되도록 광고에서 제시한 시각인 11시가 되기 전에 도착하기 위해 조금 서둘렀지요. 그런데 홈스 씨, 사무실에 채 도착하기도 전에 저는 놀라서 거의 까무러칠 뻔했습니다. 플리트 가 포프 코트가 온통 붉은 머리의 사람들로 가득 차 있었던 겁니다. 모두 그 광고를 보고 몰려든 것이었지요. 런던에서 조금이라도 붉은 기운이 있는 머리를 가진 사람은 거기 다 모여 있는 것 같더군요. 아마 그런 장관은 다시 없을 겁니다. 사람 머리가 과일 장사의 손수레에 있는 오렌지같이 느껴지는 일이 흔한 일은 아니지 않겠습니까? 아마 연맹 측에서도 광고 몇 줄에 그렇게 많은 사람들이 몰려들 거라고는 생각하지 못했을 겁니다.

정말 다양한 부류의 사람들이 모였더군요. 정장 차림의 깔끔한 신사도 있었고 뱃사람으로 보이는 사람도 있었지요. 굴뚝 청소부와 심지어 거리의 부랑자도 있었습니다. 사람들 머리의 빛깔도 가지각색이었습니다. 밀짚색의 머리도 있었고 레몬색, 오렌지색, 벽돌색, 다갈색, 그리고 아이리시 세터 종인 사냥개의 털과 같은 적갈색도 있었지요. 정말 각양각색이었습니다.

어쨌든 저는 좀 기가 꺾이더군요. 그래서 포기하고 그냥 집으로 가자고 했지요.

'어마어마한 사람들이군. 그냥 집으로 가는 게 좋겠네.'

'무슨 소리세요? 기왕 여기까지 왔는데 한번 들어가나 보자고요.

그리고 한번 보세요. 월슨 씨처럼 선명한 붉은색의 머리를 가진 사람이 없잖아요. 승산은 분명 월슨 씨께 있으니까 걱정하지 마세요.'

스폴딩은 막무가내였습니다. 그는 더 이상 제 말을 들으려 하지도 않고 저를 사람들 속으로 끌고 들어갔습니다. 그러고는 닥치는 대로 밀고 당기고 부딪치면서 앞으로 나아갔습니다. 도대체 어디서 그런 힘이 났는지……, 아무튼 대단했습니다.

마침내 우리는 연맹 사무실이 있는 건물 앞에 도달할 수 있었습니다. 사무실은 2층에 있었는데 그곳으로 올라가는 계단에는 두 종류의 사람들이 있었지요. 하나는 그 연맹에 들게 될 거라는 부푼 희망을 안고 2층으로 올라가려는 사람들의 행렬이었고 다른 하나는 그 희망이 무참히 깨져 풀이 죽은 채 내려오는 사람들의 행렬이었습니다. 하지만 질서라고는 눈 씻고 찾아보려야 찾아볼 수가 없었습니다. 그저 그 두 행렬이 뒤죽박죽으로 뒤엉켜 있었지요. 거기서도 스폴딩의 능력은 눈부셨습니다. 사람들을 밀치며 올라가는 행렬 틈에 끼더니 사람들을 비집고 마구 위로 올라가는 것이었습니다. 하여간 그 친구 덕분에 사무실에 들어갈 수 있었습니다."

"재미있는 경험을 하셨군요."

홈스의 얼굴에는 흥미롭다는 표정이 역력했다. 그사이 월슨은 코담배를 한껏 들이마셨다.

"그랬지요. 하지만 다시 하고 싶은 생각은 없습니다."

월슨은 고개를 절레절레 흔들며 희미하게 웃었다.

"우리가 사무실에 들어간 건 천신만고 끝이라고 해야 할 겁니다. 어쨌든 사무실은 조금 의외였습니다. 화려할 거라고 생각한 건 아니었지만 허술한 전나무 책상 하나와 나무 의자 두 개가 가구의 전부일 거라고는 결코 생각하지 않았거든요. 책상 앞에는 체구가 작은 남자가 앉아 있었는데 머리가 매우 붉었습니다. 저보다 선명하고 붉은 머리를 가진 사람을 본 건 그때가 처음이지 않을까 싶습니다. 나중에 안 거지만 그가 회장인 던컨 로스 씨였습니다. 사무실 안에는 우리 말고도 먼저 들어와 있던 다른 지원자들도 있었는데 면접은 바로 그 붉은 머리의 사람에 의해 이루어지고 있었습니다. 뒤에서 보고 있자니 그는 몇 가지 간단한 질문을 한 후에 부적격 이유를 알려 주는 것으로 많은 지원자들을 불합격시키고 있었습니다. 그 이유들이 과연 연맹과 무슨 상관관계가 있는지 의문이 들기도 했지만 그만큼 연맹의 공석을 채우는 일이 그렇게 쉬운 일이 아니라는 생각이 들었지요.

드디어 우리 차례가 되었습니다. 그런데 그는 이전 지원자들에게 한 태도와는 달리 호의적으로 대하는 거였습니다. 다른 지원자들을 내보내고 문까지 닫더군요. 마치 편하게 이야기를 나누어 보자는 의도 같았습니다.

스폴딩도 그런 눈치를 챘는지 어리둥절해하는 저를 대신해서 인사를 하더군요.

'이분은 연맹에 가입하고 싶어서 찾아오신 자베즈 윌슨 씨입니다.'

하지만 회장은 스폴딩은 쳐다보지도 않고 혼잣말처럼 중얼거렸습니다.

'오, 완벽해! 멋진 붉은 색이야.'

그러더니 제가 민망해서 얼굴이 붉어질 정도로 빤히 쳐다보는 게 아니겠습니까? 환영을 한다는 것인지 놀리는 것인지 언뜻 판단이 되지 않더군요. 그런데 저를 당황하게 만든 일은 정작 다음 순간에 일어났습니다. 그가 갑자기 내 머리카락을 움켜쥐고 눈물이 날 정도로 잡아당겼던 겁니다."

붉은 머리 연맹

"저는 어찌나 놀랐던지 소리를 질렀지요. 아픈 것은 둘째 문제였지요."

'앗, 이게 무슨 짓입니까?'

그런데 이 회장이란 사람은 큰 소리로 한참을 껄껄 웃어대더군요.

'아, 실례했소이다. 간혹 가발을 쓰고 오는 사기꾼들이 있어서 말이오. 물감이나 왁스를 바르고 오는 자들도 있지요. 이런 일을 하다 보니 돈이라면 양심이고 뭐고 무조건 달려드는 너더리 나는 인간성을 가진 자들을 보는 일이 비일비재하군요. 그러니 매사에 조심하는 수밖에요. 이해하십시오.'

그는 웃음이 채 가시지 않은 얼굴로 창가로 다가가서 목청껏 외쳤습니다.

'모집은 끝났소. 모두 돌아가시오.'

사람들의 실망 섞인 웅성거림이 한동안 들려오더군요. 얼마 안 가 그 많던 붉은 머리의 사람들이 모두 사라져 버렸습니다. 결국 그 거

리에서 붉은 머리라고는 회장과 저, 그렇게 두 사람만 남게 되었습니다.

'윌슨 씨라고 하셨죠? 우리 연맹의 회원이 되신 걸 축하합니다!'

그는 환하게 웃으며 달려들어서는 내 손을 으스러져라 붙잡고 마구 흔들었습니다. 저는 어리둥절해서 아무 말도 할 수가 없었습니다.

'나는 던컨 로스라고 하오. 이 연맹의 회장이라고는 하지만 나 역시 후원자가 남겨 주신 기금의 혜택을 받는 사람일 뿐이지요. 물론 가족은 있으시겠지요?'

'아내가 있었습니다만 사별한 지 꽤 됐습니다.'

'다른 가족은?'

'없습니다.'

'이런, 곤란한 일이군요.'

그는 어두운 표정으로 고개를 갸웃거렸습니다.

'네?'

저는 가슴이 덜컥 내려앉았습니다. 겨우 합격했다고 생각했는데 그 기쁨을 누리기도 전에 취소되는 것은 아닌가 싶었던 겁니다.

'사실 우리가 받는 주급은 붉은 머리의 유지와 확산에 그 뜻이 있소. 그러기 위해서는 회원에게 가족이 꼭 필요하오.'

'그럼……?'

회장은 잠시 생각을 하는 듯했습니다. 저는 가슴을 졸이고 쳐다보는 것밖에 할 수 있는 일이 없었습니다. 마침내 그가 입을 열었지요.

'원래는 치명적인 결격 사유지만 선생같이 훌륭한 붉은 머리를 그

냥 포기한다는 건 쉽지 않은 일이군요. 어디 우리 한번 잘해 봅시다.'

그는 정식으로 악수를 청하더군요. 홈스 씨, 제가 얼마나 기뻤는지 상상하실 수 있을까요? 기대도 안 했던 행운이 제 것이 되었으니 말입니다. 스폴딩도 마치 자기가 연맹 회원이 된 것처럼 좋아하더군요.

'자, 그럼 언제부터 일하러 오실 수 있겠소?'

'그 일이라는 게 이곳에 와서 해야 하는 겁니까?'

'물론이오. 매일 오전 10시부터 오후 2시까지 이 사무실에 있어야 하오. 그건 우리의 후원자인 홉킨스 씨의 유언에도 나와 있는 엄연한 연맹의 규정이오. 만약 그 시간에 이 건물을 나간다면 규정을 어긴 것이 되기 때문에 바로 그 순간에 당신의 회원 자격은 박탈될 것이오. 하지만 당신이 이 규정을 잘 지켜 주기만 하면 매주 토요일 어김없이 4파운드씩을 받게 될 거요.'

'매일 말입니까? 어쩌죠? 제가 지금 하는 일이 있어서 매일 시간을 비운다는 건 좀……'

저는 난처했습니다. 그런데 스폴딩이 이렇게 말하더군요.

'윌슨 씨, 그 시간에 가게는 제가 보면 되겠네요.'

가게 일을 하고는 있었지만 카운터를 맡기는 일은 없었기 때문에 조금 망설였습니다. 하지만 온종일 있어 봤자 손님이라고는 겨우 한두 사람이 전부인 데다가 그나마도 저녁에 왔기 때문에 스폴딩에게 맡겨도 가게 일에 지장이 있을 것 같지 않더군요. 하지만 무엇보다도 2백 파운드라는 거금을 결코 잃고 싶지 않았지요. 결국 스폴딩의 제안을 받아들였습니다.

'로스 씨, 그 일이라는 게 뭡니까?'

'명목상으로 하는 것이니 미리 걱정할 필요 없소.'

'그래도 제가 뭘 해야 하는지 구체적으로 알고 싶군요.'

'뭐, 아주 간단한 일이오. 《브리태니커 백과사전》을 다른 종이에 베껴 쓰는 일이지요. 책은 저 창가에 있는 책장에 있고 책상과 의자는 이것들을 쓰면 됩니다. 선생이 준비할 것은 잉크와 펜, 압지뿐입니다. 어떻소? 내일부터 가능하겠소?'

'네, 그렇게 하겠습니다.'

'좋소. 다시 한번 말하지만 시간은 엄수해야 합니다. 늦지 않게 오시오. 윌슨 씨, 다시 한번 이 행운의 주인공이 된 것을 축하하오.'

스폴딩과 저는 고맙다는 인사를 하고 연맹 사무실에서 나왔습니다. 그 기쁨은 집에 와서도 쉽게 가시질 않더군요. 온종일 들떠서는 일도 제대로 할 수 없었지요. 그런데 저녁이 되자 걱정이 되기 시작했습니다.

홈스 씨도 한번 생각해 보십시오. 백과사전을 베껴 쓰는 일 따위에 주급 4파운드나 준다니요? 게다가 고작 하루에 네 시간을 일하게 하면서 말입니다. 홉킨스라는 사람의 유언도 그렇고 도무지 이해할 수 없는 일 아닙니까? 생각하면 생각할수록 누군가의 장난으로만 느껴지더군요. 그냥 포기할까도 싶었습니다. 적어도 잠들기 전까지는 그랬습니다. 하지만 아침이 되자 일단은 부딪쳐 보자고 마음먹었습니다. 설사 장난이었다고 해도 손해 볼 것이 없었으니까요. 저는 1페니를 주고 잉크 한 병을 샀고 지시한 대로 깃펜과 압지도 준비했습니다.

사무실에는 회장인 던컨 로스 씨가 벌써 나와서 제가 출근하기를 기다리고 있더군요.

'어서 오시오, 윌슨 씨. 늦지 않았군요.'

그는 친절하게도 책장에서 그 무거운 백과사전을 직접 꺼내서는 책상으로 옮겨 놓아 주었지요. 책상에는 이미 백과사전의 내용을 옮겨 적을 종이들이 놓여 있었습니다. 제가 베껴야 하는 백과사전은 1

권이었는데 로스 씨는 A항목부터 베끼라고 지시했습니다. 그러고는 사무실을 나가 버리더군요. 저는 즉시 일을 시작했습니다. 로스 씨는 이따금 들러서 제가 일한 것을 확인했지만 오래 있지는 않았습니다. 오후 2시가 되자 로스 씨는 다시 들어왔습니다. 그리고 제가 써 놓은 것들을 살폈지요.

'훌륭하군요. 됐소. 오늘은 시간이 다 되었으니 이만 돌아가시고 내일도 수고해 주시오.'

그는 나를 앞세워 사무실을 나와서는 밖에서 사무실 문을 잠가 버리더군요.

다음 날도, 그다음 날도 똑같은 날의 연속이었습니다. 그리고 마침내 약속한 토요일이 되었지요. 정말로 제 손에는 금화로 4파운드가 쥐어졌던 겁니다. 걱정이 사라지면서 일하는 것이 즐거워지기까지 했습니다. 저는 이후로도 아침 10시 이전에 출근했고 또 오후 2시면 바로 퇴근했습니다. 그리고 매주 토요일 어김없이 4파운드씩을 벌었습니다. 일이 익숙해지고 제가 규정을 잘 지키자 로스 씨가 사무실에 들르는 횟수도 줄어 갔습니다. 몇 주가 지나자 아침에만 얼굴을 보일 뿐 아예 오지 않게 되었지요. 그렇다고 제가 자리를 비우는 일이 있었던 건 아닙니다. 로스 씨가 언제 올지도 몰랐고 괜한 짓을 해서 이 좋은 자리를 잃고 싶지 않았거든요. '수도원장Abbots'을 베꼈고 '궁술Archery', '갑옷Armor'을 지나 '아티카Attica'까지 베꼈습니다. 더불어 제가 쓴 종이가 선반 하나를 가득 채울 정도로 늘어 갔습니다. 그렇게 8주가 지났고 어느덧 B항목을 목전에 두게 되었지요. 그런데 그 모든 것들이 한순간에 사라져 버리고 만 겁니다."

사라진 사무실

"사라져 버렸다고요?"

홈스는 날카로운 눈으로 상대방 얼굴을 응시했다.

"그렇습니다. 말씀드린 그대로입니다. 모두 사라져 버렸습니다. 사람도 사무실도 모두 말입니다."

윌슨은 침통한 얼굴로 이마에 흐르는 땀을 닦으며 이야기를 이어 나갔다.

"바로 오늘 아침이었습니다. 저는 여느 때와 다름없이 10시에 사무실로 갔습니다. 하지만 문이 잠겨 있었어요. 로스 씨도 오지 않더 군요. 처음에는 그럴 때도 있겠다 싶어서 기다려야겠다고 생각했지요. 그런데 문 가운데에 작은 종이쪽지가 붙어 있었던 겁니다. 바로 이거지요."

윌슨은 주머니에서 공책 크기 정도의 하얀 마분지를 꺼내 홈스에게 건네주었다. 나는 홈스 어깨 너머로 내용을 확인했다.

**1890년 10월 9일자로
붉은 머리 연맹은 해체되었음.**

홈스와 나는 이 종이를 바라보다가 우리를 쳐다보고 있던 윌슨 씨의 눈과 마주치는 순간 누가 먼저랄 것도 없이 소리를 내서 웃어 버리고 말았다. 그는 마치 금방이라도 눈물을 흘릴 것처럼 울상을 짓고 있었던 것이다. 우리는 상대가 기분 나빠 할 것도 잊고 배를 움켜쥐며 웃어 댔다.

"뭐가 그렇게 우습소? 당신들에게는 남의 불행이 그렇게 웃음거리밖에 안 된단 말입니까?"

아니나 다를까, 윌슨은 자신의 머리카락만큼이나 붉은 얼굴로 소리쳤다.

"나로서는 심각한 일입니다. 그렇게 비웃기나 하실 요량이라면 다른 분을 찾아가겠습니다."

그는 자리에서 벌떡 일어났다.

"죄송합니다. 윌슨 씨, 고정하십시오."

홈스는 윌슨을 만류하여 다시 자리에 앉혔다. 소리를 내지는 않았지만 웃음이 얼굴에서 사라진 것은 아니었다.

"이렇게 재미있는 사건을 놓칠 수야 없지요. 정말 기상천외한 사건이로군요. 우스운 것도 있고 말입니다. 어쨌든 웃은 건 사과드립니다, 윌슨 씨. 계속 말씀해 주시지요. 이 종이를 발견하신 다음부터 말입니다."

"저는 무척 놀랐습니다. 이 상황을 어떻게 받아들여야 할지 도무지 판단이 안 되더군요. 그렇다고 가만히 있을 수는 없었지요. 저는

곧바로 건물 주인에게 달려갔습니다. 그는 아래층에 살고 있었지요.

'2층에 있던 붉은 머리 연맹이 어떻게 된 건지 아십니까?'

'뭐요? 연맹이라니 그게 뭐요?'

'던컨 로스 씨에게 사무실을 빌려주시지 않았습니까?'

'난 그런 사람 모르오.'

말문이 막히더군요. 두 달 동안이나 이 건물에서 함께 일한 사람을 모른다니 정말 어이가 없었습니다.

'머리가 붉은 사람인데 정말 모르십니까? 4호실을 빌려 썼는데요.'

'아, 그 붉은 머리! 그 사람은 윌리엄 모리스인데? 이름을 잘못 안 모양이구려.'

주인은 안 됐다는 듯 혀까지 차더군요.

'두 달 전인가? 얼마 동안만 사무실을 빌리겠다고 합디다. 새 사무실을 구할 때까지만 임시로 쓰겠다면서 말이오. 법무관이라고 했던 것 같은데……, 아무튼 그 사람을 찾는 거라면 이미 늦었소. 어제 이사 갔으니까.'

'혹시 이사 간 데가 어디인지 아십니까?'

'어디 적어준 게 있는데……, 어디다 뒀더라? 혹시 우편물이 오면 보내 줄 테니 주소를 적어 달라고 했었지요. 세인트폴 근처 어디라

고 했었는데…… 옳지, 여기 있군.'

그는 주머니를 한참 뒤적이더니 꼬깃꼬깃해진 종이 하나를 보여 주었습니다. 종이에는 '킹 에드워드가 17번지'라고 적혀 있었습니다. 저는 당장 그 주소로 찾아갔습니다. 그런데 그곳은 건물 주인이 말한 것처럼 법무관의 사무실이 아니었습니다. 의족을 만드는 공장이었지요. 거기 사람들에게도 물어봤지만 던컨 로스는 물론이고 윌리엄 모리스라는 사람도 모른다고 하더군요. 더 이상 연맹이나 로스 씨를 추적할 방법이 없었습니다. 막다른 길에 들어선 느낌이었지요. 하는 수 없이 그냥 집으로 돌아왔습니다."

윌슨은 침통한 얼굴이었다. 홈스는 그가 호흡을 가다듬기를 기다렸다가 입을 열었다.

"물론 스폴딩에게도 이 사실을 알리셨겠지요?"

"네, 저에게 의논 상대라고는 그밖에 없으니까요. 하지만 그라고 해서 달리 무슨 뾰족한 수가 있겠습니까? 그저 저와 마찬가지로 놀라고 황당해했을 뿐이지요."

"다른 말은 없었습니까?"

"우편으로 연락이 올지도 모른다면서 일단은 기다려 보자고 하더군요. 하지만 그건 어디까지나 그의 생각일 뿐입니다. 저는 그렇게 좋은 조건의 일자리를 아무 노력도 하지 않고 놓쳐 버릴 수 없었습니다. 그래서 이렇게 당신을 찾아오게 된 겁니다. 홈스 씨, 당신의 명성은 익히 들어 알고 있습니다. 곤경에 빠진 사람들에게 큰 도움을 주신다지요? 지금 제가 매달릴 수 있는 사람은 오직 당신뿐입니다."

"명성이랄 것까지는 없지만 아무튼 잘 오셨습니다."

홈스는 예의 진지한 표정이었다.

"기꺼이 도와 드리겠습니다. 참으로 재미있는 사건 같군요. 처음 생각했던 것보다 심각한 것이기도 하고 말입니다."

"맞습니다. 심각한 일이지요. 1년에 2백 파운드란 돈이 날아가 버린 것이니까요."

"사실 윌슨 씨 개인적으로는 연맹이 해체됐다고 불평하실 일이 아닌 것 같군요. 이미 32파운드의 수입을 올리지 않으셨습니까? 백과사전의 A항목에 대한 해박한 지식까지 얻으셨고 말입니다. 윌슨 씨, 한두 가지 더 여쭙겠습니다. 먼저 그 스폴딩이란 점원을 고용하신 지 얼마나 되셨습니까?"

"붉은 머리 연맹에 가기 한 달쯤 전이었을 겁니다."

"소개로 알게 되셨나요?"

"아닙니다. 신문에 모집 광고를 냈는데 그걸 보고 찾아왔다고 하더군요."

"온 사람이 그 사람뿐이었습니까?"

"그건 아닙니다. 열 명 정도 왔었지요. 하지만 워낙 싹싹했고 요구한 월급도 적었거든요."

"절반만 받겠다고 했단 말이지요?"

"네."

윌슨은 그걸 왜 묻느냐는 표정이었지만 묻는 말에 선선히 대답했다.

"어떻게 생겼나요?"

"작은 키에 조금 뚱뚱한 편이지만 매우 행동이 민첩한 사람이죠. 그리고 수염이 별로 안 나는지 나이가 서른쯤 되는데도 수염 자국이 없을 정도로 깨끗한 얼굴입니다. 또 이마에는 산이 튀어서 생긴 것 같은 하얀 자국이 있지요."

그 순간 홈스는 상당히 흥분해서 손뼉을 치며 상체를 바로 세웠다.

"그럴 줄 알았어. 내 짐작대로야. 월슨 씨, 그 사람 귀에 뚫은 자국이 있지요?"

"맞습니다. 어렸을 때 어떤 집시가 그를 위해서 그것을 해 주었다고 나에게 말했습니다. 그런데 어떻게 그걸 아십니까?"

하지만 홈스는 묻는 말에 대답하지 않았다. 이마에 주름을 잡고 심각한 얼굴로 생각에 빠져 있었다.

"좋습니다."

홈스는 월슨을 똑바로 보며 말했다.

"월슨 씨, 스폴딩이 아직도 댁에서 일하고 있다고 말씀하셨죠?"

"네, 지금 가게를 보고 있을 겁니다."

"월슨 씨께서 가게를 비웠을 때 그가 일을 잘하던가요?"

"기대 이상으로 잘하더군요. 그 덕에 마음 놓고 연맹에 다닐 수 있었지요."

"그럼 월슨 씨가 여기에 오신 것을 스폴딩이 알고 있습니까?"

"아니요. 급한 마음에 아무 말도 않고 집을 나왔거든요."

홈스는 자리에서 벌떡 일어났다.

"잘 알았습니다. 이 사건은 하루 이틀 안에 해결될 겁니다. 오늘이 토요일이니 늦어도 월요일까지면 되겠군요. 너무 걱정 마시고 댁에 돌아가 계십시오. 그리고 여기에 오셨다는 건 누구에게도 비밀로 해 주십시오."

월슨은 지금까지와는 달리 기쁜 표정으로 홈스의 손을 잡고 흔들었다.

현장 검증

의뢰인이 돌아가자 홈스는 또다시 의자에 몸을 깊이 묻어 버렸다.

"사건 해결은 어떻게 하려고 그러고 있나? 정말 윌슨 씨한테 장담한 대로 이틀 안에 해결할 수 있겠나? 난 잘 모르겠던데."

"왓슨, 평범한 얼굴을 가진 사람이 기억하기 쉽겠나, 어떤 특징이 있는 사람이 기억하기 쉽겠나?"

"그야 후자겠지."

"그래, 사건도 마찬가지야. 흔해빠지고 특징도 없는 범죄야말로 가장 해결하기 힘들고, 괴상한 사건일수록 이해하기 쉬운 법이지. 그런 의미에서 이번 사건은 후자에 속한다네."

"그럼 자넨 벌써 해답을 찾았단 말인가?"

"완전히는 아니지만 그렇다네. 하지만 윌슨 씨가 하루만 더 늦게 찾아왔다면 사건의 해결은 어려웠을 거야. 그런 면에서 오늘이 토요일이라는 건 매우 다행이지."

"그럼 서둘러야겠군."

"그래. 하지만 완전한 해답을 찾기 위해
서는 담배 서너 대는 피워야 할 것 같아.
그 정도의 시간적 여유는 있는 사건이거
든. 그래서 말인데 미안하지만 50분간
만 조용히 생각하게 해 줬으면 좋겠군."

　홈스는 파이프를 입에 문 채로 발을 의
자에 올려 무릎이 거의 코에 닿을 정도로
몸을 웅송그렸다. 그리고 눈을 지그시 감
아 버렸다. 그가 물고 있는 파이프가 마치
먹이를 발견하고 기회를 엿보는 독수리의 부리
같았다. 나는 그에게 방해가 되지 않기 위해 조용히 잡지를 집어 들
고 되는 대로 아무 데나 읽었다. 가끔 홈스를 돌아보았지만 그는 조
금도 움직이지 않고 아까 그 모습 그대로였다. 나는 특별히 관심 있
는 기사가 있었던 것이 아니었기 때문에 얼마간의 시간이 흐르자 지
루해지기 시작했다. 어느새 나는 잡지를 든 채로 꾸벅꾸벅 졸기 시
작했다. 그러다 문득 큰 인기척을 느끼고 눈을 번쩍 떴다. 홈스가 자
리를 박차고 일어나 있었다. 그의 표정은 어떤 결심이 선 듯 단호해
보였다. 그는 성큼성큼 벽난로로 걸어가더니 선반 위에 파이프를 올
려놓고 나를 향해 돌아섰다.

　"어떤가, 왓슨? 자네의 환자들이 자네에게 몇 시간 여유를 줄 수
있을까?"

　"오늘은 진료가 없는 날이네. 그렇지 않다고 해도 요즘은 별로 환
자가 없어서 한가한 편이지."

　"그거 잘됐군. 오늘 오후 세인트제임스 홀에서 사라사테가 연주
를 한다네. 같이 가세."

"뭐? 사건은 어쩌고 연주회를 간단 말인가?"

"물론 사건을 잊은 건 아니네. 하지만 이런 좋은 기회를 놓친다는 건 있을 수 없는 일 아니겠나? 프로그램을 보니 연주곡 중에 독일 곡이 많이 있더군. 이탈리아나 프랑스 음악보다는 자기를 돌아보게 하는 데는 독일 곡이 최고지. 어서 모자를 쓰게. 들러야 할 데가 있으니 서둘러야 해. 점심은 가는 도중에 들기로 하세."

지하철을 타고 엘더스게이트로 간 우리는 이번 사건의 주인공이 살고 있는 삭스 코버그 광장까지 천천히 걸어갔다. 무성한 잡초와 시들어빠진 월계수 덤불이 탁한 공기에 대항해서 힘든 싸움을 하고 있는 작은 공터, 그리고 그 공터를 중심으로 해서 더럽고 낡은 2층 벽돌 건물들이 울타리처럼 둘러싸여 있는 그곳은 한눈에 보아도 쇠락한 거리였다. 골목은 좁았고 건물은 초라했으며 거리는 지저분했다. 하지만 이 거리에는 이미 어울리지 않는 고풍스럽고 고급스러운 장식들을 심심치 않게 볼 수 있었다. 마치 과거에 번화가였다는 영예를 뽐내려는 몸부림처럼 느껴졌다. 그 거리 모퉁이에서 우리는 찾고 있던 간판을 보았다. 갈색 바탕에 '자베즈 윌슨'이란 선명한 하얀 글씨는 우리가 제대로 찾아왔음을 말해 주고 있었다. 바로 우리의 붉은 머리 의뢰인이 운영한다는 그 전당포였다.

홈스는 그 앞에 버티고 서서 날카로운 눈길로 여기저기 살펴보았다. 전당포뿐이 아니었다. 그는 길을 오르내리며 그 옆의 건물들까지도 눈여겨보았다. 그러더니 다시 전당포 앞으로 가서 들고 있던 지팡이로 바닥을 두세 번 있는 힘껏 두드렸다. 홈스는 마침내 무슨 결심을 한 사람처럼 고개를 끄덕이더니 문 앞으로 다가가서 노크를 했다. 곧 문이 열리고 영리해 보이는 젊은 청년이 얼굴을 내밀었다. 그는 윌슨 씨가 말한 것처럼 말끔한 얼굴이었다.

"죄송합니다만 스트랜드가로 가려 고 하는데 어디로 가야 합니까?"

"저 세 번째 집에서 오른쪽으로 간 다음 다시 왼쪽으로 네 구역 가시오."

그는 재빠르게 대꾸하고는 문을 닫아 버렸다.

"머리가 좋은 친구야."

홈스는 나와 어깨를 나란히 하여 걸으며 말했다.

"영리하기로 따진다면 이 런던에 서 네 번째 안에 들걸. 게다가 대담하기까지 하고 말이야."

"홈스, 자네 저 스폴딩이라는 자를 의심하는 건가? 그래서 얼굴을 보기 위해 온 거고 말이야."

"그를 보기 위해 온 것은 맞지만 얼굴은 아니라네."

"그럼 뭘 보려고?"

"바지 무릎을 보고 싶었어."

"그게 어땠는데?"

"짐작대로였지."

홈스는 그저 웃기만 했다.

"그런데 홈스, 길바닥은 왜 두드린 건가?"

"왓슨, 지금은 자세히 이야기나 하고 있을 때가 아니라네. 우린 지금 적진에 들어와 있는 스파이거든. 하여간 여기에는 더 이상 볼일 이 없군. 이 골목 뒤에는 뭐가 있는지 한번 보러 가세."

초라한 삭스 코버그 광장의 모퉁이를 돌자 마치 그림의 앞면과 뒷 면처럼 대조를 이루는 화려한 거리가 나타났다. 그곳은 줄줄이 늘어선 상점들과 위용을 자랑하는 높은 건물들 사이로 수많은 마차와 사람들이 매우 붐비고 있었다. 방금 전의 초라한 거리와 등을 맞대고 있다고는 믿기지 않을 정도였다. 거리는 활기차고 생기가 넘쳤다.

"왓슨, 이 거리에 무엇이 있는지 잘 기억해 두게. 런던에 관한 지식은 아무리 쌓아 둔다고 해도 지나침이 없거든. 모티머 상점, 담배 가게, 신문 가게, 그리고 시티 앤드 서버번 은행의 코버그 지점이 있군. 이 은행은 런던에서 첫째, 둘째를 다투는 대은행이지. 음, 그다음이 채식주의자들을 위한 식당과 맥팔레인 마차역이군. 좋아, 조사는 끝났네. 어서 연주회장으로 가세. 섬세하고 조화로운 바이올린의 나라로 어서 가고 싶군. 그곳이라면 우리를 괴롭히는 붉은 머리 손님은 없겠지. 하지만 그 전에 요기를 하도록 하세. 옳지, 저기 샌드위치를 파는 곳이 있군."

홈스는 내 대답을 기다리지 않고 성큼성큼 한 노천카페로 걸어 들어갔다.

그날 오후 우리는 관람석 맨 앞자리에서 시간을 보냈다. 홈스는 그 시간 내내 부드러운 미소를 머금고 있었다. 그의 가늘고 기다란 손가락은 음악에 맞춰 부드럽게 흔들렸고 두 눈은 꿈꾸는 것처럼 나른해 보였다. 잔혹한 사냥개라든가 번뜩이는 두뇌의 무자비한 사립 탐정이라든가 하는 세간의 별명이 무색할 정도였다. 그는 마냥 행복해 보였다. 그것은 당연한 것이었다. 내 친구는 열렬한 음악 애호가로서 매우 능력 있는 연주가였을 뿐만 아니라 보통 이상의 작곡가이기도 했다. 그런 그에게 있어 유명한 연주자의 음악을 듣는다는 것은 더없이 즐거운 일이었을 것이다. 사건에 직면했을 때의 그의 모습과는 다른 것이 사실이었지만 이렇게 서정적인 모습도 홈스의 한 성격이었다. 실제로 그는 극단적인 무기력과 지칠 줄 모르는 활동이

라는 양극단을 오갔다. 내 생각에는 그의 서정성
이나 무기력은 조금의 빈틈도 허용하지 않는
치밀함과 거침없는 기민함의 반작용으
로 나타나는 것 같았다. 그도 그럴 것
이 그가 며칠이고 계속 바이올린을
끌어안고 음악에 빠져 있거나 책
을 붙잡고 있었던 후에는 반드시
놀랄 만큼 사건에 열정적이었으며
그 누구도 흉내 낼 수 없는 추리력을
과시하곤 했던 것이다. 그때마다 나는
미지의 신이라도 보는 것 같은 눈길로
그를 바라보았다. 아무튼 그날 바이올린 선율에 정신없이 빠져 있는
홈스를 보고 있자니 또 한번 그의 무섭도록 예리한 추리력이 발휘될
것이라는 예감이 들었다.

"왓슨, 먼저 집으로 돌아가게."

홀을 나오면서 홈스가 말했다.

"왜? 어디 가려고?"

"그래, 시간이 꽤 걸릴 거야. 삭스 코버그 광장 사건은 아주 심각
하거든."

"심각하다고?"

"엄청난 음모가 숨어 있지. 하지만 오늘이 토요일이라 그게 좀 어
렵군. 그래도 이제 그걸 중지시킬 때가 됐어. 그래서 말인데 오늘 밤
에 자네의 도움이 필요할 것 같군."

"자네에게 도움이 된다면 언제라도 좋으니 말만 하게."

"그렇게 말해 주니 고맙군. 그러면 10시쯤 베이커 가로 와 주게."

"알았네."

"그리고 약간의 위험이 있을지도 모르니 자네의 군용 권총을 가지고 오게."

홈스는 손을 흔들어 보이고는 곧바로 몸을 돌려 인파 속으로 사라졌다. 나는 그가 사라진 쪽을 바라보며 잠시 멍하게 서 있었다. 가끔 느끼는 것이지만 지금과 같이 갑자기 사라지는 홈스를 볼 때마다 내가 우둔한 것은 아닌가 하는 생각이 들었다. 그와 같은 것을 보고 같은 것을 들었지만 나는 항상 그가 알아낸 것의 반도 알아채지 못했다. 지금도 홈스는 이 괴상한 사건의 내막을 알아낸 것이 틀림없었다. 그뿐 아니라 앞으로 일어날 일에 대해서도 분명하게 알고 있는 것이다.

나는 마차를 타고 집으로 가면서 이 혼란한 상황을 정리해 보기로 했다. 백과사전을 베끼고 4파운드를 받았던 붉은 머리의 자베즈 윌슨, 사라져 버린 붉은 머리 연맹, 삭스 코버그 광장의 전당포에서 만난 빈센트 스폴딩, 그리고 권총을 가져오라는 홈스의 의미심장한 말 등 모든 것이 생생했다. 하지만 아무리 생각해도 홈스가 알아낸 것이 무엇인지 알 수 없었다.

'도대체 무슨 일이 벌어진다는 걸까?'

그저 모든 것이 혼란스럽고 기괴하게만 느껴질 뿐이었다. 결국 나는 생각하기를 포기했다. 홈스가 예언한 대로 무언가 일어날지도 모르는 위험에 대비해 휴식을 취하기로 했다. 그것이 내가 할 수 있는 최선이었다.

어둠 속의 잠복근무

9시 15분이 되자 나는 집을 나섰다. 조금 이른 감이 있었지만 하이드파크를 지나 옥스퍼드 가를 거쳐 걸어가기에는 적당한 시간이었다. 예상한 대로 나는 약속한 바로 그 시각에 베이커 가에 도착했다.

홈스의 하숙집 앞에는 두 대의 마차가 서 있었다.

서둘러 2층으로 올라가 보니 홈스는 두 명의 방문자와 함께였다. 그중 한 사람은 익히 알고 있는 얼굴이었다. 바로 경시청의 피터 존스 경감이었다. 하지만 나머지 한 사람은 기억에 없었다. 그는 키가 크고 마른 몸매에 어딘가 슬퍼 보이는 얼굴의 사나이로 번쩍거릴 정도의 새 중절모와 점잖은 프록코트를 입고 있었다.

"오, 제시간에 왔군. 그러지 않아도 기다리고 있었다네."

홈스는 말이 끝나기 무섭게 외투의 단추를 채웠고 사냥용 채찍을 선반에서 꺼내 챙겼다.

"이분은 오늘 밤 모험에 동행하실 메리웨더 씨라네."

"메리웨더 씨라면 혹시 시티 앤드 서버번 은행의 은행장이신……."

"오, 알고 있었군. 정확하게 말하면 코버그 지점의 지점장이시지."

메리웨더는 고개를 숙여 보이는 것으로 인사를 대신했다.

"존스 경감하고는 이미 구면이지?"

"오랜만이오, 왓슨 박사. 또 한번 박사와 함께 모험을 하게 됐군요. 사건을 수사하는데 이 늙은 사냥개까지 불러 주시고 감사할 따름이오."

존스 경감은 특유의 과시하는 태도로 말했다.

"수확이 겨우 쥐새끼 한 마리에 그치는 일이 아니었으면 좋겠군요."

메리웨더가 기운 없는 목소리로 말했다.

"그런 일은 없을 겁니다. 제가 잘 알지만 여기 계신 홈스 씨는 이 방면에 있어서는 탁월한 능력을 가지고 있으니까요. 어떤 때는 우리 경찰을 능가하지요."

대답을 한 건 존스 경감이었다.

"그렇다면 다행이오만 어쨌든 토요일 밤에 카드놀이를 하지 못하는 게 27년 만에 처음 있는 일이니만큼 그만한 수확이 있었으면 합니다."

"실망하지 않으실 겁니다."

홈스가 경쾌하게 대답했다.

"메리웨더 씨에게는 오늘 밤에 그 어떤 카드놀이에서도 딸 수 없었던 60만 프랑이란 거액의 돈이 돌아갈 겁니다. 또 존스 경감은 그토록 뒤를 쫓았던 범인을 잡게 되겠지요."

"부디 그렇게 되기를 바랍니다."

메리웨더는 여전히 불만 섞인 말투였다. 하지만 홈스는 여전히 밝은 표정이었다.

"자, 이제 필요한 사람은 모두 모였으니 슬슬 나가 볼까요?"

두 손님이 앞의 마차를 탔고 나와 홈스는 뒤의 마차를 탔다.

"이 사건의 범인은 두세 명은 될 거야. 그래서 존스 경감을 불렀지. 저 친구, 머리는 좋지 않지만 나쁜 사람은 아니거든. 특히 불도저처럼 용감하고 끈질겨서 한번 물면 절대로 놓는 법이 없지. 이번에도 큰 도움이 될 걸세."

말을 마친 홈스는 의자에 몸을 기대고 콧노래까지 흥얼거렸다. 연주회에서 들었던 곡조를 흥얼거리고 있는 것이 분명했다. 마차는 가스등이 켜진 조용한 거리를 지나 패링턴 가로 접어들고 있었다. 하지만 나는 그때까지 그들이 나누던 대화를 알아듣지 못했으며 이 마차가 어디로 가는지도 몰랐다. 그중에서도 특히 내가 궁금했던 건 존스 경감이 잡게 될 거라는 범인이었다. 하지만 내가 묻기도 전에 마차가 서고 말았다.

"다 왔군."

마차가 멈춘 곳은 낮에 왔던 번화한 거리였다. 우리는 마차를 보내고 메리웨더 씨를 선두로 해서 좁은 골목을 지나 어느 건물의 옆문 앞에 섰다. 메리웨더 씨는 가지고 있던 열쇠들 중에서 하나를 골라 그 문을 열었다. 곧바로 나선형의 계단이 있었고 그 끝에 다시 굳게 잠긴 철문이 나타났다. 잠겨 있는 철문은 그것이 전부가 아니었다. 두 번째 문을 지나 축축한 흙냄새가 물씬 풍겨 오는 통로를 내려가자

세 번째 철문이 또 우리 앞을 가로막았던 것이다. 그 문까지 열고 들어갔다. 안은 넓은 창고였는데 사방에 큼직한 나무 상자가 쌓여 있었다.

홈스는 벽에 걸려 있던 등잔에 불을 붙이고는 주위를 살폈다.

"지금 온 통로나 위로는 침입이 불가능하겠군요."

홈스의 말처럼 천장은 틈새 하나 없이 견고해 보였다.

"밑으로도 불가능할 겁니다."

메리웨더는 보란 듯이 지팡이로 바닥을 두드렸다.

쿵쿵거리는 소리가 창고 안에 울려 퍼졌다. 다음 순간 그의 얼굴이 하얗게 질렸다.

"소리가, 소리가 이상해!"

그는 당황한 듯 다급하게 외쳤다.

"조용히 하시오"

홈스가 낮은 목소리로 그의 말을 막고 나섰다.

"시끄럽게 했다가는 모든 것이 허사로 돌아갈지도 모릅니다. 제발 부탁인데 저 나무 상자에 가만히 앉아 계십시오. 아무 소리도 내지 말고 말입니다."

내 친구의 목소리는 작았지만 거역할 수 없는 위엄이 느껴졌다. 메리웨더는 뭔가 불만이 있는 듯했지만 고분고분하게 시키는 대로 했다.

홈스는 확대경을 꺼내 들고 돌이 깔려 있는 바닥의 틈새를 살피기 시작했다. 그 조사는 단 몇 초 만에 끝났다.

"됐습니다. 앞으로 한 시간은 기다려야 할 겁니다. 전당포 주인이 잠이 들어야 움직일 테니 말입니다. 그동안 제 친구에게 설명을 좀 해야 할 것 같군요. 이 친구는 아직 잘 모르고 있을 테니까요."

홈스는 나를 보며 빙그레 웃었다.

"짐작하겠지만 지금 이곳은 메리웨더 씨가 점장으로 계시는 시티 앤드 서버번 은행의 코버그 지점이네. 정확하게 말하면 지하 금고 안이지. 지금 런던의 내로라하는 범죄자들이 한껏 눈독을 들이고 있는 곳이고 말이야."

"왜?"

"그건 제가 설명하지요."

메리웨더였다.

"지금 이곳에는 60만 프랑이나 되는 금괴가 있기 때문입니다."

"60만 프랑?"

"네, 몇 달 전 프랑스 은행에서 차관해 온 겁니다. 지불 능력을 강화하지 않으면 안 됐거든요. 지금 제가 앉아 있는 이 상자만 해도 4만 프랑어치의 금괴가 들어 있지요. 그런데 포장도 뜯기 전에 이 지하 금고에 금괴가 있다는 소문이 나 버렸습니다. 이 금괴를 탈취하겠다는 경고를 받은 것도 벌써 몇 번이나 됩니다. 이곳은 워낙 안전한 곳이기 때문에 안심하고 있었는데 홈스 씨가 위험하다고 하시더군요."

"범죄자들에게 있어 안전한 장소란 절대로 없지요."

홈스가 말했다.

"자, 시간이 됐군요. 적을 맞을 준비를 해야겠지요. 먼저 등잔에

덮개를 씌우겠습니다."

"너무 어둡지 않소?"

메리웨더가 퉁명스럽게 말했다.

"어쩔 수 없습니다. 사실 메리웨더 씨를 위해 카드까지 한 벌 가지고 왔습니다만 이곳 상태를 보니 불을 켜 놓는다는 건 아무래도 위험할 것 같군요. 그럼 이제 해야 할 일을 알려 드리지요. 일단 각자 상자 뒤에 숨어 계십시오. 그러다 놈들이 나타나면 제가 불을 비출 겁니다. 바로 그때 재빨리 달려들어야 합니다. 왓슨, 만약 놈들이 총을 쏘거든 자네도 사정 보지 말고 쏘아 버리게. 자, 놈들은 아주 대담한 자들이니 모두 각별히 조심해야 합니다. 명심하십시오."

우리는 모두 말없이 고개를 끄덕였다.

"소동이 있은 후 놈들이 달아날 길은 왔던 길을 되돌아 나가는 것 뿐입니다. 바로 '자베즈 윌슨 전당포'로 가게 되겠지요. 존슨 경감, 아까 부탁했던 일은 처리해 놓으셨겠지요?"

"물론이오. 전당포 앞에 경사 한 명과 건장한 경관 둘을 잠복시켜 놓았소."

"잘됐군요. 그럼 불을 끄겠습니다. 모두 조용히 하고 계셔야 합니다."

홈스는 우리가 각자 상자 뒤에 자리를 잡기를 기다렸다가 불을 껐다. 어둠 속에서의 시간은 평소보다 느리게 흐르는 것이 분명했다. 절대적인 암흑과 지하실의 축축한 냉기는 나를 조바심 나게 하기에 충분했다. 어느덧 한 시간이 지났다. 하지만 나는 뻣뻣해진 다리를 펼 생각도 하지 못한 채 무슨 소리가 나지 않는지에 온 신경을 집중했다. 드디어 뚱뚱한 존슨 경감의 거친 숨소리와 메리웨더의 가는 숨소리가 분명하게 구분될 정도로 예민해지기에 이르렀다.

그때였다. 갑자기 바닥에서 가는 불빛이 흘러나왔다. 모두 숨소리가 멎는 듯했다. 그 가는 불빛이 점차 밝아지더니 바닥이 갈라지면서 온 방을 밝힐 정도의 불빛으로 변했다. 바닥에 깔린 돌 하나가 모로 뒤집어지면서 커다란 구멍이 만들어졌다. 그 구멍으로 하얀 손이 불쑥 솟아올랐고 잇따라 소년같이 매끈한 얼굴이 슬그머니 나타났다. 분명히 전당포 점원, 빈센트 스폴딩이었다. 스폴딩은 날카로운 눈초리로 사방을 살펴보더니 구멍의 가장자리에 손을 대고는 반동을 이용해 위로 올라섰다. 재빠른 솜씨였다. 그의 뒤를 이어 올라온 자는 머리가 유난히 붉었다.

"아치, 끌하고 가방도 가지고 왔겠지?"

스폴딩이 낮은 목소리로 물었다.

"아, 가방을 안 가지고 왔어."

"맙소사, 정말 미치겠군. 지금 뭐 하자는 거야, 아치. 얼른 가서 가져와!"

아치라 불린 붉은 머리가 다시 아래로 내려가려 했다. 그 순간 홈스가 번개같이 튀어나가 스폴딩의 목덜미를 붙잡았다. 곧이어 몸을 날린 존슨 경감은 붉은 머리의 옷을 붙잡았다. 그러나 옷이 찢어지면서 놈은 구멍 아래로 떨어졌고 그대로 달아나 버렸다.

"위험해, 홈스!"

내 눈에 번쩍이는 권총이 눈에 띄었다. 스폴딩이 안주머니에서 권총을 꺼내고 있었던 것이다. 하지만 내가 권총을 겨누기도 전에 홈스의 채찍이 공중을 갈랐다. 다음 순간 권총은 바닥을 굴렀다.

"포기해. 다 끝났다. 존 클레이."

홈스는 여느 때와 다름없이 침착한 말투였다.

"흐흠, 그럴 것 같군."

그러나 홈스에게 붙잡혀 있는 자는 더욱 침착한 목소리였다. 얄미울 정도였다.

"하지만 다행스럽게도 내 친구는 붙잡지 못하겠군. 자네들한테는 유감스런 일이겠지만 말이야."

스폴딩, 아니 홈스에게 존 클레이라고 불린 그자는 우리를 조롱하듯 키드득거리기까지 했다. 그러자 홈스는 빙긋 웃으며 말했다.

"이거 미안하게 됐는걸. 자네 친구는 이미 수갑을 차고 있을 테니 말이야. 전당포 앞에 지키고 있는 경찰이 셋이나 되거든."

"저런, 빈틈없는 솜씨로군. 칭찬이라도 해 줘야겠는걸."

"칭찬이라면 내가 해 줘야겠지. 붉은 머리 연맹이라니⋯⋯, 정말 누구도 생각하지 못할 기상천외한 작전이었어."

"자, 손을 내밀어. 달아난 네 친구는 곧 만나게 될 테니 걱정하지 말고."

곁에 있던 존스 경감이 수갑을 채우기 위해 클레이를 잡아끌자 범인은 거만하게 뿌리치며 말했다.

"그런 더러운 손이 내 몸에 닿지 않았으면 좋겠군."

이 거만한 범인은 수갑이 채워지는 동안에도 고개를 빳빳이 들고 경감을 노려보았다.

"자네가 잘 모르는 모양인데 내 몸엔 고귀한 영국 왕실의 피가 흐른다. 그러니 호칭과 말투에 각별한 예의를 차려 줬으면 좋겠군."

"그렇게 하지요. 공작 전하."

존스 경감은 예의라고는 조금도 없는 태도로 키득키득 웃어 가며 과장되게 허리까지 굽혀 인사를 했다.

"이제 경시청으로 모시고 갈 마차가 밖에서 기다리고 있으니 순순히 위층으로 올라가 주시겠습니까, 전하?"

존스 경감은 마지막 '전하'라는 호칭에 일부러 힘을 주어 말했다. 그것은 내가 보기에도 조롱하는 것이 분명했다. 그러나 클레이는 그렇게 생각하지 않는 듯했다.

"그러지."

존 클레이는 조금도 동요하지 않는 의연하고 거만한 태도로 대답했다. 그리고 우리 세 사람을 향해 가벼운 목례를 하고 수갑을 찬 채로 경감과 함께 유유히 계단을 올라갔다. 그가 시야에서 사라지자 은행장인 메리웨더가 홈스의 손을 굳게 잡았다.

"뭐라 감사의 말씀을 드려야 할지 모르겠군요. 진심으로 감사드립니다. 홈스 씨의 놀라운 능력이 아니었다면 꼼짝없이 저 귀중한 금괴를 모두 잃어버렸을 겁니다. 아, 생각만 해도 끔찍하군요. 홈스 씨, 이 고마움을 어떻게 표현하면 좋을까요? 은행 차원에서 사례를 해 드릴 테니 말씀만 하십시오."

"전 제 할 일을 한 겁니다. 개인적으로는 존 클레이에게 받아야 할 빚을 받은 것뿐이고 말입니다."

홈스는 부드럽게 미소 지으며 말했다.

"아무튼 재미있는 사건이었습니다. 저로서는 이 기이한 사건에 참여한 것과 붉은 머리 연맹이라는 기발한 이야기를 들은 것만으로도 충분하군요."

숨어 있던 진실

다음 날 아침, 홈스와 나는 베이커 가의 하숙집에서 마주 앉아 있었다. 홈스는 위스키 잔을 앞에 놓고 담배를 피웠다. 나는 아직도 어제의 상황을 다 이해하지 못하고 있었다.

"홈스, 존 클레이라는 자가 누군가? 자네는 잘 알고 있는 것 같던데?"

"그자는 전 영국을 통틀어 몇 손가락 안에 꼽히는 악당이라네. 살인, 절도, 화폐위조까지 안 해본 게 없을 정도지. 다른 거물급 범죄자들의 나이에 비하면 젊은 편이고 수법도 매우 창의적인 데가 있다고나 할까? 어쨌든 나는 오래전부터 그자를 찾고 있었네. 그런데 좀처럼 증거를 남기지 않는 데다 행동도 재빨라서 매번 아깝게 놓치고 말았지. 얼굴을 직접 본 것도 이번이 처음이야."

"그런데 고귀한 혈통이라고 거만하게 굴던데?"

"사실이라네. 그의 조부가 왕족의 피를 이어받은 공작이거든. 그 역시 이튼 칼리지와 옥스퍼드 대학을 졸업한 수재지. 그는 이번 주에 스코틀랜드에서 금고를 털고 다음 주에는 콘월에서 고아를 위한 기금을 모으는 식의 이중적인 생활로 사람들 눈을 속여 왔던 거야. 아주 영리한 자야."

"그 좋은 머리를 다른 곳에 썼으면 좋았을걸."

나는 안타까운 생각이 들었다.

"그래, 그랬다면 이번 사건같이 재미있는 일이 일어나지 않았겠지. 아무튼 정말 기발한 상상력의 소유자인 것은 확실해. 그러지 않고서야 붉은 머리 연맹이라는 게 탄생할 수 없었을 테니 말이야."

"나는 아직도 잘 모르겠어. 자세히 설명 좀 해 주게."

홈스는 위스키로 목을 축이고 이야기를 시작했다.

"왓슨, 처음부터 범인들의 목적은 지하 금고 안에 있는 금괴였어. 하지만 자네도 보았겠지만 세 개나 되는 철문을 통과해서 금고로 가는 것은 불가능했네. 그가 눈독을 들인 건 은행과 등을 맞대고 있는 전당포였지. 그런데 마침 그 전당포에서 점원을 모집하고 있는 거야. 그는 경쟁자들을 물리치고 점원으로 들어갔네. 그는 월슨 씨의 머리가 붉은 것에 착안해서 계획을 짰어. 먼저 붉은 머리 연맹이라는 엉터리 단체의 이름으로 광고를 낸 후 아치라는 공범을 시켜 임시 사무실을 얻었고 클레이는 주인을 부추겼던 거야. 이렇게 해서 월슨 씨는 8주 동안이나 하루에 네 시간씩 집을 비우게 되었지. 그러는 동안 범인들은 마음 놓고 땅을 팠던 거고 말이야. 1주일에 4파운드는 큰 돈이기는 하지만 60만 프랑을 손에 넣을 자들에게는 하찮은 금액일 뿐이었지. 결국 회원을

모집한다는 광고나 붉은 머리 연맹, 그리고 백과사전을 베끼는 일과 주당 4파운드의 급료는 모두 전당포 주인을 집 밖으로 끌어내기 위한 수단이었을 뿐이네."

"하지만 윌슨 씨의 설명만 듣고 그걸 어떻게 안 건가?"

"일단은 절반밖에 되지 않는 급료가 마음에 걸렸네. 그는 적은 급료를 감수하고라도 점원이 되기를 원했네. 필사적이었지. 그 이유가 무엇이었을까? 두 번째는 주인을 집 밖으로 내보내야 하는 이유에 대해 생각했네. 그가 무언가를 노리고 있다는 것은 분명했거든. 집 안에 여자가 있었다면 불륜을 생각했을 거야. 아니면 절도든가 말이네. 하지만 그럴 만한 여자도 없었고 부유한 집도 아니었지. 윌슨은 아내를 여읜 홀아비였고 전당포는 하루하루 근근이 연명하고 있었으니까 말이네. 난 틈만 나면 지하실로 달려간다는 말에 귀가 번쩍 뜨이더군. 게다가 윌슨 씨가 말해 준 스폴딩의 인상착의는 그동안 내가 수집해 놓은 클레이라는 자의 모습과 일치했던 거야. 거물급 범죄자가 한낱 전당포 점원이 되기 위해 필사적이었다? 그래, 해답은 지하실에 있었어. 왓슨, 그때 내가 떠올린 것은 바로 지하 통로였네.

삭스 코버그 광장의 전당포를 찾아가서 스트랜드 가를 찾는 척하며 점원을 살폈네. 다행히 그자는 내 얼굴을 몰랐고 나 역시 마찬가지였어. 하지만 난 그의 얼굴을 보려고 했던 게 아니야. 어제도 얘기했지만 내가 궁금했던 것은 그의 무릎이었네. 내 예상대로 그의 무릎은 너덜거리고 허연 흙이 묻어 있더군. 사진 현상을 하는데 무릎이 그렇게 더러워질 리는 없지 않겠나? 분명 무릎을 꿇고 땅을 팠던 것이 틀림없었어.

마지막 남은 문제는 그 지하 통로가 어디를 향해 있는가였네. 왓슨, 전당포 앞에서 내가 지팡이로 도로를 두드렸던 것을 기억할 걸세. 나는 그때 지하 통로가 집 앞으로 뚫렸는지, 뒤로 뚫렸는지를 조사했던 거네. 소리로 보아 앞이 아닌 것은 확실했어. 그래서 가게 뒷길로 돌아가 봤지. 그런데 시티 앤드 서버번 은행이 바로 그 전당포와 등을 맞대고 있었던 거야. 모든 의문이 풀렸지. 난 느긋한 마음으로 연주를 감상한 후 경시청과 메리웨더 은행장의 집을 찾아가 내 추리를 털어놓았네. 그다음은 자네가 본 그대로야."

"하지만 어젯밤에 범행이 일어날 것이라는 건 어떻게 알아냈나?"

"어제 아침에 붉은 머리 연맹이 해산되지 않았나? 그것은 윌슨 씨를 더 이상 집 밖으로 내보낼 필요가 없었다는 뜻이지. 즉 지하 통로가 완성되었던 거야. 하지만 질질 끌었다가는 지하 통로가 발각될 수도 있었어. 게다가 또 어제는 토요일이었거든. 일요일에는 은행 직원들이 출근하지 않을 테니 적어도 월요일 아침까지는 발각될 염려가 없었지. 그들에게는 도난 사실이 늦게 발각될수록 피신할 시간을 버는 셈이니 그보다 더 좋은 날이 어디 있겠나?"

나는 저절로 탄성이 나왔다.

"정말 완벽한 추리로군. 아름답기까지 할 정도야."

홈스는 늘어지게 기지개를 켜며 하품을 했다.

"덕분이라면 좀 이상하지만 어쨌든 모처럼 흥분되는 사건이었어. 하지만 벌써 또 권태롭기 시작하는군. 이런 진부한 일상에서 벗어날 수만 있다면 이런 사건들은 언제든 환영이야."

"자네가 사건을 즐기는 것을 사람들이 안다면 뭐라고 할지 궁금하군. 하지만 일단은 자네에게 크게 감사할 거네."

"글쎄, 약간의 도움을 준 것에 지나지 않아. '중요한 것은 사람이

아니라 그 결과다.'라는 말도 있지 않나? 나에게 감사할 일이 아니
지."

홈스는 어깨를 으쓱하며 멋쩍게 웃었다.

"하지만 홈스, 그렇게 훌륭한 가문에 그 좋은 머리로 범죄만 일삼
아 살아간다는 건 아무리 생각해도 애석한 일이군."

"그게 다 지나친 욕심 때문 아니겠나?"

홈스는 잔에 남아 있던 위스키를 단숨에 들이켰다.

신랑의
정체

A Case of Identity

메리 서덜랜드

타이피스트로서 보통의 다른 여성보다 체격이 크다. 홀어머니 밑에서 자라 일찍 철이 들어 자립심이 강하다. 의붓아버지를 좋아하지는 않지만 집안의 평화를 위해 수긍하는 면모를 보인다.

호스머 엔젤

메리 서덜랜드가 무도회에서 만난 신사다. 170센티미터 정도의 키에 체격이 건장하다. 검은 머리에 콧수염과 구레나룻을 덥수룩하게 기르고 있으며 항상 색안경을 끼고 있다. 항상 낮고 작은 목소리로 속삭이듯 말한다. 메리와 결혼을 약속한 사이인데 의붓아버지인 윈디뱅크의 반대에 부딪히자 그가 없는 사이에 결혼식을 감행한다.

윈디뱅크

메리 서덜랜드의 의붓아버지다. 그러나 메리보다 겨우 다섯 살 많다. 집안의 일을 자신의 뜻대로 하려 한다. 또한 아내와 의붓딸의 사교 모임까지 간섭할 정도로 보수적인 면을 보인다. 사업상 출장이 잦다.

〈신랑의 정체〉는 1891년 9월 〈스트랜드 매거진〉에 발표되고 1892년《셜록 홈스의 모험》에 실렸다. 이 작품 속에서 홈스는 사람의 외양만으로 그 사람의 직업뿐 아니라 직전의 상황까지 정확히 알아낸다. 즉, 여성의 소매 끝을 보고 타이피스트라는 직업을 알아낸다든지 장갑과 손에 묻은 잉크의 흔적으로 집을 나서기 전에 편지를 썼다는 것을 알아낸다든지 하는 것들이다. 이는 홈스의 관찰력이 얼마나 뛰어난지를 보여 주는 것으로 독자로 하여금 작품의 매력에 흠뻑 빠지게 만든다. 한편 이 작품의 원제는 〈사건의 진실〉인데, 우리나라에서는 원제와는 상관없이 〈신랑의 정체〉 등 다양한 제목으로 소개되어 있다. 이는 원제가 다른 제목들과는 달리 작품의 소재나 사건을 암시하고 있지 않기 때문이다. 작품 속 배경 연대는 1887년으로 10월 18일과 10월 19일 이틀간의 이야기를 다루고 있다.

창밖의 여인

"**여보게, 왓슨.** 인생이라는 것은 인간의 머리로는 다 헤아릴 수 없을 정도로 묘하다네. 우리가 진부하다고 생각하는 일상사도 상상력만으로 모두 구현해 내기 어렵거든. 자, 우리가 날아다닐 수 있다고 가정해 보세. 서로의 손을 잡고 저 창문으로 빠져나가 이 대도시 위를 날아다니며 여기저기 지붕을 살며시 벗겨 내는 거야. 그러고는 지붕 밑에서 벌어지고 있는 기괴한 일들, 연이은 괴사건 등 남들의 인생을 모두 엿보는 거지. 상상이 가나? 그것들은 결코 관습적이지도 않고 결과를 예측할 수도 없는 것들일 거네. 정말 그런 일이 가능하다면 장담하건대 소설 따위는 다시 읽지 않게 될 거야."

베이커 가의 하숙집 벽난로 앞에서 홈스는 이런저런 이야기 끝에 나에게 이렇게 말했다.

"글쎄……."

나는 그의 말에 동의할 수 없었다.

"사람들의 삶이나 그 결과가 예측이 불가능하다는 것을 부인할 생각은 없네. 하지만 신문에 보도되는 사건들 좀 보게. 노골적이고 상스럽기 짝이 없어. 물론 사실주의에 입각한 기사 태도 때문이겠지만 그것을 감안한다고 하더라도 결과는 재미도 없고 예술적이지도 않네. 나라면 말이야, 절대로 남의 추한 일상사를 들여다보는 일 따위는 하지 않겠어."

"자네다운 말이군."

홈스는 빙그레 웃으며 말을 이었다.

"사실 경찰의 보고서나 신문 기사는 사실 그대로를 알려 준다고 볼 수 없어. 경찰 보고서는 공문서 특유의 상투적인 문구에 치중하는가 하면 신문 기사는 독자의 관심을 끌기 위해 사실을 왜곡하거나 과장하기 마련이거든. 그렇기 때문에 모든 사건과 일상이 부자연스럽게 보이는 거네."

"홈스, 자네가 그런 생각을 하는 것도 무리는 아니야. 세 개 대륙에서 곤경에 빠졌다고 자네를 찾아오는 사람들을 보고 있자면 하나같이 인간의 상상력을 무기력하게 만들 정도로 괴상한 일뿐이니까 말이야. 자네는 그렇게 괴상한 일들에 너무 익숙해 있어. 하지만 세상일이 모두 다 그런 것은 아니란 말일세. 하지만 이것 좀 보게."

나는 조간신문을 집어 들고 한 기사를 홈스에게 보여 주었다.

"여기 '아내를 학대하는 남편'이라는 기사가 대문짝만하게 실려 있네. 나는 아직 이 기사를 읽지 않았지만 내용은 짐작할 수 있어. 분명술만 마시면 상습적으로 아내를 구타하고 바람이나 피는 남편 얘기일 거야. 그 여자를 가엾게 여긴 여동생이나 이웃 여자가 신고를 했겠지. 이보다 더 형편없는 소설이 어디 있겠나? 이처럼 대부분의 우리 삶이란 자네가 맡는 사건처럼 재미있지도 않고 상상이 어려운 것도 아니란 말일세."

홈스는 대답 대신 내가 가리키는 기사를 유심히 살펴보았다.

"이런, 자네가 예를 잘못 든 모양인데……."

"뭐라고?"

"이건 던대스 별거 사건이야. 전에 내가 사건을 해결해 준 적이 있어서 잘 알지. 이 남자는 자네 예상과는 달리 술이라고는 한 방울도 하지 않는 착실한 사람이라네. 아마 바람은 생각도 못걸. 그런데 이 남자에게는 몹쓸 습관이 있었는데 그것은 식사 때마다 틀니를 빼서 아내에게 던지는 거였어. 어떤가, 이 정도라면 그 어떤 소설가의 상상력에 못지않지? 어서 졌다고 인정하게."

홈스는 개구쟁이같이 웃으며 담뱃갑을 내밀어 담배를 권했다.

"아니, 이건……."

나는 깜짝 놀랐다. 담뱃갑이 금으로 만들어져 있는 데다가 뚜껑 한가운데 커다란 자수정이 박혀 있었던 것이다. 그 담뱃갑은 평소 검소한 생활을 하던 홈스의 물건치고 지나치게 고급스럽고 화려한 것이었다.

"이것 말인가?"

홈스는 담뱃갑을 이리저리 보며 웃고 있었다.

"지난번 아이린 애들러의 사진 사건을 도와준 답례로 보헤미아 국왕께서 보내 주신 거라네. 자네가 알고 있다고 생각했는데 아니었나 보군. 아, 그래. 이걸 처음 봤다면 이 반지도 처음이겠군."

홈스는 커다란 루비가 박혀 있는 반지를 낀 손가락을 내게 내밀어 보였다.

"이건 네덜란드 왕실에서 보내 준 거라네. 왕실의 문제를 해결해 주었거든. 물론 사건의 성격상 자네에게조차 말할 수는 없지만 말일세."

"말이 나와서 하는 말인데 그 사건은 정말 말해 주지 않을 셈인가?"

나는 지금까지의 논쟁은 까맣게 잊어버리고 그가 맡았던 사건에 온통 마음을 빼앗기고 말았다. 그러나 홈스는 고개를 저으며 말없이 웃기만 했다.

"하는 수 없군. 하지만 요즘 어떤 사건을 맡고 있는지는 말해 줄 수 있겠지?"

"몇 가지 맡고 있는 것이 있지만 프랑스 마르세유에서 의뢰해 온 다소 복잡한 사건을 제외하면 이렇다 할 큰 사건은 없네."

"큰 사건인지 아닌지 어떻게 알 수 있나?"

"대부분 큰 사건일 경우 동기가 단순하고 뚜렷해서 조사 과정이 재미없다네. 반면 중요하지 않은 사건일수록 원인과 결과가 복잡해서 예리한 분석과 관찰이 필요하지. 그나저나 자네 이리 와서 저 숙녀 좀 보겠나?"

홈스는 창가에 서서 커튼 사이로 우울한 런던 거리를 내려다보면서 말했다. 홈스가 가리키는 곳은 길 건너편이었는데 젊은 여인이 서 있었다. 그녀는 푹신한 모피 목도리를 두르고 붉은 깃털이 나풀거리는 챙이 넓은 모자를 쓰고 있었는데 전체적으로 화려한 차림이었다. 더구나 보통의 여성보다 큰 그녀의 체구는 화려한 옷차림과 더불어 시선을 잡아끌기에 충분했다.

그러나 그녀는 장갑에 달린 단추를 만지작거리면서 그저 서 있을 뿐이었다. 간혹 우리가 서 있는 창을 흘깃거리는 것이 고작이었다. 무언가 주저하는 기색이 역력했다. 커튼 뒤에 있는 우리가 보일 리는 없었지만 혹시 눈이라도 마주쳐서 그녀가 민망해하는 일이 없도록 나는 커튼을 잡아당겨 몸을 가렸다.

"누구를 기다리고 있는 걸까?"

홈스는 씩 웃었다.

"나는 저런 증상을 여러 번 본 적 있다네. 결코 누구를 기다리고 있는 게 아니야."

홈스는 담배꽁초를 벽난로 속에 던지며 말했다.

"저 숙녀는 분명히 나를 찾아왔어. 이쪽을 곁눈질로 계속 보고 있는 게 그 증거지. 아마도 애정 문제나 그 비슷한 일을 상의하러 온 걸 거야. 하지만 그런 얘기들의 대부분이 남에게 말하기 어려운 일 아니겠는가. 그러니 저렇게 망설일 수밖에. 물론 애정 문제라는 것도 여러 가지로 구분될 수 있지만 저 숙녀는 남성에게 일방적으로 사기를 당한 것은 아닐 거야. 만약 그랬다면 화가 나고 슬퍼서 남의 이목도 느끼지 못한 채 바로 이 집으로 돌진해 초인종 줄이 끊어질 정도로 잡아당기겠지. 저 숙녀는 분노했다기보다는 당황하고 있어. 옳지! 드디어 결심이 섰나 보군."

홈스의 예언은 정확했다. 한참을 망설이던 그녀가 마침내 마음을 정한 듯 갑자기 걸음을 옮겼던 것이다. 그녀는 길을 건너 곧장 우리가 있는 하숙집을 향해 다가왔다. 초인종이 울렸다.

"이번엔 자네가 흥미를 가질 수 있을 만큼 좀 괜찮은 사건이면 좋겠군."

홈스가 장난스럽게 한쪽 눈을 깜빡였다. 잠시 후 노크 소리가 나더니 사환 아이가 문을 열고 들어왔다.

"메리 서덜랜드 양께서 선생님을 찾아오셨습니다."

사환 아이의 뒤에는 우리 이목을 끌었던 바로 그 숙녀가 서 있었다.

베일에 싸인 남자

그녀는 창을 통해서 본 것 이상으로 키가 컸다. 아이가 작은 탓도 있었지만 마치 작은 나룻배 뒤에 커다란 상선 하나가 돛을 모두 올리고 있는 것같이 느껴질 정도였다.

"어서 오십시오."

홈스는 정중하게 숙녀를 맞았다. 사환 아이가 문을 닫고 나가자 홈스는 그녀에게 의자를 권했다. 나는 무심한 듯하지만 언제나 상대를 꿰뚫어 보는 홈스의 날카로운 눈매를 느끼며 그가 무슨 말을 할지 은근히 기다렸다. 낯선 사람과의 첫 대면에서 그가 과연 무엇을 보았는가를 기대하는 것은 그가 사건을 해결하는 과정을 보는 것 이상으로 흥미로운 일이기 때문이었다. 하지만 홈스만의 날카로운 관찰은 언제나 상대가 눈치 채지 못하게 은밀히 이루어졌기 때문에 숙녀가 불편해하는 일은 일어나지 않을 것이었다.

드디어 홈스가 입을 열었다.

"타자를 그렇게 많이 치시는데 나쁜 시력 때문에 고생이 많으시겠

습니다."

숙녀는 순식간에 얼굴빛이 변했다. 경악과 공포의 빛이 역력했다. 그녀는 눈을 커다랗게 뜬 채 간신히 입을 열었다.

"홈스 선생님, 벌써 제 소문을 들으신 모양이군요."

"소문이라니요? 서덜랜드 양에 대한 소문은 들은 바 없습니다."

"하지만 어떻게 저에 대해서 그렇게 잘 알고 계십니까?"

홈스는 빙그레 웃으며 말했다.

"그저 이 일을 해 오며 몸에 밴 오랜 습관일 뿐입니다. 뭐든지 알아내는 것이 저의 직업이지 않습니까? 다른 사람 같으면 그냥 보아 넘기는 것을 유감스럽게도 저는 그렇게 하지 못한답니다. 모두 훈련 덕분이지만 말입니다. 어쨌든 놀라게 해 드린 모양이군요. 물론 제게 이런 능력이 없다면 서덜랜드 양께서 저를 찾아오시는 일도 없었겠지요?"

그녀는 입을 다물지 못했다.

"선생님이 보신 대로 저는 타자를 치고 있습니다. 물론 시력도 나쁜 편이지요. 처음에는 몹시 고생했지만 이제는 자판을 눈여겨보지 않고도 칠 수가 있어서 그다지 불편하지 않습니다. 그나저나 명성대로 대단하시군요. 이곳에 오기를 잘한 것 같습니다."

"과찬이십니다."

"실은 에서리지 부인께서 선생님을 소개해 주셨습니다. 전에 행방불명되신 에서리지 씨를 쉽게 찾아주셨다면서요. 경찰도 죽은 것으

로 알고 포기했던 사건이라지요? 저, 홈스 선생님, 저에게도 당신의
그 능력이 필요합니다. 제발 좀 도와주세요. 저는 부자는 아니지만
사례비는 넉넉하게 드리겠습니다. 한 해에 1백 파운드씩 들어오는
것 말고도 타이피스트로서 버는 수입도 있으니 섭섭하게 생각하시
는 일은 없을 거예요. 오, 제발 호스머 엔젤 씨가 어떻게 되셨는지 그
것만이라도 알아봐 주세요."

　홈스는 숙녀의 애원에는 한마디 대답도 하지 않고 양쪽 손가락의
끝을 맞댄 채 천장만 바라보았다. 한참 만에 입을 연 홈스의 입에서
나온 말은 예상 밖이었다.

　"그전에 왜 그렇게 서둘러 집을 나서야만 했는지 말씀해 주시겠습
니까?"

　서덜랜드의 얼굴에는 다시 한 번 당황하는 빛이 스쳤다. 그리고
잠시 망연하게 홈스를 쳐다보았다.

　"네, 선생님 말씀대로 정말 화가 나서 정신없이 뛰쳐나왔답니다.
실은 제 아버지인 윈디뱅크 씨의 태도를 참을 수 없었거든요. 사람
이 자취를 감췄는데도 경찰에 신고는커녕 괜찮을 거라고만 하시지
뭐예요. 게다가 선생님에 대한 이야기를 듣고도 상의해 볼 생각도
않으시더군요. 아무런 대책도 세우지 않고 그저 말로만 걱정하지 말
라니……. 한참을 옥신각신한 끝에 결국 저는 몹시 화가 나서 외출
복을 서둘러 입고는 바로 여기로 달려왔던 겁니다."

　홈스가 물었다.

　"성이 다른 걸 보니 계부이신가 보군요."

　"네, 그렇습니다. 사실 아버지라고 부르기도 민망할 정도이지만
말입니다. 윈디뱅크 씨는 저보다 겨우 다섯 살 두 달 위일 뿐이거든
요. 생각할수록 우스운 일이지요."

"어머니께서는 생존해 계십니까?"

"물론이에요. 엄마는 무척 건강하세요."

그녀는 손수건을 만지작거리면서 말을 이어 나갔다.

"엄마가 재혼을 하겠다고 하신 건 아버지가 돌아가신 지 얼마 되지 않아서였습니다. 게다가 상대가 열다섯 살이나 연하라는 걸 알았을 때 제가 얼마나 기가 막혔는지 아마 상상도 못하실 거예요. 하지만 그 결혼을 막는 것은 제 능력 밖의 일이었지요. 못마땅했지만 어쩔 수 없었어요.

돌아가신 제 친아버지는 토튼햄 코트로에서 배관업을 하셨어요. 덕분에 상당히 규모가 큰 사업체를 남겨 주셔서 사는 데 지장은 없었습니다. 엄마가 직접 운영하셨는데 책임자인 하디 씨가 많이 도와주셨지요. 윈디뱅크 씨가 나타나기 전까지는 말이에요. 그는 어느 포도주 회사의 외판원이었는데 수단이 보통 좋은 게 아니었다더군요. 어쨌든 그는 엄마를 설득해서 아버지가 평생에 걸쳐 피땀으로 이룩해 놓으신 회사를 처분하게 만들었습니다. 고작 4천7백 파운드를 받고 말입니다. 만약 아버지가 살아 계셨다면 그렇게 헐값에 넘기는 일은 절대로 없었을 거예요."

그녀는 사건과는 별로 상관도 없을 것 같은 자신의 집안 일을 두서없이 늘어놓고 있었다. 나는 평소 남의 일이라고는 도무지 관심이 없는 홈스가 짜증이라도 내는 것이 아닌가 싶어 조마조마했지만 그것은 기우였다. 그는 흥미 있다는 듯 한껏 경청하고 있었던 것이다.

"아까 한 해에 1백 파운드를 받는다고 하셨는데 아버님께서 남겨 주신 유산인가요?"

"아니에요. 유산이긴 하지만 그건 돌아가신 아버지와는 상관없는 겁니다. 오클랜드에 사셨던 네드 숙부님께서 저에게 남겨 준 것이지요. 숙부님의 유산은 뉴질랜드의 공채로 되어 있습니다. 원금이 2천 5백 파운드라고 하더군요. 하지만 저는 그 공채를 처분할 수는 없습니다. 그저 연간 4.5퍼센트의 이자만 받게 되어 있습니다."

"흥미로운 얘기로군요."

홈스는 자세를 바꾸며 말했다.

"매년 1백 파운드씩의 이자가 보장되어 있는 데다가 타이피스트라는 직업도 갖고 있으니 서덜랜드 양의 생활은 넉넉하신 편이겠군요. 그 정도의 수입이라면 마음 내키는 대로 여행도 가능하고 그 밖에 하고 싶은 일도 얼마든지 할 수 있으실 테지요. 숙녀 분 혼자서 생활하는 데는 한 해에 60파운드 정도라도 충분하니 말입니다."

"아니에요. 저는 그 정도까지도 필요하지 않습니다. 그보다 적은 액수로도 충분하지요."

"오, 그래요? 그럼 남은 수입은 어떻게 하십니까?"

"사실 제가 관리하는 돈이 많은 건 아닙니다. 숙부님께서 남겨 주신 유산인 이자를 엄마께 드리고 있으니까요. 결혼하기 전까지는 엄마나 의붓아버지에게 짐이 되고 싶지는 않거든요. 물론 이 생활이 오래가지는 않을 겁니다. 어쨌든 이자는 윈디뱅크 씨가 3개월마다 은행에서 찾아다가 엄마께 드리는 것으로 알고 있습니다. 그렇다고 해도 제 생활이 어려운 것은 아닙니다. 타자를 쳐서 받는 수입만으로도 충분하니까요.

한 장에 2펜스인데 하루에 열다섯 장에서 스무 장은 칠 수 있거든 요."

"서덜랜드 양께서 어떤 처지에 놓여 있는지 잘 알았습니다. 그럼, 이제부터 호스머 엔젤 씨와의 관계에 대해 말씀해 주시겠습니까?"

호스머 엔젤이라는 이름이 나오자 그녀의 얼굴에 금방 붉은빛이 감돌았다. 지금까지 집안 일을 서슴지 않고 이야기하던 때와는 달리 망설이는 기색이 역력했다. 그리고 나를 흘긋거렸다. 그것을 놓칠 홈스가 아니었다.

"아, 이쪽은 제 동료인 왓슨 박사입니다. 사건 해결에 커다란 힘이 되어 주고 있는 사람이지요. 그러니 마음 놓고 말씀하십시오."

서덜랜드 양은 옷깃을 만지작거리다가 입을 열었다.

"가스업자들이 주최한 무도회에서 그분을 알게 되었어요. 주최 측 은 친아버지께서 살아 계실 때부터 초청장을 보내오곤 했는데 돌아 가신 이후에도 언제나 잊지 않고 엄마께 무도회 초청장을 보내 주셨 지요. 그런데 윈디뱅크 씨는 우리 모녀가 그 무도회에 참석하는 것 을 강하게 반대했습니다. 아니, 파티뿐만 아니라 사람이 모이는 곳 이라면 어디든 가지 못하게 하는 편이지요. 심지어 일상의 외출도 달가워하지 않았답니다. 한번은 일요일에 소풍을 가겠다고 했더니 불같이 화를 내더군요.

하지만 저는 무도회에 가기로 결심했어요. 꼭 가고 싶었다기보다 는 의붓아버지의 부당한 처사에 대항하고 싶어서였어요. 그 사람이 저에게 이래라저래라 명령할 권리는 없는 거 아닌가요? 그런데도 매 사에 간섭하고 명령하다니……. 저는 더 이상 참을 수만은 없다고 생각했습니다. 게다가 그 무도회에는 돌아가신 아버지의 친구 분들 이 많이 참석하셨는데 그분들을 만나고 싶었던 것도 사실이었지요.

그런데 윈디뱅크 씨는 그런 인간들은 우
리와 수준이 안 맞는다면서 비웃더군요.
또 입고 갈 만한 변변한 옷도 없이 어딜 가
려고 하냐며 말도 안 되는 얘기로 제 결
심을 꺾으려 했지요. 가 봤자 창피만
당할 거라면서요. 장롱 속에는 한 번
도 입지 않은 진홍색 플러시 드레스
가 있는데도 말이에요.

  하지만 결국 제 고집이 이겼답니다. 윈
디뱅크 씨는 화를 버럭 내더니 그대로 프랑스
에 가 버렸습니다. 엄마께는 출장이라고 했다더군요. 며칠 후 우리
모녀는 전에 회사의 감독 일을 하셨던 하디 씨와 함께 무도회에 참
석했습니다. 바로 거기에서 호스머 엔젤 씨를 만난 겁니다."

  "윈디뱅크 씨가 프랑스에서 돌아와서 무도회에 참석하셨다는 얘
기를 들었다면 또 화를 냈겠군요."

  "저도 그럴 거라고 생각했는데 아니었어요. 화를 내기는커녕 껄
껄 웃기까지 했지요. 여자들이란 고집을 부리면 막아 봤자 소용없다
면서 말이에요."

  "음, 그랬군요. 어쨌거나 서덜랜드 양은 그 가스업자들의 무도회
에서 호스머 엔젤이라는 신사를 처음 알게 되었다 이거군요?"

  "네."

  "그럼 다시 만나신 건 언제였나요?"

  "다음 날이었습니다. 그분이 우리 집으로 찾아오셨지요. 지난밤
에 집에 잘 도착했는지 궁금했다면서 말입니다. 그 후로도 몇 번 만
났습니다. 두 번은 공원을 함께 산책하기도 했지요. 하지만 윈디뱅

크 씨가 프랑스에서 돌아오면서부터는 만날 수가 없었습니다."

"이유는요?"

"윈디뱅크 씨가 싫어했거든요. 그 사람은 손님이 드나드는 것을 아주 질색했습니다. 어쩔 수 없는 경우를 빼고는 결코 사람을 집 안으로 들이지 않았지요. 더구나 여자란 가정의 울타리 안에만 있어야 한다고 입버릇처럼 말했습니다. 홈스 씨, 정상적인 성인이라면 자신의 가정을 가지고 싶어 하는 게 인지상정 아닌가요? 하지만 집 안에만 있어서야 어디 그게 가능이나 하겠습니까? 그러니 이 나이가 되도록 가정을 꾸리지 못하고 있는 게 아니겠어요?"

그녀가 흥분해서는 목소리를 높이자 홈스가 말을 돌렸다.

"그 뒤 엔젤 씨에게서는 연락이 없었습니까?"

"아니에요. 제가 시끄러워지는 것을 두려워하자 호스머는 편지로 일주일 동안은 서로 만나지 않는 것이 좋겠다고 연락해 왔어요. 실은 일주일 뒤에 윈디뱅크 씨가 다시 프랑스로 가게 되어 있었거든요. 그 일주일 동안 그분은 매일같이 제게 편지를 보내 주셨답니다.

아침 일찍 제가 직접 우편함에서 편지를 꺼내 왔기 때문에 윈디뱅크 씨는 물론이고 집안사람들 어느 누구에게도 들키지 않았지요."

"엔젤 씨와 결혼 약속은 언제 하셨나요?"

서덜랜드 양은 얼굴을 붉혔다.

"처음 산책을 한 날, 우리는 결혼을 약속했습니다. 만난 지 얼마 안 되는 시간이었지만 그분이 저를 얼마나 사랑하는지 알 수 있었답니다. 저 역시 마찬가지였고 말입니다."

"서덜랜드 양, 엔젤 씨에 대해서 자세히 말씀해 주십시오."

"호스머는 리든홀 가에 있는 어느 회사의 회계원으로 일하고 있는데……."

"잠깐만 서덜랜드 양. 회사 이름을 정확하게 말씀해 주시겠습니까?"

"그건……, 정확한 이름은 듣지 못해서 저도 잘 모릅니다."

"그럼 그분이 사는 곳은 아시겠지요?"

"호스머는 회사에서 묵고 있다고 했어요."

"회사 주소는……?"

"그것도……, 단지 리든홀 가라는 것밖에는 모릅니다."

"그렇다면 답장은 어디로 보내셨습니까?"

"리든홀 가 우체국 사서함이었습니다. 여자에게서 편지가 오면 회사 사람들에게 놀림을 받게 될 거라면서 간곡하게 말리더군요. 그래서 제가 타자로 편지를 쳐서 보내면 남들이 눈치 채는 일이 없지 않겠느냐고 했지만 그것 역시 반대하더군요."

"왜죠?"

"그분은 우리 사이에 기계가 끼어드는 게 싫다고 하셨어요. 직접 손으로 쓴 편지여야만 정말 제가 보낸 것 같은 느낌이 들지 않겠느냐면서요. 홈스 선생님, 그분은 그토록 저를 사랑하신 거예요. 정말 그분은 세밀한 데까지 신경을 쓰는 섬세하고 따뜻한 분이세요."

"그럼 엔젤 씨도 자필로 편지를 써 보냈나요?"

"그건 아니에요. 그분은 회사에서 업무 시간에 타자로 친 편지를 보내왔습니다. 동료들의 눈을 피하기 위해서는 그럴 수밖에 없다며 미안해하곤 했지요."

"의미심장한 대목이로군요."

"네?"

"아닙니다. 그 외에 엔젤 씨에 대해 말씀해 주실 것은 없습니까?"

"그 외라시면……, 글쎄요. 어떤 것을 말씀하시는지 모르겠네요."

"가장 사소한 것이 가장 중요한 것이라는 얘기를 혹시 들어보셨는지 모르겠군요. 서덜랜드 양, 사건은 의외로 사소한 것에 단서가 있는 법이지요. 그러니 성격이나 옷차림 등 생각나는 것이라면 뭐든 좋으니 주저 마시고 말씀해 보십시오."

서덜랜드 양은 잠시 생각에 잠기는 듯하더니 이내 입을 열었다.

"그분은 몹시 내성적인 분이세요. 태도나 목소리, 모두 조용한 편이었지요. 남들 눈에 띄는 게 싫다면서 늘 저녁에 만나 산책을 했을 정도였습니다. 목소리는 일반적인 사람들보다 매우 낮고 작았는데 약간 어눌한 편이었어요. 어렸을 때 편도선을 앓은 이후에 생긴 버릇이라고 하더군요. 그 외에는……. 아, 그래요. 옷차림을 말씀하셨죠? 그분은 항상 깔끔하고 단정하게 입으셨습니다. 또 눈이 빛에 약하다고 하시더군요. 그래선지 항상 색안경을 끼고 있었어요."

"저녁에 만나면서도 색안경을 쓰고 계셨단 말인가요?"

"네, 가로등 불빛에도 눈을 찡그릴 만큼 약시였던 거지요."

"알겠습니다. 그럼 윈디뱅크 씨가 프랑스로 다시 간 뒤의 상황에 대해 말씀해 주십시오."

"윈디뱅크 씨가 프랑스로 간 날, 그분이 집으로 찾아오셨어요. 그런데 그분은 윈디뱅크 씨가 돌아오기 전에 결혼식을 올리자고 하더군요. 저는 만난 지도 얼마 안 됐고 갑작스러운 결혼식도 당황스럽기만 했어요. 하지만 그분은 정말 열정적으로 저에게 구혼하셨지요. 결국 저도 허락했습니다. 그만큼 그분의 청혼은 감동적이었답니다. 제가 결혼을 허락하자 그분은 저더러 성서에 손을 얹고 무슨 일이 있어도 사랑에 충실하겠다는 맹세를 하라고 요구하시더군요."

"맹세를요? 이상한 구혼 방법이로군요."

"하지만 엄마는 너무나 당연한 것이라고 하셨어요. 그런 맹세를 요구하는 것만 봐도 호스머가 저를 얼마나 사랑하는지 알 수 있다고 하셨지요. 사실 엄마는 전부터 호스머에게 호의적이었습니다. 무도회에서 만난 날부터 계속 그분의 일이라면 저보다 더 기뻐해 주셨지요. 어떤 때 보면 저보다 더 좋아하시는 것 같을 정도였어요. 그분이 엄마에게 일주일 안에 결혼식을 올렸으면 좋겠다고 하자 엄마는 두말도 않고 허락하시더군요. 하지만 저로서는 선뜻 대답할 수 없었습니다. 윈디뱅크 씨가 아무리 몇 살 차이 나지 않는다고 해도 현재 제 아버지인 것은 엄연한 사실이었으니까요. 허락까지는 아니더라도 이야기는 하고 식을 올려야 하는 것이 아닌가 싶었지요. 하지만 엄마는 신경 쓰지 말라고 하셨어요. 일단 식을 올리고 나면 반대한들 무슨 소용이 있겠냐면서요. 윈디뱅크 씨가 화를 내면 엄마가 책임지겠다고까지 하시더군요. 하지만 아무리 그렇다고 해도 저는 내키지 않았어요. 물론 허락을 받아야 한다는 것은 아니었어요. 그럴 만큼 애정이 있다거나 아버지로서 존경하고 있지 않았으니까요. 단지 일생에 한 번밖에 없는 결혼식을 도둑결혼 하듯 은밀하게 하고 싶지 않았던 겁니다. 그래서 저는 윈디뱅크 씨가 다니는 회사의 프랑스 지점으로 편지를 보냈습니다. 지점은 보르도에 있었지요. 하지만 그 편지는 결혼식이 예정되었던 날 아침에 반송되어 돌아와 버렸습니다."

"윈디뱅크 씨가 그곳에 안 계셨던 건가요?"

"네, 편지가 그곳에 도착하기 전에 영국으로 떠나셨다고 하더군요."

"누가 그러던가요?"

"윈디뱅크 씨한테 직접 들었습니다. 영국에 도착해서야 회사로부터 편지가 왔다는 얘기를 들었다고 하더군요."

"어쨌든 서덜랜드 양으로서는 유감스러운 일이었겠군요."

"네, 하지만 그때는 이미 결혼식을 올리기로 한 날이었기 때문에 어쩔 수 없었지요. 아무튼 식을 예정대로 치르기로 했습니다. 조용하게 치르고 싶다는 호스머의 주장대로 다른 하객은 없었어요. 식장은 킹스 크로스 역에서 가까운 세인트세이비어 성당이었고 식이 끝나면 곧바로 세인트판크라스 호텔에서 엄마와 함께 식사를 할 예정이었지요.

결혼식 날 호스머가 이륜마차를 타고 우리 집으로 왔을 때 저는 마침 반송된 편지를 받고 당황하고 있던 차였어요. 저는 모든 걸 운명이라 여기고 호스머가 타고 온 마차에 엄마와 함께 올라탔습니다. 하지만 더 이상 그 마차에는 자리가 없었어요. 그래서 하는 수 없이 그분은 마침 지나가던 사륜마차를 불러야만 했습니다. 두 마차는 거의 동시에 성당을 향해 출발했습니다.

우리가 탄 마차가 먼저 성당에 도착했고 얼마 안 있어 그분이 탄 마차도 도착했습니다. 우리는 성당에 함께 들어가기 위해 그분이 마차에서 내리기를 기다렸지요. 그런데 마차에서는 아무도 내리지 않더군요. 기다리다 지친 마부가 성을 내기 시작했지요.

'손님, 세인트세이비어 성당에 도착했습니다. 주무시기라도 하는 겁니까?' 마부가 내려와서는 목청

을 높이며 문을 벌컥 열었어요. 그런데 아! 홈스 선생님, 어떻게 이런 일이 있을 수 있을까요? 마차 안에는 아무도 없었습니다. 그분은 달리는 마차에서 감쪽같이 사라져 버렸던 겁니다.

'분명히 마차에 타는 걸 봤는데 이게 어떻게 된 일이지?'

마부도 어찌된 영문인지 몰라 어리둥절해하더군요. 하지만 저보다 놀란 사람은 없었을 거예요. 결혼을 약속한 사람이 제 눈앞에서 사라져 버렸으니까요.

홈스 선생님, 그것이 지난 금요일의 일입니다. 그분이 마차에 오르는 모습이 마지막이었습니다. 그리고 지금까지 아무런 소식이 없어요. 그분이 어떻게 되었는지, 무슨 일이 일어난 건지 저로서는 종잡을 수가 없군요."

"엔젤 씨를 믿으십니까?"

"물론이에요. 그분은 마음이 착하고 친절하신 분이에요. 그런 분을 믿지 않는다면 누굴 믿을 수 있겠어요?"

"결혼식 날 다른 말을 하지는 않았나요?"

"그러고 보니 좀 이상한 말을 했어요. 그날 아침에 저를 데리러 왔을 때도 그분은 저의 손을 꼭 잡고 다시 한 번 사랑의 맹세를 하셨는데 그게 좀 이상했어요.

'무슨 일이 있어도 마음이 변하지 맙시다. 만일에 뜻밖의 일이 일어난다고 해도 우리는 서로 사랑하는 사이고 약혼한 사이라는 것을 잊지 마시오. 설사 헤어지게 되는 일이 있더라도 당신이 그 맹세를 버리지만 않는다면 언제고 꼭 다시 만나게 될 것이오. 나를 믿고 기다려 줄 수 있겠소?'

결혼식 날 아침에 그런 말을 하는 것이 싫었지만 그분의 진심이 느껴져서 그러겠노라고 했습니다. 하지만 지금 생각해 보면 호스머는 그때 이미 이런 일이 일어나리라는 것을 알고 있었던 것은 아닌가 싶네요. 아, 정말 그분에게 무슨 어려운 일이 생긴 걸까요?"

"분명히 뭔가가 있군요."

홈스의 눈매가 날카로웠다.

"그렇다면 서덜랜드 양은 엔젤 씨에게 어떤 재앙이 일어났다고 생각하십니까?"

"네, 그래요. 그렇지 않고서야 어떻게 이런 일을 설명할 수 있겠어요? 그분이 아침에 하신 말을 생각해봐도 그렇고요. 틀림없이 어떤 위험이 다가오고 있다는 것을 알고 있었던 거예요. 그리고 그 예감이 현실로 드러났고 말이에요."

그녀는 조금 전과 달리 확신에 차서 말했다.

"하지만 그 재앙이 어떤 것인지는 모르신단 말씀이군요."

"네."

홈스는 생각에 잠긴 듯 잠시 아무 말도 하지 않았다. 그러나 침묵의 시간은 그렇게 길지 않았다.

"몇 가지만 더 물어보겠습니다. 어머니께서는 이번 일에 대해 뭐라고 하시던가요?"

"엄마는 무척 화가 나셨어요. 몹쓸 놈이라고 욕까지 하시더군요. 그리고 다시는 호스머에 대해서는 한마디도 입 밖에 내지 말라고 하셨지요."

"윈디뱅크 씨에게는 이번 일을 말하셨나요?"

"네, 돌아오자마자 얘기했습니다."

"뭐라고 하시던가요?"

"아까도 말씀드렸지만 걱정이라고는 눈곱만큼도 하지 않더군요. 무슨 급한 사정이 생긴 모양이니 기다리라고만 하는 거예요. 조만간 무슨 소식이 있을 거라면서요."

"혹시 금전적으로 엔젤 씨께 도움을 주시지는
않으셨습니까?"

"아니요. 엔젤 씨는 돈에 관해서는 깨끗한 분이
셨어요. 그분과 함께 있으면서 단 한 번도 제가 돈을 쓴
일이 없었지요. 단 1실링도 쓰게 하신 일도, 빌리신 일
도 없었습니다. 또 결혼 전에 제 재산을 모두 그분 앞으
로 해 놨다면 미심쩍을 수도 있겠지만 그분은 제 재산
에 대해서는 앞으로도 저보고 관리하라고 하셨어요.
그분을 의심한다는 것은 있을 수 없는 일이에요. 선생님도 생각해
보세요. 저를 성당 앞에서 미아가 되게 했다고 그분에게 무슨 이득
이 있겠어요? 오, 홈스 선생님. 저는 걱정이 돼서 미칠 것만 같습니
다. 요즘에는 거의 잠도 자지 못하고 있어요. 도대체 왜 자취를 감추
었을까요? 만약에 피치 못할 일이 있다면 어째서 편지 한 장 보내지
않는 걸까요? 아, 선생님, 제발 도와주세요."

서덜랜드 양은 털토시 안에서 손수건을 꺼내어 흐르는 눈물을 닦
았다.

"알겠습니다."

홈스는 자리에서 일어났다.

"조사해 드리지요. 틀림없이 명백히 드러나게 될 겁니다. 하지만
그전에 서덜랜드 양이 꼭 하셔야 할 일이 있습니다."

"무슨 일이든지 하겠어요. 말씀만 하세요."

그녀는 기대에 차서 약간 들뜬 목소리로 말했다. 그러나 홈스의
대답은 그녀의 기대와는 전혀 다른 것이었다.

"호스머 엔젤이라는 사람에 대한 모든 기억을 깨끗하게 지워 버리

십시오."

"네?"

서덜랜드 양뿐만 아니라 나 역시 깜짝 놀랐다. 홈스는 차가운 표정으로 말을 이었다.

"또한 그 사람을 다시 만날 수 있을 거라는 기대도 갖지 마십시오. 마치 당신의 삶에 없었던 사람으로 여기셔야 합니다."

"무슨 말씀이세요? 혹시 그분을 다시는 만날 수 없다는 말씀을 하시는 건가요?"

"그렇습니다."

서덜랜드 양은 망연자실하여 그 자리에서 꼼짝도 안 했다. 홈스는 침착한 표정으로 그녀가 진정할 때까지 잠자코 기다렸다.

"홈스 선생님, 그분에게 무슨 일이 생긴 건가요?"

그녀의 목소리는 조심스러웠다. 그녀는 자신의 예상이 현실로 나타날까 두려워하고 있었다.

"그 문제는 저에게 맡겨 주시면 좋겠군요."

홈스는 그녀의 질문에 답하지 않았다.

"서덜랜드 양, 사건을 조사하자면 엔젤 씨의 정확한 인상착의가 필요합니다. 그리고 그에게서 온 편지도 보여 주시면 도움이 되겠군요."

"인상착의라면 이것이 도움이 될 겁니다."

그녀는 오려 낸 신문과 편지 봉투 네 개를 내밀었다.

"지난 토요일 〈크로니클〉 신문에 사람을 찾는 광고를 냈거든요. 그리고 그분이 보내온 편지는 그 네 통이 전부입니다."

"감사합니다. 그럼 댁 주소 좀 알려주시겠습니까?"

"캠버웰, 라이언 플레이스, 31번지입니다."

홈스는 수첩을 꺼내 주소를 받아 적었다.

"엔젤 씨의 주소는 모른다고 하셨고……. 음, 윈디 뱅크 씨의 직장 이름은 알고 계시겠지요?"

"웨스트하우스 앤드 머뱅크라는 주류 회사에 다니는 걸로 알고 있습니다. 주로 보르도산 적포도주를 수입한다고 하더군요. 회사는 펜처치 가에 있습니다."

"잘 알겠습니다. 더 이상 물을 것이 없군요. 이제 그만 댁으로 돌아가셔도 됩니다. 그리고 이 신문과 편지는 제가 잠시 보관하겠습니다."

그녀는 무겁게 고개를 끄덕이고 자리에서 일어났다.

"서덜랜드 양, 부디 제 충고를 잊지 않도록 하십시오. 아무 일도 없었던 것처럼 새 인생을 사십시오."

"홈스 선생님, 정말 친절하시군요. 하지만 저는 성경에 대고 맹세했습니다. 그분과의 사랑을 저버리지 않고 그분이 돌아오실 때까지 언제까지고 기다리겠다고 말입니다. 설사 돌아오시지 않는다고 해도……, 저는 그분의 충실한 약혼자로서 살아갈 겁니다. 어쨌든 여러 가지로 감사합니다. 연락만 주시면 언제라도 다시 달려오겠습니다. 부디 좋은 소식을 부탁드립니다."

방을 나서는 서덜랜드 양의 어깨는 이곳에 왔을 때보다 더 침울하게 처져 있었다.

수상한 서명

서덜랜드 양이 돌아간 뒤, 홈스는 한참 동안 아무 말도 하지 않았다. 그는 양손의 끝을 맞댄 채 발을 길게 뻗고는 천장을 바라보고 있었다. 마치 화가 난 사람 같았다. 하지만 간혹 연민의 빛이 스치기도 했다. 나는 홈스의 표정이 복잡한 만큼 생각도 복잡하리라고 생각했다. 그래서 창밖으로 그녀가 멀어져 가는 것을 바라보며 홈스가 입을 열기를 조용히 기다렸다.

마침내 서덜랜드 양의 모습이 시야에서 사라졌다. 홈스도 생각하기를 멈춘 듯했다. 그는 선반에 있던 도자기 파이프를 집어 들고는 불을 댕겼다. 그 파이프는 오랫동안 홈스와 시간을 보냈다는 것을 증명이라도 하듯 손잡이 부분이 반질반질했다. 홈스는 몸을 의자 깊이 파묻은 채 구름 같은 푸른 연기를 연신 만들어 냈다. 홈스가 나에게로 얼굴을 돌리며 입을 연 것은 담배가 거의 다 타 들어간 후였다.

"왓슨, 이 사건은 어렵다거나 흥미로운 사건은 아니야. 흔하고도 낡은 수법의 사건이지. 내 사건 파일 속에도 이와 비슷한 사건이 여러 건 있네. 1877년 햄프셔 군의 앤도버에서 일어난 사건과 작년 헤이그에서 일어난 사건이 모두 이번 사건과 맥락을 같이한다고 봐야 할 걸세. 물론 예전의 것들에 비해 두어 가지 새로운 점이 엿보이긴 해. 그렇다고 해도 지저분한 사기 사건이라는 오명을 벗을 수는 없지. 어쨌든 나는 이 사건 자체보다 지금 나간 서덜랜드 양이 이 사건보다 훨씬 흥미롭군. 이 사건에서 교훈이란 것을 찾는다면 바로 그 아가씨에게서 찾아야 할 걸세."

나 역시 그녀가 화려한 외양과는 달리 순수한 마음의 소유자라고 생각하고 있었다. 그래서 홈스의 말에 나는 고개를 끄덕이며 동의의 뜻을 전했다.

"요즘 보기 드물게 고귀한 영혼을 가진 여성이더군."

"그 이상이지."

"홈스, 자네는 서덜랜드 양에게서 많은 것을 알아낸 모양이군."

"자네도 보지 못한 것은 아니라네. 단지 본 것이 의미하는 것을 생각하지 않았던 것뿐이네. 또 중요한 것과 그렇지 않은 것을 구분하지 못했을 뿐이지. 주의력이 부족했다는 것이 옳겠군. 왓슨, 사람은 말이야. 소매나 손톱, 또는 구두끈 같은 데에 그 사람이 처한 환경이나 성격 등 매우 중요한 정보를 남기기 마련이라네. 그래, 기왕 말이 나온 김에 자네가 그 아가씨의 겉모습에서 무엇을 봤는지 한번 들어보세."

"글쎄, 일단 그녀는 붉은 깃털로 장식한 청회색의 챙이 넓은 모자를 쓰고 있었고 검정색 재킷을 입고 있었어. 그 재킷에는 역시 검은색의 구슬로 수가 놓여 있었고 특히 가장자리에는 검은 옥 장식이 붙어 있더군. 안에 입은 드레스는 커피색보다 약간 진한 갈색이었고 목둘레와 소매 끝에 진홍색의 플러시 천이 덧대어져 있었네. 그리고 회색 장갑을 끼고 있었는데 오랫동안 사용했는지 오른쪽 둘째손가락 부분이 약간 닳아 있더군. 귀에는 작고 둥근 금귀고리를 하고 있었어. 구두는 보지 못했지만 전체적으로 고생을 모르고 자란 티가 나더군. 그래서인지 좀 약간은 우둔해 보인다고 해야 할까, 아니 그보다는 안이해 보였다는 게 맞겠군."

"왓슨, 자네가 머지않아 탐정을 하겠다고 나서는 거 아닌지 모르겠군. 정말 많이 발전했는걸."

내 친구는 손뼉을 치며 호탕하게 웃었다.

"하지만 예상대로 중요한 것을 놓치고 있어. 관찰 방법은 어느 정도 몸에 익힌 것 같지만 말이야. 특히 색깔에 대한 관찰력이 뛰어나군. 하지만 전체적인 인상에 사로잡히지 말고 세부적인 점에 주의를 기울이게. 그러면 누구에게도 지지 않을 관찰력을 가지게 될 걸세."

"세부적이라니?"

"예를 들면 소매에 남아 있는 흔적 같은 것이지. 전체적인 인상은 그 사람의 부의 정도는 파악할 수 있을지 모르지만 그 밖에 다른 것은 알아내기 어렵거든. 어쨌든 나는 상대방이 여성일 경우 소매 끝을 자세히 살펴본다네. 남성의 경우에는 바지의 무릎을 살피고 말이야. 자네도 얘기했지만 서덜랜드 양의 소매에는 플러시 천이 덧대어져 있었어. 플러시 천은 흔적이 잘 남는 천 중 하나라네. 그녀도 예외는 아니었지. 바로 소매에 두 줄의 주름이 선명하게 남아 있었거든. 그건 타자를 칠 때 탁자에 눌려서 생긴 자국이었지. 물론 손으로 돌리는 수동식 재봉틀을 사용해도 그와 같은 흔적이 생기지만 그 경우에는 양손이 아니라 왼손 쪽에만 나타난다네. 그것도 소매 단 전체가 아니라 새끼손가락 근처에 말이야."

"아, 그래서 타자를 치는 줄 알았군. 그럼 안경은?"

"그건 그녀의 얼굴에서 단서를 찾았
네. 코 양쪽에 움푹 들어간 흔적이
있었거든. 꽤나 도수가 높은 안경을
썼다는 증거지. 아무튼 내가 타자를
치는데 눈이 나빠서 고생했겠다고
하자 그 아가씨 꽤나 놀라더군."

홈스는 다시 생각해도 재미있는
지 낮게 웃었다.

"그 말에는 나도 놀랐네."

"사실 그 정도는 별로 어려운 일은 아니라네. 모든 것에는 이유가
있다는 것만 명심하면 가능한 일이지."

"그럼 그녀가 서둘러 나왔다는 건 어떻게 알았나?"

"아, 그건 구두를 보고 알았네."

"구두?"

"짝짝이로 신고 있었거든. 물론 얼핏 보면 두 구두가 비슷했다네.
하지만 한 짝의 코끝에는 작은 장식이 붙어 있었지만 다른 한 짝은
그것이 없었지. 그뿐이 아니었어. 구두에는 모두 다섯 개의 단추가
달려 있었는데 한 짝은 아래쪽의 두 개만 채워져 있었고 다른 한 짝
은 첫 번째 것과 세 번째, 그리고 다섯 번째 것만 채워져 있더군. 자,
생각해 보게. 말쑥하게 차려 입고 깃이 달린 멋쟁이 모자까지 쓴 젊
은 아가씨가 구두를 짝짝이로 신고 왔다네. 게다가 제대로 단추도
채우지 않고 말이야. 제대로 된 정신을 가진 여성이라면 어디 가당
키나 한 일인가? 하지만 그녀가 정신적으로 이상이 없다는 건 자네
도 봐서 잘 알 거네. 결국 남의 눈 같은 것은 생각할 겨를도 없이 황
급히 뛰쳐나온 것이 아니고 뭐란 말인가?"

나는 홈스의 날카로운 추리에 또 한 번 감탄했다.

"놀랍군. 그 밖에 뭐 또 알아챈 것은 없나?"

"혹시 그 아가씨의 손톱을 봤나?"

"아니."

"그녀는 옷을 갈아입고 외출 준비를 끝낸 후에 한 일이 있어. 바로 뭔가를 썼지. 오른쪽 장갑 둘째손가락 끝이 닳아 있던 것은 자네도 보았어. 하지만 보일 듯 말 듯 작은 구멍이 있었다는 것은 못 본 모양이더군. 그리고 그 부근에 잉크 자국이 있었다는 것도 말이네."

"잉크 자국? 그런 게 있었나?"

나는 고개를 갸웃거렸다.

"장갑뿐이 아니었네. 손톱에까지 잉크 자국이 선명하게 남아 있었지. 그것으로 봐서는 펜을 잉크병에 담글 때 서둘렀던 것이 분명해. 급한 마음에 주의하지 못하고 펜을 병에 너무 깊이 담갔던 거지. 만약 장갑에 잉크 자국이 없었더라도 그녀가 오늘 아침 뭔가를 썼다는 것은 의심할 여지가 없어."

"그건 또 왜 그런가?"

"구두와 같은 경우라고 할 수 있지. 숙녀가 잉크가 묻은 손을 씻지 않고 집을 나섰을 때는 그만큼 서둘렀다는 것일 테니 말이야. 게다가 만약 어제의 흔적이라면 오늘 아침 세수를 할 때 씻겨서 희미해졌을 거네. 하지만 서덜랜드 양의 손톱의 흔적은 비교적 선명했거든. 이런 것은 대체로 초보적인 것이지만 하나하나가 모두 흥미로운 일인 것은 틀림없지."

"그런데 어째서 서덜랜드 양에게 모든 것을 잊고

살라고 한 건가? 정말 엔젤 씨가 무슨 봉변이라도 당한 거라고 생각하나? 그리고 사기 사건이라고 한 건 또 뭔가?"

"서두르지 말게. 모든 건 너무 명확해. 하지만 일단은 호스머 엔젤이라는 사람의 생김새나 살펴볼까? 수고스럽겠지만 자네가 좀 읽어 주겠나?"

나는 서덜랜드 양이 두고 간 신문 조각을 집어 들고 불빛에 비췄다. 문제의 내용은 다른 실종자를 찾는 광고들 사이에 있었다.

실종자 : 호스머 엔젤

성별 : 남자

실종일 : 14일 금요일 아침

실종 장소 : 라이언 플레이스에서 세인트세이비어 성당으로 가는 도중.

인상착의 : 키 약 170센티미터의 건장한 체격. 검은 머리. 머리 한가운데가 약간 벗겨짐. 창백한 안색에 검고 풍성한 콧수염과 구레나룻이 인상적임. 빛에 약한 약시로 항상 색안경을 끼고 있으며 작고 낮은 목소리에 어눌한 말투. 실종 당시 실크를 덧댄 검정색 예복인 프록코트와 회색 모직 바지 차림이었고 고무를 덧댄 부츠 위에 갈색 각반을 하고 있었음. 조끼에는 금으로 된 시곗줄을 했음. 리든홀 가에 있는 어느 회사의 사원이라고 함.

위 사람의 행방을 알려 주시는 분께는 사례하겠음.

"그만 그 정도면 됐네."

홈스는 낭독을 중단시키고 엔젤이 서덜랜드 양에게 보냈다는 편지를 살펴보았다.

"편지들은 지극히 단순하군. 발자크를 인용했다는 것을 빼면 지극히 자연스러운 연애편지야. 여기에서 엔젤에 대해 알아낸다는 건 무리겠어. 하지만 주목할 만한 것이 아주 없는 것은 아니야. 적어도 한 가지는 말이지. 자네도 보면 놀랄걸."

홈스는 나에게 편지를 건네주었다.

"타자기로 쳤다는 것 말인가?"

"편지의 내용뿐 아니라 서명까지 타자기로 쳤어. 편지 끝에 '호스머 엔젤'이라고 타자기로 쳐 있지? 게다가 날짜는 요일까지 정확히 밝혔으면서 주소는 모호하게 리든홀 가라고만 표시했네."

"그렇군, 서명까지 타자로 치다니 이상하군."

"그래, 이 서명은 매우 중요한 의미를 갖고 있네. 결정적인 증거인 셈이지."

"그래?"

나는 여전히 홈스의 말을 이해할 수 없었다.

"이런, 그 이유를 아직 잘 모르겠나?"

"글쎄, 결혼이 파기되었을 경우를 대비해서였을까? 고소를 당하기라도 하면 자필 서명은 아무래도 불리할 테니 말이야."

"그럴듯한 가설이기는 하지만 이번 사건과는 관련 없는 얘기로군. 좋아, 그 부분은 사건을 해결하게 되면 자연히 알게 될 테니 이쯤에서 그만하기로 하세. 우선 사건부터 해결해야겠지. 어쨌든 이제부터 나는 두 통의 편지를 쓰려고 하네. 한 통은 서덜랜드 양의 계부인 윈디뱅크 씨에게 보내는 편지인데 내일 오후 6시에 와 달라고 부탁하려고 하네. 남자의 입장에서도 얘기를 들어봐야 할 테니 말이야. 다른 한 통은 런던 시내에 있는 어떤 회사로 보낼 거네. 이 사건은 그걸로 충분할 거야. 자, 이것으로 더 이상 우리가 할 일은 없군. 적어도 답장이 오기 전까지는 말이네. 그러니 그때까지만이라도 이 사건에 대해서는 덮어 두고 싶군."

홈스는 다시 의자에 몸을 기대고 또 침묵에 빠져들었다. 나는 홈스가 추리한 내용이 궁금했지만 더 이상 묻지 않았다. 하지만 나는 그가 이 묘한 사건에 대해 이미 확실한 결론을 내렸다는 것을 알 수 있었다. 여유만만한 태도가 바로 그 증거였다. 예리한 추리와 남다른 추진력을 자랑하는 홈스가 저렇게 여유로운 데는 그만한 이유가 있는 것이 분명했다. 그리고 그 결과 역시 깊이 신뢰하고 있었다. 이번에도 메리 서덜랜드 양의 사라진 신랑의 행방을 찾으리라는 것은 의심할 바 없는 일이었다. 나는 홈스의 말대로 때를 기다리기로 했다. 다음 날 저녁이 되면 자연히 알게 될 것이라 여겼다.

나는 아내가 있는 내 집으로 가기 위해 홈스를 남겨 두고 베이커 가의 하숙방을 나섰다. 그는 여전히 파이프를 물고 방 안이 온통 연기로 자욱하도록 담배를 피워 대고 있었다.

타자기의 비밀

이틀날 나는 좀처럼 베이커 가로 갈 시간을 내지 못했다. 그 무렵 나는 상당히 중한 환자를 맡고 있었는데 그날따라 그 환자가 위중했던 것이다. 온종일 그에게 매달려 있느라고 정신이 없었다. 그나마 환자의 상태가 나아진 것은 6시가 거의 다 되어서였다. 나는 이 사건의 대단원을 보지 못하는 것은 아닌가 하는 불안한 마음에 서둘러 병원을 나섰다. 그리고 지나가던 마차를 잡아타고 곧장 베이커 가로 달려갔다.

그러나 걱정과는 달리 홈스의 하숙집은 조용하기만 했다. 홈스는 그 길고 마른 몸을 구부린 채로 안락의자에 파묻혀 잠들어 있었는데 방 안에는 약병과 시험관이 여기저기 어지럽게 굴러다니고 있었다. 홈스가 잠들어 있지 않다면 누군가 침입한 것으로 의심했을 정도였다.

나는 자극적인 염산 냄새에 눈살을 찌푸렸다. 냄새가 이 정도라면 온종일 화학 실험에 열중했던 것이 틀림없었다. 문소리에 잠이 깼는지 홈스가 뒤척였다.

"어때? 뭐 좀 알아냈나?"

"그건 산화바륨의 황산염이었네."

홈스는 잠이 덜 깼는지 엉뚱한 대답을 했다.

"아니, 실험 결과 말고! 어제 그 수수께끼의 사건 말일세."

"아, 그거! 난 또 오늘 실험한 걸 묻는 줄 알고…….'

홈스는 그제야 정신이 드는지 빙그레 웃으며 몸을 일으켰다.

"그 사건이라면 걱정할 것 없어. 수수께끼라고까지 할 만한 사건
이 아니야. 두어 가지 그럴듯한 점도 있기는 하지만."

"윈디뱅크 씨한테는 무슨 연락 없었나?"

"6시에 오겠다는 답장이 왔네."

홈스는 늘어지게 기지개를 켰다.

"사건은 어려운 게 아닌데 단지 내가 안타깝게 생각하는 것은 착
한 아가씨를 희롱한 파렴치한을 법적으로 처벌할 수 있는 방법을 찾
지 못했다는 거라네."

"그럼 실종 사건이 아니고 정말로 사기 사건이란 말인가? 도대체
뭣 때문에 이런 짓을 벌인 거지?"

그러나 홈스의 대답을 들을 시간이 없었다. 복도에서 무거운 발소
리가 들리더니 노크 소리가 났던 것이다.

"드디어 오셨군."

홈스는 나를 향해 한 눈을 찡긋하고는 큰 소리로 말했다.

"열려 있습니다. 들어오십시오."

방문을 열고 들어온 사람은 30세가량의 체격이 좋은 남자였다. 키
는 크지도 작지도 않았고 창백한 안색이었지만 그렇다고 병약해 보
이지는 않았다. 면도를 금방 한 사람처럼 깔끔했고 부드러우나 어딘

지 날카로워 보이는 회색의 눈동자가 인상적이었다. 그의 태도는 상대의 비위를 맞추는 듯했지만 비굴해 보일 정도는 아니었다.

남자는 우리를 의아한 눈초리로 바라보며 중절모를 벗었다.

"제임스 윈디뱅크 씨?"

"네, 그렇습니다."

그는 모자를 탁자 위에 올려놓고는 가볍게 머리를 숙여 인사했다.

"그쪽에 있는 의자에 앉으십시오."

홈스는 그가 옆에 있는 의자에 앉기를 기다렸다가 입을 열었다.

"이 타자기로 친 편지를 보내신 분 맞으시죠? 6시에 오시겠다는 내용으로 보아 말입니다."

"네, 제가 약속 시간보다 많이 늦었군요. 갑작스럽게 일이 생겨서요. 회사에 매인 몸이다 보니 본의 아니게 결례를 범했습니다. 그나저나 저희 집안의 부끄러운 일로 선생을 귀찮게 해 드린 모양이더군요. 그런 문제는 드러내 놓고 떠들고 다닐 만한 일은 아니지 않습니까? 그래서 저는 서덜랜드 양이 선생을 찾아가겠다고 했을 때 반대했습니다만 도무지 말을 듣지 않더군요. 선생도 보셔서 아시겠지만 서덜랜드 양은 매우 다혈질인 데다가 충동적이지요. 일단 하고자 하는 일이 생기면 앞뒤 안 가리고 해 버리는 성미랍니다. 물론 말린다고 해도 소용없기는 마찬가지지요. 어쨌든 선생이 경찰이 아닌 것은 그나마 다행이라고 생각합니다. 선생 같은 분들은 의뢰인의 이야기를 비밀로 해 주신다고 하더군요. 아무리 그렇다고 해도 자랑스럽지도 않은 집안 일을 떠들고 다니다니 철이 없어도 한참 없군요. 게다가 호스머 엔젤이라는, 경우도 없고 염치도 없는 자를 찾는 데 돈을 낭비하다니 이 얼마나 쓸데없는 짓입니까? 도대체 마음먹고 사라진 자를 무슨 수로 찾을 수 있겠습니까?"

"그렇지는 않습니다."

홈스가 조용하지만 단호한 목소리로 대답했다.

"제게는 호스머 엔젤을 찾아낼 수 있는 단서가 있습니다."

윈디뱅크는 그 말에 몸을 움찔하는 듯하더니 들고 있던 장갑을 떨어뜨리고 말았다. 그러나 그는 금방 태연한 얼굴로 장갑을 집어 들었다.

"그거 기쁜 소식이로군요. 그런데 단서라니 그게 뭡니까?"

"단서는 여러 곳에 있습니다. 사실 조금만 주의가 깊다면 단서를 찾는 것은 그리 어려운 일이 아니지요. 예를 들어 타자기를 한번 봅시다. 그것도 사람만큼이나 개성이 뚜렷하답니다. 방금 공장에서 나온 것이 아니어야겠지만 말입니다. 어쨌든 쓰는 사람의 습관에 따라 같은 기종이라 하더라도 찍힌 활자가 똑같을 수가 없습니다. 어느 활자가 다른 활자보다 유난히 닳은 것도 있고 비뚤어진 것도 있기 마련이죠. 윈디뱅크 씨께서 보내 주신 편지만 보더라도 모든 글자가 일률적으로 찍혀 있지는 않더군요. 'e'는 다른 것에 비해 희미한 편이고 'r'은 한쪽 끝이 떨어져 나갔는지 안 찍혀 있습니다. 이 두 활자의 특징이 가장 눈에 띄는 것이긴 하지만 그 밖에도 열네 가지의 특징이 있습니다."

"닳았기 때문일 겁니다. 그 타자기를 사용하는 사람이 많거든요."

"그럼 회사에 있는 타자기로 치신 겁니까?"

"네, 회사에서는 발송하는 모든 서신을 바로 그 타자기를 이용해서 작성하고 있습니다."

"그렇군요. 그런데 아주 흥미로운 사실 한 가지를 보여 드려야겠군요."

홈스는 자세를 고쳐 앉았다.

"실은 제가 가까운 장래에 논문을 쓸 예정입니다. '타자기와 범죄와의 상관성'이란 주제로 말이지요. 그래서 전부터 상당한 관심을 갖고 있었는데 말입니다. 윈디뱅크 씨, 이것 좀 보시겠습니까?"

홈스가 안주머니에서 꺼내 앞으로 내민 것은 실종된 호스머 엔젤이 보낸 네 통의 연애편지였다. 그러나 윈디뱅크는 그것을 보려고도 않고 날카로운 눈으로 홈스만 쳐다볼 뿐이었다.

"이 편지는 말입니다. 서덜랜드 양이 놓고 가신 것입니다. 바로 실종된 엔젤 씨가 보낸 편지지요. 보시다시피 모두 타자기로 작성되어 있습니다. 그런데 네 통 모두 'e'가 희미하고 'r'의 끝이 안 찍혀 있군요. 확대경으로 보면 열네 가지의 특징이 나타납니다. 마치 당신이 제게 보내 주신 편지처럼 말입니다."

윈디뱅크는 의자에서 벌떡 일어나더니 모자를 우악스럽게 움켜쥐었다.

"홈스 씨, 당신이 무슨 말을 하는지 모르겠군요. 내 생전에 이런 잠꼬대 같은 이야기는 처음입니다. 이런 쓸데없는 얘기를 할 시간이 있거든 엔젤을 찾아내기나 하십시오. 할 수 있다면 말입니다. 내게는 그자를 잡은 다음에나 연락하십시오."

"원하신다면!"

홈스는 흥분하고 있는 윈디뱅크와는 달리 차분한 태도로 말했다. 그리고 곧장 자리에서 일어나 방문 쪽으로 걸어가서는 열쇠로 문을 잠가 버렸다.

"무, 무슨 짓이오?"

"호스머 엔젤은 이미 찾았
습니다."

"뭐라고요?"

윈디뱅크는 입술까지 새파
랗게 질려 있었다. 그리고 마
치 덫에 걸린 쥐처럼 부들부들
떨며 소리쳤다.

"흥분하지 마시오. 도망갈
수는 없으니까. 속임수는 이
미 모두 다 드러났소. 내가 이
렇게 간단한 문제를 풀지 못할

거라고 확신한 게 당신의 실수요. 자, 앉으시오. 난 아직 할 얘기가
남아 있소, 윈디뱅크 씨. 아니, 엔젤 씨라고 불러 드릴까?"

신랑의 정체

윈디뱅크는 경악에 찬 눈으로 홈스를 노려보았다. 그리고 유령 같이 새하얀 얼굴로 의자에 무너져 내리듯 앉았다.

"그, 그래도 나를 붙잡을 수는 없소."

그는 몹시 더듬거리며 말했다.

"그래, 그 점이 아직까지도 내가 고민하고 있는 부분이오."

홈스의 목소리는 싸늘했다.

"많은 사건을 대해 온 나로서도 이처럼 이기적이고 잔인한 사건은 처음이오. 그럼에도 불구하고 당신을 당장 법의 심판대에 세울 수 없다는 것이 유감스러울 뿐이오. 어쨌거나 이제부터 당신이 저지른 사건의 경위를 설명해 줄 테니 틀린 점이 있거든 지적해도 좋소."

윈디뱅크는 대답도 없이 모든 의지를 상실한 채 몸을 웅크리고 의자에 앉아 있을 뿐이었다. 고개를 숙이고 있는 모습이 무척이나 충격을 받은 듯했다.

홈스는 한 발을 벽난로 한쪽 기둥에 붙이고 바지 주머니에 손을 찔러 넣은 채 혼잣말을 하는 사람처럼 이야기를 시작했다.

"윈디뱅크라는 자는 자기보다도 훨씬 나이가 많은 과부와 결혼했소. 그가 결혼한 목적은 물론 돈이었소. 그 과부는 회사를 경영할 만큼 부유했고 의붓딸 역시 친척으로부터 적지 않은 유산을 받고 있었기 때문이었지. 그런데 순진하고도 자립심이 강한 의붓딸은 자신의 유산을 번번이 부모에게 주었소. 한낱 회사원이었던 그녀로서는 적지 않은 금액이었지만 말이오. 하지만 의붓딸이 결혼이라도 하는 날이면 1년에 1백 파운드라는 돈은 더 이상 그의 것이 될 수 없었소. 그로서는 그 돈을 잃는다는 것은 상상하기조차 싫은 일이었던 거요.

의붓딸은 착했고 또한 싹싹했소. 게다가 자신의 일을 가지고 있어서 경제적으로도 안정되어 있었소. 그런 그녀에게 결혼할 남자가 생기지 말라는 법은 없었소. 그래서 그는 의붓딸의 결혼을 방해하기 위한, 즉 젊은 남자와 교제하지 못하게 하는 어떤 수단이 필요했소.

그래서 정숙해야 한다는 것을 이유로 외출을 금지시켰소. 착한 의붓딸은 부모와 싸우는 것을 원하지 않았기 때문에 처음에는 계획대로 잘되었소. 그러나 의붓딸의 인내에도 한계는 있었소. 그녀가 마침내 자기 권리를 주장하며 무도회에 나가겠다고 고집을 부렸던 것이오. 더 이상 반대만 하고 있을 수 없게 된 거요. 결국 그는 비상수단을 쓰기로 했소. 교활하게도 아내까지 끌어들여 공범을 만들고 의붓딸을 속이기로 한 거요.

먼저 그는 변장을 했소. 회색 눈을 가리기 위해 색안경을 썼고 콧수염과 구레나룻을 멋지게 붙여서 입매를 가렸소. 또 비교적 높은 목소리 톤을 낮고 음산하게 바꿨소. 어릴 때 병으로 생긴 후유증이라는 그럴듯한 변명까지 만들었지. 그런 후에 호스머 엔젤이라는 이름으로 그녀 앞에 나타나 직접 구애를 함으로써 위험한 경쟁자들을 물리쳐 버린 거요."

"처음에는 그냥 장난이었습니다. 메리가 설마 그렇게까지 빠져들리라고는 생각하지 못했습니다."

윈디뱅크는 기어드는 목소리로 말했다.

"그랬을지도 모르지. 하지만 그건 중요하지 않소. 의도야 어찌되었건 그녀는 호스머란 자에게 마음을 빼앗겼소. 이성 교제가 없었던 노처녀로서는 외관상 멋진 남성의 구혼에 약할 수밖에 없었던 거요. 더구나 어머니까지 그자를 추켜세우는 판이니 더욱 열중할밖에. 의붓아버지의 계략이라는 것은 꿈에도 모르고 말이오."

홈스가 질타하듯 말하자 윈디뱅크는 더욱 고개를 숙였다. 홈스는 그에게서 눈길을 거두고 사건의 경위에 대해 계속 이야기했다.

"당신은 혹시라도 그녀가 알아채는 일이 없도록 되도록이면 밤에 만났소. 여기에는 그녀의 눈이 나쁘다는 것이 한몫했소. 하지만 이중생활이 결코 쉬운 것은 아니었을 거요. 매번 프랑스로 출장 간다고 거짓말을 할 수도 없었고 말이오. 결코 오래가지 못할 거라는 것을 당신은 너무 잘 알고 있었소. 그나마 다행스러운 일은 의붓딸이 당신에게 푹 빠져 있다는 것이었소. 이제 남은 일은 이 연애를 극적인 형태로 끝내는 일이었소. 그녀가 평생 동안 다른 남자와 결혼할 생각을 하지 않을 정도의 강한 인상을 남겨야만 했지. 결국 당신은 되지도 않는 맹세까지 강요하며 결혼을 약속하게 만들었소. 구혼한 날의 것도 그렇지만 특히 결혼식 날에 한 맹세는 아주 교활한 것이었더군.

'무슨 일이 있어도 나를 기다려 달라.'

당신은 그 한마디로 순진한 그녀가 자신의 약혼자가 다시 나타날 것이라는 기대감을 심어 주었소. 결국 다른 남자와 결혼할 생각도 못하게 만든 거지. 어쨌든 당신은 의붓딸과 아내를 앞의 마차로 식장으로 보냈소. 그리고 따라가는 척하며 다른 마차를 탔지만 당신은 출발하기 전에 다른 쪽 문으로 빠져나갔던 거요. 그리고 마차들이 사라진 것을 확인하고 유유히 집으로 들어가 변장을 지웠소. 그것으로 세상에서 호스머 엔젤이라는 자가 사라졌던 거요. 윈디뱅크 씨, 내 이야기가 틀리오?"

홈스가 이야기하고 있는 동안 윈디뱅크는 어느 정도 여유를 찾은 듯했다. 여전히 창백한 얼굴이었지만 더 이상 떨거나 죄스러운 표정이 아니었다. 그는 싸늘한 웃음을 흘리며 자리에서 일어났다.

"홈스 씨, 당신의 이야기는 잘 들었소. 매우 그럴듯하군요. 물론 나는 범죄가 될 만한 짓은 절대로 하지 않았소. 하지만 그것이 사실이냐 아니냐를 따지기 전에 지금 법을 어기고 있는 것은 내가 아니고 바로 당신이란 사실을 알아야 하오. 저 문을 열지 않는 이상 당신은 불법 감금과 협박이라는 죄를 범하고 있다 그 말이오. 당신처럼 법을 잘 아는 사람이 그것을 모르지 않을 테지요?"

그는 비열하게 웃었다.

"당신 말대로야!"

홈스는 문의 자물쇠를 돌려 열면서 말했다.

"분명히 법은 당신에게 어떤 벌도 줄 수는 없어. 하지만 당신이 벌을 받아 마땅한 사람이라는 것은 분명한 사실이지. 만일 서덜랜드 양에게 남자 형제가 있었다면 당신에게 그따위 웃음을 지을 수 있는 여유는 없었을걸. 채찍으로 등짝이 남아나지 않았을 텐데 아쉬울 따름이다."

홈스는 평소와 달리 얼굴까지 붉히며 언성을 높였다.

"하지만 당신에게 속아 눈물을 흘리고 있는 한 불쌍한 여성을 위해서라도 그냥 넘어갈 수는 없어. 내게는 의뢰인에 대한 의무감이 있고 어쨌든 내게도 채찍은 있으니 말이다."

홈스는 빠른 걸음으로 벽에 걸린 승마용 채찍 쪽으로 다가갔다. 그러나 다음 순간 윈디뱅크가 방 안을 뛰쳐나가 우당탕 요란한 소리를 내며 계단을 내려갔다. 붙잡을 사이도 없이 재빠른 몸놀림이었다. 곧이어 현관문이 거칠게 닫히는 소리가 났다. 우리는 창문으로 그자가 뒤도 돌아보지 않고 도망가는 모습을 내려다보았다.

"몹쓸 인간 주제에 아픈 것은 싫은 모양이지!"

홈스는 아직도 분이 풀리지 않는 듯 비아냥거렸다.

"저자는 어떤 형태의 것이든 나쁜 짓을 그만두지는 않을 거야. 끝내는 아주 잔혹한 짓을 저지르고 교수대에 올라가게 되겠지. 어쨌든 법의 심판을 받았으면 좋겠군."

그는 다시 의자에 돌아와 앉았다.

"홈스, 나는 아직도 잘 모르겠네. 그자가 범인이라는 건 어떻게 알았나?"

"음, 일단 호스머 엔젤의 실종에는 어떤 명백한 목적이 있다고 생각했네. 맹세를 통해 실종을 암시하는 얘기를 했다는 것도 수상했지. 그런데 목적이 있다면 그것으로 인해 이득을 취하게 되는 사람도 있어야 했네. 아무리 생각해 봐도 계부밖에 없더군.

또 하나 의심스러웠던 점은 두 사람이 함께 그녀 앞에 등장한 일이 없다는 것이었네. 윈디뱅크가 프랑스에 있을 때는 집까지 찾아온 엔젤이 계부가 돌아오자 편지만 보내왔네. 물론 거기에는 구실이 있었지. 하지만 결혼을 하겠다는 자가 계부를 피해 사랑하는 사람을 만난다는 것은 상식적인 행동이라고는 할 수 없지 않겠나?

인상착의도 그자가 범인이라는 심증을 굳히게 했다네. 색안경이나 수염은 변장할 때 흔히 사용하는 수법이지. 목소리도 마찬가지고 말이야. 특별한 교육을 받지 않아도 그 정도의 변장은 그다지 어려운 것이 아니라네.

하지만 그중에서도 가장 나의 관심을 끈 것은 바로 타자기로 친 서명이었어. 어느 누구도 서명까지 타자로 치지는 않네. 그런데 그렇게 했다는 건 필체를 숨겨야 할 필요가 있었다는 걸 암시했지. 그건 다시 말해 편지를 보낸 자의 필체를 서덜랜드 양이 잘 알고 있었다는 거야. 그만큼 가까운, 아니면 가깝게 사는 사람이었던 거지. 결국 내 의문점과 추리는 모두 한 방향을 향해 나아가더군. 윈디뱅크라는 자를 향해서 말이네."

"하지만 홈스, 그건 모두 심증일 뿐 증거가 없지 않았나? 자네가 증거도 없이 윈디뱅크를 취조했을 리 없을 텐데……."

"범인이 누구인지 알아내는 것에 비하면 증거를 갖추는 일은 쉬운 일이야. 내가 증거를 수집하기 위해 사용한 방법은 바로 편지였네. 내가 어제 편지를 두 통 보낸다고 했던 걸 기억하나? 하나는 윈디뱅크에게 보냈고 다른 하나는 어떤 회사에 보낸다고 했지. 그런데 실은 그 회사가 윈디뱅크가 다닌다는 웨스트하우스 앤드 머뱅크 주류 회사였네. 일단 신문 광고를 통해 그의 인상착의를 손에 넣은 나는 색안경과 수염, 그리고 목소리 부분을 제거하고 키와 같은 나머지

인상착의만을 편지에 썼네. 사원 중에 이와 비슷한 용모의 사람이 있으면 알려 달라는 부탁과 함께 말이야. 회사에서 보내온 답신에는 제임스 윈디뱅크라는 이름이 있었네. 내 심증이 사실로 드러나는 순간이었지. 하지만 놈이 발뺌하지 못하게 할 증거가 있어야 했네.

그래서 윈디뱅크 그자에게 답장을 부탁하는 편지를 보낸 거네. 나는 평소부터 타자기의 특성을 잘 알고 있었거든. 그자는 아무것도 모른 채 내 의도에 따라 타자기로 친 답장을 보내 줬지. 결과는 아까 그자에게 설명한 그대로야. 엔젤의 연애편지를 친 것과 같은 타자기를 사용했던 거지. 어떤가, 이만하면 완벽한 증거 아닌가?"

나는 말없이 고개를 끄덕였다. 그의 날카로운 추리와 신속한 행동이 마냥 놀라울 뿐이었다. 하지만 마음이 편하지만은 않았다. 나는 조심스럽게 마음을 내비쳤다.

"서덜랜드 양은 어떻게 하지?"

"글쎄, 나도 그 부분이 제일 마음에 걸린다네. 하지만 무슨 말을 해도 내 말을 믿지 않을 테니 걱정이군. 하지만 '여자의 환상을 빼앗는 사람은 위험하다'라는 말도 있지 않나? 페르시아의 신비주의 시인인 하피즈도 호라티우스만큼이나 세상을 보는 지혜가 있었다고 봐야겠지."

홈스는 우울한 표정으로 담배 파이프에 불을 붙였다.

"결국 지금 우리가 그녀를 위해 할 수 있는 일이라고는 그저 그 아가씨가 하루속히 마음을 정리하고 새로운 결혼 상대를 만나 행복한 삶을 살도록 기원하는 것뿐이겠지."

홈스의 머리 위에는 푸른 연기가 뭉게뭉게 피어올랐다.

보스콤 계곡

The Boscombe Valley Mystery

존 터너

키가 큰 예순의 노인으로 보스콤 계곡의 땅을 거의 소유하고 있는 거부. 병색이 완연한 창백한 낯빛에 입술과 코 부근에는 푸르스름한 검버섯이 있고 희끗희끗한 수염과 머리카락은 온통 엉클어져 있으며 숱이 많은 눈썹은 툭 불거졌고 아래로 처져 있다. 우락부락한 이목구비, 깊게 패어 있는 주름, 그리고 크고 투박해 보이는 손으로 알 수 있듯이 강한 성격의 소유자. 당뇨로 오른쪽 다리를 전다. 과거의 잘못을 뉘우치고 착실하게 살아왔으며 딸을 위해서라면 물불을 가리지 않는다.

찰스 매카시

날카로운 눈매의 노인. 젊은 시절 오스트레일리아에서의 인연으로 존 터너에게 도움을 받으며 살고 있다. 평소 사람들과의 왕래는 없지만 대회에 출전할 정도로 경마를 좋아한다. 성격이 거칠고 포악하다. 남의 약점을 이용해 협박을 일삼다가 끝내 죽임을 당한다.

앨리스 터너

존 터너의 딸. 18세. 보라색 눈동자에 새빨간 입술, 복숭아처럼 발그레한 두 볼을 가진 아름다운 여성. 자신이 믿는 바에 따라 행동할 줄 아는 당찬 여성이다.

제임스 매카시

찰스 매카시의 아들. 18세. 아버지와는 달리 착하고 성실하다. 그러나 순간의 기분으로 중요한 일을 앞뒤 생각 없이 저지르는 경솔한 면이 있다. '보스콤 계곡'은 1891년 10월 〈스트랜드 매거진〉에 발표되고, 후에 단행본 《셜록 홈스의 모험》 편에 수록된 작품으로 '라이게이트의 지주들'과 같이 고유명사가 붙는 작품 중 하나이다.

홈스가 해결한 사건 중에는 오스트레일리아가 사건의 핵심으로 등장하는 경우가 종종 있다. 〈글로리아 스콧호〉, 〈프랜시스 카팍스 여사의 실종〉, 〈프라이어리 학교〉, 그리고 〈애비 그레인지 농장〉이 모두 그러한데 이때 오스트레일리아는 사건의 비밀을 간직하고 있는 곳이거나 범죄자들의 탈출구로 묘사되고 있다. 이는 지금은 독립 국가지만 작품들이 발표된 1800년대 말만 하더라도 오스트레일리아는 영국의 식민지였다는 데 기인한다. 당시 오스트레일리아는 1788년 1월에 죄인들을 태운 선박들이 도착한이래로 영국민들에게는 황금이 나는 '기회의 땅', 또는 죄인을 유배시키는 '유형의 땅'으로 인식되었다. 이 때문에 도일의 작품 《셜록 홈스》에서뿐만 아니라 많은 문학 작품의 배경으로 등장했었다.

동행

내가 **홈스와** 친구가 되어 그가 맡았던 사건을 기록으로 남기기 시작한 것도 제법 오래되었다. 그러는 동안 그에 대한 나의 신뢰는 시간의 두께만큼 더욱 굳건해졌다. 그것은 홈스의 곁에 있던 사람이 그 누구였더라도 마찬가지였을 것이다. 경시청마저 포기한 사건을 평범한 곳에서 단서를 찾아 단숨에 해결하는 것을 보고서도 감탄하지 않을 사람은 없을 테니 말이다. 홈스가 놀라운 것은 뛰어난 두뇌 때문만이 아니었다. 병약해 보일 정도의 마른 몸이지만 사건을 해결할 때의 홈스의 몸놀림은 그야말로 야수의 그것과 다르지 않았다. 홈스는 어떤 스포츠에도 만능이었고 누구에게도 지지 않는 완력과 체력을 가지고 있었던 것이다. 특히 권투는 선수 이상의 실력을 소유하고 있었다. 상황이 이러하니 사건 현장에 동행하는 것만큼 나를 흥분시키는 일은 없었다. 예리한 관찰력과 명석한 추리, 그리고 맹수 같은 민첩성을 직접 볼 수 있는 기회는 결코 뿌리칠 수 없는 유혹이었고 또한 즐거움이었다. 하지만 내가 결혼을 한 후 홈스와 떨어져 살게 되면서 사건에 직접 동행하는 일이 줄어든 것이 사실이었다. 마차로 10분밖에 되지 않는 거리에 살고는 있었지만 병원에 매인 몸이었기 때문에 쉽게 자리를 비울 수 없었던 것이다.

그러던 6월 어느 날이었다. 아내와 마주 앉아 늦은 아침 식사를 하고 있는데 가정부가 전보를 가지고 들어왔다. 홈스가 보낸 것이었다.

왓슨, 이틀쯤 시간을 낼 수 있겠나? 잉글랜드 서부, 보스콤 계곡에서 일어난 사건을 의뢰받았네. 오늘 패딩턴 역에서 오전 11시 15분 기차로 출발할 텐데 시간만 괜찮다면 자네가 동행해 주었으면 좋겠군. 그곳은 공기도 좋고 경치도 뛰어난 곳이라서 여행하는 재미도 있을 거네.

나는 가슴이 뛰는 것을 느꼈다. 그런 내 기분을 모를 아내가 아니었다.

"가고 싶은 거죠?"

아내는 내 표정을 살피면서 말했다.

"그렇게 보이오?"

"당신 얼굴이 그렇게 말하고 있는 걸요."

아내는 빙그레 웃었다. 나는 속마음이 드러난 것 같아 겸연쩍었다.

"당신을 속일 수가 없군. 하지만 예약되어 있는 환자도 많은 데다가 당신을 혼자 두고 이틀이나 집을 비워야 한다니 선뜻 내키지가 않는구려."

"환자야 앤스트루서 씨에게 부탁하면 되니까

병원 걱정은 하지 마세요. 물론 저도 걱정하실 필요 없고요. 아무 염려 말고 다녀오세요. 요즘 너무 과로하셨는지 안색도 좋지 않은데 맑은 공기를 마실 좋은 기회잖아요. 그리고……."

아내는 의미심장한 미소를 지으며 말을 이었다.

"무엇보다도 당신 아니면 누가 홈스 씨의 사건을 기록하겠어요?"

나는 아내가 더없이 고마웠다. 아내 입장에서 보면 병원을 비우는 일이나 혼자 집을 지키는 일이 좋을 리 없었다. 하지만 아내는 내가 얼마나 홈스의 사건에 열중해 있는지 이해하고 있었던 것이다.

"11시 15분 기차면 시간이 얼마 없어요. 짐도 싸야 하는데……, 어서 서두르세요."

나는 아프가니스탄 전쟁에 참전했던 덕분에 짐을 싸는 데는 이골이 나 있었다. 더구나 긴 여행이 아니었기 때문에 짐이 많을 이유도 없었다. 가방에 간단한 소지품을 챙겨 넣고 현관을 나서니 아내는 벌써 영업용 마차를 잡아 놓고 기다리고 있었다. 그 덕분에 나는 11시가 되기도 전에 패딩턴 역에 도착할 수 있었다.

홈스는 언제 왔는지 플랫폼을 서성이고 있었다. 그는 늘 쓰고 다니는 모자를 쓰고 있었는데 긴 여행용 외투를 입어서 몸이 훨씬 길고 여위어 보였다. 홈스는 나를 발견하자 활짝 웃으며 긴 다리로 성큼성큼 다가왔다.

"왓슨, 와 주었군. 정말 고맙네. 아무래도 자네만큼 믿을 만한 사람이 없어서 말이야. 지방 사람들은 무능한 게 아니면 대개 편견에 사로잡혀 있어서 사건을 해결하는 데는 도통 도움이 되지 않거든. 어쨌거나 자네를 보니 갑자기 기운이 나는군. 표는 내가 끊어 올 테니 자네는 구석 자리를 좀 맡아 주게."

기차 안은 자리를 맡고 말고 할 필요가 없었다. 아무도 없었던 것

이다. 결국 기차는 텅 빈 객차에
홈스와 나만을 실은 채 서서히
움직이기 시작했다.

홈스는 좌석에 앉자마자 표와
함께 사 온 두툼한 한 뭉치의 신
문에 머리를 박고 눈을 떼지 않
았다. 오랜만이었지만 겉치레라
도 안부를 묻는 일 따위는 없었
다. 하지만 원래 홈스라는 사람
이 그런 형식적인 예의와 거리가
멀다는 것을 잘 알고 있었기 때
문에 서운하지 않았다. 나는 나대로 창밖을 바라보며 오랜만의 나들
이에 한껏 취해 있었을 뿐이었다.

마침내 홈스가 읽고 있던 많은 양의 신문을 공처럼 한데 뭉뚱그려
서 선반 위로 던져 버린 것은 기차가 레딩을 막 통과했을 무렵이었다.

"왓슨, 보스콤 계곡에서 일어난 사건에 대해 뭔가 아는 게 있나?"

"아니, 들은 적 없네. 지난 며칠 동안은 신문 볼 겨를도 없이 바빴
거든."

"오히려 다행이군."

홈스는 늘어져라 기지개를 켜며 말했다.

"잘못된 지식을 가지고 있는 것보다는 아예 모르는 게 더 낫거든.
나도 도움이 될까 해서 지금 그 사건과 관련된 기사들을 읽어 본 거
지만 거의가 수박 겉핥기식이라 별로 도움이 안 되는군. 신문 기사
대로라면 단순하기 그지없는 사건일 뿐이지."

"홈스 자네가 보기에는 그렇지 않다는 건가?"

"그래, 내 느낌을 말하자면 이 사건은 지극히 어렵고 단순해."

"역설적인 얘기로군."

"표현으로만 보자면 그렇지. 하지만 내 경험으로 보면 단순하게 보이는 사건일수록 해결하기 어려운 법이라네. 이상한 면이 있거나 특이한 사건은 그 자체가 단서가 되기 때문에 어려울 게 없거든."

"자네는 평범하다고 하지만 내가 보기에는 모두 특이한 사건들뿐이었어."

"물론 그렇게 생각하는 것도 무리는 아니야. 하지만 그렇게 생각하는 것은 사건 자체보다 해결하는 과정이나 결과가 특이했기 때문 아니겠나? 내가 보기에는 이 사건도 그런 점에서는 앞의 사건들과 다르지 않아. 게다가 이번 사건은 피살자의 아들이 용의자로 지목을 받고 있다네."

"아니, 그럼 살인 사건이란 말인가?"

"그래, 하지만 난 아직 어떤 결론도 내리지 않았어. 현장을 본 이후에나 확실해지겠지. 어쨌든 내가 이해한 범위에 한해서 사건 경위를 알려 줌세."

홈스는 느리지만 자세하게 사건 경위에 대해 설명하기 시작했다.

늪지의 살인

"**보스콤 계곡은** 헤리퍼드에서 그리 멀지 않은 곳에 있는 한적한 시골 동네라네. 그곳의 경제를 손에 쥐고 있는 사람은 존 터너라는 사람이지. 그는 오스트레일리아에서 엄청난 재산을 모은 후 귀향을 한 사람으로 오래전에 아내를 여의고 올해로 열여덟 살이 된 딸과 농장을 운영하며 조용히 살고 있네. 최소 여섯 명이 넘는 고용인을 두고 너덧 개나 되는 농장을 소유하고 있는 걸 보면 재력이 대단한 거 같아. 찰스 매카시라는 사람에게 임대해 주고 있는 해서리 농장 역시 그의 소유라더군.

찰스 매카시로 말하면 오스트레일리아에서 살다 왔다는 경력은 터너와 다를 바가 없어. 측근의 말로는 오스트레일리아에 있을 때부터 두 사람이 친한 사이였기 때문에 농장을 임대할 수 있었다고 하더군. 실제로 그들은 지주와 마름의 관계가 아니라 서로 마음을 주고받는 친구 같은 관계를 유지하고 있었다고 하네. 공통점은 그것만이 아니었어. 홀아비라는 점이나 슬하에 자식이 하나밖에 없다는 것도 똑같았지. 매카시의 자식은 딸이 아니라 아들이었지만 말이야. 어쨌거나 매카시 부자는 터너보다는 조금 활동적이었다더군. 경마를 좋아해서 부자가 함께 마을 경마 대회에 출전하는 일이 빈번했던 모양이야. 두 명의 고용인을 두고 있고…….

어쨌든 사건은 지난주 월요일, 그러니까 6월 3일에 일어났다네. 아침에 하인과 함께 로스에 나갔다가 중요한 약속이 있다면서 서둘러 돌아온 매카시가 농장의 집을 나선 것은 오후 3시경이라더군. 그는 보스콤 계곡에서 모여든 물줄기들이 만들어 놓은 작은 늪지 쪽으로 급하게 걸어갔는데 그게 마지막이었네."

"죽었다는 사람이 찰스 매카시인가?"

나는 궁금증을 참지 못하고 홈스에게 물었다.

"그래. 누구와 약속이 있었던 것인지는 모르지만 죽음의 길로 나선 꼴이 되고 말았지. 어쨌든 이번 사건의 용의자가 단박에 지목될 수 있었던 데에는 목격자의 증언이 중요한 역할을 했어. 그 동네 사람들은 그 늪지를 보스콤 늪지라고 부르는데 해서리 농장과의 거리는 불과 4백 미터밖에 안 된다네. 그런데 혼자서 늪지로 가는 매카시를 본 사람이 2명이나 있었던 거야. 동네 할머니와 터너의 집에서 사냥터지기로 일하고 있는 윌리엄 크로더였지. 하지만 중요한 건 크로더 쪽의 진술이었네. 그는 매카시가 지나간 지 몇 분 지나지 않아서 그의 아들인 제임스가 늪 쪽으로 갔다고 했거든. 그리고 제임스가 옆구리에 총을 끼고 있었다는 것도 증언했어. 처음에 크로더는 아들이 아버지를 따라 사냥을 가는 거라고 생각했다더군."

"우연일 수도 있지 않나?"

"또 다른 목격자가 없었다면 그렇게 생각했을 거야. 터너 농장의 별장지기의 딸인 페이션스 모런이라는 소녀가 나타난 거지. 그 소녀는 올해 나이 열넷인데 사건 당일 늪지 근처에서 꽃을 꺾고 있었다더군. 보스콤 늪지는 울창한 숲속 한가운데에 있는 데다가 가장자리에는 키가 큰 수초와 갈대가 우거져 있어서 낮에도 어둡고 기분이 나쁜 곳이라는군. 하지만 그곳에서 나고 자란 소녀에게는 놀이터나 마찬가지였던 모양이야. 소녀가 한창 꽃에 열중해 있던 때 에 갑자기 심하게 말다툼을 하는 소리가 들렸고 고개를 들어 보니 찰스 매카시가 아들에게 욕을 하고 있었네. 그리고 급기야 아들이 아버지를 때리려는 기세로 손을 쳐들자 소녀는 무섭고 떨려서 애써 꺾은 꽃도 팽개치고 한달음에 집으로 도망쳤다는 거야. 소녀는 집에 들어서자마자 제 엄마에게 호들갑을 떨며 매카시 부자의 험악한 상황에 대해 늘어놓았어. 그런데 갑자기 제임스 매카시가 집으로 들이닥쳤지. 그는 새파랗게 질린 얼굴로 소리쳤어.

'큰일 났어요! 아버지가 늪에서 돌아가셨어요! 제발 도와주세요!'

그때 제임스는 경황이 없었던지 모자도 안 쓰고 있었고 매무새도 엉망이었다더군. 물론 총은 들고 있지 않았어. 그런데 그의 오른쪽 소맷부리에는 금방 묻은 것이 분명한 핏자국이 선명히 있었다는 거야. 별장지기인 모런과 그의 아내가 현장에 갔을 때는 매카시의 숨이 이미 끊어진 후였네. 둔기로 맞았는지 머리에는 큰 상처가 나 있었고 선혈이 낭자했지. 시신에서 몇 발자국 떨어진 곳에는 개머리판에 피가 묻어 있는 총이 나뒹굴고 있었고 말이야.

결국 매카시 부자가 늪으로 간 것을 본 목격자와 싸우고 있었다는 것을 증명한 소녀 덕분에 아들 제임스는 즉각 살해용의자로 체포되었고 다음 날 있었던 사실 심문에서 '고의적 살인'이라는 평결을 받고 말았지. 결국 사건이 일어난 지 사흘 만에 로스의 치안판사 법원에 회부되고 만 거야."

"정황증거가 그렇다면 아들이 살인범이라는 건 너무 자명한 일 아닌가? 자네가 굳이 그곳에 가야 할 이유가 없는 것 같은데……?"

"그게 그렇지가 않아."

홈스는 조용히 고개를 가로저었다.

"왓슨, 정황증거라는 것은 보는 각도만 달리해도 전혀 다른 대답이 나오게 마련이거든. 물론 현재 모든 증거가 말해 주듯이 제임스가 자기 아버지를 죽였을 수도 있어. 분명히 모든 자료가 그자에게 불리하기는 해. 하지만 현장을 보지 않고서는 단언할 수 없다는 게 내 생각이야. 또 그자의 친구들 대부분이 제임스는 절대로 그런 패륜을 저지를 사람이 아니라고 증언하고 있다네. 사람들의 직감은 때로 그 어떤 증거보다 확실할 때가 있거든. 특히 대지주라는 사람의 딸인 터너 양은 대단히 적극적으로 제임스를 변호하는 모양이야. 자네, 경시청의 레스트레이드 경감을 기억하고 있을 테지?"

"물론이야. '주홍색 연구 사건'과 외무부의 기밀 서류가 사라졌던 '두 번째 얼룩 사건' 때 보았던 그 불도그처럼 생긴 사람 말하는 거지?"

내 머릿속에는 거들먹거리는 듯한 태도와 불도그처럼 주름이 많은 얼굴에 불만스러운 표정이 역력했던 그의 얼굴이 선명하게 떠올랐다.

"그래. 그 사건으로 경감의 이름이 서부 잉글랜드에까지 알려진 모양이더군. 아무튼 터너 양은 그에게 제임스의 누명을 벗겨 달라는 전보를 보냈네. 처음에 경감은 나름대로 사건을 조사하려고 했어. 하지만 누명이라는 것을 밝혀 줄 만한 증거가 없었던 모양이야. 결국 오늘 아침에 내게 연락을 해 왔네. 그 덕분에 두 중년 신사가 느긋하게 안락의자에 앉아 담배나 피우면서 아침 식사를 소화시키고 있어야 할 시간에 서쪽을 향해 시속 80킬로미터로 달려가는 기차를 타고 있게 된 거지."

"그렇다고 해도 납득하기는 어렵군. 평소에 착한 사람이었다고 범인이 아니라는 법은 없지 않나? 목격자도 그렇고, 범인이 분명할 것 같은데……."

"분명하다는 것처럼 기만적인 것도 없다네. 사실 목격자라고는 해도 죽이는 것을 직접 본 것도 아니고 말이야."

"하지만 자네를 불렀다는 것은 경시청에서도 제임스를 범인으로 인정했다는 것 아닌가?"

홈스는 갑자기 껄껄 웃어 대기 시작했다.

"자네가 나를 레스트레이드 같은 친구와 똑같이 취급하다니 서운한걸. 왓슨, 자네는 내가 잘난 체나 하는 인간은 아니라는 것을 잘 알고 있으니 오해는 안 할 거라고 믿네. 내가 사건을 해결하는 방식을 잘 알고 있으니까 말이야. 사실 나는 경감이 생각하지도 못할 기상천외한 방법으로 그의 논리를 단번에 뒤집어 버릴 작정이라네. 혹시 아나? 아직 누구도 발견하지 못한 단서를 발견할 수 있을지. 예를 들면 이런 것이지. 내가 자네 집에 한 번도 간 적이 없다는 것은 잘 알고 있겠지? 하지만 나는 자네 침실에 창문이 한쪽에만 있다는 것을 알고 있다네. 그것도 안에서 봤을 때 오른쪽에."

"아니, 그걸 어떻게……?"

나는 너무 놀라서 입을 다물지 못했다. 그러자 홈스는 긴 손가락
으로 내 얼굴을 가리켰다.

"자네의 면도 자국이 그 증거지."

"면도 자국?"

"자네는 군대식 청결함이 배어 있어서 거의 매일 면도를 하네. 또
날씨가 좋은 날에는 조명 없이 햇빛을 이용하지. 그런데 왼쪽으로
갈수록 면도 상태가 엉망이야. 그건 오른쪽에 비해 왼쪽이 잘 안 보
인다는 것이라네. 만약 조명을 썼다면 빛이 고르기 때문에 그런 차
이는 나지 않았을 테지. 물론 이 추리는 자네와 함께 살았던 경험이
있기 때문에 가능한 것이기는 하지만 레스트레이드가 같은 조건이
었다고 해도 그런 추리를 할 수 있었을까?"

"나 원……, 이래 가지고야 자네 앞에서는 재채기도 함부로 못하
겠군."

나는 턱을 어루만지며 홈스의 이야기가 틀리지 않았다는 것을 확
인했다.

"어쨌든 벌써 뭔가 마음에 걸리는 게 있는 모양이군. 그렇지?"

"그래."

홈스는 빙그레 웃었다.

"신문기사를 되풀이해서 자세히 읽어 보
다가 발견한 건데 제임스를 진범이라고
하기에는 모호한 단서가 한두 가지
있더군."

"그게 뭔가?"

"제임스가 잡힌 건 살해 현장이 아니라 해서리 농장에서였네. 지역 경관이 부친 살해범으로 체포한다고 했을 때도 그다지 놀라지 않았다더군. 마치 각오하고 있었던 것처럼 항의 한 마디도 않고 순순히 수갑을 찼다는 거야. 심지어 자신은 벌을 받아 마땅하다고까지 했다는군. 그 때문에 재판에서도 불리하게 작용했고."

"그건 죄를 자백한 거 아닌가?"

"하지만 나중에 법정에서는 자신의 무죄를 주장했거든."

"그야 정작 법정에 서니 무서워진 모양이지."

"내 생각은 그렇지 않네. 제임스가 바보가 아닌 다음에야 상황이 자신에게 불리하다는 것을 몰랐겠나? 그런 상황에서 체포되는 순간 화를 냈다거나 깜짝 놀랐다면 오히려 의심스러웠겠지. 대개 범인일수록 체포될 때 반항이 심하거든. 그렇기 때문에 청년이 순순히 체포되었던 것은 두 가지로 해석될 수 있네. 정말 죄가 없거나 아니면 웬만한 상황에서는 흔들리지 않는 강심장의 사나이이거나!"

"제임스 스스로 자신은 벌을 받아 마땅하다고 말했다면서?"

"그건 사건이 일어나기 바로 전에 그 부자가 싸웠다는 것을 상기해 보면 별로 이상할 것도 없네. 아버지가 돌아가실 줄 알았다면 그런 무례한 행동은 하지 않았을 거라는 후회였겠지."

나는 홈스의 추리에 수긍할 수 없었다.

"하지만 홈스, 자네의 그런 생각만 가지고 그 청년을 구해 낼 수는 없는 것 아닌가? 그보다도 훨씬 불확실하고 적은 증거로도 많은 사람들이 사형대의 이슬로 사라졌단 말일세."

"확실히 자네 말대로야. 청년의 무죄를 믿는 사람들의 말과 나의 느낌만으로 그를 구할 수는 없어. 하지만 이것을 보면 자네 생각도 달라지지 않을까 싶은데?"

홈스는 선반 위에 던졌던 신문 뭉치 속에서 신문 한 부를 찾아내서는 내게 건네주었다.

"이건 지방신문인데 청년이 법정에서 한 증언이 실려 있네. 한번 보게."

홈스는 친절하게도 읽어야 할 대목을 손으로 짚어 주었다. 기사는 청년과 검시관의 대화 형식으로 되어 있었다.

증 인: 저는 6월 1일 브리스틀에 갔다가 사건이 발생한 6월 3일 월요일 오전에 집에 돌아왔습니다. 그때 아버지는 집에 안 계셨는데 하녀가 마부 존 콥과 로스에 가셨다고 일러 주더군요. 얼마 뒤 마차 소리가 들렸고 아버지가 돌아오셨습니다. 하지만 아버지는 마차에서 내리자마자 콥에게 몇 마디를 건네고는 그길로 밖으로 나가셨습니다. 무척 바쁘신 거 같았지요. 콥에게 어디를 가시냐고 물어봤지만 그가 아는 것이라고는 약속이 있다고만 하셨다는 것뿐이었습니다. 저녁 식사 시간까지는 아직 멀고 해서 저는 사냥이나 해야겠다는 마음으로 총을 들고 집을 나섰습니다. 저수지 건너편에 전부터 눈여겨봐 두었던 토끼 굴에 갈 생각이었지요. 그 도중에 사냥터지기인 크로더 씨를 만난 것은 사실입니다. 하지만 제가 몹시 흥분한 얼굴로 아버지의 뒤를 따라갔다는 크로더 씨의 주장은 잘못된 것입니다. 그때 저는 아버지가 제 앞에 가셨다는 것도, 저수지를 향해 가셨다는 것도 모르고 있었으니까요.

제가 이상한 소리를 들은 건 늪지를 1백 미터쯤 앞두고 있었을 때였습니다. 갑자기 앞쪽에서 '쿠우이!' 하는 소리가 들려왔던 겁니다. 그 소리는 분명 아버지와 제가 사냥터에서 서로를 부르는 신호였습니다. 저는 깜짝 놀라서 소리가 나는 쪽을 향해 달려갔습니다. 역시 아

버지셨습니다. 아버지는 보스콤 늪지의 가장자리에 서 계셨는데 이
상한 건 저를 보고 놀라셨다는 겁니다. 여기는 도대체 왜 온 거냐며
거칠게 물으시더군요. 우연히 지나는 길에 소리를 듣고 달려온 것이
라고 설명했지만 아버지는 의심의 눈초리를 거두지 않고 언성을 높
이셨습니다. 어이가 없더군요. 결국 심한 말다툼이 벌어졌고 주먹다
짐할 것 같은 험악한 분위기가 되고 말았습니다. 사실 아버지는 평소
에도 성격이 급하고 불같으셨습니다. 그런 분을 상대로 똑같이 화를
내 봤자 상황을 더 악화시킬 뿐이라는 것을 저는 잘 알고 있었습니다.
그래서 뒤도 안 돌아보고 그 자리를 피해 버렸습니다. 그리고 곧장 집
으로 가는 길로 접어들었지요.

그런데 겨우 150미터도 못 갔을 때 뒤에서 비명 소리가 들려왔던 겁
니다. 이 세상의 소리라고는 믿어지지 않을 만큼 처참한 소리였지요.
분명히 아버지가 계신 곳에서 들려왔습니다. 저는 정신없이 아까 그
자리를 향해 뛰었습니다. 그곳에는 아버지 혼자 풀밭에 쓰러져 계셨
습니다. 저는 총을 내던지고 아버지를 안아 일으켰는데 머리의 심한
상처로 피가 솟구치고 있었습니다. 처음에는 의식이 있는지 낮게나
마 신음 소리 같은 게 나는 것도 같았습니다만 이내 숨을 거두고 마셨
습니다. 저는 순간 정신이 아득해졌습니다. 아무 생각도 할 수 없었

어요. 아버지의 시체를 안은 채 멍하니 앉아 있는 것 말고는 아무것도 할 수 없었습니다. 그러나 곧 별장지기 모런 씨의 집이 그곳에서 멀지 않은 곳에 있다는 것을 생각해 내고 도움을 청하러 뛰어갔습니다.

여기까지가 제가 알고 있는 내용의 전부입니다. 당시 제 주위에는 아무도 없었습니다. 그래서 어떻게 해서 그렇게 무서운 상처를 입으신 것인지 저로서는 도무지 알 수 없습니다. 그렇다고 의심이 갈 만한 사람이 있는 것도 아닙니다. 제가 알기로 아버지는 무뚝뚝하고 거친 분이셨지만 죽임을 당할 만큼 주위에 원한을 사셨던 분은 아닙니다.

검사관 : 증인의 부친이 사망 직전에 무슨 유언을 하지는 않았습니까?

증   인 : 뭐라고 중얼거리기는 하셨지만 '쥐rat'라는 단어 말고는 알아들을 수 있는 것이 없었습니다.

검사관 : 무슨 내용이었습니까?

증   인 : 그건 잘 모르겠습니다. 정신착란을 일으키신 거라고 생각했습니다.

검사관 : 증인은 보스콤 늪지에서 살해된 아버지와 심한 말다툼을 벌였습니다. 무엇 때문이었습니까?

증   인 : 그것만은 말씀드릴 수 없습니다. 그리고 이 사건과는 무관한 내용이었습니다.

검사관 : 그건 법원이 결정할 문제입니다. 말하지 않으면 증인에게 불리해질 수 있습니다. 그래도 증언을 거부하겠습니까?

증   인 : 하는 수 없습니다.

검사관 : 좋습니다. 그럼 증인은 당신들 부자지간에만 사용하는 신호를 듣고 늪 쪽으로 달려갔다고 했는데 맞습니까?

증   인 : 네, 그렇습니다.

검사관 : 그렇다면 죽은 매카시가 증인이 브리스틀에서 돌아온 것을 알고 있

었다는 말입니까?

증　인: 아니오, 아버지는 모르셨습니다.

검시관: 그렇다면 앞뒤가 맞지 않는군요. 증인이 돌아온 것도 몰랐고 또 늪
　　　　쪽으로 오고 있다는 것도 몰랐다면 어떻게 신호를 이용해 증인을 부
　　　　르려고 했단 말입니까?

증　인: (당황하며) 그, 그건 저도 모르겠습니다.

검시관: 비명을 듣고 현장으로 되돌아갔을 때 주위에 수상한 것은 없었습
　　　　니까?

증　인: 글쎄요, 그게…….

검시관: 정확하게 말씀하십시오.

증　인: 비명 소리를 들은 이후에 저는 제정신이 아니었기 때문에 확실한 건
　　　　지 잘 모르겠지만 아버지가 쓰러진 왼쪽으로 뭔가 있는 것을 보기는
　　　　봤는데……. 색은 회색이었고 얼핏 보기에 외투나 망토 같았습니다.
　　　　하지만 아버지가 돌아가시고 난 후에 모런 씨 댁으로 가기 위해 일어
　　　　났을 때에는 사라지고 없었습니다.

검시관: 도움을 청하러 가기 전에 없어졌단 말입니까?

증　인: 그렇습니다.

검시관: 그것과 시신과의 거리는 얼마나 됐습니까?

증　인: 10미터쯤 되었던 것 같습니다.

검시관: 수풀과는 얼마나 떨어져 있었습니까?

증　인: 그것도 대략은 비슷할 겁니다.

검시관: 그렇게 가까운 거리에 있으면서 누군가가 가져가는 것을 알아차리
　　　　지 못했다는 게 상식적으로 이해가 되지 않는군요.

증　인: 아버지를 안고 있을 때 그것은 제 뒤에 있었습니다. 그리고 정신도
　　　　없었고 말입니다.

"모든 게 그 청년에게 불리하군."

나는 신문에서 눈을 떼지 않은 채로 말했다.

"홈스, 이 기사를 보면 이 검시관은 시종일관 청년이 범인일 거라는 확신을 가지고 있는 것 같네. 어떻게 아들이 온 것도 모르는데 신호를 보냈으며 가까운 곳에 있었던 옷이 없어지는 것을 모를 수 있느냐며 청년을 추궁하고 있어. 하기는 죽은 자가 마지막으로 했다는 '쥐'라는 말이나 회색 옷이 있었다는 이야기는 아무 도움이 되지 않을 거야. 아무래도 내가 보기에는 수사에 혼선을 주기 위해 머리를 쓰는 것처럼 보이는군."

홈스는 재미있다는 표정으로 긴 다리를 쭉 뻗으며 말했다.

"자네와 검시관은 마치 청년에게 유리한 내용을 일부러 피해 가는 것 같군. 청년의 상상력이 지나치다고 하기도 하고 부족하다고 하기도 하니 말이야. 아버지와 싸운 이유를 그럴싸하게 꾸며서 배심원의 동정을 사지 못한 것은 상상력이 부족한 것이고, '쥐'니 옷이니 하는 이야기를 꺼낸 것은 상상력이 지나친 것으로 보는 거지. 하긴 대부분의 사람들이 자네 생각과 같을 거야. 하지만 나는 일단 그 청년이 무죄라는 가설에서 수사를 시작할 작정이네. 내 가설이 어떤 결과를 가지고 올지는 두고 보면 알게 되겠지. 그나저나 몹시 시장하군. 20분 있으면 스윈던에 도착하니까 점심은 그곳에서 먹기로 하세."

홈스는 나의 궁금증을 한껏 부풀려 놓은 채 그대로 입을 다물어 버렸다.

아름다운 지지자

우리가 탄 기차는 아름다운 스트라우드 골짜기를 지났고 6월의 태양 아래 반짝이고 있는 세번 강을 건넜다. 그리고 오후 4시가 다 되어서야 중간 목적지인 로스의 중앙역에 우리를 내려 주었다. 플랫폼에서 낯익은 한 사내가 우리를 기다리고 있었다. 비쩍 마른 몸이었지만 다부져 보이는 사내는 날카로운 눈매를 번뜩이며 우리를 향해 곧장 다가왔다. 시골 사람들이나 입을 만한 먼지 막이용 갈색의 겉옷과 가죽 각반을 하고 있었지만 한눈에도 런던 경시청의 레스트레이드 경감이라는 것을 알 수 있었다.

"홈스 씨, 어서 오시오. 왓슨 박사도 오랜만입니다. 일단 호텔로 갑시다."

레스트레이드 경감은 로스의 헤리퍼드 암스 호텔로 우리를 안내했다. 그가 우리가 사용할 객실을 이미 예약해 놓았기 때문에 우리는 곧바로 여장을 풀 수 있었다. 잠시 쉬면서 차를 마시고 있는 사이 레스트레이드 경감이 나갔다가 돌아왔다.

"마차를 준비시켜 놓았소."

그는 예의 거만한 말투로 말을 이었다.

"활동적인 기질의 선생이라면 현장을 가장 먼저 보고 싶어 할 것 같아서 말이오. 요즘은 일 년 중 가장 해가 긴 계절이니까 지금 곧 현장을 가도 늦지는 않을 거요."

"글쎄요."

홈스는 뜻밖의 말을 했다.

"지금이 29도인 데다가 바람도 없고 구름도 없군요. 또 이 소파도 마음에 들고 담배도 넉넉하니 오늘은 이대로 쉬었으면 합니다."

레스트레이드는 고개를 갸우뚱하더니 이내 비웃는 듯한 미소를 입가에 떠올렸다.

"별일이 다 있군요. 언제나 현장에 먼저 못 가 봐서 안달하던 양반이……? 게다가 뭐가 그렇게 좋은 거요?"

아닌 게 아니라 홈스는 싱글벙글 웃고 있었다.

"경감은 좋지 않습니까? 공기도 좋고 경치도 좋고, 또 이렇게 날씨까지 좋으니 말이오. 기분이 안 좋다면 그게 더 이상하지 않을까요?"

레스트레이드 경감은 어이없다는 듯한 표정을 지었다.

"이곳에 소풍 온 것으로 착각하고 있는 거 아니오?"

"그럴 리가요."

"그렇다면 아무래도 이 사건의 흐름을 바꾸기가 불가능할 것 같으

니까 아예 단념한 모양이구려. 하긴 현장을 본다고 이 사건을 뒤집을
수는 없을 거요. 어쨌거나 나도 터너 양의 청 때문에 여기에 와 있기
는 하지만 별 뾰족한 수가 없습니다. 실은 선생을 부른 것도 그 아가
씨의 청 때문이었소. 어찌나 적극적인지 선생이 와도 별수 없을 거라
고 했지만 막무가내더군요. 아, 호랑이도 제 말 하면 온다더니…….”

그때 창밖에 마차가 서는 소리가 들렸다. 레스트레이드 경감이 무
슨 말인가를 하려고 했지만 우리는 경감의 다음 말을 들을 수 없었
다. 문이 벌컥 열리면서 한 아가씨가 방 안으로 뛰어들었던 것이다.
그녀는 내가 지금까지 만난 그 누구보다도 아름다운 여성이었다. 보
랏빛이 도는 눈은 별처럼 반짝였고 반쯤 벌어져 있는 입술은 앵두처
럼 새빨갰으며 양 볼은 복숭아처럼 고운 분홍빛으로 물들어 있었다.
강한 흥분과 깊은 근심 때문인지 보통의 아가씨들에게서 볼 수 있는
수줍음은 없었다.

터너 양은 잠시 홈스와 나를 번갈아 보았다. 하지만 여자들의 뛰
어난 직감 때문이지 조금도 주저하는 기색 없이 홈스에게 시선을 고
정시켰다.

“홈스 선생님, 이렇게 와 주시다니, 뭐라고 감사의 말씀을 드려야
할지 모르겠습니다. 선생님이라면 분명히 제임스의 누명을 벗겨 주
실 거예요. 저는 어렸을 때부터 제임스를 보아 왔습니다. 결코 그런
끔찍한 일을 할 사람이 아니에요. 그이는 파리 한 마리도 함부로 죽
이는 법이 없을 만큼 마음이 여린 사람이지요. 진범은 분명히 다른
사람입니다.”

터너 양은 숨도 쉬지 않은 채로 말을 쏟아 냈다. 홈스는 고개를 끄
덕였다.

“터너 양, 아직 뭐라고 말하기는 어려운 단계이지만 당신의 희망

대로 청년의 혐의가 벗어졌으면 좋겠군요. 물론 일말의 기대가 없었다면 여기까지 오지도 않았을 겁니다. 최선을 다할 테니 걱정하지 마십시오.”

“그럼 선생님도 제임스가 무죄라고 생각하시는 건가요?”

“그럴 가능성이 있습니다.”

“그것 보셔요!”

터너 양은 갑자기 소리를 치며 날카로운 눈매로 레스트레이드 경감을 노려보았다.

“당신과는 달리 홈스 씨는 저에게 희망을 주시잖아요.”

레스트레이드 경감은 별것 아니라는 듯이 어깨를 들썩였다.

“터너 양, 홈스 씨는 조금 성급한 편이지요. 게다가 지금 그 말은 단지 위로를 한 거고 말입니다.”

터너 양은 세차게 고개를 저었다.

“그렇지 않아요! 경감님은 처음부터 제임스가 범인이라고 생각하셨어요. 하지만 사실은 그렇지 않아요. 제임스는 절대로 범인이 아니에요. 법정에서 아버지와 싸운 이유를 말하지 못했던 것도 저 때문이었고요.”

“터너 양 때문이라니요? 그게 무슨 말입니까?”

홈스가 물었다.

“일이 이 지경이 되었는데 숨길 게 뭐가 있겠어요. 사실 제임스와 저는 서로 사랑하는 사이랍니다. 어릴 때부터 오누이처럼 함께 지냈고 나이가 들면서 자연스럽게 연인이 되었지요. 그런데 얼마 전에 갑자기 제임스의 아버지인 매카시 씨가 저희에게 당장 결혼하라고 하시는 거예요. 거의 막무가내셨지요. 하지만 제임스는 아직 결혼할 생각이 없었습니다. 세상 경험도, 일자리도 없는데 무슨 결혼이냐고 했지요. 그 때문에 제임스는 아버지와 자주 말다툼을 하게 되었습니다. 그 때문이 아니라면 결코 아버지와 싸울 사람이 아니에요."

"그럼 터너 양의 아버님은 어떤 입장이셨나요?"

"아버지는 반대하셨어요."

도전적이라 할 만큼 당당했던 터너 양의 얼굴에 그림자가 서렸다.

"결국 두 분의 결혼을 찬성한 사람은 매카시 씨 혼자였군요."

"지금 당장 결혼을 해야 한다는 문제가 있기는 하지만 그런 셈이지요."

"잘 알았습니다."

홈스는 번뜩이는 눈초리로 터너 양을 살폈다.

"터너 양, 내일쯤 당신 아버님을 뵙고 싶은데 괜찮으시겠습니까?"

"저야 상관없지만 의사가 허락할지는 모르겠네요."

"의사요? 어디 편찮으신가요?"

"몇 년 전부터 신경쇠약으로 고생하고 계세요. 얼마 전까지만 해도 누워 계실 정도는 아니었는데 이번 사건으로 충격을 받으신 모양이에요. 아버지 건강을 관리하시는 윌로 박사님 말씀으로는 신경계가 아주 약해졌다고 하더군요. 돌아가신 매카시 씨는 빅토리아 여왕 시절부터 알고 지내던 아버지의 유일한 지인이셨거든요."

"빅토리아 여왕 시절이라⋯⋯. 두 분이 어디에서 만났는지도 알고 계십니까?"

"오스트레일리아의 광산에서라고 들었어요."

"그럼 금광이겠군요. 지금 아버님의 재산도 그 금광에서 늘리신 거고 말입니다."

"네, 그렇다고 하셨어요."

"고맙습니다. 큰 도움이 되었습니다."

"그랬다니 다행이네요. 그럼 저는 이만 실례하겠습니다. 아버지는 제가 곁에 없는 것을 아주 싫어하시거든요. 홈스 선생님, 만일 제임스를 면회하시거든 제 말을 좀 전해 주세요. 제임스가 무죄라는 것을 굳게 믿고 있다고 말이에요. 그리고 무슨 새로운 소식이 있으면 바로 알려 주세요. 부탁드립니다."

터너 양은 들어올 때와 마찬가지로 급하게 방을 나갔다. 곧바로 마차가 출발했고 바퀴 소리가 점점 멀어져 갔다.

"도대체 무슨 생각이오?"

레스트레이드가 불만에 찬 얼굴로 말했다.

"쓸데없는 희망을 줘서 뭐 어쩌겠다는 거요? 저래 봬도 이제 겨우 열여덟 살밖에 안 된 어린 아가씨란 말이오. 나중에 저 아가씨가 받게 될 상처를 어떻게 감당하라고……."

"쓸데없다니요? 난 진심으로 한 말이오. 어쨌거나 제임스라는 친구를 만나고 싶은데 가능하겠소?"

"물론이오. 하지만 왓슨 박사는 좀 곤란합니다."

"하는 수 없지요. 왓슨, 지루하겠지만 참아 주게."

나는 고개를 끄덕였다.

"경감, 오늘 안으로 그를 볼 수 있겠소?"

"지금 헤리퍼드행 기차를 타면 가능할 거요."

결국 홈스와 레스트레이드는 나를 혼자 호텔 방에 남겨 두고 서둘러 밖으로 나갔다.

제임스의 비밀

나는 작은 마을을 쏘다니며 시골의 정취를 한껏 느꼈다. 하지
만 사건 생각으로 머리가 복잡해서인지 즐겁지만은 않았다. 결국 다
시 호텔로 돌아와 소파에 드러누운 채 노란 표지의 소설책을 꺼내 들
고 읽기 시작했다. 소설은 우리가 직면해 있는 사건에 비하면 줄거리
가 형편없었다. 게다가 기차 안에서 나눈 홈스와의 대화나 터너 양의
이야기가 자꾸만 떠올라서 집중할 수도 없었다. 마침내 나는 책을 던
져 버리고 나 나름대로 이번 사건에 대해 궁리를 하기 시작했다.

제임스에 대한 터너 양의 강한 믿음을 보았기 때문인지 기차에서
읽은 제임스의 진술이 한 치의 거짓이 없는 진실일지도 모른다는 생
각이 들기 시작했다. 그렇다면 제임스가 아버지와 말다툼을 하다가
집으로 향한 순간부터 비명이 들린 그 사이에 어떤 예기치 못한 흉
악한 일이 일어난 것이 된다. 대체 죽은 매카시에게 무슨 일이 있었
던 것일까? 나는 문득 피해자에게 생긴 상처가 궁금해졌다. 머리에
있다는 상처의 모양과 방향을 보면 무언가 단서가 잡힐지도 몰랐다.

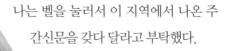

나는 벨을 눌러서 이 지역에서 나온 주간신문을 갖다 달라고 부탁했다.

내 짐작대로 신문에는 검시보고서가 원문 그대로 게재되어 있었다. 검시를 맡은 외과의사의 소견에 따르면 피해자 매카시의 사인은 두개골 좌측의 후부 3분의 1과 후두골의 절반 이상의 골절이었는데 이는 둔기로 심하게 가격된 흔적이라고 했다. 나는 내 머리를 만져보면서 기사에 나온 가격 위치를 찾았다. 그 부분을 가격하기 위해서는 범인은 피해자의 뒤에 있어야만 했다. 하지만 목격자의 증언대로라면 제임스는 아버지와 마주한 채로 말다툼을 하고 있었다. 그렇다면 제임스는 범인이 될 수 없었다. 나는 마치 모래 속에서 다이아몬드를 발견한 것처럼 설레기 시작했다. 그러나 그 기분은 오래가지 않았다. 화가 난 아버지가 돌아가라고 소리치면서 등을 보였을 때 가격했을 수도 있다는 데 생각이 미쳤던 것이다. 맥이 빠졌지만 일단 홈스에게 알려 줄 필요는 있을 것 같아 메모해 두기로 했다.

그다음으로 내가 주목한 것은 피해자가 죽을 때 마지막으로 했다는 '쥐rat'라는 말이었다. 의사의 입장에서 보더라도 그것은 정신착란으로 한 말이 아니었다. 일반적으로 갑작스러운 공격을 당해 죽어가는 사람은 정신착란을 일으키지 않는 법이다. 조금이라도 의식이 있는 경우 범인에 대한 단서를 남기기 위해 필사적이다. 그렇다면 분명 무슨 의미가 있을 것이다. 도대체 무슨 뜻이었을까?

알 수 없는 것은 그뿐이 아니었다. 제임스가 보았다는 회색 옷도 의문투성이였다. 제임스의 말을 사실로 인정한다면 그 옷은 범인이 제임스의 등장에 급하게 몸을 숨기느라 미처 챙기지 못했던 것이 분명했다. 하지만 제임스와 그 옷은 10미터밖에 떨어져 있지 않았다. 비록 등을 돌리고 있다고는 해도 수풀 속에서 10미터를 걸어 나와서 옷을 집어 가기란 보통의 배짱 가지고는 어림도 없는 일일 터였다.

한참을 궁리해 봤지만 내 상상력이 부족해서인지 어떤 것도 해답을 얻을 수 없었다. 사실 나는 레스트레이드 경감의 견해가 전적으로 옳은 것 같았다. 하지만 홈스의 통찰력은 단 한 번도 나를 실망시킨 적이 없었다. 홈스가 제임스의 무죄를 믿는 것에는 그만한 이유가 있을 것이다. 결국 나는 홈스가 빨리 돌아와 그의 번뜩이는 이론을 펼쳐 주기를 고대하면서 담배를 꺼내 물었다.

홈스는 밤늦게야 호텔로 돌아왔다.

"경감은 어쩌고 혼자 오나?"

"시내에 숙소가 있다더군. 그나저나 아직도 온도가 높은 걸 보니 내일은 비가 오지 않겠어. 아니, 비가 오면 안 돼. 섬세한 관찰이 필요한 일을 할 때는 상태가 좋아야 하거든."

"갔던 일은 잘되었나?"

"제임스를 만나기는 했는데 별 소득이 없었네."

홈스는 의자에 앉으며 늘어지게 기지개를 켰다.

"나는 제임스가 진범을 알고 있다고 생각했는데 그건 아닌 것 같아. 전혀 모르더군. 머리가 좋지는 않지만 착한 청년이었어."

"착한지는 모르지만 터너 양 같은 여성과의 결혼을 망설이는 걸 보면 사람 보는 안목은 형편없을 거야."

"거기에는 여러 가지 복잡한 사정이 있었다네."

"사정이라니?"

"제임스가 미혼이 아니었거든."

"뭐라고?"

나는 내 귀를 의심했다. 열여덟 살의 어린 청년이 기혼자라는 것에 놀랐다기보다는 오후에 보았던 터너 양의 태도나 말 어디에도 제임스가 기혼자일 거라는 낌새는 없었기 때문이다.

"놀랄 것 없네. 서류상으로 그렇다는 거니까. 2년 전에 브리스틀의 술집에서 한 여급을 만났다더군. 여급에게 겨우 아이 티나 벗은 소년을 유혹하기란 그리 어려운 일이 아니었을 걸세. 결국 여급의 달콤한 말에 넘어간 그는 그길로 등기소에 가서 혼인신고를 해 버렸다더군. 그때 터너 양은 기숙학교에서 지내고 있었기 때문에 그 둘은 어린 시절의 친구 이상의 관계는 아니었네. 하지만 터너 양이 보스콤 계곡으로 돌아오자 상황이 돌변했지. 둘은 급격하게 가까워졌고 급기야 사랑하게 되었네. 그러니 아무것도 모르는 아버지로서는 아들의 결혼을 서둘렀을 게 뻔해. 그렇지만 사실대로 말할 수는 없었네. 급하고 불같은 성격의 아버지가 자신을 가만둘 리 없었으니까 말이야. 십중팔구는 쫓겨났겠지. 결국 제임스는 결혼 이야기가 나올 때마다 아직은 생각이 없다는 모호한 이유를 대며 거절했고 그 때문에 아버지의 노여움을 사게 된 거네. 사건이 일어나기 전에 사흘간이나 브리스틀에 갔던 것도 그 여급을 만나 담판을 짓기 위해서였다더군. 물론 누구에게도 그 이유를 말하지 않았지. 죽은 매카시도 아들이 왜 브리스틀에 갔는지, 언제 돌아오는지 몰랐다네. 이 점이 아주 중요한 대목이야. 어쨌든 사건이 제임스에게 불행만 가져다준 것은 아니더군. 브리스틀까지 가서 만날 때만 해도 결혼을 취소해 달라는 제임스의 부탁을 완강하게 거절한 여급이 사건 발생 직후에 편지를 보내 왔거든. 자신은 이미 남편이 있고 그 남편은 지금 버뮤다 조선소에서 일하고 있다는 내용이었네. 결국 여급의 손아귀에서 벗어난 거지."

"홈스, 부친과 싸운 이유가 밝혀졌다고 해서 그가 무죄라는 증거는 아니지 않나? 중요한 건 누가 범인이냐는 거 아닌가?"

"글쎄, 아직은 알 수 없어."

나는 답답해져서 나도 모르게 한숨이 나왔다.

"하지만 이것만은 확실하네. 그날 오후 3시에 매카시가 늪지에서 만나기로 약속한 사람은 적어도 제임스가 아니었다는 것이지. 매카시는 아들이 브리스틀에서 돌아왔다는 걸 몰랐으니 말이야. 열쇠는 매카시와 약속했다는 인물이 쥐고 있는 셈이네."

"하지만 부자지간에 사용하는 신호로 아들을 불렀다고 하지 않았나?"

"왓슨, 그것이 만약 아들을 부른 신호가 아니었다면 어떻게 되겠나?"

"뭐?"

홈스는 날카로운 눈빛으로 나를 응시하고 있었다.

"이 사건은 말이네, 매카시와 만나기로 한 사람과 그 신호가 누구를 부른 것이었는가를 밝히는 것이 관건이 될 걸세. 하지만 지금은 그 어느 것도 할 수 있는 게 없네. 내일을 위해서 쉬는 것 말고는 말이야."

홈스는 피곤한지 있는 대로 입을 벌리고 하품을 늘어지게 했다.

버려진 흉기

다음 날 홈스의 일기예보는 적중했다. 하늘은 구름 한 점 없이 맑았고 바람도 거의 없는 상쾌한 날이었다. 레스트레이드 경감은 9시 정각에 우리 방 문을 두드렸다. 그리고 조금 후 우리는 경감이 준비해 놓은 마차를 타고 보스콤 계곡으로 향했다.

"홈스 씨, 오늘 아침에 들은 얘기인데 터너 양 아버지의 병이 꽤 중한 모양이오. 가망이 없다고 하더군요."

경감이 흔들리는 마차에 몸을 맡긴 채 말했다.

"올해 터너 씨 나이가 어떻게 되는지 알고 있습니까?"

"예순 살쯤 되었다고 들었소. 하지만 나이보다는 건강이 안 좋았던 모양이오. 게다가 이번 일로 충격도 받았고 말이오."

"터너 씨와 죽은 매카시 씨가 절친한 관계였나요?"

"이곳 사람들의 말에 의하면 단순히 친한 정도가 아니었소. 터너 씨가 여러모로 매카시 씨를 도왔답니다. 다른 농장과는 달리 해서리 농장을 임대해 준 것도 다 매카시 집안의 살림을 돕기 위해서였다고 하더군요. 요즘 보기 드문 우정이라고 칭송이 대단합니다."

"좀 이상하군요."

홈스가 고개를 갸웃거리며 말했다.

"재산도 없고 그나마도 친구의 배려로 살아가는 사람이 그 친구마저도 반대하는 결혼을 시키지 못해 아들과 매번 싸웠다니 말입니다. 마치 일단 청혼만 하면 모든 것이 성사될 것처럼 굴었다던데, 앞뒤가 맞지 않는군요."

"홈스 씨, 세상에는 이론과 상상으로는 해결되지 않는 일이 수두룩하오."

"물론 그렇지요."

"그렇기 때문에 사건을 해결하는 데 가장 중요한 것은 책상 앞에서 머리나 굴리며 하는 추리가 아니라 눈에 보이는 증거요. 그리고 지금 나는 그것들을 통해 당신이 모르는 명백한 사실을 알고 있고 말이오."

경감은 홈스를 타이르듯이 근엄한 태도로 말했다.

"그게 뭡니까?"

"매카시를 죽인 범인은 아들인 제임스라는 것이오. 다른 주장은 희미한 달빛에 지나지 않소."

경감이 으스대며 말하자 홈스는 큰 소리로 웃었다.

"때로는 안개보다는 달빛이 밝지요."

대화는 그것으로 그만이었다. 경감은 불쾌한 듯 입을 굳게 다물고 홈스는 홈스대로 깊은 생각에 잠긴 것 같았다.

"저곳이 해서리 농장인가 보군요."

얼마나 달렸을까? 홈스가 손으로 왼쪽을 가리키며 말했다. 홈스의 손가락 끝에는 슬레이트 지붕을 한 2층집이 서 있었다. 널찍한 지

붕은 커다란 새가 날개를 활짝 펼친 것같이 시원스러웠고 회색의 벽은 노란 이끼로 뒤덮여 있었다. 전체적으로 안락해 보이는 집이었다. 하지만 참사가 있었던 까닭일까? 창이란 창에는 모두 덧문이 내려져 있었고 굴뚝에는 연기 한 점도 없었다.

경감이 현관문을 두드려 사람을 불렀다. 침울한 얼굴의 하녀가 나왔다.

"조사를 위해 그러니 협조해 주십시오."

경감이 사무적으로 말하자 하녀는 조용히 고개를 끄덕였다.

"매카시 씨가 사고 당일 신고 있었던 부츠를 좀 보여 주십시오. 그리고 제임스의 구두도 부탁드립니다."

"주인님 것은 있지만 도련님은 체포되실 때 신고 가셨습니다."

"제임스의 신발이기만 하면 됩니다."

하녀는 금방 두 켤레의 신발을 가져왔다. 홈스는 예닐곱 군데의 치수를 꼼꼼히 재서 수첩에 기록했다.

"됐습니다. 경감, 이번에는 정원을 돌아봅시다."

레스트레이드 경감, 홈스, 나 이렇게 셋은 정원 여기저기를 둘러보다가 곧장 보스콤 늪지를 향해 걸음을 옮겼다.

저수지로 이어진 길은 양쪽에 풀밭이 늘어서 있는 좁은 오솔길이었다. 늪과 가까워져서인지 숲으로 들어가자 땅은 점점 축축해졌다. 그런데 가장자리 풀밭에는 사람들에게 밟힌 것으로 보이는 흔적들이 여기저기에 산재해 있었다. 홈스는 빠른 걸음으로 앞장서서 나아갔다. 하지만 곧장 앞으로만 간 것은 아니었다. 풀밭에 들어가 여기저기를 살펴보기도 했고 한곳에 멍하니 서서 한참 동안 가만히 있기도 했다. 그때 홈스의 얼굴은 사건 현장을 조사할 때는 언제나 그랬듯이 흥분으로 가득했고 두 눈은 무섭게 빛나고 있었다. 이마에는 두 줄의 굵은 주름이 잡혀 있었고 입술은 앙다물었으며 목은 핏줄이 불거질 정도로 긴장되어 있었다. 또 고개를 숙이고 어깨를 활처럼 굽히고 있었다. 범죄에서 나는 냄새를 하나도 놓치지 않겠다는 듯 힘이 잔뜩 들어간 콧방울 때문에 그의 코는 평소보다 훨씬 더 커 보였다. 베이커 가 하숙집의 안락의자에 앉아 담배를 물고 있는 사색적이고 조용한 홈스만 봐 왔던 사람이라면 결코 알아보지 못할 것이다.

이럴 때의 홈스는 결코 좋은 대화 상대가 아니었다. 대답을 하지 않는 것은 물론이고 어떤 때는 짜증스럽게 화를 내기도 했다. 나는 경험상 홈스가 이런 모습을 하고 있을 때에는 아무 말도 하지 않는 것이 현명한 일이라는 것을 잘 알고 있었다. 레스트레이드 경감 역시 아무 말도 하지 않았지만 그의 얼굴에는 비웃음이 가득했다.

보스콤 늪지는 폭이 50미터 정도로 상상했던 것보다 훨씬 작았다. 하지만 갈대와 수초가 무성해서 음산한 분위기를 자아내고 있었다.

"저곳이 터너 씨의 저택이오."

레스트레이드가 가리킨 곳은 늪지 건너편이었는데 숲 위로 붉은 뾰족탑이 솟아 있었다.

"이 늪지는 터너 씨의 농장과 매카시 씨의 농장의 경계라고 할 수 있지요."

"시신이 있던 곳은 어디입니까?"

레스트레이드는 홈스가 자신의 설명에 귀를 기울이지 않는다고 생각했는지 순간 불쾌한 표정을 지었지만 순순히 사건 현장을 가르쳐 주었다. 그곳은 제임스의 증언대로 숲과 늪지의 중간쯤의 풀밭이었는데 바닥이 축축하다 보니 피해자가 쓰러져 있던 모양 그대로 풀이 짓눌려 있었다. 홈스는 눈빛을 번뜩이며 그 주변을 샅샅이 조사하기 시작했다. 그러다 문득 레스트레이드 경감을 향해 돌아서며 물었다.

"도대체 늪에는 왜 들어간 겁니까?"

경감은 뜻밖의 질문에 잠시 당황했다.

"늪 속에서 뭔가 발견할 수 있지 않을까 해서 갈퀴로 여기저기를 긁어 보았소만 어떻게 안 거요?"

"당신 발자국이 늪을 향해 가다가 갈대밭 속으로 사라졌는데 모른다면 이상하지 않겠소? 이거야 원, 마치 물소 떼가 지나간 것 같군. 이래서야 단서나 찾을 수 있을지 모르겠소."

홈스는 불만에 가득 찬 얼굴로 투덜댔다.

"정말 아무것도 못 찾겠나?"

나는 은근히 걱정이 되어서 이렇게 물었다.

"물론 이 난잡한 발자국들이 생기기 전에 왔다면 좋았겠지. 하지만 피해자 주변으로 서너 사람의 발자국이 있네. 그래, 여기 이것은 별장지기와 그 일행의 것이야."

홈스는 혼잣말을 하듯 중얼거리더니 주머니에서 큰 확대경을 꺼내 들고는 바닥에 엎드렸다. 홈스의 혼잣말은 이어졌다.

"같은 발자국이 서로 다른 세 방향으로 나 있는 걸 보니 이건 분명히 제임스의 발자국이야. 특히 한 번은 급하게 달려왔어. 발자국이 제법 깊은데 뒤꿈치는 전혀 찍혀 있지 않거든. 비명을 듣고 정신없이 달려왔을 때의 것이겠지. 음, 피해자는 주변을 서성였군. 몹시 초조했던 모양이야. 오, 이건 엽총의 개머리판 흔적인데? 부자가 싸울 때 제임스는 총을 메고 있었던 게 아니라 땅에 짚고 있었군. 아니?"

갑자기 홈스의 목소리에 생기가 돌았다. 일순 나는 긴장했다.

"끝이 정사각형으로 된 정말 특이한 부츠로군. 그런데 발꿈치를 들고 누군가 살금살금 접근했는걸. 왔다가 갔고, 또다시 왔어. 제임스의 증언대로 옷을 가지러 왔군. 바로 이자야! 그런데 어디서 온 걸까?"

홈스는 엎드린 채 발자국을 찾아 숲속으로 들어갔다. 그는 마치 사냥개처럼 범인의 흔적을 찾고 있었다. 마침내 그가 도달한 곳은 근방에서 가장 큰 너도밤나무 아래였다.

"역시!"

너도밤나무의 둘레를 세심하게 살피던 홈스의 입에서 기쁨의 감탄사가 튀어나왔다. 하지만 홈스는 나무 밑에 있던 무언가를 호주머

니에서 꺼낸 봉투에 소중하게 집어넣는 것 말고는 그 어떤 말도 하지 않았다. 그리고 이번에는 바닥이고 나무줄기고 닥치는 대로 확대경을 들이대기 시작했다. 홈스의 조사는 좀처럼 끝나지 않았다. 마치 풀밭 속에 떨어져 있는 바늘이라도 찾는 것처럼 그의 조사는 섬세하게 진행되고 있었다. 그러다 이끼가 붙어 있는 울퉁불퉁한 돌멩이를 살펴보더니 주머니에 넣었다. 그제야 홈스의 얼굴에 만족스러운 미소가 물살처럼 번졌다. 하지만 그것으로 홈스의 조사가 끝난 것은 아니었다.

그가 무릎에 묻은 흙을 털고 일어나 허리를 편 것은 발자국들과 흔적이 모두 사라진 큰길에 이르러서였다.

"저 집이 별장지기의 집인 모양이군."

홈스는 오른쪽으로 1백 미터쯤 떨어진 회색 오두막을 가리키며 말했다. 그는 평소 냉정한 모습의 홈스로 돌아와 있었다.

"나는 잠깐 가서 모런 양을 만나고 올 테니 두 분은 먼저 마차로 가 계시오. 오래 걸리지 않을 거요."

홈스는 레스트레이드 경감과 나를 남겨 두고 성큼성큼 별장지기의 집으로 갔다. 그리고 채 10분도 지나지 않아서 마차로 돌아왔다. 마차 속에서 홈스는 숲 속에서 주워 온 돌을 만지작거렸다.

"그게 뭐요?"

경감이 퉁명스럽게 물었다.

"아, 이거 말입니까?"

홈스는 장난기 어린 얼굴로 경감을 바라보았다.

"이것이 매카시 씨를 죽음에 이르게 한 바로 그 무기입니다."

"뭐라고요?"

경감은 홈스가 들고 있는 돌멩이를 빼앗다시피 낚아채더니 이리저리 살펴보았다.

"뭐요, 이거 흔적이 전혀 없지 않소?"

"그렇지요."

"이봐요, 홈스 씨. 나를 놀리는 거요?"

"놀리다니요? 그렇지 않습니다. 보통 풀밭에 있는 돌 밑에는 풀이 나 있지 않습니다. 그런데 이 돌 밑에는 풀이 나 있더군요. 그 자리에 놓인 지 며칠 안 되었다는 말이지요. 게다가 이 돌의 생김새가 피해자의 머리에 나 있는 상처 모양과 일치하는 것 같은데 경감 보기엔 어떤가요?"

"그, 그렇군요."

경감은 돌멩이를 유심히 들여다보고는 더듬거리면서 말했다.

"경감, 범인은 키가 크고 왼손잡이며 오른쪽 다리를 약간 저는 사내입니다. 물부리를 사용해서 인도산 시가를 즐겨 피우고 호주머니에는 날이 무딘 주머니칼을 넣고 다니지요. 또 사건이 있던 날 범인은 사냥용 부츠를 신고 회색 망토를 두르고 있었습니다. 뭐, 몇 가지 특징이 더 있지만 범인을 찾는 데는 이 정도면 될 겁니다."

"홈스 씨, 무슨 근거로 그러는지 모르지만 배심원들은 당신 말을 믿지 않을 거요."

경감은 입을 삐죽이며 비웃었다.

"경감 생각이 그렇다면 할 수 없지요. 각자 방식대로 수사하는 수밖에. 어서 호텔로 갑시다. 저녁 기차로 런던으로 돌아가려면 시간이 없군요."

"터너 양에게 큰소리를 쳐 놓고 꽁무니 빼는 거요?"

"그럴 리가요. 약속은 지킵니다."

"그게 무슨 소리요? 진범을 찾아야 할 것 아니오?"

경감은 얼굴이 벌겋게 될 정도로 흥분해 있었다.

"이 지역은 인구가 많지 않은 곳이오. 내가 말한 조건에 맞는 사람을 찾는 건 그리 어려운 일이 아닐 겁니다."

"홈스 씨, 아무리 작은 동네라고 해도 다리를 저는 왼손잡이를 찾기 위해 집집마다 돌아다닐 수는 없소. 분명히 웃음거리가 될 거요."

경감은 딱하다는 듯이 혀를 찼다. 하지만 홈스의 표정은 어느 때보다 진지하고 완강했다.

"난 이미 당신에게 기회를 줬고 선택은 당신 몫입니다. 그리고 당신은 이미 그 기회를 포기했고 말입니다."

사건의 실마리

홈스와 나는 레스트레이드 경감을 숙소에 내려 주고 곧장 호텔로 돌아왔다. 점심 식사를 하는 동안 홈스는 이마를 찡그린 채 아무 말도 하지 않았다. 그는 음식이 반 이상이나 고스란히 남은 접시를 물리고 안락의자에 몸을 깊숙이 파묻어 버렸다. 나는 그의 고민이 끝나지 않았다는 것을 알았기 때문에 먼저 입을 열지 않았다.

"왓슨."

종업원이 와서 식탁을 치우고 나가자 홈스가 조용히 나를 불렀다.

"자네의 조언이 필요하네. 어찌하는 게 더 나은 일인지 나로서는 쉽게 결정할 수가 없군."

"말해 보게."

홈스는 담배에 불을 붙이고 연기를 깊게 들이마셨다.

"이곳으로 오는 기차 안에서 자네도 지적했지만 이 사건에는 두 가지 눈여겨봐야 할 것이 있네. 하나는 죽은 매카시가 했다는 신호이고 다른 하나는 피해자가 죽기 전에 남긴 '쥐rat'라는 말이야. 물론 자네나 다른 사람들은 그것들 때문에 모두 제임스가 유죄라고 생각했지만 나는 그 반대였어."

"하지만 피해자가 외친 소리는 그들 부자간에만 사용하는 신호라고 하지 않았나?"

"그건 아들의 생각일 뿐이네."

"뭐라고?"

"브리스틀에서 오지 않은 아들을 부르기 위한 신호가 아니었단 말일세. 원래 '쿠우이'는 오스트레일리아의 원주민들이 사용하는 말이라네. 오스트레일리아에서 살았던 사람이라면 그 말을 모를 리 없지."

"그럼 피해자가 3시에 만나기로 했었다는 약속 상대가 오스트레일리아에서 산 적이 있는 인물이라는 건가?"

"바로 그거야."

"그럼 '쥐rat'는 뭔가?"

홈스는 호주머니에서 몇 겹으로 접혀 있는 신문을 꺼내어 식탁 위에 펼쳐 놓았다.

"이건 오스트레일리아의 지도라네. 어젯밤에 브리스틀에 전보를 쳐서 간신히 구한 거야. 여기를 한번 읽어 보겠나?"

홈스는 손으로 지도의 한 부분을 가린 채 읽기를 재촉했다.

"아레트Arat."

"그럼 이건 어떤가?"

홈스는 지도 위에 얹었던 손을 치웠다. 그의 손에 가려 보이지 않던 지명이 완전히 드러났다.

"벨라레트!"

"그래, 벨라레트! 오스트레일리아 빅토리아 주 중부에 있는 도시인데 광산으로 유명한 곳이지. 그리고 피해자인 매카시가 죽기 직전에 한 마지막 말이기도 하다네. 제임스가 들은 건 뒤의 음절뿐이었어. 분명히 매카시는 벨라레트의 누구라고 말하고 싶었을 거야. 불행하게도 숨이 먼저 끊어져 버렸지만 말이야."

나는 입을 벌린 채 그의 말에 귀를 기울이고 있었다.

"그리고 범인의 집은 사건 현장에서 그리 멀지 않은 곳에 있을 거네."

"그건 왜 그렇지?"

"보스콤 늪지로 가기 위해서는 해서리 농장이나 터너 씨의 영지를 가로지르는 방법밖에는 없네. 사유지를 외부 사람이 함부로 돌아다닐 수는 없지 않겠나?"

"과연! 그런데 인도산 시가를 피운다든가 왼손잡이라든가 하는 특징들은 어떻게 알아낸 건가?"

"주의 깊은 관찰의 결과지."

"그야……. 키가 크다는 것하고 사냥용 부츠를 신었다는 것은 발자국을 보면 알 수 있지만……."

"그래, 꽤 특이한 부츠였어. 그리고 발자국과 발자국 사이의 거리가 제법 길었네. 그 정도의 보폭을 가지려면 키가 웬만큼 크지 않고서는 안 되지. 하지만 이상한 게 있었어. 오른쪽 발자국이 왼쪽에 비해 희미했던 거네. 그건 체중을 왼쪽에 더 실었다는 얘기지. 알겠나? 바로 오른쪽 다리가 불편한 사람이었던 거야."

"그럼 왼손잡이라는 건?"

"피해자의 상처를 기억해 보게. 상처는 뒷머리의 왼쪽에 있었어. 범인은 피해자를 뒤에서 일격에 쓰러뜨렸네. 왼손잡이가 아니고서는 불가능하지. 오른손잡이가 왼손으로 그런 공격을 했다면 단 한 번의 공격으로 성공할 수는 없었을 거네."

"아까 범인이 인도산 담배를 피운다고 했는데 그건 어떻게 알았나?"

"사건 현장에서 멀지 않은 너도밤나무 아래에서 담뱃재를 발견했거든. 자네도 알겠지만 나는 담뱃재만 보고도 140여 종의 담배를 구분할 수 있다네. 전에 그런 분야의 논문을 쓴 덕분이지만. 어쨌든 나무 아래에 있던 담뱃재는 분명 인도산 시가였어. 범인은 신호를 듣고 제임스가 달려오자 나무 뒤로 몸을 피했네. 부자의 싸움을 지켜보면서 담배를 피웠던 거야. 물론 담배꽁초도 찾아냈다네. 가공한 곳은 네덜란드의 로테르담이더군."

"물부리를 사용했다는 것은 담배꽁초를 보고 알았겠군."

"맞네. 자네 짐작대로 꽁초에는 사람이 물었던 자국이 없었어. 그뿐이 아니었네. 끝이 칼로 잘려 있었지만 잘라 낸 자리가 깨끗하지 않았어. 날이 무딘 칼을 가지고 다니며 사용했던 거지."

모든 것이 분명해졌다.

"알겠네. 누가 범인인지 알겠군. 분명히 그 사람이야. 그런데 거기까지 알면서 왜 그렇게 고민하고 있는 건가, 홈스? 한시라도 빨리 가엾은 청년을 감옥에서 구해 내지 않고?"

"물론 제임스의 억울한 누명을 벗겨야 한다는 데에는 이의가 없네. 그래서 저 멍청한 경감 나리에게 범인의 특징을 말해 준 것 아니겠나? 하지만……."

"하지만이라니? 사람부터 살리는 게 순서 아닌가? 잘못했다가는 아무 잘못도 없는 청년이 교수형을 당한단 말일세."

그때였다. 난데없이 노크 소리가 났다. 호텔의 급사였다.

"무슨 일이오?"

이런 긴박한 순간에 방해자가 나타난 것이 못마땅했는지 홈스는 이맛살을 찌푸리면서 물었다.

"존 터너 씨가 오셨습니다."

존 터너의 첫인상은 매우 강렬했다. 큰 키에 구부정한 어깨, 사내는 예순이라는 나이보다는 훨씬 더 늙어 보였다. 백지장처럼 새하얀 낯빛에 푸르스름한 검버섯이 입술과 코 부근에 자리하고 있었으며 마구 헝클어져 있는 수염과 머리카락은 온통 희끗희끗했다. 또 툭 불거진 눈썹은 길고 풍성했는데 지친 심신을 대변하듯 아래로 축 처져 있었다. 일단 전체적으로 병색이 완연해 보였다. 하지만 뚜렷하다 못해 우락부락하기까지 한 이목구비나 깊게 패여 있는 주름, 그리고 지팡이를 짚고 있는 크고 투박해 보이는 손은 과거에는 매우 건장한 신체의 소유자였다는 것을 말해 주고 있었다. 그는 오른발을 끌면서 천천히, 한 발 한 발 안으로 들어왔다.

"이렇게 와 주셔서 감사합니다."

홈스가 친절하게 인사를 했다.

"이쪽으로 앉으십시오. 제 편지를 받으셨겠지요?"

"그렇소. 모런이 갖다주더군요. 그런데 무슨 일로 불편한 나를 이곳까지 부른 거요?"

"제가 댁으로 찾아가면 아무래도 소문을 피할 수 없어서 말입니다."

"남의 눈을 피해야 하는 일이란 게 뭐요?"

노인은 힘없이 물었다. 이미 홈스의 대답을 알고 있는 사람처럼 그의 눈에는 절망의 빛이 가득했다. 잠시 침묵이 흘렀다. 마침내 홈스는 조용하고 차분한 목소리로 입을 열었다.

"터너 씨, 저는 매카시 씨를 죽인 진범이 누구인지 알고 있습니다."

다음 순간 노인은 두 손으로 얼굴을 가리며 흐느꼈다. 홈스는 조용히 노인을 응시할 뿐 더 이상 아무 말도 하지 않았다.

"그렇소, 다 내가 한 짓이오. 하지만 제임스를 범인으로 몰 생각은 추호도 없었소. 만약 순회재판에서 유죄 선고를 받는다면 그길로 자수하러 갈 생각이었소이다."

"그런 생각이셨다니 저로서도 기쁘군요."

하지만 홈스의 목소리는 말처럼 밝지 않았다.

"내 딸아이만 아니었다면 곧바로 자수했을 거요. 하지만 그 애가 받을 충격을 생각하니 도저히……."

노인은 말을 끝까지 잇지 못했다.

"그런 걱정은 하지 않으셔도 됩니다."

"그게 무슨 말이오?"

"터너 씨, 저는 경찰이 아닙니다. 또 제가 이곳에 올 수 있었던 것도 터너 양이 저를 믿고 불러 주셨기 때문입니다. 그러니 터너 양에게 피해가 가는 일을 할 수는 없지요. 그렇다고는 해도 제임스 매카시를 이대로 내버려 둘 수는 없습니다."

"당연한 얘기요. 그런데 홈스 씨, 나는 살날이 얼마 남지 않았다오. 오래전부터 당뇨를 앓고 있었는데 의사 말로는 한 달도 못 살 거라고 하더이다. 늙은이의 욕심이겠지만 차가운 감방 안에서 죽고 싶지는 않구려. 내 집 지붕 아래서 죽을 수 있는 방법은 없겠소?"

홈스는 조용히 자리에서 일어나더니 펜과 종이를 가지고 탁자 앞에 앉았다.

"제가 당신과 제임스를 돕기 위해서는 먼저 사건의 진상을 자세히 알아야 합니다. 제가 한 마디도 빠뜨리지 않고 받아 적겠습니다. 그리고 나중에 당신의 서명을 받겠습니다. 여기 있는 왓슨 박사가 증인이 되어 줄 겁니다. 두 달 후 순회재판이 열리면 제임스가 무죄가 되도록 변호사를 도울 작정입니다만 만약 잘못되어 유죄가 될 수도 있을 겁니다. 이 자술서는 그때를 대비하기 위한 것입니다. 약속드리지만 그럴 경우가 아니라면 이 자술서가 세상에 나오는 일은 없을 겁니다.

"두 달 후라……, 그때면 나는 이미 이 세상 사람이 아닐 테고 그럼 내 딸 앨리스가 고통을 당하는 일이 없겠구려. 좋소, 당신 말을 믿고 모든 걸 고백하리다. 오랜 세월에 걸친 구구절절한 사연이지만 이야기하는 데에는 잠깐이면 될 테지요."

노인은 헛기침을 한 번 했다.

"매카시는 인간의 탈을 쓴 악마였소."

드디어 사건의 진상이 노인의 입을 통해 흘러나오기 시작했다.

어두운 과거

"**놈은 정말** 지독했소. 무려 20년 동안이나 나에게 들러붙어서는 끊임없이 괴롭혔단 말이오. 덕분에 내 인생은 엉망이었소이다. 그런데 그것도 모자라서 내 딸의 인생에까지 끼어들려 했던 거요. 난 그렇게 내버려둘 수 없었소. 애초에 내가 조금만 현명하게 굴었다면 그런 자와 만나는 일은 없었겠지요. 그래요, 모두 내 잘못이오.

내가 그자를 처음 본 것은 오스트레일리아에서였소. 1860년대 초반에 나는 그곳 광산 지대에서 일을 했소이다. 세상에 두려운 것이라고는 없는 혈기왕성한 청년이었지요. 현명한 눈도 지식도 없이 오직 힘만 있는 철부지였소. 그 때문에 나쁜 친구들과 어울리기 시작했고 매일 밤 술에 찌들어 잠이 들고는 했지요. 하지만 일은 엉망이었소. 그렇게 흥청망청 지내는데 일이 잘될 턱이 없었지요. 내가 불하받은 광산에서는 아무것도 나오지 않았던 거요. 결국 모든 것을 잃었고 노상강도가 되고 말았소. 우리 패거리는 모두 6명이었는데 말을 타고 다니며 목장이나 마차를 습격해서 살았지요. 세상에 거칠

것이 없었던 거요. 아직까지도 그곳에서 '벨라레트의 갱단'이라고 하면 모르는 사람이 없을 거요. 그때 나는 '벨라레트의 블랙 잭'이라고 불렸소이다.

어느 날, 우리는 금궤를 실은 마차가 벨라레트에서 멜버른으로 간다는 정보를 입수했고 그 길목을 지켰지요. 기마 호위병이 6명이었지만 우리도 6명이었기 때문에 무서울 것이 없었소. 습격과 동시에 셋을 꼬꾸라뜨렸지. 하지만 그들의 반격도 만만치는 않았소. 치열한 총격전이 벌어졌고 우리 쪽에서도 3명이나 죽었지요. 어쨌든 호위병들을 모두 죽인 후에야 마차를 차지할 수 있었소. 그때 나는 마부의 머리에 총을 들이댔는데 그게 바로 매카시였지요. 놈은 애원도 하지 않고 독기 어린 눈초리로 나를 뚫어지게 쳐다보더이다. 어쩐지 방아쇠를 당길 수가 없었소. 결국 내 얼굴을 안다는 것을 알면서도 살려 주고 말았던 거요.

하여간 우리 패거리들은 마차에 있던 금괴를 세 등분으로 나눈 다음 각자의 몫을 챙겨서 다시는 만나지 않기로 하고 헤어졌소. 나는 그길로 영국으로 돌아와 보스콤 계곡에다 넓은 토지를 사서 정착했소. 집도 지었고 결혼도 했소. 그런데 아내는 몇 년 뒤 열병으로 죽고 말았지요. 눈에 넣어도 아프지 않을 만큼 예쁜 딸, 앨리스를 남겨 두고 말이오. 앨리스는 하나님이 나를 올바르고 깨끗한 길로 인도하기 위해 보내 주신 천사였소. 앨리스의 맑은 눈을 대할 때마다 나는 지난날의 죄를 참회했고 바르게 살도록 최선을 다했소. 새사람이 되었던 거요.

그런데 무슨 일 때문이었는지는 기억이 잘 안 나지만 오래간만에 런던에 갔는데 바로 그날 리젠트 가에서 매카시를 다시 만나게 된 거요. 그는 완전한 거지꼴로 앨리스만 한 또래의 남자 아이와 함께 있

었소. 매카시는 내 팔을 툭 치며 능글맞게 말하더이다.

'아니, 이게 누구야? 그 유명한 블랙 잭 아니신가! 신수가 훤한 걸 보니 금괴 덕을 톡톡히 본 모양이군. 나는 그 일로 일자리도 잃고 이렇게 어렵게 살고 있는데 말이야. 그나저나 내 아들과 내게 거처가 필요한데 도와줄 수 있겠나? 여기 영국은 오스트레일리아하고는 달라서 내가 소리만 질러도 금방 경찰이 달려오겠지? 마침 저기 경찰이 있으니 한번 시험해 볼 텐가?'

내게 무슨 선택의 여지가 있었겠소? 결국 매카시와 그의 아들을 데리고 보스콤 계곡으로 돌아오는 수밖에 없었지요. 그것이 내 악몽의 시작이었소. 그를 다시 만난 후 20년 동안 내게는 휴식도 평화도 없었소이다. 매카시는 내가 가진 농장 중에서 가장 좋은 해서리 농장을 차지했고 그것도 모자라 수중에 돈이 떨어지기라도 하는 날에는 어김없이 찾아와서 손을 벌렸소. 그래도 그건 참을 수 있었소. 하지만 시도 때도 없이 나타나 능글맞은 얼굴을 들이밀면서 내 딸 앨리스의 이름을 거론할 때는 온몸에 뱀을 휘감은 것처럼 끔찍하더이다. 그자는 잘 알고 있었던 거요. 내가 지난날 나의 과오가 딸애에게 알려지는 것을 얼마나 두려워하고 있는지를 말이오. 그렇기 때문에 나는 그가 원하는 것이 무엇이든지 간에 거절할 수 없었소. 날이 갈수록 그의 욕심은 커져 갔고 더불어 내 불안함도 더욱 커 갔소. 급기야 도저히 들어줄 수 없는 것까지 요구하게 된 거요."

"제임스와 터너 양의 결혼이었겠군요."

홈스가 물었다. 노인은 가만히 고개를 끄덕였다.

"매카시는 두 아이들의 장래를 위해 그런 게 아니었소. 그자는 내가 얼마 살지 못할 것이라는 것을 알고 있었던 거지요. 제임스와 앨리스가 결혼만 하면 내가 죽은 뒤 모든 재산이 제임스의 것이 될 테니 말이오. 만약 제임스가 매카시의 아들이 아니라면 반대하지 않았을 거요. 아비하고는 달리 착하고 성실한 청년이었으니까요. 하지만 한편으로는 저주받을 위인의 핏줄과 섞는다는 게 소름 끼쳤던 것도 사실이었소. 난 두 번 생각도 않고 거절했소.

'그래 봐야 당신에게 좋을 게 없을 텐데……?'

'그래도 허락할 수 없어.'

'늘그막에 차가운 감방에서 살고 싶은 것은 아니겠지?'

'감옥에 안 가겠다고 내 딸을 네 놈한테 팔지는 않아!'

'앨리스가 당신의 과거를 알게 되어도?'

'어디 마음대로 해 봐라. 그런다고 내가 눈 하나 깜짝할 줄 알아?'

아무리 협박을 해도 내가 완강히 거절하자 매카시는 시간을 주겠다고 합디다.

'자, 자, 그러지 말고 좀 더 생각을 해 보게. 월요일까지 시간을 주지. 오후 3시에 만나서 다시 이야기하기로 하고 그때까지 다른 사람에게는 입도 뻥끗하지 맙시다. 사람들 눈도 피하자면 두 집의 중간쯤 되는 보스콤 늪지가 좋겠군.'

생각하고 말 것도 없었소. 내 결심은 확고했으니까 말이오. 그렇다고 나가지 않을 수는 없었소.

난 약속한 날 시각에 맞춰 집을 나섰소. 한참 가고 있는데 '쿠우이' 하고 신호가 들리더군요. 매카시가 먼저 와서 나를 부르고 있다는

것을 알았소. 늦은 것은 아니었지만 서둘러 갔지요. 그런데 매카시는 혼자가 아니었소. 제임스가 있었던 거요. 하지만 같이 온 것으로는 보이지 않았소. 언성을 높이며 싸우고 있었지요. 나는 나무 뒤에 숨어 제임스가 돌아가기를 기다리며 담배를 피워 물었소."

"뭐라고 하면서 싸우는지도 들으셨겠지요?"

홈스는 감정이라고는 조금도 없는 목소리로 물었다.

"물론이오. 숲이 떠나가라고 큰 소리로 싸우고 있었으니까 일부러 귀 기울일 필요도 없었지. 그런데 그들의 대화는 예상외였소. 매카시가 아들에게 앨리스와 결혼하라고 윽박지르자 제임스가 그럴 수 없다고 한 거요. 나도 앨리스와 제임스가 친하게 지내고 있다는 것은 알고 있었소. 그런데 결혼을 할 수 없다니? 화가 납디다. 내 인생의 전부인 앨리스의 운명이 다른 사람도 아닌 매카시들의 손아귀에서 휘둘린다고 생각하니 참을 수가 없었소. 바로 그때였소. 내 머릿속에 이 악연의 고리를 끊을 방법이 떠올랐던 거요.

'그래, 저자만 없어지면 과거가 들통 날 일도 없고 앨리스의 행복도 지킬 수 있을 것이다!'

나는 얼마 안 있으면 죽을 몸이니 두려울 게 없었소. 저 악마와 함께 저 세상으로 갈 수만 있다면 지옥에 떨어져도 좋다고 생각했지요.

나는 나도 모르게 땅에 있던 돌멩이 하나를 집어 들었소. 그리고 제임스가 해서리 농장 쪽으로 뛰어가는 것을 보자마자 나무 뒤에서 뛰어나가 젖 먹던 힘을 다해 매카시의 뒤통수를 가격했지요. 비명 소리에 제임스가 돌아오는 것을 보고 서둘러 자리를 피하다가 망토를 떨어뜨렸지만 다행히 제임스는 눈치 채지 못한 것 같더군요. 그래서 제임스가 등을 돌리고 있는 틈을 타 망토를 가져올 수 있었소.

홈스 씨, 난 할 말을 다 했소. 작정하고 죽이려고 했던 것은 아니지만 그자를 죽였다고 양심에 가책을 느끼지는 않는다오. 내 과거의 잘못이 한동안 수도승처럼 살았다고 다 없어지지 않는다는 건 잘 알고 있소. 그렇다고 그 때문에 내 딸이 평생을 고통 속에 살게 할 수는 없었소."

노인은 차분하게 이야기를 끝마치고 홈스가 내민 자술서에 서명했다.

"이야기를 하고 나니 홀가분하긴 하구려. 자, 마음대로 하시오. 나는 죗값을 받을 준비가 되어 있소."

"저는 당신을 심판할 자격이 없습니다."

홈스는 봉투에 넣은 자술서를 안쪽 주머니에 넣으며 말했다.

"게다가 영국 법정보다 더 높은 하늘의 법정에서 심판을 받으실 분께 괜한 수고로움을 끼치고 싶지는 않군요. 게다가 과거의 잘못이든 최근의 것이든 이미 당신은 그에 상응하는 고통을 충분히 받으신 것 같으니 말입니다. 이 자술서는 아까도 말씀드렸다시피 제임스에게 유죄 선고가 내려지는 최악의 상황이 아니면 세상에 내놓지 않을 겁니다. 그러면 당신이 염려하시는 따위의 일은 일어나지 않겠지요."

"죽어 가는 늙은이에게 온정을 베풀어 주시는구려. 홈스 씨, 고맙소. 이제 나도 편히 눈을 감을 수 있게 되었소. 당신들의 은혜는 눈을 감는 순간에도 잊지 못할 거요."

노인은 평온한 얼굴로 비틀거리며 방을 나갔다.

"어쩔 셈인가? 그 자술서가 없이 제임스의 누명을 벗길 수 있겠
나?"

노인의 사정은 이해했지만 지금 죄 없는 사람이 감옥에 있었다.
그런데 범인을 놔주는 것도 모자라 자술서를 비밀로 하겠다니? 나는
조바심이 일었다. 하지만 홈스는 태연했다.

"이 사건은 제임스에게 불리한 것 같지만 자세히 보면 그렇지가
않네. 모든 게 다 허점투성이지. 그것을 물고 늘어지면 누명을 벗기
는 건 식은 죽 먹기야."

홈스의 말은 두 달 후 사실로 증명되었다. 순회재판에서 제임스
매카시는 무죄 선고를 받은 것이다. 물론 홈스가 제임스의 변호사에
게 반론 자료를 제공해 준 덕분이었다. 양쪽 집안의 자녀들은 아버
지 대의 어두운 과거에 대해서는 아무것도 모른 채 자신들만의 행복
한 삶을 가꿔 나갈 수 있게 된 것이다.

한편 터너 노인은 그 후로도 7개월이나 더 살았지만 결국에는 당
뇨 합병증으로 세상을 떠났다. 홈스는 그의 이야기가 나올 때마다
어두운 얼굴이 되곤 했다.

"어째서 운명의 여신은 불쌍하고 무력한 인간에게 이렇게까지 못
된 장난을 치는 걸까? 음, 세상이 이 지경이니 내가 있어야 할 곳이
행복이 넘치는 곳이 아니라 신의 은총이 없는 불행한 곳일 수밖에."

다섯 개의
오렌지 씨앗

The Five Orange Pips

엘리아스 오펜쇼

조셉 오펜쇼의 형으로 젊은 시절에 미국으로 건너가 남부에서 큰 재산을 모았다. 그 후 영국으로 돌아와 서섹스 주 호샴에 정착했다. 어느 날 다섯 개의 오렌지 씨앗이 든 편지를 받고 공포에 휩싸여 떨다가 자신의 정원에 있는 연못에서 죽은 시체로 발견된다. 경찰은 발작으로 인한 자살로 판정을 내리지만 그의 죽음에는 뭔가 석연찮은 점이 남아 있다.

조셉 오펜쇼

엘리아스 오펜쇼의 동생으로 젊은 시절 컨벤트리에서 작은 고무 공장을 운영했다. 오펜쇼 고무 타이어의 특허권자로 자전거가 발명되자 사업이 날로 번창해 큰 재산을 모은다. 엘리아스가 유언으로 남긴 재산을 상속받고 호샴의 저택으로 이사를 하게 된다. 어느 날 다섯 개의 오렌지 씨앗이 들어 있는 서신을 받고 죽음을 당하게 된다.

존 오펜쇼

조셉 오펜쇼의 아들로 어린 나이에 엘리아스 백부의 집에서 백부의 사랑을 듬뿍 받으며 성장한다. 다섯 개의 오렌지 씨앗이 든 편지를 받고 숙부와 아버지가 모두 죽자 백부와 아버지로부터 상속받은 재산을 소유하기가 두렵다. 아버지의 죽음 후 호샴 저택에서 평화로운 나날을 보내던 어느 날, 다섯 개의 오렌지 씨앗이 든 편지가 날아든다. 공포에 쌓인 그는 홈스에게 도움을 요청한다.

　이 사건은 1891년 11월에 〈스트랜드 매거진〉에 발표되었고 《셜록 홈스의 모험》 편에 수록되어 있는 이야기이다.

　이 사건에 등장하는 'KKK'라는 조직은 실제로 남북전쟁(1861~1865) 후 흑인들을 정치세력화한 공화당 급진파들의 연방의회 장악에 반발한 남부 백인들이 1866년 급진적 지하 저항세력을 결성, 철저한 위계질서 준수와 준(準)종교적 의식을 올리고 얼굴을 흰 두건으로 가린 채 흑인과 흑인해방에 동조하는 백인들에게 끔찍한 테러를 자행한 집단이다. 죽음에 대한 경고로 이 사건에서는 오렌지 씨앗을 보냈는데 실제로 멜론 씨앗, 참나무 어린 가지 등을 사용하기도 했다. 1870년 무렵 미연방법 제정으로 KKK단은 형식적으로 해체되었으나 1915년 조지아 주(州)에서 백인 지배 원리를 내세우면서 인종적·종교적·민족적 소수집단 모두를 적대시하는 활동을 재개했고, 그 후 1960년대에 흑인과 자유주의자들의 민권운동이 활발해진 데 대한 반동으로 미국 각지에서 산발적으로 재등장했다. 현재는 그 활동이 미미하며 규모도 점차 줄어들고 있다.

인도에서 온 편지

1887년은 홈스에게 잊을 수 없는 해라고 해도 과언이 아닐 것이다. 파라돌 챔버 사건, 아마추어 걸인협회 사건, 소피 앤더슨 호 실종 사건, 우파 섬에서의 모험 등 기괴하고 굵직굵직한 사건이 연달아 일어났기 때문이다. 내 기록에 따르면 이외에도 많은 사건이 있었지만, 캠버웰 독극물 사건만큼 홈스의 추리와 탐정으로서의 능력이 돋보인 사건은 없었다. 하지만 지금부터 할 이야기의 기괴함에 비하면 그 사건도 어쩌면 싱겁다고 느낄지도 모르겠다.

때는 9월 하순의 어느 날이었다. 런던은 하루 종일 심한 폭풍우에 시달리고 있었다. 아침부터 시작된 바람은 온종일 야수와 같이 울부짖으며 거리를 질주했고, 거센 빗줄기는 끊임없이 유리창을 두들겨 댔다. 밤이 되어서도 그 기세가 전혀 수그러들 줄 몰랐다. 아니, 더 거세지고 있었다. 우리는 거대한 자연의 힘 앞에 무력할 수밖에 없었다. 즐기던 산책도 하지 못한 채 난로 앞에 앉아 각자의 일에 빠져 있을 뿐이었다.

홈스가 몰두하고 있던 일은 그동안 맡았던 사건들의 기록에 색인을 다는 일이었다. 하지만 그다지 즐거운 표정은 아니었다. 무엇이고 치우고 정리하는 것을 싫어하는 그로서는 어쩌면 당연한 일이었을 것이다. 하지만 달리 할 일이 없었다. 할 일이 없기는 나도 마찬가지였다. 아내가 친정에 간 사이 베이커 가에 있는 홈스의 하숙집에서 며칠째 신세를 지고 있던 나는 병원에 출근도 못한 채 홈스 맞은편에 앉아 클라크 러셀의 해양 소설을 읽고 있었으니까. 한 가지 위안이라면 홈스와는 달리 책에 아주 열중하고 있었다는 것뿐이다. 책의 내용이 재미있기도 했지만 창밖에서 들려오는 폭풍우의 포효가 마치 내가 소설 속의 거친 바다 한가운데에 서 있는 듯한 착각에 빠지게 했기 때문이다.

그런데 문득 내 환상을 깨고 들려오는 소리가 있었다. 초인종 소리였다. 나는 고개를 들었다.

"홈스, 초인종이 울린 것 같지 않나? 이런 밤에 누굴까? 혹시 자네 친구가 오기로 되어 있나?"

"나한테 친구라고는 자네밖에 없다는 걸 잊었나?"

"그럼 사건을 부탁하러 온 사람인가?"

나는 밖에서 무슨 소리가 나는지 귀를 기울였지만 바람 소리 때문에 아무것도 들을 수 없었다.

"허드슨 부인의 손님일지도 모르지. 하지만 만약 의뢰인이라면 꽤 심각한 사건을 가져왔겠군. 그렇지 않고서야 이렇게 끔찍한 날에 찾아왔을 리 없을 테니 말이야."

그는 서류에서 눈을 떼지 않고 퉁명스럽게 말했다. 홈스의 예측이 어긋났다는 것은 곧 증명되었다. 우리 방문을 두드리는 소리가 났던 것이다.

"자네가 틀린 것 같군."

내가 웃으며 말하자 그는 어깨를 으쓱했다. 그리고 정리하던 서류를 치우고는 긴 팔을 뻗어 등잔을 집어 들었다. 나는 홈스가 손님을 맞기 위해 일어날 것이라 생각했다. 그러나 홈스는 그렇게 하지 않았다. 빈 의자가 잘 보이도록 등잔을 돌려놓은 것이 그가 한 일의 전부였다.

"들어오십시오."

방으로 들어온 손님은 스무 살이 갓 넘었음직한 앳된 청년이었다. 그의 머리는 비바람에 온통 헝클어져 있었지만 거리의 막노동꾼으로는 보이지 않았다. 희고 깨끗한 얼굴에 금테 안경을 끼고 있었는데, 어딘지 모르게 기품이 있어 보였다. 복장도 준수한 편이었다. 그러나 램프 불빛에 비친 청년의 얼굴은 몹시 창백했고, 두 눈에는 불안의 그림자가 서려 있었다. 그는 안경을 밀어 올리며 공손한 태도로 입을 열었다.

"먼저 죄송하단 말씀부터 드려야겠군요. 아늑한 두 분의 방에 난데없이 빗물을 떨어뜨리게 되었으니 말입니다. 밖의 날씨가 하도 험해서 본의 아니게 결례를 범하게 되었습니다."

그의 말처럼 그의 레인코트와 우산에서는 여전히 물이 뚝뚝 떨어지고 있었다. 그가 얼마나 고생을 하며 찾아왔을지 짐작이 갔다.

"괜찮습니다. 조금도 걱정하지 마십시오. 자, 우산과 레인코트를 이리 주십시오. 난로 옆에 걸어 두면 곧 마를 겁니다. 그리고 불 옆으로 가까이 와 발을 말리는 게 좋겠네요. 그런데 당신은 남서부 지역에서 오셨군요."

"네, 지금 서섹스 주의 호삼에서 오는 길……."

무심코 대답을 하던 청년은 깜짝 놀랐다.

"아니, 어떻게 그걸……."

"당신의 구두 끝에 묻은 점토와 석회질이 섞인 흙을 보고 알았습니다. 그런 흙은 그 지역에서만 나니까요."

"역시, 프렌더가스트 소령님 말씀대로군요."

청년은 감탄하듯 고개를 끄덕거렸다.

"프렌더가스트 소령이라……. 아, 생각이 납니다. 카드를 칠 때 속임수를 쓴다는 억울한 오해를 받으셨던 분 말씀이군요."

"그 일로 소령님께서는 아직도 홈스 씨께 감사하고 있으십니다."

"저런, 그 사건은 그렇게 감사를 받을 만한 일이 아니었습니다."

"또 소령님께서는 홈스 씨가 참여한 사건치고 해결 안 된 사건이 없다고도 하셨습니다."

"지나친 과찬이군요. 나 역시 완벽하지 않은 한 인간에 불과할 뿐입니다. 실패가 없을 수 없지요. 얼마 전에도 전직 배우였던 한 여성에게 깨끗이 당했답니다."

홈스는 씁쓸하게 웃었다. 보헤미아의 국왕을 쩔쩔매게 했던 아이린 애들러를 말하는 것이 분명했다.

"하지만 성공하신 사건에 비교하면 실패하신 건 얼마 안 되지 않으십니까?"

"딴은 그렇군요."

"아, 홈스 씨. 저는 정말이지 당신의 조언이 필요합니다."

그의 목소리는 애처롭기까지 했다.

"조언이야 쉬운 일이지요."

"그리고 부디 도와주십시오."

"도움은 말처럼 쉬운 것은 아닙니다. 의지와 상관없기도 하고 말

입니다."

나는 홈스가 이 청년의 청을 거절하려는 것은 아닌지 의심이 들었다. 그것은 청년도 마찬가지였다. 그러나 홈스는 빙그레 웃으며 손에 깍지를 끼었다. 그제야 나는 홈스가 장난을 쳤다는 걸 알았다. 그만큼 오늘 하루가 지겨웠던 것이다. 그래도 이 폭풍우를 뚫고 달려올 수밖에 없었던 가련한 청년을 놀리는 것은 옳지 않게 느껴졌다. 내가 인상을 쓰고 곱지 않은 시선을 보내자 홈스는 청년 모르게 한쪽 눈을 깜빡였다. 이제 그는 청년의 이야기를 진심으로 들을 준비가 되어 있었다.

"아무튼 이야기부터 들어볼까요."

청년은 잠시 당황하는 듯했다. 하지만 이내 차분하게 입을 열었다.

"아주 색다른 사건입니다."

"제가 다루는 사건치고 색다르지 않은 것이 없었지요. 그러니 마음 놓고 말씀하십시오."

"하지만 우리 집안에서 일어난 일만큼 이해하기 힘든 사건은 아마 없었을 겁니다. 아, 어디서부터 얘기를 시작해야 할지 모르겠군요."

"내 호기심을 자극하시는군요. 뭐, 좋습니다. 생각나는 대로 이야기하시면 됩니다. 의문 나는 것은 나중에 질문하도록 하죠. 그리고 그전에 성함부터 알려주시면 좋겠군요."

"죄송합니다. 경황이 없어서 인사도 드리지 못했군요. 제 이름은 존 오펜쇼입니다."

청년은 정중하게 인사를 한 후 의자를 당겨 불 가까이에 앉았다.

"간단히 말하자면 상속 문제지만 사실 이번 일은 저와는 무관합니다. 어쨌든 사건의 핵심을 분명히 이해하시도록 하기 위해서는 제 조부의 이야기부터 하는 게 좋을 것 같군요."

그는 젖은 머리를 쓸어 올리며 이야기를 시작했다.

"제 조부님은 서섹스 주에서도 꽤 이름이 알려진 지주셨습니다. 그분은 두 아드님을 두셨는데 엘리아스 백부님과 바로 제 아버님이십니다. 아버님은 젊은 시절 컨벤트리에서 작은 고무 공장을 운영하셨는데, 자전거가 발명되자 사업이 날로 번창했지요. 혹시 들어보셨는지 모르겠지만 오펜쇼 고무 타이어가 아버님 공장에서 생산된 것입니다. 아버님이 바로 그 타이어의 특허권자이셨지요. 이미 오래전에 비싼 값에 공장을 넘기고 은퇴하셨지만, 그쪽 업계에서 조셉 오펜스라고 하면 아직도 모르는 사람이 없을 정도입니다.

엘리아스 백부님은 젊은 나이에 신천지인 미국으로 건너가셨습니다. 남부인 플로리다에서 큰 농장을 운영해서 제법 큰 재산을 모으셨다고 합니다. 남북전쟁 때는 남군으로 저 유명한 잭슨 부대에 입대하셨고, 나중에는 후드 부대에 계셨는데, 거기서 전적을 인정받아 대령까지 승진하셨습니다. 그러나 백부님의 군 생활은 그리 오래가지 않았습니다. 1865년, 남군의 수령인 리 장군이 그랜트 장군이 이끄는 북군에 항복하면서 전쟁이 끝나 버렸던 겁니다. 백부님은 다시 남부의 농장으로 돌아가셨습니다. 백부님이 영국으로 돌아오신 것은 그로부터 4, 5년 후였는데 1869년인지 1870년인지는 저로서는 확실히 모릅니다만, 흑인들에게 시민권을 주자는 전쟁 후 미국 공화당의 정책을 참을 수가 없었다고 하시더군요.

어쨌든 백부님께선 서섹스 주 호샴에 땅을 사서 정착하셨습니다.

제가 기억하는 백부님은 워낙 술을 좋아하셔서 늘 취해 계셨고 술버릇 또한 고약하셨습니다. 또 성질도 급해서 화도 잘 내셨고, 말씨도 매우 거칠었습니다. 그 때문에 이웃과는 별로 좋은 관계가 아니셨습니다. 또 백부님도 그런 당신의 모습을 잘 알고 있으셔서 그랬는지 도무지 영지 밖으로 나가시는 법이 없었습니다. 사람을 만나는 것을 극도로 꺼리신 거죠. 아마 영지에 틀어박히신 후 런던에는 한 번도 가 보신 일이 없을 겁니다. 백부님이 저택을 나서는 일이라고 해야 고작 정원을 거니시거나 백부님 소유의 근처 목초지에 나가 운동하시는 게 전부였습니다. 심지어는 당신의 동생이신 제 아버님과도 거의 만나지 않으셨습니다. 의도적으로 멀리하셨다고 하는 게 맞을 겁니다.

제가 백부님을 처음 뵌 게 열두 살 때였다고 기억하고 있습니다. 1878년이었죠. 그때 백부님은 아버님께 저와 함께 살게 해 달라고 부탁하셨습니다. 그 후로 저는 백부님과 함께 살게 되었습니다. 가족과 이웃하고도 멀리하시는 괴팍한 분이셨지만 제게는 더없이 인자한 분이셨습니다. 무척 귀여워해주셨지요. 술에서 깨어 있을 때마다 백부님께서는 저와 체스를 두거나 주사위 놀이를 하는 것으로 소일하셨습니다. 그분의 낙이셨던 겁니다. 제가 나이가 들자 백부님께서는 당신의 대리인으로 사람들에게 소개하셨습니다. 그리고 제가 열여섯 살이 되었을 땐 사실상 그 저택 주인의 지위를 주셨지요. 열쇠란 열쇠는 모두 제게 있었기 때문에 백부님을 방해하지만 않는다면 제가 들어가지 못할 곳이 없었습니다. 또 무슨 일이든 할 수 있었습니다. 그런 저에게도 한 가지 금지되어 있는 것이 있었는데, 그건 다락방 출입이었지요. 그곳에는 제가 가지고 있는 그 어떤 열쇠로도 열 수 없는 특별한 자물쇠가 있었습니다. 어릴 때 백부님이 출타하신 틈을 타 열쇠 구멍을 통해 안을 들여다본 적도 있었지요. 하지만 안에는 낡은 트렁크와 잡동사니들이 잔뜩 쌓여 있을 뿐이었습니다. 그 후로는 더 이상 그곳에 관심을 갖지 않았습니다.

그러던 어느 날 외국 우표가 붙어 있는 편지가 배달되었습니다. 1883년 3월이었지요. 백부님께 편지가 오는 일은 없었기 때문에 분명히 기억하고 있습니다. 그분에게는 청구서 하나 오는 일이 없었거든요. 저는 아침 식사 중이시던 백부님께 그 편지를 가져갔습니다. 백부님은 편지를 받아 겉봉을 살피더니 알 수 없다는 듯 고개를 갸웃거리시더군요.

'인도? 퐁디셰리의 소인이라, 도대체 이게 뭐지?'

백부님은 낮게 중얼거리며 봉투를 뜯었습니다. 그런데 봉투 안에서 나온 것은 말라서 비틀어질 대로 비틀어진 오렌지 씨앗 다섯 개였습니다. 조심스럽지 못한 백부님의 손길에 그것들은 접시 위로 떨어졌습니다.

'아니, 그게 뭡니까? 누가 장난을 친 모양이네요.'

저는 터져 나오는 웃음을 참지 못하고 키드득 댔지요. 하지만 백부님의 얼굴을 본 순간 더 이상 웃음이 나오지 않았습니다. 백부님은 하얗게 질려서는 튀어나올 듯이 두 눈을 부릅뜬 채 덜덜 떨고 계셨던 겁니다. 식은땀까지 흘리면서 말입니다.

'백부님!'

저는 조심스럽게 그분을 불렀지요. 마치 기절이라도 한 게 아닌가 싶었거든요. 하지만 그분의 의식은 분명했습니다. 다음

순간 백부님은 제가 깜짝 놀랄 정도로 큰소리로 외치셨습니다.

'KKK!'

그분의 소리는 거의 비명에 가까웠습니다.

'내 죄야, 내 죄! 오, 이럴 수가……'

'그게 무슨 말씀이세요, 백부님. 죄라니요?'

백부님은 제 질문은 들리지도 않으시는 것 같았어요. 그저 힘없이 중얼거리셨습니다.

'드디어 올 것이 온 거야. 올 것이……'

'백부님, 왜 그러세요. 제발 정신 좀 차리세요. 도대체 무엇이 온단 말씀이세요?'

저까지 두려워지기 시작하더군요. 저는 백부님을 흔들며 소리쳤어요. 그러자 그분의 입에서 미처 예상하지 못했던 말이 튀어나왔습니다.

'죽음이다. 죽음이 닥쳐왔어.'

떨리는 목소리로 간신히 이렇게 말한 백부는 그대로 2층으로 올라가 버리셨습니다. 저는 어찌된 영문인지 알 수가 없어서 당황했습니다. 하지만 백부님을 공포로 몰아넣은 것이 편지였던 것은 의심할 여지가 없었지요. 그래서 편지를 살펴보기로 했습니다. 다행히 편지는 식탁 위에 있었습니다. 봉투 안에는 그 오렌지 씨앗 다섯 개가 전부였습니다. 어떤 쪽지나 편지도 없었지요. 그런데 봉투의 풀 붙이는 부분 바로 위에 'K'라는 글자 3개가 붉은 잉크로 쓰여 있더군요. 백부님이 'KKK'라고 소리치신 건 바로 그것을 보셨기 때문일 거라고 생각했습니다.

그 외에는 별 이상한 점이 없었습니다. 저는 백부님이 걱정되었습니다. 몹시 흥분하고 계셨으니까요. 저는 2층으로 올라갔습니다. 하지만 층계를 다 올라가기도 전에 백부님을 만나고 말았지요. 그분의 손에는 녹슨 열쇠와 작은 청동 궤짝이 들려 있더군요. 둘 다 처음 보는 것들이었습니다. 저는 직감적으로 그 열쇠가 다락방의 열쇠라는 것을 알았습니다. 또 청동 궤짝이 다락방에 있던 물건이었던 것은 두말할 것도 없었습니다.

백부님은 여전히 흥분해 계셨지만 아까처럼 두려움에 떠는 모습은 아니셨습니다. 오히려 화가 잔뜩 나 있는 사람 같았습니다.

'올 테면 와 보라지. 나도 가만히 앉아서 당하지만은 않을 거야!'

백부님은 입에 담지 못할 욕을 연신 해대셨지요. 그러다 저를 발견하셨는지 몇 가지 지시를 하셨습니다.

'존, 메리에게 일러서 오늘 내 방에 불을 피워 놓게 해라. 그리고 호샵 시의 포댐 변호사를 불러다오. 한시가 급하다.'

변호사가 온 건 몇 시간이나 흐른 뒤였습니다. 집사가 백부님이 저와 변호사에게 함께 올라오라고 하셨다고 전해 주더군요. 백부님의 방은 난로의 열기로 훈훈했습니다. 불이 활활 타오르고 있는 벽난로에는 많은 양의 종이를 태운 것처럼 검은 재가 수북이 쌓여 있었습니다. 그리고 벽난로 옆에는 오전에 보았던 청동 궤짝이 뚜껑이 열린 채로 놓여 있었습니다. 안은 텅 비어 있더군요. 그런데 제 눈을 사로잡는 것이 있었습니다. 그 뚜껑에 'KKK'라는 글자가 뚜렷이 새겨져 있었던 겁니다.

백부님은 어제보다 10년은 더 늙은 것 같은 얼굴로 의자에 힘없이 앉아 계셨습니다.

'존, 이제부터 유언을 하려고 하니 잘 들어다오. 포댐, 그럼 시작할까?'

저는 어리둥절해서 아무 말도 못하고 멍청하게 서 있었습니다.

'나는 나의 모든 재산을 내 동생, 조셉 오펜쇼에게 물려줄 것이다. 존, 언젠가는 이 재산이 네 것이 될 것이다. 내 재산이 너와 네 아버지를 위해 쓰인다면 더 바랄 것이 없겠구나. 하지만 한 가지 조건이 있다. 내가 죽은 뒤에 악마 같은 녀석이 나타나서 재산을 내놓으라고 너희를 괴롭힐지도 모른다. 만약 그런 일이 벌어지면 조금도 주저하지 말고 줘 버려야 한다. 약속해 줄 수 있겠지? 행운이 계속된다면 좋겠지만 나는 앞으로의 일을 장담할 수가 없구나. 어쨌든 이렇게밖에는 해줄 수 없어 유감이지만, 아무것도 묻지 않았으면 한다. 이해해다오. 자, 이제 포댐 씨가 가리키는 곳에 서명을 해라.'

저는 백부님의 말씀이 정확히 뭔지도 잘 모르면서 시키시는 대로 유언장에 서명을 했습니다."

죽음을 부르는 편지

청년은 입이 마르는지 침을 삼키느라 잠시 말을 멈췄다.

"저는 모든 것이 혼란스러웠습니다. 그것은 시간이 지나면서 점점 옅어지기는 했지만 완전히 털어 버릴 수는 없었습니다. 갑작스런 유언장이나 미래에 찾아올지도 모른다는 악당에 대해서도 그랬지만 무엇보다도 백부님의 변화가 저를 가장 불안하게 했습니다. 아까도 말씀드렸듯이 술을 좋아하시는 백부님이셨지만 언제나 술에 취해 있으셨던 것은 아니었습니다. 그런데 그 일이 있고 나서는 아침부터 술에 취해서는 하루 종일 방 안에만 틀어박혀 계셨지요. 그뿐이 아니었습니다. 방문을 걷어차는가 하면, 갑자기 권총을 들고 뛰쳐나가 정원이나 숲속을 정신없이 뛰어다니기도 하셨습니다. 그럴 때마다 백부님은 소리를 지르셨는데, 꼭 누군가에게 경고하는 것 같은 내용이었습니다."

"뭐라고 하셨는지 정확히 들으셨겠지요?"

홈스가 물었다.

"물론입니다. 워낙 큰소리로 떠드셨으니까요. 백부님은 남이 듣든 말든 아랑곳없이 '아무것도 두렵지 않아. 악마라고 해도 나를 어쩌지는 못할 거다. 아무도 나를 가두진 못해!'라고 하셨지요. 그때마다 총을 쏘아 대셨기 때문에 집안 사람 누구도 백부님을 말릴 생각조차 하지 못했습니다. 하지만 언제나 그렇게 광기 어린 행동을 하시는 것은 아니었습니다. 폭풍이 막 지나갔을 때처럼 숨소리도 내지 않고 조용히 방에 틀어박혀 계시기도 했습니다. 그럴 때마다 백부님은 세상에서 가장 끔찍한 공포와 대면한 사람처럼 두려움에 떠셨습니다. 그런 날은 아무리 추워도 마치 소나기라도 맞은 것처럼 온통 땀으로 젖어 계셨지요."

"백부님의 이상한 행동 때문에 저를 찾아온 것은 아니실 테지요?"

"그렇습니다. 그 후에 끔찍한 일이 벌어졌기 때문입니다."

"끔찍한 일이라면?"

"백부님께서 시체로 발견된 겁니다."

"저런……."

나는 깜짝 놀라 나도 모르게 안타까운 탄성을 지르고 말았다. 그러나 홈스는 표정 하나 변하지 않고 청년을 응시하고 있었다.

"어떻게 발견되셨는지 자세히 설명해 주십시오."

"네. 그날 밤에도 백부님은 잔뜩 취하셔서는 밖으로 나가셨습니다. 그것이 마지막이셨지요. 백부님의 시신은 정원 근처 연못에서 발견됐습니다. 녹색 거품이 둥둥 떠 있는 연못에 엎드려 계셨지요. 몸에 외상은 없었습니다. 또 연못은 깊이가 고작 60센티미터밖에 되지 않았기 때문에 익사했다고 보기엔 뭔가 석연찮은 구석이 있었습니다. 하지만 경찰에서는 자세히 조사해 보지도 않고 발작으로 인한 자살이라고 판정했습니다. 근래 백부님의 상태가 정상이 아니었다는 것이 그런 결과를 가져오게 한 것 같습니다."

"오펜쇼 씨는 그렇게 생각하지 않으시는군요."

청년은 잠시 놀라는 듯하더니 이내 고개를 끄덕였다.

"바로 그렇습니다. 저는 백부님께서 얼마나 삶에 애착이 많으셨는지 잘 알고 있습니다. 그토록 두려워하셨던 것도 다 살고 싶으셨기 때문이지 않겠습니까? 그런 분이 아무리 발작 때문이라고는 해도 자살을 하시다니, 생각할 수도 없는 일입니다. 제가 항의를 해 봤지만 소용없었습니다. 사건은 그것으로 종결되고 말았지요. 그리고 유언장대로 백부님 소유였던 토지와 1만 4천 파운드가량의 막대한 예금이 제 아버님에게 상속되었습니다."

"오펜쇼 씨."

홈스가 청년의 말을 막고 나섰다.

"말을 끊어서 미안합니다만, 내가 들어본 중에 가장 괴상한 사건이군요. 백부님이 편지를 받은 날과 돌아가신 날이 정확히 언제였습니까?"

"편지는 1883년 3월 10일에 왔습니다. 그리고 백부님이 돌아가신 날은 그로부터 7주 뒤인 5월 2일 밤이었습니다."

"알겠습니다. 계속하시지요."

"영지를 물려받은 후 제일 먼저 한 것은 다락방을 조사하는 것이었습니다. 아버님께 제가 부탁드렸지요. 물론 아까 말씀드렸던 청동 궤짝도 그곳에 있었습니다. 하지만 안은 텅텅 비어 있더군요. 편지가 온 날 백부님이 태워 버린 게 아마도 그 안에 있었던 것들이겠지요. 우리 부자가 청동 궤짝에서 발견한 것이라고는 뚜껑 안쪽에 쓰인 'KKK'라는 붉은 글씨와 '편지, 비망록, 영수증 및 수취 명부'라고 쓰인 종이였습니다. 다락방은 지저분하고 잡동사니가 쌓여 있었지만 별로 이상하다 싶은 건 없었습니다. 대부분 백부님의 미국 생활을 보여 주는 서류와 수첩이었습니다. 영국으로 오실 때 미국에서 가져오신 것이 분명했습니다. 개중에는 남북전쟁 기록도 있었는데, 백부님이 전쟁에서 얼마나 많은 공을 세우셨는지 알 수 있더군요."

"그 외에는 어떤 내용이 있었습니까?"

"전쟁이 끝난 후 남부의 재건 시기 것도 있었습니다. 대부분의 내용이 정치적인 것이었습니다. 그것으로 보아 백부님은 북부에서 파견된 정치가들에게 반감을 품고 있었던 모양입니다. 그들에게 반대하는 세력의 중추적인 역할을 하신 것 같더군요. 사실 백부님이 흑인을 싫어하신다는 사실도 그때 알게 된 겁니다.

어쨌든 편지나 백부님의 죽음을 설명할 만한 것은 아무것도 없었지요. 더 이상의 조사는 불가능하다고 생각했습니다. 게다가 평온한 나날이 계속되었기 때문에 어느 사이엔가 편지가 왔었다는 것마저도 거의 잊고 살게 되었습니다.

그러다 1884년 초에 아버님께서 그전 집을 정리하시고 호샴으로 완전히 이사를 오셨지요. 우리 부자의 생활은 백부님이 생전에 원하셨던 대로 지극히 평화로웠습니다. 그런데 일이 생긴 겁니다."

홈스는 날카롭게 청년을 쳐다보며 입을 굳게 다물고 있었다.

"때는 이듬해인 1885년 1월 4일 아침이었습니다. 우리 부자는 아침 식사를 마치고 집사가 가져온 우편물을 살피고 있었습니다. 그런데 별안간 아버님께서 소리를 치신 겁니다.

'아니!'

저는 제게 온 편지를 보고 있다가 깜짝 놀라서 아버님을 쳐다보았지요. 아버님은 한 손에 막 뜯은 봉투를 들고 계셨지요. 그리고 다른 손에는 놀랍게도 오렌지 씨앗 다섯 개가 들려 있었던 겁니다. 아버님은 당황하신 기색이 역력했습니다. 평소 아버님은 제가 편지 이야기를 할 때마다 터무니없는 소리라고 일축해 버리시곤 하셨는데 직접 눈으로 확인하자 두려우셨던 것 같습니다.

'존, 네가 말했던 편지도 이런 것이었니?'

아버님은 조금 더듬거리시기까지 하더군요. 놀라기는 저도 마찬가지였습니다. 그다음 제 눈에 들어온 것은 봉투 안쪽에 써 있는 붉은 글씨의 'KKK'라는 표시였습니다. 틀림없이 백부님이 받으셨던 그 편지와 동일한 것이었습니다. 가슴이 마구 뛰더군요. 그런데 그뿐이 아니었습니다.

'존, 정말 네 말대로구나. 그런데 이건 너한테 들은 적이 없는데?'

'네? 무슨……?'

아버님께서 내미시는 봉투에는 예의 'KKK' 글자 위에 무언가 써 있었던 겁니다.

서류를 정원의 해시계 위에 놓아두어라.

'이게 도대체 무슨 말이냐? 서류는 뭐고 해시계라니?'

'전에는 이런 글이 없었는데……. 해시계라면 정원에 있는 걸 말하겠지만 서류라면……, 글쎄요, 혹시 청동 궤짝에 있었던 것이 아닐까요?'

'그건 형님이 모두 태워 버렸다고 하지 않았니?'

'네, 그랬지요.'

아버님은 낙심한 듯하셨지만 그렇다고 두려워하시지는 않으셨습니다. 오히려 편지를 식탁 위에 아무렇게나 던져 버리셨지요.

'이 나라는 법과 질서를 소중히 여기는 문명국이야. 이따위 협박이 통할 거라고 생각하다니!'

아버님은 호기롭게 말씀하셨습니다. 저는 조심스럽게 소인을 살펴봤습니다. 편지는 스코틀랜드의 던디에서 온 것이었습니다.

'어쨌든 해시계니 서류니 하는 것은 나와는 관계없는 일이야. 설사 서류가 남아 있었다고 해도 이처럼 경우 없는 명령에 순순히 따를 생각 없다. 너도 무시해라.'

'하지만 아버님, 일단 경찰에 신고하는 게 좋을 것 같습니다.'

'그만둬라, 존. 누가 이따위 장난 편지에 관심이나 갖겠니. 비웃음이나 사지 않으면 다행이지. 공연한 일로 법석을 떨 필요는 없다.'

저는 백부님의 죽음이 생각나 불안하기만 했습니다. 하지만 아무리 애원을 해도 아버님의 결심은 변하지 않았습니다. 그만큼 완강하셨지요. 별수 없이 그대로 묻어 버릴 수밖에 없었습니다.

다행히 며칠 동안 평소와 다름없이 평화로웠습니다. 그리고 편지가 온 지 사흘째 되는 날, 아버님은 친구 분인 프리바디 소령을 만나시기 위해 외출을 하셨습니다. 그분은 포츠다운 힐의 요새에 있는 지휘관으로 아버님과는 오랫동안 교분을 유지하고 계셨지요. 저는 내심 기뻤습니다. 적어도 집보다는 안전할 거라고 생각했던 거지요. 하지만 그 생각이 잘못이었다는 것을 아는 데까지는 얼마 걸리지 않았습니다."

"그렇다면⋯⋯."

청년은 슬픈 표정으로 고개를 끄덕이더니 무겁게 다음 말을 이어나갔다.

"아버님이 떠나고 이틀째 되는 날, 프리바디 소령으로부터 요새로 오라는 전보가 왔습니다. 제가 요새로 갔을 때 아버님은 이미 의식이 없으셨습니다. 요새 근처에 있던 오래전에 폐쇄된 갱에 추락하셨다고 하더군요. 표지판도, 울타리도 없는 깊은 구덩이에서 두개골이 깨지는 큰 상처를 입으신 채 발견되셨다는 겁니다. 아버님은 끝내 의식을 회복하지 못하고 눈을 감고 마셨습니다. 경찰은 곧바로 단순 사고로 처리해 버리더군요. 사고가 난 게 밤늦은 시간이었던 데다가 그곳 지리를 잘 몰랐기 때문에 발생한 사고라는 게 그들의 의견이었지요.

저는 수긍할 수 없었습니다. 아버님처럼 신중하신 분이 그런 사고를 당하실 리 없었으니까요. 낯선 고장에서, 더구나 어두운 저녁에 그런 위험한 곳에 가실 리 없습니다. 그래서 저는 나름대로 사건을 조사하기로 했습니다.

아버님께서 사고를 당한 곳을 둘러봤고 목격자가 있는지도 알아봤습니다. 그러나 결과는 실패였습니다. 저녁 때 사고가 일어났기 때문인지 목격자가 한 사람도 없었던 겁니다. 또 사고 현장에는 싸움이 벌어진 흔적 따위도 없었습니다. 아니, 다른 사람의 발자국조차 보이지 않았습니다. 물론 아버님의 몸에도 폭행을 당한 흔적 같은 것은 전혀 없었습니다. 그러나 증거는 못 찾았지만 저는 사고사가 아니라는 것을 알았습니다. 백부님과 마찬가지로 어떤 음모에 휘말려 살해당하신 게 틀림없습니다. 어쨌든 아버님의 사건도 그렇게 아무 증거도 찾지 못한 채 종결되고 말았지요.

이렇게 해서 제가 유산의 다음 주인이 되었습니다. 두 분을 다 죽음으로 몰고 간 재산인지라 전혀 달갑지 않았습니다. 하지만 마음대로 처분할 수도 없었지요. 저는 너무 두려웠던 겁니다. 언젠가 닥칠 것이 분명한 그 불행한 그림자에 당당하게 대항할 배짱이 저에게는 없었습니다. 도망이라도 갈까 했지만 그것도 이내 포기하고 말았습니다. 어디로 도망치든 그 검은 마수를 따돌릴 수는 없을 거라는 데 생각이 미쳤거든요. 그냥 그 자리에서 기다려 보기로 했습니다.

하지만 생각처럼 불행은 금방 닥쳐오지 않더군요. 아버님이 불행하게 돌아가신 것이 1885년 1월이었으니까 무려 2년 8개월 동안은 아무 일도 없는 평온한 일상이 계속되었습니다. 저는 백부님과 아버님께서 물려주신 호샴의 저택에서 느긋한 생활을 즐기며 불행이 끝난 것은 아닌가 하는 생각을 하게 되었습니다. 그러다 보니 사는 것도 점점 활기를 되찾게 되었지요. 하지만 그건 저의 일방적인 바람일 뿐이었습니다. 드디어 제게도 그 불행한 검은 그림자가 모습을 드러낸 겁니다. 백부님과 아버님의 경우와 똑같은 형태로 말입니다."

색 바랜 파란색 종이

"오펜쇼 씨에게도 문제의 편지가 도착했다는 말씀이군요."

"홈스 씨 말씀대로입니다."

청년의 얼굴은 어두웠고 불안한 기색이 역력했다.

"그 편지를 가지고 오셨습니까?"

"물론 가지고 왔습니다. 여기……."

청년은 조끼 호주머니에서 구겨진 봉투 하나를 꺼내 들고는 탁자 위에서 탁탁 털었다. 그러자 봉투 속에서는 마를 대로 마른 다섯 개의 오렌지 씨앗이 힘없이 떨어졌다. 청년은 씨앗이 다 떨어진 것을 확인하고 봉투를 홈스에게 건네주었다.

"이게 바로 그 봉투입니다. 이번에는 런던 동부지구의 소인이 찍혀 있더군요. 안쪽에는 아버님께 배달된 것과 똑같은 내용의 글씨가 쓰여 있습니다."

그의 말처럼 풀칠을 하는 안쪽에는 'KKK'라는 붉은 글자가 선명하게 쓰여 있었다. 그리고 청년의 아버지인 조셉 오펜쇼에게 왔다는 편지처럼 '서류를 정원의 해시계 위에 놓아두어라'라고도 쓰여 있었다. 소인에는 어제 날짜가 찍혀 있었다.

"그 후에는?"

"아직 아무 일도 일어나지 않았습니다."

홈스는 조금 신경질적으로 고개를 흔들었다.

"아니, 내 말은 당신이 어떻게 했느냐는 겁니다."

청년은 조금 겁먹은 표정으로 힘없이 대답했다.

"아무것도……."

"아무것도 하지 않았단 말씀입니까?"

"그게……."

청년은 희고 가는 손으로 얼굴을 감싸더니 괴로운 듯 입을 열었다.

"사실은 전 어떻게 해야 좋을지 모르겠습니다. 마치 뱀에게 잡힌 채 죽음만을 기다리고 있는 개구리가 된 심정입니다. 그 편지가 시키는 대로 하고 싶지만 이미 서류도 없는 판에 뭘 어떻게 하겠습니까? 도망가고도 싶지만 그도 소용없는 짓이라는 건 이미 아버님을 통해서 증명되었고 말입니다. 악마에게 잡혀 있는 것만 같습니다. 제가 더 이상 제 목숨을 스스로 지킨다는 건 불가능하겠지요?"

"저런……."

홈스는 딱하다는 얼굴로 혀를 찼다.

"이보시오, 오펜쇼 씨. 그렇게 사기를 잃어서야 어떻게 문제를 해결하겠습니까? 지금은 행동할 때이지 절망하고 있을 때가 아닙니다. 그럴 시간이 없어요."

"하지만 경찰에서도 무시해 버린 지금 뭘 해야 할지……."

"경찰에 신고하셨단 말입니까?"

"네. 하지만 제 이야기를 듣자마자 비웃더군요. 백부님과 아버님의 죽음은 의심할 바 없이 명백한 사고사이니 재고의 여지가 없다면서 말입니다. 또 그 편지와 오렌지 씨앗은 그저 누군가의 장난일 뿐 사고와는 아무런 관계가 없다고 했습니다. 지극한 우연의 일치라는 겁니다. 심지어 그들은 제가 지나치게 예민한 거 아니냐면서 정신감정을 권하기까지 했습니다."

"어리석은 사람들 같으니라고!"

홈스는 주먹으로 무릎을 치며 분개했다.

"그래도 제가 재차 부탁하자 호위 경관 한 명을 제 집으로 보내 주더군요."

"그럼 지금 그 경관과 함께 오신 겁니까?"

"아닙니다. 그는 집을 지키고 있습니다. 그게 자신의 임무라고 하더군요."

홈스는 머리를 흔들며 외쳤다.

"이런, 지금 얼마나 위험한 일을 하신지 아십니까? 오펜쇼 씨, 어째서 이제야 오신 겁니까?"

청년은 마치 벌을 받는 아이처럼 어깨를 움츠린 채로 고개를 푹 숙였다.

"사실 당신에 대해서는 오늘 아침에야 들었습니다. 혼자서 괴로워만 하다가 프렌더가스트 소령님께 털어놓은 게 오늘 아침이었거든요. 그랬더니 소령님께서 당신을 소개해 주신 겁니다."

"음, 당신이 편지를 받은 지 벌써 이틀이 흘러 버렸습니다. 진작 행동을 했어야 했는데, 이거야 원……. 아무튼 지금이라도 재빨리 준비를 해야 합니다. 오펜쇼 씨, 그 밖에 다른 단서는 없나요? 이상하거나 마음에 걸리는 것이라도 좋습니다. 뭐든 말씀해 보십시오."

"그러지 않아도 상의드리고 싶은 것이 있어서 가지고 온 게 있습니다."

그는 외투 주머니에서 색이 바랜 파란색 종이를 꺼내 탁자 위에 올려놓았다.

"백부님이 서류를 태워 버린 날 백부님 방에서 발견한 겁니다. 벽난로의 재 속에 있었지요. 저는 청동 궤짝에 있던 것이 틀림없다고 생각합니다. 다른 것과 함께 불에 던져졌다가 재에 파묻히면서 다행히 타지 않았던 겁니다. 저는 이게 백부님께서 직접 쓰셨던 일지의 한 부분이라고 생각합니다. 오렌지 씨앗과 관련이 있을 것 같은 내용은 없습니다만, 도움이 되지 않을까 싶어서 여태껏 보관하고 있었지요."

홈스는 등불을 옮겨 종이가 잘 보이게 했다. 홈스와 나는 머리를 맞대고 유심히 살폈다.

"필체가 백부님의 것이라고 확신하십니까?"

"네, 분명히 백부님의 필체입니다. 어린 시절부터 백부님을 대신해서 집안의 대소사를 처리해 왔기 때문에 그분의 필체를 모를 리 없습니다."

탁자 위에 있는 종이는 가장자리가 들쑥날쑥한 것으로 보아 공책에서 찢어 낸 것이 틀림없었다. 맨 위에는 '1869년 3월'이라 적혀 있었고, 그 밑에는 간단하지만 수수께끼 같은 문구가 적혀 있었다.

> 4일 - 허드슨 도착. 강경한 자기주장.
>
> 7일 - 세인트오거스틴의 매컬리, 패러모어, 존 스웨인 등 3명에게 오
>   렌지 씨앗 발송
>
> 9일 - 맥컬리 해결.
>
> 10일 - 존 스웨인 해결.
>
> 12일 - 패러모어 방문. 문제 해결.

"잘 봤습니다."

홈스는 종이를 청년에게 돌려주었다.

"이것을 보니 생각했던 것보다 상황이 더 급하군요. 더 이상 토론만 하고 있을 시간이 없습니다. 당신은 지금 당장 호샵으로 돌아가십시오."

"네?"

청년은 당황한 듯 눈을 크게 뜨고 홈스를 바라보았다.

"돌아가자마자 내가 시키는 대로 해야만 합니다. 꼭 그렇게 해야만 합니다."

홈스는 청년에게 다짐을 받듯 목소리에 힘을 주며 말했다. 청년은 어리둥절한 표정으로 고개를 끄덕였다.

"뭐든 시키는 대로 하겠습니다. 말씀만 하십시오."

"오펜쇼 씨, 돌아가는 즉시 지금 보여 준 그 종이를 청동 궤짝에 넣으십시오. 그리고 백부가 이미 다른 서류를 다 태워 버려 이것밖에

남아 있지 않다는 내용의 편지를 써서 궤짝 안에 함께 넣으셔야 합니다. 오펜쇼 씨, 정성을 다해서 써야 합니다. 추호도 거짓이 없다는 것을 상대가 믿을 수 있게 말입니다. 그런 후에 범인들이 요구한 대로 청동 궤짝을 뜰에 있는 해시계 위에 놓으십시오."

"그것뿐입니까?"

"당신이 할 수 있는 일은 그것밖에 없습니다."

"네, 알겠습니다."

"그리고 노파심에서 하는 말입니다만, 행여라도 백부님이나 아버님의 복수를 하겠다는 생각은 하지 마십시오. 지금은 오로지 당신에게 닥친 위험을 피하는 데만 신경을 써야 합니다. 물론 집안 어른들을 잃은 비통함은 이해하지만 섣불리 나섰다가는 도리어 큰 화를 부를 수 있습니다. 복수는 합법적인 방법으로 해야 합니다. 이 수수께끼를 풀고 범인들을 체포하게 되면 자연적으로 복수가 되니 성급하게 나서서는 안 됩니다."

"명심하겠습니다. 그럼 전 이만 가 보겠습니다."

청년은 일어서서 레인코트를 입었다.

"홈스 씨, 정말 감사합니다. 당신 덕분에 희망이 생겼습니다. 여기 오기 전까지는 지옥문 앞에 서 있는 기분이었거든요. 아무튼 지시하신 대로 하겠습니다. 걱정 마십시오."

청년은 자신감에 넘쳐 있었다. 마치 모든 문제가 해결된 것 같은 표정이었다. 그러나 홈스의 얼굴은 아직 어두웠다.

"오펜쇼 씨, 아직 아무것도 해결된 것은 없습니다. 지금 당신에게는 시간이 얼마 없습니다. 조금도 지체해서는 안 됩니다. 물론 방심도 금물입니다. 위험이 아주 가까운 곳에 도달해 있을 테니 말입니다."

"네."

"아무쪼록 조심하십시오. 아, 기차를 타고 가실 겁니까?"

"네, 워털루 역에서 타려고 합니다."

"좋습니다. 아직 9시 전이니 사람 왕래도 많을 테고, 그다지 위험하지는 않겠군요."

"혹시나 해서 권총을 가지고 왔습니다만……."

"그거 잘됐군요. 그래도 주의를 게을리하지 마십시오. 저는 내일 당장 수사를 시작하지요."

"그렇다면 호샴으로 오실 건가요?"

"아닙니다. 호샴에 갈 필요는 없습니다. 이 사건의 해답은 바로 여기, 런던에 있거든요. 저는 이곳에서 그 해답을 찾을 작정입니다."

"그렇군요. 그럼 저는 새로운 소식이 있으면 찾아뵙겠습니다. 잘 부탁드립니다."

존 오펜쇼는 힘찬 걸음으로 방을 나섰다.

'KKK'의 비밀

폭풍우는 여전히 맹위를 떨치고 있었다. 빗줄기는 더욱 거세게 창을 향해 돌진했고, 바람은 무서운 소리를 내며 골목을 누볐다. 창밖을 보고 있자니 아라비안나이트에나 나옴직한 괴상한 이야기가 폭풍우를 타고 날아왔다가 다시 폭풍우를 타고 사라진 것 같은 기분이 들었다. 그만큼 존 오펜쇼가 있었던 시간은 길지 않았던 것이다.

청년이 돌아간 후에도 홈스는 한동안 자리에서 움직이지 않았다. 활활 타오르고 있는 난로를 뚫어져라 응시하고 있었다. 그러다가 담배 파이프에 불을 붙이고는 의자에 깊숙이 몸을 기댔다. 그가 피워 대는 담배의 푸른 연기가 고리 모양으로 올라가고 있었다. 시간이 얼마나 흘렀을까? 마침내 홈스가 입을 열었다.

"왓슨, 이번 사건을 어떻게 생각하나?"

"글쎄, 잘은 모르겠지만 아무튼 괴상한 사건 같군."

"그래, 이렇게 괴이한 사건을 만난 것도 정말 오래간만이군."

홈스는 즐거운 듯 미소를 지어 보였다.

"그런 것 같군. '네 개의 서명'에 관계된 사건만큼이나 괴상한 것 같아."

"내 생각도 그래. 하지만 그때의 솔토 형제보다도 오펜쇼라는 청년이 한층 더 위험하다네."

홈스는 두 눈을 빛내며 말했다.

"정말로 범인이 오펜쇼 씨를 노리고 있는 것일까?"

"그건 두말할 것도 없이 분명하네."

"그럼 도대체 누가?"

홈스는 지그시 두 눈을 감았다. 그리고 손가락을 맞대고 깍지를 끼었다.

"왓슨, 탐정은 말이야, 가능성이 있는 하나의 사실을 알게 되었을 때 과거의 원인부터 미래의 결과뿐 아니라 연쇄되어 일어나는 일들까지 모두 추론해 내야 한다네. 프랑스의 동물학자인 퀴비에가 뼛조각 하나만 가지고도 동물 전체의 생김새를 생생하게 그려 냈듯이 사건의 한 부분만 가지고도 연결된 고리를 모두 알아내야만 하는 거야. 그러기 위해서는 이성이나 논리만으로는 불가능하네. 자신이 가지고 있는 지식을 전부 활용해야 하지. 그건 다시 말하면 탐정은 모든 것에 통달하고 있어야 한다는 말이야. 하지만 그것은 요즘같이 교육도 얼마든지 가능하고 백과사전도 넘치는 시대라고 해도 한 개인에게는 무리한 요구일 거네. 나 역시 아주 완벽하다고는 할 수 없지. 아, 내 지식의 범주라면 자네가 잘 알고 있겠군. 전에 분석해 놓은 것을 본 적이 있지? 아직도 가지고 있나?"

"이런, 어느새 들킨 모양이군. 자네 몰래 한다고 한 건데 말이야."

나는 약간 겸연쩍어서 얼굴을 붉혔다. 그것을 작성한 건 내가 홈스를 알게 된 지 얼마 되지 않았을 때였다. 그때 사건을 해결하면서 보여 준 그의 지식은 나를 놀라게 하기에 충분했다. 그도 그럴 것이 홈스는 어떤 분야에서건 막힘이 없었다. 단순히 해박하다는 말로는 표현되지 않을 정도로 대단했던 것이다. 마치 내 눈에는 그가 걸어 다니는 백과사전 같았다. 그래서 나는 몇 개로 분야를 나누어서 그의 지식뿐 아니라 능력들의 정도를 가늠해 봤던 것이다.

"지금 생각해도 특이한 기록이긴 하지. 아직 치우지 않았다면 여기 어디엔가 있을 텐데……."

나는 자리에서 일어나 책장을 뒤지기 시작했다. 결혼 전에 나는 그것을 책장 구석에 꽂아 두었던 것이다. 다행히 그것은 아직 그 자리에 있었다.

셜록 홈스의 분야별 수준 분석

지질학 : 80킬로미터 이내 지역의 흙은 모르는 게 없음. 옷이나 구두에 묻은 것만으로도 출신지를 파악.

화 학 : 해박함.

범죄학 : 조예가 깊음. 범죄 기록에 관해서는 걸어 다니는 사전.

해부학 : 비교적 자세하지만 체계적이지 않음.

법률학 : 변호사도 자문하러 올 정도.

식물학 : 평균 이상이기는 하나 편차가 심함.

예 술 : 바이올린은 수준급.

무 술 : 권투, 검도 외 호신술에도 탁월한 실력파.

철학, 천문학, 정치학 : 전혀 관심이 없음.

경제학 : 경제관념 전무. 비교적 많은 의뢰비에도 불구하고 아직도 싸구려 하숙집에 세 들어 살고 있음.

건 강 : 니코틴과 코카인 중독.

"경제관념 전무에 니코틴과 코카인 중독이라……, 비교적 정확한 분석이군."

홈스는 담배 파이프를 돌리며 키드득거렸다.

"그래, 나는 언제라도 꺼내 쓸 수 있으려면 모든 지식을 머릿속에 넣고 있어야 한다고 생각하네. 하지만 사람이란 아무리 노력해도 한계가 있기 마련이지. 특히 오늘 밤 사건과 같은 것을 수사하려면 내 머릿속에 있는 지식만으로는 어려운 것이 사실이야. 이런 경우 나는 백과사전을 사용한다네. 이 얼마나 멋진 문명의 이기인가 말이야. 내가 자네에게 평균 이하의 점수를 받은 분야가 바로 백과사전만으로도 충분한 분야인 거지. 굳이 용량이 한계에 달한 머리에 쑤셔 넣을 일이 뭔가! 아무튼 이번 사건도 백과사전이 필요하다네. 자네 기왕 책장 앞에 서 있으니 선반의 백과사전에서 'K' 항목 부분을 찾아 주겠나?"

나는 백과사전을 꺼내어 'K' 부분을 펼친 채 탁자 위에 놓았다. 그러나 홈스는 백과사전은 거들떠보지도 않았다.

"왓슨, 존 오펜쇼라는 청년의 백부라는 사람이 왜 영국으로 돌아왔을 것 같나?"

"향수병 아니겠나? 나이가 들면 고향이 그리워지는 법이니까 말이야.”

"그럴지도 모르지. 하지만 그 나이에 오랜 습관을 바꾼다는 것은 좀처럼 쉬운 일이 아니라네. 더구나 노인들에게 더할 나위 없이 매력적인 기후인 플로리다에서의 생활과 이 춥고 음산한 영국의 외로운 생활을 단순히 향수병 때문에 맞교환했다는 건 아무래도 이해가 되지 않는군.”

"딴은 그렇겠군.”

"분명 엘리아스 오펜쇼에게는 돌아올 수밖에 없는 이유가 있었을 거야. 아까 청년은 자신의 백부가 남북전쟁 후에 정치 활동을 한 것 같다고 했어. 그가 남부에서 농장을 한 것과 남군에서 군대 생활을 한 것으로 보면 그것은 사실일 거야. 무슨 이유에선가 그곳에서 생활을 더 이상 할 수 없었고, 결국 영국의 시골 한구석에서 숨어 지내게 된 거지. 그는 편지가 오기 전부터 무언가 두려워하고 있었네. 병적일 정도로 사람들을 피하고 집 안에서만 지냈다는 게 바로 그 증거지. 그렇다면 그를 그토록 두려움에 떨게 한 것은 과연 무엇이었을까? 그 문제의 답을 찾을 수 있는 단서라고는 고작해야 오펜쇼 집안에 보내진 편지가 전부라네. 왓슨, 세 통의 편지 소인이 어느 곳의 것이었는지 기억하고 있나?”

"맨 처음 온 것은 인도의 퐁디셰리였고, 두 번째는 스코틀랜드의 던디, 그리고 마지막 것이 런던의 동부지구였네.”

"그럼 이 세 지점의 공통점을 알 수 있겠나?”

"음, 모두 항구라는 것 말고는 글쎄, 잘 모르겠군. 범인들이 배를 타고 움직였던 걸까?”

"맞았네.”

"뭐라고?”

나는 깜짝 놀랐다. 알고서 한 말이 아니었기 때문이다.

"그들이 배를 타고 있다는 건 확실하네. 자, 그럼 이번에는 다른 각도에서 생각해 보세. 첫 번째 살인 사건은 인도에서 편지가 도착한 지 7주 만에 일어났어. 그리고 두 번째 살인은 편지가 배달된 지 사흘 뒤에 일어났지. 발신지는 스코틀랜드였고 말이야. 7주일 대 4일! 왜 살인이 일어난 시간이 달랐던 걸까?"

"음, 편지를 보낸 후 발신지에서 호샴까지 가는 시간 아니겠나?"

"자네 말대로라면 편지가 도착한 후 바로 사건이 일어났어야 하지 않겠나? 편지가 호샴에 도착하기 위해서도 시간은 필요하니 말이네."

"그렇군. 음, 난 더 이상은 모르겠네."

"아까도 말했지만 범인들은 배를 타고 이동했어. 하지만 사건이 일어날 때까지 소요된 시간을 고려한다면 그들이 탄 배는 범선이었던 거지."

"범선?"

"놈들은 희생자에게 사전에 경고 메시지를 담은 편지를 발송하고 항구를 출발했어. 아마 배달된 직후에 곧 실행하려고 생각했을지도 모르지. 어쨌든 요즘 우편물은 증기선으로 운반된다는 건 자네도 잘 알고 있을 걸세. 인도에서 영국까지가 아무리 멀다고 해도 증기선으로는 7주나 걸리지 않는다네. 하지만 범선이라면 상황은 다르지. 바람에 의지해서 가는 속력으로 증기선을 따라잡는다는 건 불가능한 일이었지. 결국 편지는 놈들이 예상한 것보다 훨씬 빨리 희생자의 손에 도착했던 거야. 그들이 가까스로 영국의 항구에 도착했을 때는 협박장이 대령에게 배달되고 나서 7주일이나 지난 뒤였고 말이야. 하지만 두 번째 편지가 온 스코틀랜드와 영국의 거리는 인도에 비하

면 얼마 안 되네. 이번에도 편지
는 증기선에 실렸지만, 거리가
가까웠기 때문에 그렇게 차이가
나지 않았어. 그러니까 나흘 뒤
에 실행할 수가 있었던 거야."

"아니, 홈스!"

나는 가슴이 덜컥 내려앉는
것 같았다.

"자네 추리대로 살인이 일어
난 게 놈들이 호샴에 도착했던
날이라면 이번 범행은 오늘이라
도 일어날 수 있다는 것 아닌가?"

나는 방금 돌아간 청년이 걱정되었다. 정말로 그를 노리고 있다
면 이 밤에 그를 혼자 보낸 것이 과연 잘한 일인지 의문이 들었던 것
이다.

"내가 아까 젊은 오펜쇼에게 조심하라고 한 것도 그 때문이었네.
편지를 바로 런던에서 부쳤으니 말이야. 우리에게는 시간이 별로 없
는 셈이지."

"지구의 반을 돌며 살인을 계획하다니, 지독한 놈들이군. 도대체
이유가 뭘까?"

"놈들이 원한 건 시종일관 서류였어. 분명히 첫 번째 희생자인 오
펜쇼 대령이 불태워 버렸다는 그 서류들일 거네. 놈들은 그것을 위해
서라면 다른 사람의 목숨쯤은 아무렇지 않게 해치우고 있어. 그만큼
서류의 내용이 중요하다는 거겠지. 하지만 문제는 놈들이 아직 그것
이 이미 세상에 존재하지 않는다는 것을 모르고 있다는 것이네."

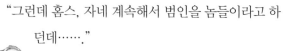

"그런데 홈스, 자네 계속해서 범인을 놈들이라고 하던데…….."

"범인은 한 명이 아니기 때문이네. 아무리 힘이 센 자라고 해도 검시관들을 모두 속일 정도로 단 한 번에 건장한 남자를 해치우기는 쉽지 않거든. 완벽하게 사고로 위장한 솜씨로 미루어본다면 범인은 족히 서너 명은 될 거야. 대단한 지략과 결단력을 갖춘 자들이고 말이네. 결국 'KKK'라고 하는 건 그들이 속한 집단의 약칭이지."

"정말 그런 집단이 있을까?"

"왓슨, 혹시…….."

홈스가 갑자기 내 쪽으로 몸을 내밀며 목소리를 낮추고 말했다.

"쿠 클럭스 클랜이라고 들어본 적 없나?"

"아니, 처음 듣는데…….."

홈스는 그제야 백과사전을 펼쳐 무언가를 찾았다.

"이거야!"

홈스는 내가 볼 수 있도록 내 쪽으로 백과사전을 밀어 놓더니 손가락으로 한 부분을 짚었다.

쿠 클럭스 클랜 Ku Klux Klan : 약칭은 KKK. 총의 노리쇠를 당길 때 나는 소리를 본떠서 지은 민간 주도의 극우 비밀결사 이름.

이 비밀결사는 남북전쟁 후 남군 출신의 일부 급진적인 재향 군인을 중심으로 결성된 단체로 결성되자마자 남부 여러 주에 지부가 설치되는 등 급속도로 세를 넓혀 나갔다. 특히 테네시, 루이지애나, 캐롤라이나,

조지아, 플로리다 주에서의 활동이 두드러졌다. 이들의 주된 활동은 정치적 행동 외에도 흑인 유권자 협박 및 정치적 신념에 반하는 자들을 폭행, 살해, 추방하는 것이었다.

이들에게 표적이 된 사람은 먼저 일반적으로 그 단체를 상징하는 형상이나 참나무 어린 가지, 멜론 씨앗, 또는 오렌지 씨앗 등을 받게 되는데, 이때는 과거의 신념을 공개적으로 부인하거나 자발적으로 국외로 도망치는 방법밖에 없었다. 만약 정면으로 대항하려 한다거나 아무런 조치도 취하지 않았을 경우에는 반드시 기이한 죽음을 맞이하게 되었다. 역사상 그들의 경고를 받고도 무사한 사람이 단 한 사람도 없다는 사실은 이 결사의 막강한 조직력과 체계적인 활동 방식을 엿보게 한다. 또한 조직의 보안이 철저했기 때문에 불법적이고도 잔인무도한 활동에도 불구하고 단 한 명의 조직원도 검거된 기록이 없다.

KKK는 미국 정부와 남부의 의식 있는 시민들의 노력에도 불구하고 여러 해 동안 맹위를 떨치며 사람들을 공포로 몰아넣다가 1869년 갑자기 역사에서 사라져 버렸다. 그러나 이와 비슷한 백인우월주의에 입각한 소수 급진 세력의 활동은 아직도 지속되고 있다.

내가 다 읽고 고개를 들자 홈스는 책을 덮으며 말했다.

"사전의 내용이 틀리지 않았다면 'KKK'가 해체된 시기와 오펜쇼 대령이 미국을 떠나 호샴에 숨어 지내기 시작한 시기가 거의 일치한다네. 이게 정말 우연의 일치일까?"

홈스는 내 대답을 기다리지 않고 말을 잇고 있었다.

"오펜쇼 대령이 전쟁 후 했다던 정치 활동이 바로 'KKK' 활동이었던 거야. 그리고 그가 미국에서부터 가지고 와 아무도 몰래 숨기고 있던 그 서류들은 그 단체와 관계된 것이었고 말이네. 아까 오펜쇼 청년이 보여 준 것도 'KKK'의 비밀 기록이었다는 것은 의심할 여지가 없어. 그 종이에 쓰여 있던 이름은 자세히 기억나지 않지만 세 사람에게 오렌지 씨앗을 보냈다고 했던 걸 자네도 기억할 거야. 그것은 두말할 것도 없이 'KKK'가 그들에게 경고장을 보냈다는 기록이었던 거네. 그런데 맨 마지막 사람에 비해 두 사람은 방문했다는 기록 없이 해결했다고만 되어 있더군. 왓슨, 이것은 말이야, 이 두 사람이 국외로 도망간 것을 말하는 거야. 다시 말해 방문해서 해결했다고 기록된 세 번째 사람은 죽임을 당했던 거네."

"오펜쇼 대령이 그렇게 애지중지했던 게 'KKK'의 범죄 기록이었던 거로군."

"모르긴 몰라도 미국 남부 유명인사들의 이름이 줄줄이 기록되어 있을 거야. 지금에 와서 자신의 이름이 세상에 발표되기라도 하면 여생을 감옥에서 보내야 할지도 모르는데 가만히 있을 수만은 없었겠지. 일이 이 지경이니 오펜쇼 일가가 연달아 죽임을 당한 것도 그다지 놀란 만한 일은 아니라네."

"그나저나 오펜쇼 씨는 무사하겠나?"

"내가 시키는 대로 실수 없이 했다면 불행한 일을 당하지는 않을 테니 걱정 말게. 어쨌든 이 괴상한 사건은 내일이면 그 실체를 드러낼 수밖에 없을 걸세. 하지만 오늘은 더 이상 할 일이 없군. 왓슨, 미안하지만 그 바이올린 좀 집어 주겠나? 연주나 하면서 잔인한 인간들 따위는 잊어버리고 싶군."

그날따라 홈스의 연주는 밤이 깊도록 계속되었다.

빗나간 예측

이튿날 아침이 되자 폭풍우가 그쳤다. 하지만 하늘에는 여전히 희뿌연 구름이 잔뜩 끼어 있었고, 간간이 햇살이 구름 사이로 얼굴을 내밀 뿐이었다. 그러나 그것만으로도 어제의 음침한 기분은 사라지는 듯했다.

옷을 갈아입고 거실로 나가자 홈스는 이미 아침 식사를 하고 있었다.

"잘 잤나, 왓슨? 먼저 식사를 해서 미안하네. 하지만 자네를 기다릴 시간이 없어서 말이야."

"일찍 나가려는 모양이군."

"그래. 오늘 안으로 해결하자면 서둘러야 하거든."

"어디에서부터 조사할 건가?"

내가 홈스 앞에 앉으며 물었다.

"일단은 런던부터 조사해야겠지. 그리고 그 결과에 따라서 호샴으로 가야 할지도 모르겠군. 참, 하녀에게 자네 식사도 가져오게 하게."

나는 초인종을 눌러 하녀를 불렀다. 나는 하녀에게 아침 식사와 커피를 부탁하고는 탁자 위에 놓여 있던 신문을 집어 들었다. 그런데 신문을 펼치자마자 1면에 낯익은 이름이 실려 가슴이 철렁 내려앉았다. 그동안의 불안이 현실이 되어 있었던 것이다.

"홈스, 큰일났네!"

나는 감정을 억제하지 못하고 흥분해서 소리쳤다.

"이미 늦어 버렸어. 어떻게 이런 일이……."

홈스는 재빨리 내가 들고 있던 신문을 낚아챘다. 기사는 '워털루 다리의 비극'이란 제목으로 1면 중간쯤에 실려 있었다.

어젯밤 H지구의 워털루 다리에서 익사 사고가 발생했다. 피해자는 호샴에 거주하는 존 오펜쇼라는 청년이었다. 사건 발생은 9시에서 10시 사이로 근처를 순찰하고 있던 쿡 경관이 발견했다. 그의 진술에 따르면 다리 위를 지나던 중 '사람 살려!'라는 비명소리와 함께 무언가가 물에 떨어지는 소리를 들었다고 했다. 쿡 경관이 지나던 행인들의 도움을 얻어 구조해 보려고 했으나 폭풍우로 인한 거센 물살과 칠흑 같은 어둠 때문에 끝내 구조에 실패하고 말았다. 경보를 듣고 출동한 수상 경찰과 증기선의 도움으로 마침내 조난자를 물 밖으로 끌어냈으나 이미 사망한 뒤였다. 피해자의 신원은 호주머니에서 나온 편지를 통해 밝혀졌는데, 경찰은 외상이 전혀 없는 것으로 보아 근처 워털루 역으로 가기 위해 서두르다가 어둠 속에서 실족한 것으로 추정하고 있다.
이는 평소 강변 선착장의 미흡한 안전시설이 가져온 불행이 아니라 할
수 없다. 이 사건을 계기로 당국은 선착장 안전시설 점검과 아울러 대
대적인 보수 계획을 발표했다.

긴 침묵이 이어졌다. 그의 얼굴에는 아무 표정도 나타나 있지 않
았지만 심하게 동요하고 있는 것은 분명했다.

"그렇지 않아도 오늘 아침 잠에서 깨어났을 때 불길한 예감이 들
었는데……."

마침내 입을 연 홈스의 목소리는 우울하기 짝이 없었다. 그는 곁
에서 보기가 안타까울 정도로 낙담하고 있었다.

"왓슨, 내 자존심이 완전히 상처를 입고 말았네. 개인적인 감정의
문제이긴 하지만 말이야. 멀리서 나를 찾아온 젊은이를 불귀의 객이
되게 하다니, 교활한 놈들! 사고를 당한 템스 강변은 이곳에서 워털
루 역으로 가는 직선로가 아니야. 그런데 오펜쇼는 왜 거기까지 가
서 사고를 당한 걸까? 아니, 놈들이 어떻게 그를 유인했느냐가 올바
른 질문이겠지. 더구나 그 시간이면 아무리 폭풍우가 치는 밤이라고
해도 행인이 있었을 텐데 어떻게 목격자가 없는 걸까?"

홈스의 목소리는 격앙되어 있었다. 그는 벌떡 일어나더니 신경질
적으로 손을 쥐어짜며 방 안을 분주하게 오갔다. 창백한 얼굴이 붉
게 달아오를 정도로 그는 흥분하고 있었다. 지금껏 난관에 부딪힌
홈스를 여러 번 보았지만 지금처럼 흥분하는 모습은 처음이었다. 나
는 조용히 앉아 내 친구가 어떤 결론에 도달하기를 기다렸다. 마침
내 그가 외쳤다.

"좋아, 내가 살아 있는 한 이 잔악한 자들을 반드시 잡아 보이겠네. 기필코 법의 심판을 받게 하고 말겠어."

그는 말을 마치자마자 모자를 집어 들었다.

"어디를 가려고 그러나? 경찰서로 갈 건가?"

"아니, 그들은 믿을 수 없어. 그들이 조금만 주의 깊었다면 세 사람이나 비극을 맞는 일은 없었을 걸세. 그리고 그들에게 가 봤자 단서가 있을 리 없어. 이번에는 내 스스로 경찰이 되어서 함정을 만들거네. 아무리 무능한 경찰이라도 함정에 빠진 쥐새끼들쯤은 붙잡을 수 있겠지."

홈스가 나간 후 나도 병원으로 가기 위해 서둘러 집을 나섰다. 그날따라 병원에는 환자가 많았다. 내가 베이커 가의 하숙집으로 다시 돌아온 것은 해가 저물고도 한참이 지났을 때였다. 그러나 그때까지도 홈스는 돌아와 있지 않았다. 나는 피곤한 몸을 의자에 파묻고 그가 돌아오기만 기다리다가 깜빡 잠이 들었다. 그러나 이내 문 열리는 소리에 정신이 번쩍 들었다. 홈스였다. 그는 몹시 지친 얼굴로 탁자 위에 있던 빵 덩어리를 집어서는 게걸스럽게 먹었다.

"아직도 저녁을 못 먹은 건가, 지금이 몇 시인데?"

시곗바늘은 막 밤 10시를 가리키고 있었다.

"아침 식사 이후로는 아무것도 먹은 게 없거든. 끼니를 찾아 먹을 생각도 하지 못했어. 그럴 여유도 없었지만……."

"그럼 뭘 좀 찾아낸 건가?"

"물론이야."

홈스는 물을 한 잔 들이키더니 그제야 만족스런 미소를 지었다.

"놈들은 이미 내 손 안에 있어. 오펜쇼 일가의 원한을 푸는 것도 시간문제일 뿐이라네."

"이제 어떻게 할 건가?"

"그 점이 재미있는 부분인데, 내가 범인들에게 그들이 한 것과 똑같이 죽음의 경고장을 보낼 작정이네."

"뭐? 그럼 범인이 누군지 알아냈단 말인가?"

홈스는 나를 향해 의미심장한 웃음을 지어 보이고는 선반에 있던 오렌지 하나를 쪼갠 다음 씨를 빼낸 후 그중에서 5개를 가려 봉투에 넣었다. 그러고는 붉은 잉크로 봉투 뒷면에는 'J. O의 대리 S. H', 겉면에는 '미국 조지아 주, 사바나 항, 범선 론 스타 호, 선장 제임스 컬훈'이라고 적었다.

"이 편지는 사바나 항에 먼저 도착해 있다가 놈들이 탄 범선 론 스타 호를 맞이할 걸세."

홈스는 개구쟁이처럼 키드득거렸다.

"이 편지를 보게 되면 아무리 사람 하나 죽이는 것쯤 눈 하나 깜짝하지 않는 냉혹한 놈이라고 해도 발 뻗고 잠을 자지는 못할걸. 오렌지 씨앗이 의미하는 게 무엇인지 누구보다도 잘 알 테니 말이야. 죽음의 예고장이 주는 공포를 스스로도 맛보게 되겠지."

"컬훈 선장이란 자가 범인인가?"

"한마디로 우두머리라네. 물론 다른 놈들도 잡을 거야. 하지만 그 전에 두목부터 잡아야겠지."

"그나저나 이자가 범인이라는 것은 어떻게 알았나?"

홈스는 무언가 잔뜩 적혀 있는 종이를 호주머니에서 꺼냈다.

"왓슨, 이것은 오늘 하루 식사도 거르며 로이드 선박협회의 기록과 낡은 신문을 뒤져서 알아낸 성과물이네. 바로 1883년 1월에서 2월에 걸쳐 퐁디셰리 항에 기항했던 모든 배들의 이름과 입항했던 날짜지. 이것을 보면 그 기간 동안 퐁디셰리 항에 기항한 외항선은 모두 36척 있었는데, 그중에 론 스타 호라는 이름이 내 주의를 끌더군. 왜냐하면 미국 배가 틀림없었기 때문이네."

"그걸 어떻게 알 수 있나?"

"텍사스 주의 상징 깃발은 별이 하나라네. 그래서 텍사스 주를 'Lone Star'라고 부르기도 하거든. 거기다 텍사스 주가 어딘가? 'KKK' 조직이 활동했던 미국의 남부가 아닌가. 게다가 그들은 런던을 향해 출항했더군. 엘리아스 오펜쇼가 죽은 날이 5월 2일이니까 시기적으로도 꼭 들어맞아."

홈스는 신이 나서 말을 계속했다.

"다음에는 스코틀랜드의 던디 항에 입항한 배를 조사해 봤지. 아니나 다를까 론 스타 호가 기항했더군. 때는 1885년 1월이었어."

"오펜쇼 청년의 아버지가 살해된 달이로군."

"맞았어. 그런데 그 배가 지금 런던에 정박 중이었던 거야."

"그럴 수가……!"

"지난주부터 계속 템스 강 앨버트 부두에 머물러 있었던 걸로 기록되어 있었네. 내 짐작이 확신으로 바뀌는 순간이었지. 나중에 알아본 바에 따르면 론 스타 호의 선원들은 선장과 두 사람의 항해사를 제외하고는 모두 핀란드와 독일인이었어. 물론 선장과 항해사들은 미국인이었지. 더구나 어젯밤 이 세 명의 미국인이 배에서 내렸다가 밤 11시가 넘어서야 돌아왔다는 거야. 이 정보를 알아내느라 부두의

하역 인부에게 1파운드나 줬다네."

"부두에 가 봤단 말인가? 그래, 놈들을 보았나?"

"유감스럽게도 그러지 못했어. 곧바로 앨버트 부두에 가 보았지만 이미 놈들은 오늘 아침 조류를 타고 템스 강을 따라 떠난 뒤였다네. 범인들은 목적을 이뤘기 때문에 더 이상 머무를 이유가 없었던 거지. 목적지는 사바나 항으로 되어 있더군. 강어귀에 있는 그레이브센드로 전문을 보냈더니 론 스타 호가 통과한 지 몇 시간 되었다는 답전이 왔어. 지금쯤 놈들은 굿윈스를 지나 와이트 섬 근처를 항해하고 있을 거야."

"놈들이 이미 떠나 버렸다면 어떻게 잡을 셈인가?"

"이미 손을 써 뒀네. 목적지인 사바나 항의 경찰에게 전문을 보냈거든. 세기의 살인자가 곧 도착할 거라고 말이야. 내가 보내는 이 협박 편지 역시 증기선을 타고 놈들보다 먼저 그곳에 도착해 있을 거네. 결국 놈들은 사바나 항에 도착하자마자 오렌지 씨앗이 든 이 편지를 받게 될 거야. 그리고 놀랄 사이도 없이 경찰이 건네는 쇠고랑을 차게 되겠지."

홈스는 자랑스럽게 편지를 흔들며 말했다.

이때만 해도 나는 모든 것이 예상대로 이루어질 것이라고 굳게 믿었다. 그러나 우리는 뜻하지 않은 상황에 직면해야만 했다. 사바나의 경찰로부터 범인들을 체포했다는 연락이 끝내 오지 않았던 것이다. 아니, 오펜쇼 일가의 살해 범들은 홈스가 보낸 오렌지 씨앗을 받아 보지도 못했다. 범인들이 그들 못지않게 영악한 인간이 자신들을 뒤쫓는다는 사실도, 자신들이 표적이 되었다는 사실도 끝내 모른 채 폭풍 속에서 실종되어 버린 것이다.

그 무렵 폭풍우는 전에 없이 강했고 오랫동안 지속되었다. 그 때문에 수많은 배가 바다 밑으로 가라앉았다. 론 스타 호도 그중 하나라는 소문이 돈 것도 무리는 아니었다. 선원 클럽에 갔던 홈스가 론 스타 호의 비극적인 소식을 가져온 날, 나와 홈스는 대자연의 힘 앞에 무력한 인간의 능력에 대해 생각하면서 멍하게 앉아만 있었다.

그 후 우리가 론 스타 호에 대해 들은 것이라고는 어떤 선원이 대서양 한복판에서 'L. S'라고 새겨진 선미 조각이 떠다니는 것을 보았다는 소식이 전부였다.

입술 비뚤어진 사나이

The Man with the Twisted Lip

네빌 세인트클레어

런던에서 사업을 하며 리 시에 행복하고 풍요로운 가정을 꾸리고 있는 30대 중반의 가장이다. 어느 날 사업차 런던에 갔다가 아편굴로 유명한 어퍼 스완덤 골목에서 부인에게 목격된 뒤 실종되었다. 경찰은 살인으로 인한 실종일 수 있다며 수사를 벌이지만 그의 행적은 묘연하기만 하다.

세인트클레어 부인

네빌 세인트클레어의 부인으로 금발의 아름다운 여성이다. 우연찮게 들어서게 된 어퍼 스완덤 골목의 아편굴에서 남편이 사라지는 것을 목격하고 홈스에게 사건을 의뢰한다. 남편이 실종된 후 그녀 앞으로 날아든 편지는 사건의 실마리를 제공하게 된다.

휴 분

은행이 몰려 있는 런던 스레드니들 가에서 구걸하는 걸인이다. 오렌지색 머리칼과 입술이 삐뚤어진 얼굴로 사람들의 동정을 받고 있다. 그가 살고 있는 어퍼 스완덤 골목의 아편굴 2층에서 네빌 세인트클레어가 실종되고 그의 유품이 발견되자 유력한 범인으로 지목을 받는다.

〈입술 비뚤어진 사나이〉는 1891년 12월에 〈스트랜드 매거진〉에 발표되었고, 후에 《셜록 홈스의 모험》편에 수록되었다.

홈스는 변장의 귀재다. 〈보헤미아의 스캔들〉에서는 마부와 개신교 목사로 변장해 활약했고, 〈죽어 가는 탐정〉에서는 열대 전염병으로 다 죽게 된 환자로 변장했다. 심지어 〈마자린의 보석〉에서는 노파로 변장하기도 했다. 이런 변장술은 이 작품 〈입술 비뚤어진 사나이〉에서도 유감없이 발휘된다.

한편 이 작품과 〈보헤미아의 스캔들〉은 각각 1888년 4월과 6월에 일어났는데, 모두 왓슨이 결혼해서 다른 곳에서 살고 있는 것으로 설정되어 있다. 그러나 왓슨이 결혼을 결심한 것은 〈네 개의 서명〉 사건 이후, 즉 1888년 9월이다. 즉, 시간적으로 오류를 범하고 있는 것이다. 또한 〈입술 비뚤어진 사나이〉 사건이 발생한 날이 1888년 6월 19일 금요일로 되어 있지만, 실제 그날은 수요일이었다.

아편중독자의 아내

나는 의사로서 비교적 평판이 좋았다. 치료를 잘한다고 소문이 나기도 했지만 그보다는 명탐정 홈스의 절친한 친구라는 것이 유명세에 한몫했다고 볼 수 있다. 어쨌든 내 병원은 개업하자마자 환자들로 넘쳐났다. 덕분에 나는 항상 온몸을 내리누르는 피곤에 휩싸일 수밖에 없었다.

상황이 이 지경이 되고 보니 친구인 홈스를 찾아가서 그의 흥미진진한 사건 이야기를 듣거나 함께 사건을 해결하는 일은 생각조차 하기 힘들었다. 물론 만나는 일도 거의 없었다. 아내와의 편안한 일상과 내 일에 불만이 있는 것은 아니었지만, 그래도 거리에 어둠이 내리고 의자에 앉아 기지개나 펴고 있노라면 홈스와 살던 때가 그리워지기도 했다. 홈스의 명쾌한 추리와 기괴한 사건들을 접하는 것은 일상생활에서는 결코 맛볼 수 없는 흥분이었기 때문이다.

그러나 막상 환자들이 찾아오지 않는 한가한 저녁이 되더라도 내가 베이커 가로 가는 일은 좀처럼 없었다. 그저 손가락 하나도 꼼짝하기 싫을 정도로 무거운 몸을 안락의자에 깊숙하게 파묻고 연신 하품을 해대다가 나도 모르게 꾸벅꾸벅 조는 것이 무엇과도 바꿀 수 없는 행복이 되어 있었던 것이다.

1889년 6월 어느 날 밤, 그날도 그랬다. 그날은 유난히 환자가 많았다. 그래서 저녁을 먹자마자 일찍부터 거실의 안락의자에서 졸고 있었고, 아내는 평소와 다름없이 내 곁에서 바느질을 하고 있었다. 평화로운 가정의 일상 바로 그것이었다. 그런데 갑자기 우리 집의 초인종이 요란하게 울렸다. 한참 졸음의 달콤함에 빠져 있던 나는 의자에서 벌떡 일어날 정도로 놀랐다. 그런 나를 쳐다보는 아내의 얼굴에는 웃음이 번졌다.

"당신 환자일 거예요. 아니면 이 밤중에 누가 찾아오겠어요?"

나는 좀 짜증스러웠다. 요즘같이 바쁜 나날들 속에서 유일하고도 소중한 내 개인 시간을 침해당하는 것은 그리 달가운 일이 아니었기 때문이다. 저절로 신음이 났다.

"그러지 마세요. 급할 때 당신을 찾는다는 것도 어찌 보면 고마운 일이잖아요. 제가 나가 볼 테니 당신은 잠부터 떨쳐 내세요."

내가 불편해하는 기색을 눈치 챈 아내는 바느질감을 한쪽으로 치우고 자리에서 일어났다. 이윽고 현관문이 열리는 소리가 들렸고 누군가의 흥분한 목소리가 들렸다. 나는 옷을 추스르고 자세를 반듯하게 했다. 몇 마디 이야기를 주고받는 소리가 들리는가 싶더니 이내 아내의 안내를 받으며 한 손님이 거실로 들어섰다.

"늦은 시간에 죄송합니다."

"아닙니다. 어서 오십시오, 휘트니 부인."

방문자는 케이트 휘트니였다. 그녀는 아내의 오랜 친구이자 학교 동창이었다. 나는 이 방문이 환자의 방문이 아니라는 것이 안도가 되면서도 한편으로는 차라리 환자가 오는 것이 낫겠다는 생각을 했다. 그것은 그녀가 시도 때도 없이 찾아와 그녀의 남편에 대한 걱정을 늘어놓는가 하면 때로는 울면서 자신의 신세를 하소연했기 때문이다. 사실 그녀의 남편 이사 휘트니는 아편중독자였다. 드 퀸시가 쓴《어느 영국인 아편중독자의 고백》이란 책을 읽고 그 몽환적인 세계에 대한 호기심으로 시작한 것이 이제는 더 이상 구제할 길 없을 정도로 아편의 노예가 되어 있었던 것이다. 그래서 친구는 물론이고 친지들도 그를 외면하고 있었다. 그렇다고는 해도 이렇게 늦은 시간에 남의 집을 방문하는 그녀의 태도는 도무지 마음에 들지 않았다.

"케이트, 이리 앉아. 진정 좀 하고!"

아내의 말처럼 그녀는 금방이라도 울음을 터뜨릴 것 같은 눈을 하고 있었다.

"오, 어쩌면 좋을지……. 늦은 시간인 줄은 알지만 찾아오지 않을 수가 없었어."

그녀는 내가 예상한 대로 흐느끼기 시작했다. 항상 그랬다. 슬프거나 어려운 일을 당한 사람들은 나방이 불빛을 향해 달려들 듯 아내에게로 왔던 것이다. 케이트 휘트니도 예외는 아니었다.

"무슨 소리야, 당연히 왔어야지. 잘 왔어. 포도주라도 한잔 하겠니? 마음 편히 하고……."

아내는 어린아이를 다독이듯 울고 있는 그녀의 등을 쓰다듬어 주며 상냥하게 말했다. 아내가 포도주를 가져오기 위해 일어서자 휘트니 부인은 아내의 손을 잡고 고개를 절레절레 흔들었다. 두 여인의 모습을 보고 있자니 내가 할 일이 없어 보였다. 그냥 있기도 민망했고, 내가 없어야 휘트니 부인이 이야기하기도 편할 것 같아서 자리를 피해 주기로 했다.

"그럼, 편히 말씀 나누십시오. 저는 이만 실례하겠습니다."

"아니에요, 왓슨 박사님. 제가 찾아온 건 박사님의 도움이 필요해서예요."

그녀는 급하게 나를 만류했다. 그리고 손수건으로 눈물을 닦은 후 크게 심호흡을 했다. 그때까지도 아내는 그녀의 한 손을 꼭 잡고 있었다. 나는 다시 앉을 수밖에 없었다. 그러고는 그녀가 진정하고 스스로 입을 열 때까지 기다렸다.

"왓슨 박사님, 박사님을 뵙는 것만으로도 마음이 놓이는군요."

"무슨 일이 있으셨습니까?"

내가 부드럽게 말하자 휘트니 부인은 짧은 한숨을 내쉬더니 말을 이었다.

"박사님, 남편이 이틀 동안이나 집에 돌아오지 않았어요. 어디에 쓰러져 있는 것은 아닌지, 정말 걱정이 돼서 미칠 지경입니다."

"그런 일이 있으셨군요."

그녀의 애타는 마음은 이해가 되었지만 나로서는 조금 맥 빠지는 대답이었다. 그런 일이라면 새삼스럽게 놀랄 만한 것도 아니었기 때문이다. 하지만 나로서는 그녀의 남편이 어디에 있을지 짐작조차 할 수 없었다.

"너무 걱정하지 마십시오, 부인. 무슨 일이야 있겠습니까?"

"아니에요. 물론 그이가 종종 아편을 피우기 위해 집을 나가기는 했지만, 길어도 한나절이면 돌아왔어요. 약에 취해 형편없는 몰골이기는 했지만 외박을 한다거나 하는 일은 결단코 한 번도 없었단 말이에요. 그런 그가 이틀째 돌아오지 않는다는 건 분명 무슨 일이 일어났다는 거예요. 아편의 독기로 정신이 없는 틈에 거리의 부랑자들에게 당해서 어딘가에 쓰러져 있는 것이라면 저는…….”

그녀는 말을 채 마치지도 못하고 흐느끼기 시작했다. 아내는 케이트에게 포도주를 한 잔 가져다주었다. 애처로운 그녀의 모습을 보고 있자니 내 마음도 편치만은 않았다.

“부인, 부군이 평소 아편을 하기 위해 가시는 곳이 어딘지 알고 계시나요?”

“네, 그이는 약이 필요할 때마다 구시가 동쪽 끝에 있는 아편 소굴에 가곤 해요. 어퍼 스완덤 골목에 있는 ‘골드 바’라는 곳이라고 하더군요.”

“어퍼 스완덤 골목이라면 대단히 위험한 곳이로군요.”

“혼자라도 가고 싶지만 도저히 용기가 나지 않네요. 어쩌면 좋을지……. 박사님, 정말 죄송하지만 그곳에 같이 가 주실 수는 없을까요? 제가 도움을 청할 수 있는 분은 오직 박사님뿐입니다.”

사실 그곳은 쓰레기와 불량배가 득시글거리는 부둣가로 대낮에도 마음 놓고 활보하기가 결코 쉽지 않은 곳이었다. 더욱이 젊은 여자 몸으로는 불가능하다는 편이 옳았다.

“제발 부탁드려요, 박사님.”

그녀가 재차 부탁을 했다. 아내 역시 말은 하지 않았지만 친구의 어려움을 해결해 주기를 바라는 눈치였다. 아내의 간절한 눈빛이 그것을 증명하고 있었다. 다만 내가 오늘 하루 얼마나 피곤했는지를 잘 알고 있기 때문에 직접 권하지 못할 뿐이었다. 나는 이 달갑지 않은 청을 들어 주리라 결심했다. 그녀들의 부탁이 아니라도 내게는 의사로서, 이사 휘트니의 주치의로서 해야 할 의무가 있었던 것이다.

"알겠습니다. 하지만 그곳에는 저 혼자 다녀오겠습니다. 이 야심한 밤에 부인께서 가신다는 것은 오히려 위험을 부를 수 있으니까요. 만에 하나 이사가 약에 취해 쓰러져 있다고 해도 데려오는 건 제 힘만으로도 가능하니 걱정하지 마십시오."

"오, 박사님. 지금 제가 얼마나 고마워하고 있는지 상상도 못하실 거예요."

"아닙니다, 부인. 이사는 제 환자이기도 하니 제게도 책임이 있습니다. 아무튼 너무 걱정하지 마십시오. 이사가 지금도 '골드 바'에 있기만 하다면 두 시간 안에 부인 앞에 데려다 놓을 수 있을 겁니다."

나는 아직도 눈물짓고 있는 케이트에게 가볍게 고개를 끄덕이고 자리에서 일어났다. 안락의자에 아쉬움이 남기는 했지만 두 여인의 간절한 눈빛과 내 직업에 대한 책임감이 더 강하게 내 마음을 움직였다.

낯익은 노인

10분 뒤 나는 이륜마차에 몸을 싣고 런던의 동쪽 끝을 향해 가고 있었다. 어퍼 스완덤 골목은 템스 강 북쪽에서부터 런던 다리 동쪽까지 이어지는 부두 뒤쪽에 자리하고 있는 음침한 곳이었다. 곳곳에 드럼통에 불을 피우고 옹기종기 모여 있는 부랑자들이 눈에 띄었다. 그들은 낯선 마차의 출현을 퀭한 눈빛으로 응시했다. 홈스와 함께 여러 사건을 다루며 갖가지 끔찍하고도 위험한 고비를 숱하게 넘긴 나였지만 골목과 사람들이 풍기는 분위기에 압도되는 것은 어쩔 수 없는 노릇이었다.

나는 곧장 '골드 바'를 찾아갔다. 그곳은 옷 가게와 술집 사이에 자리하고 있었는데, 입구가 마치 동굴의 그것과 같이 시커멓게 입을 벌리고 있었다. 불빛이 보이지 않는 것으로 보아 아편 소굴은 지하에 있는 듯했다. 나는 바로 앞에서 마차를 세웠다.

"다시 나올 테니 여기서 기다려 주게."

나는 마부의 약속을 받고 가파르고 군데군데가 움푹 파인 허름한 계단을 따라 아래로 내려갔다. 계단이 끝나는 곳에서 문이 하나 나타났다. 하지만 불빛이라고는 문 위에 매달려 있는 작은 기름등잔이 유일했기 때문에 나는 문고리를 찾기 위해 더듬거려야만 했다. 문을 열고 들어가자 제일 먼저 눈에 들어온 것은 어두운 실내를 가득 채우고 있는 갈색의 아편 연기였다. 잠시 문 앞에 서서 어둠에 눈이 익숙해질 때까지 기다렸다.

방 안은 천장이 낮았고 이민선의 삼등실같이 나무 침상이 줄지어 있었다. 그 침상 위에는 아편에 정신을 내맡긴 사람들이 여럿 있었다. 그들은 하나같이 생기 없는 눈동자를 하고 구부정한 자세로 앉아 있거나 마치 죽은 사람처럼 사지를 늘어뜨리고 누워 있었다. 그런 정신에도 인기척을 느꼈는지 아주 잠깐 동안 무거운 눈꺼풀을 들어 올려 나를 바라보다가 이내 다시 눈을 감고는 자신의 세계에 빠져 버렸다. 간간이 사람들 목소리도 들렸지만 그것은 대화라기보다는 혼잣말 같았다. 어둠 곳곳에서 빨갛고 작은 불빛이 나타났다가 사라지기를 반복하고 있었다.

방 맨 끝에는 불을 피워 놓은 작은 화로가 있었고, 그 옆 삼발이 의자에는 한 사람이 앉아 있었다. 그는 키가 크고 깡마른 노인이었는데 화로의 불빛을 뚫어져라 쳐다보고 있었다. 왠지 낯익은 인상이었지만 이 몽롱한 방 안의 공기 때문인지 생각이 나지 않았다. 그러나 나는 곧 기억 더듬는 일을 포기했다. 그에게만 집착하고 있을 수는 없었다.

내가 방으로 들어서자 어디서 나타났는지 말레이시아인으로 보이는 동양인 하나가 다가왔다. 그의 손에는 금속 파이프와 아편이 들려 있었다. 종업원인 듯했다.

"이쪽으로 오십시오. 빈자리로 안내해 드리겠습니다."

"고맙지만 사양하지. 사실 사람을 찾아온 것이거든. 여기에 이사 휘트니 씨라고 계실 텐데……."

그런데 내 말이 끝나기도 전에 누군가가 나를 불렀다.

"왓슨, 여기네."

그 목소리는 바로 내 오른쪽에서 들렸다. 어둠 속에서 누군가 나를 쳐다보며 힘없이 손을 흔들고 있었다. 자세히 들여다보니 이사가 확실했다. 그러나 그의 얼굴은 얼마 전에 보았을 때와는 비교도 안될 정도로 변해 있었다. 안색은 납빛처럼 창백했고 얼굴에 가죽만 남은 것같이 말라 있었다. 어엿한 귀족 집안의 자제라고는 생각되지 않을 만큼 엉망으로 흐트러진 몰골이었다. 그는 눈을 제대로 뜨기도 어려운 것 같았다.

"자네, 이게 무슨 꼴인가?"

나는 급히 그에게 다가가 상태를 살펴봤다. 그는 온몸의 신경이란 신경이 다 경련을 일으키는 지독한 약물 중독 상태였다.

"자, 어서 돌아가세, 이사. 부인이 얼마나 걱정하고 있는 줄 아나?"

그제야 그는 눈을 들어 나를 보았다.

"지금 몇 시나 됐나?"

그의 목소리에는 힘이 하나도 없었다.

"벌써 11시가 다 됐군. 조금 있으면 자정이네. 그리고 오늘은 6월

19일, 금요일이야."

"자네, 내가 정신없다고 놀리려는 모양이군. 여기 들어온 지 두세 시간밖에 되지 않았는데 무슨 금요일인가! 오늘은 수요일일 텐데……."

그는 신경질적으로 머리를 흔들었다

"이봐, 오늘은 금요일이 맞네. 자네는 이틀 동안이나 이곳에 있었단 말일세. 제발 정신 좀 차리게."

"아니야, 자네가 잘못 안 거야. 난 아직 파이프를 서너 대밖에 안 피웠단 말일세. 아니……, 그보다는 많이 피웠나? 아, 잘 모르겠군. 하여튼 집에는 가야겠군. 몸이 여간 힘든 게 아니라서 말이야. 혹시 마차를 타고 왔나?"

그는 아직도 잠에서 덜 깬 듯한 목소리로 중얼거리듯이 말했다.

"밖에 대기하고 있네."

"잘됐군. 자네 신세 좀 져야겠네. 그런데 여기 돈을 내야 하는데, 음……, 돈은 어디에 뒀더라. 여기에 둔 것 같은데……."

그는 주머니에 손을 넣으려 했지만 그조차도 마음대로 되지 않았다.

"됐네, 내가 지불하고 오겠네. 자네는 정신 좀 차리고 있게."

나는 그가 자리에 앉을 수 있도록 도와주고는 지배인을 찾기 위해 침상이 늘어서 있는 통로를 따라 안으로 걸어 들어갔다. 안쪽으로 들어갈수록 연기는 더욱 지독해졌다. 이러다가 나도 약에 취해 몸이 마비되는 것은 아닌가 싶을 정도였다. 결국 손수건으로 코와 입을 틀어막을 수밖에 없었다.

그런데 화롯가에 앉아 있는 노인 앞을 지날 때였다. 누군가가 내 바지 자락을 잡아끌었다. 나는 너무 놀라서 하마터면 소리를 지를 뻔했다. 나를 잡은 것은 바로 그 노인이었다. 노인은 낮지만 분명한 목소리로 말했다.

"조용히 하고 그대로 있게."

내가 바라봤지만 그는 미동도 없이 여전히 화롯불만 응시하고 있었다. 노인의 몸은 비쩍 마르고 구부정했다. 그의 주름투성이 얼굴에는 불빛이 어른거리고 있었고, 약에 취해 있는지 피우던 아편·파이프가 무릎 사이에 간신히 매달려 있었다. 노인이 내게만 얼굴이 보일 수 있도록 몸을 돌려 앉았다. 순간 나는 나도 모르게 두어 걸음 뒤로 물러났다. 나는 노인이 사람을 착각한 것이라 생각했지만, 제 정신이 아닌 사람이 어떻게 해코지를 할지 몰라서 두려웠던 것이다.

그러나 다음 순간 처음보다 더 놀라운 일이 벌어졌다. 노인의 몸이 꼿꼿하게 세워지고 주름이 펴지며 멍한 눈에 광채가 살아나더니 놀랍게도 내가 아는 사람으로 변했던 것이다. 그는 다름 아닌 홈스였다. 내가 눈을 동그랗게 뜨고 아무 말도 못하자 홈스는 재미있다는 듯 씩 하고 웃었다.

그는 파이프도 제대로 들고 있지 못하던 아까와는 달리 재빨리 손을 들어 내게 가까이 오라고 신호를 보냈다. 그러고는 순식간에 다시 약에 취한 아편중독자로 되돌아갔다.

"홈스, 정말 자넨가?"

나는 그에게 다가가 남들이 눈치 채지 못하게 속삭였다.

"더 작게 말하게. 난 귀가 아주 좋으니까 말이야."

홈스는 여전히 나는 쳐다보지 않고 말하고 있었다.

"자네 지금 여기서 뭐하고 있는 건가?"

"그 얘기는 자네의 아편쟁이 친구를 집으로 돌려보낸 다음에 해 주지. 물론 자네가 시간이 있다면 말이야."

"시간이야……."

나는 홈스의 이야기가 궁금했지만 이사가 걱정되었다. 홈스는 내가 무엇 때문에 망설이는지 분명히 안다는 투로 말했다.

"자네 친구는 걱정할 필요 없을 걸세. 아무리 못된 짓을 하고 싶어도 저 몸으로는 아무것도 하지 못할 테니 말이야."

그의 말처럼 이사는 아직도 정신을 차리지 못하고 축 늘어져 있었다.

"알았네. 저 친구를 보내고 오겠네. 밖에 마차가 있으니까 얼마 걸리지 않을 거야."

"아니, 다시 들어올 필요는 없네. 친구를 보낸 후 밖에 그대로 있게. 5분 후에 내가 나가지. 아, 그리고 자네 부인에게는 오늘 밤 나와 함께 보낼 거라는 편지를 써서 마부 편에 보내게."

홈스는 말을 마치고는 마치 모르는 사람처럼 나를 외면했다. 내가 홈스의 청을 거절한다는 것은 쉽지 않은 일이었다. 홈스의 행동에는 언제나 분명한 이유가 있었기 때문이다. 그런 그가 변장까지 하고 이 위험한 곳에 있었다는 것은 분명 예사롭지 않은 일이 있다는 것을 의미했다. 사건을 '존재의 의미'라고 생각하는 그와 함께하는 모험이라면 나로서는 절대로 거부할 수 없는 유혹이었다.

나는 서둘러 지배인에게 아편 값을 치르고 이사를 부축해 아편 소굴을 빠져나왔다. 마부의 도움으로 간신히 이사를 마차에 태우고는 수첩을 뜯어 이사의 집 주소와 아내에게 전할 편지를 각각 쓴 다음 그것을 마부에게 건네주었다.

"저분을 이 주소로 모셔다 드리게. 그리고 이 편지는 우리 집에 들러 내 아내에게 전해 주게."

마차 삯을 두둑하게 챙겨 주자 마부는 신이 나서 염려 말라고 큰 소리 치고는 이내 어둠 속을 달려 빠르게 사라져 갔다. 마침내 마차가 보이지 않을 때쯤 아편 소굴에서 한 사람이 나왔다. 홈스였다. 우리는 말없이 어깨를 나란히 하고 인기척이 드문 거리를 걸었다. 두 블록 정도를 구부정한 자세로 비틀거리며 걷던 그는 주위에 아무도 없는 것을 확인하곤 그제야 허리를 쭉 폈다.

"아, 허리야! 이 짓도 두 번은 못하겠군."

홈스는 허리를 몇 번 두들기고는 예의 큰 키로 우뚝 섰다.

"도대체 어떻게 된 건가, 홈스? 아까는 정말로 기절할 뻔했단 말일세."

그러자 홈스는 큰소리로 웃음을 터뜨렸다.

"놀란 건 나도 마찬가지야. 자네같이 반듯한 사람이 느닷없이 아편 소굴에 들이닥쳤으니까 말일세."

"나야 아까 그 친구를 데리러 간 것뿐이지만 자네는 변장까지 하고……."

"나는 적을 찾으러 왔네."

"적?"

예상한 대로였다. 적이라고 해서 놀라긴 했지만 사건이 있는 것이 틀림없었다. 순간 내 가슴이 뛰는 것이 느껴졌다.

"말하자면 나의 천적이라고나 할까? 음, 먹잇감이라고 하는 게 더 좋을까?"

홈스는 빙그레 웃었다.

"자네 사건을 맡은 모양이군."

"자네 말대로네. 중요한 사건을 조사 중인데 좀처럼 단서가 잡히지 않아서 말이야. 간혹 약에 취한 사람들이 두서없이 중얼거리는 말 속에 단서가 될 만한 것이 있기도 하거든. 전에도 사용해 봤는데 효과가 그만이었지."

"그런데 변장은 왜 한 건가?"

"전에 이 방법을 쓴 것 때문에 그곳의 주인이 나한테 원한을 가지고 있거든. 그 사람은 인도인인데 지독한 악당이라네. 만약에 변장을 하지 않았거나 내 정체가 탄로 나기라도 했다면 난 벌써 죽은 목숨이었을 거네."

"그런데 무슨 사건을 맡은 건가?"

"표면적으로는 실종 사건이네. 하지만……."

"하지만?"

홈스는 잠시 생각하는 것 같더니 이내 입을 열었다.

"그게, 음……. 그 아편 소굴 뒤에 부두로 바로 나갈 수 있는 창이 하나 있는데, 달이 없는 밤이면 그곳에서 있을 수도 없는, 아니 있어서도 안 되는 일이 벌어지거든."

"도대체 무슨 일이 있는데 그렇게 뜸을 들이나? 시체라도 나가나?"

"바로 맞혔네."

"뭐라고?"

내가 알고서 한 대답이 아니었다. 그저 홈스의 얼굴이 하도 심각해서 농담을 했을 뿐이었다. 홈스는 무심한 표정으로 말을 이어 나갔다.

"그 창은 템스 강 연안에서 제일가는 시체들의 문일 걸세. 템스 강에 던져 버리면 조수 때문에라도 시체를 찾기가 말처럼 쉬운 일이 아니지. 그 소굴에 들어갔다가 죽어 나간 불쌍한 인생들이 얼마나 되는지 자네는 상상도 하지 못할 거네. 아무튼 이번에는 네빌 세인트클레어라는 사람이 그곳에 갔는데, 그 후로는 아무도 본 사람이 없어. 자기 발로 나오지 못한 것 같아. 음, 여기에 마차가 있어야 하는데 어디 갔지?"

홈스는 좌우를 살피더니 양쪽 검지를 입에 넣고 휘파람을 불었다. 날카로운 휘파람 소리가 어둠을 뚫고 사방으로 퍼져 나갔다. 그러자 저쪽 어둠 속에서 누군가 휘파람으로 화답을 했다. 잠시 후 마차 한 대가 스르르 나타났다.

"오, 저기 오는군."

우리 앞에 나타난 것은 노란 등을 켠 이륜마차였다.

"존, 수고했네. 이젠 마차를 내게 맡기고 돌아가게. 그리고 내일 아침 11시까지 우리 집으로 와야 하네. 그리고 이건 약속한 반 크라운일세."

마부는 돈을 받아 들고 곧바로 어둠 속으로 총총히 사라졌다.

"어떤가, 나와 함께 가겠지?"

"물론이야. 이미 아내에게 편지도 보냈겠다. 내가 망설일 이유가 어디 있겠나. 자네만 좋다면 이런 일은 언제나 환영이네."

"역시 자네는 언제나 믿음직한 동지란 말이야. 모처럼 자네와 함께 수사를 하겠군."

홈스는 정말로 기분이 좋은 것 같았다.

"하지만 내가 무슨 도움이 되겠나? 사건에 대해서는 아무것도 모르는데……."

"일단 마차에 오르게. 가면서 조금 더 자세히 얘기해줌세. 그리고 미리 말해 두는데 잠자리 걱정은 하지 말게. 지금 묵고 있는 방의 침대가 2인용이니 말이야."

홈스는 마부의 자리에 올라앉았다. 나도 그 옆자리에 앉았다.

"베이커 가로 가는 게 아닌가?"

"시다스 저택으로 갈 거네."

"시다스 저택?"

"이번에 실종된 네빌 세인트클레어의 집이지. 이번 사건을 조사하면서 그곳에서 지내고 있네."

"처음 듣는데? 런던 시내가 아닌가 보군."

"그렇다네. 저택은 켄트 주의 리 시 근방이거든. 여기에서 한 11킬로미터 쯤 떨어진 곳이지."

말을 마친 홈스는 가볍게 채찍을 휘둘러 마차를 출발시켰다.

네빌 세인트클레어의 실종

마차는 빠른 속력으로 달렸다. 음산한 어퍼 스완덤 골목을 벗어나자 길이 넓어지는가 싶더니 어느새 마차는 난간이 있는 넓은 다리를 건너 런던 시내를 벗어나고 있었다. 어디선가 파티를 여는지 사람들의 노랫소리가 들려왔다. 두껍게 끼어 있는 구름 사이로 간간이 별이 반짝일 뿐 주위에는 아무런 불빛도 보이지 않았다. 그때까지 홈스는 아무 말도 하지 않았다. 그는 무슨 생각을 하는지 고개를 숙이고 마차만 몰았다. 나는 이 갑작스런 동행과 그가 맡았다는 사건, 그리고 지금 그가 무슨 생각을 하고 있는지 너무도 궁금했지만 차마 물어볼 수가 없었다. 그건 오랫동안 홈스와 함께 사건 현장을 돌아다니면서 얻은 내 경험의 결과였다. 묻는다고 해서 추리를 멈추고 친절하게 대답해 줄 홈스가 아니라는 걸 잘 알고 있기 때문이었다. 그렇다고 그가 내 존재를 아주 잊고 있는 것은 아니었다. 생각이 정리되면 묻지 않아도 자세히 얘기해 주는 홈스였다. 따라서 지금의 나로서는 기다리는 것만이 내가 할 수 있는 최선이었다.

얼마나 달렸을까? 주변에 불빛이 보이기 시작했다. 마차가 교외의 별장 지대로 접어들고 있었던 것이다. 그때 갑자기 홈스가 고개를 들더니 좌우로 흔들었다. 그러고는 파이프에 불을 붙였다. 생각의 결론이 난 듯했다.

"왓슨, 자네가 얼마나 멋진 동료인 줄 아나? 자네는 침묵의 소중함을 아는 사람이거든. 게다가 내 생각이라는 게 온통 사건에 관한 것이어서 그다지 즐겁지도 않고, 때때로 끔찍하기조차 하지. 그런데 그런 것까지도 마음 놓고 털어놓을 수 있는 동료가 있다니 얼마나 커다란 축복인가!"

"그렇게 생각해 주니 고맙군."

"오히려 내가 고맙네. 사실 오늘 밤 내가 오기만을 기다리고 있을 가엾은 부인에게 뭐라고 해야 할지 생각하고 있었거든. 아무튼 자네를 심심하게 한 것 같군."

"가엾은 부인이라면 사라졌다는 세인트클레어 씨의 부인을 말하는 건가?"

"그래. 이 사건은 얼핏 보면 지극히 단순한 실종 사건인데 수사는 아무런 진척 없이 제자리걸음만 하고 있네. 몇 가지 단서가 있기는 한데 이것들을 한데 꿰맞추기가 여간 어려운 게 아니야. 세인트클레어 씨가 아까 그 아편 소굴에서 증발해 버린 것은 분명한데……, 음. 이번 사건이 아니더라도 그곳은 수상하기 짝이 없는 곳이야."

"처음부터 차근차근 얘기해 줄 수 없겠나?"

"아, 미안하네. 자네가 아직 이 사건에 대해 자세히 모른다는 걸 잊었군. 그래, 운이 좋으면 자네가 사건의 실마리를 풀지도 모르지."

홈스는 빙그레 웃으며 말을 이었다.

"사건 자체는 간단해. 하지만 먼저 네빌 세인트클레어라는 사람에 대한 설명이 있어야겠지. 그는 서른일곱 살로 4년 전, 그러니까 1884년 5월에 리 시로 이사를 왔네. 돈이 많았는지 저택을 구입해서는 근사한 정원을 꾸미고 파티도 하면서 여유로운 생활을 했다더군. 1887년에 양조업자의 아름다운 딸과 결혼했고, 지금은 두 아이까지 두고 있어. 그는 특정한 직업이 있는 것은 아니었지만 몇몇 회사에 관여하고 있어서 아침마다 시내로 갔다가 캐논가에서 출발하는 5시 14분 기차로 매일 같은 시간에 귀가했다더군. 듣기로는 성격이 매우 좋았던 것 같아. 내가 조사한 바로는 그를 아는 사람치고 그를 칭찬하지 않는 사람이 없었거든. 좋은 남편에 자상한 아버지였고, 선량한 이웃이기까지 했던 거지."

"그런 사람이 뭐가 아쉬워서 아편을 했을까? 실제로는 재정이 안 좋았던 걸까?"

"그건 아니네. 부채가 있기는 하지만 고작 88파운드 10실링이거든. 캐피탈 앤드 카운티스 은행에 예금하고 있는 돈이 220파운드에 달하는 것으로 봐서는 큰 문제가 되는 금액은 아니지. 결국 돈 문제라고는 볼 수 없어. 그리고 나는 그가 아편을 했다고는 말하지 않았네."

"그가 사라진 곳이 '골드 바'라고 하지 않았나? 멀쩡한 사람이 그런 곳에는 왜 간단 말인가?"

"아직 그 이유까지는 알아내지 못했지만 아편을 한 건 아냐. 아무튼 그가 사라진 건 지난 월요일이었네. 그날 아침까지만 해도 평소와 다름없었지. 이른 아침을 먹고 런던 시내로 간다며 집을 나섰어.

부인에게는 처리해야 할 중요한 일이 있다고 했다더군. 그리고 돌아올 때 장난감 블록을 사다 주겠다고 아이들과 약속을 했어. 그런데 그가 나가자마자 부인 앞으로 전보가 배달되었다네. 부인이 기다리고 있던 짐이 애버딘 기선회사에 보관되어 있으니 찾아가라는 내용이었어. 부인은 점심 식사 후에 부랴부랴 런던으로 갔지. 먼저 시내에서 일용품을 샀고, 그다음 기선회사가 있는 프레노스 가로 갔네."

"프레노스 가라고 했나?"

나는 깜짝 놀라서 되물었다.

"자네도 눈치 챈 것 같군. 그래, 프레노스 가는 문제의 '골드 바'가 있는 어퍼 스완담 골목과 연결되어 있지. 사건은 바로 거기에서부터 시작되었네."

창틀의 핏자국

홈스의 말은 잠시 끊겼다가 이어졌다.

"짐을 찾은 세인트클레어 부인은 기차 시간이 빠듯했기 때문에 위험하다는 것을 알면서도 어퍼 스완담 골목을 가로질러 갈 수밖에 없었다네. 그때가 4시 30분이었다더군. 자네도 기억하고 있겠지만 지난 월요일은 굉장히 무더운 날이었어. 그래서 무거운 짐까지 들고 그 거리를 지나가기가 부인에게는 여간 버거운 게 아니었지. 물론 그 무시무시한 거리를 한시라도 빨리 벗어나고 싶기도 했을 거야. 아무튼 그녀는 부지런히 걸으면서 혹시 지나가는 마차가 있지 않은지 주의 깊게 살폈다네. 그러다 문득 고개를 들어 어떤 건물의 2층을 보았지."

나는 긴장해서 침을 꿀꺽 삼켰다.

"그런데 그녀가 본 것은 바로 자신의 남편, 세인트클레어 씨였네. 그가 거기 있다는 것도 놀라웠지만 정작 부인을 놀라게 한 것은 그의 창백한 얼굴이었지. 그녀의 말에 따르면 그는 완전히 겁에 질려서는 뭐라고 소리를 지르며 자신을 향해 손짓을 했다더군. 그녀는 너무 놀라서 소리도 못 지르고 자리에 우뚝 서고 말았어. 그런데 다음 순간 남편이 창에서 사라져 버렸던 거네. 마치 누군가가 뒤에서 억센 힘으로 잡아당긴 것처럼 말이야. 그런데 여자들이란 탐정 못지않게 예민한 구석이 있더군. 특히 급박한 순간에 발휘되곤 하는데 세인트 클레어 부인도 예외는 아니었어."

"그건 또 무슨 말인가?"

"남편을 아주 잠깐 본 것인데도 그의 옷차림을 분명하게 기억하고 있더군."

"옷차림이라니, 뭔가 이상한 점이라도 있었나?"

"그게 말이야, 셔츠도 넥타이도 없이 검은색 겉옷만 입고 있었다는 거야. 집을 나설 때의 점잖은 신사의 모습이 아니라 마치 미친 사람 같았다고 하더군. 아무튼 부인은 남편에게 무언가 좋지 않은 일이 벌어졌다는 걸 직감하고는 그 건물로 뛰어 들어갔다네."

"용감한 부인이군."

"그렇지. 하지만 그녀는 2층은 고사하고 계단을 오르지도 못했지. 문을 열고 들어가자마자 불량배인 듯한 사람들에 의해 밖으로 쫓겨 나고 말았거든."

"도대체 그곳이 어디기에 불량배가 현관을 지킨단 말인가?"

"그녀가 남편을 본 곳은 아까 우리가 만난 아편 소굴이 있는 건물 이었다네."

"아!"

나는 그제야 지금껏 했던 홈스의 이야기가 제자리를 찾아간 것 같았다.

"그녀를 내쫓은 건 아까 내게 이를 갈고 있다는 인도인이었고, 나

머지 하나는 그의 조수인 덴마크인이었지.”

“저런, 큰일 날 뻔했군. 그런 곳에 여자 혼자 몸으로 들어가다니……. 차라리 경찰에 신고했으면 좋았을걸.”

“부인도 그렇게 생각했네. 걷잡을 수 없는 의혹과 두려움에 쌓였지만 혼자서는 해결할 수 없다는 걸 부인도 알았던 거지. 그녀는 도움을 청하기 위해 미친 듯이 거리를 뛰어갔어. 그리고 프레노스 가 입구에서 마침 순찰을 하고 있던 경찰을 만났다네. 부인은 자초지종을 설명하며 도움을 청했고, 곧바로 경위 한 명, 경관 두 명과 함께 문제의 장소로 돌아왔지.”

“다행이군.”

“아니.”

홈스는 가볍게 머리를 좌우로 흔들며 단호하게 말했다.

“그게 그렇지가 않았어. 먼저 집주인이나 그 부하들의 저항이 만만치가 않았던 거지. 덕분에 시간이 많이 지체된 후 가까스로 경찰의 도움으로 2층에 올라갔지만 세인트클레어 씨의 모습은 이미 어디에도 없었어. 그곳에는 아무렇게나 뒹굴고 있는 쓰레기들과 추하게 생긴 앉은뱅이만 있었던 거야. 그 앉은뱅이는 자신은 오래전부터 그 건물 2층에 세 들어 살았고, 오늘은 오후 내내 집주인인 인도인 말고는 아무도 본 적이 없다면서 경찰의 방문에 거칠게 항의했다는군. 상황이 그쯤 되니 경찰도 사람을 잘못 본 것 아니냐며 부인에게 되물을 수밖에 없었네. 하지만 부인도 물러서지 않았어. 경찰들에게 자신이 분명히 보았다면서 집을 수색해 달라고 설득했지. 그런데 바로 그 순간 부인의 눈에 들어온 것이 있었어. 그녀는 소리를 지르며 탁자를 향해 미친 듯이 뛰어갔지. 그 위에는 전나무로 만든 작은 상자가 있었는데, 그 속에 남편이 사 오겠다고 약속한 장난감 블록이 들어 있었던 거야. 부인이 장난감 블록을 들고 울부짖자 여태껏 큰소리로 항의하던 자들의 얼굴에 당황하는 빛이 역력했네. 경찰들도 그제야 사건이 단순하지 않다는 것을 깨달았고, 2층 전체를 샅샅이 조사하기 시작했어.

가구라고 해야 몇 개 안 되는 싸구려가 전부인 2층 거실에는 각 방으로 가는 통로가 붙어 있었는데, 그 통로 끝에 눈에 잘 띄지 않는 곳에서 다른 방보다 작은 침실 하나를 발견했다네. 그 침실 안쪽에는 커튼이 있었고 그 뒤에 침대가 놓여 있었는데, 침대머리가 창문을 향해 있었지.”

“특이한 가구 배치로군.”

“특이한 건 그것뿐이 아니었다네. 그 창문은 부두의 끝과 거의 맞닿아 있었어. 그 사이에는 좁은 틈이 있었는데 평소에는 바닥이 드러나지만 만조만 되면 깊이가 1미터 30센티미터나 될 정도로 물이 들어온다고 하더군. 그런데 그 방에서 아주 중요한 단서가 발견되었다네.”

“단서?”

“바로 그 방 여기저기에서 핏자국이 발견된 거야.”

“그럴 수가…….”

“핏자국은 창틀에도 있었고 바닥에도 있었네. 그리고 더 놀라운 건 그 방에서 세인트클레어 씨의 옷가지며 소지품들이 쏟아져 나온 거야. 부츠, 양말, 모자, 시계, 셔츠, 넥타이……, 아침에 그가 하고 나갔던 모든 것이 바로 거기에 있었던 거네. 단, 겉옷만 빼고 말이야.

핏자국을 발견한 경찰은 눈에 불을 켜고 수색을 했지. 하지만 끝내 세인트클레어 씨를 찾을 수는 없었네."

"잠깐 사이에 어디로 사라진 건가?"

"세인트클레어 씨가 그 집을 나갔다면 그 창을 통해서였을 거야. 다른 통로는 없었으니 말일세. 그런데 창틀에 묻어 있는 핏자국을 보아서는 그가 스스로 도망간 것이라고 생각하기에는 무리가 있네. 왜냐하면 그 시간은 만조였거든. 상처 입은 몸으로 헤엄을 치려 했다는 건 상식적으로 이해가 되지 않아."

"그렇다면……."

"자네가 상상한 대로겠지."

나는 놀라서 입을 다물지 못했다. 그리고 이 기막힌 상황에 화가 나기 시작했다.

"벌건 대낮에 사람을 죽이다니……, 도대체 어떤 놈들인가?"

"한마디로 악당이지. 특히 주인인 인도인의 전력은 화려하기가 타의 추정을 불허할 걸세. 하지만 그자가 직접 범행을 저질렀다고 보기는 어렵네."

"그건 왜가?"

"부인이 창가에 서 있는 남편을 마지막으로 본 후 건물로 뛰어 들어가기까지는 불과 몇 초밖에 걸리지 않았어. 그런데 2층도 아닌 건물 입구에서 그녀를 제지한 것이 바로 그 인도인이었거든. 그러니 그가 직접 세인트클레어 씨에게 어떤 위해를 가할 수는 없었지. 실제로 그는 자기는 아무것도 모른다고 딱 잡아떼고 있어. 휴 분이 뭘 했는지도 모르고 관심도 없다는 거야. 자기는 그저 세를 주었을 뿐이라고 하더군. 하지만 그 말이 사실이든 아니든 이 사건과 무관하다고 볼 수는 없을 거네. 기껏해야 방조범이겠지만 말이야."

"휴 분? 그건 또 누군가?"

"그건 2층에 세 들어 산다던 그 앉은뱅이의 이름이라네."

나는 말없이 고개를 끄덕였다.

"아무래도 제일 의심이 가는 건 그자야. 줄곧 2층에 있었으니까 말일세. 세인트클레어 씨를 마지막으로 본 것은 분명히 그자일 거야. 아, 그래! 자네도 한번쯤 그자를 본 적이 있을지도 모르겠군."

"내가?"

홈스는 내가 놀라는 모습을 재미있다는 듯이 쳐다보았다.

수상한 앉은뱅이

"휴 분이라고 하는 자는 겉으로는 성냥 행상의 모습을 하고 있지만 사실은 걸인이라네. 게다가 한번 보면 절대로 잊기 어려울 만큼 얼굴이 흉해서 이름까지는 모른다 해도 얼굴을 모르는 사람은 런던에 거의 없을 거야."

"흉한 얼굴의 거지……? 그럼 혹시 은행이 몰려 있는 스레드니들 가에 있는 자 말인가?"

"왜 아니겠나?"

홈스는 그럴 줄 알았다는 듯이 고개를 끄덕이더니 말을 이었다.

"그자는 하루도 빠짐없이 무릎에 몇 개도 안 되는 알량한 성냥을 올려놓고 거리 모퉁이에 앉아 있다네. 성냥은 경찰의 단속을 피하려는 눈속임일 뿐 하루 종일 그가 하는 일이라고는 가련한 표정과 비참한 몰골로 앉아 있는 것이지. 그런데 사람들은 그 앞에 놓인 모자에 동전 던져 주는 것을 마다하지 않더군. 언젠가 한번은 호기심 때문에 그자를 유심히 관찰한 적이 있는데, 아주 잠깐 사이에 모자가 동전으로 가득 찼다네. 남의 이목만 두렵지 않다면 그만한 직업도 없을걸."

홈스는 스스로도 자신의 말이 우스운지 코웃음을 치며 키득댔다.

"하긴……. 나도 전에 그자를 본 적이 있는데, 그 몰골을 보면 동정하지 않을 수가 없겠더군."

"그래. 태어나서 한 번도 빗지 않았을 것 같은 그 부스스한 오렌지색 머리하며 화상으로 끔찍하게 일그러진 볼과 끝이 말려 올라가서 한쪽으로 심하게 비뚤어진 입술을 보면서 가련한 생각이 들지 않는다면 오히려 이상할 거네. 어디 그뿐인가? 그자는 앉은뱅이란 말이네. 그런 얼굴과 그런 몸으로는 정상적인 직업을 얻기가 어려울 거야. 그러니 사람들의 동정이 쏟아지는 것도 무리는 아니지. 게다가 그를 다른 걸인들에 비해 단연코 돋보이게 하는 건 불도그처럼 여러 겹으로 처진 턱과 날카로워 보이는 검은 눈동자, 그리고 그 어떤 조롱도 척척 받아 내는 재치라네."

"홈스, 하지만 자네 말처럼 그자는 불구가 아닌가? 그런 자가 어떻게 세인트클레어 씨를 해칠 수 있었겠나?"

나는 휴 분이 세인트클레어 씨를 마지막으로 보았을 거라는 홈스의 생각이 아주 틀렸다고는 생각하지 않았지만, 그가 범인일 수 있다는 생각에는 찬성할 수 없었다. 건강상 아무런 문제가 없는 서른일곱 살 건장한 사내가 몸 하나 가누기도 어려운 불구에게 당했다는 것은 아무래도 납득이 되지 않았던 것이다.

"왓슨, 자네도 잘 알겠지만 팔이나 다리가 부자유스러운 사람은 그 외에 다른 부분이 특별히 강해진다네. 게다가 분, 그자는 앉은뱅이라고는 하지만 다리를 절 뿐, 걸어 다니는 데는 그다지 지장이 없어. 기운도 제법 있을 만한 건장한 몸집이고 말이야. 다리가 약한 대신 완력만큼은 누구에게도 지지 않는다면 남자 하나쯤 어떻게 하는 게 그렇게 어려운 일은 아니지 않겠나?"

생각을 모처럼 말한 나로서는 맥이 빠졌다.

"그래, 그다음은 어떻게 됐나?"

"그 후에 작은 소동이 있었지. 창틀에 묻은 피를 본 세인트클레어 부인이 너무 놀라서 기절해 버린 거라네. 경찰은 그녀를 마차에 태워 집으로 돌려보내느라고 정신이 없었어. 그 때문에 아주 중요한 실수를 하고 말았다네. 바로 휴 분과 인도인을 내버려 둔 거야. 아주 잠깐이었지만 부인에게 정신을 빼앗긴 경찰들의 눈을 피해 그들은 얘기를 나눌 수가 있었던 거지. 어쨌든 나중에 모두를 체포해서 조사는 했지만 혐의를 입증할 만한 증거는 끝내 찾지 못했고, 결국 분을 제외한 다른 자들은 모두 풀려나고 말았다네."

"경찰도 그자를 제일 수상하게 생각했던 모양이로군."

"그럴 수밖에 없었지. 그자의 셔츠 소맷부리에 피가 묻어 있었거든."

"그거라면 범인이라는 확실한 증거 아닌가?"

"그게 그렇지가 않아. 그자는 그 피가 자신의 손가락 상처에서 나온 거라고 했거든. 실제로 그의 약손가락 손톱 근처에 제법 큰 상처가 있었어. 또 창틀의 핏자국도 자신이 밖을 내다보느라고 손을 짚었을 때 생긴 거라고 우겨 댔지."

"하지만 그자의 집에서 세인트클레어 씨의 옷이나 소지품이 나오지 않았나?"

"놈은 그것도 자신은 모르는 일이라고 했다네. 또 세인트클레어라는 사람은 알지도 못하고 보지도 못했다고 주장한 거야. 심지어 그 자는 부인에 대해서 정신이상이 아니냐고 되묻기까지 했다더군. 경찰로서는 그자의 뛰어난 말솜씨를 당해 낼 재간이 없었어. 경찰서로 끌려가면서도 내내 소리 지르고 발버둥치고, 아무튼 대단한 소동이 었다고 하더군."

홈스가 혀를 찼다.

"하여간 녀석이 결찰서로 연행된 뒤에도 이번 수사의 책임자인 바튼 경위는 남아서 조사를 계속했네. 바닷물이 어느새 썰물로 바뀌어 있었기 때문에 새로운 단서가 나타나지 않을까 해서 말이야."

"새로운 단서라면 세인트클레어 씨의 시체 말인가?"

"뭐, 딱히 그걸 바란 건 아니었지만……, 어쨌든 수확은 있었어."

나는 눈을 크게 뜨고 홈스의 말에 귀를 기울였다.

"마침내 물이 다 빠져 바닥이 보이자 경위가 옷 하나를 발견한 거야. 바로 세인트클레어 씨가 입고 있었던 겉옷이었어. 어째서 세인트클레어 씨에게서 벗겨진 것인지는 확실히 알 수 없지만 비교적 온전한 상태였다네."

"그거 이상하군. 어떻게 썰물에 휩쓸려 떠내려가지 않을 수 있었을까?"

"그 이유는 주머니에 있었다네."

나는 숨을 죽이고 홈스의 다음 말을 기다렸다.

"모든 주머니에 1페니와 반 페니짜리 동전이 가득 들어 있었던 거야. 나중에 꺼내서 세어 보니 1페니짜리 동전이 무려 421개였고, 반 페니짜리 동전도 270개나 되었다더군. 덕분에 겉옷은 조수에 떠내려가지 않고 물속에 가라앉아 있었던 거지."

"그럼 세인트클레어 씨는 어떻게 된 건가?"

"부두와 그 집 사이의 좁은 틈에는 밀물 때면 심한 소용돌이가 생긴다네. 그렇기 때문에 만약에 그자가 세인트클레어 씨를 창밖으로 던져 버렸다면 틀림없이 그 소용돌이에 휩쓸렸을 거고, 끝내는 물길을 따라 강으로 떠내려갔을 거야. 하지만 동전이 든 옷은 사람의 몸보다는 상대적으로 물에 닿는 면적이 작고 무겁기 때문에 바로 바닥에 가라앉았지."

"하지만 어째서 겉옷만 물속에서 발견된 걸까? 다른 옷들은 방에서 발견되었다고 하지 않았나?"

"음, 확실한 건 좀 더 알아봐야 하겠지만 추측을 해 보자면 이렇다네. 세인트클레어 씨가 창밖으로 던져지기 전에 무슨 이유에서인지 이미 옷을 벗고 있었을 거야. 그 때문에 휴 분은 세인트클레어 씨를 처리한 후 그의 옷을 치워야만 했네. 증거가 될 테니 말이야. 일단 창밖으로 던지려고 했지만 물 위에 둥둥 떠다닐 거라는 데 생각이 미쳤겠지. 그런데 마침 아래층에서 세인트클레어 부인이 2층으로 오기 위해 옥신각신하는 소리가 들렸던 거야. 조금 후에는 경찰이 들이닥쳤고 말이야. 그에게는 시간이 없었어. 옷을 가라앉히기 위해서는 무언가 무거운 것이 필요했지만 눈에 들어오는 것이 없었지. 결국 그가 선택한 것은 그동안 힘들게 구걸해서 모아 두었던 동전이었네. 그는 먼저 겉옷 주머니에 동전을 넣고 물에 던졌어. 다른 것들도 그렇게 하려고 했겠지. 하지만 경찰이 너무 빨리 도착하고 말았네. 그는 겨우 창문을 닫고 남은 옷가지들을 커튼 뒤에 숨기는 것밖에 할 수 없었던 거야."

홈스는 잠시 숨을 고른 후 계속 말했다.

"하지만 이건 어디까지나 가설일 뿐이네. 분은 오래전부터 거지 노릇을 하고 있었지만 나쁜 짓을 저지른 적 없이 비교적 조용하게 살

아온 모양이야. 아무튼 현재까지는 그
렇다네. 도대체 세인트클레어 씨가 아
편 소굴에는 왜 간 것인지, 거기서 무슨
일을 당했는지, 과연 살해된 것인지,
그리고 휴 분과는 어떤 관계인지, 이 모
두가 우리가 해결해야 하는 문제라네.
하지만 해답은 오리무중이야. 그래서
아편 소굴에 숨어들어 조사를 해 보는
수밖에 없었던 거네."

홈스는 길게 한숨을 내쉬었다. 내 친구의 얼굴이 심각하게 굳어
있었기 때문에 나는 더 이상 묻지 않았다.

홈스가 길고도 기이한 이야기를 서서히 풀어놓는 동안에도 마차
는 쉬지 않고 어둠을 뚫고 있었다. 울퉁불퉁한 시골길을 지났고 한
적한 들판을 달렸다. 그리고 마차는 이제 어느 작은 마을로 들어서
고 있었다.

"왓슨, 잠깐 사이에 우리는 세 개의 주를 거쳐 왔다네. 미들섹스
주에서 출발해 서레이 변두리를 지나고 여기 켄트 주까지 온 거야.
한밤의 여정치고 대단하지 않나? 아, 저기 불빛이 보이지? 저게 시
다스 저택이야. 그나저나 좀 난처한걸. 분명히 세인트클레어 부인이
잠도 자지 않고 나를 기다리고 있을 텐데……."

"그런데 자네는 왜 여기에 묵고 있는 건가? 그럴 필요까지 있는지
모르겠군."

"이곳에서도 조사가 필요했거든. 내가 조사하겠다고 하니까 부인
이 두말 않고 방 두 개를 내주었다네. 자네가 지내기에도 불편하지
않을 거야."

홈스는 어둠 속에 커다란 형체를 드러낸 저택 앞에 조용히 마차를 세웠다. 그러자 마구간에서 한 소년이 달려와 홈스에게서 말고삐를 건네받았다. 우리는 마차에서 내려 자갈이 깔린 마당을 가로질러 현관을 향해 걸었다. 집 앞에 거의 다다랐을 무렵 문이 활짝 열리며 작은 키의 금발 여인이 모습을 드러냈다. 목과 소매에 시폰으로 단을 댄 모슬린 드레스를 입은 그녀는 무언가를 찾는 듯한 간절한 눈빛이었다. 한눈에도 세인트클레어 부인임을 짐작할 수 있었다.

"다녀오셨군요, 홈스 선생님. 나가셨던 일은 잘되셨나요?"

그녀의 목소리는 다급했고 들떠 있었다. 그러나 홈스가 대답 대신 고개를 가로젓는 것을 보고는 실망의 빛을 감추지 못했다.

"아무……, 아무 소식도 없나요?"

"실망시켜 드려서 매우 죄송합니다. 아직까지 아무런 소식도 없군요. 하지만 부인, 그 대신 아주 믿음직스러운 분을 모셔 왔습니다. 이쪽은 왓슨 박사로 여러 사건에서 제게 큰 도움을 준 훌륭한 제 동료입니다. 이번에도 많은 도움이 될 겁니다."

"정말 잘 오셨습니다, 왓슨 박사님. 경황이 없어서 손님 대접이 소홀하더라도 이해해 주세요."

부인은 매우 반가워하며 내게 악수를 청했다.

"오히려 갑자기 찾아와서 폐가 되는 건 아닌지 모르겠습니다."

그러자 그녀는 부드럽게 웃으며 문을 활짝 열어 우리를 안으로 맞아들였다.

저승에서 온 편지

세인트클레어 부인은 우리를 식탁이 있는 방으로 안내했다. 식탁 위에는 차갑게 식힌 요리가 차려져 있었는데, 매우 정성이 깃든 것들이었고 맛도 좋았다. 부인이 얼마나 신경을 쓴 식탁인지 알 수 있었다.

"부인, 좋은 소식도 없지만 그렇다고 나쁜 소식이 있는 것도 아니니 그리 낙담하지 마십시오."

홈스가 이렇게 말하자 부인은 고개를 끄덕였다.

"네, 실망하지 않아요. 무엇보다도 이렇게 홈스 선생님께서 도와주고 계시니까요. 하지만 선생님 고생이 이마저만한 게 아니군요."

그녀는 진심으로 미안해했다.

"그러실 필요 없습니다. 저야 이것이 직업이니까요."

홈스는 천천히 홍차를 마셨다.

"홈스 선생님."

세인트클레어 부인은 잠시 망설이는 듯했다.

"몇 가지 묻고 싶은 게 있는데……, 분명히 말씀드리지만 결과가 어떻든 절대로 당황하지 않겠어요. 그러니 꼭 사실대로 말해 주세요."

홈스는 대답 대신 그녀를 빤히 쳐다보았다.

"지난번처럼 쓰러지거나 하는 일은 없을 거예요."

"알겠습니다, 부인."

그녀는 심호흡을 하고 마침내 결심한 듯 입을 열었다.

"그이가 아직 살아 있을까요?"

순간 홈스의 얼굴에 곤혹스러운 표정이 스쳤다. 부인 역시 그 표정을 본 듯했다. 들릴락말락 한 탄식이 그녀의 입에서 새어나왔다. 홈스는 식탁에서 일어나 고리버들로 만든 의자로 몸을 옮겼다. 그는 의자 깊숙이 등을 기댔다.

"선생님의 솔직한 대답을 듣고 싶습니다."

그녀는 의외로 침착했다.

"솔직히 말씀드리자면……."

"그이는 죽은 건가요?"

내 친구가 대답도 하기 전에 이미 부인의 얼굴은 창백하다 못해 파랗게 변해 있었다. 대답을 짐작하고 있는 듯했다.

"현재까지의 정황으로는……, 바로 그렇습니다만 확실한 것은 아닙니다."

부인은 잠시 눈을 감았다 떴다. 몸을 가누기 어려운 것처럼 보였다. 그러나 그녀는 이내 침착을 되찾고 다시 질문을 했다.

"그럼 살해당한 걸로 보시는 건가요?"

부인은 뚫어지도록 홈스를 쳐다보았다.

"조사가 더 필요하지만 그럴 가능성이 높습니다."

"살해되었다면 언제쯤이었을까요?"

"월요일일 겁니다. 부인께서 어퍼 스완덤 골목의 그 아편 소굴에서 부군의 모습을 보신 바로 그날이지요."

"월요일요?"

그녀의 목소리 톤이 높아졌다. 남편이 죽었을지도 모른다는 말을 들었을 때보다 더 놀라는 것 같았다.

"홈스 선생님, 그이가 살아 있을 때 편지를 보냈다면 오늘에야 도착할 리는 없겠지요?"

"그렇습니다. 화요일이나 늦어도 수요일에는 도착했을 겁니다. 보통 하루 이틀이면 도착하니까요."

"그럼 이게 어떻게 된 일일까요? 저승에서 편지를 보냈을 리도 없고……."

"편지라고 하셨습니까?"

"네, 오늘 그이가 쓴 편지가 배달되었어요."

"뭐라고요?"

홈스는 감전이라도 된 것처럼 자리에서 몸을 벌떡 일으켰다.

"선생님, 오늘은 금요일이에요. 그이가 정말 월요일에 죽었다면 편지가 어떻게 오늘 올 수 있겠어요. 그이는 죽지 않은 게 틀림없어요."

"음, 어디 한번 보여 주시겠습니까?"

"이거예요. 오후에 집배원이 가져왔지요."

부인은 한결 편안해진 표정으로 한 통의 편지를 홈스에게 건네주었다. 홈스는 편지를 등불이 놓여 있던 탁자 위에 펼쳐놓고 자세히 들여다보기 시작했다. 나도 홈스의 등 너머로 편지를 살펴보았다.

편지 봉투는 흔히 볼 수 있는 싸구려로 좀 구겨졌지만 소인을 알아

보지 못할 정도는 아니었다. 어퍼 스완딤 골목 근처인 그레이브센 드 소인이 찍혀 있었다. 그런데 소인의 날짜가 바로 오늘이었다.

"부인, 이 봉투에 주소를 쓴 글씨체가 부군이신 세인트클레어 씨의 것이 맞습니까?"

봉투에는 매우 거친 필체로 이 저택의 주소와 부인의 이름이 적혀 있었다.

"아니에요. 하지만 안의 편지는 분명히 남편이 쓴 거예요."

부인은 조금 전 남편이 죽었을지도 모른다는 이야기를 들었을 때와는 달리 생기가 있었다.

"봉투를 쓴 사람이 누군지는 모르겠지만 이 댁 주소를 몰랐던 모양이군요."

"그걸 어떻게 아시지요?"

부인이 고개를 갸웃거리며 물었다.

"이것 보십시오. 주소는 글자색이 희미하지요? 이건 압지를 사용해서 번지는 것을 방지했다는 증거지요. 그런데 이름 부분은 잉크 색깔이 진합니다. 그대로 말랐던 거지요. 만약에 이름과 주소를 단번에 쓰고 압지로 눌렀다면 이름만 진하게 될 리 없습니다. 모두 회색이어야 하겠지요. 따라서 이 겉봉을 쓴 사람은 먼저 당신의 이름을 쓴 후에 주소를 다른 사람에게 묻거나 조사를 해서 나중에 적어 넣은 겁니다."

"그렇겠군요. 하지만 그게 중요한 건 아니지 않나요?"

"아무리 사소한 것이라도 사건을 푸는 중요한 실마리가 될 수 있습니다. 어느 것 하나 소홀하게 봐서는 안 되지요. 아무튼 이번에는 편지를 한번 볼까요?"

"편지에 그이의 반지 인장이 찍혀 있어요. 남편이 보낸 게 틀림없어요."

"남편의 글씨라고 확신하십니까?"

"물론이에요. 그이의 필체 중 하나가 분명해요."

"필체 중 하나라뇨? 부군의 필체가 여러 개라는 말씀입니까?"

"네, 그 글씨는 남편이 몹시 서두를 때 쓰는 필체지요. 평상시하고는 많이 다르지만, 제가 잘 알고 있는, 의심할 여지 없는 그이의 필체예요."

홈스는 편지를 유심히 살펴봤다. 내용은 간단했다.

사랑하는 당신.
아주 이상한 사건에 말려들었지만, 아무것도 걱정할 필요 없소.
일이 이렇게까지 된 건 내 실수지만 말이오.
아무튼 시간이 좀 걸리겠구려. 참고 기다려 주시오.

− 네빌

"급하긴 했던 것 같군요. 편지지도 아닌 8절지 공책에다 쓴 것을 보면 말입니다. 더구나 급하게 뜯어 낸 흔적이 역력하네요. 음, 일단 물 묻은 자국은 없고……. 그런데 부인, 부군께서 씹는 담배를 즐기셨습니까?"

"아닙니다."

"그렇다면 편지를 우체통에 넣은 사람은 세인트클레어 씨가 아니로군요."

"네?"

"우체국에 간 자는 엄지손가락이 매우 더러운 자입니다. 틀림없이 씹는 담배를 즐기는 자일 겁니다."

"그건 어떻게 아나?"

내가 궁금함을 참지 못하고 물었다.

"봉투를 봉하기 위해 풀칠을 했는데, 그 주위에 지저분한 손자국이 남아 있거든."

홈스는 빙그레 웃으며 대답해 주었다. 그러고는 부인을 향해 날카로운 시선을 던졌다.

"부인, 혹시나 해서 다시 질문 드립니다만, 정말로 세인트클레어 씨의 글씨가 확실한 겁니까?"

"남편의 글씨를 제가 잘못 볼 리가 없어요. 분명히 네빌, 그이의 글씨입니다. 맹세를 해도 좋아요."

"알겠습니다, 부인. 어쨌든 감이 좀 잡히는군요."

"홈스 선생님, 그이는 살아 있는 게 분명하겠지요?"

부인은 잔뜩 기대에 차서 물었다.

"글쎄요, 아직 마음을 놓아도 된다고 말씀드릴 수가 없군요."

"아니, 왜요? 그이가 쓴 것이 분명하고 그이의 인장까지 찍혀 있잖아요. 그런데 뭐가 의심스러우신 건가요?"

그녀는 화가 난 사람처럼 강하게 대꾸했다.

"주소를 쓴 봉투의 글씨가 세인트클레어 씨의 것이 아니라는 것이 아무래도 마음에 걸리는군요. 세인트클레어 씨의 필체를 위조했을 수도 있는 데다가 세인트클레어 씨가 직접 쓴 것이 확실하다고 해도 사고를 당하기 전에 강요에 의해 써 놓은 것일 수도 있으니까요. 그 경우 편지를 부친 사람은 범인이거나 공범일 겁니다. 이건 수사에 혼선을 빚기 위해 범인들이 흔히 사용하는 수법이지요."

홈스의 표정은 어두웠다. 그때 부인이 두 손으로 얼굴을 가리며 외쳤다.

"오, 선생님은 제 희망을 무참하게 깨뜨리시는군요. 하지만 그이는 살아 있는 게 분명해요. 믿지 않으시겠지만 남편과 저는 감정적으로 연결되어 있습니다. 마치 쌍둥이들처럼 말이에요. 아무리 멀리 떨어져 있어도 무슨 일이 생기면 서로가 육감으로 알 수가 있어요. 지난 월요일에도 그랬어요. 그때 전 아래층에서 식사를 준비하고 있었는데 갑자기 불길한 예감이 들었지요. 그래서 곧바로 2층으로 뛰어 올라가 그이를 찾았는데, 아니나 다를까 그이가 면도칼에 손가락을 다쳤던 거예요. 홈스 선생님, 그렇게 사소한 것도 민감하게 느낄 수 있는 제가 그이의 생사를 모른다는 것은 말이 되지 않습니다."

"여성들의 직감이 그 어떤 추리나 증거보다도 확실할 때가 있다는 건 저도 잘 알고 있습니다. 부인의 말씀대로 세인트클레어 씨께서 살아 계시다고 확실히 말씀드릴 수 있다면 저로서도 바랄 게 없겠습니다. 하지만 부인, 편지까지 보내시면서 어째서 집에는 돌아오시지 않는 걸까요? 부인께서 얼마나 걱정하실지 누구보다 잘 알고 계실 텐데 말입니다."

"그거야 편지에 쓰여 있는 대로 무슨 일이 있으니까……."

부인은 풀이 죽어서 말끝을 흐렸다.

"뭐, 좋습니다. 그날 부군께서는 집을 나가시면서 별

다른 말씀은 없으셨나요? 아니면 이상한 낌새라도……."

"아니요. 평소와 다름없었어요."

"이전에도 어퍼 스완덤 골목에 대해 말씀하시는 것을 들으신 적이 있으셨나요?"

"그런 불결한 거리에 대해서는 한 번도 들어본 적 없어요."

"혹시 부군께서 아편을 하셨습니까? 솔직하게 대답해 주십시오."

"당치도 않은 말씀이세요. 그이는 누구보다 성실한 사람입니다."

"알겠습니다. 그런데 그날 세인트글레어 씨를 마지막으로 보셨을 때 비명소리를 들었다고 하셨는데, 맞습니까?"

"네."

"부인을 부르는 소리였나요, 아니면 그냥 비명이었나요?"

"음, 글쎄요. 처음에는 그냥 흘려들어서 잘 모르겠어요. 하지만 그이는 저에게 손을 흔들고 있었어요. 저를 보고 소리를 지른 것이 분명해요."

"부인을 향해 손을 흔드셨단 말이지요."

"네."

그녀는 홈스의 질문이 이해가 되지 않는다는 듯 어리둥절한 표정이었다.

"어떤 옷을 입고 계셨는지 다시 한 번 말씀해 주시겠습니까?"

"셔츠와 넥타이도 없이 맨몸에 겉옷을 입고 있었어요."

"아침에 집을 나설 때 입으셨던 것이겠지요?"

"네."

"그런 후에 부군께서는 누군가에 의해 끌려가셨다고 하셨는데, 혹시 스스로 뒷걸음질을 치신 것일 수도 있지 않을까요? 아니면 누군가 뒤에 있는 것이라도 보셨습니까?"

"그런 건 아니에요. 하지만 갑자기 사라졌거든요. 뭐 하러 그런 일을 하겠어요?"

"그러니까 부군 말고는 아무도 못 보셨단 말이지요?"

그녀는 힘없이 고개를 끄덕였다.

"선생님 말씀을 듣고 나니 제가 본 것이 확실한지 의심이 가는군요. 워낙 순식간에 벌어진 일이라……."

"한 가지 더 묻겠습니다. 부인, 2층으로 올라가셨을 때 누구를 보셨습니까?"

"그 무섭게 생긴 사람 말고는 아무도 없었어요. 인도인은 아래층에 있었고요."

그제야 홈스는 옅은 미소를 지었다.

"이제 됐습니다. 제가 듣고 싶은 건 다 들은 셈이군요. 부인, 마음고생도 심하실 텐데 답변하시느라 고생하셨습니다. 이런, 밤이 너무 늦었군요. 오늘은 이만 쉬었으면 좋겠군요. 내일도 아주 바쁜 하루가 될 것 같으니까요. 그럼 안녕히 주무십시오. 왓슨, 가세."

홈스는 부인을 그 자리에 그대로 둔 채 성큼성큼 식당을 나섰다.

홈스가 묵고 있다는 침실은 두 사람이 누워도 넉넉한 2인용 침대가 있는 커다란 방이었다. 화려하지는 않지만 가구며 소품이 안주인의 꼼꼼한 성격을 엿보게 했다. 나는 방으로 들어가자마자 침대에 누워 버렸다. 오후 내내 환자에게 시달린 데다가 예기치 못한 이 한밤의 모험 때문에 몹시 고단했다. 그러나 홈스는 윗옷과 조끼를 벗고 헐렁한 실내복을 입기는 했지만 침대에 눕기는커녕 책상 앞에 앉아 예의 날카로운 눈빛을 쏘아 내고 있었다. 홈스에게는 아직 풀리지 않은 의혹이 있는 것이 분명했다.

매번 느끼는 것이지만 사건 앞에서 셜록 홈스라는 인간은 도무지 피곤이라는 것을 모르는 것 같았다. 미처 해결되지 않은 것이 있기라도 하면 그는 며칠이 걸릴지라도 쉬는 법이 없었다. 그때마다 그는 기계처럼 정확한 두뇌를 이용해 모은 자료의 순서를 바꿔 가며 끊임없이 다양한 조합의 추리를 만들었다. 그런 일은 해답을 찾을 때까지 계속되었다. 그러다가 큰 병이 걸린 적도 있지만, 그 이후에도 그의 태도는 조금도 고쳐지지 않았다. 말린다고 내 말을 들을 그도 아니었다. 그것은 이번에도 예외는 아닌 듯했다.

한동안 의자에 앉아 깊은 생각에 빠져 있던 홈스는 벌떡 일어나 방안을 돌아다니며 베개와 쿠션을 모아 바닥에 놓고 차곡차곡 쌓아 올렸다. 동양풍의 보료 모양이 되자 홈스는 독한 잎담배 30그램과 성냥 한 갑을 앞에 갖다 놓고는 그 보료 위에 책상다리를 하고 올라앉았다. 그런 후 그는 천장을 무섭게 노려보기 시작했다. 방 안에서 움직이는 것이라고는 그가 피워 대는 담배의 푸른 연기뿐이었다. 나는 그러고 있는 홈스를 바라보다가 나도 모르게 잠이 들고 말았다.

얼마나 잔 것일까? 나는 누군가 급하게 외치는 소리를 듣고 눈을 떴다. 어느새 창으로 눈부신 햇살이 들어오고 있었다. 눈을 비비고 홈스를 찾았다. 그런데 그는 그때까지도 그 자세로 앉아 여전히 담배를 피우고 있었다. 방 안은 그가 피운 담배 냄새로 매캐했다.

"뭐야, 지금까지 그러고 있었던 건가?"

"그렇게 되었군. 기왕 눈을 떴으니 그만 일어나는 게 어떻겠나?"

"그러지."

그의 앞에 놓여 있던 담배는 모두 사라지고 없었다.

"자네, 그 많던 걸 다 피운 건 아니겠지?"

홈스는 말없이 빙그레 웃었다. 나는 자리에서 일어나 창문을 열었다. 맑은 날이었다.

“자, 왓슨. 잠이 달아났으면 곧 떠날 차비를 하게.”

해가 떠올라 있었지만 아직 5시도 되지 않은 이른 시간이었다. 우리는 서둘러 옷을 갈아입었다.

“이 집안 사람들은 아직 자고 있지만 마차를 꺼내는 것은 어렵지 않네. 마구간 아이의 방이 어딘지는 이미 알아 놨거든.”

홈스는 기분이 매우 좋아 보였다. 두 눈은 광채로 빛나고 있었고, 입가에서는 웃음이 떠나지 않고 있었다. 사건의 실마리를 잡은 것이 분명했다.

“뭘 좀 알아낸 건가?”

“그렇다네. 이번 사건을 해결할 열쇠를 발견하기는 했지. 하지만 왓슨, 지금 내가 나를 얼마나 바보스럽다고 생각하는지 자네는 모를 걸세. 자네가 나를 채링 크로스까지 차 버린다고 해도 할 말이 없어. 그래도 늦게나마 분별력을 찾았으니 얼마나 다행인가!”

“무슨 뜻인가?”

“차차 알게 될 거야. 일단 준비가 됐으면 출발하기로 하세.”

홈스는 어느새 자신의 짐이 들어 있는 여행용 가방을 들고 있었다. 우리는 다른 사람들이 깨지 않도록 조심하며 밖으로 나왔다. 홈스는 마구간에서 일하는 소년의 방으로 가 소년을 깨운 후 말을 준비시켰다. 소년은 졸린 눈을 비비면서도 군소리 없이 말과 마차를 준비했다. 홈스는 소년에게 동전을 주고는 말고삐를 넘겨받았다.

저택의 울타리를 벗어난 마차는 맹렬하게 달리기 시작했다. 새벽에 런던을 향해 질주하는 마차는 농부들의 시선을 끌기에 충분했다. 오늘 하루의 장사를 위해 채소를 도시로 운반하는 짐마차를 제외하고는 우리의 길을 막는 것이 없었다.

"홈스, 아까 열쇠를 찾았다고 했는데 어디서 뭘 찾았다는 건가?"

"열쇠는 욕실에 있었네."

"농담하지 말게."

내가 정색을 하고 말하자 홈스는 큰소리로 웃었다.

"아니야, 정말 농담이 아니네. 물론 자네가 화내는 것도 이해는 되지만 말이야. 하지만 난 분명히 욕실에서 찾았고, 그건 지금 내 가방 안에 있어. 그 열쇠가 맞는 것인지는 조금 있으면 밝혀질 거야."

"도대체 그 열쇠라는 게 뭔가?"

"목욕용 솔이라네."

나는 하도 어이가 없어서 대답하는 것도 잊었다. 그런 나를 보며 홈스는 싱긋 웃었다.

마차의 맹렬한 속도는 마치 풍랑이 심한 바다에서 조각배를 타고 있는 것 같은 느낌을 가지게 했다. 마차는 시내로 접어들고 있었다. 우리는 어느덧 워털루 브리지 골목과 웰링턴가를 지나 보가를 향하고 있었다.

"벌써 도착했군. 우리의 목적지는 바로 저기라네."

홈스가 가리키는 곳은 다름 아닌 경찰서였다. 마차는 경찰서 입구에 정확하게 정지했다. 무시무시한 기세로 달려온 마차가 경찰서 앞에 서자 문 밖에서 보초를 서고 있던 경찰들이 깜짝 놀라며 우리를 주시했다. 그들은 우리를 향해 다가오다가 주인공이 홈스인 것을 알고는 공손하게 경례를 붙였다. 놀라운 일도 아니었다. 그만큼 홈스는 경찰들 사이에서도 유명했던 것이다.

"홈스 씨 아니십니까? 이렇게 이른 아침부터 웬일이십니까?"

홈스는 마차에서 뛰어내리며 그들 중 한 명에게 말고삐를 건네주었다.

"급한 볼일이 있어서 말이야. 오늘 당직이 누군가?"

"브래드스트리트 경위님이십니다."

요란한 마차 소리를 들었는지 정복 차림의 경위 한 사람이 현관에 나타났다. 브래드스트리트 경위였다.

"안녕하셨소, 경위. 미안하지만 시간 좀 내주시겠소. 조용한 곳에 서라면 더 좋겠군요."

"그럼 제 사무실로 가시지요."

우리는 경위를 따라 경찰서 안으로 들어갔다.

두 얼굴의 사나이

경위의 사무실은 책상과 의자, 그리고 전화기 한 대가 전부인 작은 방이었다.

"홈스 씨, 무엇을 도와드리면 되겠습니까?"

"휴 분이란 자를 만나고 싶소. 네빌 세인트클레어 씨 실종 사건 때문에 여기에 감금되어 있을 거요."

"그자라면 조사가 끝나지 않아서 아직 유치장에 있습니다. 직접 가서 보시겠습니까?"

"수고스러우시겠지만 부탁하오."

그는 선선히 우리를 유치장으로 안내했다. 우리는 긴 복도를 따라 걸었다.

"가방은 두고 오지 그러셨습니까?"

홈스가 아직도 가방을 들고 있었던 것이다.

"아닙니다. 그나저나 그자가 말썽을 부리거나 하지는 않았소?"

"아니요, 잡혀올 때와는 다르게 아주 얌전하게 지내고 있습니다.

하지만 지저분한 데는 질렸습니다."

"지저분하다고요?"

"끔찍할 정도지요. 아무리 사정을
해도 목욕은커녕 세수도 하지 않습니
다. 겨우 손만 닦더군요. 어쨌든 조사
만 끝나면 바로 목욕탕으로 보내 버
릴 겁니다."

경위는 떠올리는 것만으로도 기분
이 좋지 않은지 인상을 찌푸렸다.

유치장은 지하실에 있었다. 열쇠
로 철문을 열고 나선형 계단을 내려가자 하얗게 칠한 복도 양쪽으로
문들이 줄지어 있었다.

"홈스 씨, 이 방입니다. 아직 자고 있군요."

경위는 오른쪽에서 세 번째 문 위의 판자를 열고 안을 들여다보다
가 우리에게 양보했다. 휴 분은 얼굴을 문 쪽으로 향한 채 코를 골고
있었다. 숨소리로 보아 깊이 잠들어 있는 것이 분명했다. 체격은 보
통이었는데 걸인이라는 직업에 걸맞게 다 떨어진 누더기를 입고 있
었다.

경감의 말대로 그는 더럽기 짝이 없었다. 그래서인지 그의 얼굴은
더욱 추하게 보였다. 빗질이 불가능할 정도로 엉켜 있는 오렌지색
머리가 이마와 눈을 가리고 있었지만 그의 혐오스러운 용모는 감출
수 없었다. 더구나 윗입술이 삐뚜름하게 휘말려 올라가는 바람에 이
빨 세 개가 고스란히 드러나 있었다. 마치 금방이라도 상대방을 물
어뜯을 것같이 공격적으로 보였다.

"과연 짐작대로군."

안을 들여다보던 홈스가 낮게 중얼거렸다.

"볼 만하지요?"

"그렇군요. 도구를 가져오길 잘한 것 같습니다."

홈스는 들고 온 가방을 열어 무언가를 꺼냈다. 그것은 놀랍게도 커다란 목욕용 솔이었다.

"그게 뭡니까?"

"이걸로 저 녀석을 아주 멋쟁이로 만들어 놓을 작정입니다."

"목욕이라도 시키실 요량입니까?"

"왜 아닙니까?"

"홈스 씨 취미도 별나군요."

홈스는 뜻 깊은 미소를 지어 보였다.

"자, 이 문을 열어 주시겠소. 녀석이 깨어나지 않도록 조용히 말이오."

"기대되는군요. 하여간 잘해 보십시오."

경위는 비웃으면서도 조심스럽게 열쇠를 돌려 문을 열었다. 홈스는 숨을 죽이고 그자에게 다가가더니 목욕용 솔에 주전자에 있던 물을 적신 후 그의 얼굴을 있는 힘껏 두어 번 문질렀다.

"앗! 무슨 짓이야!"

휴분은 소리를 지르며 벌떡 일어났다. 그는 두 손으로 얼굴을 감싸며 고개를 숙였다.

"자, 여러분, 네빌 세인트클레어 씨에게 인사하시지요."

홈스는 큰소리로 외쳤다. 다음 순간 우리가 본 것은 나무껍질처럼 벗겨져 나간 얼굴 허물이었다. 그리고 마치 얼굴을 감싸고 있던 가면이 벗겨진 것처럼 흉터도, 비뚤어진 입술도 없는 하얗고 말끔한 얼굴이 드러났다. 게다가 홈스가 그의 머리를 잡아당기자 엉클어진

오렌지색 머리가 힘없이 달려 올라왔다. 그리고 그 자리에는 검고 단정한 머리가 나타났다.

휴 분은 잠시 어리둥절해하다가는 사태를 깨달았는지 소리를 지르며 베개에 얼굴을 파묻었다.

"하느님 맙소사!"

"대체 이게……."

나와 경위는 누가 먼저랄 것도 없이 신음 소리를 냈다.

"세인트클레어 씨, 연극은 이제 끝났습니다."

휴 분, 아니 세인트클레어는 모든 것을 체념한 듯 얼굴을 들었다. 그리고 오히려 큰소리를 치는 것이었다.

"내가 변장한 게 무슨 죄가 됩니까?"

"죄랄 것까지야 없겠지요. 하지만 거짓 사건을 만들어 공무집행을 방해한 것은 분명히 죄가 될 겁니다. 또 이 사실이 세상에 공개된다면……."

"안 됩니다!"

홈스의 말이 채 끝나기도 전에 세인트클레어가 다급하게 외쳤다.

"어떤 벌이라도 달게 받겠습니다. 그러니 제발 공개한다는 말씀만은 말아 주십시오. 아내는 물론이고 아이들에게는 절대로 비밀로 해야 합니다."

"부인을 믿으셨다면 이렇게까지는 되지 않으셨을 겁니다."

"압니다. 하지만 아내를 믿지 못해서 그런 게 아닙니다. 다만 아이들에게 부끄러운 아버지가 되고 싶지 않았을 뿐입니다. 그러니 제발……."

세인트클레어는 애원하고 있었다.

"왜 이런 짓을 벌이셨는지 설명하지 않으신다면 도와드릴 방법이 없습니다."

"모두 다 말씀드리겠습니다. 이제 와서 무얼 숨기겠습니까? 하지만 벌을 면하기 위해서가 아닙니다. 이 얘기가 세상에 공개되지만 않는다면 사형을 당해도 좋습니다."

"자초지종을 설명하신다면 그렇게 되실 일은 없을 것 같군요."

홈스는 부드럽게 그의 등을 두들겨 주었다.

"먼저 제 이야기부터 해야겠군요."

세인트클레어는 모든 것을 포기한 듯 슬픈 표정으로 천천히 입을 열었다.

숨기고 싶은 비밀

"저는 체스터필드에서 교장을 역임하셨던 아버지 덕분에 남에게 뒤지지 않는 교육을 받으며 자랐습니다. 한때 배우 생활을 하며 떠돌아다니기도 했지만 나중에는 런던의 어느 신문사 기자라는 번듯한 직업도 가졌습니다. 그러던 중에 편집장 명령으로 구걸에 대한 연재를 맡게 되었습니다. 물론 제가 자진한 것이기도 합니다. 어쨌든 저는 기사를 쓰기 위해서는 자료가 필요했고, 그러다 보니 직접적인 경험만큼 확실한 자료가 없다는 것을 알았지요.

배우를 했던 경험 때문에 걸인으로 변장하는 것은 그리 어려운 일이 아니었습니다. 살색 석고를 이용해 입술 한쪽이 올라가게 했고 물감을 이용해서 화상 흉터를 만든 다음 가발을 썼습니다. 게다가 누더기를 걸치니 영락없는 걸인이더군요. 변장이 끝나자 바로 런던 은행가 한쪽에 자리를 잡고 앉았습니다. 경찰의 단속을 피하기 위해 성냥을 준비하는 것도 잊지 않았지요. 그런데 일곱 시간 정도 앉아 있었을 뿐이었는데 수입이 무려 26실링 4펜스나 되었던 겁니다. 놀랍기도 하고 재미있기도 했습니다."

"오, 열흘 정도면 내 월급보다 많아지겠군. 그래서 본격적으로 구걸을 하시기로 한 겁니까?"

경위가 놀라워하며 끼어들었다.

"그러기야 했겠습니까? 전 제 기사를 위해 변장을 한 것이었고 별도의 수입을 챙긴 것에 기뻐했을 뿐입니다. 제 연재 기사는 매우 인기가 있어서 기자로서도 신뢰를 받을 수 있었습니다. 전 제가 했던 일의 결과에 만족하며 한동안 그 일을 잊고 지냈습니다. 그런데 그때 친구의 부탁으로 수표에 이서를 해 주게 되었습니다. 보증을 섰던 거지요. 그리고 결과는 제 앞으로 떨어진 25파운드의 빚이었습니다. 그 무렵 저는 일주일에 2파운드의 급료를 받고 있었기 때문에 25파운드는 정상적인 수입으로는 도저히 마련할 수 없는 금액이었습니다. 그때 생각난 것이 구걸이었습니다. 제 변장술과 약간의 창피를 무릅쓸 용기만 있으면 되는 아주 쉬운 일이었으니까요. 게다가 수입이 제 급료를 웃돌았다는 사실이 무엇보다 저를 유혹했습니다. 제게 선택의 여지는 없었습니다. 재촉하는 채권자에게 보름의 말미를 얻은 후 신문사에 휴가를 냈습니다. 그리고 불과 열흘 만에 빚을 청산할 수 있었습니다.

일이 이 지경이 되니 제 직업에 회의가 들더군요. 힘들게 기자 일을 해서 받는 것이라고는 쥐꼬리만 한 급료가 전부였으니 말입니다. 돈이냐 명예냐, 그것이 문제였지요. 결국 돈의 위력에 지고 말았습니다. 저는 바로 회사에 사표를 내고 지난번에 앉았던 곳에서 구걸을 하기 시작했습니다. 세상 사람 아무도 모르게 말입니다."

"적어도 인도인 그자는 알고 있었겠지요. 그렇지 않습니까?"

세인트클레어는 홈스를 잠시 쳐다보더니 짧은 한숨을 쉬었다.

"홈스 씨 말씀대로입니다. 아무도 모르게 하자면 집에서 변장을 하고 나올 수는 없었습니다. 그래서 변장을 할 만한 곳이 필요했지요. 제가 한참을 수소문한 끝에 발견한 곳이 바로 그 아편 소굴이었습니다. 그런 자들은 돈만 주면 무슨 짓이든 하지 않습니까. 그러니 비밀을 지키게 하는 것도 어려운 일이 아니었습니다. 항상 과분할 정도로 방값만 챙겨 주면 그만이었습니다. 일 년에 7백 파운드 이상 수입을 올렸던 저에게 시세보다 비싼 방값이라도 얼마 안 되는 금액이었을 뿐이니까요.

날로 늘어가는 화술과 꽤 쓸 만한 변장 덕분이었는지 어느 결에 런던의 명물이 되어 있더군요. 동전은 날로 늘었습니다. 재수가 없는 날도 하루에 2파운드는 벌 수 있었지요. 그런데 주머니가 두둑해지니 욕심도 생기더군요. 남들처럼 가정을 꾸리고 싶어진 겁니다. 그래서 일단 리 시에 저택을 사고 이웃과 친해졌지요. 돈 잘 쓰고 여유롭게 사는 저를 모두 신사로 대해주더군요. 그 덕에 지금의 아내와 결혼도 했습니다. 제가 구걸을 한다는 건 꿈에도 모르고 말입니다. 그들은 모두 제가 런던 시내에서 사업을 하고 있는 줄 알고 있지요. 그 누구도 구걸을 해서 그만큼의 부를 가질 수 있다고는 생각하지 않을 겁니다."

"그런데 월요일의 그 소동은 도대체 왜 일으킨 거요?"

경위가 인상을 쓰며 물었다.

"그건 우연이었습니다. 아니, 사고라고 해야 옳겠군요. 그날은 다른 날보다 특별히 돈벌이가 잘된 데다가 아이들과 약속한 선물도 있고 해서 일찌감치 구걸 자리를 걷고 집으로 가기 위해 그곳에서 옷을 갈아입고 있었습니다. 그러다가 문득 창밖을 내다봤는데 놀랍게도 그곳에 아내가 있었던 겁니다. 더구나 저를 똑바로 쳐다보고 있는 게 아니겠습니까? 저는 너무나 당황한 나머지 저도 모르게 소리를 치게 되었지요. 그리고 얼굴을 가리려고 손을 들었는데, 이미 아내는 저를 알아보고 마치 못 볼 것을 본 사람처럼 기겁을 하더군요. 저는 재빨리 인도인에게 돈을 주고 아무도 올라오지 못하게 해 달라고 부탁했습니다. 아내에게는 미안한 일이었지만, 비밀을 지키는 게 우선이었으니까요. 아니나 다를까, 아래층에서 아내가 외치는 소리가 들리더군요. 인도인이 아내를 쫓아내고 있는 사이 재빨리 양복을 벗어 던지고는 다시 거지로 분장을 했습니다. 아내나 다른 사람을 속일 만큼 분장은 완벽했습니다. 하지만 문제가 있었습니다. 바로 벗어 놓은 옷가지들이었지요. 방을 뒤지기라도 한다면 금방 눈에 띌 게 분명했으니까요. 저는 창밖으로 던져 버리기로 하고 창문을 열었습니다. 먼저 윗옷을 던졌지요. 그 옷 주머니에는 그날 구걸해 모은 돈이 가득 들어 있었기 때문에 쉽게 가라앉더군요. 그런데 나머지들을 던지려고 하는 찰나에 경찰이 들이닥친 겁니다. 할 수 없이 그것들은 커튼 뒤에 숨길 수밖에 없었습니다."

"그럼 그 피는 뭡니까?"

경위가 의아하다는 듯 미간을 찡그리며 물었다.

"아침에 다친 상처가 덧났던 것이겠지요."

홈스의 대답이었다. 그의 말에 놀란 것은 세인트클레어뿐만이 아니었다. 홈스를 제외한 우리 모두는 홈스를 일제히 쳐다보았다.

"네, 맞습니다. 창문을 열면서 힘을 너무 줬던지 아침에 다친 상처가 벌어지면서 피가 나더군요. 아, 아침에 면도칼을 다루다가 손가락을 다쳤거든요. 아무튼 그 덕분에 정체를 들키지 않은 대신 나 자신을 살해했다는 죄목으로 체포되었지요. 저로서는 다행스러운 일이었습니다. 가족에게 들키는 것보다는 살인자가 되어 이대로 교수형을 당하는 편이 좋다고 생각했으니까요."

"그래서 그렇게 씻지 않으려 했던 거군."

경위가 어이없다는 듯 너털웃음을 터뜨렸다. 그러나 홈스의 얼굴은 차갑기만 했다.

"그토록 명예가 중하신 분이 구걸은 어떻게 한 겁니까?"

홈스의 질책에 세인트클레어는 고개를 숙였다.

"돈에 눈이 멀었던 겁니다. 죄송합니다."

"편지를 보낸 건 인도인이겠군요."

"편지요?"

경위가 무슨 소리냐는 듯 물었다. 홈스는 어제 시다스 저택으로 배달된 편지에 대해 간략하게 설명해 주었다.

"그 편지는 제가 직접 써서 인도인에게 부탁한 것이었습니다. 제가 죽은 줄 알고 기절한 아내를 집으로 보내느라 경찰이 허둥대는 사이 편지만 급하게 써서 그에게 건네줬던 겁니다. 아내의 걱정을 덜어 주기 위한 것이었는데 별로 효과가 없었나 보군요. 오, 불쌍한 사람. 일주일 동안 얼마나 속을 태웠을까!"

"경찰의 감시 때문에 쉽게 보낼 수 없었을 텐데……."

브래드스트리트 경위가 어깨를 으쓱하며 말했다.

"음, 아마 편지는 인도인이 직접 부치지는 않았을 겁니다. 경위 말씀대로 감시를 받고 있었다면 말입니다. 하는 수 없이 의심을 받지 않고 부탁받은 일을 해치울 수 있는 심부름꾼이 필요했습니다. 예를 들면 아편 소굴에 드나드는 손님 같은 자들 말입니다. 그들이라면 들킬 염려가 없다고 생각했을 겁니다. 하지만 그가 고른 심부름꾼은 불행하게도 성실한 자가 아니었습니다. 이래저래 시간을 허비한 뒤에야 편지를 부쳤으니까요. 덕분에 우리는 사건을 해결할 수 있었지만 말입니다."

세인트클레어는 고개를 끄덕였다.

"그런데 세인트클레어 씨, 그동안 구걸 때문에 체포되거나 한 적이 한 번도 없었습니까?"

"여러 번 있었습니다. 하지만 얼마 안 되는 벌금만 내면 그만이었지요."

"이젠 당장 그만두시오!"

경위가 윽박지르는 듯한 목소리로 외쳤다.

"사지가 멀쩡한 사람이 동정에 의지해 살아가다니……. 결단코 휴 분이란 자는 세상에서 사라져야 하오."

"맹세합니다. 다시는 이런 짓을 하지 않겠습니다."

"좋소. 그동안 당신 때문에 헛고생을 한 걸 생각하면 몇 년 감옥에 넣어 두고 싶지만 맹세를 한다니 이번 일은 너그럽게 봐주겠소. 살인 사건도 아니고, 단지 구걸을 했다는 것만으로는 큰 벌을 받는 것도 아니고 말이오. 세인트클레어 씨, 이제 집으로 돌아가도 좋소. 하지만 약속대로 다시는 구걸하지 않는 게 신상에 좋을 거요. 적어도 이 비밀이 세상에 공개되는 것을 원치 않는다면 말이오."

"물론입니다. 이제부터 성실하게 살겠습니다."

세인트클레어는 눈시울을 적셨다. 경위는 자신이 사건을 해결한 것처럼 거들먹거리며 호탕하게 웃었다.

"자, 이것으로 네빌 세인트클레어 실종 사건은 완전히 해결된 셈이군요. 이번에도 홈스 씨 도움을 받았군요. 감사합니다. 그런데 도대체 어떻게 진상을 알게 된 겁니까? 비법이라도 있으면 좀 가르쳐 주십시오."

"비법이라……, 글쎄요."

내 친구는 장난꾸러기 같은 웃음을 머금으며 입을 열었다.

"지난밤에 제가 한 것이라고는 푹신한 보료 위에서 30그램이나 되는 담배를 피워 댄 것이 전부입니다. 아, 천장을 노려본 것도 뺄 수 없겠군요."

"네?"

"자, 사건도 해결되었으니 어서 베이커 가로 가서 느긋하게 아침이나 먹었으면 좋겠군요. 그렇지 않나, 왓슨?"

홈스는 멍하게 서 있는 경위를 뒤에 남긴 채 호탕하게 웃으며 큰 걸음으로 유치장을 나섰다.

푸른 카벙클

The Blue Carbuncle

피터슨

전문 심부름꾼. 누군가 봉변을 당하고 있는 것을 보면 결코 모른 체하지 못하는 정의로운 성격의 소유자. 뜻밖의 횡재에도 흔들리지 않고 홈스를 찾아와 주인을 찾아 달라고 부탁한다. 정직하고 선하다.

헨리 베이커

주인 잃은 거위의 실제 주인. 큰 키에 어울리지 않게 제복에 놀라서 도망을 갈 정도로 유약한 성격의 소유자. 과거엔 잘살았지만 현재는 가난하다. 항상 술에 찌든 고단한 삶을 살아가고 있다.

제임스 라이더

사건 장소가 된 코즈모폴리턴 호텔의 급사장. 보통 키에 말랐다. 성실하게 자신의 일만 하던 샌님. 계획한 일에는 민첩하지만, 예기치 못한 상황에서 위기를 넘길 만한 배짱은 없다.

〈푸른 카벙클〉은 1892년 1월 〈스트랜드 매거진〉에 발표되었다가 《셜록 홈스의 모험》에 수록된 작품이다.

이 작품의 주요 소재인 '카벙클'은 국내에 소개될 때 홍옥(루비)으로 번역되기도 했는데, 실제로 푸른색을 띠는 홍옥은 없다. 따라서 이 작품의 소재로 사용된 푸른 카벙클은 현실에서는 존재하지 않는 상상의 산물로 본다. 경우에 따라서는 녹색을 띠는 사파이어의 변종으로 보기도 한다.

추리 탐정소설에서 '보석'은 아주 대표적인 소재다. 홈스의 경우에도 예외는 아니어서 왕관의 노란 다이아몬드가 없어지는 〈마자린의 보석〉 사건이나 흑진주를 둘러싼 〈여섯 개의 나폴레옹〉, 에메랄드가 39개나 박혀 있는 왕관이 사라지는 〈녹주석 보관〉, 그리고 권외 편에 속하는 〈왕관의 다이아몬드〉 등의 사건에서 보석이 주된 소재로 등장하고 있다.

낡은 중절모와 거위

크리스마스가 지난 지도 이틀이 되었다. 추운 날이기는 했지만 내 친구에게 곧 다가올 새해 인사를 빠뜨릴 수는 없었다. 그래서 나는 목도리까지 두르고 홈스의 하숙집을 가기 위해 아침에 집을 나섰다. 유리창에 성에가 하얗게 낄 정도로 추위는 매서웠다. 하지만 홈스의 하숙집은 난로의 열기로 훈훈했다.

"오, 이런 날씨에 용케도 왔군."

홈스는 평소 즐겨 입는 붉은색의 실내복 차림으로 소파에 늘어져 있다가 내가 들어서는 것을 보자 반갑게 맞아 주었다. 나는 한눈에 그가 그런 자세로 오랫동안 있었다는 것을 알 수 있었다. 오른손만 뻗으면 언제라도 담배를 필 수 있도록 준비되어 있는 파이프 걸이 아래로 읽다가 마구잡이로 던져 놓은 신문이 수북이 쌓여 있었던 것이다. 그러나 정작 내 눈길을 끈 것은 소파 옆 나무 의자에 있는 것들이었다. 군데군데 흠집이 나 더 이상 쓰고 다니는 것이 불가능해 보이는 낡은 중절모가 의자의 등받이 모서리에 걸려 있었는데, 의자 위

에 확대경과 핀셋이 놓여 있는 것으
로 보아 그 중절모를 조사하고
있었던 것이 틀림없었다.

"자네 일하고 있었던 모양
이군. 방해를 한 건 아닌가?"

"오히려 그 반대라네. 관찰
한 결과를 의논할 수 있게 되
었으니 더할 나위 없이 기쁘군."

나는 꽁꽁 얼어 있는 손을 난로에 녹이며 홈스의 맞은편에 놓여
있던 안락의자에 앉았다.

"그게 뭔데?"

홈스는 의자에 걸려 있는 중절모를 손가락으로 가리켰다. 내 예상
이 들어맞았다.

"뭐, 대단한 건 아니야. 하지만 제법 흥미로운 데다가 배울 점도
있으니, 시간 낭비라고 생각하지는 않을 거네."

"이 낡아 빠진 모자가 어떤 괴이한 범죄의 중요한 단서라도 되는
모양이군. 범인이 남긴 것인가?"

"아니야. 범죄라니, 유감스럽지만 그건 아니라네."

홈스는 소리를 내며 유쾌하게 웃었다.

"기묘한 것은 사실이지만 기묘하다고 해서 다 범죄와 관련된 것은
아니라네. 수십 킬로미터밖에 되지 않는 작은 공간 안에 4백만 명이
나 되는 많은 사람들이 살다 보면 별의별 일이 다 일어나게 마련이
지. 범죄라고는 할 수 없어도 우리를 놀라게 하기에 충분한 기기묘
묘한 일들이 숱하게 벌어지고 있는 것이 현실인 거지. 피해자가 있
음에도 법의 심판을 받게 할 수 없는 것도 이런 일에 속한다네. 물론

피해자가 없는 경우도 있어. 그런 경험은 자네도 벌써 여러 번 하지 않았나?

"얼마 전에 있었던 사건들 말이로군."

"그래, 아이린 애들러 양의 사진 사건도 그렇고, 교활한 계부에게 속아 결혼을 할 뻔했던 서덜랜드 양의 사건도 그렇지. 또 입술이 비뚤어진 거지 행세에 온 런던이 속아 넘어갔던 네빌 세인트클레어 씨의 실종 사건은 어떤가? 그 역시 사건은 있었지만 범죄나 범인은 없었지 않았나? 이것도 그런 일상 속에서 일어날 수 있는 많은 일들 중에 하나일 뿐이라네."

굉장한 사건을 기대했던 나로서는 조금은 맥이 빠지는 기분이었다. 그렇다고 홈스의 이야기가 궁금하지 않은 것은 아니었다.

"범죄가 아니라면 도대체 무슨 일인가?"

홈스는 내가 조바심치자 재미있다는 표정으로 말했다.

"왓슨, 자네 피터슨이라고 아나? 전문 심부름꾼인 사람인데, 제복을 입고 다니는……."

"그 사람이라면 알고 있네. 나도 몇 번 일을 부탁한 적이 있거든. 그런데 그 사람은 왜?"

"저 모자를 가져온 게 바로 피터슨이라네."

"그 사람 모자인가 보군."

"그건 아니야. 거리에서 주웠다면서 크리스마스 아침에 가져왔더군. 그러니 누구의 것인지는 아직은 모른다네. 그런데 그가 가져온 것은 저 모자만이 아니었어."

"뭘 가져왔는데?"

"거위!"

"거위라고?"

"그래, 아주 살찐 놈이었지. 지금쯤은 피터슨네 부엌에서 맛있는 요리로 변신하고 있겠군."

"거위라……, 주운 물건치고는 별나군. 하지만 그리 대단한 건 아니지 않나? 모자야 얼마든지 주울 수 있는 물건이고 말이야."

"왓슨, 중요한 것은 모자 그 자체가 아니라네. 사건을 조사하자면 그 자체가 아니라 숨겨진 것이 무엇인지를 찾아내야만 하는 거지. 이것도 낡아 빠진 모자가 아니라 하나의 지적인 문제로 받아들여야만 해. 우선 이 모자가 여기에 오게 된 내력을 말해 주지."

홈스는 담배를 피워 물고 바로 이야기를 시작했다.

"일이 일어난 것은 크리스마스 새벽이었네. 4시쯤이었지. 그때 피터슨은 크리스마스이브를 친구들과 어울려 즐기고는 혼자서 집으로 돌아가고 있었어. 거리는 한산했지. 그런데 토트넘 거리로 막 들어서자 저만치 앞에서 걸어가고 있는 한 사나이가 있었네. 가로등 불빛에 자세히 보니 어깨에 하얀 거위를 둘러멘 사나이는 술을 마셨는지 비틀거리며 걷고 있었네. 저러다 넘어지는 것은 아닌지 걱정이 돼 한참을 떨어져서 그의 뒤를 따라갔다더군. 피터슨은 자네도 알다시피 고지식하고 선한 사람 아닌가. 그런데 구시가 모퉁이에 도달했을 때 일이 벌어졌지. 그 사나이가 몇 명의 불량배들과 시비가 붙었던 거야. 실랑이 끝에 불량배 중 한 녀석이 모자를 쳐서 떨어뜨렸고, 놀란 사나이는 지팡이를 머리 위로 마구 휘두르다가 그만 뒤에 있던 가게 유리창을 깨뜨리고 말았지. 피터슨은 모르는 사람이지만 불량배들한테 당하는 걸 보고만 있을 수

없었다더군. 그래서 도와주기 위해 달려갔는데, 일이 우습게 되어 버렸네."

"왜?"

"그 사나이가 모자고 거위고 다 팽개치고 달아나 버린 거야. 남의 유리창을 깨뜨려서 한껏 놀라 있는데 제복을 입은 자가 달려오자 경찰이 오는 걸로 알았던 모양이지. 그는 토트넘 거리 뒤편의 미로 같은 골목길로 도망쳐 버렸네. 불량배들 역시 앞다투어 달아나 버리는 통에 결국 한밤의 난투극이 벌어진 현장은 피터슨의 차지가 되고 말았지. 이 낡은 중절모와 훌륭한 크리스마스용 거위가 바로 거기서 얻은 전리품이라네."

"그럼 주인은 결국 찾지 못한 건가?"

"그래, 피터슨이 골목 안으로 들어가 봤지만 어두운 데다가 미로처럼 얽혀 있어서 그 사나이를 찾을 수 없었네. 어두운 밤에 본 것이라고는 그의 뒷모습뿐이었고 말이야. 단서가 없었지. 모자 안에는 'H. B.'라는 머리글자가 새겨져 있었지만, 이 런던에서 그런 머리글자를 사용하는 사람은 모래사장의 모래알만큼이나 많을 걸세. 물론 이름은 거위에게도 있었어. 거위 왼쪽 다리에 '헨리 베이커 부인에게'라고 쓴 카드가 매어져 있었거든. '헨리 베이커', 어떤가, 'H. B.'라는 머리글자와 일치하지? 하지만 이 이름을 가진 사람은 이 좁은 런던에만도 수백 명이나 살고 있을 거야. 상황이 이 지경이니 피터슨으로서는 습득물을 돌려준다는 게 결코 쉬운 일이 아니었지."

"딴은 그렇겠군. 결국 그가 선택한 방법은 자네를 찾아오는 것이었군."

"그렇다네. 피터슨은 내가 아무리 사소한 일에도 흥미를 가진다는 걸 알고 있었던 거지. 그는 뜬눈으로 날이 밝기를 기다렸다가 바로 이곳으로 달려왔다네. 크리스마스 아침에 맞은 손님치고는 별나지 않나? 어쨌든 그것들은 요 이틀 동안 이 집에 있었네. 하지만 거위는 아무리 날씨가 차다 해도 상할 수 있어서 피터슨보고 가져가라고 했네. 원래 목적대로 크리스마스 식탁을 장식하지는 못했지만 누군가의 입을 즐겁게 할 수 있다면 나름대로 소임을 다하는 것 아니겠나? 하지만 모자야 그럴 수 없었지. 내가 보관하고 있을 수밖에."

"신문에 분실물을 찾는다는 광고가 안 났나?"

홈스는 가만히 고개를 가로저었다.

"그렇다면 어디 사는 누군지 전혀 모르는 것이로군. 단서도 없고 말이야."

"추리는 가능하지."

"이 모자로 말인가?"

"그렇다네."

"날 놀리는 건가? 이 낡아 빠지고 찌그러진 중절모로 도대체 무얼 알아낼 수 있단 말인가?"

"모든 사물은 그 나름의 이유와 근거를 가지고 있네. 이 모자 속에는 많은 이야기가 들어 있지. 어떤가? 이 모자를 썼던 남자의 특징에 관해서 자네도 추리를 해 보는 게. 내가 단서를 찾아내는 방법은 자네도 이미 잘 알고 있으니까 말이야. 확대경은 여기 있네."

홈스는 손을 뻗어 의자 위에 있던 확대경을 집어서는 내게 건네주었다. 나는 그동안 홈스가 추리하던 방식대로 모자를 손에 들고 이리저리 살펴보았다. 그것은 흔히 있는 둥근 테가 있는 검은색의 중절모로 애처로울 정도로 낡아 있었다. 여러 군데에 금이 가 있었고, 먼지도 두껍게 앉아 있었다. 심지어 퇴색된 것을 감추려고 잉크로 칠을 해 놓은 데까지 있었다. 낡은 것은 겉만이 아니었다. 비단을 댄 안감 역시 빛이 바래서 얼핏 봐서는 애초에 붉은색이었다는 것을 모를 정도였다. 그 한쪽 귀퉁이에는 홈스가 말한 'H. B.'라는 머리글자가 선명하게 새겨져 있었다. 또 챙에는 끈을 꿸 수 있는 구멍이 있었지만 정작 있어야 할 끈은 달아나고 없었다. 뜯긴 것인지 원래 그랬는지는 몰라도 상표조차 없었다. 결국 뭔가를 추리해 낸다는 것은 불가능해 보였다.

"글쎄, 내 눈엔 그저 아주 낡은 모자일 뿐이군. 아무것도 안 보여."

나는 모자를 홈스에게 돌려주며 말했다.

"그렇지 않네, 왓슨. 자네는 이미 모든 걸 보았어. 단지 추리를 하지 않는 것뿐이야. 이런 일에는 아주 과감한 추리가 필요한 법이네. 그런 측면에서 자네는 너무 소극적이야."

"그렇다면 자네는 뭘 알아내기라도 했단 말인가?"

홈스는 나에게서 모자를 건네받아서는 특유의 냉소적인 시선으로 한참 동안 바라보았다.

"사실 원하는 만큼 많은 것들이 있는 것은 아니네.

하지만 아무것도 없다고는 할 수 없어. 부정할 수 없이 확실한 게 두세 가지는 되거든. 제법 가능성이 있는 것도 몇 가지 있고 말이야. 가장 확실한 건 이 모자의 주인이 머리가 상당히 좋다는 것이네. 두 번째는 지금의 생활이 궁핍하다는 것이지. 하지만 적어도 2년이나 3년쯤 전에는 꽤 부유하게 살았을 거야. 뭔지는 확실히 알 수 없지만 경제적으로 불운한 상황에 처하게 되었고, 그로 인해 정신적으로도 많은 타격이 있었던 게 틀림없어. 그래서 준비성도 있고 깔끔했던 그의 성격은 이제는 찾아보려야 찾아볼 수 없게 되었지. 게다가 습관적으로 술까지 마시게 되었고 말이야. 그의 아내가 애정이 식은 것도 무리는 아닐 걸세. 하지만 상황이 그렇다고 해도 자존심까지 버리지는 못했어."

"여보게, 홈스!"

나는 홈스가 어떤 근거로 그런 추리를 한 것인지 궁금했지만, 홈스는 내 목소리를 듣지 못한 사람처럼 이야기를 계속했다.

"요즘 그는 비교적 조용히 생활하고 있네. 술집에 가는 것 빼고는 외출도 하지 않고 거의 집 안에 틀어박혀 지내고 있어. 운동을 안 하는 것은 물론이고 말이야. 건강도 좋은 편이 아니네. 그리고 중년의 나이치고는 머리가 하얀 편이지. 반백이 다 됐다는 말이네. 이발은 며칠 전에 했고, 평소에 라임이 섞인 머릿기름을 바르고 있어. 그리고 그의 집에는 가스등 시설이 없을 가능성이 높네. 뭐, 모자로 알아낼 수 있는 것은 이 정도가 전부라네."

"홈스, 그걸 나보고 믿으라는 건가? 농담하지 말게."

언제나 홈스의 추리를 믿는 나였지만 좀처럼 믿기지 않는 얘기였기 때문에 피식 웃고 말았다.

"농담이라니, 그 무슨 소린가? 난 엄연히 모자에서 발견한 사실을 말한 것뿐이라네."

홈스는 정색을 하고 말했다.

"내가 결론을 이렇게까지 얘기했는데, 아직도 그 이유를 모르는 건 아닐 테지?"

나는 내 친구의 진지한 태도에서 농담을 하고 있는 것이 아니라는 것을 깨달았다.

"아무래도 난 우둔한 게 틀림없어. 솔직히 말해서 자네가 왜 그렇게 생각했는지 하나도 모르겠거든. 제발 자세히 설명 좀 해 보게. 먼저 그 사람의 머리가 좋다는 건 도대체 어떻게 알아낸 건가?"

홈스는 대답 대신 모자를 머리 위에 올려놓았다. 모자는 그의 이마를 완전히 가리고 코끝에 닿을 정도로 컸다.

"모자가 제법 크지? 머리가 이렇게 크다는 건 그 속에 든 것도 많다는 것이지. 대체로 머리가 작은 사람보다는 큰 머리를 가진 사람이 머리가 좋은 법이라네."

"항상 그런 것이 아니지 않나? 뭐, 좋네. 그럼 부유했다가 불운한 상황에 빠졌다는 건 어떻게 알았나?"

"이 모자는 3년 전에 산 것이기 때문이지."

"3년 전?"

"그렇다네. 당시에는 이처럼 챙이 넓고 끝이 말려 올라간 모자가 유행했었거든. 게다가 이 모자는 거의 최고급품에 속했지. 모자 테에 감겨 있는 리본 좀 보게. 오랜 시간이 지났는데도 값비싼 비단이었다는 걸 금방 알 수 있지 않나? 안감 역시 얼마나 고급인가! 웬만한 돈으로는 살 수 없었을 거야. 그만큼 그는 부유했던 거지. 하지만 지금의 그는 낡을 대로 낡은 이 모자를 아직도 쓰고 다니고 있다네. 왜 그럴까? 그건 지금의 생활이 넉넉하지 못하다는 증거 아니겠나?"

"과연 그렇군. 하지만 아직도 모를 일이 있네."

"말해 보게."

"그 모자의 주인이 과거에는 준비성이 있는 사람이었다는 건 뭐고, 지금은 그렇지 않다는 건 뭔가?"

홈스는 나를 향해 빙그레 웃어 보였다.

"바로 이거네."

홈스가 가리킨 것은 챙에 뚫어져 있는 작은 구멍이었다.

"그거야 끈을 다는 구멍 아닌가?"

"그래. 하지만 원래 이런 모자에는 끈 구멍을 만들지 않는다네. 이건 이 모자의 주인이 구입할 때 별도로 주문한 거지. 바람에 날아갈 것을 대비해 끈을 달려고 한 것을 보면 멋보다는 실용적인 것을 추구하는 깔끔한 성격의 소유자였던 게 분명해. 이런 사람을 준비성이 없다고 할 수 있겠나? 그런데 지금 이 모자에는 끈이 없네. 그럼 달지 않을 끈을 위해 일부러 구멍을 뚫은 것일까? 그건 아닐 거야. 결국 과거에 비해 몸가짐이 흐트러졌다는 증거일 수밖에. 그렇다고는 해도 자존심까지 잃어버린 것은 아닌 모양이야. 자네도 보았겠지만, 이 모자는 색이 바랜 부분이 잉크로 칠이 되어 있거든."

나는 고개를 끄덕이며 말했다.

"그럴듯하군. 머리카락에 대한 것은 어떻게 알아냈는지도 알려주게."

"그건 모자의 안감을 자세히 살펴보면 금방 알 수 있네. 확대경으로 보면 안감 곳곳에 짧게 잘린 머리카락이 붙어 있는 것이 확인되는데, 머리카락이 저절로 빠진 것이었다면 그렇게 짧을 수는 없지.

최근에 이발 가위로 잘려진 것이 분명하네. 그리고 냄새를 맡아 보면 라임 크림 냄새가 진하게 풍기고 있어."

홈스는 모자를 들어 내 코에 갖다 대 주었다. 정말로 진한 라임 냄새가 풍기고 있었다.

"안감은 그것 말고도 다른 것도 말해 주고 있네. 안감 여기저기가 땀으로 얼룩져 있는데, 그건 모자의 주인이 땀을 많이 흘렸다는 증거야. 왓슨, 어떤 사람이 땀을 많이 흘리나?"

"몸이 허약하다거나 운동이 부족한 사람이……, 아!"

나는 대답을 하다 말고 조금 전 홈스와 같은 이야기를 하고 있다는 것을 깨닫고 깜짝 놀랐다.

"정말 자네 말대로군."

"그가 외출하지 않고 지낸다는 것을 추리하는 것도 그리 어려운 일이 아니었지. 자, 모자에 먼지가 많이 묻어 있지 않나? 그런데 껄끄러운 회색 먼지가 아니라 보풀 같이 미세한 갈색 먼지지? 이런 먼지는 집 안에서 생기게 마련이네. 그러니까 모자는 대부분 방 안에 걸려 있었던 거야. 먼지가 이 정도로 뽀얗게 쌓이려면 한동안은 밖으로 나가지 않았던 게 분명해. 왓슨, 만약 자네 부인이라면 자네가 켜켜이 먼지가 쌓여 있는 모자를 그냥 쓰고 외출하도록 했을까?"

"그야……."

"아니겠지? 그래, 절대로 그런 일은 없을 거네. 남편에게 애정이 있는 부인이라면 절대 그렇게 내버려 두지 않을 거네. 만약 오늘 자네가 이렇게 지저분한 모자를 쓰고 왔다면 나는 자네 부인이 더 이상 자네를 사랑하지 않는다고 생각했을 거야."

"음, 일리가 있군. 하지만 그가 독신일 수도 있지 않나?"

"아니야, 거위는 그가 아내에게 주는 선물이었거든. 크리스마스를 맞아 아내와의 관계를 개선해 볼 참이었겠지. 거위 발목에 카드까지 매달아서 말이네."

"이거야 원, 자네는 모든 문제의 해답을 알고 있군. 홈스, 한 가지만 더 물어보세. 그 집에 가스등이 없다는 건 어떻게 안 건가?"

"이 모자에는 여러 군데 기름 얼룩이 있었거든."

"그야 우연히 묻을 수 있는 거 아닌가?"

"한두 개라면 그렇게 생각했을 거야. 하지만 얼룩이 다섯 개 이상이라면 문제가 다르네. 쇠기름 양초를 자주 들고 다닌 사람이었다는 얘기지. 게다가 촛농이 떨어졌던 흔적도 있더군. 깜깜한 한밤중에 한 손에 모자를 들고 다른 손에는 불을 켠 양초를 들고서 계단을 올라간다고 생각해 보게. 모자에 얼룩이나 촛농 자국이 생기는 것이 당연하지 않겠나? 집 안에 가스등이 있었다면 이런 흔적들은 생기지 않았겠지."

"훌륭해! 나무랄 데가 없군."

나는 조금의 거짓도 없이 그의 추리에 찬사를 보냈다.

"하지만 자네가 말한 것처럼 그 거위가 헨리 베이커라는 자가 자신의 부인에게 선물하려던 것이었고 단순히 우발적인 소란으로 잃어버린 것에 불과하다면, 실망스럽기 그지없는 일 아닌가? 범죄와 관련이 없다면 이 훌륭한 추리가 무슨 소용인가?"

"글쎄, 그렇게만 볼 수는 없네."

"그건 무슨 소린가?"

하지만 나는 홈스의 대답을 듣지 못했다. 누군가 거칠게 방문을 열고 뛰어 들어왔던 것이다.

세기의 보석

"선생님!"

문을 열고 들어온 사람은 피터슨이었다. 그는 뛰어왔는지 두 뺨이 빨갛게 상기되어 있었으며 몹시 헐떡이고 있었다. 그는 말을 잇지 못하고 거위라는 소리만 되풀이했다.

"침착하게 말을 하게, 피터슨. 거위가 어떻게 됐다는 건가? 설마 살아나서 창밖으로 날아간 것은 아닐 테지?"

홈스는 거의 누워 있다시피 했던 몸을 반쯤 일으켜서 피터슨의 흥분한 얼굴을 쳐다보았다.

"이것 좀 보세요, 홈스 선생님."

그는 홈스 눈앞에 주먹을 쥔 손을 불쑥 내밀었다.

"거위의 배를 가르던 집사람이 모이주머니에서 발견한 겁니다."

피터슨이 내민 손 안에는 찬란하게 빛나는 푸른 돌 하나가 있었다. 그건 콩알보다 약간 작았는데, 마치 불을 비춘 것처럼 반짝거렸다. 한눈에 보기에도 평범한 돌이나 유리구슬이 아닌 것은 분명했다. 순간 홈스가 자리에서 벌떡 일어나 앉았다.

"멋지군! 좋은 걸 발견했어."

홈스는 휘파람까지 불면서 삐딱했던 자세를 바르게 하며 그것을 건네받았다.

"피터슨, 자네는 이게 뭔지 알고 있나?"

"다이아몬드라는 것 아닙니까요? 유리를 빵 자르듯 척척 자를 수 있다는 보석 말입니다."

피터슨은 상기된 얼굴로 큰 목소리로 말했다. 확신에 차 있는 것 같았다.

"웬만한 다이아몬드보다 더 귀한 거라네. 이건 보통 물건이 아니야. 보석 중에 보석, 보석의 왕이라고 일컬어지는 것이지."

다음 순간 내 머릿속을 스치는 것이 있었다.

"푸른 카벙클!"

나는 나도 모르게 외쳤다. 홈스는 그런 나를 보고 빙그레 웃었다.

"설마……. 홈스, 모르카 백작 부인이 잃어버렸다는 그 푸른 카벙클은 아니겠지?"

"왜 아니겠나? 크기나 모양이 정확히 일치하는군. 자네도 신문을 본 모양인데, 내용도 기억하고 있겠지?"

"물론이야. 요즘 하루도 거르지 않고 〈타임스〉지에 광고가 나고 있는데, 모른다면 이상하지. 하지만 놀랄 일이군. 거위 속에서 나온 것이 문제의 바로 그 보석이라니."

"그러게 말일세. 세상에 하나밖에 없는 것이라더니, 과연 아름답군. 1천 파운드의 현상금이 걸릴 만해. 여보게, 피터슨, 잘하면 자네에게 현상금 1천 파운드가 돌아가게 되겠는걸."

"1천 파운드요? 오, 하느님 맙소사!"

피터슨은 소리를 지르며 의자에 털썩 주저앉았다. 그는 한동안 넋을 잃은 사람처럼 입을 벌리고 있었다.

"뭐, 그렇게 놀랄 것도 없네. 보석의 시가에 비하면 20분의 1도 안 되는 작은 돈이니까."

"그래, 백작 부인이 재산의 절반을 내놓아도 아깝지 않다고 했다는 말도 들리더군. 그나저나 내 기억이 맞는다면 코즈모폴리턴 호텔에서 없어졌을 텐데, 날짜가……?"

"12월 22일이네. 바로 닷새 전이지. 보석은 백작 부인의 보석함에 있었는데, 감쪽같이 사라졌다더군. 유력한 용의자로 배관공 존 호너가 지목받고 있어. 모든 증거가 그에게 불리한 모양이야. 지금 사건은 순회 재판으로 넘어갔네. 그에 관한 기사가 어디 있을 텐데……. 오, 여기 있군."

홈스는 곁에 있던 신문 더미를 뒤적거리더니 마침내 한 장의 신문을 골라냈다.

"이건 오늘 신문이라네. '코즈모폴리턴 호텔 보석 도난 사건'이란 제목이 붙어 있군. 기사를 읽어 볼 테니 한번 들어 보게."

그는 신문을 반으로 접고는 기사를 읽기 시작했다.

코즈모폴리턴 호텔 보석 도난 사건

12월 22일에 발생한 모르카 백작 부인의 푸른 카벙클 절도 사건의 유력한 용의자가 전격 구속되었다. 용의자는 사건 발생 시 현장에 있었던 26세의 젊은 배관공 존 호너로, 현재 순회 재판에 회부되어 재판을 받고 있다.

호텔 급사장인 제임스 라이더는 사건 당일의 상황을 다음과 같이 증언하고 있다. 22일 급사장인 라이더는 모르카 백작 부인이 투숙해 있는 객실 벽난로의 받침쇠가 떨어졌다는 연락을 받고 땜질을 하기 위해 호텔의 배관공인 존 호너를 데리고 부인의 객실로 갔다. 그런데 호너가 수리를 하는 동안 곁에 서 있던 급사장은 급한 호출을 받고 방을 비우게 되었다. 30분 후 일을 처리하고 방으로 돌아와 보니 호너는 방에 없었다. 그뿐 아니라 옷장 서랍이 열려 있었는데 강제로 비틀어 연 흔적이 보였다. 또 화장대 위에는 모로코 가죽으로 만든 작은 보석함이 뚜껑이 열린 채로 뒹굴고 있었다. 당황한 급사장 라이더는 소리를 쳐서 사람을 불렀고, 그 소리를 듣고 달려온 백작 부인의 하녀 캐서린 쿠삭에 의해 보석함에 있었던 푸른 카벙클이 도난당했다는 사실이 확인되었다. 라이더는 즉시 경찰에 신고를 했고, 호너는 그날 저녁에 체포되었다. 그러나 대대적인 몸수색과 가택 수색에도 불구하고 보석은 찾지 못했다.

한편 호너를 직접 체포한 B구역의 브래드스트리트 경감의 증언에 의하면, 체포 당시 호너는 무죄를 주장하며 맹렬히 저항했다고 한다. 그러나 조사 결과 존 호너는 이미 절도 전과가 있는 범죄자였다. 결국 그는 즉결 재판 없이 순회 재판에 즉각 회부되었고, 심리를 받게 되었다. 심리가 진행되는 동안 극도로 흥분된 감정 상태를 보이던 호너는 판결을 받자마자 실신해 버려서 의무관들에 의해 실려 나갔다.

"재판 얘기는 별로 중요하지 않으니, 이 정도면 됐고……."

홈스는 신문을 내던지고 깊은 생각에 잠긴 듯 눈을 가늘게 떴다.

"진짜 중요한 문제는 어떤 경로를 거쳐서 코즈모폴리턴 호텔에서 도난당한 보석이 토트넘 거리에 버려진 거위의 모이주머니에서 나왔는가 하는 거라네. 하여튼 자네 우려와는 달리 우리가 조금 전에 했던 추리가 쓸모가 있을 것 같군."

홈스는 나를 보며 싱긋 웃고 말을 이었다.

"바로 여기에 거위의 뱃속에서 나온 보석이 있네. 그런데 그 거위는 원래 낡은 모자의 주인, 바로 크리스마스 밤에 토트넘 거리를 지나갔던 헨리 베이커라는 사람의 소유였던 것이지. 결국 이 사건을 해결하기 위해서는 그 남자를 찾아내는 것이 급선무일 걸세. 그가 이 보석 절도 사건에서 어떤 역할을 담당했는지 확인해야만 하네."

"하지만 그 사람을 어떻게 찾는단 말인가?"

내가 물었다.

"가장 간단한 방법을 쓸 거야. 바로 신문광고라네. 물론 거위 뱃속에 보석이 있는 줄은 꿈에도 모르는 것처럼 광고를 내야겠지."

"그런다고 그 사람이 찾아오겠나?"

"물론! 그 사람은 분명히 신문을 주시하고 있을 거네. 당시에는 유리창을 깨뜨렸기 때문에 경찰처럼 보이는 피터슨이 달려오자 당황할 수밖에 없었을 거야. 달아나는 것 이외에는 아무 생각도 할 수 없었겠지. 거위를 떨어뜨렸다는 것도 모를 정도로 말이네. 하지만 지금은 그 일을 무척 후회하고 있을 게 틀림없어. 지금의 처지를 생각한다면 거위를 잃어버린 것은 상당한 손실이니 말일세. 상황이 이러니 자신의 이름과 함께 거위를 찾아가라는 신문광고를 보게 된다면 한달음에 달려오지 않고 배기겠나? 만에 하나 그 사람이 신문을 보지 못했다고 해도 주변 사람들이 그에게 알려 줄 수도 있겠지."

"하지만 자존심이 있는 사람이 거위를 찾겠다고 찾아올까? 더구나 유리창을 깨뜨린 것 때문에 주저할지도 모르지 않나?"

"그럴 수도 있네."

"뭐라고?"

홈스는 놀라는 나를 재미있다는 눈길로 바라보았다.

"만약 이게 실패하면 그때 가서 다른 방법을 취하면 되네. 문제의 보석이 이미 나한테 있는데 급할 게 뭐 있나? 여유를 갖게, 왓슨."

나는 달리 할 말이 없었다.

"그럼 광고는 뭐라고 낼 건가?"

"간단하게! 왓슨, 거기에 있는 연필과 종이를 집어 주겠나?"

나는 책상에서 홈스가 원하는 것을 찾아 건네주었다.

> 토트넘 거리에서 크리스마스 만찬용 거위와 검은 중절모를 습득했음. 헨리 베이커 씨는 오늘 저녁 6시 30분까지 베이커 가 221B번지로 오셔서 찾아가기 바람.

홈스는 종이에 쓴 것을 나에게 보여 주었다.

"정말 간단하군."

"그렇지? 이제 우리 집이 경찰서가 아니라는 것은 그도 잘 알 거야. 게다가 유리 한 장의 가격보다는 거위 한 마리의 가격이 더 비싸다네. 그러니 그가 이 광고를 보게만 된다면 분명 찾아올 거야. 너무 걱정하지 않아도 돼. 피터슨, 자네는 어서 광고 대행소로 달려가서 거기 적힌 대로 신문광고에 내 달라고 하게. 여기 있네."

피터슨이 종이를 받아 들며 물었다.

"어느 신문에 낼까요?"

"〈글로브〉, 〈스타〉, 〈폴 몰〉, 〈세인트제임스〉, 〈이브닝 뉴스 스탠더드〉, 〈에코〉, 또 뭐가 있지? 음, 그냥 자네가 알아서 모든 석간신문에 나도록 해 주게."

"알겠습니다. 그런데 보석은 어떻게 하실 겁니까?"

"아, 이건 잠시 내가 맡아 두지. 아, 그리고 잊을 뻔했는데, 돌아오는 길에 거위 한 마리를 사다 주게. 크기는 자네가 주웠던 그 거위만한 것이었으면 좋겠군. 그 가련한 신사에게 빈손으로 돌아가라고 할 수는 없지 않나? 원래의 거위는 자네 식구들이 먹어 치웠을 테니 말이야."

피터슨은 홈스에게 거위 값을 받아 들고 서둘러 방을 나갔다.

"정말 아름답군."

그가 나가자 홈스는 보석을 햇빛에 비춰 보며 말했다.

"이 번쩍이는 빛 좀 보게. 그 수많은 범죄의 원인이 되었던 것도 무리는 아니군."

"수많은 범죄라니? 그게 무슨 소린가?"

"이름 있는 보석이라 하는 것들은 모두 피비린내 나는 사건을 불러일으키는 힘이 있어. 마치 악마의 미끼처럼 말이야. 크고 오래된 것일수록 일어난 사건의 수도 많을 뿐 아니라 추악하고 참혹하게 마련이지. 이 푸른 카벙클도 마찬가지네. 세상에 나타난 지 이제 겨우 20년밖에 안 되었지만 끔찍한 사건이 일어난 건 다른 보석에 뒤지지 않을

정도거든. 황산 투척, 자살, 절도에 심지어 살인 사건도 두 번이나 일어났네. 겨우 40그레인짜리 돌멩이에 불과한 이것이 감옥과 교수대로 인도하는 사자인 셈이지."

"이게 그렇게 가치가 있는 것인가?"

사실 나는 보석에 대해서는 거의 문외한이었다.

"색깔이 특이하기 때문이네. 이건 특성상 홍옥이면서도 다른 것들처럼 빛깔이 붉지 않고 푸른빛이 돈다네. 보석이란 순도나 크기에 따라 값어치가 결정되기도 하지만, 그만의 독특한 성질도 중요한 결정 요인이 되거든. 그런데 중국 남부인 아모이 강변에서 발견된 이 푸른 카벙클은 아직까지는 세상에서 유일한 것이라고 봐야 할 거야. 그런 의미에서 몇 푼의 돈으로 이 보석의 가치를 따진다는 건 무의미하지. 유일한 것에 대한 인간의 욕망은 한이 없으니 말일세. 어쨌든 이 보석은 상자 안에 넣고 튼튼한 자물쇠로 잠가 두어야겠군."

"원래 주인인 모르카 백작 부인에게는 연락을 안 할 셈인가?"

"안 그래도 편지를 보낼 생각이네. 보석을 잃어버리고 마음고생이 심할 텐데 당연히 근심을 덜어 주어야 하지 않겠나? 하지만 급하진 않아."

홈스는 자리에서 일어나 벽난로 선반 위에 있던 작은 궤짝 안에 푸른 카벙클을 넣고 자물쇠를 채웠다.

"호너라는 친구가 정말 범인일까?"

나는 홈스가 다시 의자에 앉기를 기다렸다가 물었다.

"지금으로선 뭐라고 말할 수 없네."

"그럼 헨리 베이커는 어때? 그 사람이 사건과 관계가 있겠나?"

"가능성으로 따지자면 호너보다 낮을 걸세. 헨리 베이커는 자신이 갖고 있던 거위가 순금으로 만든 거위보다 더 값나가는 거라는 사실을 몰랐던 게 틀림없어. 그건 간단한 시험으로 증명해 줄 수가 있네. 우선은 그가 광고를 보고 여기를 찾아와야겠지만 말이야."

"그럼 그때까지는 달리 할 일이 없겠군."

"그렇다네."

"그럼 나는 일단 병원에 갔다가 이따가 다시 옴세. 이런 사건을 놓친대서야 말이 되나? 하지만 예약된 환자가 있어서 가 보지 않을 수가 없군. 그럼, 6시 30분까지는 무슨 일이 있어도 오겠네."

"기쁘게 기다리고 있지. 아, 그럼 오랜만에 식사나 같이 할까? 아까 허드슨 부인이 그러는데, 저녁 식사는 7시이고 멧도요새 요리를 준비한다더군. 그래! 혹시 모르니 허드슨 부인에게 멧도요새의 모이주머니를 잘 뒤져 보라고 해야겠는걸."

예상 적중

나는 마지막 환자의 진료가 길어지는 바람에 약속시간 안에 베이커 가로 돌아올 수 없었다. 마차를 급하게 몰았지만 베이커 가에 도착했을 때는 이미 저녁 6시 30분이 조금 지나 있었다. 그런데 현관 앞에는 챙이 없는 검은색의 모자를 쓴 남자가 서 있었다. 현관 유리창으로 흘러나오는 실내의 불빛에 비친 그는 키가 몹시 컸고 외투의 단추를 목 위에까지 채우고 있었다. 이미 초인종을 눌렀는지 내가 현관에 도달하기 전에 문이 열렸다. 그는 사환 아이의 안내로 2층으로 올라갔고, 예상대로 홈스의 방문을 두드렸다. 이윽고 안에서 들어오라는 익숙한 내 친구의 음성이 들려왔다.

"들어오십시오."

문이 열리자 홈스가 안락의자에서 일어서는 것이 보였다.

"헨리 베이커 씨 맞으시지요?"

손님은 고개를 끄덕였다. 홈스는 다정한 태도로 손님을 맞이했다.

"추위를 몹시 타시는 것 같은데, 여기 불 옆에 앉으십시오. 정말 추운 밤이군요. 왓슨, 자네도 마침 제시간에 왔군."

나는 의자에 앉으며 손님을 살펴보았다. 그리고 다음 순간 놀라지 않을 수 없었다. 아침에 홈스가 추리한 대로 반백의 유난히 큰 머리의 소유자였던 것이다. 이발을 한 지 얼마 되지 않았다는 것과 라임 향이 지독한 머릿기름을 바른다는 것도 정확히 일치했다. 또 붉게 물들어 있는 콧잔등과 야윈 뺨, 그리고 미세하게 떨리고 있는 손은 그가 얼마나 술에 찌들어 살고 있는가를 증명해 주었다. 그뿐이 아니었다. 그가 입고 있는 검정색 프록코트는 흉하게 물이 빠지고 군데군데 닳아 있었지만, 과거에는 제법 많은 돈을 주고 샀을 만한 것이었다. 한 치의 오차도 없는 정확한 추리였다.

홈스는 남자가 의자에 앉자 책상에 있던 모자를 가져왔다.

"이게 당신 모자가 맞습니까?"

손님은 홈스에게서 모자를 받아 살펴봤다. 안에 셔츠를 받쳐 입지 않았는지 프록코트 소매 밖으로 몹시 야윈 손목이 보였다.

"네, 틀림없이 제 모자입니다."

그의 음성은 낮았지만 또박또박 끊어지는 정확한 발음으로 조심스럽게 대답하는 것으로 보아 학력과 지식을 갖춘 사람 같았다.

"제 주인을 찾아서 다행입니다. 우리가 그 모자를 보관한 지 벌써 사흘이나 되어서 주인을 못 찾는 건 아닌가 하고 걱정을 했었거든요. 그런데 분실물 광고를 안 내셨더군요. 왜 그러셨죠?"

베이커는 약간 겸연쩍은 듯이 웃었다.

"광고를 낼 만큼 제 경제 사정이 그리 좋은 편이 아닙니다. 그 이유가 아니더라도 광고는 내지 않았을 겁니다. 사실 불량배들하고 시비가 붙는 통에 잃어버렸기 때문에 그자들이 모자와 거위를 가져갔을 거라고 생각했으니까요."

"그러셨군요. 그런데 베이커 씨, 죄
송하게도 그 거위는 돌려드릴 수가 없
겠군요. 우리가 먹어 버렸거든요."

"네? 드셨다고요?"

베이커는 놀라며 의자에서 몸을 반
쯤 일으켰다.

"그렇게 되었습니다. 그렇게 훌륭한
거위를 상하게 놔 둘 수는 없지 않겠습
니까? 대신 다른 거위를 준비해 두었

지요. 저 선반 위에 있습니다. 무게도 거의 같고 무엇보다도 싱싱하
니, 괜찮으시겠지요?"

"아, 그럼요. 좋고말고요. 이제야 아내에게 면목이 서겠습니다."

베이커는 안심한 듯 표정이 밝아졌다.

"잡아먹은 거위에게서 남은 것이라고는 깃털과 다리, 그리고 모이
주머니뿐입니다만, 그거라도 원하신다면 드리겠습니다."

그는 큰 소리로 웃음을 터뜨렸다.

"홈스 씨, 별 우스운 말씀을 다 하시는군요. 그것들을 뭐에 쓴단
말입니까? 뭐, 그날 밤에 겪은 모험의 기념물일 수는 있겠군요. 하지
만 저는 선반 위에 있는 저 멋진 거위만 있으면 됩니다."

홈스는 어깨를 으쓱하더니 나를 슬쩍 쳐다보았다.

"그러시겠습니까? 그럼 원하는 대로 하십시오. 모자와 저 거위만
가져가시면 되겠군요."

베이커는 벌떡 일어나 선반 위에 있던 거위를 옆구리에 꼈다.

"아, 베이커 씨, 제가 거위 고기를 아주 좋아해서 그러는데, 실례
가 안 된다면 그때 그 거위를 어디에서 사셨는지 알려 주실 수 없을

까요? 그렇게 큰 놈은 처음이었거든요."

"그야 어려운 일도 아니지요."

베이커는 신이 나서 말했다.

"그것은 아무 푸줏간에서나 살 수 있는 게 아닙니다. 박물관 근처에 '알파'라는 술집이 있는데, 그 술집의 주인이 사 준 것이지요. 사실 저는 제 패거리들과 낮에는 박물관에 가 있다가 저녁이면 그 술집으로 몰려가곤 합니다. 그런데 올해 초에 그 집 주인인 윈디게이트가 '거위 클럽'을 만들자고 하더군요. 매주 몇 펜스 정도의 회비를 내서 크리스마스 때 사용할 만찬용 거위 한 마리씩을 장만하자는 것이었지요. 크리스마스라고 해도 선뜻 거위를 살 만한 여유가 없는 저로서는 마다할 이유가 없었습니다. 저는 한 번도 거르지 않고 꼬박꼬박 회비를 냈습니다. 그리고 마침내 윈드게이트로부터 거위를 받았지요. 그런데 불량배들과 만나면서 잃어버렸던 거지요. 아무튼 뭐라고 감사의 말씀을 드려야 할지 모르겠군요. 거위도 그렇지만, 모자를 찾게 되어 더욱 기쁘군요. 제 나이에 맞지도 않는 이 챙 없는 모자를 더 이상 쓰고 다니지 않아도 되니 말입니다."

베이커는 진실로 기쁜 얼굴로 모자와 거위를 가지고 방을 나갔다. 홈스는 손님을 배웅한 후 문을 닫으면서 나에게 말했다.

"저 사람은 이 사건과 무관하군. 안 그랬다면 모이주머니라도 가져가겠다고 했을 테니 말이야. 어떤가, 자네도 이의가 없겠지?"

나는 고개를 끄덕이는 것으로 대답을 대신했다.

"그럼, 헨리 베이커는 이것으로 됐고……. 그런데 자네 시장한가?"

"아니, 별로."

"그러면 저녁은 조금 뒤로 미루고 밖에 좀 나갔다 오세. 진짜 범인을 잡아야 하지 않겠나?"

"진짜 범인? 그럼 존이란 자가 범인이 아니라고 생각하는 건가?"

"그는 그저 누명을 쓴 것에 불과하네. 하지만 전과가 있기 때문에 혐의를 벗기가 어려울 거야. 왓슨, 기왕 귀한 정보를 얻었으니 보다 확실한 단서를 찾아 하루라도 빨리 억울한 감옥살이에서 벗어나게 해 줘야 하지 않겠나? 쇠뿔도 단김에 빼라는 말도 있으니 말이야."

"그렇다면 대환영일세."

몹시 추운 밤이었다. 우리는 얼스터코트의 깃을 한껏 올리는 것으로도 모자라 스카프까지 둘렀다. 밤하늘에는 구름 한 점 없이 차갑게 별이 반짝였고, 오가는 사람들의 입에서는 굴뚝에서 연기가 나듯 하얀 입김이 쏟아져 나왔다. 홈스와 나는 군데군데 얼어붙은 빙판길을 거슬러 15분을 걸었다. 병원이 몰려 있는 거리를 지나고 윔폴 가, 할리 가, 윅모어 가, 옥스퍼드 가를 거쳐 홀본 가에 도착했다. 우리의 목적지인 '알파'라는 술집은 그 거리 모퉁이에 있었다. 홈스는 조금도 주저하지 않고 문을 밀치고 안으로 들어갔다. 우리가 두리번거리며 자리를 찾자 얼굴이 붉고 하얀 앞치마를 두른 주인이 다가왔다. 홈스가 말했다.

"이 집 거위만큼이나 맥주가 훌륭하면 좋겠군요."

"거위라뇨?"

주인은 놀라며 되물었다.

"만찬용 거위를 여기서 판다고 들었는데⋯⋯. 30분 전에 거위 클럽의 회원이신 헨리 베이커 씨를 만났거든요. 거위가 크기도 크고 맛도 좋았다고 자랑하시더군요."

"아, 이제야 무슨 말씀인지 알겠습니다. 그렇지만 우리 가게에서는 거위를 취급하지 않습니다. 그 거위는 거위 클럽을 위해 특별히 사 온 거지요. 지금은 스물네 마리 모두 나눠 주고 하나도 남아 있지 않습니다."

"저런, 그 거위를 사려고 온 건데……. 미안하지만 어디에서 샀는지 알려 줄 수 없겠소?"

"코벤트 가든 시장에서 장사를 하는 브렉킨리지라는 자에게 샀습니다."

"그 동네는 나도 잘 아는데, 브렉킨리지라는 사람은 잘 모르겠군요. 할 수 없지, 가서 찾아보는 수밖에. 여러 가지로 도와줘서 고맙소, 주인장. 건강하시고 이 가게도 번창하길 빌겠소."

술집을 나오자 홈스는 외투 단추를 끼웠다.

"브렉킨리지라는 자를 찾아갈 건가?"

"당연하지. 이 사건의 시작은 하찮은 거위 한 마리였지만, 이제는 죄도 없이 감옥에 갇혀 있는 불행한 한 사나이가 걸려 있네. 이대로 시간이 가면 그는 7년 형을 언도받고 말 거야. 우리는 지금 경찰도 모르는 단서를 쥐고 있네. 대단한 기회를 잡은 셈이지. 난 이 기회를 놓치고 싶지 않네. 오늘 밤 안으로 해결할 수 있다면 좋겠군. 자, 어서 남쪽으로 가세."

한밤의 추적

우리는 또다시 추운 런던 거리를 걸었다. 엔델 가와 빈민굴을 지나 코벤트 가든 시장으로 갔다. 브렉킨리지를 찾는 것은 생각만큼 어렵지 않았다. 시장에 들어선 지 얼마 되지 않아 우리는 '브렉킨리지'라고 쓰여 있는 커다란 간판을 볼 수 있었던 것이다.

가게는 제법 컸고 깔끔했다. 안으로 들어가자 주인으로 보이는 한 남자가 심부름을 하는 남자 아이와 함께 가게 문을 닫을 준비를 하고 있었다. 주인은 구레나룻을 단정하게 기르고 있었는데, 왠지 예민해 보이고 얄밉게 생긴 인상이었다.

"안녕하시오? 날씨가 제법 춥군요."

홈스가 인사말을 건네자 주인은 고개를 건성으로 까닥하고는 우리를 빤히 쳐다보았다.

"문 닫을 시간입니다만, 뭐가 필요하시오?"

"거위를 사러 왔는데, 없는 모양이군요."

홈스가 말한 것처럼 판매대에는 아무것도 없었다.

"내일 아침에 다시 오시오. 그때면 5백 마리라도 드릴 수 있소."

"이런, 지금 당장 필요한데 난처하게 됐군."

"그럼 저기 가스등이 켜져 있는 가게로 가 보시오. 운이 좋다면 몇 마리는 남아 있을 게요."

"하지만 당신네 물건이 좋다는 말을 듣고 먼 길을 마다하지 않고 온 건데……."

"누가 그럽디까?"

"알파 술집 주인이 그러더군요."

"아, 알파! 크리스마스 만찬용 거위를 말하는 거로군. 그때 스물네 마리를 보내긴 했지."

"정말 훌륭하더군요. 도대체 그 거위를 어디서 구한 거요?"

"여보시오!"

다음 순간 나는 깜짝 놀랐다. 주인이 갑자기 화를 내며 소리를 쳤던 것이다. 그는 허리에 두 손을 얹고 홈스를 매섭게 노려보았다.

"당신들 뭐하는 자요? 경찰이라도 되는 거요? 도대체 용건이 뭐요?"

"용건이라니 무슨 말을 하는 거요? 난 단지 오늘 밤 그 거위를 사고 싶은 것뿐이오. 하지만 지금 당신한테는 없지 않소? 어디서 구했는지만 알려 주면 내가 직접 찾아가 보겠소."

"다 듣기 싫소. 어서 돌아가요! 가란 말이오!"

주인은 막무가내였다. 그는 손을 휘저으며 홈스를 밀어냈다.

"주인장, 별것도 아닌 일로 왜 그렇게 화를 내는 거요?"

"그놈의 거위 때문에 하루 종일 시달렸는데, 당신 같으면 화가 안 나겠소?"

"그게 무슨 말입니까?"

"여보쇼, 장사라는 건 좋은 물건을 사들이고 적당한 가격에 팔면 그것으로 끝나야 하는 거요. 그런데 거래가 다 끝난 마당에 어디에다 팔았는지, 몇 마리나 팔았는지, 심지어 도로 살 수 없느냐는 둥 이따위 질문들이 왜 필요하냐 말이오? 게다가 이제는 어디에서 샀냐고? 이거야 원, 이 소동을 세상 사람들이 알면 이 세상에서 우리 집만 거위를 파는 줄 알겠소."

홈스는 태연하게 대답했다.

"꽤난 시달린 모양이군요. 하지만 난 그 사람들과 상관없소. 그나저나 내기는 어떻게 한다?"

"내기? 무슨 내기요?"

"아, 사실은 저 친구와 내기를 했는데, 당신이 그 거위를 산 곳을 알려 줘야만 승패가 갈리거든요."

"자세히 말해 보시오."

주인은 화를 내고 있었다는 것도 잊은 채 관심을 보였다.

"내가 거위라면 제법 아는 편인데, 당신이 보낸 거위는 정말 훌륭하더군요. 그래서 나는 시골에서 키운 게 틀림없다고 생각했지요. 그런데 저 친구가 런던 시내에서 키워진 거위라고 하는 거요. 그래서 5파운드를 걸고 내기를 하게 됐지요."

"쯧, 그렇다면 당신은 5파운드를 잃었소. 그 거위는 시내에서 기른 거요."

"아니오, 그럴 리가 없소."

"정말이오."

"잘못 안 거 아니오?"

"딱한 양반일세. 어릴 때부터 이 바닥에서 구른 나보다 당신이 거위에 대해서 더 잘 안다는 거요? 알파 술집으로 보낸 거위는 모두 런던 내에서 길러진 게 틀림없소."

"믿을 수 없소."

"그럼 나하고 내기합시다."

주인은 성을 내며 덤볐다. 그러나 홈스는 여전히 태연했다.

"내가 이길 게 뻔하지만, 당신이 원한다면 그렇게 하지요. 난 그 거위가 시골에서 자란 것이라는 데 1파운드 걸겠소."

홈스가 호기롭게 말하자 주인은 음산하게 낄낄거렸다.

"좋소, 후회하지 마시오. 빌, 거래 수첩하고 장부를 가져와라!"

빌이라 불린 남자 아이는 얇고 작은 수첩과 기름때가 묻은 큰 장부를 가져와서는 가스등 바로 아래의 탁자 위에 놓았다.

"이 수첩에는 내가 거래하는 사람들의 이름과 연락처가 적혀 있소. 이쪽에 있는 게 시골에 있는 거래처들인데, 이름 옆에 있는 숫자는 거래 날짜와 내용을 적은 장부의 페이지를 적어 놓은 거요. 도심의 거래처들은 붉은 잉크로 써 있소. 잘나신 양반, 그 세 번째 줄에 있는 이름을 읽어 보시겠소?"

"오크숏 부인, 브릭스턴 골목 117번지, 249."

홈스는 소리 내어 읽었다.

"그건 그 부인과 거래한 내용이 이 큰 장부의 249쪽에 있다는 거요. 직접 찾아보시오."

홈스는 이번에도 군소리 없이 그가 시키는 대로 했다.

"여기 있군. '오크숏 부인. 브릭스턴 골목 117번지. 달걀, 닭, 거위 공급자. 12월 22일, 거위 스물네 마리 구입, 7실링 6펜스', '알파 술집의 윈디게이트 씨에게 판매, 12실링', 음……."

"아직도 할 말이 있소?"

주인이 약을 올리듯 킬킬거리며 물었다. 홈스
는 몹시 분한 듯 얼굴까지 붉히며 호주머
니에서 1파운드를 꺼내더니 탁자 위에 내
던지고는 그대로 가게를 나가 버렸다. 나
는 서둘러 그의 뒤를 따랐는데 뒤에서 통쾌
한 주인의 웃음소리가 들려왔다.

"고맙소, 손님!"

주인이 소리쳤지만 홈스는 뒤도 돌아보지 않았다. 그가 정말로 화
가 난 것은 아닌지 의심이 들 정도로 그의 뒷모습에서는 찬바람이
일었다. 그러나 가게에서 20피트쯤 떨어진 가로등 아래에서 걸음을
멈춘 홈스는 소리를 죽여 가며 웃고 있었다.

"왓슨, 내 솜씨 어떤가? 저 사나이, 처음 같았으면 1백 파운드를
준다고 해도 얘기해 주지 않았을 거야. 하지만 구레나룻을 저런 모
양으로 다듬고 호주머니에 '동부 축구 신문' 따위를 넣고 다니는 사
람을 구슬려 정보를 얻는 데는 내기만큼 효과적인 방법이 없다네.
아니나 다를까, 내가 지는 꼴이 보고 싶었는지 죄다 떠들어 대는 꼴
이라니. 1파운드를 뺏기긴 했지만 이처럼 완벽한 정보를 얻었으니,
큰 손해라고 할 수는 없겠군."

홈스는 가로등을 한 손으로 붙잡고 한참을 키드득거렸다.

"이제 어떻게 할 셈인가?"

"글쎄, 조사는 거의 끝나 가지만 지금 곧장 오크숏 부인을 찾아갈
지, 아니면 내일로 미룰지 결정해야겠지. 그런데 저 가게의 괴짜 주
인의 말에 의하면, 우리 외에도 이 사건에 관심 있는 사람이 또 있는

모양이더군. 분명히 이 사건의 수수께끼를 푸는 열쇠는 그자에게 있어. 그래서…….”

그때였다. 우리가 막 나온 가게에서 주인의 고함소리가 들려왔다. 홈스는 말을 멈추고 뒤를 돌아보았다. 한 사내가 가게 앞에 서서 굽실거리고 있었는데, 사내가 마른 탓도 있겠지만 가게 천장에 매달린 등의 노란 불빛 때문에 굽실거리고 있는 사내의 모습은 마치 생쥐 같았다. 가게 주인은 문 앞에 버티고 서서 그를 향해 종주먹을 들이대고 있었다.

“썩 꺼지지 못해! 네놈도 그렇고 거위도 그렇고, 이젠 신물이 난다. 모두 지옥에나 가 버리라고 해! 또 와서 허튼소리를 지껄여 대면 그때는 개를 풀어 놓을 거다.”

주인은 시장이 떠나가라 소리를 지르고 있었다.

“하지만 브렉킨리지 씨, 그 거위만 돌려주시면 돈은 원하시는 대로 드리겠습니다.”

“시끄러워. 난 엄연히 정당한 돈을 주고 샀어. 그러니까 네놈에게 대답해 줄 의무 따윈 없어.”

“제발 부탁입니다. 그중 한 마리가 내 것이었단 말입니다.”

“그럼 오크숏 부인에게 가서 달라고 해야지 왜 나한테 와서 귀찮게 하는 거야?”

“그 거위여야만 해요. 제발 부탁입니다. 제 거위를 돌려주세요. 파셨다면 어디로 파셨는지 그것만이라도 알려 주세요.”

“정말 끈질기군. 국왕을 데리고 와 봐라, 내가 가르쳐 주나. 어서 꺼져!”

가게 주인이 주먹을 휘두르며 사납게 덤벼들자 그 사내는 재빨리 어둠 속으로 도망쳐 버렸다.

"왓슨, 저자가 어떤 자인지 알아봐야겠어. 어서 따라가 보세. 어쨌든 덕분에 브릭스턴까지 갈 필요는 없겠군."

홈스는 나직이 속삭이더니 어느새 모여든 구경꾼들을 헤치고 나아가 그 사나이를 쫓았다. 키가 작은 그 사내는 주인의 시야에서 벗어나자 어깨를 축 늘어뜨리고 천천히 걷고 있었는데, 빠른 걸음으로 뒤따라 간 홈스가 그의 어깨를 툭 쳤다. 사내는 화들짝 놀라며 뒤를 돌아다보았다. 어찌나 놀랐는지 그의 얼굴에는 핏기가 없었다.

"뭐, 뭡니까?"

그의 목소리는 미세하게 떨리고 있었다. 홈스는 부드럽게 말했다.

"초면에 실례인 줄 알지만, 당신이 저 가게에서 하는 이야기를 무심코 듣게 되었는데 내가 도움이 될 수 있을 것 같군요."

"당신이 누군데 도와준다는 말이오? 내 용건이 대체 무엇인지나 알고 하는 말입니까?"

"나는 셜록 홈스라고 합니다. 아무도 모르는 일을 알아내는 것이 내 직업이지요. 그래서 말인데 당신이 찾는 거위의 행방은 제가 잘 알고 있습니다."

"뭐라고요?"

"브릭스턴 골목에 사는 오크숏 부인이 브렉킨리지라는 상인에게 판 거위는 알파라는 술집의 주인인 윈디게이트 씨에게 팔렸습니다. 그리고 다시 헨리 베이커 씨에게 넘어갔지요."

사내가 떨리는 두 손을 내밀며 감격스럽게 외쳤다.

"아! 당신이야말로 제가 찾던 분이군요. 이렇게 도움을 받다니, 정말 감사합니다."

"별 말씀을. 그런데 제가 이번 일을 어떻게 알게 됐는지 말씀드리고 싶군요. 기왕 이렇게 된 거 바람이 몰아치는 시장 바닥에서 이러고 있을 게 아니라 따뜻한 장소로 옮깁시다. 아, 그전에 당신의 이름이나 말씀해 주시겠소?"

사내는 약간 머뭇거리는 기색이었지만 이내 결심한 듯 말문을 열었다.

"존 로빈슨입니다."

다음 순간 홈스가 호탕하게 웃어 대기 시작했다.

드러난 진범

자신을 존 로빈슨이라고 소개한 사내는 당황한 듯 두 눈을 크게 뜨고 홈스를 주시했다.

"한 가지 말해 드리겠는데, 나는 가명을 쓰는 사람과는 일하지 않소."

홈스의 말투는 상냥하기 그지없었지만, 사내는 움칠하더니 하얀 뺨에 홍조를 띠었다.

"네? 무슨 말씀이신지······."

"그렇게 나온다면 나도 도와줄 수 없소. 잘 가시오."

홈스는 모자의 챙을 살짝 들고 인사를 한 후 바로 사내에게서 등을 돌렸다. 그러나 한 걸음도 내딛기 전에 사내의 손에 소매를 붙잡히고 말았다.

"아, 잠깐만요. 제임스 라이더, 제임스 라이더가 제 본명입니다."

그가 다급하게 외쳤다.

"그렇다면 코즈모폴리턴 호텔의 급사장이시겠군요?"

"어떻게 그걸……?"

"이야기는 조금 있다가 합시다. 마침 저기 마차가 오는군."

홈스는 지나가던 사륜마차를 불러 세운 후 사내를 앞세워 마차에 올랐다. 라이더는 자신이 처한 상황이 행운이지 불행인지 알 수 없다는 표정으로 우리를 번갈아 쳐다보았다. 홈스는 마부에게 베이커 가로 가라고 이른 후 팔짱을 끼고는 눈을 감아 버렸다. 베이커 가의 하숙집으로 가는 30분 동안 내 친구는 마치 잠이라도 자는 것처럼 아무 말도 하지 않았다. 그러나 라이더는 초조함을 감추지 못한 채 거친 숨을 몰아쉬었다. 하숙집의 거실에 들어서자 마침내 홈스가 입을 열었다.

"겨우 돌아왔군! 이런 밤에는 역시 따뜻한 집이 최고지. 그렇지 않습니까, 라이더 씨? 몹시 떨고 계시는 걸 보니, 추위를 많이 타시는 모양이군요. 불 가까이 와서 앉으십시오."

홈스는 미적거리는 라이더를 난로 옆 버들고리 의자에 앉게 하고는, 외투와 모자를 벗은 후 실내화로 갈아 신었다. 홈스의 행동은 지켜보는 사람이 진력이 날 정도로 모든 것이 느리기만 했다.

"자, 당신이 궁금한 건 오크숏 부인에게 브렉킨리지가 산 거위들의 행방이겠지요?"

"네."

"아, 거위들이 아니라 거위라고 해야 하겠지요? 당신이 관심 있는 건 꼬리에 검은 줄무늬가 있는 흰 거위 한 마리뿐이니까 말이오."

"네, 맞습니다."

라이더는 갑자기 흥분해서 외쳤다.

"선생님, 그게 어디에 있는지 알고 계신

겁니까?"

"바로 이 방에 있었소."

"이 방요?"

"그렇소. 만찬용으로 더할 나위 없이 훌륭했소. 그런데 생각보다 훨씬 값진 거위였더군요. 당신이 그토록 애가 타서 찾아다니는 것도 이해가 됩니다."

"네? 그게……."

라이더는 의혹이 가득한 눈동자로 부들부들 떨기 시작했다. 그러나 홈스는 아랑곳하지 않은 채 예의 부드러운 목소리로 말을 이어 나갔다.

"물론 그 거위는 우리의 식탁을 화려하게 장식해 주었소. 그런데 말이오, 그 녀석은 죽은 후에도 알을 낳더군요. 더 괴이한 것은 그게 아름답고 번쩍거리는 푸른색의 알이었다는 거지요."

홈스는 자리에서 벌떡 일어나 벽난로로 다가갔다. 그리고 선반 위에 있던 궤짝의 자물쇠를 열고 문제의 카벙클을 꺼내 들었다.

"당신이 찾던 건 거위가 아니라 바로 이것이었지?"

라이더는 뭐라 말도 못하고 새파랗게 질린 채 떨고만 있었다. 그러나 그의 눈동자는 신비한 푸른빛을 내뿜는 푸른 카벙클을 좇고 있었다. 마치 자신의 것이라고 주장이라도 하고 싶어 하는 것 같았다.

"라이더, 게임은 끝났다."

홈스가 조용히 말했다. 라이더는 자리에서 일어났지만 금방이라도 쓰러질 것 같은 사람처럼 비틀거리더니 간신히 벽난로의 기둥을 붙잡았다.

"이런, 이제 보니 죄를 저지를 만한 위인도 아니구먼. 왓슨, 저 친구가 의자에 앉게 좀 도와주게. 잘못했다간 불 속으로 넘어지겠어.

기왕이면 브랜디도 한 잔 갖다 주게."

라이더는 떨리는 손으로 내가 건네는 브랜디 잔을 받고는 단숨에 들이켰다. 조금 후 창백했던 그의 얼굴에 서서히 화색이 돌아왔다. 그러나 그의 눈동자는 여전히 겁먹은 그대로였다.

"이제야 조금 사람 꼴 같군."

홈스는 눈살을 찌푸리고 혀를 찼다.

"어떻게 된 사건인지는 이미 알고 있지만, 사건을 매듭짓자면 확인해 두어야 할 것이 있다. 이미 당신이 범인이라는 건 명백해. 또 증거도 충분하니 발뺌할 생각은 안 하는 게 좋을 거야."

라이더는 힘없이 고개를 끄덕였다.

"모르카 백작 부인이 푸른 카벙클을 가지고 있다는 건 어떻게 알았나?"

"캐서린 쿠삭이 알려 줬습니다."

"백작 부인의 하녀 말이군. 훌륭한 공범이군. 그래서 갑자기 부자가 될 욕심을 가지게 되었다 이거군. 하기야, 그런 유혹을 뿌리친다는 게 쉬운 일은 아니지."

홈스는 빙긋 웃었다.

"하지만 라이더, 당신은 악당으로서의 자질이 충분한 것 같군. 아무 죄 없는 사람에게 덮어씌우는 악랄한 짓을 했으니 말이야. 배관공인 존 호너가 절도 전과자라는 것을 이미 알고 있었기 때문에 계획을 세우기 쉬웠겠지. 물론 그 계획에는 하녀인 캐서린 쿠삭의 도움이 절대적으로 필요했어. 그녀가 사전에 백작 부인의 방에 있는 벽난로 받침쇠를 일부러 망가뜨려 놓아야 했으니까 말이야. 자네는 아무것도 모르는 호너를 데리고 그 방으로 갔던 거지. 그리고 일이 있는 척하며 밖으로 나간 후 호너가 수리를 마치고 돌아가기를 기다렸어. 마침내 그가 돌아가자 당신은 보석 상자에서 푸른 카벙클을 훔친 다음, 장을 뒤진 것처럼 꾸며 놓고는 소리를 쳤던 거야. 그 소리를 듣고 대기하고 있던 캐서린 쿠삭이 달려왔고, 둘은 회심의 미소를 지으며 사전에 약속한 대로 소란을 떨었겠지. 결국 푸른 카벙클이 사라진 건 경찰에 진술한 것과는 달리 호너가 수리를 끝내고 돌아간 뒤였던 거야. 곧 경찰이 왔지만 혐의는 그 방에서 혼자 수리를 했던 호너에게 돌아갔어. 물론 여기에는 호너의 과거 전력이 한몫했지. 자네 예상대로 말이야."

"제발!"

라이더는 갑자기 바닥에 무릎을 꿇으며 애걸했다.

"잘못했습니다. 제 부모를 생각해서라도 제발 용서해 주십시오. 이 사실을 그분들이 아시게 되면 쓰러지실지도 모릅니다. 오, 선생님. 나쁜 짓이라고는 한 번도 해 본 일이 없습니다. 믿지 않으시겠지만 정말 이번이 처음입니다. 그리고 다시는 나쁜 짓을 하지 않겠습니다. 맹세합니다. 성서에 대고 하시라면 그렇게 하겠습니다. 그러니 제발 경찰에 넘기지 말아 주십시오. 제발 부탁합니다."

"의자에 앉아!"

홈스는 엄하게 말했다.

"죄를 뉘우치는 건 좋지만, 저지르지도 않은 죄 때문에 법정으로 끌려간 가엾은 호너는 생각 안 하나?"

"제가 멀리 도망가겠습니다. 이

나라를 떠나지요. 그러면 호너는 풀려날 겁니다."

"당신을 어떻게 할 것인지는 내가 결정할 일이야. 그전에 보석을 훔쳐 낸 다음에 있었던 일을 말해 주어야겠다. 어떻게 해서 그 보석이 거위 뱃속에 들어갔으며, 그 거위가 어떤 경로를 통해서 시장에 팔려 나왔는지 말이야. 솔직히 말하는 게 좋을 거다. 자비를 구한다면 말이야."

홈스의 목소리는 전에 없이 차가웠다.

"이제 와서 뭘 숨기겠습니까? 바른 대로 말씀드리지요."

라이더는 모든 것을 단념한 듯 고개를 떨어뜨리고 바싹 마른 입술로 말했다.

뒤바뀐 거위

"**호너가** 체포됐지만 안심할 수는 없었습니다. 경찰이 언제 내 몸과 방을 조사할지도 몰랐으니까요. 그렇다고 호텔에 숨겨 둘 만한 곳이 있는 것도 아니었습니다. 그래서 볼일을 보러 나가는 척하고 호텔을 빠져나와서 곧장 브릭스턴 골목에 있는 누님 댁으로 갔지요. 사실 달리 갈 만한 데도 없었습니다."

"자네 누님이 오크숏 부인이군."

"네. 이미 알고 계시겠지만, 누님은 거위나 닭을 길러 시장에 내다 팔아 생계를 꾸리고 있습니다. 누님 댁으로 가는 내내 거리의 모든 사람이 마치 경찰처럼 보이더군요. 어찌나 가슴이 뛰던지 추운 날이었는데도 온통 땀투성이가 되었습니다. 누님이 어디 아프냐고 물을 정도였지요. 저는 호텔에 도난 사건이 발생해서 놀라서 그런 모양이라고 둘러대고는 뒤뜰로 나가 담배를 피우며 어떻게 하면 좋을까 궁리를 했습니다. 그리고 마침내 전부터 알고 지내던 모즐리라는 자가 떠올랐습니다. 그는 절도죄로 최근에 펜턴빌 교도소에 갔다 왔는데,

언젠가 저한테 장물 취급하는 방법을 상세하게 설명해 준 적이 있지요. 그에게 이야기하면 보석을 돈으로 바꾸는 일쯤은 아무것도 아닐 거라고 생각했습니다. 그러기 위해서는 그가 살고 있는 킬번까지 가야 하는데, 그게 쉽지가 않더군요. 호텔에서 누님 댁으로 올 때까지의 고통을 다시 겪고 싶지 않았던 겁니다. 또 혹시라도 경찰을 만나 몸수색을 당할 수도 있지 않겠습니까? 결코 보석을 조끼 주머니에 넣은 채로 다시 거리로 나갈 수는 없었습니다. 저는 이러지도 저러지도 못한 채 애꿎은 담배만 피워 댔지요. 그런데 바로 그때 제 앞으로 거위들이 지나가는 거였습니다. 순간 얼마 전 크리스마스 선물로 가장 좋은 거위를 한 마리 주겠다고 했던 누님의 말이 기억났습니다.

'그래, 누구도 거위 뱃속에 보석이 있을 거라고는 생각하지 않을 거야.'

저는 경찰도 속일 수 있는 묘안이라고 생각했습니다. 이제 남은 건 거위에게 보석을 먹이고 누님에게 그 거위를 선물로 달라고 한 후 거위를 들고 모즐리에게 가는 것이었습니다. 저는 곧장 유난히 희고 꼬리에 검은 줄이 있는 살찐 놈을 붙잡아서는 헛간 뒤쪽으로 갔습니다. 그리고 쪼그리고 앉아 억지로 부리를 벌리고는 손가락을 이용해 목구멍 깊숙이 보석을 밀어 넣었지요. 거위가 그것을 꿀꺽 삼켰고 식도를 지나서 모이주머니로 내려가는 것까지 손으로 확인했습니다. 그런데 그 와중에 거위가 푸드덕거리며 소란을 떨어서 누님이 나오고 만 겁니다.

'제임스?'

갑작스런 누님의 말소리를 듣고 깜짝 놀란 저는 서둘러 일어나다 그만 거위를 놓쳐 버렸지요. 놈은 제가 다시 붙잡을 틈도 없이 다른 거위들과 섞여 버렸습니다.

'도대체 거위를 가지고 뭘 한 거니?'

'전에 크리스마스 선물로 한 마리 주신다고 했잖아요. 그래서 통통한 놈을 찾고 있었지요.'

누님은 어이없다는 표정으로 저를 쳐다보더군요.

'그거라면 이미 가장 좋은 놈으로 골라 놨어. 제임스의 거위라는 이름까지 지어 줬는데, 저기 크고 하얀 놈이 바로 그거야. 네 것과 우리가 먹을 것을 제외한 나머지 스물네 마리는 오늘 중으로 모두 시장에 내다 팔 작정이란다. 그나저나 크리스마스도 얼마 남지 않았는데, 아직까지도 처분하지 못해서 이만저만한 걱정이 아니구나. 마침 거위를 찾는 장사꾼이 있다는데, 잘됐으면 좋겠어.'

'잘될 거예요. 그런데 누님, 별 지장이 없다면 내가 조금 전에 붙들었던 놈으로 갖고 싶은데, 안 될까요?'

'그게 무슨 소리니? 지장이랄 것은 없지만 골라 놓은 게 3파운드나 더 무거운 거야. 너에게 주려고 특별히 기른 거거든.'

'그래도 그냥 내가 고른 걸로 하겠어요. 지금 가져가도 되겠죠?'

'별일이구나. 네 마음대로 하렴.'

누님은 퉁명스럽게 대답하더군요. 약간 화가 난 듯했습니다.

'도대체 네가 골랐다는 게 어떤 거니?'

'저기 한가운데에 있는 희고 꼬리에 검은 줄무늬가 있는 거위요.'

'그렇게 해라. 산 채로 가져가면 소란스러우니까 아예 잡아서 가져가는 게 좋겠다.'

정말 모든 게 잘되었습니다. 모즐리를 찾아가는 길에 경관을 만났지만 두렵지 않았습니다. 마치 만찬을 준비하러 가는 사람처럼 의기양양하게 앞을 지나갔지요. 모즐리는 다행히 집에 있었습니다. 저는 모든 사정을 털어놓았습니다. 캐서린 쿠삭과 모의한 일, 보석을 훔친 일, 그리고 거위 뱃속에 넣은 것까지 모두 다 말입니다. 이야기를 다 들은 모즐리는 숨이 넘어갈 정도로 웃어 대더군요.

'자네 같은 샌님이 대단한 짓을 저질렀군. 게다가 거위를 이용하다니, 이거 제법인걸. 도대체 어떤 보석이 자네를 이토록 용감하게 만들었는지 어디 한번 볼까.'

모즐리는 칼을 가지고 오더니 단숨에 거위 배를 갈랐습니다. 그런데 보석이 없었습니다. 모이주머니고 식도고 모두 다 뒤졌지만 아무데도 없었던 겁니다. 하늘이 노래지는 것만 같더군요. 저는 거위가 바뀐 게 틀림없다고 생각하고 한달음에 누님 댁으로 달려갔습니다. 그러나 조금 전에도 있던 거위들이 하나도 보이지 않는 거였습니다.

'누님, 거위는, 거위가 모두 어디 갔어요?'

'마침 도매상이 왔기에 모두 팔아 버렸어. 덕분에 올 크리스마스가 넉넉할 것 같구나.'

'도매상이라니, 그게 누구예요?'

'코벤트 가든에서 장사를 하는 브렉킨리지라는 사람인데, 왜 그러니?'

'혹시 팔려 간 것 중에 내가 가져간 것처럼 꼬리에 검은 줄무늬가 있는 게 있었나요?'

'그래, 있었어. 꼬리에 검은 줄무늬가 있는 건 두 마리였거든. 너무 똑같아서 나도 분간하기 어려웠단다.'

제 예상이 적중했습니다. 저는 그길로 브렉킨리지를 찾아 코벤트 가든으로 달려갔습니다. 그러나 거기에도 거위는 없었습니다. 이미 다 팔려 버리고 만 거지요. 며칠째 찾아가서 애원했지만 주인이란 사람은 거위를 판 곳을 가르쳐 주지 않더군요. 그가 저한테 주먹질

하는 것을 선생님도 보셨지요? 누님은 지금 제가 미쳤다고 생각합니다. 하찮은 거위에 매달리는 게 이상하게 보일 만도 하지 않겠습니까? 저로서는 더 이상 추적할 방법이 없었습니다. 선생님, 그게 다입니다. 아, 바라던 부는커녕 영혼과 양심을 팔은 대가가 도둑이란 낙인뿐이라니……. 오, 하나님! 이제 어쩌면 좋겠습니까?"

라이더는 두 손으로 얼굴을 가리고 흐느끼기 시작했다. 무거운 침묵이 이어졌다. 라이더가 흐느끼며 내쉬는 거친 숨소리와 홈스가 손끝으로 테이블을 간헐적으로 두드리는 소리만이 들릴 뿐이었다. 얼마나 지났을까? 라이더의 흐느낌이 잦아드는가 싶었는데, 그때 갑자기 홈스가 벌떡 일어났다. 그리고 성큼성큼 걸어가서 방문을 활짝 열어젖혔다.

"나가라!"

"네?"

"홈스!"

당황한 것은 라이더만이 아니었다. 나 역시 그의 갑작스러운 행동에 놀랐다.

"더 이상 아무 말도 필요 없다. 꾸물거리지 말고 나가!"

"아, 감사합니다."

라이더는 인사도 하는 둥 마는 둥 하고 밖으로 뛰어나갔다. 계단을 소란스럽게 내려가는 발자국 소리와 현관문이 거칠게 닫히는 소리에 이어 얼어붙은 거리를 미친 듯이 달려가는 소리가 들렸다.

"놓아주는 건가?"

도자기로 된 담뱃대를 집어 불을 붙이면서 홈스가 말했다.

"그런 셈이지. 물론 호너가 위험했다면 어림도 없었을 거야. 하지만 라이더가 달아난 이상 호너에게 불리한 증언을 해 줄 사람은 더 이상 없어. 따라서 호너가 감옥에 가는 일 따위는 일어나지 않을 거네. 사건은 흐지부지되어 버릴 테지."

"하지만 그자는 절도를 한 범인 아닌가? 당연히 죄의 심판을 받아야 하지 않겠나?"

"왓슨, 나는 경찰이 아니네. 범인을 감옥에 보내는 것은 그들에게 맡기면 돼. 나는 그저 미궁에 빠진 사건을 해결할 뿐이네. 그것으로 족해. 하지만 라이더가 정말로 악당이었다면 놓아주지 않았을 거야. 그는 한마디로 범인이 될 만한 자질이 없어. 앞으로는 절대로 나쁜 짓을 안 할 걸세. 그런 자를 감옥으로 보내서 평생 전과자라는 낙인이 찍히게 하는 게 과연 옳은 일일까? 게다가 지금은 크리스마스가 아닌가? 한 영혼을 구제한 것으로 생각하세."

"그럼 그 푸른 카벙클은 어쩔 셈인가?"

"주인에게 돌려줘야겠지. 성실한 피터슨이 현상금을 타게 해 주어야 하지 않겠나? 하지만 라이더가 범인이라고 알려 줄 생각은 없네."

"하지만 어떻게 해서 자네가 그것을 가지고 있는지 궁금해 하지 않겠나? 특히 경찰은 말일세."

"그런 부류의 사람들은 과정보다는 결과를 중요시한다네. 범인이 누구였는지는 관심도 없을 게 뻔해. 하지만 만에 하나 호기심을 가질 수도 있으니, 그럴듯한 변명거리를 하나 만들어 놓아야겠군. 그전에 허드슨 부인이 준비한다던 멧도요새 요리부터 맛보기로 하세. 왓슨, 혹시 모르니 모이주머니 확인하는 거 잊지 말게."

홈스의 유쾌한 웃음소리가 온 방 안에 울려 퍼졌다.

얼룩무늬 끈

The Speckled Band

그림스비 로일롯

헬렌의 양부로 영국에서 유서 깊은 색슨족 귀족가문인 스토크모런의 로일롯 가의 후손이다. 낭비벽이 있어 가문의 재산을 모두 탕진하고 인도로 건너가 뛰어난 의술로 병원을 운영하던 중 인도인 하인을 죽이게 되어 오랫동안 감옥에서 지냈다. 출옥 후 영국으로 돌아왔으나 괴팍하고 폭력적인 성격으로 늘 싸움을 벌이곤 하며 주위 사람들로부터 외면을 받고 있다. 친구라고는 집 주변의 집시들뿐이다.

헬렌 스토너

인도 주둔 영국군 소장인 아버지가 돌아가시고 두 살 때 어머니가 로일롯과 재혼했다. 로일롯과 함께 영국으로 돌아온 후 어머니가 돌아가시고 2년 전 쌍둥이 언니인 줄리아가 의문의 죽음을 맞이한 후 현재 로일롯과 함께 오래된 낡은 저택에 단둘이 살고 있다. 결혼을 앞두고 있으며, 최근 신변에 위협을 느껴 홈스에게 사건을 의뢰한다.

줄리아 스토너

헬렌의 쌍둥이 언니로 2년 전 결혼을 2주 앞두고 의문의 죽음을 당한다. 죽기 전 헬렌에게 얼룩무늬 끈이란 단서를 이야기한다. 동물 미스터리의 고전적 명작이라 할 수 있는 '얼룩무늬 끈'은 1892년 2월에 〈스트랜드 매거진〉에 발표되었다가 후에 《셜록 홈스의 모험》에 수록되었다.

    아마도 홈스 시리즈 중에서 가장 유명하다고 할 수 있는 이 작품은 애드가 앨런 포의 《모르그가의 살인》과 거의 대등한 인기작으로 아주 잘 알려져 있으며, 코난 도일 자신도 가장 마음에 드는 작품으로 꼽았었다.

    그러나 이 작품에서는 동물학적으로 보면 유감스런 실수가 발견된다. 우선, 로일롯 박사가 금고 안에서 뱀을 키우지만 신선한 공기가 유입되지 않는 금고 안에서 뱀은 곧 질식해 버릴 것이다. 또 우유로 뱀을 길들이는 것으로 되어 있으나, 뱀은 육식동물로 개구리나 쥐 같은 작은 동물을 먹이로 삼을 뿐 우유는 마시지 않는다는 것이다. 홈스는 로일롯 박사가 휘파람으로 뱀을 불러들인다고 했지만 뱀은 공기의 진동에 의한 음은 들을 수 없다.

검은 베일의 여자

지난 8년 동안 홈스의 곁에서 그의 사건 기록을 정리한 결과, 난 그가 맡았던 사건들이 하나같이 기기묘묘한 것이었음을 깨달았다. 우리 일상에서 흔히 볼 수 있는 평범한 사건은 하나도 없었던 것이다. 물론 그런 사건을 의뢰받은 일이 전혀 없었던 것은 아니다. 그러나 홈스는 일단 미궁에 빠졌거나 괴상한 사건이 아니면 손을 대려고 하지 않았다. 아마도 사건 해결을 즐기기는 했지만 평범한 사건을 맡기에는 자신의 일에 대한 애정이 각별했기 때문이 아닐까 싶다.

그중에서도 로일롯 가문에서 일어난 사건은 가장 기이한 것이라 할 수 있다. 오래전 사건이었음에도 그동안 공개하지 않았던 것은 당시 사건을 의뢰했던 부인과의 약속 때문이었다. 그러나 그 부인이 젊은 나이에 세상을 뜬 지금, 더 이상 침묵할 이유가 없어졌다. 오히려 진실을 밝히는 것이 더 나으리라고 생각한다. 세간에 떠도는 실제보다 훨씬 고약한 소문을 잠재우기 위해서라도…….

그날은 내가 홈스와 교우를 시작한 지 얼마 안 되었던 1883년 봄의 어느 아침이었다. 나는 누군가 흔들어 깨우는 바람에 눈을 떴다. 홈스였다. 난로 위의 시계는 7시 15분을 가리키고 있었다. 늦잠꾸러기인 홈스에게 7시는 평소 같으면 꿈나라에 있어야 할 시간이었다. 그런데 그런 그가 양복까지 말끔하게 갖춰 입고 침대 옆에 서 있었던 것이다. 하지만 난 놀라는 것도 잠깐, 내 규칙적인 생활을 방해하는 홈스에게 화가 났다.

"홈스, 도대체 이렇게 이른 아침에 뭐하는 건가? 아직 일어날 시간이 아니란 말일세."

"미안하네. 하지만 자네만 그런 게 아니고 오늘 아침 이 집 안의 사람들은 모두 같은 일을 당했다네. 먼저 허드슨 부인이 깼고, 허드슨 부인은 나를 깨우고, 나는 자네를 깨우고……. 말하기 뭐하지만 나역시 자네와 같은 심정이야."

홈스는 약간 투덜거리는 듯한 투로 말했다. 나는 그제야 자리에서 일어났다.

"무슨 일이 있나?"

"손님이 찾아왔네. 큰 사건을 의뢰하러 온 모양인데, 자네가 관심 있어 할 것 같아서 말이야."

"큰 사건이라고?"

나는 벌떡 일어났다. 잠이 단번에 달아나는 느낌이었다. 서둘러 옷을 입고 있는 나를 보면서 홈스가 말했다.

"허드슨 부인 말로는 젊은 여자가 몹시 흥분해서 나를 보자고 한 모양이야. 지금 거실에서 기다리고 있네. 하여간 젊은 여자가 새벽같이 남의 집 문을 두드렸을 때에는 뭔가 급한 사연이 있지 않겠나?"

철저하게 논리적 근거를 바탕으로 이루어지는 홈스의 추리는 언제나 직관보다 빨랐다. 그런 과정을 지켜보는 것은 무엇과도 비교할 수 없을 정도로 짜릿했다. 의뢰인을 만나기도 전에 큰 사건이라고 말한 것은 홈스 나름의 추리가 이미 작용했다는 것을 의미했다. 이런 기회를 놓칠 수는 없는 노릇이었다.

거실에는 젊은 여자가 기다리고 있었다. 검은 드레스에 베일까지 드리운 채 창가에 앉아 있던 그녀는 우리가 들어가자 의자에서 일어났다. 홈스는 내게 했던 것과는 달리 부드러운 말투로 인사했다.

"기다리게 해서 죄송합니다. 제가 셜록 홈스입니다. 그리고 이쪽은 왓슨 박사입니다."

가볍게 목례를 하고 나를 바라보는 그녀는 잠시 주저하는 듯한 태도를 보였다. 마치 다른 사람이 들어서는 곤란하다는 듯했다. 얼핏 보기에도 그녀는 안절부절못하고 있었다. 그러나 그런 낌새를 놓칠 홈스가 아니었다.

"왓슨 박사는 저와 함께 일하는 제 동료입니다. 걱정하실 필요 없습니다. 떨고 계신데 추우신 모양이군요. 자, 좀 더 난로 가까이로 오시지요. 뜨거운 커피라도 한 잔 하시겠습니까?"

봄이라고는 했지만 4월 초, 그것도 이른 아침이라 제법 쌀쌀했다. 그러나 그녀는 고개를 저었다.

"추워서 떠는 게 아니에요."

이제껏 얌전하게만 보였던 그녀의 대답이라고 하기에는 놀라울 정도로 단호했다. 그녀는 천천히 베일을 걷었다. 베일 속에서 드러난 그녀의 얼굴에 난로 불빛이 작게 일렁였다. 그녀는 용모로 보아서 30대 정도로 짐작되었다. 그러나 얼굴은 초췌하고 수척해 있었으며, 머리에는 꽤 많은 흰머리가 눈에 들어왔다. 무엇보다 나의 눈길을 끌었던 것은 가련할 정도로 동요하고 있는 그녀의 눈빛이었다. 육식동물에게 쫓기고 있는 초식동물처럼 겁에 질려 있었던 것이다.

"해결해 드릴 테니까 너무 두려워하지 마십시오. 그나저나 새벽 기차로 오셨으면 무척 일찍 서두르셨을 텐데, 힘이 드시면 말씀하십시오."

"네?"

"게다가 역까지 이륜마차를 타고 진창길을 달리셨군요."

여자는 놀란 표정으로 홈스를 바라보았다.

"그렇게 놀라실 건 없습니다. 아가씨의 장갑 속에 돌아가실 때 쓰실 기차표가 보이는 데다가 왼쪽 소매에 진흙 자국이 일곱 군데나 있기 때문에 알 수 있었습니다. 그런 식으로 흙이 튀는 것은 이륜마차밖에 없으니까요. 물론 아가씨는 마부 왼쪽 자리에 앉아 있었을 테고 말입니다."

"놀랍군요. 말씀하신 대로 저는 6시 전에 집에서 나와 이륜마차를 타고 레더헤드 역으로 갔습니다. 그러고는 워털루행 첫차를 탔지요. 홈스 씨의 설명 그대로입니다."

홈스의 부드러운 설명은 그녀로 하여금 그를 완전히 신뢰하게 만든 것 같았다.

"홈스 씨, 제발 저를 도와주십시오. 제 두려움이 너무 막연해서 주위 사람에게 도움을 청하면 분명히 절 과민하다고 여길 겁니다. 하지만 분명히 위험이 다가오고 있어요. 아, 이대로 가다가는 분명히 미쳐 버리고 말 거예요. 파린토시 부인에게 홈스 씨에 대한 얘기를 들었을 때 제가 얼마나 기뻤는지 상상도 못하실 겁니다. 저에게 도움을 주실 분은 당신밖에 없습니다. 그런데 초면에 대단히 염치없는 부탁인 줄은 알지만, 사례금은 6주 후에 드리면 안 될까요? 비록 지금은 능력이 없지만 그때가 되면 결혼해서 재산을 물려받게 되어 있거든요. 제발 부탁드립니다."

"파린토시 부인이라면 오팔과 관련된 사건을 의뢰하셨던 분이군요. 어쨌든 비용은 편하실 대로 하십시오. 저에게는 사건을 해결하는 것 자체가 즐거운 일이니까요. 자, 그럼 아가씨를 괴롭히는 것이 무엇인지 자세히 이야기해 주시겠습니까?"

"아, 홈스 씨, 제가 얼마나 감사하고 있는지 모르실 거예요."

그녀의 얼굴에 처음으로 엷은 미소가 번졌다.

계부

"저는 서리 서부에 사는 헬렌 스토너라고 합니다. 지금은 아버지와 둘이서 낡은 저택에 살고 있는데, 사실 그분은 제 친아버지는 아닙니다."

그녀의 설명에 의하면, 그녀의 계부인 그림스비 로일롯 박사는 영국에서도 유서 깊은 색슨족 귀족가문인 스토크모런의 로일롯 가의 후손이었다. 한때 로일롯 가는 북쪽으로는 버크셔, 서쪽으로는 햄프셔까지의 토지를 소유할 정도로 부유했지만, 낭비벽이 심한 주인들로 인해 몰락해 버리고 말았다. 결국 남은 것이라고는 돈도 되지 않는 몇 에이커의 땅과 2백 년도 더 된 낡은 저택뿐이었다. 몰락한 가난뱅이 귀족으로 구차하게 살아가던 로일롯은 의학 박사가 되자 인도의 캘커타로 갔다. 물론 돈을 벌기 위해서였다. 의사가 부족하기도 했지만 의술이 뛰어나고 사람을 끄는 매력도 있어서 그의 병원은 항상 환자로 들끓었다. 그가 원하던 대로 성공이 눈앞에 있었던 것이다.

"그 무렵에 우리도 인도에서 살았습니다."

"우리라면 누구를 말씀하시는 겁니까?"

"어머니와 저, 그리고 쌍둥이 언니 줄리아요. 어머니는 인도에 주둔하는 영국군 소장이셨던 아버지가 병으로 돌아가신 후 지금의 아버지인 로일롯 박사와 재혼을 하셨지요. 그때 저와 언니는 겨우 두 살이었습니다. 그런데 어느 날 집에 도둑이 들자 격분한 새아버지가 인도인 하인을 때려 죽이는 사건이 일어났어요. 다행히 사형은 면했지만 오랫동안 감옥살이를 해야 했지요. 감옥에서 나온 후 인도에서는 더 이상 의사 노릇을 할 수 없었습니다. 결국 우리 모두는 런던으로 돌아와야 했지요. 그런데 귀국한 직후 어머니가 돌아가셨습니다. 그 후로 벌써 8년이나 지났군요."

"어머니께 무슨 지병이라도 있으셨나요?"

"아니에요. 크루 근처에서 사고를 당하셨어요. 철도 사고였지요."

헬렌은 고통스러운 듯 긴 한숨을 쉬었다.

"어머니께서 돌아가시자 새아버지는 런던에서 병원을 개업하려던 계획을 바꿔서 언니와 저를 데리고 지금 살고 있는 저택으로 이사를 했습니다. 어머니가 많은 유산을 남기고 돌아가셔서 생활에 곤란을 겪지는 않았어요. 그런데……."

헬렌은 잠시 멈추는 듯싶더니 이내 말을 이어 갔다.

"새아버지가 완전히 다른 사람처럼 변하기 시작하셨습니다. 언제나 불만이 가득한 얼굴로 집 안에 틀어박혀 지냈던 겁니다. 또 어쩌다가 밖에 나가기라도 하면 싸움을 하기 일쑤였어요. 특히 우리 영지를 지나가는 사람은 누구라고 할 것 없이 봉변을 당해야만 했습니다. 몸집도 좋고 힘까지 세서 맞대응한다는 것도 쉬운 일이 아니었어요. 지난주에도 대장장이를 다리 위에서 강물로 던져 버려서 돈으로 겨우 무마시켰답니다. 부끄러운 일이지만 그런 일로 재판을 받은 적도 두 번이나 있습니다. 거친 성격이 로일롯 집안의 내력이라고는 하지만, 새아버지의 경우에는 더 심한 것 같아요. 더운 열대 지방에 오래 산 때문인지도 모르겠어요. 일이 이 지경이다 보니, 처음엔 성공해서 고향에 돌아왔다고 반겨 주던 마을 사람들도 슬슬 피하게 되었지요. 지금 새아버지의 친구라고는 떠돌이 집시들뿐입니다.

누구와도 적대적인 새아버지였지만 이상하게도 집시들에게만은 너그러우세요. 유랑하는 그들에게 영지 내에서 야영할 수 있도록 허가해 주는 것은 물론이고, 그들의 야영지에 가서 함께 식사도 하고 잠도 주무시곤 해요. 심지어 그들을 따라 몇 주 동안이나 유랑을 떠나시기도 하시죠. 하지만 그보다 참기 어려운 것은 야수들이에요. 새아버지는 기회가 있을 때마다 인도 사람들을 통해 표범과 비비를 사들이고 계시거든요. 밤마다 정원을 어슬렁거리는 그것들을 보는 것이 얼마나 끔찍한지 모르실 겁니다. 언젠가 분명히 사람을 물어 죽이고 말 거예요. 그러니 당연히 하인들이 집에 붙어 있으려고 하지 않았지요. 결국에는 모두 나가 버리더군요. 하는 수 없이 집안일은 우리 자매의 차지가 되어 버렸어요. 그래서 서른도 안 되었는데 이렇게 흰머리가 생겼답니다."

헬렌은 자신의 말처럼 몹시 지치고 겉늙어 보였다.

"처음에 새아버지와 둘이서만 사신다고 하셨는데, 언니는 어떻게 되셨나요?"

"언니는……, 2년 전에 죽었습니다. 2주 후면 새 신부가 될 언니였는데……."

헬렌은 눈물을 글썽거렸다. 홈스는 그녀의 눈가에 맺힌 눈물이 잦아들 때까지 잠시 기다렸다가 입을 열었다.

"사인이 무엇이었습니까?"

"그걸 알 수 없었어요. 경찰이 조사를 했지만 끝내 밝히지 못했습니다. 하지만 전 그날 밤을 절대 잊을 수 없을 거예요. 그 소름 끼치는 소리를 말이에요. 사실 제가 지금 찾아온 것도 그 때문입니다."

그녀는 언니가 죽던 날의 이야기를 털어놓기 시작했다.

의문의 휘파람 소리

"저택이라고는 하지만 대부분의 방이 사용할 수 없을 만큼 낡아서 겨우 1층의 한 부분만 수리해서 살고 있습니다. 중앙에 거실이 있고 3개의 침실이 긴 복도를 따라 나란히 붙어 있는데, 새아버지, 줄리아, 그리고 저, 이런 순서로 사용하고 있었어요. 방과 방 사이에는 문이 없고, 세 방 모두 정원을 향한 창문이 있습니다.

2년 전 그날 밤, 새아버지는 초저녁부터 방에 틀어박혀서는 꼼짝을 하지 않았습니다. 그렇다고 일찍 주무신 것도 아니었어요. 새아버지가 피우시는 인도산 엽궐련의 짙은 냄새를 견디다 못한 언니 줄리아가 제 방으로 왔거든요.

'저 지독한 걸 왜 피우시는지 모르겠어.'

'내 방은 괜찮은데⋯⋯. 밤도 깊었는데 금방 주무시겠지. 자, 그러지 말고 이야기나 해. 언니가 결혼할 날도 얼마 안 남았잖아.'

우리는 2주 앞으로 다가온 언니의 결혼식에 대해 이런저런 이야기를 나눴습니다. 태어나서 한 번도 떨어져 본 적 없는 우리였기 때문에 언니의 결혼은 그만큼 관심의 대상일 수밖에 없었거든요. 한참을 그렇게 수다를 떨다 보니 11시쯤 되더군요. 언니는 자기 방으로 돌아간다고 일어났어요. 그런데 방을 나가다 말고 갑자기 저를 돌아보며 묻는 거였어요.

'헬렌, 혹시 한밤중에 이상한 소리 들은 적 없니?'

'이상한 소리라니? 어떤 소리?'

'글쎄, 뭐랄까? 휘파람처럼 낮고 가는 소리인데……. 네가 분 건 아니니?'

'아니. 자다 말고 왜 휘파람을 불겠어?'

'그래? 정말 이상하네.'

언니는 미간을 찌푸린 채 고개를 갸웃거렸어요.

'요사이 새벽 3시쯤이면 휘파람 소리 같은 게 들리는데, 자다가도 그 소리를 들으면 소름이 끼쳐. 아무튼 그 소리 때문에 며칠 동안 잠을 통 못 잤어. 정원에서 나는 건지, 거실에서 나는 건지 확실하지는 않지만, 혹시 너도 들었나 싶어서…….'

'난 들은 적 없는데……, 숲속에서 야영하는 집시들이 휘파람을 부는 거 아닐까?'

저는 일부러 밝은 목소리로 말했습니다.

'그런가? 어쨌든 중요한 일은 아니니까. 그럼 잘 자, 헬렌.'

언니는 웃었지만 뭔가 미심쩍은 느낌은 버릴 수 없었는지 표정이 밝지는 않더군요.

언니가 방을 나간 후 곧바로 언니의 방에서 자물쇠를 채우는 소리가 들렸습니다. 그래서 저도 자물쇠를 단단히 채우고 잠자리에 들었습니다."

그때까지 잠자코 듣고만 있던 홈스가 입을 열었다.

"방문을 잠그고 주무십니까?"

"네, 새아버지가 표범과 비비를 기르면서부터는 영 불안해서요. 아무리 야수라도 문을 부수고 들어올 수는 없을 테니까요."

홈스는 긍정도 부정도 아닌 듯 가만히 고개를 끄덕였고, 헬렌은 계속 이야기를 해 나갔다.

"아실지 모르겠지만 쌍둥이는 신비스럽게도 영혼이 이어져 있답니다. 함께 있지 않아도 언니의 감정이 전해져 오거든요. 이유도 없이 불안하다거나 슬프다거나 하면 영락없이 언니의 감정이 그랬던 거였지요. 아무튼 그날도 그랬어요. 언니의 불안이 그대로 전해져서인지, 갑작스런 폭풍우 때문인지 바로 침대에 누웠지만 잠이 오지 않았습니다. 또 이유는 알 수 없지만 언니가 말한 휘파람 소리라는 것도 마음에 걸리더군요. 밤이 깊어 갈수록 바람은 더욱 세차게 불었고, 굵은 빗줄기가 유리창을 거칠게 때렸지요. 아무튼 심란한 밤이었어요.

그런데 갑자기 어둠을 뚫고 날카로운 여자의 비명 소리가 들리는 거예요. 의심할 여지없이 언니 줄리아의 목소리였어요. 저는 단번에 침대에서 일어나 복도로 뛰어나갔습니다. 그때였어요. 저는 낮고 음산한 휘파람 소리를 들었던 거예요. 그리고 다음 순간 철컥하는 금속 소리가 들리더군요. 하지만 놀라고 있을 수만은 없었어요. 제가 놀란 마음을 진정시킬 여유도 없이 열쇠 돌리는 소리와 함께 언니의 방문이 조용히 열리고 있었거든요. 저는 뭔가가 튀어나올지도 모른다는 상상을 하면서 겁에 질려 있을 수밖에 없었어요.

하지만 희미한 복도의 불빛에 비친 것은 납빛처럼 창

백해진 줄리아의 얼굴이었어요. 언니는 마치 술에 취한 듯이 비틀거리며 두 팔을 휘젓고 있었어요. 제가 달려가 껴안자 무릎에 힘이 빠진 것처럼 그 자리에 맥없이 쓰러지더군요. 그러고는 고통스럽게 몸을 뒤틀기 시작했어요.

'언니! 언니! 왜 그래? 정신 좀 차려 봐.'

처음엔 저도 알아보지 못하는 것 같았어요. 하지만 제가 부르는 소리를 듣고 정신을 차리는 것 같더니 공포에 질린 목소리로 말했어요.

'아, 끈, 얼룩……, 얼룩무늬 끈이…….'

그리고 새아버지의 방문을 그 떨리는 손으로 힘겹게 가리키더니 무슨 말인가를 더 하려고 했지만 다시 시작된 심한 경련으로 끝내 말을 잇지 못했습니다.

저는 그제야 소리를 질러서 새아버지를 불렀어요. 평소에 잘 따르지 않았다 하더라도 그 상황에서 도움을 청할 수 있는 사람은 새아버지밖에 없었으니까요. 마침 가운을 걸치면서 방에서 나오더군요.

'아버지, 언니가 이상해요. 오, 제발…….'

'이게 무슨 일이냐? 줄리아! 정신 차려!'

새아버지 로일롯은 줄리아의 입에 브랜디를 흘려 넣은 후 마을의 의사를 불러왔습니다. 하지만 줄리아의 의식은 끝내 돌아오지 않았습니다."

여기까지 말한 헬렌은 흐르는 눈물을 닦기 위해 잠시 말을 멈췄다.

"죄송합니다. 줄리아는 저로서는 하나밖에 없는 피붙이였기 때문에……."

"괜찮습니다. 이해합니다."

홈스는 그녀가 진정할 때까지 잠시 기다렸다가 그녀에게 물었다.

"언니가 죽던 날, 휘파람 소리 말고도 금속성 소리를 들었다고 하셨는데, 정확하게 어떤 소리였는지 기억하십니까?"

"경찰도 같은 것을 물어보더군요. 저는 분명히 들었다고 생각은 하지만, 바람이 심하게 분 데다 워낙 집이 낡아서 어딘가 삐걱거리는 소리를 잘못 들은 것인지도 모릅니다."

"그날 언니의 옷은 어땠나요? 그리고 뭐 특이한 것은 없었나요?"

"평소에 늘 입던 잠옷을 입고 있었고, 오른손에는 타다 남은 성냥 개비를, 왼손에는 성냥갑을 쥐고 있었습니다."

"언니 분께서는 성냥을 켜고 방 안을 살펴봤고, 불빛에 비친 그 무언가에 놀라셨던 거로군요. 뭐, 좋습니다. 경찰은 뭐라고 하던가요?"

"처음에 경찰에서는 새아버지를 의심했는지 매우 세밀하게 조사했어요. 그만큼 새아버지의 악명이 높았기 때문이겠지요. 하지만 방문은 언니가 복도로 나오기 전까지 안으로 잠겨 있었고, 창의 덧문에는 쇠 빗장이 걸려 있었습니다. 또 굴뚝에는 네 개의 창살이 박혀 있어서 넓다고는 해도 사람이 들락거릴 정도는 아니었어요. 벽과 마루도 어디 하나 수상한 흔적 없이 튼튼했지요. 그 어디에서도 수상한 자가 방으로 숨어들었다는 흔적은 발견할 수 없었습니다. 하지만 그 모든 것들 중에서도 가장 이상했던 것은 언니의 몸에 상처 하나 없었다는 것입니다. 끝내 언니가 왜 죽었는지는 알아내지 못했습니다."

"독약에 대한 검사도 하셨겠지요?"

"물론이에요. 의사들이 자세히 조사했지만 독살은 아니라고 하더군요. 그때 언니는 방에 혼자 있었어요. 누군가 강제로 독약을 먹였다는 것은 있을 수 없는 일이겠죠. 그렇다고 스스로 마신 것도 아니었고요. 홈스 씨, 제 생각에 언니는 무언가에 충격을 받을 만큼 놀라서 일으킨 신경발작 때문에 죽은 것 같아요. 그렇게 무서워한 것이 무엇인지 모르겠지만요."

"그런데, 스토너 양. 언니가 말했다던 그 얼룩무늬 끈에 대해 뭔가 생각나는 점이 없습니까?"

홈스는 그녀가 줄리아의 사인에 대한 자신의 추측을 이야기하자 다른 데로 말을 돌렸다. 의뢰인의 개인적인 생각은 사건 해결에는 별로 도움이 안 된다는 게 평소 홈스의 생각이었다. 나는 헬렌이 모르게 얼굴을 돌리며 피식 웃었다.

"글쎄요, 정신이 이상해져서 한 헛소리가 아닐까 싶어요. 간혹 언니가 집시들이 하는 이상한 무늬의 머릿수건을 얼룩무늬라고 했는데, 그것과 관계된 것인가도 싶고요. 아무튼 잘 모르겠어요."

"그날도 집시들이 숲속에 있었습니까?"

"네, 몇 사람이라도 항상 있습니다."

홈스는 만족스럽지 못한 듯 고개를 갸웃거렸다.

"그렇군요. 하지만 2년이나 지난 지금 줄리아 양의 사건을 조사해 달라고 오신 것은 아니시겠죠?"

헬렌은 무슨 중대한 이야기를 하려는 듯 긴장된 표정으

로 머리를 끄덕였다.

"물론이에요, 홈스 씨. 제가 이렇게 새벽같이 달려온 것은 간밤에 그 기분 나쁜 휘파람 소리를 다시 들었기 때문이에요."

"뭐라고요?"

홈스의 눈이 빛났다.

"그동안은 제가 잘못 들었을지도 모른다고 생각했어요. 그런데 바로 어젯밤에 그 소리를 들었어요. 확실히요."

"좀 더 자세히 설명해 주십시오."

"이틀 전부터 저택의 서쪽 부분을 수리하기 시작했기 때문에 제 방 벽에 구멍이 뚫렸어요. 그래서 하는 수 없이 언니가 쓰던 방에서 자야만 했지요. 시간이 흘렀다고는 하지만 막상 언니가 쓰던 침대에 누우니 잠이 오지 않더군요. 어렸을 때 함께 지내던 언니 생각도 나고, 또 그날의 끔찍했던 기억도 나고 해서요. 결국 잠은 자지도 못하고 엎치락뒤치락만 하고 있었습니다. 그런데 갑자기 그 소름 끼치게 음산한 휘파람 소리가 들려왔던 거예요. 언니가 죽기 전에 제 방을 나가며 했던 말이 생각나더군요. 심장이 멎는 것 같았지요. 침대에서 일어나 등불을 켜고 방 안을 둘러봤지만 이상한 점은 발견할 수 없었어요. 하지만 불을 끄면 언니를 죽음으로 몰고 간 그 무언가가 나타날 것만 같았어요. 그래서 옷을 입고 앉아 있다가 동이 트자마자 집을 빠져나와 이곳으로 달려온 것입니다."

헬렌은 이야기를 하는 동안 잠시 사라졌던 공포가 엄습하는지 두 손을 심하게 떨고 있었다.

"잘하셨습니다. 그런데 갑자기 집을 수리하게 된 이유가 있습니까?

"네, 한 달 후에 있을 제 결혼식 때문입니다. 언니가 죽은 후 지난

2년 동안 저는 이전보다 더 외롭고 쓸쓸하게 살아왔어요. 그 외로움이란 상상하실 수도 없을 거예요. 그런데 한 달 전에 오랫동안 교분이 있었던 분에게 청혼을 받았답니다. 새아버지도 흔쾌히 승낙해 주시더군요. 우리는 날씨가 따뜻해지면 곧바로 결혼식을 올리기로 했지요. 그런데 며칠 전에 새아버지가, 집이 워낙 낡고 흉해서 좋은 일을 치르기에는 남의 이목이 걸린다면서 집수리를 하자고 하시더군요. 낡은 집은 아무래도 좋은 인상을 주지 못할 테니까 저도 반대하지 않았습니다.”

“계부가 공사를 제안하신 겁니까?”

“네. 어쨌든 제가 여기 온 이유는 다 말씀드렸습니다.”

“스토너 양, 아직 털어놓지 않은 게 있으실 텐데요.”

“네? 무슨 말씀을 하시는지…….”

홈스는 대답을 하는 대신 자리에서 몸을 일으켰다. 그러고는 실례한다는 짧은 말을 하는 것과 동시에 그녀의 옷소매에 달린 검은 레이스 장식을 걷어 올렸다. 그녀의 하얀 손목에는 사람의 손자국으로 보이는 시퍼런 멍이 또렷하게 남아 있었다. 헬렌은 당황하여 얼굴을 붉혔다.

“이건 분명히 누군가가 억센 힘으로 잡거나 비튼 자국입니다. 혹시 평소에 학대를 당하고 계신 것 아닙니까?”

그녀는 고개를 숙이고 체념한 듯 깊은 한숨을 쉬었다. 그리고 조용히 레이스를 내려 손목을 가렸다.

“새아버지는 원래 거친 분이세요. 단지 당신의 힘이 얼마나 센지 잘 모르시는 것뿐이에요.”

홈스는 한 손으로 턱을 괸 채 조용히 타오르고 있는 난로의 불길을 바라보았다. 잠시 동안 무거운 침묵이 흘렀다. 먼저 입을 연 쪽은 홈스였다.

"자, 먼저 말씀드릴 것은 우리에게는 지체할 시간적 여유가 없다는 것입니다. 그러나 확실히 해 두지 않으면 안 되는 것이 있군요. 스토너 양, 오늘 당장 저택의 방들을 둘러볼 수 있을까요? 물론 제가 간다는 것이나, 집 안을 둘러본다는 것을 아무도 알아서는 안 됩니다. 계부인 로일롯 박사를 포함해서 말입니다."

"그런 거라면 염려 마세요. 마침 오늘은 새아버지가 집에 안 계시거든요. 무슨 중요한 볼일이 있어서 런던에 가신다고 하셨으니까요. 나이가 많은 가정부가 하나 있지만 문제없어요. 귀도 어두운 데다가 제가 따돌릴 수 있으니까요. 걱정 안 하셔도 됩니다."

"좋습니다. 여보게, 왓슨. 함께 가는 데 이의는 없겠지?"

물으나마나 한 소리였다. 내게 이의가 있을 리 있겠는가!

"당연하네."

"좋아. 그럼 스토너 양께서는 언제쯤 돌아가실 예정이십니까? 제 생각으로는 먼저 돌아가 계시다가 저희를 맞아 주셨으면 좋겠는데……, 어떻게 하시겠습니까?"

"저는 런던에까지 온 김에 볼일을 좀 보고 가려고 해요. 하지만 두 분이 오시는 시간보다는 늦지 않게 집에 돌아가 있을 거예요."

"그럼 저희는 점심때가 지나서 출발하겠습니다. 그나저나 새벽부터 움직이셔서 시장하실 텐데, 잠깐 기다리셨다가 아침 식사라도 함께하시지요."

"아니에요. 홈스 씨께서 도와주신다는 말씀만으로도 피곤이 사라지는 것 같아요. 그럼 전 가 봐야 해서요. 오후에 다시 뵙겠습니다."

검은 베일을 다시 내린 그녀는 올 때와는 달리 생기 있는 걸음으로 방을 나갔다.

난폭한 방문자

"**왓슨, 자네는** 이 사건을 어떻게 생각하나?"

홈스는 의자의 등받이에 몸을 기대며 물었다.

"고약하고 무시무시하군. 그리고 불길한 느낌도 들고 말이야."

"그래, 고약하기로나 무시무시하기로나 이 사건만 한 게 없겠어."

홈스는 난로의 불빛을 응시한 채 천천히 고개를 끄덕였다.

"하지만 말이야, 스토너 양의 말처럼 바닥이나 벽에 이상이 없고, 문이나 창문, 심지어 굴뚝으로도 사람이 드나들 수 없다면, 방 안에서 혼자 죽음을 맞았다는 얘기인데……, 결국 자살을 했다는 걸까?"

"자살하는 사람이 비명을 지를까? 그런 얘기는 들어 본 일이 없네. 더구나 독약도 아니었고 상처도 없었다지 않은가?"

"하긴……. 모든 게 의문투성이로군."

"그런데 얼룩무늬 끈이라니, 죽는 순간에 했다는 그 기묘한 말은 뭘까? 그리고 그 휘파람 소리는 뭐고……?"

"글쎄, 나로선 모르겠는걸."

"한밤의 섬뜩한 휘파람 소리, 집 주변을 맴도는 집시들, 자매의 어머니가 남긴 재산으로 빈둥빈둥 살아가는 폭력적인 계부……. 또 지금의 헬렌과 마찬가지로 죽은 줄리아 역시 결혼을 앞두고 있었다는 점, 그렇다면 계부에게 의붓딸이 결혼을 해서는 안 되는 이유가 있지는 않  을까? 그리고 줄리아가 죽기 전에 마지막으로 말했다던 얼룩무늬 끈과 마지막으로 스토너 양이 들었다는 철컥 하는 금속성의 소리……. 음, 이 모든 것을 하나로 연결시킨다면 해답이 저절로 나타날 걸세."

"그것들이 어떻게 연관이 있다는 얘긴지 도무지 모르겠네. 자네 말처럼 그렇게 간단할 것 같지는 않군."

나는 아무래도 이번 사건의 해결이 쉽지 않을 것 같았다. 사람이 죽은 것은 이미 2년 전의 일이었다. 단서가 남아 있을 리 없었다. 물론 줄리아 스토너의 죽음은 기괴한 것임에 틀림없었다. 그러나 피해자가 죽기 전에 들었다는 휘파람 소리가 다시 들렸다고 해서 또 사건이 일어날 것으로 보기에는 무리가 있지 않은가?

홈스는 중얼거리듯이 이렇게 말했다.

"나 역시 간단하게 생각하는 것은 아니네. 그래서 스토크모런에 가려고 하는 것 아니겠나? 그곳에 가면 내 가설이 치명적인 결함이 있는지, 아니면 확실한 것인지 밝힐 단서가 분명히 있을……, 아니, 이게 무슨?"

차분하게 자신의 생각을 정리하던 홈스가 갑자기 소리를 질렀다.

홈스만이 아니었다. 그의 이야기에 집중하고 있던 나 역시 깜짝 놀라기는 마찬가지였다. 갑자기 문이 벌컥 열리면서 거대한 체구의 사내가 거칠게 들어섰던 것이다.

그는 검은 중절모에 긴 프록코트를 입고 있었는데, 그 복장으로는 그가 신사인지 농군인지 구분할 수 없었다. 게다가 그는 무릎까지 오는 각반에, 사냥용 채찍까지 손에 들고 있었다. 사내는 발끝을 세우고서야 가까스로 그의 정수리를 볼 수 정도로 키가 컸으며, 문에 끼는 것이 아닐까 걱정스러울 정도로 대단한 몸집의 소유자였다. 그의 넙적한 얼굴은 햇볕에 그을린 때문인지 피부색은 집시들처럼 거무스름했고 주름이 깊게 패여 있었다. 그리고 움푹 들어간 눈과 상대적으로 뾰족한 코가 어딘지 사납고 늙은 독수리를 연상시켰다.

"홈스가 누구냐?"

그는 인사도 없이 다짜고짜 홈스를 찾았다. 무례하기 짝이 없었다.

"제가 홈스입니다만, 선생께서는 누구십니까?"

홈스가 차분하게 대답했다.

"나는 스토크모런의 그림스비 로일롯이다."

"아, 그러십니까? 이쪽으로 앉으시지요."

홈스는 조금도 동요하지 않고 부드러운 태도로 의자를 권했다.

"그럴 생각 없다. 헬렌이 여기에 왔었던 것을 알고 있다. 그애의 뒤를 밟아 왔으니까 숨길 생각은 하지 않는 게 좋아. 대체 그애가 무슨 말을 지껄이고 간 거냐?"

"4월인데도 아직 춥군요."

"헬렌이 무슨 말을 했냐고 물었지 않나?"

로일롯 박사는 성이 나서 있는 대로 고함을 쳤다.

"이 추위에도 사프란이 꽃을 피웠다지요?"

"그 따위 말을 물은 게 아니란 말이야."

빙글빙글 웃으며 딴소리를 하는 홈스의 태도는 로일롯의 화를 돋우기만 했다. 그는 한 걸음 앞으로 다가서더니 위협적으로 채찍을 휘둘렀다. 그러나 홈스는 아무렇지도 않은 듯 빙그레 웃기만 했다.

"그래, 언젠가 네 이야기를 들은 적이 있다. 역시 소문대로 돼먹지 못했군."

로일롯은 험상궂은 얼굴로 홈스를 노려봤다. 그러나 나의 친구는 여전히 즐거운 얼굴이었다. 그럴수록 로일롯의 목소리는 더욱 커져만 갔다.

"참견을 좋아하는 간섭꾼에다 시건방진 경찰 끄나풀."

홈스가 큰 소리로 웃음을 터뜨렸다.

"박사님께서는 말을 재미있게 하시는군요. 의외였습니다. 나가실 때는 문을 꼭 닫아 주십시오. 이 집은 외풍이 심하거든요."

"나가지 말라고 잡아도 나갈 참이다. 하지만 한 가지 경고하는데, 내 집안일에 함부로 참견하지 않는 게 좋을 거다. 만약 그랬다가는 무사하지 못할 줄 알아라. 이렇게 해 놓을 테니까!"

로일롯 박사는 두 눈을 희번덕거리며 부젓가락을 움켜쥐고는 그 검고 투박한 손으로 단숨에 구부러뜨렸다. 그러고는 우리 눈앞에서 몇 번 휘두르다가 바닥에 내동댕이치고는 들어올 때와 마찬가지로 거칠게 밖으로 나가 버렸다.

"쇠로 된 부젓가락을 엿가락처럼 휘어 버리다니, 대단한 완력이군."

내가 바닥에 내동댕이쳐진 부젓가락을 보며 기가 차다는 투로 말하는 동안에도 홈스는 여전히 유쾌하게 웃고 있었다.

"재미있는 양반이야! 하지만 저자가 조금만 더 머물렀더라면, 나도 좋은 걸 보여 줬을 텐데 안타깝군."

이렇게 말하며 홈스는 부젓가락을 집어서 가볍게 힘을 주더니 먼저대로 펴 놓았다.

"힘이란 체격하고 반드시 비례하는 것은 아니거든."

사실 홈스는 마른 편에 속했다. 그러니 덩치가 커다란 로일롯이 만만하게 본 것은 어쩌면 당연한 일이었다. 그러나 홈스는 전쟁터에 갔다 온 나보다도 힘이 셌다. 만약에 로일롯이 다시 펴진 부젓가락을 봤다면 어떤 표정을 지었을지 나로서는 궁금했지만, 그걸 확인할 방법은 없었다.

"나를 경찰 따위의 끄나풀로 여기다니, 이거 유감인걸! 그나저나 저런 불한당이 스토너 양의 뒤를 쫓고 있으니, 방심할 수 없겠어. 왓슨, 나는 자료 조사차 관청에 갔다 올 테니까 그동안 자네는 바로 떠날 수 있도록 외출 준비를 해 주게. 한시가 급해."

그는 내 대답을 기다리지도 않고 밖으로 나갔다.

홈스는 사건을 맡으면 무조건 행동을 개시하는 것 같지만, 사실은 그렇지 않았다. 그는 언제나 경찰이 놓친 것을 꼼꼼히 조사하고, 신중에 신중을 거듭하여 추리했다. 단지 심사숙고한 결론을 바탕으로 정신 차리지 못할 정도로 빠르게 해결을 볼 뿐이었다.

홈스가 돌아온 것은 점심때가 지나서였다.

"뭔가 도움이 될 만한 걸 알아냈나?"

"아주 결정적인 단서를 찾아냈지."

그는 글씨와 숫자가 빼곡하게 적힌 푸른색 종이를 흔들어 보였다.

"죽은 스토너 부인, 그러니까 헬렌 양의 어머니

가 남긴 유언장을 열람하고 왔다네. 그 부인, 상당한 재산가였어. 사망 당시에 연 수입이 천 파운드나 되었더군. 농산물 가격이 폭락하는 바람에 지금은 7백 5십 파운드밖에 안 되지만 말일세. 아무튼 로일롯 박사는 결혼 후 내내 재산을 관리해 왔기 때문에 아무 일도 하지 않으면서 빈둥거리며 지낼 수 있었던 거야. 그런데 부인의 유언에 따르면, 딸들은 결혼과 동시에 각자 1년에 2백 5십 파운드씩을 받을 수 있었어. 그러니 두 딸 중 하나라도 결혼하게 되면 그로서는 이만저만한 타격이 아니었겠지. 아마도 그에게 의붓딸들의 결혼은 절대로 반가운 일이 아니었을 거야. 그런데 그는 딸들이 결혼하는 것에 그다지 반대를 하거나 하지 않았어. 딸들의 결혼이 반가울 리 없는 그가 집까지 수리해 가면서 딸의 결혼을 축복해 준다? 어딘지 모순이라고 생각되지 않나? 어쨌든 이로써 로일롯 박사에게 딸들의 결혼을 방해할 만한 동기가 있다는 것은 분명해졌네."

"자네 추리대로 로일롯 박사가 범인이라면 헬렌 양도 위험하다는 얘기가 아닌가?"

"그래, 그래서 조금도 지체할 여유가 없는 거야. 게다가 그 괴물이 그 아가씨 뒤를 쫓고 있는 데다가 우리가 개입된 것까지 알고 있어. 그러니 범행을 서두를 것이 분명해. 자네, 외출 준비는 다 해 놨나?"

"물론이네. 당장이라도 출발할 수 있어."

"아, 잊지 말고 권총을 가지고 가게. '엘리 2호'를 가지고 가는 게 좋겠군. 쇠를 엿가락처럼 다루는 괴물을 상대해야 하니까 말이야."

황폐한 저택

마차를 불러 워털루 역으로 간 우리는 마침 출발하는 레더헤드행 기차를 탈 수 있었다. 레더헤드는 워털루 역에서 1시간 거리였다. 내 친구와 나는 레더헤드에서 다시 이륜마차로 7~8킬로미터쯤 달린 후에야 목적지에 닿을 수 있었다.

그 마을은 조용하고 경치가 좋았다. 마침 날씨도 매우 좋아서 이륜마차로 달릴 때는 소풍이라도 나온 것만 같았다. 태양은 눈부시게 빛났고, 푸른 하늘에는 탐스러운 흰 구름이 두둥실 떠 있었다. 길가의 나무에는 연둣빛 새싹이 돋아나고 있었고, 지나가는 바람엔 향긋한 흙냄새가 섞여 있었다. 정말이지 대기는 상쾌하기가 이를 데 없었다. 사건만 아니면 봄기운으로 가득 찬 이 마을이 한층 더 아름답게 보였을 것이다. 그러나 나는 곧 일어날지도 모르는 고약한 범죄를 앞두고 마냥 봄기운에 취해 있을 수는 없었다. 마을이 아름다울수록 내가 느끼는 이질감은 자꾸만 더해 갔다.

홈스는 모자를 눈까지 눌러 쓰고 팔짱을 낀 채 마부 옆자리에 깊숙

이 기대앉아 조용히 생각에 잠겨 있었다. 그런데 그가 몸을 벌떡 일으키더니 내 어깨를 두드리며 손가락으로 초지 너머의 어느 곳인가를 가리켰다. 그가 가리킨 곳은 야트막한 초지 뒤에 나무들이 빼곡한 작은 숲이었다. 아니, 정확히 말하면 그 나무들의 가지 위로 솟아 있는 어느 저택의 지붕이었다.

"저것 좀 보게! 무척 오래된 저택 아닌가?"

아닌 게 아니라 잿빛으로 퇴색한 뾰족 지붕이 한눈에도 무척 낡아 보였다.

"아, 저곳은 그림스비 로일롯 박사의 저택인데, 이 지역에서 가장 오래된 건물이랍니다."

마부가 아는 척을 하며 끼어들었다.

"아, 그런가? 마침 잘됐군. 우리는 건축가들인데 저택 수리 때문에 온 것이거든. 우리를 저 저택으로 데려다 주겠나?"

내 친구는 천연덕스럽게 거짓말을 했다.

"그러셨군요. 스토크모런으로 가시려면 여기서 걸어가는 편이 훨씬 더 빠릅니다. 저기 한 숙녀 분이 걸어오고 있는 게 보이시지요? 저 오솔길로 가시면 바로 저택입니다."

홈스는 고맙다는 인사와 함께 마차 삯을 치르고 나서 가볍게 뛰어내렸다. 우리를 내려 준 뒤 마차는 레더헤드로 되돌아갔다.

"저 앞에 오는 숙녀 분은 아무래도 스토너 양 같군."

홈스는 눈이 부신지 손을 들어 햇빛을 가리며 말했다.

"왓슨, 내가 왜 마부에게 건축가라고 했는지 알겠나?"

우리는 저택으로 가는 오솔길을 향해 걸었다.

"글쎄."

"조용한 시골에 낯선 사람이 등장하면 사람들의 이목을 끄는 법이지. 하지만 우리가 건축가라고 하면 시끄러운 소문이 나지는 않을 걸세. 아무튼 여기는 적진이니까 말이야. 매사에 조심할 필요가 있어."

그때 우리를 발견한 듯 헬렌이 빠른 걸음으로 다가왔다. 그녀는 만면에 미소를 띠고 홈스의 손을 다정하게 잡았다.

"혹시라도 두 분께서 안 오시지나 않나 해서 걱정하고 있었어요."

"그럴 리가요. 약속은 반드시 지킵니다."

"일은 제대로 됐어요. 아버지가 런던에서 아직 돌아오시지 않았거든요. 아마 저녁 늦게나 돌아오실 것 같아요. 그리고 가정부는 장을 보라고 마을에 보냈어요."

"스토너 양, 오늘 아침에 이미 로일롯 박사님을 만나 뵈었습니다."

홈스가 아침에 있었던 일을 대강 이야기해 주자 헬렌의 얼굴은 사색이 되었다.

"제 뒤를 밟으셨다니, 상상도 하지 못한 일이에요. 아, 새아버지는 무서운 분이에요. 교활하기도 하고요. 마음을 놓을 수가 없군요."

"하지만 이제부터 조심해야 할 사람은 오히려 로일롯 박사 쪽입니다. 자신보다 더 교활한 사람이 자신을 조사하고 있다는 것을 알게 될 테니 말입니다. 아무튼 오늘 밤에는 가급적 박사와 대면하는 것을 피하시고 밤에도 문을 단단히 잠그고 계십시오. 혹시라도 난폭하게 군다면 우리가 해로의 이모님 댁으로 모셔다 드리겠습니다. 그러나 우선은 저택을 조사하는 것이 시급합니다. 안내해 주시겠습니까?"

저택은 잿빛의 석조건물이었는데, 온통 이끼로 덮여 있었다. 건물은 세 부분으로 나뉘어 있었는데, 가운데 부분이 높았고, 그 양쪽으로 게의 집게발 모양의 나지막한 건물이 붙어 있었다. 특히 왼쪽의 건물은 온전한 창문이 없었다. 지붕 역시 군데군데 움푹 파여서 마치 폐가와 같았다. 관리를 안 하기로는 가운데 건물도 마찬가지였다.

오른쪽 건물만이 그나마 온전해 보였다. 덧문이 달린 창문에는 커튼이 드리워져 있었고, 굴뚝에서는 연기가 솟아오르고 있었다. 한눈에도 현재 가족이 살고 있는 곳임을 알 수 있었다. 일부가 파손되어 있는 건물의 한쪽 벽 언저리에는 공사에 썼을 법한 도구들이 마구잡이로 흩어져 있었는데, 일을 하는 인부들은 보이지 않았다.

홈스는 잡초가 무성한 잔디 위를 걸어 다니며 창문과 바깥쪽을 꼼꼼히 살폈다.

"여기가 당신 방이고 가운데가 언니 방, 그리고 건물 중앙에서 가장 가까운 게 로일롯 박사의 방인 듯싶은데, 맞습니까?"

"네, 하지만 지금은 가운데 방을 쓰고 있습니다."

"저택을 수리하기 위해서라고 하셨죠? 음, 그런데 방을 그렇게 급하게 수리할 필요는 없어 보이는군요."

"저도 그렇게 생각해요. 이유는 모르겠지만 방을 옮기기 위해서가

아니었을까요? 새아버지는 제 결혼 때문이라고 하셨지만, 결혼식을 집에서 하는 것도 아니니까요. 게다가 옮기자마자 휘파람 소리가 난 것도 이상하고요."

"매우 중요한 단서로군요. 그런데 방들이 연결되어 있는 복도에는 창문이 없습니까?"

"있기는 하지만 사람이 들락거릴 정도로 크지는 않습니다."

"그렇다면 방문을 잠그면 복도로 누군가가 출입한다는 것은 불가능하다는 얘기로군요. 스토너 양, 안에 들어가셔서 창문의 덧문을 잠가 주시겠습니까?"

헬렌은 시키는 대로 했다. 홈스는 심각한 표정으로 확대경을 꺼내서 창틀과 손잡이를 조사한 다음 덧문을 열어 보려고 애를 썼다. 그러나 돌로 된 육중한 벽에 단단히 박혀 있는 쇠 덧문에는 칼끝 하나들어갈 틈도 없었다.

쭈그리고 앉아 잔디 위까지 자세히 조사한 홈스는 이내 허리를 펴고 일어나 턱을 쓰다듬었다. 그것은 홈스의 추리가 난관에 부딪혔다는 것을 의미했다. 일이 제대로 안 풀릴 때 하는 일종의 버릇 같은 것이었다.

"방문과 덧문을 잠그면 사람은 출입이 불가능하다는 얘기로군. 그렇다면 단서는 방 안에 있을 거야. 집 안으로 들어가 보세."

우리가 안으로 들어가기 위해 건물 오른쪽 끝에 있는 작은 출입문을 열자 하얗게 회를 칠한 복도가 나타났다.

"어느 방부터 보시겠어요?"

"원래 스토너 양이 쓰시던 방은 조사할 필요 없습니다. 중요한 것은 사건이 일어난 가운데 방이니, 그 방부터 보기로 하지요."

홈스는 헬렌의 방을 지나쳐 조금의 주저함도 없이 가운데 방으로 성큼 들어갔다.

방은 작고 검소했다. 옛날 시골집들이 그렇듯 천장이 매우 낮고 벽난로가 있는 방이었다. 가구라고는 갈색의 장롱과 침대, 경대, 그리고 보잘것없는 두 개의 등나무의자가 전부였다. 장롱은 한쪽 구석에 있었는데 칠이 군데군데 떨어져 있었고, 맞은편의 침대 역시 낡고 구식이었다. 경대는 창문 왼쪽에 놓여 있었다. 방 한가운데에는 칙칙하기 이를 데 없는 융단이 깔려 있었는데, 그것은 막 세탁을 끝낸 것같이 눈이 부시게 하얀 침대보와 대조를 이루고 있었다. 그리고 참나무로 된 마룻바닥과 벽의 칸막이는 지저분하게 군데군데 좀이 먹고 빛이 바래 있어서 몰락한 이 가문의 역사를 말해 주는 듯했다.

홈스는 의자 하나를 구석으로 옮겨서 걸터앉았다. 그리고 방 안 구석구석을 살피기 시작했다. 그의 눈은 아무리 조그마한 부분이라도 놓치지 않으려는 듯 예리하게 빛나고 있었다. 마침내 홈스가 입을 열었다.

"저 줄은 어디에 쓰는 겁니까?"

그가 가리킨 것은 침대 위에 매달린 굵은 설렁줄이었다. 천장에서 내려온 그것은 그 끝이 베개 위에 닿아 있었다.

"가정부 방으로 연결된 초인종 끈입니다."

"다른 물건들에 비해 새것으로 보이는데, 애초에 있었던 것은 아닌가 보군요."

"네. 2년 전에 새로 설치한 거예요."

"2년 전이라면 언니께서 사망하기 전이란 말씀인가요?"

"네."

"언니께서 설치를 원하셨습니까?"

"아니에요. 우리 자매는 가정부에게 일을 시킨 일이 없어요. 어머니께서 돌아가신 후부터 우리는 각자 일을 스스로 알아서 했거든요. 게다가 새아버지 때문에 가정부가 오래 붙어 있지 않았어요. 그래서 집안 살림을 도맡아 해 왔지요. 그 때문인지 지금도 남에게 시키는 것이 익숙하지 않습니다."

"그렇다면 쓰지도 않을 초인종 끈을 일부러 만들었다는 것이로군요. 그럼 스토너 양이 쓰시던 방에도 초인종 끈이 있습니까?"

"아니요."

홈스는 자리에서 일어나 확대경을 들고 엎드려 마룻바닥의 틈을 조사한 다음, 벽의 칸막이 역시 꼼꼼하게 살폈다. 그러고는 침대로 다가가 잠시 살펴보는가 싶더니 갑자기 초인종의 끈을 힘껏 잡아당겼다. 순간 홈스의 표정이 굳어졌다.

"아니, 이것은 초인종 끈이 아니로군요."

"네? 무슨 말씀이시죠?"

"자, 잘 보십시오. 끈의 끝이 환기구 바로 위의 고리에 묶여 있습니다. 이런 상태로는 잡아당긴다고 해도 벨이 울릴 리가 없지 않겠습니까?"

"이상하군요! 전 여태껏 그런 줄 몰랐어요."

"이상한 건 이것뿐이 아닙니다. 환기구란 건 보통 바깥쪽을 향하게 마련인데, 이건 옆방으로 통해 있군요. 이 집을 만든 건축가의 능력이 의심스러운데요? 혹시 초인종을 만들 때 새로 뚫은 건가요?"

"맞아요. 그것 말고도 몇 군데 간단한 보수 공사를 했어요."

"벨도 없는 모양뿐인 초인종에, 옆방과 연결된 환기구라……. 쓸모도 없는 것을 이유도 없이 만들었다? 재미있군요. 스토너 양, 이제 로일롯 박사의 방으로 안내해 주시겠습니까?"

홈스의 목소리에 생기가 넘쳤다. 조금 전까지만 해도 턱을 만지고 있었다고는 볼 수 없는 모습이었다. 오히려 조금은 오만해 보이는, 평소의 자신감 넘치는 태도를 되찾은 것 같았다. 나는 그런 그의 모습에서 그가 단서를 잡았다고 확신했다.

로일롯 박사의 방은 줄리아의 방보다 컸지만 검소하고 칙칙하다는 점에서는 비슷했다. 조립식 야전침대와 그 옆에 안락의자가 있었고, 책장에는 전문 서적이 빼곡하게 꽂혀 있었다. 그 밖에 둥근 탁자와 벽에 기대 놓은 작은 나무 의자가 있었는데, 모두 낡은 것들이었다. 특별히 이렇다 할 만한 것은 없었다. 다만 여느 집과 다른 것이 있다면 커다란 철제 금고가 있다는 정도였다.

내가 그랬듯이 홈스 역시 그 금고에 먼저 관심을 보였다.

"스토너 양, 이 안에 무엇이 들어 있는지 아십니까?"

홈스는 금고를 툭툭 두드리며 헬렌을 바라보았다.

"몇 년 전에 단 한 번 보았는데, 서류가 가득 들어 있었어요."

"그럼 최근에는 보신 적이 없으시단 말씀이신가요?"

"네."

"혹시 고양이를 기르십니까?"

"아니요. 새아버지는 평범한 동물은 좋아하지 않으시거든요. 표범과 비비는 있지만 고양이는 없어요."

"자네 설마 그 금고 안에 고양이가 들어 있다고 생각하는 건 아니 겠지?"

듣다 못한 내가 한마디 거들었다. 헬렌은 설마 하는 눈으로 나와 홈스를 번갈아 쳐다보았다. 홈스는 대답 대신 무언가를 들어 우리 눈앞에 내밀었다. 그것은 금고 위에 있던 조그만 우유 접시였다.

"스토너 양, 표범에게 우유를 먹이기에는 지나치게 작은 접시라고 생각하지 않으십니까? 사람이 사용하는 것은 더더욱 아닐 테지요. 뭐, 좋습니다. 이것으로 사건의 핵심에 다가간 것 같군요. 그 전에 확인해 둬야 할 게 있지만요."

홈스는 나무 의자 앞에 웅크리고 앉아 날카로운 눈빛으로 주의 깊게 주위를 살펴보았다. 그러더니 마침내 만족스럽다는 표정으로 자리에서 일어났다.

"이제 됐습니다."

그런데 밖으로 나가리라는 내 예상을 깨고 홈스는 침대 쪽으로 걸어갔다. 그리고 침대 한쪽에 걸려 있는 작은 채찍을 집어 들었다.

"아주 흥미로운 물건이로군. 왓슨, 이것이 무엇에 쓰는 것이라고 생각하나?"

그 채찍은 약간 구부러져 있었고 끝부분이 무엇인가에 걸리도록 고리 모양으로 매듭지어 있었다.

"일단은 보통 채찍인 것 같은데, 끝의 고리로 봐서는……, 잘 모르

겠는걸."

"이런 채찍은 흔한 것이라고 할 수 없다네. 이 사건은 우리가 상상했던 것 이상으로 위험하겠어. 머리가 좋은 사람일수록 최악의 범죄를 저지르곤 하지. 바로 이 경우처럼 말이야. 스토너 양, 여러 가지로 매우 참고가 되었습니다. 이제 정원에 나가서 시원한 공기를 마시고 싶군요."

돌아서는 홈스의 얼굴은 전과 다르게 심각했다. 도대체 홈스가 발견한 것이 무엇일까?

정원으로 나왔지만 홈스는 쉽게 입을 열지 않았다. 이마에 주름을 잡은 채 무언가 깊은 생각에 빠져 있었다. 홈스에게서는 긴장감이 흐르고 있었다. 나와 헬렌은 그 기세에 눌려 감히 입도 열지 못한 채 그의 다음 행동을 조심스럽게 지켜볼 뿐이었다.

시간이 얼마나 흘렀을까? 홈스가 마침내 입을 열었다.

"스토너 양, 지금까지 조사한 결과로 보면 오늘 밤 당신의 목숨이 위험합니다."

헬렌은 새파랗게 질려서 대답도 하지 못했다.

"지금 우리에게는 우물쭈물할 여유가 조금도 없습니다. 그만큼 사태가 심각하다는 것이지요. 지금부터 당신의 목숨도 구하고 범인도 잡을 계획을 말씀드릴 테니 스토너 양께서는 반드시 제가 시키는 대로 하셔야 합니다."

"알겠어요. 그게 뭐든 홈스 씨 말씀대로 하겠습니다."

헬렌은 긴장하고 있는 기색이 역력했지만 조금도 망설이지 않고 대답했다.

"좋습니다. 그럼 먼저 오늘 밤에는 저와 왓슨이 당신 방에서 밤을 지새울 겁니다."

그 말에 헬렌뿐만 아니라 나 역시 깜짝 놀랐다.

"하지만 밤이 되기 전까지는 근처 여인숙에 있겠습니다. 가장 가까운 여인숙을 알려 주시겠습니까?"

"저쪽에 보이는 크라운 여인숙이에요."

"그곳에서 당신 방 창문이 보일까요?"

"네, 보일 거예요."

"잘됐군요. 스토너 양, 로일롯 박사가 돌아오면 당신은 두통을 핑계로 방으로 들어가 꼼짝하지 마십시오. 그리고 박사가 자기 방에 들어가는 소리가 들리면 당신 방의 덧문을 열고 창틀에 등불을 놓아 두십시오. 일종의 신호인 셈이지요. 그런 다음 조용히 빠져나와 원래 당신의 방으로 가십시오. 수리 중이라고 해도 하룻밤 지내기에는 큰 지장이 없을 겁니다. 하지만 절대로 박사가 알아채서는 안 됩니다. 절대로 말입니다. 그다음 뒷일은 우리에게 맡기시면 됩니다. 아시겠지요?"

"네, 그 정도는 문제없어요. 꼭 그렇게 할게요. 그런데 두 분은 어떻게 하실 건가요?"

"신호를 보내면 바로 가운데 방으로 몰래 숨어들겠습니다. 그리고 밤을 새면서 그 괴상한 휘파람 소리의 정체를 찾아낼 작정입니다."

홈스는 자신만만했다.

"홈스 씨, 벌써 범인이 누구인지 알고 계시는 건가요? 그렇다면 언니가 왜 죽었는지도 알고 계시는 거지요? 제 생각대로 정말로 무언가에 놀라서 신경발작으로 죽은 건가요? 오, 홈스 씨, 제발 알려주세요."

"모든 것이 좀 더 분명해질 때까지는 말씀드리지 않는 게 좋을 것 같습니다. 하지만 스토너 양 생각대로 신경발작이 사망의 원인은 아닌 것 같군요. 스토너 양, 이 계획에는 한 치의 실수도 없어야 합니다. 그만큼 당신의 역할이 중요합니다. 진정하시고 용기를 내십시오. 제 말씀대로만 하시면 안전할 겁니다. 그럼 우린 일단 크라운 여인숙에 가 있겠습니다. 지금 박사의 눈에 띄기라도 한다면 큰 낭패가 아닐 수 없으니까요."

사건의 단서

우리는 운이 좋았다. 크라운 여인숙은 깨끗한 곳이라고 하기엔
무리가 있었지만 그건 아무래도 좋았다. 스토크모런 저택의 대문과
각 방의 창문이 바로 보이는 2층의 객실을 빌릴 수 있었던 것이다.

땅거미가 질 무렵 마차를 탄 로일롯 박사가 대문을 들어서는 것이
보였다.

"오, 드디어 우리의 주인공께서 돌아오셨군."

아래를 내려다보고 있던 홈스가 말했다. 거대한 박사의 몸집에 비
해 마차를 몰고 있는 어린 마부의 몸집은 왜소하기 그지없었다. 로
일롯은 소년이 무거운 철제 대문을 여느라고 시간을 지체하자 고함
을 지르며 주먹을 휘둘렀다.

"기운도 좋군. 하루 종일 성만 내고도 저렇게 건장하다니……."

홈스는 얼굴까지 찌푸리며 빈정거리듯 말했다.

잠시 후 숲 사이로 불빛이 새어 나왔다. 저택의 거실에 불이 켜졌
던 것이다.

"아침의 일도 있는데, 스토너 양이 무사할까?"

"그 아가씨는 보기와 다르게 강인하다네. 그보다 나는 자네가 걱정일세."

"무슨 소린가?"

"오늘 밤 자네와 함께 가는 것이 과연 옳은 일인지 모르겠군."

"방해가 된다는 말인가?"

"그런 뜻이 아니야. 나로서야 자네가 함께 가 주면 큰 도움이 되겠지만…… 걱정이 돼서 그러네."

"방해되는 게 아니라면 가겠네."

"정말 고맙네. 그렇지만 절대로 방심하지 말게. 오늘 밤 매우 위험할 테니까 말일세."

"그런데 홈스, 아까부터 자꾸 위험하다고 하는데, 정말 자네는 내가 보지 못한 것을 보기라도 한 건가?"

"아니야. 추리를 조금 더 한 것뿐이라네. 내가 본 것은 자네도 다 보았어."

"나는 그 괴상한 초인종 말고는 딱히 이상하다고 생각되는 건 없었는데……."

"맞아, 아주 수상한 초인종이지. 그리고 환기구도 마찬가지고."

"하지만 환기구는 사람은커녕 쥐나 겨우 들어갈 정도밖에 되지 않았는데, 문제 될 게 뭐 있겠나?"

"크고 작은 건 중요한 게 아니야. 박사의 침실과 줄리아의 침실이 서로 통해 있다는 것이 중요하지. 사실 나는 여기 오기 전부터 그런 구멍이 있을 거라고 짐작했거든."

"뭐라고?"

내가 무척 놀란 것과 대조적으로 홈스는 차분하다 못해 차가울 정도였다.

"자네도 기억할 걸세. 오늘 아침, 스토너 양이 줄리아가 로일롯 박사의 엽궐련 냄새를 피해 자신의 방으로 왔었다고 한 것 말일세. 이건 말이야, 바로 박사의 방과 줄리아의 방이 통해 있다는 걸 의미한다네. 쉽게 눈에 띄지 않는 작은 구멍이었을 것이 분명했지. 경찰이 무심히 지나칠 정도로 작은 구멍 말일세. 큰 통로였다면 경찰이 바보가 아닌 다음에야 사건을 해결했겠지."

"그렇지만 작은 연결 통로가 있다는 게 왜 중요한지 아직 난 모르겠네."

"이유도 없이 쓸모없는 환기구와 초인종 끈을 만든 후 바로 그 방에서 건강하던 한 여성이 죽었네. 우연이라고 하기에는 절묘한 일치라고 생각되지 않나? 침대에 해 놓은 이상한 짓과 더불어서 말이야."

"침대? 이상한 짓이라니?"

"자네는 보지 못했나? 침대를 옮길 수 없도록 침대 다리를 바닥에 고정시켜 놨더군. 그것은 침대가 환기구와 초인종 끈 아래에 꼭 위치해야만 하는 이유가 있었다는 얘기지. 그 누군가에게는 말이야."

그때서야 내 머리에 스치고 지나는 것이 있었다. 나는 나도 모르게 소리를 질렀다.

"홈스! 이제야 자네 생각을 알겠어. 정말 끔찍한 범죄로군."

"자네에게는 미안한 말이지만, 의사들은 마음만 먹으면 일급범죄를 저지를 수 있다네. 영리한 데다가 담력이나 지식 면에서 뛰어나니까 말일세. 게다가 성격까지 비뚤어져 있다면 무슨 말이 더 필요하겠나? 이 경우처럼 말이야. 그러나 우리가 알아낸 이상 확실한 증거를 잡아 그를 붙잡는 일만 남았네. 왓슨, 오늘 밤 끔찍한 일을 많이 겪게 될 테니 지금은 담배나 피우면서 쉬도록 하세."

홈스는 이렇게 말하고 나서 파이프를 입에 물었다.

저택이 깜깜해진 것은 9시경이었다. 침실의 커튼 사이로 불빛이 희미하게 비칠 뿐 저택은 완전히 어둠에 묻혀 버렸다. 나는 일순 긴장을 했다. 그러나 애초의 내 예상과는 달리 신호를 하기로 한 등불은 쉽게 켜지지 않았다. 시계는 어느덧 11시를 넘어서고 있었다. 갑자기 내 눈에 불빛이 들어왔다.

"등불이다! 가운데 방이야!"

"드디어 신호가 왔군. 왓슨, 권총을 꼭 챙기게."

우리는 단단히 준비를 하고 여인숙을 나섰다. 여인숙을 나오면서 주인에게 갑작스럽게 친지를 방문하게 되었다는 거짓말을 몇 마디 한 것을 제외하고는 홈스는 저택에 도착할 때까지 입을 일자로 굳게 닫고 있었다.

벌레 소리도 들리지 않는 고요한 밤이었다. 우리는 반짝이는 등불을 길잡이 삼아 칠흑같이 어두운 숲길을 더듬어 나갔다. 서늘한 밤 바람이 얼굴을 스치고 지나갔다.

얼룩무늬 끈의 정체

허물어진 채 방치되어 있는 낡은 담 덕분에 영지로 들어가는 것은 어렵지 않았다. 우리는 숲과 잔디밭을 지나 가운데 방의 창문 앞에 도착했다. 약속한 대로 창문이 열려 있었다.

홈스와 나는 약속이나 한 듯 창을 통해 방으로 들어가려고 창틀에 매달렸다. 그런데 그 순간 우리는 하마터면 비명을 지를 뻔했다. 바로 옆의 월계수 그늘에서 흉측한 꼽추 형상의 무언가가 갑자기 튀어나왔던 것이다. 어린아이의 몸집 정도인 그것은 잔디 위로 털썩 몸을 던졌다가 날쌔게 어둠 속으로 사라져 버렸다.

"저, 저것 봤나?"

내가 놀란 만큼 홈스도 놀란 모양이었다. 반사적으로 내 손목을 꼭 붙잡았던 것이다. 정체를 확인한 홈스가 내 귀에 속삭이면서 낮은 소리로 웃었다.

"저건 비비라네. 정말 기괴한 집이야. 하여간 표범이 아닌 게 천만다행이로군."

나는 그때서야 표범과 비비를 놓아기르고 있다는 말이 생각났다.

우물쭈물하다가는 표범의 야참이 될지도 모를 일이었다. 우리는 구두를 벗고 재빨리 창문을 뛰어넘었다. 홈스는 소리가 나지 않게 덧문을 닫고, 등불을 탁자 위로 옮겨 놓은 후 방 안을 둘러보았다. 방은 낮에 보았던 그대로였다. 그는 내 곁으로 살그머니 다가오더니 겨우 들을 수 있는 목소리로 속삭였다.

"조그만 소리라도 내서는 안 되네. 옆방의 박사가 눈치를 채면 모든 게 허사가 될 테니까 말이야."

나는 말 대신 고개를 끄덕였다.

"환기구를 통해 불빛이 샐 수 있으니까 등불을 끌 걸세. 박사가 헬렌이 잔다고 생각해야 하거든. 왓슨, 지루해도 절대로 잠들면 안 되네. 목숨이 위험해질 수도 있어. 그리고 만일을 위해 권총을 들고 있는 게 좋겠네. 자, 이제 나는 침대에 앉아 있을 테니, 자넨 그 의자에 앉아 있게."

나는 그가 시키는 대로 권총을 들었다. 홈스는 미리 준비해 온 가늘고 긴 지팡이와 성냥과 초를 나란히 침대 위에 올려놓았다.

마침내 등불이 꺼졌다. 이제 방 안은 한 치 앞도 보이지 않았다. 바로 코앞에 내 친구가 눈을 똑바로 뜨고 앉아 있다는 것이 믿어지지 않을 정도였다. 그의 숨소리조차 들리지 않았다. 때때로 새의 지저귐과 고양이 울음소리 같은 게 들릴 뿐이었다. 표범일 것이 분명했다. 나는 또 한 번 가슴을 쓸어내리지 않을 수 없었다.

어두워서 시계를 볼 수는 없었지만 멀리에 있는 교회의 종이 15분마다 울리고 있어서 대략 시간을 짐작할 수 있었다. 내 일생에서 가장 긴 15분이 될 것 같았다. 시간은 숨이 막힐 정도로 더디게 흘렀다. 어둠 속에서 계속 긴장하고 있다는 것은 상상 외의 고된 일이었던 것이다. 12시가 지났고, 1시, 2시도 지났다. 교회 종소리가 3시를 알린 뒤에도 우리는 여전히 일어날 무엇인가를 묵묵히 기다렸다.

순간 환기구에서 섬광이 일어났다. 그리고 기름 타는 냄새가 이어졌다. 옆방에서 석유램프에 불을 붙인 모양이었다. 잠시 후, 희미하게 사람이 움직이는 기척이 나더니 이내 잠잠해졌다. 그러나 냄새는 점점 강하게 풍겼다. 나는 옆방의 움직임에 촉각을 곤두세웠다. 옆방에서 다시 소리가 난 것은 그로부터 30분가량 지났을 때였다. 마치 불에 올려놓은 물주전자가 수증기를 뿜어내는 것처럼 '쉬익, 쉬익!' 하는 소리였다. 정체를 알 수 없는 그 소리는 점점 가깝게 들려오고 있었다.

그 순간, 성냥불이 켜지면서 지팡이로 초인종 끈을 사정없이 내려치고 있는 홈스가 보였다.

"왓슨! 보았나?"

홈스가 격앙된 목소리로 외쳤다. 그러나 나는 아무것도 보지 못했다. 대신 낮고 음산한 휘파람 소리를 들었다. 마치 악마와 싸우고 있는 듯 홈스의 얼굴은 무섭도록 창백했다. 지팡이를 휘두르는 것을 멈춘 그는 공포와 혐오로 가득 찬 표정으로 환기 구멍을 노려보았다.

바로 그때였다. 밤의 적막을 뚫고 일찍이 들어 본 일 없는 처절한 비명이 들려왔다. 나는 심장이 얼어붙는 것 같았다. 공포와 분노가 범벅이 된 그 끔찍한 비명은 점점 커졌고, 마침내 온 마을을 깨우고야 말았다.

나중에 안 사실이지만, 비명은 멀리 떨어진 사제관까지 들렸다고

한다. 마을 사람들이 난데없는 소리에 놀라 잠을 깬 것은 두말할 나
위도 없었다. 홈스와 나는 얼굴을 마주 본 채 멍하게 서 있었다. 비명
은 점차 고통스러운 신음 소리로 변하고 있었다. 그리고 마침내 신
음 소리도 사라졌다.

"이게 무슨 뜻이지?"

나는 잔뜩 긴장한 채로 물었다.

"사건이 해결됐다는 뜻이라네. 결과가 이렇게까지 될 줄은 예상하
지 못했지만 말이야. 자 그럼, 로일롯 박사의 방으로 가 볼까? 권총
을 잊지 말게."

홈스는 심각한 표정으로 촛불을 켜 들고 앞장섰다. 방문을 두드렸
지만 안에서는 대답이 없었다. 홈스는 주저 없이 문을 열고 안으로
들어갔다. 나도 권총을 꽉 쥐고 그의 뒤를 따랐다.

제일 먼저 눈에 띈 것은 석유 램프였는데, 그것은 반쯤 열린 철제
금고를 비추고 있었다. 로일롯 박사는 둥근 탁자 옆에 있는 나무 의
자에 가운을 걸친 채 앉아 있었다. 가운 밑으로 붉은 슬리퍼를 신고
있는 것이 보였고, 무릎 위에는 낮에 본 가죽 채찍이 놓여 있었다.

그는 고개를 잔뜩 젖힌 채 꼼짝하지 않았다. 마치 잠들어 있는 것 같았다. 그러나 그의 부릅뜬 눈은 천장의 한 곳에 박혀 있었다. 박사를 살피던 우리는 거의 동시에 흠칫했다. 로일롯 박사의 머리에 갈색 무늬의 노란 끈이 감겨 있었던 것이다.

"왓슨, 바로 이거야. 줄리아가 보았다던 얼룩무늬 끈이 틀림없어!"

홈스는 그것에서 시선을 떼지 않은 채 낮은 목소리로 속삭였다. 나는 권총을 겨누며 한 발 다가섰다. 순간 박사의 머리 위에 있던 얼룩무늬 끈이 움직이기 시작했다. 그리고 박사의 머리카락 사이에서 무엇인가 불쑥 솟아올랐다. 뱀이었다.

"왓슨, 조심해!"

홈스가 외쳤다. 나는 다시 제자리로 물러날 수밖에 없었다.

"늪 독사야. 인도에서 가장 무서운 독사라네. 로일롯 박사가 물린 지 10초도 안 되어서 죽을 만큼 맹독을 가진 무서운 놈이야. 결국 박사는 자신이 기르던 애완동물에게 당한 거지. 폭력은 사용하는 자에게 돌아가게 마련이거든. 가만있게. 일단 이놈을 금고 속으로 넣은 다음, 헬렌 양을 안전한 장소로 옮기세. 경찰에는 그다음에 연락해도 괜찮을 걸세."

홈스는 박사의 무릎에 놓여 있던 채찍을 들었다. 그리고 눈 깜짝할 사이에 채찍 끝에 있는 고리를 이용하여 독사가 꼼짝하지 못하도록 목을 걸었다. 결국 독사는 홈스에 의해 원래 자기 자리인 철제 금고 속에 다시 갇히는 신세가 되었다. 멋지고 재빠른 솜씨였다.

로일롯의 죽음으로 스토크모런 저택의 끔찍한 사건은 끝이 났다. 다음 날, 우리는 헬렌에게 자초지종을 설명해 주고 아침 기차로 마음씨 좋은 해로에 있는 이모 댁으로 데려다 주었다. 신고를 받은 경찰은 위험한 동물을 키우던 박사의 실수로 빚어진 단순 우발적 사고로 결론을 내렸다. 여기에는 우리가 사건을 제대로 설명해 주지 않은 이유가 있었다. 물론 그것은 집안의 불미스러운 이야기를 숨기고 싶어 했던 헬렌의 요구 때문이었다.

런던으로 돌아오는 기차 안에서 홈스는 내가 미처 이해하지 못한 부분에 대해 설명해 주었다.

"사실 나는 처음에 집시들의 존재와 얼룩무늬 끈에 집중한 나머지 완전히 다른 결론을 내리고 있었다네. 충분하지 않은 단서들만으로 추리하는 것이 얼마나 위험한 일인지 깨닫게 된 셈이지. 하지만 방으로 침입할 수 없다는 것을 알았을 때 바로 판단을 수정했어. 게다가 줄리아가 죽기 바로 전에 쓸모도 없는 환기구와 초인종을 만든 점, 그리고 침대가 고정되어 있다는 점을 확인하자 나는 로일롯 박사에게 인도의 동물을 공급해 주는 판매상이 있다는 것이 떠오르더군. 왓슨, 자네도 알겠지만 뱀의 독 중에는 검시를 해도 발견되지 않는 것이 있다네. 인도에서 살다 온 데다가 의사인 그가 그 사실을 몰랐을 리 없어. 줄리아가 죽었을 때 검시관이 조금만 더 날카로웠다면 두 개의 독니 자국을 발견하는 것은 어렵지 않았을 걸세. 멍청한 검시관을 만난 것도 그들 자매의 불행이라면 불행이겠지."

"그럼 그 이상한 휘파람 소리는 뭔가?"

"그거야 박사가 줄리아 방으로 간 뱀을 다시 불러들이기 위한 신호였네. 그는 우리가 방에서 본 작은 우유 접시를 가지고 휘파람을 불면 돌아오도록 훈련을 했을 거야. 또 내가 박사의 방에 갔을 때 탁자 옆에 있던 나무 의자를 한참 보았던 것을 기억하나? 의자 위에 사람이 올라섰던 흔적이 있었거든. 바로 뱀을 천장에 있는 환기구로 올려놓기 위해 사용했던 거지. 게다가 고리가 달린 채찍과 금고를 보자 확신이 서더군. 스토너 양이 들었다는 금속 부딪치는 소리는 뱀을 금고에 넣고 급하게 닫는 소리였을 거야. 어쨌든 예상은 했지만 막상 불을 켜고 뱀을 보니 적잖이 당황되더군."

"당황한 쪽은 오히려 뱀이 아니겠나? 자네에게 호되게 얻어맞고 자신의 주인을 물었으니까 말이네."

"하긴 그렇군. 뱀은 공격을 당하면 본성적으로 제일 먼저 본 사람에게 달려든다고 하더군. 결국 의도한 것은 아니지만, 내가 로일롯 박사가 죽게 된 원인을 제공한 셈이지. 하지만 양심의 가책은 느껴지지 않네. 결국 인과응보 아니겠나?"

홈스의 얼굴에 잠시 어두운 빛이 스쳐 지나갔다. 마침 기차가 서서히 플랫폼에 들어서고 있었다.

어느 기술자의
엄지손가락

The Engineer's Thumb

해더리

돈을 벌기 위해 라이샌더 스틱 대령의 요구를 들어주려다 엄지손가락이 잘려 나간 수력기사. 그리니치에 있는 유명한 회사에서 견습공으로 일한 뒤 빅토리아 가에서 사업을 시작했으나 성과 없이 무의미한 시간을 보내다 스틱 대령의 이상한 제안을 받아들인다.

엘리제

위험에 처한 해더리를 구해 주기 위해 위험을 무릅쓰고 도와준 부인.

라이샌더 스틱 대령

목적을 위해서라면 어떤 잔인한 행동도 서슴지 않는 냉혈한. 위조 화폐를 만들기 위해 사건이 있던 1년 전 수력기사 한 사람을 살해한 혐의도 있다. 고장 난 기계를 고치기 위해 해더리를 유인한다. 작품 속 배경 연대가 1889년인 〈어느 기술자의 엄지손가락〉은 1892년 3월 〈스트랜드 매거진〉에 발표되었고 《셜록 홈스의 모험》에 실렸다.

저자 아서 코난 도일은 《셜록 홈스의 모험》이 출판되기 1년 전인 1891년 11월 11일에 자신의 어머니에게 보낸 편지를 통해 '앞서 발표한 다섯 작품은 초기 작품 수준으로 좋은 책이 될 것'이라고 밝히고 있는데 여기에서 '다섯 편'은 〈푸른 카벙클〉, 〈얼룩무늬 끈〉, 〈독신자 귀족〉, 〈에메랄드 왕관〉 그리고 바로 이 작품 〈어느 기술자의 엄지손가락〉이다.

한편 도일은 철학자 니체를 싫어해서 작품 곳곳에 니체와 관련된 인물들을 악당으로 배치하곤 했는데 이 작품에 나오는 '엘리제'는 독일어로 '엘리자베스'의 애칭으로 바로 니체의 여동생이기도 하다.

잘려 나간 엄지손가락

해더리 씨의 엄지손가락 사건과 워버튼 대령의 사건은 내게 다른 사건들보다 더욱 특별하게 기억된다. 그 이유는 홈스가 해결한 수많은 사건 가운데 내가 그에게 직접 소개해 준 것은 이 두 건뿐이기 때문이다. 두 사건 가운데 아마도 워버튼 대령 사건이 복잡하고 규모도 커서 까다로운 사건일수록 흥미를 느끼는 홈스에게는 더 의미가 있었을 것이다. 해더리 씨 사건은 기이한 발단과 전혀 예기치 못한 진행 과정으로 인해 사건 해결 과정에서 논리적이고 체계적인 추리를 즐기는 홈스에게는 평이한 사건이었을지도 모른다.

그러나 색다른 사건을 접하고 싶어 하는 독자들을 고려할 때 워버튼 대령의 사건보다 해더리 씨 사건을 기록할 가치가 더 크다고 생각한다. 신문사들이 예전에 이 사건을 몇 차례 기사화했으므로 아마 어렴풋하게나마 기억하는 사람도 있을 것이다. 하지만 이런 종류의 사건이라면 흔히 그렇듯 사건의 진상을 밝히기에는 터무니없이 적은 지면을 할애받아 간략하게 소개되었을 뿐이다. 그러므로 갖가지 사건이 시간 순서에 따라 펼쳐지고 단서가 발견될 때마다 진실에 한 발씩 다가서며 이러한 전개 과정을 거쳐 얽혀 있던 수수께끼가 조금씩 풀려 나가는 회고록이 짧은 기사에 비해 사건의 전모를 알리는 데 효과적이다. 사건이 발생한 지 2년이나 지났지만 그때 받았던 깊은 인상은 아직도 선명하게 남아 있다.

내가 이야기하려는 사건은 1889년 여름에 일어났다. 그 무렵은 내가 막 결혼을 하고 개인 병원을 열었을 때이다. 자연스럽게 베이커가 하숙집에 홈스를 남겨 두고 떠나게 되었지만 그 후로도 나는 그를 자주 찾아갔으며 가끔은 그가 우리 부부를 찾아오도록 설득하기도 했다. 내 병원은 작았지만 찾아오는 환자가 차츰 늘어났다. 병원이 패딩턴 역 바로 옆에 자리하고 있었으므로 단골 환자 중에는 역무원도 많았다. 그 가운데 오랫동안 고질병에 시달려 오던 한 남자는 내 치료를 받고 씻은 듯이 회복되었다. 그러자 그가 나에 대해 여기저기 소문을 내 주는 한편, 자기 주변에 환자가 생기면 내가 왕진을 가도록 소개하기도 했다.

어느 날 아침, 하녀가 방문을 두드리는 소리에 잠이 깼다. 시계를 보니 아직 7시 전이었다. 패딩턴 역에서 온 두 남자가 진찰실에서 기다리고 있다는 것이다. 그동안의 경험을 통해 철도 사고는 심각한 부상을 남긴다는 사실을 잘 알고 있었기에 서둘러 옷을 갈아입고 아래층으로 내려갔다. 환자 대기실에는 우리 병원에 대해 소문을 내고 다니는 그 역무원이 있었다. 그는 나를 보더니 진찰실 문을 쾅 닫았다.

"안에 있습니다."

그가 팔을 뻗어 진찰실 문을 가리키며 나지막한 목소리로 말했다.

"뭐 심각한 것 같진 않습니다."

"진료실에 대체 누가 있나요?"

그의 별난 행동이 마치 진찰실에 야수라도 잡아놓은 듯 보여 그렇게 물었다.

"이 병원에 처음 온 환자입니다. 내가 직접 데리고 와야 할 것 같아서요. 그렇지 않으면 아마 도중에 도망갔을 겁니다. 어쨌든 그를 살아 있는 채로 데려왔습니다. 그럼 선생님, 이만 가 보겠습니다. 나도 할 일이 많은 사람이니까요."

환자를 데리고 온 역무원은 내가 인사를 하기도 전에 재빨리 나가 버렸다.

진찰실 문을 조심스레 열고 들어가 보니 트위드 양복을 단정하게 입은 젊은 신사가 책상 앞에 앉아 있었다. 책상 위에는 부드러운 천으로 만든 모자가 놓여 있었다. 그는 한 손에 손수건을 감고 있었는데 거기서 피가 붉게 배어 나와 있었다. 그는 스물다섯 살이 채 안 되어 보였는데 남자답게 생긴 얼굴은 핏기 하나 없이 초췌했다. 심한 정신적 충격을 받았는지 거의 패닉 상태라는 것을 알 수 있었다.

"병원이 문을 열기도 전에 불쑥 찾아와 죄송합니다."

청년이 천천히 입을 열었다.

"하지만 지난 밤 저는 큰 사고를 당했습니다. 아침에 패딩턴 역에 도착해서 병원을 찾았더니 어떤 친절한 분이 여기까지 데려다주셨지요. 하녀에게 명함을 건넸는데 저쪽 탁자 위에 올려놓더군요."

나는 명함을 소리 내어 읽었다.

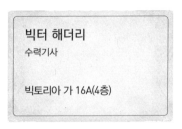

빅터 해더리
수력기사

빅토리아 가 16A(4층)

"많이 기다리셨다면 미안합니다."

나는 진찰 의자에 앉으며 말했다.

"밤차를 타고 오셨겠군요. 무척 지루하고 답답하셨지요?"

"지난밤은 그리 지루하지 않았습니다. 이런 일을 겪었으니까요."

청년은 손수건으로 칭칭 감은 한쪽 손을 들어 보이더니 갑자기 웃기 시작했다. 성악가의 노래처럼 우렁차고 높은 소리였다. 그는 허리를 한껏 젖히더니 어깨를 들썩이며 숨이 넘어갈 듯 웃어 댔다. 나는 그가 심각하게 병적인 정신 상태임을 직감했다.

"이제 그만 진정하세요."

그를 달래듯 말하고 컵에 찬물을 따라 마시게 했다. 그러나 효과는 없었다. 이것은 강인한 정신력으로 위기를 견딘 사람이 긴장이 풀렸을 때 흔히 겪는 신경질적인 발작 증상이었다. 잠시 후 그는 원래의 침착한 모습으로 돌아왔으나 기진맥진한 듯 얼굴이 새하얘졌다.

"이런 모습을 보여 죄송합니다."

청년이 가쁘게 숨을 몰아쉬었다.

"괜찮습니다. 자, 이걸 좀 마셔요."

물에 브랜디를 조금 섞어 건넸다. 잠시 후 그의 얼굴에 혈색이 돌아오기 시작했다.

"기분이 좀 나아졌습니다."

그가 말했다.

"선생님, 이제 엄지손가락을, 아니 엄지손가락이 있던 자리를 한번 봐 주십시오."

그는 손수건을 풀더니 손을 내밀었다. 그러자 심한 부상을 보는데 단련이 된 나 같은 의사도 절로 몸서리쳐지는 상처가 드러났다. 네 손가락 옆, 그러니까 엄지손가락이 있어야 할 곳은 섬뜩하도록

새빨갰다. 엄지손가락이 뿌리부터 바짝 잘리거나 찢겨 나갔는지 스펀지처럼 송송 구멍이 뚫린 조직이 다 드러나 있었다.

"세상에! 끔찍하군!"

나도 모르게 외쳤다.

"심각한 상처입니다. 출혈이 심했겠군요."

"맞습니다. 이 일을 당했을 때 저는 한참 동안 정신을 잃고 쓰러져 있었습니다. 얼마 후 의식이 돌아왔지만 피가 좀처럼 멈추지 않아 손목을 손수건으로 동여매고 작은 나뭇가지를 댔습니다."

"훌륭한 응급처치입니다. 외과의사 못지않은 실력입니다."

"출혈도 일종의 수력학 문제이니 제 전공과 통합니다."

"엄지손가락이 무겁고 날이 선 칼로 단번에 잘렸습니다."

나는 상처를 자세히 들여다보았다.

"고기를 써는 칼 같았습니다, 선생님."

"사고가 났나 보군요?"

"아닙니다."

"누가 일부러 잘라 낸 겁니까?"

"맞아요. 하마터면 죽을 뻔했습니다."

"정말 믿을 수 없는 일이군요."

상처를 깨끗하게 닦아 내고 약을 바른 다음, 거즈를 대고 석탄산으로 소독한 붕대를 감았다. 환자는 말없이 의자에 몸을 기댄 채 고통을 참아 냈는데 가끔 입술을 꽉 깨무는 것으로 그 통증을 짐작할 따름이었다.

"자, 치료가 끝났습니다. 기분은 좀 어떻습니까?"

나는 붕대와 거즈 등을 정리하며 물었다.

"아주 좋아졌습니다. 이제는 힘이 좀 납니다. 워낙 크게 놀랐으니까요."

"그 이야기라면 하지 마시지요. 또 흥분하면 상처에 좋지 않습니다."

"네, 알겠습니다. 경찰을 찾아가 이야기해야겠지요. 그런데 말입니다. 상처라는 확실한 증거가 없다면 경찰이 과연 제 말을 믿어 줄지 의심스럽습니다. 워낙 이상한 사건인 데다 증거나 목격자도 없으니까요. 운이 좋아 경찰이 저를 믿어 준다 해도 단서를 찾아내기 어려울 겁니다. 과연 이런 짓을 저지른 자를 법정에 세울 수 있을지도 의문입니다."

"저런, 안타까운 상황이군요."

나는 진심으로 말했다.

"그런 까다로운 문제라면 경찰을 만나기 전에 내 친구 셜록 홈스와 이야기해 보면 어떻겠습니까?"

"아, 그분에 대해서는 들어본 적이 있습니다. 물론 경찰도 찾아가 봐야겠지만 그분이 이 사건을 조사해 주신다면 정말 마음이 놓일 것 같습니다. 그분을 소개해 주시겠습니까?"

"내가 지금 홈스에게 안내해 주겠습니다."

"그렇게 해 주신다니 정말 고맙습니다."

"마차를 부를 테니 타고 갑시다. 바로 출발하면 함께 아침식사를 할 수 있겠군요. 그런데 좀 움직여도 괜찮겠습니까?"

"그럼요. 그분에게 제가 겪은 일을 다 이야기하기 전에는 마음이 편해지지 않을 것 같습니다."

"마차를 부르도록 하인을 보내겠습니다."

나는 하인을 불러 심부름을 보낸 후 위층으로 올라가 아내에게 간단히 설명을 했다. 5분 후 청년과 나는 이륜마차를 타고 베이커 가로 향했다.

이상한 거래

홈스는 아침이면 늘 그렇듯이 편안한 실내복 차림으로 거실 소파에 앉아 〈타임스〉를 읽고 있었다. 입가에는 파이프가 물려 있었는데 아침이면 그는 전날 피운 담배 찌꺼기를 모아 벽난로 선반에서 잘 말린 것을 파이프에 꾹꾹 채워 넣었다.

평상시와 다름없이 부드럽고 친절한 홈스의 환대를 받은 다음, 식탁에 둘러앉아 베이컨과 달걀로 간단하지만 훌륭한 식사를 했다. 식사가 끝나자 그는 청년을 소파에 편히 눕도록 한 후 머리맡에 푹신한 쿠션을 대 주고 브랜디를 한 잔 권했다.

"해더리 씨, 당신이 충격적인 일을 겪었다는 걸 알고 있습니다."

홈스가 말했다.

"부디 편안히 누워 안정을 취하십시오. 사건의 세세한 부분까지 이야기해 주셔야 하지만 힘들면 언제든 말을 멈추고 브랜디를 마시도록 하십시오. 그럼 기운이 좀 날 겁니다."

"배려에 감사드립니다. 왓슨 선생님의 치료를 받고 기운을 차렸는

데 맛있는 아침식사까지 먹었으니 완전히 회복된 듯한 기분입니다. 바쁘신 분들의 시간을 뺏지 않도록 지금부터 사건에 대해 이야기하겠습니다."

홈스는 졸린 것처럼 눈을 반쯤 감고 커다란 안락의자에 몸을 묻었다. 그런 표정과 자세는 홈스가 긴장하고 있다는 걸 감출 때마다 보이는 것이었다. 나도 홈스의 맞은편 의자에 앉아 청년의 기이한 이야기에 귀를 기울였다.

"저에 대해 우선 말씀드릴 것은 양친은 이미 돌아가셨고 저는 아직 독신이라 런던에서 혼자 하숙을 하고 있다는 사실입니다. 수력기사로 일하고 있는데 그리니치에 있는 유명한 베너 앤드 매디슨 사에서 7년간 견습공으로 일하며 경력도 꽤 쌓았지요. 2년 전 견습 기간을 마칠 무렵 아버지가 돌아가시게 되어 유산을 물려받았습니다. 그 돈으로 사업을 하려고 빅토리아 가에 작은 사무실을 차렸습니다.

누구나 사업을 시작한 초기에는 많은 고생을 한다고들 말하지만 저는 특히나 잘 풀리지 않았습니다. 2년 동안 제가 맡은 일이라곤 상담 세 번, 작은 규모의 일 한 번뿐이었습니다. 총수입은 27파운드 10실링에 그쳤지요. 아침 9시부터 오후 4시까지 작은 사무실에 우두커니 앉아 있는 것이 하루 일과였기 때문에 나중에는 심각하게 고민했습니다. 사업이란 만만치 않구나, 다른 회사에 취직하면 어떨까 생각하기에 이르렀지요.

그런데 어제였습니다. 사무실 문을 닫으려는데 직원이 들어오더니 한 신사가 일과 관련된 상담을 하고자 찾아왔다고 했습니다. 그가 내민 명함에는 '육군 대령 라이샌더 스틱'이라고 적혀 있더군요. 직원을 따라 그가 들어왔습니다. 키는 조금 큰 편이었고 비쩍 마른 남자였는데, 제가 이제껏 만난 사람 가운데 가장 마른 사람이었습니다. 뾰족한 코와 턱이 두드러진 얼굴이었는데 볼에는 살이 전혀 없어 광대뼈 윤곽이 그대로 드러나 보였습니다. 하지만 마른 것은 체질 때문인 듯 그는 무척 건강해 보였지요. 생기 넘치는 눈빛, 힘찬 걸음걸이, 그리고 당당한 태도가 그 증거였습니다. 수수하지만 깔끔한 옷차림이었고 마흔 살쯤 되어 보였습니다.

'해더리 씨?'

그는 딱딱한 독일식 억양이 느껴지는 말투로 물었습니다.

'당신은 노련한 기술자이고 신중하고 입이 무거운 분이란 말을 듣고 찾아왔소.'

칭찬을 들으니 기분이 좋긴 하더군요. 그러나 겸손한 태도로 정중히 인사했습니다.

'실례지만 어떤 분이 저를 추천해 주셨습니까?'

'뭐, 그건 중요하지 않소. 당신은 부모가 없고 독신이고 런던에서 혼자 산다고 들었는데 맞소?'

'네, 그렇습니다. 하지만 그것이 일과 어떻게 관계되는지 잘 모르겠군요. 제게 일을 의뢰하려고 오신 게 아닙니까?'

'그건 맞지만 특별한 이유가 있어 확인을 하려는 거요. 일 때문에 당신을 찾아왔지만 한 가지 조건이 있소. 이 일에 대해 반드시 비밀을 지켜야 한다는 조건이지. 절대 비밀을 지켜야 하오. 그래서 가족이 있는 사

람보다는 혼자 사는 사람을 찾고 있다오.'

'전 한 번 약속한 것은 무슨 일이 있어도 지킵니다.'

말하는 동안에도 그는 눈동자를 이리저리 굴리며 저를 자세히 훑어봤는데 그렇게 불안스러워하고 경계하는 얼굴은 처음 봤습니다.

'그럼 약속하는 거요?'

한참 후에야 그가 말했습니다.

'약속합니다.'

'그 약속은 지금부터 일을 모두 마친 후에도 유효하오. 이 일에 대해 결코 입을 열지 않겠다고 구두나 문서로 약속하시오. 비밀을 지키는 것이 이 일에서 가장 중요하니까.'

'분명히 약속할 수 있습니다.'

'그렇다면 좋소.'

대령이 갑자기 의자에서 일어서더니 문을 향해 쏜살같이 달려가 문을 벌컥 열었습니다. 복도는 조용했습니다.

'이제 됐소.'

대령은 다시 의자에 앉으며 말했습니다.

'대개 직원들이란 쓸데없는 호기심이 많아 엿듣기도 잘하지. 하지만 이제 마음 놓고 이야기하겠소.'

그는 의자를 당겨 제 앞으로 바싹 다가와 앉았습니다. 그러더니 여전히 의심스러워하는 눈으로 제 얼굴을 뚫어지도록 바라보기만 했습니다. 저는 그 남자의 기이한 행동 때문에 당황스럽기도 하고 혐오감과 공포감마저 느꼈습니다. 모처럼 찾아온 손님을 놓치면 안 된다고 생각했지만 순간적으로 짜증스러운 마음을 드러내고 말았죠.

'자, 이제 용건이나 말씀해 주시겠습니까? 더 이상은 시간을 낭비

하고 싶지 않습니다.'

저는 마지막 말을 주워 담고 싶었지만 이미 뱉어 낸 말을 후회할 수밖에 없었지요.

'하룻밤만 일해 주면 되고 50기니를 주겠소.'

그가 드디어 말했습니다.

'네, 좋습니다.'

'하룻밤이라고는 했지만 사실 당신 같은 기술자라면 한 시간만 일해도 충분할 거요. 작동하지 않는 수력 압착기를 살펴봐 주면 된다오. 어디가 잘못됐는지 알려 주기만 하면 고치는 건 우리가 하지. 어떻게 생각하오?'

'일은 간단한데 보수가 많군요.'

'그렇소. 오늘 밤 막차로 와 주면 좋겠는데 어떻습니까?'

'어디로 가면 됩니까?'

'버크셔의 아이포드. 옥스퍼드 주의 변두리 지역입니다. 레딩에서 10킬로미터 조금 넘을 거요. 패딩턴 역에서 막차를 타면 아이포드에 11시 15분쯤 도착할 수 있지.'

'알았습니다.'

'마차로 마중 나가겠소.'

'역에서 얼마나 더 가야 합니까?'

'우리는 외진 곳에서 살고 있소. 아이포드 역에서 10킬로미터 정도 더 들어가야 하오.'

'그렇다면 일을 마치고 기차로 바로 돌아올 수는 없겠군요. 하루 묵어야 할 것 같습니다.'

'침대는 준비할 수 있소.'

'너무 번거로운데 낮에 가면 안 될까요?'

'우린 기술자를 밤늦게 부르는 것이 가장 좋다고 생각하오만. 이런 불편함을 감안해서 보수를 책정한 것이오. 사실 당신처럼 이름 없는 젊은이에게는 과분한 보수지. 정 내키지 않는다면 거절해도 좋소.'

저는 순간 50기니로 할 수 있는 일들을 생각해 보았습니다.

'아, 아닙니다. 하겠습니다.'

제가 얼른 말했지요.

'오늘 밤에 가겠습니다. 하지만 제가 할 일에 대해 좀 더 알고 싶습니다.'

'당연히 궁금하겠지. 비밀을 지켜 달라고 강조했으니 당신이 이상하게 여길 만도 하오. 나도 설명도 없이 무턱대고 일을 맡길 생각은 없소. 그런데 우리 대화를 누가 엿듣고 있진 않나?'

'안심하셔도 좋습니다.'

'그럼 말하겠소. 탈색 작용이 있는 백토는 값도 매우 비싸고 영국에서는 두세 곳에서만 캐낼 수 있는 귀한 자원이지.'

'저도 알고 있습니다.'

'최근 나는 레딩에서 15킬로미터 정도 떨어진 곳에 아주 작은 땅을 샀소. 그런데 운 좋게도 그 땅에 백토 층이 있다는 걸 알아낸 거요. 그러나 좀 더 자세히 알아본 결과, 매장량은 보잘것없는 데다 단지 내 땅의 좌우로 펼쳐진 커다란 층을 연결하는 부분에 불과했소. 백토가 많이 매장된 땅이 이웃 사람의 소유라는 게 문제지. 그들은 자기 땅에 금광만큼이나 귀한 백토 층이 있다는 것을 아직 모르오. 그들이 그 사실을 알아내기 전에 그 땅을 내가 살 수만 있다면 엄청난 부자가 되겠지만 유감스럽게도 지금 내게는 그럴 돈이 없다오.

고민만 하다가 가까운 친구에게 의논했더니 이웃들 모르게 내 땅에 있는 백토를 파내서 땅을 매입할 자금을 만들라고 권하더군. 그래서 얼마 전부터 그 작업을 해오고 있는데 작업 속도를 올리기 위해 수력 압착기를 설치했소. 그런데 이 압착기가 아까 말씀드렸다시피 말썽을 일으켜서 당신을 찾아왔소. 왜 이 일에 대해 절대 말하지 말라고 부탁하는지 이제 이해하시겠소? 수력기사를 부른 걸 이웃들이 알면 이상하게 생각하고 그 이유를 알아내려 할 거요. 만에 하나 비밀이 탄로 나면 땅을 살 수 없게 되지. 그래서 부득이하게 오늘 밤 와 달라는 것이오. 이제 모든 의문이 풀렸소?'

'네, 그렇습니다. 그런데 좀 이해하기 힘든 부분이 있습니다. 백토를 땅속에서 파내야 할 텐데 그 과정에서 수력 압착기가 왜 필요한 겁니까?'

'우리가 독특한 채굴 방법을 선택했기 때문이지.'

대령은 대수롭지 않다는 듯 말했습니다.

'백토를 벽돌처럼 압축해서 누가 보더라도 그게 뭔지 알아볼 수 없게 만들어 운반하는 방법이라오. 그저 작업상의 한 방법일 뿐이지. 내 이야기는 끝났소. 그럼 11시 15분에 아이포드에서 만납시다.'

'네, 그때 뵙겠습니다.'

'이 일에 대해서는 아무에게도 발설해서는 안 되오.'

그는 탐색하는 듯한 눈빛으로 저를 다시 한 번 훑어보더니 땀이 배어 축축한 손으로 악수를 하고 황급히 사무실을 나갔습니다.

대령이 나간 후 곰곰이 생각해 보니 갑자기 제가 맡은 일이 너무나 기묘하게 느껴졌습니다. 아마 두 분도 그때 제 심정을 이해하시겠지요. 하지만 오랜만에 많은 돈을 벌게 되었다는 기쁨에 들떴습니다. 짧은 시간에 간단한 일을 하고 통상적인 보수의 열 배 정도 더 벌게 되었고 이 일을 계기로 앞으로 일이 들어올 수도 있다고 생각했기 때문입니다. 한편 대령의 외모나 태도에서 느껴진 불쾌감이 남아 있었고 백토에 대한 설명만으로는 왜 꼭 한밤중에 일을 해야 하는지, 또 이 일을 비밀로 하기 위해 그렇게 노심초사하는 건 왜인지 도무지 이해가 되지 않았습니다. 그러나 불안 따위는 잊어버리고 저녁을 먹은 다음 마차를 타고 패딩턴 역으로 갔습니다. 물론 비밀에 대한 약속은 지켰습니다.

레딩에 내린 다음 아이포드로 가는 막차를 잡아탔습니다. 그리고 마침내 11시가 조금 넘어서야 컴컴한 역에 도착했습니다. 그 역에서 내린 승객은 저 한 사람뿐이었고 졸린 얼굴로 랜턴을 들고 있는 짐꾼이 보일 뿐이었습니다. 두리번거리며 역을 막 벗어나자 어둠 속에서 기다리고 있는 대령을 발견했습니다. 그는 말없이 제 팔을 잡더니 마차에 태웠습니다. 그가 뒤따라 올라탄 다음 마차 문을 닫자 마차는 쉬지 않고 바람처럼 달렸습니다."

"말은 한 마리였습니까?"

홈스가 갑자기 물었다.

"네, 한 마리였습니다."

"무슨 색의 말이었나요?"

"올라탈 때 언뜻 보았는데 밝은 갈색이었습니다."

"지쳐 있는 것 같던가요, 아니면 기운이 넘치던가요?"

"털도 반질반질하고 기운이 넘쳐 보였습니다."

"알겠습니다. 말을 끊어서 미안합니다. 이야기가 무척 흥미롭군요. 계속하시지요."

"마차는 한 시간 넘게 계속 달렸습니다. 대령은 11킬로미터쯤 가면 된다고 했지만 마차의 속도와 걸린 시간을 생각하면 20킬로미터는 족히 되는 것 같았습니다. 대령은 묵묵히 옆에 앉아 있었는데 저는 그가 제게서 눈을 떼지 않고 있다는 것을 느낄 수 있었습니다. 아이포드 쪽은 길이 몹시 나쁜지 마차가 옆으로 기울기도 하고 심하게 흔들렸습니다. 바깥 풍경을 내다보고 싶어도 창문이 너무 흐려서 가끔 지나가는 흐린 불빛 이외에는 그 무엇도 볼 수 없었습니다. 불편한 침묵을 참기 힘들어 대령에게 말을 걸어 봤지만 그가 마지못해 단답식으로 대답하는 바람에 대화가 되지 않았습니다. 한참 뒤에 거친 시골길이 끝나고 마차는 잘 닦인 자갈길을 부드럽게 달리다가 멈췄습니다. 대령은 마차에서 훌쩍 뛰어내렸고 뒤따라 내린 제 팔을 잡아끌더니 눈앞에 열려 있는 현관문 안으로 데리고 들어갔습니다. 마차가 현관문 바로 앞에 섰고 저는 마차에서 내리자마자 현관 안으로 이끌려 들어갔기 때문에 외관이 어떻게 생긴 집인지 살펴볼 틈도 없었습니다. 제가 문지방을 넘어선 순간 문이 소리를 내며 닫히더니 멀어지는 마차 바퀴 소리가 들렸습니다.

불이 모두 꺼진 집 안은 한 치 앞도 볼 수 없을 정도로 어두웠습니다. 대령은 뭐라고 중얼거리며 손을 뻗어 성냥을 찾았습니다. 그때 갑자기 맞은편 문이 열리더니 노란 불빛이 나타났습니다. 빛이 점점 커지더니 램프를 높이 들고 얼굴을 내밀어 우리를 찬찬히 살피는 어떤 부인이 보였습니다. 우아하고 아름다운 부인이었습니다. 램프 불빛을 반사하며 빛나는 검은 드레스도 고급스러운 천으로 만들어진 거란 걸 알 수 있었지요.

그녀는 제가 모르는 외국어를 사용해 질문하는 듯한 말투로 몇 마디 했습니다. 그러자 대령이 무뚝뚝하게 한마디로 답했는데 그 말에 부인은 소스라치게 놀랐습니다. 대령은 부인에게 다가가 뭐라고 속삭인 후 부인을 방으로 다시 들여보냈습니다. 그런 다음 램프를 들고 제게 걸어 왔습니다.

'잠깐만 여기서 기다려 주겠소?'

그가 다른 방문을 열었습니다. 그러자 작고 검소한 방이 보였습니다. 방 한가운데 둥근 탁자 위에는 독일어 책 서너 권이 놓여 있었습니다. 대령은 램프를 문 옆의 오르간 위에 놓더니 '금방 돌아오겠소.'라고 말한 다음 방을 나갔습니다.

저는 탁자 위의 책을 펼쳐 보았습니다. 독일어는 전혀 모르지만 한 권은 과학에 관련된 내용이고 다른 한 권은 시집이라는 건 알았습니다. 답답하기도 하고 바깥이 궁금해 창문을 보았지만 참나무로 만든 덧문이 닫혀 있고 빗장까지 걸려 있었습니다. 사람이 사는 곳이라고 믿기 힘들 만큼 고요한 집이었습니다. 복도 어딘가에서 시계 바늘이 재깍거리는 작은 소리 말고는 아무 소리도 들리지 않아 마치 무덤 속에 있는 듯한 느낌이었습니다. 불안감이 서서히 커졌습니다. 이곳에 있는 독일인들은 누구일까? 이렇게 외지고 조용한 곳에서 무엇을 하는 것일까? 여기는 어디일까? 마차에서의 느낌으로는 아이포드에서 20킬로미터쯤 떨어진 곳 같은데 그 방향이 동서남북 중 어디인지는 도저히 짐작할 수 없었습니다. 레딩이나 다른 도시가 근방 어딘가에 있을 테니 생각보다 아주 외진 시골은 아닐지도 모르지만 이렇게 조용하니 역시 외딴곳일 수도 있다고 생각했습니다. 불안감을 떨치기 위해 방 안을 서성거리기도 하고 기운을 내기 위해 콧노래를 부르기도 하면서 조금만 더 참으면 50기니를 벌 수 있다고 스스로를 위로했습니다.

그런데 별안간 방문이 소리도 없이 천천히 열렸습니다. 아까 본 부인이 음산한 어둠 속에서 나타나 문 앞에 서 있었습니다. 탁자 위의 램프 불빛이 긴장으로 딱딱하게 굳은 그녀의 아름다운 얼굴을 비추었습니다. 그녀가 커다란 공포에 휩싸여 있다는 것을 한눈에 알 수 있었는데 그녀의 공포는 제게도 전해져 등골이 서늘해졌습니다. 부인은 가늘게 떨리는 집게손가락을 세워 입술에 대더니 서툰 영어로 몇 마디 빠르게 속삭였습니다. 그녀는 말하는 동안에도 두려움에 가득한 눈으로 뒤를 자꾸만 돌아보았지요.

'나, 떠나요.'

그녀는 떨리는 목소리를 가다듬어 침착하게 말하려고 애를 썼습니다.

'나, 떠나요. 당신, 떠나야 해요. 그 일 하지 마세요.'

'그렇지만 부인, 제가 할 일은 하고 가겠습니다. 기계를 본 다음 돌아갈 것입니다.'

제가 천천히 또박또박 말했습니다.

'그럴 필요 없어요.'

부인은 말을 계속했습니다.

'이 문으로 나가요. 아무도 못 볼 거예요.'

제가 난처하다는 표정으로 미소 지으며 고개를 젓자 부인은 단호한 얼굴로 방 안으로 들어오더니 두 손을 마주잡았습니다. 그리고 '이봐요, 정말 부탁이에요.' 하고 낮은 목소리로 말했습니다. '어서

가요. 지금이 아니면 늦어요!'

그러나 전 고집이 센 편이라 하지 말라는 일일수록 기어코 해내는 성격입니다. 불편하고 지루한 여행을 하고, 낯선 곳에서 하룻밤 묵어야 하는데 50기니나 되는 큰돈을 포기할 수는 없었습니다. 한밤중에 여기까지 왔는데 그만둔다는 건 있을 수 없다, 누군가의 추천으로 찾아온 의뢰인에게서 약속된 보수도 받지 않고 도망갈 이유는 없다, 보기와 달리 이 여자는 신경질적이고 예민한 사람인지도 모른다 등등의 생각 끝에 그대로 있기로 결심했습니다. 무엇 때문인지 공포에 질려 있는 부인 때문에 사실 겁이 나긴 했지만 고집을 꺾지 않고 일을 마칠 때까진 여기 있겠다고 확실하게 말했지요. 부인이 다시 입을 열려고 하는데 머리 위에서 거칠게 문 닫는 소리가 나더니 계단을 내려오는 무거운 발소리가 들렸습니다. 그녀는 석상처럼 잠시 가만히 있더니 어쩔 수 없다는 듯 두 팔을 벌려 보이고는 방문 앞에 나타났을 때처럼 소리 없이 순식간에 사라졌습니다.

잠시 후 대령이 들어왔는데 축 처진 이중 턱에 쥐 같은 수염을 기른 남자와 함께였습니다. 대령은 키가 작고 뚱뚱한 그를 퍼거슨이라고 소개했습니다.

'이 사람은 비서 겸 지배인이요. 내가 문을 닫고 간 것 같은데 문이 열려 있군.'

'아, 방이 좀 답답해서 잠깐 문을 열었습니다.'

대령은 의심이 깃든 눈빛으로 저를 흘낏 보았습니다.

'시간이 늦었으니 바로 일을 시작할까? 퍼거슨과 함께 기계가 있

는 곳으로 안내하겠소.'

'잠깐만요, 모자를 좀 찾아봐야겠습니다.'

'모자는 필요 없을 거요. 기계는 집 안에 있소.'

'네? 그럼 집 안에서 백토를 채굴하나요?'

'그건 아니지. 집 안에서는 단지 퍼낸 흙을 압착할 뿐이오. 하지만 당신이 신경 쓸 일은 그게 아니지 않소. 기계를 점검해서 어디가 어떻게 고장 났는지 알려 주기만 하면 일은 끝날 거요.'

램프를 든 대령이 앞장서고 그 뒤에는 퍼거슨 씨와 제가 뒤따라가며 계단을 올라갔습니다. 미궁을 떠오르게 하는 좁고 구불구불한 복도가 있는 오래된 집이었습니다. 긴 복도, 좁은 나선형 계단, 낮고 작은 문을 지나쳤는데 그 문의 문지방은 오랜 세월을 못 이겨 움푹하게 닳아 있었습니다. 위층에는 나무 바닥이 그대로 드러나 있었고 가구가 하나도 보이지 않았습니다. 벽을 칠한 회반죽도 다 벗겨져 있었고 습기로 인한 검푸른 얼룩들이 가득했습니다. 저는 불안을 애써 감추려 아무렇지 않은 표정을 지으려고 노력했지요. 그러나 조금 전 진심 어린 표정으로 떠나라고 말하던 부인의 모습이 떠올라 두 남자에 대한 경계를 늦추지 않았습니다. 퍼거슨은 말수가 적고 퉁명스러운 사람인데 그의 말 몇 마디를 듣고 그가 영국인임을 알 수 있었습니다.

얼마 후 대령은 어떤 문 앞에 멈추더니 열쇠로 열었습니다. 정방형의 방인데 세 사람이 함께 들어갈 수 없을 만큼 비좁았습니다. 퍼거슨이 문밖에 서 있고 대령이 나와 함께 방으로 들어갔습니다.

'지금 당신은 수압기 내부에 들어와 있소. 만일 이대로 기계를 조작하면 큰일 날 거요. 이 방의 천장이 곧 커다란 피스톤의 밑면인데 수압기를 켜면 천장이 내려와 몇 톤의 엄청난 압력으로 이 방의 바닥을 누르게 되지. 방의 바깥에는 가늘고 긴 수관이 몇 개 있어서 가해진 수압을 전달하는데 그 구조와 원리는 당신도 이미 잘 알겠지. 기계가 움직이긴 하지만 어딘가 이상이 있어 압력이 충분히 나오지 않소. 기계를 자세히 조사해서 어디를 고쳐야 하는지 설명해 주시오.'

저는 대령이 건넨 램프를 받아 들고 기계를 면밀하게 조사했습니다. 매우 거대한 수력 압착기였는데 엄청난 압력이 나올 것 같았습니다. 그런데 방 바깥으로 나가 운전용 레버를 움직여 보니 쉬익 하고 바람 빠지는 소리가 났습니다. 어딘가에서 물이 새어 그 물이 실린더의 어느 곳에선가 역류하기 때문이었지요. 검사해 보니 구동축의 끝에 붙어 있는 고무 밴드가 다 닳아 소켓 사이에 생긴 틈을 발견했습니다. 문제의 원인을 찾아냈기에 두 사람을 불러 말해 주었습니다. 그들은 아주 진지한 얼굴로 설명을 들으며 메모도 하더니 어떻게 고쳐야 하는지도 물었지요. 전 기계에 대해 전혀 모르는 사람이라도 알아들을 수 있게끔 자세히 설명했습니다. 그런 다음, 호기심 때문에 다시 압착기 내부로 들어가 자세히 보았습니다. 백토에 대한 대령의 이야기가 모두 거짓이었음을 금방 알 수 있었습니다. 단순히 그런 목적을 위해 이렇게 강력한 힘을 내는 기계를 사용하는 사람은 없으니까요. 방의 벽은 나무판인데 바닥은 철판이었습니다. 좀더 주의 깊게 보니까 바닥 전체에 얇은 금속 부스러기들이 깔려 있었습니다. 대체 그게 뭔지 궁금해져서 쪼그리고 앉아 금속 부스러기를 만져보고 있는데 독일어로 낮게 외치는 소리가 들려왔습니다. 올려다보니 대령이 흙빛이 된 얼굴로 저를 무섭게 노려보고 있었습니다.

'당신, 지금 뭐 하는 거지?'

그가 사납게 물었습니다. 저도 그가 거짓말을 했다는 사실에 화가났습니다.

'당신의 거짓말에 감탄하고 있었습니다. 이 기계의 용도를 정확하게 알려 줬다면 좀 더 도움이 됐을지도 모릅니다.'

말을 내뱉은 순간, 저의 부주의함을 원망했습니다. 대령의 얼굴이 섬뜩하게 일그러지더니 눈이 번들거렸습니다.

'무슨 기계인지 궁금한가? 그렇다면 이 기계의 용도를 직접 체험하도록 해 주지.'

그는 잰 걸음으로 뒤로 물러나 방을 나가더니 작은 문을 닫고 얼른 열쇠를 돌려 잠갔습니다. 문손잡이를 힘껏 잡아 당겼으나 꼼짝도 하지 않았습니다. 문을 아무리 발로 차고 밀어 보아도 아무 소용없었지요.

'이봐요! 이봐요! 제발 여기서 꺼내 주세요!'

정신없이 소리를 질렀습니다. 그 순간 정적을 깨고 어떤 소리가 들려와 저는 깜짝 놀랐습니다. 레버를 덜컥 당기는 소리, 물이 새는 사이드 실린더에 물이 지나가는 소리였습니다. 대령이 수압기를 작동시킨 거였지요. 램프는 아까 금속 부스러기를 살펴보려고 내려놓았던 곳에 그대로 있었습니다.

그 불빛에 검은 천장이 천천히 내려오는 모습이 보였지요. 어마어마한 압력으로 내려오는 천장이 곧 제 몸을 짓누를 것이고 납작하게 만들 거라는 사실을 너무나도 잘 알고 있었습니다. 저는 미친 듯이 비명을 지르며 온몸으로 문을 들이받고 열쇠구멍을 손톱으로 쑤셔 보기도 했습니다.

그러나 아무리 목이 터져라 외쳐도 천장이 덜컹거리며 내려오는 소리에 묻혀 버릴 뿐이었습니다. 천장은 이제 머리 바로 위까지 내려온 상태여서 손을 뻗으면 천장의 금속 표면에 닿았습니다. 순간 머리를 스치는 생각이 있었습니다. 우습게도 자세에 따라 천장에 눌리는 고통이 달라지지 않을까 하는 것이었지요. 바닥에 엎드려 있으면 압력 때문에 척추 뼈가 으스러지는 소리가 날 것이라 상상하니 저도 모르게 몸이 떨렸습니다. 하지만 바닥에 똑바로 누워 있는 것보다는 그 편이 나을 것 같았습니다. 반듯하게 누워 저를 향해 천천히 다가오는 시커먼 천장을 가만히 보고 있기란 불가능했으니까요. 무릎을 굽히고 서 있어야 할 만큼 천장이 내려왔을 때 불현듯 한 줄기 희망이 다가왔습니다.

조금 전 말씀드렸다시피 방의 천장과 바닥은 철제인데 벽은 모두 목재였습니다. 다가오는 죽음의 그림자를 느끼며 물에 빠진 사람이 지푸라기라도 잡는 심정으로 사방을 두리번거렸지요. 그때 한쪽 벽의 판자틈으로 새어 들어오는 희미한 노란 불빛을 보았습니다. 천장의 압력으로 그 판자가 자꾸 구부러지게 되자 틈새는 점점 넓어졌습니다. 죽음이 눈앞에 다가온 순간, 뜻밖에 탈출구를 발견하다니 꿈만 같았습니다. 저는 사력을 다해 그 벽으로 몸을 던졌고 탈출에 성공했습니다. 거의 정신을 잃은 채 방 밖으로 떨어지고 말았지요. 그렇게 쓰러져 있는데 방 안에서는 램프가 부서지는 소리, 천장과 바닥의 철판이 부딪치는 육중한 소리가 났습니다. 조금만 더 늦었더라면 제가 어떻게 됐을지는 너무도 뻔했습니다.

그런데 누군가 제 손목을 잡아당기는 것이었습니다. 상황을 파악하기 위해 정신을 가다듬었습니다. 좁은 복도 바닥에 제가 널브러져 있고 한 여자가 옆에 서 있더군요. 그녀는 왼손으로 제 손목을 잡아당기고 오른손에는 촛불을 든 채 내려다보고 있었습니다. 고집스러운 제게 얼른 도망가라고 말해 준 그 친절한 부인이었지요.

'자, 이쪽으로! 곧 그들이 돌아와요. 당신이 없어졌다는 걸 금방 알아채겠지요. 서둘러요! 빨리 따라와요!'

그녀가 숨이 넘어갈 듯 다급히 소리쳤습니다. 이제 그녀의 충고를 따라야 한다는 것을 너무나 잘 알았지요. 휘청거리며 가까스로 일어나 부인을 따라 복도 끝까지 간 다음 계단을 뛰어 내려갔습니다. 그러자 넓은 복도가 나타났는데 달려오는 발소리와 두 남자의 외침이 들려왔습니다. 한 사람은 우리가 있는 층에서, 또 한 사람은 아래층에서 서로를 향해 소리를 질러 댔습니다. 부인은 우뚝 서더니 난감해하며 사방을 둘러보았지요. 그러더니 갑자기 어떤 방의 문을 열었습니다. 넓은 침실인데 큰 창문으로 달빛이 들어와서 방 안이 환했습니다.

'도망갈 방법은 이것뿐이에요.'

그녀가 간절하게 말했습니다.

'높긴 하지만 뛰어내려야 해요.'

그때 복도 끝에서 불빛이 비치더니 대령이 모습을 드러냈습니다. 한 손에는 램프, 다른 한 손에는 정육점에서나 쓸 법한 커다란 식칼을 들고 달려오는 모습이 정말 섬뜩했지요. 선택의 여지가 없기에 침실로 달려 들어가 창문을 활짝 열고 아래를 내려다보았습니다. 창문은 땅에서 9미터 정도의 높이였고 아래쪽에는 달빛에 하얗게 빛나는 조용하고 아름다운 정원이 펼쳐졌습니다. 주저하지 않고 창틀에 올라섰습니다. 그런데 불현듯 떠오른 어떤 생각 때문에 잠시 주춤했습니다. 저를 구해 주기 위해 위험을 감수하는 부인과 죽이려고 달려드는 대령이 어떤 대화를 나누는지 들어야 한다는 것이었지요. 성난 대령이 혹시라도 제 생명의 은인인 부인을 해치려 한다면 당장 달려가 구해 내겠다고 마음먹은 겁니다. 하지만 그 순간, 대령은 문을 지나 방으로 들어왔고 부인의 앞을 막 지나치려 했습니다.

'프리츠! 프리츠!'

부인은 대령의 옷소매에 매달리며 짧은 영어로 외쳤습니다.

'나와 약속했잖아요. 다시는 그런 일이 없을 거라고 했잖아요. 이 사람은 반드시 비밀을 지킬 거예요. 당연히 그럴 거예요.'

'엘리제, 당신 지금 제정신이오?'

대령은 팔을 마구 흔들어 옷자락에 매달린 그녀를 떼어 내려 했습니다.

'당신은 우리가 끝장나길 원하오? 저자는 모든 걸 봤소. 다른 방법은 없단 말이오. 어서 비키시오!'

그는 우악스럽게 여자를 밀쳐내더니 창문으로 달려왔습니다. 그러고는 칼을 힘껏 내리친 것입니다.

저는 언제라도 뛰어내릴 수 있게 창틀을 잡고 매달려 있었는데 미처 피하지도 못하고 당하고 말았습니다. 불에 덴 듯한 통증이 손에 느껴지자 저는 창문 밑으로 떨어졌지요.

충격을 받긴 했지만 다행히 잔디밭에 떨어져 크게 다친 곳은 없었습니다. 그러나 대령이 곧 무기를 들고 금방이라도 나타날 것만 같았습니다. 얼른 일어나 정원의 관목숲 속으로 숨어 들어갔지요. 그곳에서 멀어지기 위해 관목과 장미 덤불을 헤치며 죽을힘을 다해 달렸습니다. 그러나 얼마 달리지도 못하고 멈춰야 했습니다. 심한 어지럼증과 구토를 참을 수 없었기 때문이지요. 손이 욱신욱신 쑤셨습니다. 그때서야 제 엄지손가락이 완전히 잘려 나간 것을 알았습니다. 상처에서는 계속해서 피가 흘렀습니다. 손수건을 꺼내 상처를 동여매려고 했으나 귓속에서 위잉 하고 귀 울음이 들리더니 눈앞이 흐려지며 장미 덤불에 쓰러지게 됐습니다.

그렇게 쓰러진 채로 얼마나 있었는지는 기억나지 않습니다. 아무튼 꽤 오랫동안 정신을 잃고 있었을 겁니다. 눈을 떠 보니 어느새 밤이 지나고 동이 터 오고 있었으니까요. 겉옷은 이슬에 흠뻑 젖어 있고, 소맷자락은 상처에서 흐르는 피로 흥건히 젖어 있었습니다. 격심한 통증과 함께 간밤에 겪은 일들이 차례로 떠오르기 시작했습니다. 그렇게 잠시 멍하니 누워 있다가 아직 그 집을 벗어나지 못했나 싶어 몸서리치며 벌떡 일어났지요. 주변을 열심히 둘러봤지만 그 음산하던 집과 정원은 눈에 띄지 않았습니다. 제가 이른 아침까지 길가에 있는 생나무 울타리 옆에 쓰러져 있었다는 걸 알았지요. 길을 따라 20분쯤 걸어가니 멀리 낮고 긴 건물이 하나 보였습니다. 그래서 다가가 보았더니, 세상에! 그곳이 바로 아이포드 역이지 않겠습니까? 이 손에 남은 흉측한 상처만 없었다면 그 공포스러운 모험을 그저 하룻밤의 악몽이라 여겼을 겁니다. 제정신이 아닌 채 터덜터덜 역으로 걸어 들어가 역무원에게 첫차가 언제 출발하는지 물어보았습니다. 한 시간쯤 후에 레딩 행 기차가 있다고 하더군요. 기차표를 사고 돌아서는데 마침 어젯밤 보았던 그 짐꾼이 일하고 있는 모습이 눈에 들어왔습니다. 그에게 혹시 라이샌더 스틱 대령을 아는지 물어봤지만 잘 모른다고 대답하 더군요. 지난밤 역 앞에 대기해 있던 마차에 대해서도 말해 봤지만 역시 보지 못했다는 말만 들었습니다. 가장 가까운 경찰서가 어디 있는지도 물었는데 5킬로미터나 떨어진 곳에 있다고 했습니다.

기진맥진한 상태로 5킬로미터를 걸어갈 수는 없었기에 런던으로 돌아가서 경찰을 찾아가기로 결정했습니다. 기차는 6시가 조금 넘 어 런던에 도착했지요. 먼저 상처를 치료하려고 병원으로 갔더니 의 사 선생님이 친절하게도 직접 홈스 씨에게 안내해 주신 겁니다. 홈 스 씨가 이 사건을 해결해 주시길 바랍니다. 저는 지금도 뭐가 뭔지 하나도 모르겠습니다. 진실을 밝히기 위해서라면 무슨 일이든 다 하 겠습니다.”

위조 화폐

청년이 이야기를 끝내자 거실에는 잠깐 침묵이 흘렀다. 의자에서 몸을 일으킨 홈스가 서가 쪽으로 걸어가더니 두꺼운 스크랩북 하나를 꺼냈다.

"해더리 씨, 당신이 관심을 가질 만한 광고를 찾았습니다."

빠르게 페이지를 넘기던 홈스가 말했다.

"1년 전 모든 신문에 개재됐던 광고인데 읽어보겠습니다. '실종, 이달 9일, 제레마이어 헤일링, 26세, 수력기사. 밤 10시에 외출 나간 후 연락 두절.' 끝까지 다 읽을 필요는 없겠지요? 아, 이 광고 덕에 대령이 수압기를 점검한 날짜를 알 수 있군요."

"맙소사! 이제야 그 부인이 한 말의 뜻을 알겠습니다! 그러고 보니 저는 운이 좋았군요."

소파에 축 처져 있던 해더리가 상체를 일으키며 부르짖었다.

"당신 말이 맞습니다, 해더리 씨. 스틱 대령은 잔인하기 짝이 없는 냉혈한입니다. 습격한 배의 승객은 하나도 살려 두지 않는 무서

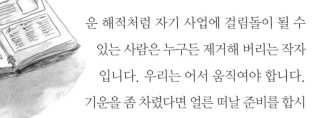

운 해적처럼 자기 사업에 걸림돌이 될 수 있는 사람은 누구든 제거해 버리는 작자입니다. 우리는 어서 움직여야 합니다. 기운을 좀 차렸다면 얼른 떠날 준비를 합시다. 경찰청에 먼저 들러야겠군요."

세 시간 후, 우리는 버크셔에 있는 시골 마을로 가기 위해 레딩에서 기차를 탔다. 홈스와 수력기사, 경찰청의 브래스트리트 경감, 사복형사, 그리고 나였다. 경감은 좌석에 앉자마자 커다란 지도를 펼쳐 놓더니 컴퍼스를 이용해 아이포드를 중심으로 하는 원을 그렸다.

"자, 보십시오. 마을을 중심점으로 잡고 지름이 30킬로미터 정도 되는 원을 그렸습니다. 우리가 찾는 장소는 이 원둘레 근처에 있어야 합니다. 이 정도면 될까요, 해더리 씨?"

"아마 그럴 겁니다. 마차로 적어도 한 시간은 갔으니까요."

"당신이 심한 부상을 입고 기절했을 때 그들이 당신을 사건 현장에서 옮겨 놓기 위해 그만큼의 거리를 되돌아왔다고 추측하시지요?"

"네, 맞을 겁니다. 기운을 차린 후 기억을 더듬어 보니 쓰러져 있는 저를 누군가 들어 올려 옮긴 것이 어렴풋하게 생각납니다."

"그런데 이해하기 어려운 점이 있습니다. 그들이 정신을 잃은 무방비 상태의 해더리 씨를 정원에서 발견했는데 왜 살려 뒀을까요? 아름다운 여인의 간청에 잔인한 대령은 마음이 약해진 걸까요?"

모두를 향해 내가 물었다.

"곧 모든 게 밝혀지겠지요."

브래스트리트 경감이 어깨를 으쓱해 보이더니 말했다.

"대령 일당이 여기 원의 어느 부근에 있는지를 먼저 알아내야겠죠."

"그들이 있는 곳을 지도에서 찾아 보여 드릴 수 있습니다."

홈스가 여유롭게 말했다.

"정말입니까? 홈스 씨는 벌써 추리를 끝내셨나 보군요. 하지만 아직 말하진 마십시오. 우리 각자가 생각을 말할 테니 당신과 생각이 같은 사람이 누구인지 말해 주십시오. 저는 남쪽이라고 생각합니다. 그쪽 길이 한적하니까요."

브래스트리트 경감이 자신 있게 말했다.

"제 생각은 다릅니다. 동쪽이 아닐까요?"

청년이 얼른 말했다.

"저는 서쪽입니다. 그쪽 길에는 언덕이나 산이 없으니까요. 해더리 씨는 마차가 오르막길을 지났다고 하지는 않았습니다."

사복형사가 조심스럽게 말했다.

"그렇다면 나는 북쪽을 택하겠습니다. 왜냐하면 거기엔 언덕이 없거든요. 해더리 씨는 시골길의 상태가 나빴다는 말은 했지만 오르막길이나 내리막길에 대해선 말하지 않았으니까요."

내가 홈스를 향해 말했다.

"흠, 점점 재미있게 되어 가는군."

홈스가 눈을 빛내며 빙긋 웃었다.

"의견이 완전히 갈렸군요. 여러분도 보다시피 네 명이 각각 다른 방향을 가리켰습니다. 홈스 씨는 이 가운데 누구의 추리가 맞다고 생각하십니까?"

호기심 어린 표정으로 경감이 물었다.

"모두 잘못 생각하셨습니다."

"네? 그게 무슨 말입니까? 도저히 이해할 수 없군요."

"그렇지만 사실입니다. 나는 바로 여기에 그들이 있다고 생각합니다."

내 친구가 손가락으로 원의 중심을 가리켰다.

"놈들은 틀림없이 이곳에 있을 겁니다."

"하지만 마차가 쉬지 않고 한 시간을 달렸습니다. 그건 똑똑히 기억납니다."

해더리가 항변했다.

"10킬로미터를 조금 넘게 갔다가 그대로 되돌아왔다면 어떻습니까? 해더리 씨, 마차에 탈 때 말들을 봤는데 털에 윤이 나고 힘이 넘쳤다고 했지요? 울퉁불퉁한 길을 20킬로미터가 넘게 달려왔다면 불가능하지 않을까요?"

"흠, 홈스 씨 의견도 그럴듯합니다. 위치를 속이기 위해선 그 방법도 좋지요. 대령 일당은 그럴 만큼 충분히 교활하고 야비하니까요."

브래스트리트 경감이 심각한 얼굴로 말했다.

"네, 경감의 말대로 꽤 교활한 놈들입니다. 그들은 위조화폐를 대량으로 만들고 있었습니다. 해더리 씨가 본 기계는 은과 비슷한 합금을 제조하기 위한 거지요."

"경찰 측에서도 위조화폐를 정교하게 만들어 내는 일당이 있다는 사실은 이미 알고 있었습니다."

경감이 말했다.

"위조범들은 반 크라운짜리 가짜 은화를 수천 개나 만들어 유통시켰습니다. 그들을 레딩까지는 추적했는데 그만 흔적을 놓치고 말았지요. 추적망을 빠져나간 실력을 보니 어리숙한 놈들은 결코 아닙니다. 이제 드디어 하늘이 벌을 내려 그들을 잡아들이게 되나 봅니다."

하지만 경감의 예상은 보기 좋게 빗나가고 말았다. 그들 일당은 절대 순순히 체포될 놈들이 아니었다. 우리가 아이포드 역에 도착했

을 때 근처의 작은 숲에
서 시커먼 연기가 뭉클뭉
클 솟아오르더니 그 일대
를 먹구름처럼 온통 뒤덮
고 있었다.

"저런, 불이 났나 보군
요."

우리가 내린 후 기차가
다시 서서히 움직이기 시
작할 때 브래스트리트 경
감이 역장에게 물었다.

"네, 맞습니다."

"불이 언제 났습니까?"

"지난밤에 어떤 집에서 불이 났는데 불길이 빠르게 번져 근방의
나무들이 다 타 버렸다고 합니다."

"불이 난 집에는 누가 살고 있었습니까?"

"베커 의사입니다."

"실례지만 그 의사는 비쩍 마른 독일인이 맞습니까? 코가 길고 턱
이 뾰족한 남자 말입니다."

해더리가 갑자기 끼어들었다.

"베커 의사가요?"

역장은 소리 높여 웃었다.

"그 반대입니다. 그는 영국인이며 이 근방에서 가장 풍채가 좋은
사람 중 한 명이지요. 아, 그 집에는 의사 말고도 외국인 환자가 있었
는데 당신이 말하는 사람은 아마 그 환자인 것 같군요. 그는 매일 한

끼도 제대로 먹지 않는 사람처럼 앙상했습니다."

역장이 말을 채 끝내기도 전에 우리는 연기가 피어오르는 방향으로 내달렸다. 작은 언덕에 올라서자 회벽칠을 한 하얗고 큰 집이 한 채 보였다. 창문마다 성난 불길이 높이 치솟고 있었는데 그 기세로 보니 정원의 소방펌프 세 대로는 진화하기 어려울 것 같았다.

"그래, 맞아! 이 집이에요! 이 집이라고요!"

무척이나 흥분한 해더리가 떨리는 목소리로 외쳤다.

"자갈을 촘촘하게 깔아 만든 마차길! 내가 쓰러졌던 장미 덤불! 뛰어내렸던 저기 저 창문!"

"의도한 건 아니지만 당신은 멋지게 복수를 했군요. 해더리 씨, 당신이 바닥에 내려놓았던 램프가 수압기의 압력을 이기지 못해 부서지면서 나무 벽에 옮겨 붙은 불이 화재로 번진 겁니다. 그들은 당신을 뒤쫓는 데만 신경을 썼기에 불이 났는지도 몰랐습니다. 저기 몰려 서서 불구경하고 있는 사람 중에 어젯밤에 본 사람이 있는지 주의 깊게 살펴보시지요. 어젯밤 그들이 바로 도망쳤다면 이곳에 없겠지만 말입니다."

불행하게도 홈스의 예상은 적중했다. 그날 이후 선량하고 아름다운 부인, 바싹 마르고 인상이 고약한 독일인, 무뚝뚝하고 땅딸막한 영국인에 대한 소식은 전혀 듣지 못했다. 마을 사람들을 대상으로 탐문수사를 벌인 결과, 그날 아침 일찍 네댓 명의 남자들이 커다란 궤짝 몇 개를 마차에 싣고 질풍처럼 레딩 쪽으로 달려가는 것을 한 농부가 목격한 사실을 알아냈다.

그러나 더 이상의 단서는 찾을 수 없었다. 홈스가 아무리 명석한 두뇌를 자랑한다 해도 단서가 발견되지 않으니 더 이상 수사를 진척시키는 것은 불가능했다.

간신히 불길을 잡은 후 소방수들은 집 안의 이상한 기계를 보더니 매우 놀랐다. 하지만 3층의 침실 창틀에서 잘린 지 얼마 안 된 엄지손가락을 발견했을 때는 더더욱 놀란 것 같았다. 소방수들이 소방펌프를 쉬지 않고 가동한 덕분에 얼마 지나지 않아 불이 완전히 꺼졌다. 그러나 지붕이 허물어져 내리고 벽은 흔적도 없이 사라져 잿더미만 남았을 뿐이다. 가엾은 청년을 죽음의 문 앞에 이르게 한 수압기도 구부러진 원통과 쇠파이프 몇 개만 겨우 남았을 뿐, 본래의 모습은 전혀 짐작할 수 없게 전소되었다. 창고에서 많은 양의 니켈과 주석이 나왔지만 동전은 하나도 발견되지 않았다. 아침에 농부가 보았다는 큰 궤짝에 무엇이 들어 있었는지 알 수 있었다.

정신을 잃고 정원에 쓰러졌던 수력기사를 누가 어떻게 그날 아침 그가 깨어난 장소까지 운반했는가? 이 문제는 영원한 수수께끼로 남을 뻔했으나 이에 대한 답은 정원의 부드러운 흙이 제공해 주었다. 흙 위에는 두 사람의 발자국과 바퀴 자국이 뚜렷하게 남아 있었다. 아마 손수레를 이용해 해더리를 옮겨 놓은 듯했다. 발자국 중 하나는 아주 작았고 다른 하나는 무척 컸다. 아마도 독일인 동료만큼 무자비하지 못했던 영국인이 그 부인에게 힘을 빌려줬을 것이다. 그들이 피를 흘리며 기절해 있는 청년을 안전한 곳으로 옮겨다 놓은 것으로 보였다.

"아, 이렇게 허무할 수가."

기차를 타고 런던으로 돌아올 때 수력기사가 혀를 차며 말했다.

"돈을 벌겠다는 생각에 이렇게 멀리 왔지만 결국 손해만 잔뜩 봤군요. 멀쩡하던 엄지손가락을 잃었고 50기니라는 보수도 놓쳤지요. 제게 왜 이런 불행이 닥친 걸까요?"

"당신은 귀중한 경험을 얻었습니다."

홈스가 따뜻한 미소를 지었다.

"이 경험은 앞으로 당신 인생에 큰 도움이 될 겁니다. 사업과 관련된 사람들에게 이 경험을 이야기해 준다면 많은 이들에게서 좋은 평판을 듣게 되겠지요. 큰 고난을 잘 견뎠으니 앞으로 사업을 해 나가며 어떤 고충을 겪어도 잘 이겨 낼 겁니다."

독신자
귀족

The Noble Bachelor

세인트사이먼 경

영국의 손꼽히는 최고 가문의 귀족으로 40대의 독신 신사
이다. 가문은 훌륭하나 재산은 그리 많지 않다. 발레리나와
염문을 뿌리기도 하였으나 미국 출신의 광산 재벌 앨로이
시우스 도런의 외동딸 해티 도런을 진심으로 사랑하게 되어
그녀를 신부로 맞이하게 된다. 그러나 결혼식 날 신부가 갑
자기 사라져 버리는 사건이 발생하고 경찰에서도 이렇다 할
실마리를 찾지 못하자 홈스에게 사건을 의뢰한다.

레스트레이드 경감

런던 경시청의 경감으로 몸집이 작고 여위었으나 힘이 세
고 민첩하다. 머리가 좋고 의욕적이며 장래가 유망한 경감
이다. 가끔 어려운 사건을 해결하는 데 홈스의 도움을 청하
기도 한다. 추리하는 데는 좀 어설픈 경향이 있으나 목표에
대해서는 매우 집요한 성격이어서 런던 경시청 내에서는 인
정을 받는다. 해티 도런의 행방을 찾기 위해 수사를 진행하
던 중 홈스에게 결정적인 단서를 제공하게 된다.

해티 도런

미국 샌프란시스코 출신의 여성으로 아버지를 따라 런던으
로 온 뒤 세인트사이먼과 결혼한다. 그러나 결혼식 직후 아
무런 이유도 없이 연회장에서 나간 뒤 사라져 버린다.

이 작품은 1892년 4월에 〈스트랜트 매거진〉에 발표되었으며 《셜록 홈스의 모험》 편에 수록되어 있다. 이 사건에서 홈스는 신부의 드레스에서 나온 메모 용지로 사용된 호텔 청구서의 가격으로 사건을 풀어 간다.

하루 객실료가 8실링이고 아침식사 2실링 6펜스, 칵테일 1실링 등 가격이 꽤 비싸다는 것으로 고급호텔의 요금이란 것을 알아차린 홈스는 사건의 배후 인물을 파헤치게 되는 것이다.

당시에는 영국의 가난한 귀족이 미국인 부호의 딸과 결혼하는 것이 유행이었다고 하는데 이런 결혼은 부와 명예를 얻기 위한 것이었다. 코난 도일은 이 작품 속에 '사랑' 자체가 소중하다는 메시지를 담아냈다.

실종 기사

4년 전, 어느 귀족의 결혼이 뜻밖의 파경을 맞게 된 사건은 상류사회에서 큰 화제가 되었다. 그 주인공은 세인트사이먼 경이었는데 그가 유명한 가문의 사람이었기도 했지만 상류사회라는 데가 워낙 남의 얘기를 좋아하는 곳이다 보니 꽤 오랫동안 회자되었던 것으로 기억한다. 새로운 스캔들이 터지면서 이 사건은 사람들의 머릿속에서 사라지게 되었지만 이 사건은 아직도 커다란 충격으로 기억되고 있다. 내가 지금 이 사건을 이야기하고자 하는 이유는 이런 유명세 때문만은 아니다. 물론 내 친구 홈스가 사건 해결에 큰 역할을 했다는 것이 가장 큰 이유임에는 틀림없으나 그 외에도 나를 움직이게 한 이유가 있다. 그것은 진기한 사건의 진상이 제대로 공개되지 않았다는 것이다.

지금은 따로 살고 있지만 당시 홈스와 나는 베이커 가에 있는 하숙집에서 함께 살고 있었다. 그날은 내가 결혼을 몇 주 앞두고 있을 때였는데 날씨가 흐리고 바람까지 세차게 불었다. 오후에는 비까지 내리기 시작했다. 홈스는 평소처럼 산책을 하러 나가고 없었다. 하지만 나는 아프가니스탄 전쟁에서 총상을 입은 다리가 날만 조금 궂어도 어김없이 쑤셔 왔기 때문에 꼼짝할 수가 없었다.

나는 안락의자에 앉아 건너편에 의자를 놓고 그 위에 두 다리를 얹은 채 신문의 첫 장부터 꼼꼼하게 읽었다. 그리고 마침내 모든 기사를 섭렵하고 말았다. 나는 신경질적으로 신문을 옆으로 밀쳐놓았다. 더 이상 할 일이 없었다.

잠시 멍하게 천장을 바라보던 나는 책상 위로 눈을 돌렸다. 거기에는 홈스 앞으로 와 있는 편지가 있었다. 봉투에는 어떤 귀족 가문의 커다란 문장과 누군가의 이니셜을 딴 모노그램이 찍혀 있었다.

'음, 홈스에게 편지를 보낸 귀족이라……'

홈스가 돌아와 이 궁금증을 어서 해결해 주기를 바라는 마음이 간절했다. 하지만 산책 나간 홈스는 금방 돌아올 것 같지 않았다. 나는 편지의 발신인이 누구인지 상상하는 것으로 시간을 보냈다.

한참 만에 홈스가 돌아왔다.

"어느 지체 높으신 분께서 자네에게 편지를 보내셨더군. 책상 위에 있네."

"그래?"

궁금해하는 나와는 달리 홈스는 예사롭게 대답했다. 그는 비에 젖은 모자와 외투를 고리에 걸고 천천히 책상으로 걸어갔다.

"문장을 보니 대단한 귀족인 것 같은데 정말 놀랍군. 오늘 아침에 온 편지는 분명히 생선 장수하고 세관원한테 온 거였는데 말이야."

홈스는 빙긋이 웃었다.

"나한테 온 편지가 매력적인 이유는 다양한 사람들한테서 온다는데 있다네."

그는 편지를 집어 들면서 말했다.

"사실 가난한 사람들이나 신분이 낮은 사람들이 보낸 편지일수록 흥미롭지. 이렇게 으리으리한 편지는 대체로 귀찮은 초대장이 대부분이거든. 남에게 거짓말이나 하고 하품이 나는 얘기를 지루하게 늘어놓는 상류사회의 사교장이라는 데는 도무지 내 체질에 맞지 않더군. 아니, 여보게, 이건 뜻밖에도 재미있는 사건이 될 것 같은데!"

봉투를 뜯고 훑어보던 홈스의 표정이 밝아졌다.

"초대장은 아닌가 보군."

"그래. 틀림없이 사건을 의뢰하는 편지야."

"의뢰인이 귀족은 맞는 건가?"

"영국 최고의 가문이로군."

"오, 축하할 일 아닌가!"

내가 감탄하자 내 친구는 정색을 했다.

"왓슨, 잘난 척하려는 건 아니지만 내게 중요한 건 언제나 사건이네. 의뢰인의 신분이나 경제력 따위는 흥미 없어."

"물론 잘 알고 있어. 하지만 명문가의 사건을 해결하면 자네 명성이 한층 높아질 게 아닌가? 이거야말로 일거양득 아니겠나?"

"명성 따위도 별 상관없네. 음, 그런데 이번 수사는 꽤 재미있을 것 같군."

홈스는 편지를 꼼꼼하게 읽은 후 나에게 물었다.

"자네 요즘 신문을 꼼꼼하게 읽는 것 같던데……."

"그거라면 보는 대로네."

나는 안락의자 옆으로 잔뜩 쌓여 있는 신문 더미를 가리키며 말했다.

"다리가 이 지경이니 꼼짝할 수가 있어야지."

"그거 잘됐네."

그가 반색을 했다.

"잘됐다니?"

"아, 오해하지 말게. 자네가 내게 정보를 제공해 줄 수 있다는 의미에서 잘됐다는 것이니까. 사실 나는 사건 기사와 사람을 찾는 개인 광고 외에는 읽지 않아서 말이야. 특히 개인 광고란은 얻을 것이 많거든. 그래서 말인데 최근에 세인트사이먼 경의 결혼식에 대한 기사가 있었나?"

"암, 똑똑히 기억하고 있네. 무척 재미있었거든."

"다행이군. 그 사건과 관련된 신문 기사에 대해 전부 알려 줄 수 있겠지?"

"그야 어렵지는 않지만 왜 그 사건에 갑자기 관심을 갖는 건가?"

"이 편지가 그 사이먼 경에게서 온 것이거든. 자네도 한번 보게."

홈스가 나에게 편지를 건네주었다. 편지의 내용은 다음과 같았다.

친애하는 셜록 홈스 씨

백워터 경을 아시겠지요? 그분이 당신을 추천해 주셨습니다. 그분 말씀으로는 당신의 분별력은 절대적으로 믿을 만하다고 하시더군요. 그래서 내 결혼식과 관련된 불행한 사태에 관해 의논하고 싶습니다. 현재 런던 경시청의 레스트레이드 경감이 수사를 하고 있는데 그분도 당신에게 의뢰하는 것을 반대하지 않을 뿐만 아니라 오히려 도움이 될 거라고 말하더군요. 오늘 오후 4시에 홈스 씨의 사무실로 방문할 예정이니 부디 기다려 주시기 바랍니다. 혹시 그 시간에 다른 약속이 있다면 미뤄 주셨으면 합니다. 그만큼 이 사건은 중요하니 말입니다.

- 세인트사이먼

"편지의 발신지는 그로브너 대저택이야. 깃털 펜으로 쓴 걸 보니 그 고귀하신 분의 오른손 새끼손가락에 잉크가 잔뜩 묻어 있겠어."

홈스는 내가 편지를 읽는 동안 이렇게 말했다.

"홈스, 4시라면 이제 한 시간 남았군. 지금이 세 시야."

홈스는 내가 건네주는 편지를 받아서 반을 접었다.

"한 시간이면 사건의 예비지식을 얻기에는 충분해. 자네가 수고 좀 해 줘야겠지만 말이야."

홈스가 나를 보며 빙긋 웃었다.

"왓슨, 신문에서 그 결혼식과 관련된 기사를 날짜 순서로 정리해 주면 좋겠네. 그동안 나는 우리 의뢰인이 도대체 어떤 분이신지 조사해 봐야겠어."

그는 벽난로 옆에 있는 책장에서 붉은 표지의 책 한 권을 뽑아 들었다. 그리고 의자에 앉아 무릎 위에 펼치고 무언가를 찾기 시작했다.

"여기 있군. 로버트 윌리엄 드 비어 세인트사이먼 경, 과거 외무상을 지낸 발모랄 공작의 차남. 1846년에 태어났으니까 올해 마흔한 살. 결혼이 꽤 늦었군. 전 내각에서 식민차관을 지냈고……. 잉글랜드 왕실인 플랜태저넷 왕가의 직계이고 외가는 튜더 왕가의 혈족이라. 음, 이것만으로는 사건 해결에 별로 도움이 안 되겠군. 신문에서 기대할 수밖에 없겠어. 왓슨, 자네 쪽은 어때? 뭐 신통한 거라도 있겠나?"

"그 결혼식 사건이라면 자네가 원하는 걸 찾을 수 있을 걸세. 최근에 일어난 것인 데다가 충격적이어서 흥미로웠거든. 자네에게 말해 주고 싶었는데 자네가 다른 사건을 조사하고 있어서 그만뒀지. 일하는 데 쓸데없이 방해를 하는 것 같아서 말이야."

사실 홈스는 사건을 조사하고 있을 때에는 다른 데 신경을 쓰지 않았다. 심지어 또 다른 사건의 의뢰가 들어와도 맡지 않았다. 그만큼 그는 사건 하나하나에 최선을 다했던 것이다.

"그로브너 광장의 가구 마차 사건 말이로군. 그 사건은 해결되었어. 좀 시시했지만 말이야. 자, 자네가 정리한 기사 좀 보여 주게."

"이 기사가 최초의 것이네. 몇 주 전 〈모닝 포스트〉지에 실렸었지."

정통한 소식통에 의하면 발모랄 공작의 차남 로버트 세인트사이먼 경과 미국 캘리포니아 주 샌프란시스코 시에서 온 앨로이시우스 도런 씨의 외동딸 해티 도런 양이 약혼했으며 곧 결혼할 것이라고 한다.

그것은 머지않아 있을 명문 귀족의 결혼식을 알리는 광고 기사에 불과했다.

"간단하군."

홈스는 가늘고 긴 다리를 벽난로 쪽으로 뻗으며 말했다.

"좀 더 자세한 기사가 있었는데……. 아, 여기 있군. 〈모닝 포스트〉지에 기사가 나가고 며칠 안 있어 사교계 신문에 실린 거네."

빠른 시일 내에 결혼 시장에까지 보호무역 제도가 필요할 전망이다. 지금의 자유무역 제도로는 대영제국 귀족 가문의 안주인 자리가 모두 대서양을 건너온 부유한 영애들의 차지가 될 것이 분명하기 때문이다. 지난주에도 한 미국 아가씨에게 그 영광이 돌아갔다. 지난 20년간 큐피드의 화살을 피해 런던 아가씨들의 마음을 애태우게 했던 세인트사이먼 경이 캘리포니아 갑부의 무남독녀인 해티 도런 양과의 결혼 발표를 했던 것이다. 도런 양은 웨스트베리 하우스 축제에서 단번에 이목을 끌었을 정도로 우아한 자태와 아름다운 용모의 소유자로, 유산 외에 60만 파운드가 넘는 지참금을 준비했다는 게 측근의 설명이다. 지난 몇 년간 세인트사이먼 경의 부친 발모랄 공작이 소장하고 있던 귀중한 그림을 팔아 재정을 마련해 온 것이 공공연한 비밀이고, 세인트사이먼 경 역시 버치무어의 작은 영지를 제외하고는 이렇다 할 재산이 없는 형편임을 볼 때 이 지참금이 의미하는 바는 크다. 즉, 양가의 결합은 단지 평범한 미국인이 영국의 명문 귀족이 된다는 것 외에도 또 다른 의의가 있음이 분명하다.

홈스가 지루한 듯 하품을 했다.

"다른 건 없나?"

"많이 있네. 음, 다음 날 〈모닝 포스트〉에는 하노버광장의 세인트 조지 성당에서 결혼식이 거행될 예정이라는 기사가 있어. 일가친척들하고 가까운 몇 사람만 하객으로 초대될 것이고 식이 끝난 후에는 랭커스터 게이트에 마련해 놓은 신부의 아버지 앨로이시우스 도런 씨의 저택에서 피로연이 열릴 거라고 했네.

그리고 이건 지난 수요일 신문인데 여기에는 신혼여행지가 피터스필드 근처의 백워터 경의 영지라는 간단한 기사가 실렸어. 신부가 사라지기 전까지의 기사는 이게 전부야."

"뭐 하기 전이라고?"

홈스가 상체를 일으키며 소리쳤다. 그의 목소리가 너무 커서 도리어 내가 놀랄 정도였다.

"전혀 몰랐나 보군. 결혼식을 올린 신부가 사라져 버렸다네."

"정확하게 언제 사라졌다는 건가?"

"피로연을 하고 있을 때라는군."

"그래? 음, 이 사건, 왠지 구미가 당기는군. 아주 흥미롭겠어. 극

적이고 말이야."

"그렇지? 나도 처음에는 믿어
지지 않았으니까."

홈스는 즐거워하고 있었다. 흥
미로운 사건을 대할 때마다 보게
되는 그의 표정이었다.

"결혼식 전에 신부가 사라지는
일은 종종 일어나곤 하지. 신혼여
행 중에 사라지는 것도 그렇고. 하
지만 내 기억으로는 결혼식이 끝
나자마자 사라진 예는 처음인 것

같아. 왓슨, 어떻게 된 건지 그때의 상황을 자세히 설명해 보게."

"신문기사는 그 부분에 대해서는 도무지 시원찮아. 사건 경위가
밝혀진 게 아니니까."

"일단 들어보고 나머지는 우리 둘이 추리해서 보충하면 되네."

"그럼, 어제 조간신문에 실린 기사가 그나마 자세하니 그걸 읽어
주지. '어느 귀족의 결혼식에서 생긴 괴사건'이라는 제목이 붙어 있
어."

로버트 세인트사이먼 경의 가족은 사이먼 경의 결혼식에서 일어난 이
상한 사건으로 큰 충격에 휩싸여 있다. 그동안 이 결혼식을 두고 떠돌
던 기괴한 소문이 사실로 드러난 것이다. 사건을 은폐하려던 세인트사
이먼 경 측근의 노력에도 불구하고 명문가의 비극에 대한 지대한 관심
은 이 사건을 세상 밖으로 끄집어냈다.

일부 보도되었듯이 결혼식은 그제 아침, 하노버 광장의 세인트조지 성당에서 거행되었다. 가까운 친지만 초대된 결혼식에는 신부의 부친인 앨로이시우스 도런 씨, 발모랄 공작부인, 백워터 경, 신랑의 동생인 유스터스 경과 클라라 양, 그리고 앨리시어 휘팅턴 양만이 참석했다. 결혼식 후 하객들은 랭커스터 게이트의 앨로이시우스 도런 씨 저택에 마련된 피로연에 참석하기 위해 마차로 이동했다. 이때 갑자기 신원 미상의 한 여성이 나타나 세인트사이먼 경과 결혼할 권리는 자신에게 있다는 주장을 하며 저택 안으로 침입하려 했으나 집사와 하인들에 의해서 쫓겨났다. 그러나 신부는 집에 들어가 있었기 때문에 다행히 이런 소동에 휘말리지 않았다.

신부는 이 같은 소란을 모른 채 일행과 함께 연회에 참석했는데 잠시 후 갑자기 몸이 불편하다는 호소를 하고 자신의 방으로 들어갔다. 오랫동안 신부가 나타나지 않자 참석자들이 걱정하기 시작했고 결국 신부의 부친인 도런 씨가 직접 찾아 나섰으나 그가 발견한 것은 비어 있는 방이었다. 신부를 마지막으로 목격한 하인은 신부가 방에 잠깐 들러 망토와 모자를 챙긴 후 곧바로 복도로 뛰어갔다고 했다. 또 다른 하인은 그와 같은 복장을 한 여성이 집 밖으로 나가는 것을 보았으나 설마 신부라고는 생각지 않아서 막지 않았다고 진술했다.

신부가 사라진 것을 확인한 앨로이시우스 도런 씨와 신랑 세인트사이먼 경이 곧장 경찰에 신고했다. 일부에서는 신부가 살해되었을 것이라는 소문까지 돌고 있으나 경찰은 대대적인 수사에도 불구하고 어젯밤 늦게까지 신부의 행방에 대해서는 아무런 단서도 잡지 못하고 있는 상황이다. 한편, 경찰에서는 질투심이나 그 밖의 동기에 의한 납치로 추정, 저택 앞에서 소란을 피운 여자를 체포했다.

"이것 말고는 없나?"

신문기사를 꼼꼼하게 읽은 홈스가 고개를 들며 말했다.

"아니, 여기 하나가 더 있어. 다른 기사가 사건 정황을 단순하게 설명한 것에 비해 이건 일종의 추측기사 같군."

"어떤 내용인가?"

"도런 씨 저택 앞에서 소동을 일으켜서 체포된 여자에 대한 기사라네. 이름은 플로라 밀러이고 알레그로 극장의 전직 댄서였다는군. 그런데 이 기사에서는 세인트사이먼 경과 몇 해 전부터 남모르게 절친한 사이였다고 추측하고 있어. 신문에서 알아낼 수 있는 것은 이 정도뿐이야. 그 이상은 아무것도 밝혀진 것이 없어."

"정말 흥미로운 사건이야, 안 그런가? 이 사건은 무슨 일이 있어도 직접 조사하고 싶군."

홈스는 진실로 이 사건에 흥미를 가진 것 같았다. 즐거운 듯한 그의 표정이 그것을 증명하고 있었다. 그때 벨소리가 났다.

"이런, 우리의 고귀한 손님께서 찾아오셨군. 얘기를 듣다 보니 4시가 지난 줄도 몰랐어. 그리고 왓슨, 자리를 피할 생각은 말게. 아직까지는 내 기억력에 문제가 없지만 아무래도 증인이 있어 주는 편이 나중을 위해서도 좋으니까 말이야."

사라진 신부

"로버트 세인트사이먼 경이 오셨습니다."

　방문이 열리면서 사환이 외치는 소리가 들렸다. 그리고 잠시 후한 신사가 들어왔다. 그는 한눈에도 기품이 있었고 세련되어 보였다. 피부는 대부분의 귀족들이 그렇듯 병약해 보일 정도로 희었지만 병색은 없었다. 날이 선 높은 코와 신경질적으로 보이는 얇은 입술을 가지고 있었다. 그는 어딘지 모르게 거만해 보였지만 예의에 어긋날 정도는 아니었다. 그의 시선과 태도는 더할 나위 없이 침착했다. 태어나면서부터 명령하는 것에 익숙해진 사람만이 가질 수 있는 여유가 느껴졌다. 또 어려움 모르고 자란 사람의 쾌활함도 소유하고 있었다. 그러나 그는 등이 조금 굽은 데다가 무릎을 구부리고 걸었다. 또 인사를 하느라고 모자를 벗자 희끗희끗 새치가 눈에 띄었으며 정수리 부분의 머리숱이 적어서 나이보다 늙어 보였다. 그는 옷에도 많은 신경을 썼는데 높은 칼라의 셔츠와 흰 조끼 위에 검정 프록코트를 입었고 노란 장갑을 끼고 검은 에나멜 구두를 신었으며 옅은 색깔의 각반을 매고 있었다. 흰색과 검정, 그리고 노란색으로 멋스럽게 조화시킨 폼이 멋쟁이라고 불릴 만했다.

그는 여유 있는 걸음으로 천천히 들어왔다. 그리고 금테 안경의 줄을 잡고 가볍게 흔들면서 방 안을 둘러보는 것이었다.

"어서 오십시오. 세인트사이먼 경."

홈스가 자리에서 일어나 고개를 숙여 인사를 했다.

"난로 앞으로 오시지요. 이쪽은 제 친구이며 협력자인 왓슨 박사입니다. 지금 다리가 불편해서 일어나지 못하는 것을 양해해 주십시오. 이 버드나무 의자에 앉으십시오. 얘기가 길어질 것 같으니까요."

그는 홈스가 시키는 대로 의자에 앉았다.

"홈스 씨, 이미 소문을 통해 잘 아시겠지만 참으로 불행한 일이 일어났습니다. 내가 깊은 상처를 받은 것은 차치하더라도 우리 집안으로서는 여간 난처한 게 아닙니다. 당신이 이처럼 예민한 사건들을 많이 해결했다고 들었습니다만 나와 같은 지위의 사람과는 처음이시겠지요?"

"의뢰인의 신분을 말씀하시는 것이라면 그렇지 않습니다. 더 높으신 분의 사건을 맡은 적도 있으니까요."

"정말이오? 홈스 씨, 우리 집안이 대영제국에서 몇 손가락 안에 꼽히는 가문이라는 건 알고 계시겠지요?"

"잘 알고 있습니다."

"그런데 더 높은 신분이라니?"

"말씀드린 그대로입니다. 가장 최근에 이런 사건을 의뢰해 오신 분은 한 나라의 국왕이셨지요."

"아! 그렇군요. 몰랐습니다. 그런데 어느 나라의 국왕이었는지 물어봐도 되겠소?"

"그분은 스칸디나비아 국왕이셨습니다."

"그럼 그분의 왕비도 사라졌단 말이오?"

홈스는 차분하게 대답했다.

"죄송합니다만 사건의 내용은 말씀드릴 수 없습니다. 고객의 비밀을 지키는 것도 제 일 중의 하나지요. 지위를 막론하고 말입니다."

"아, 실례했습니다. 당연한 말씀이오. 나로서도 안심이 되는군요. 좋습니다, 홈스 씨. 이제야 솔직히 털어놓을 마음의 준비가 된 것 같군요. 당신이 이 사건을 해결하는 데 도움이 된다면 무엇이든 이야기하겠소."

세인트사이먼 경의 얼굴에 옅은 미소가 지나갔다.

"감사합니다. 일단 충분하지는 않지만 사건의 대략적인 정황은 신문을 통해서 알고 있습니다. 그런데 신문기사의 내용이 모두 사실입니까?"

홈스는 세인트사이먼 경이 기사를 볼 수 있게 신문을 건네주었다. 하지만 그는 손을 내저으며 받지 않았다.

"나도 신문은 이미 봤습니다. 기사의 내용은 모두 사실입니다."

"좋습니다. 그러나 그것만으로는 부족하군요. 사건을 정확하게 이해하기 위해서는 경의 답변이 필요합니다. 몇 가지 질문을 해도 괜찮겠습니까?"

"물론이오."

"해티 도런 양과는 언제 처음 만나셨습니까?"

"1년 전입니다. 샌프란시스코에서였습니다."

"미국으로 여행을 가셨던 겁니까?"

"그렇소."

"그때 약혼을 하셨습니까?"

"아니오, 약혼은 얼마 전에 런던에서 했습니다."

"그러나 두 분은 가까우셨겠지요?"

"그렇다고 해야 할 겁니다. 해티와 있으면 즐거웠으니까요. 그녀 역시 나와 함께 있는 것을 좋아하는 것 같았습니다."

"도런 양의 부친 되시는 분이 대단한 재산가라고 들었습니다 만⋯⋯?"

"태평양 연안에서 제일가는 부자라고 하더군요."

"어떻게 재산을 모았는지도 알고 계십니까?"

"광산업입니다. 몇 해 전만 해도 빈털터리였다고 하더군요. 그러다 금맥을 발견하고 그곳에 투자를 해서 재산이 불었던 거지요. 한마디로 벼락부자인 셈입니다."

"그렇군요. 그럼, 도런 양, 아, 죄송합니다. 경의 부인은 어떤 성격을 가진 분이십니까?"

난로의 불을 들여다보고 있던 세인트사이먼 경의 손놀림이 빨라졌다. 그 때문에 들고 있던 금테 안경이 불안하게 흔들렸다.

"홈스 씨, 그녀는 규격화된 어떤 종류의 전통에도 길들여진 적이 없는 사람입니다. 장인이 재산을 가지게 되었을 때 내 아내는 이미 스무 살이었습니다. 그때까지 아내는 광산의 노무자 합숙소를 제멋대로 드나들고 숲이나 산을 뛰어다니며 살았답니다. 아내의 선생은 학교 교사가 아니라 대자연이었던 겁니다. 그러다 보니 우리 입장에서 보면 말괄량이 아가씨인 셈이지요. 그녀는 야성적이고 자유분방했으며 충동적이었습니다. 언제 분출할지 모르는 활화산 같다고나 할까요. 그뿐이 아닙니다. 그녀는 결심이 빠르고 일단 결심한 것은 대담하게 실행할 줄 알았지요."

세인트사이먼 경이 잠시 헛기침을 했다. 그것은 마치 위엄을 차리려는 것처럼 보였다.

"홈스 씨, 내 아내는 비록 명문가의 얌전한 규수는 아니지만 근본은 아름다운 여성입니다. 용기 있고 헌신할 줄 알고 무엇보다 거짓이 없는 사람이었지요. 그렇지 않았다면 내 집안의 명예로운 성을 그녀에게 주지 않았을 겁니다. 남들이 생각하는 것처럼 천한 짓은 절대 하지 않았을 것이라 믿고 있습니다."

그는 흔들던 시계를 꼭 움켜쥐었다. 홈스는 그의 표정마저도 놓치지 않으려는 듯 주의 깊게 그를 바라보았다.

"부인의 사진은 가지고 계십니까?"

"네, 여기 있습니다. 항상 가지고 다니지요."

세인트사이먼 경은 주머니에서 로켓을 꺼내 뚜껑을 연 다음 우리에게 보여 주었다. 그 안에는 사진이 아니라 상아에 새긴 조그만 조각이 들어 있었는데 조각의 주인공은 대단히 아름다웠다. 윤기가 흐르는 검은 머리와 커다란 눈, 그리고 단아해 보이는 입술이 장인의 뛰어난 손길에 의해 생생하게 되살아나 있었다. 내 친구는 그 조각상을 꼼꼼히 들여다보았다. 그리고 한참 만에 로켓을 닫고 세인트사이먼 경에게 돌려주었다.

"아름다운 분이시군요."

"그녀의 다른 장점에 비하면 그건 하찮은 겁니다."

"그런데 영국에는 함께 돌아오신 건가요?"

"아닙니다. 저만 돌아왔습니다. 아내가 런던에 온 건 지난 계절이었습니다. 사교계에 진출시키기 위해 장인이 데리고 왔지요."

"그럼 런던에서 다시 만나신 거군요?"

"그렇습니다. 몇 차례 만난 뒤에 바로 약혼을 했고 며칠 전에 결혼을 한 겁니다."

"부인께서 가져오신 지참금이 상당하다고 들었습니다만?"

"말씀하신 대로입니다. 하지만 그 정도의 지참금은 우리 가문에서는 일반적이라고 할 수 있습니다."

"결혼식은 정식으로 끝났으니 그 지참금은 경의 소유가 되겠군요?"

"모르겠습니다. 경황이 없어서 거기까지는 생각 못했소."

세인트사이먼 경은 불쾌한 듯 목소리가 딱딱하게 굳었지만 화를 내거나 하지는 않았다.

"당연히 그러시겠지요. 그럼, 결혼식 전날에도 도런 양을 만나셨나요?"

"네, 만났습니다."

"당시 신부의 기분이 어떠셨는지 기억하십니까?"

"물론입니다. 앞으로의 결혼 생활에 대해 계획을 세우며 어린아이처럼 마냥 즐거워했습니다."

"그거 흥미롭군요. 그러면 결혼식 당일 아침에는 어떠셨습니까?"

"그날도 그녀는 더할 나위 없이 명랑했습니다. 적어도 식이 끝나기 전까지는 말입니다."

"식이 끝나고 신부께 무슨 변화가 있었던 모양이군요?"

"그게, 음……, 식이 끝나자 조금 날카로워지더군요. 나는 그때 처음으로 해티가 신경질적인 데가 있다는 걸 알았습니다. 하지만 긴장이 풀리면 누구에게나 나타나는 예민함이었습니다. 그저 사소한 일이었지요. 이번 사건과 관계가 있다고는 생각되지 않습니다."

"사건 해결에는 아주 작은 것도 중요한 법이랍니다. 자세히 말씀해 주셨으면 합니다."

"음……, 이런 사소한 일까지 말해야 하다니 좀 당황스럽군요. 하지만 수사상 필요하시다니 말씀드리지요. 식이 끝나고 하객들의 축하를 받으며 성당 밖으로 나가는 중이었습니다. 마침 평신도가 앉는 자리 앞을 지나가고 있었는데 바로 그때 해티가 부케를 떨어뜨린 겁니다. 부케는 좌석 안쪽으로 떨어졌는데 그 좌석에 앉아 있던 한 신사가 바로 부케를 집어 해티에게 건네주었기 때문에 별문제가 없었습니다. 행렬이 잠시 지체된 정도였으니까요. 아무도 그것에 신경쓰지 않았습니다. 그런데 해티는 그렇지 않았습니다. 마차를 타고 피로연이 준비된 저택으로 가는 동안 내가 부케 얘기를 꺼내자 해티는 퉁명스럽게 대답하는 것이었습니다. 이해되지 않을 정도로 흥분해 있더군요."

"평신도석에 한 신사가 있었다고 말씀하셨는데 모르는 분이셨습니까?"

"그렇소."

"신문 기사에는 친지들만 하객으로 참석했다고 하던데 일반인도 참석이 가능했다는 말인가요?"

"열려 있는 성당 안으로 들어오는 사람을 일부러 쫓아낼 수는 없는 일 아니겠습니까?"

"혹시 부인의 친구나 친지분은 아니셨을까요?"

"그럴 리 없습니다. 내가 예의상 신사라고 했을 뿐 그는 극히 평범 했습니다. 더구나 해티는 영국으로 온 지 얼마 되지 않아서 친구라 고는 한 명도 없습니다. 그런데 홈스 씨, 사건의 핵심에서 아무래도 빗나간 것 같군요."

경이 걱정스러운 얼굴로 물었지만 홈스는 태연했다.

"글쎄요. 하여간 부인께서는 식장으로 가시기 전과는 딴판으로 기 분이 언짢으셔서 돌아오셨다는 거지요? 그럼 저택으로 돌아오자마 자 부인께서는 뭘 하셨습니까?"

"하녀와 얘기하더군요."

"그 하녀는 어떤 사람입니까?"

"그녀는 앨리스라고 하는 미국 여자인데 아내와 함께 캘리포니아 에서 왔습니다."

"부인과 가까운 사이였나요?"

"도가 지나칠 정도였지요. 미국인들이 개방적이어서 그런지 몰라 도 고용인들이 방자하게 구는데도 방관하더군요. 하긴 미국인과 우 리의 사고방식이 다르니까 이해는 됩니다."

"부인께서 그 앨리스라는 하녀와 얼마 동안 이야기를 나누셨습니 까?"

"한 2~3분 정도였을 겁니다."

"두 사람이 하는 이야기는 듣지 못하셨나요?"

"내가 딴생각을 하고 있어서 제대로 못 들었습니다만 얼핏 채굴권 이라든가 뭐 그런 말을 하는 것 같았습니다. 하지만 아내가 하는 미 국식 속어 표현은 이해하기 힘들어서 무슨 뜻인지는 모르겠습니다."

"미국의 속어에는 상당히 뛰어난 표현력이 많지요. 부인께서는 하 녀하고 이야기한 후에는 무엇을 하셨나요?"

"저와 함께 연회실로 갔습니다."

"경의 팔짱을 끼고 가셨습니까?"

"아니, 혼자 갔습니다. 아내는 그런 사소한 일쯤은 자기 스스로 해나갈 정도로 독립심이 강한 여성입니다."

"부인이 연회실을 나가신 건 언제였습니까?"

"우리가 자리에 앉고 10분쯤 지났을 때였습니다. 갑자기 낮은 목소리로 양해를 구하고는 벌떡 일어서더니 방을 나가 버리더군요. 그러고는 그대로 사라져 버린 겁니다."

"하녀의 진술에 의하면 부인께서는 자신의 방에서 웨딩드레스 위에다가 망토를 걸치고 모자를 쓴 다음 밖으로 나가셨다던데요?"

"앨리스가 봤다고 그러더군요."

"그 외에 다른 목격자는 없었습니까?"

"아내가 플로라 밀러와 함께 하이드 공원으로 걸어가는 걸 봤다는 사람이 있었습니다. 아, 플로라 밀러는 결혼식 날 저택 앞에서 소란을 피운 장본인인데 그 일로 해서 지금 경찰에 의해 구금되어 있습니다."

"그랬군요. 실례가 되겠지만 그 여성에 대해 자세히 말씀해 주시겠습니까? 특히 경과의 관계에 대해서 말입니다."

세인트사이먼 경은 홈스의 요구에 잠깐 동안 어깨를 으쓱했다. 나는 그의 눈썹이 치켜 올라간 것을 볼 수 있었다. 불편한 기색이 역력했다.

"그녀와 알고 지낸 건 한 5~6년 됩니다. 그녀가 알레그로 극장의 댄서로 일하던 시기에 만났는데 난 그녀에게 친절했을 뿐입니다. 그것이 그녀에게 봉변을 당할 이유라고 생각하지 않습니다만 그녀는 그렇지 않았던가 봅니다. 홈스 씨도 아시겠지만 여자들은 지나치게 감정적이니까요. 플로라 역시 그랬지요. 매우 아름답고 사랑스러웠지만 열정적이었고 신경질적인 데가 있었습니다. 그래서인지 지나칠 정도로 나에게 집착하더군요. 그녀는 그런 자신의 감정을 사랑이라고 생각했던 거지요. 결국 그녀는 내 결혼에 대한 소문을 듣자 나와의 관계를 폭로하겠다느니 신부를 가만히 두지 않겠다느니 하는 내용의 협박 편지를 몇 통이나 보내왔습니다."

"그래서 결혼식을 조용하게 치르신 거군요?"

홈스가 낮은 목소리로 물었다.

"그렇습니다. 일단 플로라가 성당에 나타나 소란을 피우기라도 하면 신부에게 여간 미안한 일이 아닐 테니까요. 물론 저도 난처했겠지요. 결혼식이 끝나고도 그녀가 나타나지 않자 한편으론 안심이 되었습니다. 하지만 그녀는 피로연이 열리는 장인의 저택 앞에 나타나고 말았습니다. 만약을 대비해서 사복 경관을 배치해 두었기에 망정이지 안 그랬다면 그녀는 저택 안까지 들어와 난동을 부렸을 겁니다. 경관에 의해 쫓겨나면서 플로라는 내 아내를 향해 차마 입에 담기도 민망한 욕설과 저주를 퍼붓더군요. 하지만 강한 제지를 당해서인지 플로라는 이내 조용해졌습니다. 떠들어 봤자 소용없다는 걸 깨달았던 거지요."

"그때 부인께서는 어디에 계셨습니까?"

"아내는 다행히도 먼저 저택 안으로 들어가 있었습니다."

"그럼 부인께서는 밀러 양을 못 보셨다는 말이군요."

"그렇습니다."

홈스가 잠시 고개를 갸웃했다.

"부인과 밀러 양이 공원을 함께 걸어가는 것을 목격했다는 사람이 있다고 하셨는데……."

"그렇습니다. 런던 경시청에서도 바로 그 점을 중요하게 여기고 있습니다. 레스트레이드 경감은 플로라가 아내를 꾀어낸 다음 어떤 끔찍한 짓을 했을 거라고 생각하더군요."

"가능성 있는 추리군요."

"홈스 씨, 당신도 그렇게 생각하십니까?"

홈스는 부드럽게 웃었다.

"하나의 가능성일 뿐이지 꼭 그렇다는 것은 아닙니다. 그런데 경께서는 그렇게 생각하시지 않는 모양이군요."

"플로라가 비록 다혈질이기는 하지만 파리 한 마리도 못 죽이는 착한 여자입니다."

세인트사이먼 경은 단호하게 말했다.

"간혹 질투란 멀쩡한 사람을 이상하게 바꿔 놓기도 하지요. 뭐, 좋습니다. 그럼 경께서는 부인이 실종되신 이유가 뭐라고 생각하십니까?"

"이봐요, 홈스 씨. 나는 당신의 의견을 들으려고 왔지 내 의견을 말하려고 온 게 아닙니다. 어쨌든 나는 사실을 있는 그대로 이야기했습니다. 그러니 이제 당신이 의견을 말할 차례입니다."

그는 짜증 난 듯 눈에 힘이 들어갔다. 그러나 내 친구는 여전히 침착했다.

"오해하지 마십시오. 전 그냥 경의 생각을 알고 싶은 겁니다. 아무래도 부인과 제일 가까웠던 사람은 경일 테니 말입니다."

"이렇다 할 이유가 있다면 내가 이렇게 답답하지 않겠지요. 하지만 굳이 얘기하라고 한다면……, 결혼식을 하면서 이 결혼으로 얻게 되는 신분이 생각보다 대단하다는 것을 깨달았을 겁니다. 그래서 감당하기 두려웠거나 지나치게 흥분이 돼서 정신적으로 어떤 이상을 일으킨 게 아닌가 싶습니다."

"그 말씀은 경은 부인이 미쳤다고 생각하시는 겁니까?"

"그것 이외의 다른 것은 생각할 수도 없습니다. 해티에게 있어 이일이 의미하는 것은 단순히 나한테서 떠났다는 것에 그치지 않습니다. 바로 남들이 선망하는 최고의 신분을 잃어버리는 것이기 때문입니다. 제정신이라면 어떻게 이 대단한 행운을 저버리는 일 따위를 할 수 있겠습니까?"

"일리가 있는 말씀이군요."

세인트사이먼 경은 다소 거만해 보일 정도로 가문에 대한 강한 자부심을 피력했다. 그러나 홈스는 빙그레 웃으며 가볍게 대꾸했다.

"일단 사건 해결에 필요한 자료는 대충 모아진 것 같습니다. 세인트사이먼 경, 한 가지만 더 묻겠습니다만 혹시 연회실에 계실 때 경의 자리에서 창밖이 보이셨습니까?"

"그렇습니다. 저와 제 아내의 자리는 창문과 마주하고 있었지요. 길 건너편과 공원이 잘 보이더군요."

"그러셨을 겁니다. 음, 더 이상 경의 귀한 시간을 빼앗을 필요가 없겠군요. 돌아가 계시면 나중에 연락드리겠습니다."

세인트사이먼 경은 일어서면서 말했다.

"홈스 씨, 당신이 꼭 이 문제를 해결해 주었으면 좋겠군요."

"이미 해결되었습니다."

홈스의 대답은 세인트사이먼 경뿐만 아니라 나 역시도 몹시 놀라게 만들었다.

"뭐라고요! 그게 무슨 말입니까?"

홈스는 웃지도 않고 차분하게 대답했다.

"말씀드린 그대로입니다. 이 사건은 이미 해결되었습니다."

"홈스 씨, 그렇다면 당신은 내 아내가 어디에 있는지도 알고 있다는 겁니까?"

"그 점은 조금 더 조사가 필요합니다만 금방 해결될 겁니다."

세인트사이먼 경의 얼굴에는 실망한 표정이 역력했다. 그는 고개를 흔들었다.

"아, 내가 성급했군. 역시 이 일에는 당신이나 나보다 더욱 뛰어난 두뇌의 소유자가 필요하지 않을까 싶소."

세인트사이먼 경은 근엄한 표정으로 말했다. 그리고 점잖게 인사를 하고 돌아갔다. 그가 방을 나가자 홈스는 유쾌하게 웃었다.

"왜 웃는 건가?"

"큰 영광이 아닐 수 없지 않은가 말이야. 세인트사이먼 경이 내 두뇌를 황송하게도 자신의 귀하신 두뇌와 동급으로 봐주었지 않나?"

"그 집안이 명문가라는 것은 알고 있었지만 자부심이 정말 대단하더군."

"하여간 우리의 귀족 양반도 가셨고 성가신 대화도 끝났으니 위스키나 한 잔 하세. 그전에 난 담배나 한 대 피워야겠군."

의혹의 종이쪽지

홈스는 의자에 앉아서 시가를 피워 물었다.

"자네 아까 사건이 해결되었다고 했는데 농담은 아니겠지?"

"농담이라니, 난 의뢰인이 오기 전에 이미 사건의 결론을 내리고 있었네."

"아니, 어떻게 그럴 수 있나?"

"이 사건과 비슷한 사건은 얼마든지 있어. 내가 보유하고 있는 사건 기록도 몇 가지는 될 걸세. 물론 아까 말한 대로 이번 사건처럼 신부가 순식간에 사라진 건 처음이지만 말이야. 아무튼 자세히 듣고 보니 추측이 확신으로 바뀌었다네. 송어가 우유에 빠져 있는 것을 보았을 때처럼 정황 증거라는 것도 때로는 무척 분명할 때가 있어. 헨리 소로의 말처럼 말이야."

"자네와 함께 들었지만 뭐가 분명하다는 것인지 모르겠군."

"나는 자네보다 조금 유리한 고지에 있었거든. 바로 이전에 일어났던 사건들에 대한 정보가 있었던 것이지. 몇 해 전 스코틀랜드의 애버딘에서 비슷한 사건이 있었다네. 프랑스와 프로이센의 전쟁 직후 독일의 뮌헨에서도 있었고 말이야. 아!"

그때 갑자기 방문이 열렸다. 런던 경시청의 레스트레이드 경감이었다.

"아니, 레스트레이드 경감이 아니십니까? 오래간만입니다. 경감도 한 잔 하시려면 선반에서 손님용 컵을 가져오시지요. 시가는 여기 상자 속에 있습니다."

경감은 짧은 재킷을 입고 스카프를 목에 두르고 있었는데 마치 뱃사람 같았다. 그의 손에는 검정색 캔버스 천으로 만든 자루가 들려 있었다.

"안녕하셨소, 홈스 씨?"

그는 무뚝뚝하게 인사하고 의자에 앉더니 시가에 불을 붙였다. 그는 표정이 밝지 않았는데 그걸 놓칠 홈스가 아니었다.

"여기까지 찾아오시다니 뜻밖이군요. 그런데 무슨 일이라도 있으십니까? 기분이 별로 좋지 않아 보이는군요."

"세인트사이먼 경의 신부가 실종된 사건 때문이지요. 속 시원한 단서가 하나도 없으니 말이오."

"유감이로군요."

"이렇게 까다로운 사건은 처음이오. 모든 단서가 손가락 사이로 빠져나가고 있는 느낌이오. 오늘도 온종일 이 사건에만 매달렸는데 역시 헛수고였답니다."

홈스는 경감의 소매를 만지며 말했다.

"옷이 많이 젖었군요."

"하이드 공원에 있는 서펜타인 연못 속을 뒤졌으니까요."

"네? 아니, 도대체 왜?"

"세인트사이먼 부인의 시체를 찾기 위해서였지 왜겠소?"

홈스는 의자 등에 몸을 젖히며 큰소리로 웃었다.

"트라팔가 광장의 분수 바닥도 조사하셨소?"

"아니, 뭐라고요?"

"시체가 있을 가능성은 어느 곳이나 똑같으니 말이오."

레스트레이드는 화가 나서 홈스를 노려보았다.

"놀리는 거요?"

"아니, 그럴 리가 있습니까? 단지 조금 전에 세인트사이먼 경한테 자세한 이야기를 들었을 뿐이오."

"그러셨군. 그렇다면 홈스 씨는 서펜타인 연못은 이 사건과 관계가 없다고 생각하는 거요?"

"내 생각을 묻는 거라면 그렇소."

"그럼 연못에서 발견된 이 물건들을 어떻게 설명할 거요?"

레스트레이드 경감은 가지고 온 검은 자루를 바닥에 쏟아 놓았다. 자루 안에서는 웨딩드레스와 면사포, 하얀 공단 구두 한 켤레, 그리고 신부의 화관이 나왔다. 그것들은 모두 물에 흠뻑 젖어 있었다.

"똑똑하신 홈스 씨, 이래도 관계없다고 하실 거요?"

그는 주머니에서 반지를 하나 꺼내 그 위에 놓으면서 빈정거렸다.

"허, 이걸 모두 서펜타인 연못 속에서 찾으셨단 말이오?"

"아니오. 연못가에 떠 있는 것을 공원지기가 발견했소. 확인한 결과 세인트사이먼 부인의 드레스더군요. 그래서 그 근처에 시신이 있을 거라고 생각한 거요."

"당신의 추리에 따르자면 모든 시체는 옷장 옆에서 발견되어야겠군요."

홈스는 경감이 화가 난 것에 아랑곳하지 않았다. 오히려 더 약을 올리는 것 같았다.

"웃지 마시오. 난 이것이 플로라 밀러가 범인이라는 증거가 되어 줄 거라고 믿소."

"그건 좀 어려울 것 같군요."

"이봐요, 홈스 씨, 당신의 추리도 명성만큼 대단한 것 같지 않구려. 이 옷은 플로라 밀러가 신부의 행방불명과 관계되어 있다는 명백한 증거란 말이오."

"왜 그렇게 생각하시오?"

"이 웨딩드레스 호주머니의 명함 지갑 속에서 쪽지가 발견되었기 때문이오. 이게 바로 그거요."

경감은 눈앞 테이블에 종이쪽지를 탁 하고 내려놓았다.

"나는 처음부터 플로라 밀러가 신부를 꾀어낸 후 공범들과 함께 강제로 납치했다고 생각했소. 플로라 밀러는 이 쪽지를 전해 주기 위해 저택 앞에서 일부러 소동을 부렸던 거요. 다른 사람들이 혼란한 틈을 노렸던 거지요. 그리고 부인은 쪽지를 보고 밖으로 나간 거란 말이오."

"레스트레이드 경감, 멋진 추리로군요."

홈스는 미적거리며 쪽지를 집어 들었으나 이내 그의 입에서 흐뭇한 신음소리가 새어 나왔다. 흥미를 느낀 모양이었다.

> 모든 준비가 끝나면 찾아가겠소. 곧 나오시오.
>
> — F.H.M.

"잘 보셨소? F.H.M.은 플로라 밀러의 머리글자란 말이오. 이거야말로 확실한 증거가 아니겠소?"

"이거 굉장하군요."

"당신 생각도 그렇지요?"

"그래요. 대단히 중요한 증거군요."

경감은 의기양양해 했다. 그리고 자리에서 일어나 홈스가 들고 있는 쪽지를 들여다보았다.

"아니, 그건 뒷면 아니오?"

그는 깜짝 놀라며 외쳤다.

10월 4일

객실료 8실링

아침식사 2실링 6펜스

칵테일 1실링

점심식사 2실링 6펜스

셰리주 한 잔 8펜스

"이쪽이 더 중요합니다."

"중요하다고? 당신 어떻게 된 거 아니오? 진짜 중요한 건 반대쪽에 연필로 써 있소."

"이 종이는 호텔의 계산서 같은데 경감은 흥미롭지 않소?"

"그 종이가 계산서라는 건 나도 알고 있소. 하지만 그게 뭐 어떻다는 거요. 그저 흔한 계산서일 뿐이오."

"그건 그래요. 그러나 그 점이 매우 중요하지요. 하긴 메모도 중요하긴 하군요. 적어도 머리글자는 말입니다."

레스트레이드는 한숨을 쉬며 자리에서 일어섰다.

"공연히 시간만 낭비한 것 같군. 나는 당신처럼 난롯가에 앉아서 머리나 굴리면서 남의 성실한 노력을 비웃는 사람이 아니라서 그만 가 봐야겠소. 홈스 씨, 안녕히 계시오. 누가 먼저 사건을 해결하는지는 두고 보면 알 거요."

그는 테이블 위에 있던 물건들을 자루에 도로 집어넣었다. 홈스는 방을 나가려는 경감에게 부드럽게 말했다.

"레스트레이드 경감, 한 가지 힌트를 드리지요. 문제의 답이 될 수 있을 거요. 내가 말씀드리고 싶은 건 세인트사이먼 부인이란 허구라는 겁니다. 그런 인물은 과거에도 그랬지만 앞으로도 없을 거요."

레스트레이드 경감은 어이없다는 듯이 홈스를 바라보았다. 그리고 나를 쳐다보며 이마를 가볍게 두들기더니 못마땅한 표정으로 고개를 흔들면서 나가 버렸다.

홈스는 경감이 나가자마자 기다렸다는 듯이 벌떡 일어나더니 외투를 입었다.

"경감의 말처럼 현장에서 활동하는 것도 매우 중요한 일이지. 왓슨, 자네는 신문이나 읽고 있게나. 나는 잠시 나갔다 오겠네."

몰턴 부부

홈스가 또다시 나를 두고 나간 것은 5시가 지나서였다. 그러나 나는 이전처럼 따분할 틈이 없었다. 그가 나간 지 한 시간도 되지 않아서 방문한 사람이 있었던 것이다. 그는 홈스가 보냈다면서 함께 온 소년과 함께 크고 납작한 상자를 들고 들어왔다. 그들은 그 상자 안에서 온갖 사치스러운 요리들을 꺼내 하숙집의 검소한 마호가니 식탁에 보기 좋게 차려놓기 시작했다. 멧도요새 요리 한 쌍에 꿩 요리, 거위 간으로 만든 파이, 게다가 거미줄이 붙은 오래된 술 몇 병까지 평소에 보기 힘든 성찬을 차린 후 그들은 계산이 끝났다는 말만 남기고 아라비안나이트의 지니처럼 사라져 버렸다. 나는 그저 어리둥절할 뿐이었다.

홈스가 돌아온 것은 9시 무렵이었다. 그의 표정은 무거웠지만 눈빛만은 빛나고 있었다. 나는 그가 만족할 만한 성과를 얻고 돌아왔다는 것을 알 수 있었다.

"아하, 저녁식사를 근사하게 차려놓고 갔군."

"5인분이나 준비해 놓고 가 버리더군. 손님이 오시기로 했나?"

"응, 세인트사이먼 경은 벌써 와 있으리라고 생각했는데……. 아, 계단을 누가 올라오고 있군. 발소리가 귀족 분이시겠어."

방에 들어선 사람은 홈스의 추리대로 세인트사이먼 경이었다. 그는 불안한 듯 낮보다 심하게 금테 안경을 흔들어 대고 있었다.

"다행히 제가 보낸 심부름꾼을 만나셨군요?"

"그렇소. 실은 편지를 보고 몹시 놀랐습니다. 확실한 증거가 있는 겁니까?"

"물론입니다."

세인트사이먼 경은 의자에 털썩 주저앉아 손으로 이마를 짚었다.

"아들이 이런 수모를 당한 것을 아시면 아버님이 뭐라고 하실지……."

"수모랄 것까지야 있겠습니까? 그저 사고일 뿐입니다."

"그거야 당신이 당사자가 아니니까요."

"그렇겠지요. 하지만 누구의 책임이라고도 할 수 없습니다. 경에

게는 물론 충격적인 일이겠지만 도런 양에게는 달리 방법이 없었던 겁니다. 게다가 모친이 안 계시기 때문에 당시에 의논할 상대도 없었고 말입니다."

"아니, 이것은 모욕입니다. 그것도 아주 공개적으로 당한 거란 말이오."

"가련한 한 여성이 어려운 입장에 처했었다는 것을 이해해 주셨으면 합니다."

"어느 누가 이런 상황을 이해할 수 있단 말이오. 나는 화가 나서 참을 수가 없소."

홈스가 말했다.

"초인종이 울린 것 같습니다. 세인트사이먼 경, 제가 아무리 관용을 부탁드려도 소용이 없는 것 같아 조금 더 도움이 될 만한 손님을 모셨습니다."

이내 방문이 열리면서 한 쌍의 남녀가 들어왔다.

"세인트사이먼 경, 프랜시스 헤이 몰턴 부부를 소개하겠습니다."

새로운 손님을 본 세인트사이먼 경이 의자에서 벌떡 뛰어 올랐다.

"해티!"

그의 입에서 신음소리가 새어 나왔다. 그리고 눈을 내리깔고 프록코트 가슴에 한 손을 찔러 넣은 채 돌이 된 것처럼 꼿꼿이 서 있었다. 자존심에 큰 상처를 입은 사람의 모습이었다. 숙녀는 앞으로 나서며 경에게 손을 내밀었으나 그는 쳐다보지도 않았다. 그녀는 틀림없이 그 로켓 속에 들어 있던 초상의 여인이었다.

도런 양, 아니 세인트사이먼 경의 신부였던 것이다.

그녀는 애처롭게 말했다.

"화가 많이 나셨군요, 로버트, 정말 죄송해요."

"변명 같은 건 그만두시오. 사과도 필요 없소."

세인트사이먼 경의 목소리는 비통했다.

"이해해요, 로버트. 당신에게 몹쓸 짓을 했어요. 집을 나가기 전에 당신에게 설명했어야 했는데……. 하지만 로버트, 프랭크를 만난 뒤 전 제정신이 아니었어요. 무슨 말을 어떻게 해야 할지, 심지어 어떻게 행동하고 있는지조차 몰랐어요. 제단 앞에서 기절하지 않은 게 이상할 정도로 말이에요."

"몰턴 부인, 자초지종을 설명하시는 동안 저와 제 친구는 자리를 비켜 드릴까요?"

홈스가 힘겨워하는 몰턴 부인에게 정중하게 말했다. 그러자 같이 온 신사가 앞으로 나섰다.

"홈스 씨, 이번 일이 이렇게 커진 이유는 저희가 비밀리에 일을 진행시킨 탓이라고 생각합니다. 홈스 씨가 곁에 계셔서 영국과 미국에 진상을 제대로 알려 주셨으면 합니다."

그는 키가 작고 몹시 마른 남자로 깔끔하게 면도를 한 구릿빛 피부는 그를 건강하게 보이게 했다. 전체적으로 날카로워 보이는 인상이었고 몸놀림이 가벼웠다.

"알겠습니다. 그럼 먼저 자리에 앉으시지요."

홈스가 몰턴 부부에게 의자를 권했다. 모두가 자리에 앉은 후에도 세인트사이먼 경은 예의 경직된 자세를 풀지 못하고 있었다. 하지만 홈스가 다시 한 번 권하자 마지못해 자리에 앉았다.

"제가 사연을 말씀드리죠."

몰턴 부인이 무겁게 입을 열었다.

"프랭크와 저는 1884년 로키 산맥에서 가까운 맥콰이어 광산촌에서 만났어요. 그때 아버지께서 그 일대의 채굴권을 가지고 계셨기 때문에 저희 가족은 그곳에서 살았고 프랭크는 근처의 다른 광산을 관리하고 있었어요. 만난 후 우리는 얼마 안 있다가 결혼을 약속하고 약혼을 했어요. 그러는 사이에 아버지는 노다지를 캐게 되어 거부가 되었고요. 그런데 프랭크의 광산은 금맥은커녕 경영이 악화되다가 결국에는 문을 닫고 말았어요. 아버지가 부자가 될수록 프랭크는 더욱 가난하게 되었지요. 그러자 아버지가 프랭크를 반대하시기 시작하시더군요. 마침내 약혼을 취소시키고 저를 샌프란시스코로 데려갔어요. 하지만 프랭크는 단념하지 않았지요. 저의 뒤를 쫓아왔고 우리는 아버지 모르게 만났답니다. 아버지가 아시면 상황만 더 어렵게 만들 것이 뻔했기 때문에 우리끼리 모든 것을 결정하기로 했지요. 하지만 프랭크가 아버지에게 인정받기 위해서는 재산이 있어야만 했어요. 결국 그는 금광을 찾아 돈을 벌어서 돌아오겠다는 약속을 하고 먼 길을 떠나기로 했습니다. 그때 저는 이 사람에게 맹세했어요.

'당신이 돌아올 때까지 언제까지고 기다릴게요. 또 당신이 살아 있는 한 다른 사람과 결혼하지 않겠어요.'

그러자 프랭크가 이렇게 말했어요.

'해티, 당신 마음이 그렇다면 당장 결혼합시다. 그러면 내가 어디에 가 있든 안심하고 일만 할 수 있을 것 같소.'

저로서는 망설일 이유가 없었어요. 그래서 그길로 목사님께 찾아가 바로 그 자리에서 결혼식을 올렸습니다. 그리고 결혼식이 끝나자마자 프랭크는 금광을 찾아 떠났고 저는 집으로 돌아갔지요. 종종 그의 소식을 들을 수 있었습니다. 몬태나 주와 애리조나 주를 거쳐 뉴멕시코 주 광산에 있다는 소식이었죠. 그런데 그로부터 얼마 안 돼서 신문에서 아파치 인디언이 어느 광산 마을을 습격했다는 기사를 읽게 되었어요. 그런데 살해된 백인들 명단에서 프랭크의 이름을 발견했던 겁니다. 저는 바로 정신을 잃었고 그 후로 몇 달 동안 몹시 앓았습니다. 아버지는 폐병으로 생각하셨는지 샌프란시스코의 모든 의사들을 차례로 불러들였지요. 그렇게 1년이 지나갔습니다. 그동안 프랭크의 소식은 어디에서도 들을 수 없었어요. 그제야 프랭크의 죽음을 사실로 받아들이게 되더군요. 세인트사이먼 경께서 샌프란시스코에 오신 게 그 무렵이었습니다. 경과의 결혼은 이번에 우리 부녀가 런던에 오게 되면서 일사천리로 이루어지게 되었어요. 아버지는 대단히 기뻐하시더군요. 하지만 저는 마냥 기뻐할 수만은 없었습니다. 이미 온 마음을 프랭크에게 다 쏟았기 때문에 다른 그 누구도 이전처럼 사랑할 수 없다고 생각했으니까요. 하지만 세인트사이먼 경과 결혼하게 되면 아내로서 해야 할 의무는 다할 생각이었습니다. 좋은 아내가 되려고 했었답니다.”

사자^{死者}의 귀환

"그런데 결혼식장에 죽은 줄로만 알았던 프랭크가 있었습니다. 제단에 서서 결혼식을 하고 있는 동안 흘깃 돌아봤는데 프랭크가 평신도석 맨 앞자리에 서서 저를 쳐다보고 있었던 겁니다. 처음에는 유령을 보지 않았나 했어요. 하지만 그는 분명히 살아 있는 사람이었습니다. 프랭크는 눈으로 묻더군요.

'지금 당신은 내가 나타난 것이 기쁜 거요? 아니면 유감스러운 거요?'

저는 눈앞이 빙글빙글 도는 것 같았고 신부님 목소리도 귓전에서 윙윙거리기만 하더군요.

'내가 어떻게 해야 할까? 결혼식을 중지해 달라고 소란을 피워야 하는 걸까?'

저는 혼란스러웠어요. 하지만 프랭크는 가만히 있으라는 듯 손가락을 입에 갖다 대더군요. 그러고는 종이쪽지에 무엇인가를 쓰는 거예요. 저에게 보내는 메모를 쓰고 있다고 생각했지요. 마침내 식이 끝나고 행진을 할 때 프랭크 앞에서 일부러 부케를 떨어뜨렸어요. 그러자 프랭크는 꽃다발을 집어 주는 척하면서 제 손 안에 쪽지를 살그머니 쥐어 주더군요. 연락이 있으면 나오라는 간단한 내용이었습니다. 어떻게 생각하실지 모르지만 제 의무는 세인트사이먼 경 이전에 프랭크에게 있었습니다. 우리는 이미 오래전에 결혼한 사이였으니까요. 제 결심은 프랭크를 따르겠다는 것이었어요. 집에 돌아와 하녀인 앨리스에게 이 이야기를 했지요. 그녀는 캘리포니아에 있을 때부터 프랭크를 알고 있었고 늘 우리 편이었으니까요. 저는 그녀에게 제 소지품을 싸 달라고 부탁했습니다. 물론 그때 세인트사이먼 경에게 모든 것을 밝히고 싶었지만 차마 그럴 수 없었습니다. 혹시라도 노여움을 사서 감금이라도 당하게 되면 계획이 수포로 돌아가고 말 테니까요. 그래서 일단은 이대로 도망치는 게 낫다고 생각했어요.

일단 저는 연회실에 들어갔어요. 이제나 저제나 프랭크의 연락을 기다리고 있는데 한 10분쯤 지나자 프랭크가 창밖으로 보였어요. 그는 길 건너편에서 저에게 눈짓을 하고서 공원으로 들어가더군요. 저는 두통을 핑계로 연회실에서 빠져나와 그동안 앨리스가 준비해 놓은 소지품과 망토를 들고 밖으로 나간 겁니다."

"플로라 밀러 양은 그때 만나셨겠군요."

홈스가 모든 것을 다 알고 있는 듯한 태도로 물었다.

"네, 집을 나가자마자 모르는 여자가 다가왔어요. 그녀는 세인트 사이먼 경에 관한 이야기를 하더군요. 마음이 급해서 자세히 들은 것은 아니지만 경과의 비밀스러운 관계에 대해 말하는 것 같았어요. 그녀가 플로라 밀러라는 건 신문을 통해서 알게 되었지요. 어쨌든 간신히 그 여자를 뿌리치고 곧 프랭크를 따라잡았어요. 우리는 영업용 마차를 타고 고든 스퀘어에 잡아 놓은 프랭크의 숙소로 갔습니다. 그리고 마침내 진짜 부부가 된 겁니다."

몰턴 부인의 얼굴이 붉게 물들었다. 홈스는 거북해하고 있는 세인트사이먼 경을 배려하기 위해서인지 말을 돌렸다.

"그럼 몰턴 씨는 그동안 어떻게 되신 겁니까?"

"습격이 있던 날, 프랭크는 죽은 게 아니고 포로가 되었다고 했습니다. 그리고 감시가 소원해진 틈을 타 어렵게 탈출을 했던 거지요. 프랭크는 그길로 샌프란시스코로 가서 저를 찾았던 모양이에요. 하지만 그때는 제가 영국으로 떠난 뒤였지요. 프랭크는 바로 영국으로 왔고 그 결혼식 날 아침, 겨우 저를 만났던 거예요."

프랭크 몰턴이 이어서 말했다.

"런던에 온 지는 오래됐지만 해티의 집을 알 수 없었습니다. 그러다가 신문에서 해티의 결혼식 기사를 보았습니다. 기사에는 성당의 이름은 나와 있지만 역시 집 주소는 없더군요. 그래서 하는 수 없이 결혼식에 나타날 수밖에 없었습니다."

"프랭크는 모든 것을 밝히자고 하더군요. 하지만 저는 이대로 자취를 감추어 버리자고 했습니다. 세인트사이먼 경을 다시 볼 면목이 없었으니까요. 또 제가 돌아오기를 기다리고 계시는 신분이 높은 귀족 분들을 생각하니 털어놓을 엄두가 나지 않았습니다. 나중에 아버지에게만 간단한 편지로 무사하다는 것만 알리자고 했어요. 모든 것이 결정되자 프랭크는 웨딩드레스와 결혼식 소품 등을 아무도 찾을 수 없게 연못에 버렸습니다. 그런데 오늘 저녁, 뜻밖에 홈스 씨가 찾아오셨던 겁니다. 어떻게 아셨는지는 잘 모르겠어요. 하지만 홈스 씨는 프랭크의 생각이 옳다고 분명하게 가르쳐 주시더군요. 게다가 세인트사이먼 경과 얘기를 나눌 수 있는 기회를 마련해 주겠다고 하시기에 이렇게 찾아온 거예요. 만약 홈스 씨가 찾아오지 않으셨다면 우리는 이대로 모든 것을 감춘 채 파리로 떠났을 겁니다. 로버트, 이제 모든 걸 말씀드렸어요. 당신에게 고통을 주었다는 것을 잘 알아요. 진심으로 미안하게 생각해요. 하지만 부디 이해해 주세요."

그녀가 이야기하는 동안 세인트사이먼 경은 경직된 자세를 조금도 흐트러뜨리지 않고 이마에 주름을 잡은 채 입을 꾹 다물고 있었다. 잠시 동안 침묵을 지키던 그는 차가운 목소리로 말했다.

"실례지만 먼저 일어나겠소. 이렇게 사적인 얘기를 공개적으로 떠들어 본 일이 없어서 불편하군요."

"아, 로버트, 용서해 주지 않으시는군요. 작별의 악수도 거절하실 건가요?"

"당신이 원하다면……."

경은 무뚝뚝하게 손을 내밀어 몰턴 부인이 내민 손을 잡았다.

"화해의 뜻으로 함께 식사라도 하셨으면 합니다."

"홈스 씨, 그건 좀 무리라고 생각하오. 당신들은 어떤지 몰라도 나로서는 받아들이는 것이 쉽지 않은 것이 사실이오. 또 받아들일 수밖에 다른 방법도 없고 말이오. 아무튼 당신들과 웃으며 이야기할 심정이 아니오. 나는 이쯤에서 물러가는 게 좋겠소. 그럼 안녕히 계시오."

세인트사이먼 경은 모두를 향해 고개를 약간 숙이고는 점잖게 방을 나갔다.

"두 분만이라도 식사를 함께 할 영광을 주시겠습니까? 미국 분과 이야기할 수 있는 기회란 흔치 않은 즐거움이니 말입니다. 평소 저는 미국과 영국이 형제국으로서 사이좋게 지내야 한다고 생각합니다. 과거 어리석은 국왕과 장관의 실수로 유니언 잭과 성조기로 나뉘기는 했지만, 앞으로 우리 자녀들이 한 국가의 시민으로 뭉치지 말라는 법은 없으니까요. 게다가 이렇게 멋진 성찬을 저와 제 친구만 즐기기에는 과분하니 말씀입니다."

우리는 화기애애한 분위기에서 식사를 했고 손님들은 감사의 말을 남기고 돌아갔다.

"이보게, 왓슨. 이번 사건 참 흥미롭지 않았나?"

손님을 배웅하고 돌아서며 홈스가 말했다.

"이 사건은 말이야. 얼른 보기에는 해결이 불가능할 것 같지만 의외로 쉽게 설명될 수 있었어. 몰턴 부인이 진술한 내용은 더할 수 없이 자연스러운 과정을 겪고 있는 것으로 그것이 바로 증거지. 하지만 레스트레이드 경감이 추리한 대로였다면 정말 이상한 사건이었을 거야. 하여간 경감이 자초지종을 듣게 되면 어떤 표정을 지을지 궁금하군. 모르긴 몰라도 무척 맥 빠진 얼굴을 하고 말 거야."

홈스는 개구쟁이처럼 웃었다.

"하지만 난 아직도 잘 모르겠어. 아까 경감이 오는 바람에 그친 설명을 좀 해 주게."

"참, 그랬었지. 처음부터 두 가지 사실은 확실했네. 이 결혼이 누구의 강요에 의한 정략결혼이 아니라 신부가 스스로 선택했다는 것과 식이 끝나자마자 후회하기 시작했다는 점이었지. 그건 다시 말하면 신부의 마음을 변하게 한 무슨 일인가가 결혼식 도중에 생겼다는 것을 의미하는 거야. 그럼 그게 무슨 일이었을까? 신부는 신랑과 하객에 둘러싸여 있었을 테니까 누군가와 이야기를 나눈다는 것은 불가능했네. 그렇다면 누군가를 본 것일까? 영국에 온 지 얼마 안 되는 신부가 자신의 인생을 뒤흔들 정도로 영향력이 있는 영국 사람을 알고 있을 리 없으니 아마도 미국 사람이었을 것이야. 그 정도의 강한 영향력을 끼칠 수 있는 사람이라면 애인이거나 혹은 남편밖에 없지 않겠나? 자네도 들었지만 신부는 처녀 시절을 거친 환경 속에서 보냈다고 했네. 그런 환경에서라면 남녀 간에 교제도 자유로웠을 거야. 나는 경의 진술에서 평신도석에 앉아 있던 어떤 남자에 관심이 가더군. 떨어진 꽃다발, 그것을 집어 준 낯선 남자, 갑작스런 신부의 변화, 그리고 채굴권이라는 광산 용어의 사용……. 이야기를 듣고 있는 사이에 줄거리가 확연히 보였다네. 결국 나는 신부가 어떤 남자와 함께 도피했다는 결론을 내렸어. 그리고 지극히 도덕적이고 정의롭다는 부인의 성격으로 보아 애인이라기보다는 남몰래 결혼한 사이일 거라고 추리했었네."

"그럼 두 사람이 있는 곳은 어떻게 알아냈나?"

"사실 그 점이 어려운 부분이었는데 우리의 경감 나리가 해결해 주었지."

"뭐? 레스트레이드 경감이?"

"그래. 그의 불행은 자신이 가진 정보가 얼마나 유용한 것인지 몰랐다는 데 있었네."

"도대체 그게 뭐였나?"

"그건 연못에서 건져 낸 웨딩드레스에서 발견한 쪽지였어. 나는 단번에 그 쪽지가 플로라 밀러가 아닌 그 남자가 보낸 거라는 것을 알았어. 프랭크 헤이 몰턴, 머리글자가 F.H.M.이었던 거야. 경찰은 단순하게 머리글자만 보고 플로라 밀러로 오해한 거지. 하지만 내가 주목한 건 머리글자보다 그 쪽지의 주인이 일주일 이내에 런던의 최고급 호텔에서 계산을 치렀다는 사실이었다네."

"최고급 호텔이라는 것은 어떻게 알았나?"

"지불한 비용이 엄청났거든. 8실링이나 하는 객실료와 한 잔에 8펜스나 하는 셰리주를 판다는 것은 어지간히 비싼 호텔이라는 증거였어. 그 정도의 최고급 호텔은 런던에서도 흔하지 않아. 그만큼 조사해야 할 대상이 줄어든 셈이었네. 나는 곧바로 고급 호텔이 몰려 있는 노섬버랜드 가로 갔다네. 그리고 두 번째로 들어간 호텔에서 프랭크 H. 몰턴이라는 미국 신사가 전날 숙박했다는 것을 알아냈지. 호텔 측의 계산서를 보니 종이쪽지의 것과 똑같더군. 더 다행스러운 일은 몰턴에게 온 편지를 고든 스퀘어 226번지로 보내 주기로 되어 있었던 거야. 사라졌던 신부는 바로 그곳에 있었네. 나는 두려워하는 숙녀 분에게 진심으로 충고했어. 특히 세인트사이먼 경을 위해서 자신들의 사연을 분명하게 밝히는 것이 여러모로 바람직하다고 타일렀지. 마침내 그녀가 마음을 바꾸더군. 나는 즉시 몰턴 부부에게 이곳의 약도를 그려 준 후 찾아오라고 했어. 그리고 세인트사이먼 경에게 간단한 내용을 적은 편지와 함께 심부름꾼을 보내 이곳으로 오시라고 전했던 거야."

"경을 위한 것이었다고 하지만 이 만남이 효과적이었다고는 볼 수 없군. 우리 귀족 어른께서는 관대하지 못했으니까 말이야."

홈스는 웃으며 말했다.

"자네가 경의 입장이었어도 마찬가지 아니었을까? 결혼식까지 올린 신부가 남의 아내였다는 사실에 어느 누가 너그러울 수 있겠나? 더구나 약속받은 재산까지 잃게 되었는데 말이야. 대단한 귀족이라고는 해도 그 역시 보통 사람 아니겠나? 그 정도면 관대했다고 생각해도 될 것 같아. 하여간 우리같이 평범한 사람들이야 그런 황당한 사건에 빠질 일은 없을 테니 다행한 일 아닌가? 귀족이란 신분도, 막대한 재산도 마냥 좋은 것만은 아니라는 교훈을 하나 얻은 셈이야."

홈스는 빙그레 웃으며 자신의 바이올린을 집어 들었다.

"왓슨, 이제는 우리 문제를 해결하세. 이 쓸쓸한 가을밤을 어떻게 보내야 할 것인가 하는 문제 말이야. 그러지 말고 이쪽으로 가까이 앉게."

홈스의 바이올린 선율이 밤공기를 타고 퍼져 나갔다.

에메랄드
왕관

Emerald Crown

알렉산더 홀더

런던에서 두 번째로 큰 은행인 홀더 앤드 스티븐슨의 은행장. 에메랄드 왕관을 담보로 대출을 의뢰한 고객의 청을 받아들였다가 그만 왕관의 보석을 잃어버리게 되어 곤란한 입장이 된다.

아서 홀더

홀더의 아들. 어린 나이에 어머니를 잃고 아버지의 손에 자랐다. 아버지의 기대와는 달리 카드나 경마 등 노름에 빠져 지내다 왕관의 보석이 사라지자 범인으로 몰린다.

메리 홀더

홀더의 조카. 어린 나이에 부모를 잃게 되어 삼촌의 손에 자랐다. 집안 살림을 책임지고 있으며 고운 마음씨와 아름다운 외모로 삼촌의 신뢰가 크다. 아서가 사랑을 고백했지만 거절하고 몰락한 귀족의 아들인 조지 번웰 경과 가깝게 지냈다.

　〈기어 다니는 사람〉은 1923년 〈스트랜드 매거진〉에 발표되고 1927년 《셜록 홈스의 사건집》에 실렸다.

　〈기어 다니는 사람〉에서는 홈스 시리즈를 통해 일관적으로 보이는 기발한 트릭이나 발상이 보이지 않는다. 대신 저자 아서 코난 도일의 심령술에 대한 열정에서 비롯된 교훈적인 결말이 인상적인 작품이다. 홈스 시리즈를 끝내고자 하는 이유가 도일이 빠진 심령술이었다는 것을 생각하면 작품 속에 그런 이미지가 녹아 있는 것도 이상한 일은 아닐 것이다.

　작품 속 배경 연대는 1903년이다.

은행장의 말썽 많은 아들

"**쯧쯧쯧,** 참으로 딱하군. 어떤 미친 남자가 지하철역 쪽에서 걸어 오고 있어. 증상이 심해 보이는데 가족들이 제대로 돌봐 주지 않는 모양일세."

2월의 어느 아침, 나는 거실 창문으로 거리를 내려다보며 중얼거 렸다. 매서운 바람 때문에 밖에 나서기가 망설여지는 추운 날이었 다. 안락의자에 거의 눕다시피 푹 파묻혀 있던 홈스가 천천히 몸을 일으키더니 창가로 걸어왔다. 그는 내 어깨너머로 밖을 내다보았다. 어제 온종일 내린 눈이 하얗게 덮여 있는 거리는 햇빛을 받아 보석처 럼 반짝였다. 큰길에 쌓인 눈은 마차 바퀴에 다져지고 떨어진 흙들 로 갈색이 되어 지저분했고, 도로 양쪽 길가는 새하얀 눈이 수북이 쌓여 있었다. 인도에 내린 눈은 말끔히 치워져 있었지만 아직은 걸 어 다니기에 미끄러워 사람들이 조심스럽게 발걸음을 떼고 있었다.

미쳤다고 생각될 만큼 이상한 행동을 보이는 남자가 미끄러운 인 도를 빠른 걸음으로 위태롭게 걸어갔다. 50대 초반으로 보이는 그는 잘생겼으며 살집이 제법 있는 당당한 체구였다.
검은 프록코트와 회색 줄무늬 바지를 차려입고,
목이 긴 갈색 고무장화를 신고 있었다. 수수한
복장이었지만 세련된 고급품이라는 걸 한눈에
알아볼 수 있었다. 하지만 옷차림에 어울리지 않
는 기이한 행동 때문에 그는 신사라기보다는 미
치광이에 가까워 보였다. 무슨 급한 일이 있는지
발걸음을 바삐 옮겼는데 길이 미끄러운 탓에 넘
어졌다가 일어나기를 반복했다. 허둥지둥 서둘
러 걷다가도 도로변에 늘어선 집 앞에 이르면 우
뚝 멈춰 서서 문패를 노려보곤 했다. 그러나 곧
고개를 세차게 흔들고 나서 다시 뛰다시피 걷는
것이었다.

"저기 좀 보게. 잔뜩 찌푸린 얼굴로 또 문패를 쳐다보고 있어. 아
무리 봐도 미친 사람이 틀림없네."

우스꽝스러운 광경 때문에 터져 나오려는 웃음을 참으며 내가 말
하자 홈스가 나무라듯 말했다.

"우리 손님에 대한 악담은 그만하게나, 왓슨."

"뭐라고? 그럼 저 사람이 이곳을 찾느라 저러고 있다는 말인가?"

"물론이라네. 아마 사건을 의뢰하기 위해서겠지. 저렇게 서두르
는 걸 보니 상당히 곤란한 상황에 처했나 보군."

홈스의 말이 채 끝나기도 전에 초인종이 연달아 울렸다. 그리고
곧 심부름하는 소년의 안내를 받으며 그 남자가 방으로 들어왔다.
추운 날씨인데도 그의 이마에는 땀방울이 송골송골 맺혀 있었다. 크
게 손짓을 하며 뭔가 이야기하려 했지만 숨을 헐떡거리느라 제대로

말을 하지 못했다. 나는 그의 눈에 말로 형용할 수 없는 슬픔과 절망이 깃들어 있음을 보았다.

'홈스의 말이 맞았어. 이 신사는 미친 사람이 아니야. 그러나 홈스가 이 사람의 문제를 해결해 주지 못한다면 정말로 미쳐 버릴 거야.'

걱정스러운 마음에 홈스를 돌아보았다. 홈스 역시 사태의 심각성을 느꼈는지 굳은 표정으로 신사를 바라보고만 있었다. 그는 큰 몸집을 격렬하게 흔들며 머리를 마구 쥐어뜯더니 고개를 번쩍 들며 외쳤다.

"이제 모두 끝났어! 난 파멸이야!"

손님은 벽에 머리를 세게 박더니 그만 넘어져 버렸다. 홈스와 나는 얼른 그를 일으킨 다음 소파에 길게 뉘었다. 홈스는 아이를 달래는 어머니처럼 부드럽게 말했다.

"이렇게 추운 날씨에 미끄러운 길을 마다않고 찾아오신 걸 보니 잠시도 지체할 수 없는 일인가 보군요."

손님은 침통한 표정으로 고개만 끄덕였다.

"숨을 가다듬고 좀 안정되면 천천히 말씀하십시오."

손님은 한동안 어깨를 들썩이며 숨을 몰아쉬었다. 어깨의 들썩임이 차츰 잦아들더니 벌겋던 얼굴빛도 가라앉았다. 가까스로 감정을 추스를 수 있게 되었는지 손수건을 꺼내 땀으로 번들거리는 이마를 닦기도 했다. 마침내 그가 입을 열었다.

"아마 나를 미치광이라 생각했겠지요?"

질문한다기보다는 따지는 듯한 말투였다.

"뭔가 감당하기 어려운 문제가 생겼나 보군요."

홈스가 조용히 말했다.

"맞습니다. 누구든 이런 일을 겪고도 제정신이라면 그게 오히려 이상할 겁니다. 갑자기 하늘이 무너지고 땅이 꺼지는 것처럼 엄청난 사고가 터졌습니다. 내 입으로 이런 말을 하자니 민망하지만 나는 지금까지 살아오면서 맡은 일은 모두 책임감 있게 해냈습니다. 그러나 이 사건을 해결하지 못하면 내 인생은 끝납니다. 그동안 쌓아 온 나의 명예와 신용이 순식간에 와르르 무너지겠지요. 더 큰 문제는 이 일로 나 혼자만 타격을 받는 게 아니라 영국의 가장 고귀하신 분까지 난처해진다는 겁니다."

손님이 격앙된 목소리로 두서없이 늘어놓는 이야기에 홈스는 열심히 귀 기울였다.

"먼저 당신이 어떤 사람인지 알려 주시겠습니까?"

홈스가 미소 지으며 말했다.

"아마 나에 대해 들어본 적이 있을 겁니다. 알렉산더 홀더라고 합니다. 홀더 앤드 스티븐슨 은행의 은행장입니다."

우리는 런던에서 두 번째로 큰 은행과 그 은행장을 익히 잘 알고 있었다. 이 신사는 신문의 경제난에 하루가 멀다 하고 이름이 오르내리는 유명 인사였다. 그런 사람이 왜 거듭 넘어지면서도 미끄러운 눈길을 걸어 사립 탐정을 찾아와야만 했을까? 나는 호기심을 누르며 그가 어서 말을 잇기를 바랐다.

"최악의 상황입니다. 1분 1초도 낭비하지 말고 최대한 빨리 사태를 수습해야 합니다. 그래서 경찰을 찾아갔다가 이 사건의 담당 형사가 당신에게 가보라고 충고하기에 바로 지하철을 타고 왔습니다. 역에 내린 후 마차를 잡아타려 했지만 미끄러운 눈길에선 마차도 거북이처럼 움직이기 마련이라 그냥 달려왔습니다. 평소에 많이 걷지 않는 편이라 숨도 차고 기진맥진이군요. 내가 이상해 보였던 건 충격으로 정신이 어떻게 됐기 때문이 아니라 단지 숨이 찼을 뿐이니 걱정하지 마십시오. 그럼 사건을 되도록 간단하게 있는 그대로 이야기하겠습니다."

기나긴 서론을 늘어놓은 후에야 신사는 본격적으로 사건에 대한 이야기를 시작했다.

"올해 들어 홀더 앤드 스티븐슨 은행은 고객을 늘리기 위해 다양한 경영 방침을 세웠습니다. 그런 노력의 일환으로 미술품이나 보석 등 귀중품을 담보로 귀족들에게 대출을 해 주고 있습니다. 그런데 어제 아침이었습니다. 내 사무실로 직원이 들어오더니 명함을 하나 내밀었습니다. 그 명함을 무심코 들여다보다가 나도 모르게 의자에서 일어나고 말았지요. 명함에는 영국 국민들뿐 아니라 전 세계인이 존경하는 어떤 분의 이름이 금박으로 새겨져 있었기 때문입니다.

직원의 안내로 사무실에 들어온 그분은 몹시 초조해 보였습니다. 잠시 머뭇거리다가 인사도 없이 본론으로 들어갔습니다.

'홀더 씨, 당신 은행에서는 자금 사정이 어려운 이들에게 돈을 빌려준다고 들었는데 맞소?'

'네, 담보물에 따른 금액을 책정해 대출해 드립니다.'

'그 말을 들으니 안심이 되는군. 5만 파운드가 급히 필요하오. 내게 그 정도의 돈을 조건 없이 빌려줄 지인이 많지만 주변인들에게 내 사정을 알리거나 폐를 끼치고 싶진 않소. 그래서 이 일을 사무적으로 처리하기 위해 당신을 찾아왔소.'

'실례지만 사용 기간은 어느 정도나 되는지요?'

'다음 주 월요일까지면 되오. 나흘이면 충분하오. 물론 은행에서

요구하는 이자를 포함해 상환하겠소.'

나는 그분의 심기를 거스를까 봐 매우 조심하며 최대한 정중하게 말했습니다.

'금액이 적다면 제 임의로 빌려드릴 수도 있지만 금액이 크기 때문에 정식 절차를 거쳐 은행에서 대출을 받으셔야 합니다. 그리고 은행 규정상의 절차이므로 번거로우시더라도 담보물을 맡기고 서류를 작성하셔야 합니다.'

'잘 알고 있소.'

그는 검은 모로코 가죽으로 감싼 고급스러워 보이는 상자를 내밀었습니다.

'홀더 씨, 에메랄드 왕관에 대해 알고 있소?'

'물론입니다. 우리 영국의 국보 중에서도 특히 가치가 높은 것으로 알고 있습니다.'

'당신 말이 맞소.'

그분이 상자를 열자 붉은 벨벳 천 위에서 아름다운 왕관이 찬란하게 빛났습니다.

'이 왕관은 수만 파운드어치의 황금으로 만든 것이오. 그리고 여기 박혀 있는 에메랄드는 모두 서른아홉 개로 최상급이오. 그 가치

를 아무리 낮게 쳐도 내가 대출하려는 금액의 서너 배는 될 거요. 담보는 이만하면 충분하겠소?'

그토록 진귀한 물건을 직접 보게 되니 그저 얼떨떨하기만 했지요. 내가 멍한 표정으로 가만히 있자 손님이 물었습니다.

'담보가 부족하오?'

'아, 아닙니다. 감히 제가 맡기에는 너무도 귀한 보물이라……'

'그럼 됐소! 나는 당신을 믿고 또 대출금을 정해진 기일 안에 갚을 수 있기 때문에 이 왕관을 맡기는 거요. 어서 절차를 밟아 대출해 주시오.'

'네, 알겠습니다.'

나는 두려움마저 느끼며 초록빛으로 빛나는 왕관을 바라보았습니다. 그때 그분이 단호하게 말했습니다.

'홀더 씨, 내가 당신을 찾아온 것은 비밀로 해 주시오. 그리고 왕관을 신경 써서 세심하게 다루길 바라오. 만일 미세한 흠이라도 생기면 왕관의 가치는 회복시킬 수 없이 손상되니 말이오. 우리 영국의 명예에도 지울 수 없는 흠이 남게 될 거요. 이만큼 순도가 높은 에메랄드는 다시없기 때문이오.'

'네, 명심하겠습니다.'

그분이 매우 서둘렀기 때문에 즉시 직원을 불러 5만 파운드를 지급하도록 지시했습니다.

그분이 사무실을 나간 후, 나는 왕관이 든 상자를 한참 동안 바라보았지요. 내가 얼마나 중차대한 책임을 맡게 됐는지를 생각하자 마음이 무거워졌어요. 사실 나는 오랫동안 은행에서 일해 왔기에 아무리 액수가 큰 금액을 주고받아도 별다른 느낌이 없습니다. 그러나 세상에 하나밖에 없는 귀중한 보물을 맡고 보니 안전하게 보관할 방법이 문제였습니다. 만일 그 물건에 작은 흠이라도 생기는 날엔 내 경력도 불명예스럽게 끝날 것이 뻔했지요.

'아까 정중하게 거절할 것을……'

후회하며 땅을 쳤지만 이미 엎질러진 물이었습니다. 하는 수 없이 은행장 전용 금고에 왕관을 넣었습니다. 그러나 퇴근할 무렵이 되니 귀중한 보물을 밤새 은행에 놓고 가는 것이 불안해서 발이 떨어지지 않았습니다. 은행 금고는 언제든 은행털이범의 표적이 될 수 있습니다. 만에 하나 밤새 무슨 사고가 생길 수도 있다고 생각하니 이중문을 설치한 금고도 마음이 놓이지 않았습니다. 그래서 대출 기간이 딱 4일이니 내가 직접 간수하자고 결심했습니다. 퇴근할 때는 상자를 갖고 집으로 가고 아침에는 직원들보다 먼저 출근해서 전용 금고에 왕관을 넣어 두고 온종일 지키기로 한 겁니다.

마차를 타고 스트레텀의 집으로 돌아갔습니다. 그리고 2층 작은 방의 옷장 서랍에 왕관을 넣고 나서야 비로소 마음이 놓였습니다."

가만히 이야기를 듣고 있던 홈스가 불쑥 끼어들었다.

"홀더 씨, 당신이 나를 찾아와야만 했던 이유를 알 것 같군요. 당신 가족에 대해서도 이야기해 주겠습니까?"

"네, 그러지요. 전후 사정을 충분히 파악하려면 집안 식구들에 대한 정보도 필요하겠지요. 마부와 급사는 밤이면 집으로 돌아가는 사람들이므로 의심할 필요가 없습니다. 하녀가 세 명 있지만, 모두 몇 년 전부터 일해 온 충직한 사람들이므로 신뢰할 수 있습니다. 아, 루시라는 젊은 하녀가 한 명 더 있습니다. 루시를 고용한 건 두세 달 전인데 완벽한 추천장을 갖고 왔으며 일도 싹싹하게 잘합니다. 그런데 아직 젊고 예쁜 아가씨라 젊은 남자들이 가끔 찾아오기도 하는 모양입니다. 그 점만 빼면 참 괜찮은 하녀지요."

"하인들에 대해서는 그만하면 됐습니다. 당신 부인이나 자녀에 대해서도 알고 싶군요."

"10여 년 전 아내를 잃었습니다. 그 이후 하나뿐인 아들 아서와 지내고 있습니다. 그런데 아들 녀석이 속을 썩여 하루도 마음 편한 날이 없습니다. 어렸을 때는 착하기만 하던 녀석이 그렇게 변한 건 내 책임입니다. 어린 나이에 어머니를 잃은 것이 마음 아파 아들이 해달라는 대로 다 해 줬기 때문에 버릇이 없어졌지요. 나는 아들에 대한 기대가 컸습니다. 아들에게 은행을 물려준 후 은퇴해서 여가를 즐기며 느긋하게 살아가는 것이 꿈이었지요. 그러나 아들 녀석은 오래전에 기대를 저버렸습니다. 카드놀이와 경마 같은 노름에 빠져 큰돈을 잃고 시도 때도 없이 돈을 달라고 한답니다."

홀더는 땅이 꺼져라 한숨을 쉬더니 이야기를 계속했다.

"핑계가 되겠지만 아들은 질 나쁜 친구들과 어울리고 있습니다. 조지 번웰 경이라는 몰락한 귀족인데 그가 아서에게 온갖 못된 짓을 다 가르쳤습니다. 아마 당신들은 내게 왜 아들이 그런 친구와 계속 어울리게 내버려두느냐고 묻고 싶겠지요. 번웰은 제 아들보다 몇 살 더 먹은 청년입니다. 매우 잘생겼고 고상한 태도와 능란한 화술까지 겸비해 그를 만나면 누구든 반하고 말지요. 나조차도 처음에는 그에게 호감을 가졌으니까요. 아, 번웰의 정체를 한눈에 꿰뚫어본 사람도 있긴 합니다. 바로 메리지요."

홈스가 무슨 말을 하려고 하자 홀더가 재빨리 말을 이었다.

"나와 아서는 메리와 함께 살고 있습니다. 메리는 내 조카인데 5년 전 부모를 모두 잃어 내가 그 애를 맡았습니다. 스물네 살이고 아주 영민하고 바지런해서 집안 살림을 책임지고 있지요. 고운 마음씨, 아름다운 외모, 차분한 성격을 지닌 메리는 우리 집안을 밝히는 등

불입니다.”

홀더는 말을 멈추더니 또 한 번 한숨을 길게 쉬었다.

“사실 메리에게 서운한 점도 있긴 합니다. 내 아들이 올바르게 거듭날 기회를 주지 않았기 때문입니다. 아들은 메리가 우리 집에 왔을 때부터 그 애를 사랑해 왔지요. 그래서 내가 메리에게 아서와 결혼해 달라고 두 번이나 간곡히 말했지만 그 애는 딱 잘라 거절해 버렸습니다. 만약 메리가 아서와의 결혼을 승낙했다면 아들 녀석은 그렇게 노름에 깊이 빠지지 않고 일찌감치 정신을 차렸을 겁니다. 이런, 쓸데없는 하소연이 너무 길었군요. 이제 그 사건에 대해 말하겠습니다.

어젯밤, 저녁식사를 마친 후 커피를 마시며 아서와 메리에게 에메랄드 왕관에 관해 이야기해 주었습니다. 커피를 가져온 하녀가 빈 쟁반을 들고 나가자, 거실에는 우리 세 사람뿐이었으므로 마음을 놓았던 겁니다. 그런데 둘 다 매우 관심을 보이며 그 왕관을 잠깐만 보여 달라고 졸라 댔지요. 나는 당연히 안 된다고 했습니다.

‘그 왕관이 어디에 있나요?’

아들이 끈질기게 물었습니다.

‘위층 작은 방의 옷장 서랍 안에 넣어 두었지.’

‘저런! 만약 도둑이라도 들면 큰일 나겠는데요?’

‘걱정할 것 없단다. 자물쇠로 굳게 잠갔거든.’

‘아버지, 풋내기 도둑이라도 그런 서랍쯤은 눈 깜짝할 사이에 열 수 있어요.’

‘아서! 그게 무슨 말이냐? 왕관이 도둑맞길 바라는 것처럼 말하는구나.’

나는 성난 투로 말했지만 아들의 말에 그다지 신경 쓰지는 않았습니다. 아들은 지나치다 싶은 농담을 종종 했기 때문이지요. 그런데 아서가 내 침실까지 따라오더니 난처한 표정으로 어렵게 말을 꺼냈습니다.

'아버지, 부탁 하나만 들어주세요. 돈이 좀 필요해요. 200파운드만 주시면 안 될까요? 제발 부탁드립니다.'

나는 머리끝까지 화가 치밀었습니다.

'그건 안 된다! 50파운드를 준 지 일주일도 안 되지 않았냐? 넌 돈을 너무 흥청망청 쓰는 못된 버릇이 있어.'

'지금까지 제가 돈을 낭비해 왔다는 걸 잘 압니다. 아버지께 심려를 끼쳐 드려 죄송해요. 하지만 200파운드가 없으면 번웰 씨의 소개로 가입한 귀족 클럽에서 쫓겨나고 말 거예요.'

'잘됐구나. 그런 클럽이라면 당장 탈퇴하는 편이 네 인생을 위해 좋아. 그렇다면 더더욱 돈을 줄 수 없지.'

'하지만 아버지, 겨우 200파운드 때문에 그런 일이 생긴다면 제 체면이 뭐가 됩니까? 정 안 된다고 하시면 다른 방법을 알아봐야지요. 제가 무슨 짓을 저지를지는 저도 모릅니다.'

'아서, 동전 하나 벌지 못하는 너에게 200파운드라는 큰돈을 선뜻 빌려줄 사람은 영국을 다 뒤져 봐도 없을 거다.'

나는 협박하는 듯한 아들의 말에 더욱 흥분해 버럭 소리쳤습니다.

'알겠습니다. 아버지 마음대로 생각하세요.'

아들은 입술을 꽉 깨물더니 문을 세게 닫고 침실에서 나갔습니다.

나는 작은 방으로 가서 옷장 서랍을 열고 에메랄드 왕관을 재차 확인한 후 자물쇠를 단단히 채웠지요. 그런 다음 집 안의 문단속 상태를 확인해 보기로 했습니다. 문단속은 원래 메리의 책임이었지만 귀중한 보물이 우리 집에 있는 동안은 내가 직접 문단속을 해야겠다고 생각한 겁니다. 아래층으로 내려가 보니 메리가 거실 창가에 서 있었습니다. 메리는 정원으로 난 큰 창을 닫고 있었지요.

'아저씨, 오늘 밤 혹시 하녀 루시에게 외출해도 좋다고 말씀하셨어요?'

메리는 걱정스러운 얼굴로 물었습니다.

'아니, 외출을 허락한 적 없다.'

'어머, 그래요? 방금 외출복 차림으로 살그머니 돌아오는 루시를 봤거든요. 몰래 나갔다가 온 것 같아요. 전 마음이 놓이지 않아요. 귀한 보물을 맡고 계신데 누군가 그렇게 몰래 드나드는 게 왠지 신경 쓰여요.'

'그렇구나. 나보다는 네가 직접 말하는 게 더 낫지 않겠니? 내일 루시를 잘 타일러 보거라.'

'네, 알겠습니다.'

'아래층 문단속 상태는 다 확인했니?'

'그럼요, 아저씨. 오늘 밤은 더 주의해서 집 안을 돌아봤어요.'

'네 말을 들으니 안심이 되는구나. 들어가서 자거라, 메리.'

메리에게 가볍게 굿나잇 키스를 해 주고 침실로 돌아왔습니다. 나는 신경이 예민한 편이라 평소에도 숙면을 취하기 어렵습니다. 그날 밤은 더더욱 신경이 곤두서서 도통 잠을 이루지 못하고 뒤척였지요. 그런데 새벽 2시쯤 작은 소리가 들렸습니다. 깜짝 놀라 침대에서 일어났지요. 사방은 다시 고요해졌지만 조금 전의 그 소리가 무척 거슬렸습니다. 창문을 닫는 소리 같았어요.

그때 복도에서 발자국 소리가 희미하게 들렸습니다. 누군가 작은 방 쪽으로 걸어가는 듯했습니다. 심장이 쿵 내려앉더군요. 잠깐 망설이다 용기를 내어 침실 문을 살짝 열고 복도로 나갔습니다. 작은 방의 문이 조금 열려 있었습니다. 발소리를 죽이고 다가가 문틈으로 방 안을 들여다보았지요. 그리고 곧 문을 활짝 열어젖히며 소리를 질렀습니다.

'아서, 그만두거라! 왕관을 당장 내려놔! 내가 도둑을 길렀구나.'

바지와 셔츠를 아무렇게나 걸쳐 입은 아서가 왕관을 들고 서 있는 모습이 희미한 램프 불빛에 드러났습니다. 두 손으로 왕관을 들고 힘을 주어 금 받침대를 떼어 내려고 하는 것 같았습니다. 갑작스런 고함에 아서는 흠칫 놀라 왕관을 바닥에 떨어뜨렸지요. 나는 얼른 왕관을 들어 올려 자세히 살펴보았습니다. 그런데 그만 눈앞이 캄캄해지고 말았지요. 금으로 된 받침대 하나가 떨어져 나갔고 거기에 박혀 있던 에메랄드 세 개도 함께 사라지고 없었던 겁니다!

'이 나쁜 녀석, 귀중한 왕관을 이 모양으로 만들다니! 여기 있던 보석을 훔쳐 대체 어떻게 한 거냐? 어서 말하지 못해?'

'네? 훔치다니요?'

'이 녀석, 그래도 발뺌을 하는구나!'

나는 아들에 대한 실망과 분노를 걷잡을 수 없어 몸이 부들부들 떨렸습니다. 그러나 아들은 얄미울 정도로 태연했습니다.

'아버지, 지금 무슨 말씀을 하시는 겁니까? 왕관은 그대로

입니다.'

'정말 뻔뻔스러운 놈이군! 여기를 좀 봐라. 받침대가 떨어져 나갔고 보석 세 개도 사라지지 않았느냐? 도둑질도 모자라 거짓말까지 하는구나!'

'아무 잘못도 없는데 도둑놈에다 거짓말쟁이로 몰다니 아무리 아버지라도 이런 모욕은 참을 수 없습니다! 날이 밝는 대로 이 집에서 나가겠습니다. 아버지는 저를 다시는 보지 못하실 겁니다!'

아들은 얼굴이 파랗게 질린 채 외쳤습니다.

'네가 무사히 집을 나가도록 그냥 둘 거 같으냐? 나라의 귀한 보물을 훔친 죄로 경찰에 신고하겠다!'

한밤의 소동에 집안 사람들이 모두 깨어났습니다. 메리가 제일 먼저 달려왔습니다. 방으로 들어서려던 메리는 망가진 왕관과 흥분한 아서를 보더니 그 자리에 멈춰 섰습니다.

'오, 하느님!'

메리는 외마디 소리를 내뱉더니 그만 정신을 잃고 쓰러졌습니다. 나는 우리 집에서 가장 오랫동안 일해 온 하녀에게 메리를 돌봐 달라고 부탁하고 루시에게 경찰을 불러오라고 했습니다. 30분쯤 지나 경감이 순경들을 데리고 도착했습니다. 창밖으로 그 모습을 지켜보던 아서가 잠긴 목소리로 말했습니다.

'아버지가 무엇보다 명예와 윤리를 중시하는 냉정한 분이란 걸 저는 어릴 때부터 잘 알고 있었습니다. 그러니 하나뿐인 자식도 망설임 없이 경찰에 넘길 수 있겠지요. 그러나 마지막으로 한 가지 부탁이 있습니다.'

'무슨 부탁이냐?'

'제가 잠시만 밖에 나갔다 올 수 있게 해 주세요. 5분이면 충분합

니다. 저와 아버지를 위해 반드시 필요한 일입니다.'

'그런 얕은 수작은 통하지 않는다! 너를 내보내면 어딘가에 숨겨 놓은 보석을 들고 내빼겠지. 내가 모를 줄 아느냐?'

이렇게 책망했지만 나도 부모인지라 하나뿐인 아들에 대한 애정과 안타까움은 감출 수 없었습니다. 경찰이 개입하기 전에 이 일을 해결할 수도 있다는 희망을 품고 아들을 달래 보기로 했습니다.

'아서, 아직 늦지 않았다. 훔친 보석을 어떻게 했는지 지금이라도 사실대로 말한다면 경찰을 돌려보내고 조용히 해결할 수 있다.'

'제가 훔치지 않았다고 이미 말씀드렸잖아요? 아버지는 저를 믿지 않으시는군요!'

아들은 고개를 돌려 나를 외면했습니다. 그 얼굴에서 차가운 비웃음을 보고 이제 어떤 말도 통하지 않는다는 것을 알았습니다. 할 수 없이 경감을 불러들여 자초지종을 설명하고 아들을 경찰에 넘겼습니다. 경감은 신속하게 수사를 시작했는데 먼저 아서의 몸을 샅샅이 수색했습니다. 그러나 아무것도 나오지 않았습니다. 집 안 구석구석을 이 잡듯 뒤졌지만 보석은커녕 유리구슬도 찾을 수 없었지요. 경감은 아서를 윽박지르기도 하고 달래기도 하며 자백을 받으려 했지만 그 아이는 굳게 다문 입을 열지 않았습니다. 몇 시간의 실랑이 끝에 마침내 경감은 아들을 구속시켰습니다. 그게 오늘 아침 6시였지요."

긴 설명을 마친 홀더는 근심스러운 얼굴로 나와 홈스를 번갈아 보았다.

"내가 어떤 심정인지 이제 아시겠지요? 나는 아들이 유치장에 들어가는 것을 보자마자 여기로 달려왔습니다. 경찰은 분명한 대답을 회피하고 있지만 아들이 범인이라고 이미 결론 내린 듯합니다. 그런데 홈스 씨, 왕관을 들고 있던 내 아들을 직접 목격했지만 왠지 아들이 결백하다는 느낌이 듭니다. 아들을 감싸고 싶은 부성애라고만 생각하진 마십시오. 이 사건 뒤에는 뭔가 커다란 음모가 있다는 생각을 떨쳐 버릴 수 없어 당신을 찾아왔습니다. 당신이라면 이 사건의 진상을 밝혀낼 수 있겠지요? 이 사건으로 인해 그 고귀한 분까지 곤란해질 걸 생각하니 견딜 수 없습니다. 아, 나는 명예와 아들을 한꺼번에 잃을 것만 같아 두렵습니다!"

영국의 경제를 좌지우지하는 대은행가, 아니 불쌍한 아버지는 울음 섞인 목소리로 홈스에게 호소했다. 내 친구는 말없이 벽난로의 타오르는 불꽃을 응시하다가 불쑥 입을 열었다.

"자택으로 찾아오는 손님이 많습니까?"

"그다지 많지 않습니다. 아서의 친구 한두 명이 간혹 놀러 올 뿐입니다."

"최근에 방문한 친구는 누구입니까?"

"아까 말했던 조지 번웰 경이 몇 번 왔었지요."

"메리 양이 이 사건으로 큰 충격을 받아 쓰러졌다고 하셨지요?"

"그렇습니다. 마음이 여린 아이라서 충격을 이겨 내기 힘들었겠지요."

"홀더 씨와 메리 양 모두 아서 군의 범행이라고 믿으시는군요."

"간밤에 아서가 그 방에서 망가진 왕관을 들고 있는 모습을 두 눈으로 똑똑히 보았습니다. 홈스 씨, 이보다 결정적인 증거가 또 있겠습니까?"

"그것만으로는 단정 지을 수 없습니다. 그런데 왕관은 떨어져 나간 받침대 말고 상한 곳이 또 있었습니까?"

"네, 남은 받침대 중 하나가 구부러져 있더군요."

"아서 군이 그걸 발견하고 원래대로 펴 놓으려고 했는지도 모릅니다."

"내 아들에게 호의를 나타내 주시니 고맙습니다. 그러나 홈스 씨, 그렇게 생각하기는 어렵습니다. 만일 단순히 받침대를 고쳐 놓으려 했다면 아들은 누명을 벗기 위해 해명했을 겁니다."

"그러나 정말 훔치려다 들켰다면 좀 더 그럴듯한 변명으로 위기를 모면하려 했겠지요. 하지만 아서 군이 아무 말도 하지 않았다는 건 정말 이상합니다. 이 사건에는 또 이상한 점이 여럿 있습니다. 그중 하나를 이야기해 볼까요? 당신은 창문이 닫히는 듯한 소리를 들었다고 했지요?"

"네, 맞습니다."

"경찰은 그것에 대해 뭐라고 추측하던가요?"

"아서가 자기 방의 문을 세게 닫을 때 난 소리라고 하더군요."

"허, 대단한 추리력입니다. 경찰은 아마 아서 군이 자신의 범죄를 식구들에게 알리기 위해 일부러 시끄러운 소리를 냈다고 생각하나 보군요."

홈스는 쓴웃음을 지었다.

"그들은 사라진 보석에 대해 어떻게 말합니까?"

"집 안을 좀 더 뒤져 보면 나올 거라고 생각하고 있습니다. 지금쯤 아들 방의 천장과 마루까지도 벗겨내고 있을 겁니다."

"바깥까지도 뒤지겠지요?"

"아마 그럴 겁니다. 틀림없이 모든 경찰을 동원해 정원의 풀 한 포기까지 확인하겠지요."

"사냥감도 없는 숲을 그렇게 열심히 뒤지다니 경찰은 수고가 많군요. 홀더 씨, 당신의 이야기를 듣고 보니 이 사건은 표면에 드러난 것보다 더 복잡하다는 걸 알겠습니다. 그리고 아버지를 누구보다 사랑하는 아들이 범인이라는 당신의 추리는 완전히 빗나갔습니다."

"그렇게 말하는 근거가 뭡니까?"

홀더가 고개를 쑥 뺀 채 물었다.

"어젯밤 아서 군의 행동을 다시 더듬어 볼까요? 에메랄드 왕관이 욕심나서 잠도 이루지 못하던 그는 침대에서 일어납니다. 이렇게 추운 날씨에도 셔츠 하나, 바지 하나만 대충 걸친 채 침실 문을 요란스럽게 닫고 복도는 살금살금 걸어서 작은 방으로 갑니다. 옷장 서랍을 열고 왕관을 꺼냅니다. 그리고 어딘가로 가서 서른아홉 개의 에메랄드가 박힌 왕관에서 세 개만 받침대째 떼어 내 아무도 모르게 감추지요. 이제 왕관을 들고 작은 방으로 돌아옵니다. 그리고 다시 받침대를 떼어 내려고 애쓰다가 그만 당신에게 들키고 맙니다."

"아닙니다, 아닙니다. 아서는 그렇게 멍청하지 않습니다. 아, 하지만 정말로 그런 짓을 했으니 바보 같은 녀석이라고 해야겠군요."

두 팔을 흔들며 항변하던 홀더는 깊은 한숨을 토했다.

"홀더 씨, 너무 실망하진 마십시오. 아서 군이 전혀 변명을 하지 않았다면 희망이 있습니다. 당신이 허락한다면 스트레덤에 있는 사건 현장을 한 시간 정도 조사해 봤으면 좋겠습니다만."

"그렇게 해 주신다면 정말 고맙겠습니다. 당장 갑시다."

사라진 에메랄드

　우리 세 사람은 마차를 타고 역으로 가서 기차를 탔다. 시간이 얼마 걸리지는 않았지만 기차 안에서 홈스는 깊은 생각에 빠진 채 한마디도 하지 않았다.

　스트레덤 역에서 내린 우리는 대은행가의 저택을 향해 걸었다.

　우리의 목적지는 큰길에서 조금 들어가 있는 하얗고 제법 큰 석조 건물이었다. 정문으로 들어서자 오른쪽에 아담한 숲이 보였다. 그 사이로 구불구불한 샛길이 부엌 입구까지 연결되어 있었다. 왼쪽에는 마구간으로 통하는 길이 저택의 담장 밖으로 뻗어 나가 있었다. 무슨 생각에선지 홈스는 홀더와 나를 현관에 세워 두고 혼자서 건물 주위를 한 바퀴 둘러보았다. 부엌 문 근처에서는 허리를 구부리고 바닥에 쌓인 눈을 한참 동안 관찰했다. 몸을 일으킨 그는 씩 웃으며 마구간으로 통하는 오솔길로 나갔다.

　나와 홀더 씨는 집 안으로 들어가 거실 벽난로 앞에 앉아 홈스를 기다렸다. 20분쯤 지나자 키가 크고 날씬한 젊은 숙녀가 나타났다.

윤기 있는 검은 머리카락을 단정하게 빗어 올렸고, 이목구비가 뚜렷한 예쁜 아가씨였다. 그러나 창백한 얼굴과 빨갛게 충혈되어 부어오른 눈은 그녀가 방금 전까지도 울고 있었음을 말해 주었다. 나는 이 숙녀가 메리 양임을 알아차렸다. 그리고 사촌인 아서를 저렇게 걱정하는 것으로 보아 홀더의 말대로 마음이 여리고 고운 여자라고 생각했다.

"아저씨, 제발 아서가 풀려나게 해 주세요. 아서가 갇혀 있을 걸 생각하니 너무 괴로워요."

그녀는 흐느끼며 홀더를 껴안았다. 홀더의 얼굴은 베이커 가로 찾아왔을 때보다 더 일그러졌다.

"메리, 네 생각은 알겠다. 하지만 그 아이는 내 손을 떠났다. 법의 심판을 기다리는 수밖에 없구나."

"아저씨, 아서는 아무 죄도 없어요. 저는 아서의 결백을 굳게 믿어요."

"하지만 얘야, 나는 왕관을 부수려는 그 녀석을 목격했단다."

"그렇지 않아요. 범인은 따로 있어요. 경찰에 꼭 말해 주세요. 어머나, 이분은⋯⋯?"

메리 양은 그제야 멀뚱히 서 있던 나를 보았다.

"아, 이 사건을 의뢰받고 런던에서 찾아온 분이란다."

"그럼 사립 탐정이시군요?"

"이분은 조수인 왓슨 박사이고 탐정인 홈스 씨는 지금 정원에서 마구간으로 난 오솔길을 조사 중이란다."

"그런 오솔길에서는 아무것도 발견하지 못할 거예요."

메리는 고개를 들고 도전적으로 말했는데 마침 홈스가 들어왔다. 홈스는 구두에 묻은 눈을 현관의 신발닦개 위에서 잘 털고 나서 그녀에게 다가갔다.

"메리 홀더 양이지요? 나는 사립 탐정인 셜록 홈스입니다. 홀더 씨에게서 메리 양의 이야기를 들었습니다."

그녀는 정중하게 인사하는 홈스에게 따뜻한 눈길을 보냈다.

"홈스 씨, 아서의 결백이 밝혀져 무사히 풀려날 수 있게 부디 힘써 주세요."

"네, 알겠습니다. 그러기 위해선 제가 몇 가지 질문을 해야 합니다. 사실대로 답해 주시길 바랍니다. 특히 메리 양의 답변이 중요합니다."

"네, 제가 할 수 있는 일은 무엇이든 하겠어요."

"자, 질문하겠습니다. 메리 양은 어젯밤 문이 닫히는 소리에 잠이 깼나요?"

"그렇지 않아요, 아저씨의 고함을 듣고 일어났어요. 그런 다음 바로 아저씨에게 달려갔어요."

"어젯밤에도 평상시처럼 문단속을 하셨나요?"

"네."

"철저히 점검하셨겠지요?"

"물론입니다. 열려 있는 창문이나 출입문은 없었어요."

"오늘 아침에 혹시 열려 있는 창이나 문이 있었나요?"

"환기를 시키기 위해 거실 창문을 열기 전에는 모두 닫혀 있었어요."

"이 집에는 밤이면 몰래 남자를 만나는 루시라는 하녀가 있지요? 어제 그 하녀가 남자를 만나고 돌아오는 걸 보고 홀더 씨에게 말했지요?"

"맞아요. 그 하녀는 어제 저녁식사 후 거실로 커피를 가져왔어요. 아마 그때 우연히 왕관에 대한 이야기를 듣게 되었을 거예요. 그래서 몰래 외출했겠지요."

메리의 작은 목소리는 확신에 차 있었다.

"메리 양은 하녀가 왕관에 대해 남자친구에게 말했고 그들이 왕관을 탐내 훔쳤다고 의심하는군요?"

"메리, 근거 없이 추측만으로 남을 모함하지는 말거라."

홀더가 메리 양의 팔을 가볍게 잡으며 주의를 주었다.

"괜찮습니다. 수사에 참고가 될 테니 좀 더 자세히 이야기해 주겠습니까? 메리 양, 그 하녀가 부엌으로 돌아오는 걸 분명히 보았습니까?"

홈스는 눈을 빛내며 물었다.

"네, 부엌문이 잠겨 있는지 확인하러 갔는데 마침 그녀가 살금살금 돌아오는 걸 봤어요. 그리고 정원 숲 속에 서 있던 키 큰 남자를 얼핏 봤지요."

"그 남자는 누구였나요?"

"채소를 배달해 주는 프랜시스 프레슬러였어요."

"그는 부엌 입구에서 8미터쯤 떨어져 서 있었지요?"

"맞아요."

"그의 한쪽 발은 의족이지요?"

"오, 세상에!"

메리의 커다란 눈에는 놀라움이라기보다 공포의 빛이 스쳤다.

"어떻게 아셨어요? 정말 대단한 분이시군요."

그녀는 억지로 미소 지었지만 홈스는 미소로 답하는 대신 더욱 진

지한 표정이 되었다.

"그럼 에메랄드 왕관이 있던 방부터 볼까요? 그런 다음 바깥을 한 번 더 둘러봐야겠습니다. 아니, 2층으로 올라가기 전에 아래층 창문을 먼저 살펴볼까요?"

집주인의 안내로 계단을 오르려던 홈스가 문득 생각난 듯 말했다. 그는 거실의 모든 창문을 하나하나 살펴봤는데 특히 마구간으로 이어진 오솔길이 내다보이는 큰 창을 오랫동안 조사했다. 창문을 여러 번 여닫더니 확대경을 꺼내 창틀을 자세히 관찰하기도 했다. 이윽고 그가 만족스러운 듯 고개를 끄덕였다.

"아래층 창문을 다 봤으니 이제 2층으로 가 볼까, 왓슨?"

문제의 방은 잿빛 양탄자가 깔린 검소하게 꾸민 방이었다. 왕관이 들어 있던 옷장은 폭이 넓고 거의 천장에 닿을 만큼 높았다. 방의 한쪽 벽면은 커다란 거울이 온통 차지하고 있었다. 홈스가 옷장 앞으로 걸어갔다.

"아주 단순한 자물쇠군요. 그런데 어떤 열쇠로 열면 됩니까?"

"이것이 옷장 서랍의 열쇠입니다."

홀더는 화장대 위에 놓여 있던 작은 열쇠를 건넸다. 홈스가 열쇠를 받아 서랍을 열었다.

"서랍을 열 때는 소리가 나지 않는군요. 그러니 홀더 씨가 위기의 순간에 일어나지 못한 것이 당연합니다. 말씀해 주신 모로코 가죽으로 만든 상자군요. 이 안에 국보가 들어 있겠지요?"

내 친구는 홀더에게 양해를 구하고 상자의 뚜껑을 연 다음 두 손으로 왕관을 조심스럽게 꺼내더니 탁자 위에 올려놓았다. 섬세하고 우아한 세공 기술이 돋보이는 예술품이었다. 황금 받침대 위에서 서른여섯 개의 보석이 신비로운 초록빛을 뿜어냈다. 그러나 아름다운 왕관은 한쪽 끝이 세 개의 보석과 함께 뜯겨 나가 보는 사람의 마음을 안타깝게 했다.

"홀더 씨, 이쪽 끝도 떼어 내면 균형이 맞지 않을까요?"

홈스가 남아 있는 금 받침대의 다른 한쪽 귀퉁이를 가리켰다.

"아니, 뭐라고요?"

홀더는 겁먹은 얼굴로 뒷걸음질했다.

"그럼 제가 한번 해 볼까요?"

홈스는 얼굴이 빨개지도록 힘을 잔뜩 주어 받침대를 비틀었으나 아무 성과가 없었다. 몇 번이나 시도하던 그가 마침내 왕관을 내려놓고 이마의 땀을 훔쳤다.

"팔씨름에서 져 본 적이 없을 만큼 팔 힘이 센 편입니다. 그러나 맨손으로는 절대 이 받침대를 떼어 낼 수 없습니다. 받침대를 구부리는 것도 불가능하지요. 그러니 받침대를 떼어 내려면 도구를 사용해야만 하는데 그러면 굉장히 요란한 소리가 나지 않을까요? 바로 근처에서 그런 소리가 났다면 잠귀가 밝은 홀더 씨가 못 들었을 리가 없습니다."

"정말 그렇군요. 나는 더욱 혼란스럽기만 합니다."

"아, 곧 모든 게 명쾌하게 드러날 겁니다. 메리 양의 생각은 어떤가요?"

홈스가 고개를 돌려 메리를 바라보았다.

"아저씨처럼 저도 뭐가 뭔지 잘 모르겠어요."

"홀더 씨, 당신이 이 방에 뛰어왔을 때 아서 군은 신발을 신고 있었습니까?"

"아닙니다. 바지에 셔츠 하나만 걸친 채 맨발로 서 있었습니다."

"알겠습니다. 이제 저택 주변을 조사할 차례군요. 이 사건에 대한 단서들이 속속 발견되고 있으니 너무 걱정하지 마십시오. 이만한 자료를 가지고도 사라진 보석을 찾아내지 못한다면 저는 탐정 자격이 없습니다. 증거가 사람들 발자국으로 망쳐지면 안 되니까 저 혼자 나갔다 오겠습니다."

한 시간쯤 지나자 홈스는 구두와 바짓단이 눈과 흙으로 엉망이 된 채 돌아왔다. 표정에는 큰 변화가 없었지만 오랫동안 그를 지켜봐 온 나는 수사가 그의 생각대로 잘 진행되고 있음을 알았다.

"홈스 씨, 보석이 어디 있는지 알아냈습니까?"

홈스를 기다리는 동안 초조하게 방 안을 서성이던 홀더가 얼른 물었다.

"알 것 같습니다. 그러나 아직은 말씀드릴 수 없군요. 내일 아침 9시에서 10시 사이에 제 하숙집으로 오시면 가르쳐 드리겠습니다. 그런데 한 가지 조건이 있습니다만."

"뭐든지 말씀만 하십시오. 사건만 해결된다면 전 재산도 아깝지 않습니다."

"그만큼 당신이 절박하다는 건 압니다. 전 재산까지는 필요 없고 3천~4천 파운드 정도면 될 것 같습니다."

"홈스 씨, 고맙습니다. 당신이 나를 살렸습니다. 이제야 겨우 마음이 놓이는군요. 그럼 끝까지 애써 주십시오."

홈스와 나는 저택을 나왔다. 돌아오는 기차 안에서 나는 궁금증을 참을 수 없어 보석에 대해 여러 번 질문했다. 그러나 홈스는 묘한 미소를 지으며 대답을 피했다. 우리는 3시가 조금 못 되어 베이커 가로 돌아왔다. 그가 침실로 들어가더니 5분쯤 지나 부랑자로 변장하고 나왔다. 허름하고 찢어진 외투, 발가락이 다 보이는 구두, 촌스러운 싸구려 스카프를 걸친 그는 영락없는 부랑자였다.

"수사를 하려면 이런 모습이어야만 하거든. 부랑자 둘이 돌아다니면 눈에 잘 띌 테니 미안하지만 자네는 여기 있게나. 두세 시간이면 충분할 거야."

5시가 조금 지나자 홈스가 돌아왔다.

"그래, 보석의 행방은 알았나?"

그가 문을 열고 들어서자마자 내가 냉큼 물었다.

"그렇다네."

홈스는 진흙이 달라붙은 더러운 고무장화를 벗더니 내 앞에 내밀었다.

"장화가 왜?"

"왕관을 찾으려면 이게 꼭 필요하지."

　　　그는 장화를 거실 구석에 휙 던지더니 뜨거운 홍차를 몇 잔이나 마셨다.

　　　"사실 홍차 생각이 간절해서 잠깐 들렀다네. 또 나가 봐야 해."

　"어디로 갈 생각인가?"

　"런던 근방이긴 한데 아까보다는 시간이 많이 걸릴 거야. 자정이 지나야 돌아올 수 있으니 먼저 잠자리에 들게나."

　"수사는 차질 없이 잘되고 있나?"

　"물론이지. 그런데 아까 은행장의 저택 근처에 또 갔었어. 행색이 초라해서 그를 찾아가진 않았지만 말일세. 내일 아침에는 신사답게 말쑥한 복장으로 만나게 되겠지."

　홈스는 지친 기색도 없이 가벼운 발걸음으로 다시 나갔고 그의 말처럼 자정이 넘어도 돌아오지 않았다. 사건의 종결 단계에서는 흔히 있는 일이기에 나는 걱정하지 않고 먼저 잠들었다. 다음 날 아침, 잠에서 깨어 시계를 보니 9시가 다 되어 가고 있었다. 놀란 나는 황급히 일어나 얼른 씻고 옷을 갈아입은 후 거실로 갔다. 평소처럼 깔끔하게 차려입은 홈스가 안락의자에 앉아 차를 마시고 있었다.

　"여보게, 언제 돌아왔나? 나는 자네가 돌아온 줄도 모르고 잠만 잤군그래."

　"왓슨, 자네는 홀더 씨와는 반대로 한번 잠이 들면 누가 업어 가도 모를 거야. 새벽 3시쯤 마차로 돌아왔다네."

　"일은 잘 해결된 거지?"

　"그렇다네. 차나 마시며 천천히 이야기를 나누자고."

그때 초인종이 울렸다.

"9시 정각이군. 우리 의뢰인일 거야."

홈스가 즐거운 목소리로 말했다. 방문객은 역시 홀더였다. 그를 본 순간 나는 두 눈을 의심했다. 불과 하룻밤 사이에 그는 부쩍 여위고 늙어 있었다. 뺨이 움푹 패고 흰머리도 더 많아진 듯했다. 어제 아침 우리를 찾아와 기세등등하게 이야기하던 모습은 찾을 수 없었다. 홀더는 자식을 걱정하는 무기력하고 불쌍한 노인일 뿐이었다. 내가 의자를 권하자 그는 털썩 주저앉았다.

"홈스 씨, 무엇 때문에 내가 이런 불행을 겪는 걸까요? 좋지 않은 일은 한꺼번에 몰려오는군요."

"우리가 저택을 방문한 이후 무슨 일이 있었습니까?"

"이제 내겐 아무도 없습니다. 메리마저 나를 버렸습니다."

"그게 무슨 말입니까?"

"어젯밤 그 애가 집을 떠났습니다. 메리가 아침을 먹으러 식당에 내려오지 않아서 내가 그 애 방으로 올라갔습니다. 그런데 침대에 잠 잔 흔적도 없고 메리도 보이지 않더군요. 거실 탁자 위에 메리가 쓴 편지가 놓여 있었습니다. 내가 어젯밤 메리에게 좀 심한 말을 하고 말았지요.

'아서가 이렇게까지 된 건 네 책임도 있어. 만일 네가 아서의 사랑을 받아 줬다면 그 아이는 정신을 차렸을 거야.'

안 그래도 마음 아파하는 아이에게 이런 모진 말을 한 겁니다. 이제 와서 후회하면 뭐 하겠습니까. 내게 그런 말을 들은 충격이 꽤 컸나 봅니다. 편지에도 그런 말이 쓰여 있더군요."

홀더가 편지를 내밀었다.

사랑하는 아저씨,

제가 모자라서 아저씨가 크게 상심하시는 일이 생겼습니다. 정말 죄송해요. 제가 조금만 더 현명했다면 이런 불행은 결코 일어나지 않았을 거예요. 바늘방석에 앉아 있는 것처럼 마음이 편치 않습니다. 그리고 너무 죄송해서 더 이상 아저씨를 웃는 얼굴로 대하지 못할 것 같아요. 아저씨와 한집에 살면서 슬퍼하는 아저씨 모습을 볼 자신이 없어요.

이곳을 떠나야 할 때가 된 것 같습니다. 제 장래에 대해서는 걱정하지 마세요. 전부터 조금씩 계획하고 준비해 둔 것이 있어요. 그리고 저를 찾으려는 수고는 하지 말아 주세요. 그건 저와 아저씨 모두를 위해서예요.

이제까지 저를 친딸처럼 아끼고 보살펴 주신 아저씨를 결코 잊을 수 없을 거예요. 몸은 떨어져 있지만 항상 아저씨를 생각하겠어요. 부디 건강하세요.

메리 올림

"홈스 씨, 메리는 어떤 생각으로 떠났을까요? 설마 그 아이가 나쁜 마음을 먹은 건 아니겠지요?"

그러자 홈스가 분명하게 대답했다.

"그런 일은 절대 없을 겁니다. 사실 메리가 떠난 것은 이 사건을 해결하는 최선의 방법이기도 합니다. 홀더 씨, 당신의 괴로움도 오늘로 끝날 겁니다."

"그게 정말입니까? 보석은 어디에 있습니까?"

"아, 그 전에 먼저 값을 매겨 볼까요? 보석 한 개당 1천 파운드면

어떨까요?"

"좋습니다! 그 열 배라도 아깝지 않습니다."

"그건 너무 과하군요, 홀더 씨. 보석 한 개에 1천 파운드로 하고 수고비로 1천 파운드를 더해 4천 파운드짜리 수표를 지금 써 주시겠습니까?"

홀더는 어안이 벙벙한 얼굴로 홈스를 잠시 바라보더니 수표책을 꺼내 4천 파운드짜리 수표를 써 주었다. 홈스가 책상 앞으로 걸어가더니 서랍에서 세 개의 보석이 박힌 금 받침대를 꺼냈다.

"있었군, 있었어! 난 이제 살았어!"

점잖은 대은행가는 탄성을 지르며 금 조각을 와락 움켜쥐었다. 그는 그것을 가슴에 품고 마치 춤이라도 추듯 펄쩍펄쩍 뛰었다.

"아, 불행도 이제 다 끝났다! 솜씨 좋은 보석 세공사에게 맡기면 다시 원래대로 멀쩡해지겠지. 정말 고맙습니다. 홈스 씨, 당신은 나와 내 아들의 생명을 구했습니다."

"일이 잘 해결되어 다행입니다. 하지만 홀더 씨, 잃어버린 보석은 쉽게 찾을 수 있지만 그러지 못하는 것도 있다는 사실을 기억하시기 바랍니다. 그건 바로 당신이 무너뜨린 아드님의 인격과 자존심입니다. 당신은 앞으로 그에 대한 보상을 해야만 할 겁니다. 그리고 아드님에게 고마워해야 합니다."

홈스가 매우 진지하게 말했다.

"네? 그럼 이 보석을 그 나쁜 녀석에게서 찾아낸 게 아닙니까?"

답답하다는 듯 홀더를 바라보던 홈스가 말을 이었다.

"아서 군은 요즘 보기 드물게 훌륭한 청년입니다. 이 사건에서 아드님이 보인 용기는 매우 인상적이었습니다. 내가 결혼을 하진 않았지만 만약 자식이 있다면 아드님처럼 자라기를 바랄 겁니다."

"그럼 아서가 범인이 아니라는 말씀입니까?"

"이제껏 나는 아드님이 범인일 거란 말을 입에 올린 적이 없습니다. 다시 한 번 분명히 말씀드리지요. 범인은 다른 사람입니다."

"어서 아서를 만나서 억울한 누명이 벗겨졌다고 알려 주어야겠습니다."

"그러지 않으셔도 됩니다. 아드님은 이미 알고 있으니까요. 진상이 밝혀진 다음 아드님을 면회하고 왔습니다. 내가 아무리 사실을 알고 있다고 말해도 아서 군은 묵묵부답이었습니다. 나는 마지막으로 '당신이 계속 입을 다물고 있으면 아버님의 생명이 위태로울 수도 있습니다'라고 경고했지요. 아버지를 사랑하는 아서 군에게 이 말은 효과가 있더군요. 마침내 그는 침묵을 깨고 설명을 해 주었습니다. 하지만 가장 중요한 사실은 끝까지 숨겼습니다. 그러나 메리 양이 도망쳤다는 말을 들으면 모든 걸 숨김없이 말할 겁니다."

"나는 아직도 혼란스럽습니다. 무슨 일이 있었는지 은행의 장부처럼 알기 쉽게 정리해 주시겠습니까, 홈스 씨?"

"그러지요. 내가 문제를 풀어 나간 순서대로 차근차근 설명하겠습니다. 그 전에 아서 군의 질 나쁜 친구, 조지 번웰 경과 메리 양이 친밀한 관계임을 말씀드려야겠군요. 지금쯤 두 사람은 이전부터 세운 계획대로 함께 도망가고 있을 겁니다."

"착한 메리가 그런 남자와 어울렸다고요? 아무리 홈스 씨가 명탐정이라 해도 그 말은 도저히 못 믿겠습니다."

"믿든 안 믿든 그건 당신의 선택입니다. 그러나 아무리 믿기 싫어도 사실은 사실입니다. 당신과 아서 군은 그를 그저 놀기 좋아하는 불량한 귀족쯤으로 여기는 것 같은데 그를 너무 과소평가했습니다. 놈은 교활한 악당입니다. 아니, 그자는 영국에서 가장 위험한 남자입니다. 노름으로 인생을 망친 구제불능의 남자, 양심이라곤 눈곱만큼도 없는 냉혈한입니다. 그러나 세상을 모르는 순진한 메리 양에게 그는 매력적인 남자, 사랑의 힘으로 구원해 주고 싶은 남자였겠지요. 그는 뱀 같은 혀로 온갖 사랑의 말을 메리 양에게 속삭였겠지요. 그녀에게 그의 말은 아름다운 노랫소리처럼 부드럽고 달콤하게 들렸을 겁니다. 맑은 영혼을 타락시키는 악마의 속삭임이라는 걸 알아차리지 못했지요. 아무튼 메리 양은 그 악당의 거짓 속삭임에 넘어가 밤마다 몰래 만났습니다."

"나는 당신보다 메리를 잘 압니다. 당신 말은 믿을 수가 없군요."

그러자 홈스가 냉소적인 웃음을 짓더니 말했다.

"아드님이 단지 왕관을 손에 들고 있었다는 이유만으로 범인이라 단정 짓더니 메리 양에 대한 믿음은 너무 지나치군요. 그날 밤, 댁에서 일어났던 일을 말씀드리지요. 메리 양은 당신이 침실로 들어간 뒤 아래층으로 살짝 내려왔습니다. 그리고 마구간으로 연결된 오솔길이 보이는 창가에 서서 창밖의 연인과 이야기를 했습니다."

"마치 그 자리에 있었던 것처럼 말씀하시는군요."

"직접 보지는 않았지만 창밖에 남아 있던 발자국이 알려 주었습니다."

드러나는 비밀

홈스는 궐련에 불을 붙여 연기를 길게 내뿜으며 설명을 계속했다.

"메리 양은 당신에게 들었던 에메랄드 왕관에 대한 이야기를 연인에게 했습니다. 그러자 악랄한 번웰 경은 탐욕에 눈이 어두워졌죠.

'메리, 이건 하늘이 우리에게 준 기회요. 왕관만 있으면 우리 둘은 평생 행복하게 살 수 있소.'

물론 메리 양은 처음에는 절대 안 된다고 거절했습니다. 그러나 온갖 감언이설로 꼬드기는 남자에게 넘어가고 맙니다. 그녀는 자신이 그 왕관을 훔치면 아버지처럼 사랑하고 존경하는 아저씨에게 돌이킬 수 없는 죄를 짓게 된다는 걸 잘 알았습니다. 그러나 사랑에 눈이 먼 젊은 여자들은 사랑을 잃게 될까 두려워 친부모를 저버리는 경우마저 있지요. 불행히 메리 양도 그런 마음이었습니다.

그런데 번웰 경이 그녀에게 계획을 다 설명하기도 전에 계단을 내려오는 발소리가 났습니다. 바로 홀더 씨였지요. 당황해서 창문을 닫은 메리 양은 비겁한 거짓말을 합니다. 하녀인 루시가 그날 밤에

도 몰래 남자를 만나고 왔다
고 일러바친 겁니다. 사실 그
말은 거짓이 아니었습니다.
루시도 그날 밤 의족을 단 채
소 장수와 뒤뜰에서 만났으
니까요.

한편 아버지에게 돈을 요
구했다가 거절당한 아서 군
은 빚에 대한 걱정으로 그날
밤을 뜬눈으로 지새우고 있
었습니다. 그때 복도를 조심
스럽게 걸어가는 발소리가
들려왔지요. 호기심을 느낀 아서 군이 문을 빠끔히 열고 내다보니
살금살금 걸어가는 메리 양의 뒷모습이 보였습니다. 그녀를 부를까
말까 망설이는 동안 메리 양이 놀랍게도 왕관이 있는 방으로 들어가
지 않겠습니까? 아서 군은 자기 눈을 믿기 힘들었지만 대체 무슨 일
인지 확인하기 위해 어둠 속에 몸을 숨기고 가만히 있었습니다.

잠시 후 메리 양이 뭔가를 들고 방에서 나왔습니다. 그녀가 방문
을 닫기 위해 돌아서자 손에 든 물건이 달빛을 받아 반짝였습니다.
아드님은 소스라치게 놀랐습니다. 영국의 국보 중에서도 손꼽히는
에메랄드 왕관이었으니까요. 메리 양은 재빨리 계단을 내려갔습니
다. 그녀가 거실로 갔다고 생각한 아드님은 아버지의 침실 옆 창문
에 드리운 커튼 뒤에 몸을 숨겼습니다. 그곳에서는 거실이 훤히 내
려다보이기 때문이지요. 메리 양은 아드님이 보고 있는 줄은 꿈에
도 몰랐습니다. 그녀는 뜰 쪽으로 난 큰 창을 살짝 열고 밖에서 기다

리던 누군가에게 왕관을 건넵니다. 그런 다음 창문을 닫고 위층으로 올라가 아서 군이 숨어 있는 커튼 앞을 지나쳐 침실로 돌아갔지요. 메리 양이 침실로 사라질 때까지 아서 군은 당장 뛰쳐나가고 싶은 걸 꾹 참았습니다. 그랬다가는 사랑하는 그녀에게 씻을 수 없는 마음의 상처를 줄 것이라고 생각했기 때문입니다. 하지만 아드님은 아버지의 얼굴을 떠올렸습니다.

'큰일이다! 왕관이 사라지도록 내버려두면 아버지의 명예와 지위도 사라지고 말아.'

왕관을 되찾아야겠다고 결심한 그는 맨발로 아래층으로 뛰어 내려갔습니다. 메리가 왕관을 건네준 창문을 열고 눈 덮인 정원으로 뛰어 내리자 마구간 쪽으로 난 오솔길을 걸어가는 작은 그림자가 달빛 속에 어슴푸레 보였습니다. 아드님은 맨발로 눈 위를 뛰어 그림자를 뒤쫓았지요. 그 그림자는 그가 예상한 대로 번웰 경이었습니다.

아서 군은 그가 말이 통하지 않는 사람이라는 걸 잘 알았기에 힘으로 왕관을 되찾으려고 달려가던 그 기세 그대로 번웰 경을 덮쳤습니다. 곧 치열한 격투가 벌어졌지요. 눈밭을 구르며 치고받던 두 사람은 왕관의 양쪽 끝을 쥐고 잡아당기게 되었습니다. 몸놀림이 잽싼 아서 군은 한 손으로 왕관을 잡고 다른 손으로는 상대방의 눈가를 주먹으로 때렸습니다. 악당의 눈두덩이 터져 붉은 피가 흘렀지요. 아서 군은 그 기회를 놓치지 않고 왕관을 있는 힘껏 잡아당겼습니다. 그러자 악당은 뒤로 넘어져 완전히 뻗었습니다. 그러나 금방 일어나더니 그대로 내빼고 맙니다.

아드님은 악당을 쫓아가지 않았습니다. 어쨌든 왕관을 무사히 되찾았으니까요. 그는 다시 창문을 통해 집 안으로 들어와 창문을 닫고는 아버지가 알아차리기 전에 왕관을 제자리에 돌려놓으려고 작은 방으로 올라갔습니다. 왕관을 서랍에 넣으려다가 구부러진 걸 발견했습니다. 그 부분을 다시 펴려고 애쓰다가 창을 닫는 소리에 잠이 깨서 달려온 아버지에게 들키고 맙니다."

"허, 그런 일이 있었을 줄이야!"

홈스의 설명을 듣고 있던 홀더의 얼굴이 벌겋게 달아올랐다.

"아서 군은 당신에게 잘했다는 칭찬을 들을 줄 알았는데 오히려 도둑으로 몰리자 화가 났습니다. 또 아버지의 오해를 풀기 위해 사실을 말하면 자기의 결백은 밝혀지겠지만 사랑하는 메리 양의 잘못이 드러나므로 말할 수 없었던 겁니다. 그는 기사도 정신을 발휘해 그녀 대신 자기가 누명을 뒤집어쓰기로 마음먹었지요."

"그래서 메리가 왕관을 보더니 정신을 잃었군요!"

홀더는 이마의 땀을 닦으며 숨을 몰아쉬었다.

"아, 나는 얼마나 어리석었는지! 아들이 5분 동안만 밖에 내보내 달라고 간청한 까닭을 이제야 알겠습니다. 악당과 맞붙었던 곳으로 가서 왕관에서 떨어져 나간 부분을 찾으려 했던 거군요."

홈스는 가슴을 치며 진심으로 후회하는 아버지를 안쓰러운 눈으로 지켜보다가 이야기를 계속했다.

"처음 댁을 방문했을 때 눈 위에 단서가 남아 있을 수도 있다고 생각해 맨 먼저 주위를 살펴봤습니다. 무척 추운 날씨였기에 운이 좋다면 눈 위에 남은 증거가 얼어붙은 채 고스란히 남아 있으리라 생각했지요. 부엌으로 이어진 샛길은 여러 사람이 드나들어 많은 발자국이 어지럽게 뒤섞여 있었습니다. 그런데 부엌문 바로 옆의 커다란 나무 아래 남자와 여자가 마주보고 서 있던 발자국이 뚜렷이 남아 있었지요. 남자의 한쪽 발자국이 둥근 모양이어서 나무 의족을 했다는 사실도 알았습니다. 게다가 그들이 한창 이야기꽃을 피우고 있을 때 갑자기 훼방꾼이 나타났다는 것도 알았지요. 왜냐하면 그 나무에서 부엌까지 이어진 여자 발자국이 발가락 끝은 깊고 뒤꿈치가 얕게 파여 있었으니까요. 잰 걸음으로 서둘러 부엌으로 뛰어간 증거입니다. 혼자 남은 남자는 잠시 더 기다리다가 돌아갔지요."

홈스가 잠깐 말을 멈췄다가 계속했다.

"그 한 쌍은 젊은 하녀 루시와 남자친구일 거라 생각했는데 조사해 보니 사실이었습니다. 뜰 안쪽은 경관들의 구두 발자국뿐이더군요. 그래서 마구간으로 연결된 길로 가 보았습니다. 바로 그곳에서 여러 이야기를 담은 발자국을 발견했지요. 한 남자의 구두 발자국과 맨발 자국이 각각 두 줄씩 나 있었습니다. 한 줄은 거실 창문 쪽으로, 다른 한 줄은 집 바깥쪽을 향해 찍혀 있었습니다. 맨발 자국의 임자는 아서 군이라는 걸 알았지요. 또 구두 발자국은 걸어간 흔적인데 맨발 자국은 두 줄 모두 뛰어간 흔적이고 구두 발자국 위에 겹쳐 있기도 했습니다. 즉, 아서 군이 구두 신은 남자를 쫓아간 거지요."

홈스는 눈을 빛내며 듣고 있는 홀더와 나를 번갈아 본 후 다시 이야기를 했다.

"구두 발자국은 거실의 창문 바로 아래까지 연결되었는데 초조하게 서성이며 누군가를 기다린 듯 주위의 눈이 온통 짓밟혀 있었습니다. 반대 방향으로도 돌아가 보니 마구간으로 난 길에서 90미터쯤 들어간 지점에서 다시 구두 발자국을 찾을 수 있었습니다. 그 주위는 격투의 흔적으로 눈이 마구 짓밟혀 엉망진창이었지요."

홀더는 두 손으로 머리를 감싸며 가슴 깊은 곳에서 울려져 나오는 신음소리를 냈다.

"눈 위에 떨어진 몇 개의 핏방울을 발견하고 내

생각이 맞았다는 걸 알았지요. 구두 발자국이 달아난 흔적에도 피가 있었으므로 구두 신은 남자가 격투 끝에 다쳤음을 알아냈습니다. 그 발자국은 큰길로 이어졌지만 큰길은 눈을 말끔히 치워 놓아 더 이상의 흔적은 없었습니다. 집으로 들어간 다음, 당신도 보셨다시피 확대경으로 거실 창틀이나 문턱을 세세히 조사했지요. 눈과 흙 범벅이 된 발로 창틀을 밟은 흔적은 누가 어디를 통해 나갔다 돌아왔는지를 분명히 말해 주었습니다. 자료가 이 정도로 모였으니, 지난밤의 일을 시간 순으로 재구성하기가 쉬워졌습니다."

나는 마른 침을 삼키며 홈스가 말을 계속하기만 기다렸다.

"아드님은 집안 사람 중 누군가가 거실 창밖에서 기다리던 남자에게 왕관을 건네는 장면을 보게 됩니다. 그를 뒤쫓아 가서 눈 위에서 혈투를 벌입니다. 남자 혼자 힘으로는 절대 망가뜨릴 수 없는 왕관을 그 두 사람이 잡아당기다가 부수게 되지요. 유감스럽게도 왕관의 일부가 도둑 손에 남은 겁니다."

"창밖의 남자에게 왕관을 준 사람이 메리라는 건 어떻게 알았나, 홈스?"

궁금함을 참지 못한 내가 물었다.

"내가 종종 사용하는 추리 방식 덕분이라네, 왓슨. 즉, 가능성이 적은 것부터 제거해 나가면 맨 마지막에 남는 것이 정답이라는 거지. 비록 그것이 도저히 믿기 힘든 사실이라 해도 말일세."

"맞아, 그건 자네가 자주 쓰는 방법 중 하나지."

나는 가볍게 고개를 끄덕이며 친구의 이야기에 맞장구쳤다.

"홀더 씨, 당신이 왕관을 훔치지 않았다는 것은 가장 명백한 사실입니다. 또 아서 군은 왕관을 건네받은 자를 추적했으므로 제외됩니다. 그러므로 이제 집안 사람 중 용의자는 메리 양과 하녀들만 남았지요. 그러나 하녀들이 그런 짓을 저질렀다고는 생각할 수 없었습니다. 아서 군이 하녀의 죄를 뒤집어쓸 리는 없으니까요. 마지막으로 메리 양이 남았습니다. 그녀는 아서 군의 사촌이며 아서 군이 사랑하는 사람입니다. 따라서 아드님이 목숨을 걸면서까지 그녀의 비밀을 지키려고 한 것이 이해가 됩니다. 그리고 그녀가 창가에 서 있었고 왕관을 본 순간 기절했다는 당신의 말을 상기하자 공범자는 메리 양이 틀림없다고 결론 내렸지요. 그럼 왕관을 가져간 것은 누구일까요? 물론 애인이겠지요. 착한 메리 양에게 그런 악영향을 끼친 사람이 누구인지 생각할 때, 댁을 자주 드나드는 조지 번웰 경을 빼놓을 수 없었습니다."

홀더와 나는 강의를 듣는 모범생처럼 열심히 경청했다.

"그 작자가 메리 양을 꼬드겨 왕관을 훔치게 만들고 눈 위에서 아드님과 격투 끝에 왕관의 일부를 빼앗아 달아났지요. 아드님에게 범죄를 들켰어도 뻔뻔한 악한은 신경 쓰지도 않았습니다. 아서 군이 아버지의 명예를 더럽힐 그런 사건을 경찰에 신고할 리가 없다고 믿었으니까요."

"자네는 이 보석을 어떻게 되찾을 수 있었나?"

내가 가장 궁금하던 점을 물었다. 홈스의 얼굴에 짓궂은 미소가 잠깐 떠올랐다가 사라졌다. 그는 곧 침착한 목소리로 자신이 겪은 모험을 들려주었다.

"저택에서 돌아온 다음 부랑자로 변장하고 그 작자의 집을 찾아갔습니다. 하인에게 약간의 돈을 쥐어 주며 물어본 결과, 주인이 지난밤 눈가에 큰 상처를 입고 돌아왔다는 사실을 알아냈지요. 또 6실링을 주고 악당의 더러운 장화를 샀습니다. 장화를 들고 홀더 씨 저택으로 다시 가서 마구간과 연결된 오솔길에 난 발자국에 대 봤더니 딱 맞았지요."

"그 말을 들으니 어제 저녁 그 길을 얼쩡거리던 부랑자가 생각나는군요."

홀더가 감탄한 표정을 숨기지 않고 말했다.

"진범을 알아낸 나는 하숙집으로 돌아와 옷을 갈아입었습니다. 그러나 사실 문제는 그때부터였지요. 결코 만만한 상대가 아닌 데다 집안 사람이 공범자라는 약점도 있습니다. 이쪽에서 경찰력을 동원할 수 없다는 걸 그쪽도 잘 알고 있었지요. 섣불리 상대를 건드렸다간 오히려 그쪽이 이 사건을 공개해 버리겠다고 위협해 올 가능성도 무시할 수 없었습니다. 그래서 나는 과감하게 정면 돌파를 택했습니다. 처음엔 비웃으며 내 말을 부인하던 악당이 결정적 증거를 들이대자 긴 칼이 숨겨진 지팡이를 휘두르며 덤비더군요. 아, 걱정하는 표정은 짓지 않으셔도 좋습니다. 그거야말로 내가 기다리던 순간이었으니까요. 나는 그가 휘두르는 지팡이를 옆으로 살짝 피한 다음, 외투 주머니에서 얼른 권총을 빼들어 놈의 이마에 갖다 댔습니다."

우리는 잔뜩 긴장한 채 홈스의 입만 쳐다보았다.

"그렇게 악당을 고분고분하게 만든 다음 흥정을 했습니다.

'어차피 돈이 목적이었을 테니 이렇게 하자고. 보석 한 개당 1천 파운드씩, 그러니까 세 개에 3천 파운드면 되겠나?'

'에잇! 그렇게 후하게 쳐줄 줄 알았다면 더 오래 들고

있을걸. 조금 전 장물아비에게 1천 파운드를 받고 세 개를 모두 팔아 버렸지.'

놈은 아깝다는 듯 혀를 차더군요. 나는 권총의 힘을 한 번 더 빌려 그 장물아비의 주소를 알아냈지요. 닳고 닳은 장물아비를 만나 한참을 흥정한 끝에 가까스로 한 개에 1천 파운드씩 주고 사들였습니다. 그리고 아드님을 찾아가 사건이 깨끗이 해결되었다고 말해 주고 새벽 3시쯤 하숙집으로 돌아와 잠들었지요. 조금 위험하기도 했지만 사례금으로 1천 파운드를 받았으니 괜찮은 하루였습니다."

홀더는 자리에서 일어서더니 홈스의 손을 덥석 잡았다.

"영국의 국보를 악마 같은 놈에게서 되찾았으니 값진 하루였습니다. 감사한 마음을 어떻게 표현해야 할지 모르겠군요. 이 은혜는 평생 잊지 않겠습니다. 당신은 듣던 것보다 더 뛰어난 탐정입니다. 이제 아들에게 달려가 저의 경솔했던 행동을 사과하고 상처받은 마음을 다독여 줘야겠습니다. 아, 가엾은 메리! 그 애를 생각하니 가슴이 천 갈래 만 갈래 찢어질 것 같습니다. 홈스 씨, 그런 악당을 따라간 메리는 어떤 삶을 살게 될까요? 집으로 다시 데려와 잘 타이르면 이전의 메리로 돌아올 수 있을까요?"

"흠, 나는 교육자가 아니라 잘 모르겠군요. 하지만 은혜를 배신하고 죄를 지으면 반드시 그 대가를 치르게 된다는 건 알고 있습니다."

고전의 반열에 오른 코난 도일의 추리소설

아서 코난 도일

초기의 〈스트랜드 매거진〉

《검은 고양이》, 《어셔가의 몰락》 등으로 잘 알려진 애드거 앨런 포에 의해 창시된 추리소설은 셜록 홈스라는 명탐정을 만들어 낸 코난 도일에 의해 완성된 것으로 평가받고 있다.

세계 최초 고문 사립탐정인 셜록 홈스는 1887년 《주홍색 연구》라는 아서 코난 도일의 소설을 통해 처음으로 일반에 알려지기 시작했다.

최초의 단편을 연재하기 시작한 이래 코난 도일은 36년간 56편의 단편 외에 네 개의 장편을 저술했는데, 오늘날까지도 추리소설 장르에서 불후의 명작으로 손꼽히고 있다.

코난 도일의 추리물은 직감이 아닌 철저히 과학적인 추리에 의한 사건 해결 과정을 보여 줌으로써 과학적인 범죄학을 성립시켰다. 그로 인해 그의 작품은 단순히 범죄소설에 머무르던 추리문학을 당당히 소설의 한 장르로 자리 잡게 한 공로를 인정받고 있다.

홈스의 명함

　60편에 이르는 도일의 걸작들이 완성되기까지는 우여곡절도 많았다. 코난 도일은 자신이 본래 쓰고 싶어 했던 역사소설에 전념하기 위해 24번째 단편인 〈마지막 사건〉 편에서 홈스를 스위스의 라이헨바흐 폭포에 떨어져 죽게 함으로써 연재 중단을 선언했다. 그러자 열혈 독자들이 홈스의 죽음을 애도하는 상장을 달고 다니는가 하면 출판사에는 연재 중단을 항의하는 편지가 쇄도했다. 결국 아서 코난 도일은 홈스를 만나고 싶어 하는 독자들의 성화에 못 이겨 결국 1903년 〈빈집의 모험〉에서 홈스를 왓슨 앞에 나타나게 하는 것으로 연재를 다시 시작했다.

홈스가 활동하던 시대의 영국의 지하철

런던 베이커 가

대중문화 최초의 스타,
셜록 홈스

홈스가 활동하던 시기의 영국은 빅토리아 왕조로서 산업혁명이 완성되면서 '해가 지지 않는 나라'라는 번영을 누리던 시기였다. 이 때 의무교육제도와 함께 대중도 문자를 읽을 수 있게 되면서 그간 상류계급의 특권이었던 잡지와 책을 서민들도 읽을 수 있게 되었다.

1887년 첫 번째 작품이었던 〈주홍색 연구〉는 당시 겨우 25파운드에 원고가 넘어갔으나 현재는 홈스를 주인공으로 한 영화만도 200여 편에 이르는 등 '영화사 최다 등장 캐릭터'라는 기록을 세워 기네스북에 올라 있을 정도로 인기가 높다. 2위 드라큘라와 3위 프랑켄슈타인의 기록을 멀찌감치 따돌렸고, 찰턴 헤스턴 등 60여 명이 넘는 배우가 이 캐릭터를 연기했다고 하니 이만하면 요즈음 잘나가는 대중 스타가 부럽지 않은 인기라 하겠다.

영국의 '셜록 홈스 박물관'은 관광객의 발길이 끊이지 않는 가장 유명한 박물관 중의 하나고, 북한에서도 김일성 전 주석의 특별교시로 세계명작전집에 《샤일록 홈스》라는 제목의 책이 출간되어 있다.

한편 '셜로키언'으로 불리며 전 세계적으로 470개 정도 분포되어 있는 홈스 팬클럽은 여전히 다양한 활동을 펼치고 있다.

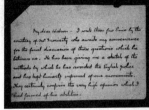

왓슨에게 보낸 홈스의 편지

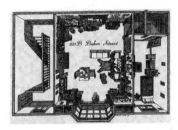

홈스의 집 도면

홈스의 집 내부

홈스의 소지품

의뢰인의 편지들

왓슨이 본
홈스의 재능

'관찰과 추리'만으로도 모든 것을 밝혀낼 수 있다고 믿는 홈스는 자신의 추리기법이 "유클리드의 정리와 마찬가지로 확실한 것"이라 믿을 정도로 자신만만하고 오만한 구석이 있다.

왓슨이 작성한 아래의 설명은 홈스를 가장 잘 표현하고 있다.

1. 문학 : 순수문학에 대한 지식은 전혀 없지만 범죄 기록에 관해서만큼 은 해박하다.
2. 철학 : 거의 아는 바 없다.
3. 천문학 : 전혀 무지한 상태. 심지어 지구가 태양을 돈다는 사실조차도 모름.
4. 정치 : 관심은 없으나 약간의 지식은 있다.
5. 식물학 : 독성물질에 대해서는 해박하지만 실용원예에 대한 지식은 전혀 없다.
6. 지질학 : 상당히 해박하다. 런던 주변 100킬로미터 안쪽에서라면 옷이나 신발에 묻은 흙만으로도 어느 지방의 토양인지 분별이 가능 하다.

7. 화학 : 부분적으로 해박하다.

8. 해부학 : 체계적으로 공부하지는 않았지만 대체로 정확한 지식을 소
   유하고 있다.

9. 범죄 관련 문헌 : 이 분야에 대한 지식은 상상을 초월한다. 금세기에
   저질러진 범죄에 대해서는 모르는 것이 없는 듯하다.

10. 예술 : 바이올린 연주는 매우 수준급이다.

11. 운동 : 운동신경이 좋아 봉술, 펜싱, 권투 실력은 프로급이다.

12. 법률학 : 적어도 영국 법에 대해서는 꽤 많은 것을 알고 있어서 변호
    사가 상담을 해 오기도 한다.